人性的枷锁

Of Human Bondage

［英］毛姆 著

张乐 译

天津出版传媒集团

天津人民出版社

果麦文化 出品

导读

关于毛姆

毛姆是个太有趣的人。

如果为他画像，几个元素必不可少：矮小而略微发福的身材、西装革履打扮入时，过深的法令纹拉得嘴角下垂，眼睛疲惫但眼神犀利，以及，手边放着的几本书。他成熟于一个天才的时代。在同时代几乎每位一流作家都独有建树的背景下，这位"杰出的二流作家"只暗暗打量世界，淡淡写下几笔。"杰出的二流作家"（well up in the second class）不是别人对毛姆的批评，也不是自谦，而是他本人在自己的散文集中非常客观的自我评价。美国作家杰弗里·迈耶斯在其为毛姆撰写的传记中讲到一个非常有趣的故事：一九五四年，查尔斯·戈伦请毛姆为新书作序，毛姆则提出条件，要和他赛一局桥牌。最后，赢了二十五块钱的毛姆得意洋洋地下结论：我这个人嘛，打桥牌的水平和写作水平都一样，都是二流选手里最厉害的那种！[Meyers, Jeffery. *Somerset Maugham: A Life*. Alfred A. Knopf, New York. 2004. p.296.] 在散文集《作家笔记》里，也有毛姆对自己冷静的剖析：我绝算不得天赋异禀，但胜在个性鲜明，好歹弥补了其他方面的不足。大多数人什么都看不见,我起码能把眼前的东西看个清楚。一流作家可以看透砖墙,可我还远没有那么犀利。[Maugham, W. Somerset. *A Writer's Notebook*. Vintage. London. 2001. p. 134.]

将作家分为三六九等是评论家的任务,对读者而言,毫无疑问,毛姆的故事很好看。这是为何?因为"好"的作家实在太多,但很少有人像毛姆一样"坏"。当给一个尖酸刻薄、虚荣浮夸的人配上一双敏锐的眼睛和一支流畅的笔时,世界上最令人生畏的恐怖武器便诞生了。很多阴险的小心思甚至连读者自己都不愿承认,却会从毛姆的字里行间偶然读到,心里一惊。世间有多少病毒疮口都因恐惧被遮掩,而毛姆偏偏要执一把锋利的手术刀,剖开给你看。冷酷与刻薄,来自他切身体会过的悲凉。曾经有人说过,如果能将毛姆的生活经历记录下来,那将会比他撰写的任何作品都更加出色。

毛姆出生于一八七四年,父亲是一位律师,母亲曾以相貌出众而闻名一方。他八岁丧母,十岁丧父,后被送到英国的叔叔家。寄人篱下的生活让他的性格闭塞害羞,由于矮小的身材和口吃的毛病,在进入学校后也常受到同学的欺凌。一八九二年初,毛姆前往德国海德堡大学学习,同年返回英国,在会计事务所担任实习生,后又进入圣托马斯医院学医。五年的医学生生涯让他遍尝社会底层人民的生活苦乐。曲折的生活经历为他后期写作提供了丰富的素材。说来略带讽刺,但海明威也曾认同,伟大的作家大多需要一个不幸的童年。毛姆八岁那年,母亲又怀有身孕,谁料生下的小儿子第二天就夭折了。而六天之后,母亲也撒手人寰。这似乎是毛姆童年时期最深切的痛,在他第一部小说《兰贝斯的莉莎》、第一部戏剧《体面的人》等作品中都有所提及。此外,出身资产阶级的毛姆在成长历程中被周遭环境烙下了清晰的阶级印记。他恃才自傲,思想清醒而现实,善于把最令人难以面对的阴暗一面剖白于字间。与大多数作家对贫穷的态度迥然不同,毛姆认为苦难和贫困百害而无一利,只能使人堕落而不能促人高尚。他在《作家笔记》中曾将爱情比作让世界转动的齿轮，金钱则是那轴上的润滑油。最后，说到毛姆就不得不谈到他其貌不扬的外形和口吃的毛病。这两点生理上的不足大大影响了他的世界观和后期的文学创作视角。对身体的自卑让他养成了一个古怪的习惯，即喜欢将自己想象成其他身体健全、优秀杰出的人。这个习惯在《人性的枷锁》里便有相当详细的描述。《毛姆传》的作者特德·摩根曾经去毛姆的学校参观调查，发现与毛姆同期入学的学生里有一个叫"阿申登"的，在校期间表现非常优异。"阿申登"正是在《月亮和六便士》、《阿申登》、《啼笑皆非》三部作品中毛姆以第一人称叙述时所使用的名字。

关于成长小说与《人性的枷锁》

成长小说（Bildungsroman，又译教育小说、启蒙小说）起源于德国十八世纪后半期的狂飙突进运动。一八一九年，哲学家卡尔·摩根斯坦在其课堂上将这种小说类型命名为"成长小说"，后经威廉·狄尔泰认同，最终在十八世纪初期得到广泛使用。成长小说，顾名思义，即讲述了书中主人公的成长历程，在社会历练中增加阅历，或通过某些重大事件收获人生的感悟。这类小说的结尾通常是主人公经历曲折，取得成功或走向释然。歌德的《威廉·迈斯特的漫游时代》通常被认为是成长小说的雏形。

成长小说在英国享有悠久历史。英国传统的成长小说比较强调真实性，所以大都具有自传或半自传体的性质，书中虚构的主人公身上大多有作者的影子。另外，英国比较注重文学作品对人的教育意义，所以成长小说一般都以传递积极能量为宗旨，讲述主人公一生的奋斗历程，并最终收获美满的结局。十九世纪中期连载出版的查尔斯·狄更斯作品《大卫·科波菲尔》便是典型的英国式成长小说。到了二十世纪，成长小说在英国的发展走出了大致两条主要路线。一方面是詹姆斯·乔伊斯等人创作的新式成长小说。乔伊斯是意识流派的代表人物，他的主要作品《尤利西斯》时至今日还被称为最难读懂的文学作品之一。乔伊斯的成长小说《画像》也纯熟地运用了意识流的技巧，采用顿悟、内心独白等戏剧化的表现方法，将主人公的内心成长最大程度地展现在读者面前。另一方面，以毛姆《人性的枷锁》为代表的传统式成长小说也占据了其时英国文学的一席之地。

《人性的枷锁》是毛姆的半自传体小说，主人公菲利普的身上处处映射出毛姆的影子。作者又似乎很善于在细节处做些精妙狡猾的处理。例如菲利普的天生跛脚是毛姆后天口吃毛病的映射。毛姆有三个哥哥，菲利普则是独子；毛姆的父亲是一位律师，菲利普的父亲则是小有名气的医生；毛姆少年读书的地方——坎特伯雷，在书中也刻意更改为一个虚构的地名：特坎伯雷。这些细节的改变和情节的戏剧化处理似乎体现出作者有意让菲利普活成一个鲜活而独立的人物，但他们的故事又息息相关，宛若双生儿。

书中的菲利普幼年丧失双亲，由做牧师的大伯照顾。在特坎伯雷皇家公学读完中学后，放弃了考取大学的机会，执意去德国学习，在那里第一次对男女之情、人情冷暖有了切身的体会。后来去伦敦做了一年的会计学徒，又不顾伯父伯母的反对，到巴黎学习艺术。尝试了不同的职业后，菲利普最终选择子承父业，去位于伦敦的医学院学医，那里也正是他父亲的母校。这段经历可谓是他人生路上的转折点。正是在这段时间里，他认识了那个让他又爱又恨、又怜又怕的女人——米尔德里德。两人之间的故事极度曲折，可谓是一段虐恋。而爱情也是菲利普人生中最重的一重枷锁。最后，他摆脱了僵硬的宗教束缚，放弃了迷惘的理想追求，告别痛楚的爱欲折磨，迎来崭新的人生。

这部作品的诞生非常曲折。毛姆在自序中讲到，最初这本书被命名为"史蒂芬·凯利的艺术人生"，但在写成之后，遭到多家出版社拒绝，迟迟难以出版。十四年后，这本书依然如鲠在喉头的刺、卡在心头的结，让毛姆坐立难安。他干脆放弃如日中天的剧作家事业，埋头重写。最终以斯宾诺莎《伦理学》中出现的"Of Human Bondage"重新命名，于第一次世界大战期间出版。

作为一部传统的英国式成长小说，《人性的枷锁》的确达到了很好的公众教育意义。书中强调了奋斗的意义，传递给人们战胜挫折的勇气，弘扬了善良、忠诚的珍贵品质。刨去这些积极的元素外，《人性的枷锁》还是一部现实主义作品，辛辣直白的语言时常杀得人措手不及。在书中，毛姆第一次敲响了警钟：理想与现实，到底哪个来得更加实在，更加重要？究竟是要仰着脖颈欣赏钉在暗夜里的明月，还是要低下头颅捡起道旁闪着寒光的六便士银币？

阅读成长小说时，有一则方法可以取用，即试图将自己代入情景，随文中的主人公一同成长，在他生命的每个重要转折点都感其所感，这样才能更好地体会整个故事所传递的精魂。而在阅读《人性的枷锁》时，不妨思索以下两个问题：枷锁到底是什么？菲利普又是在什么情况下，如何摆脱了枷锁？

成长本来就是一条不可逆的道路，更恐怖的是，它往往还是一条孤独的单行车道。只愿我们能在别人的故事中，切身体味或已逝去、或未到来的岁月。

译　者
二〇一五年五月

自序

　　这部小说洋洋洒洒数十万言，而我又要作序多加字数，说来真是惭愧。一部作品的作者怕是最不能恰当评论该作品的人。关于这点，著名的法国小说家罗杰·马丁·杜加尔[1]曾讲过一件有关马塞尔·普鲁斯特的轶事。一次，普鲁斯特希望某家法国期刊刊登一篇关于其作品的文学评论，并且坚信他本人是撰写这篇评论的最佳人选。心意既定，便沉下心来挥笔而著，随后将此文由一位年轻的作家朋友署名，并请这位朋友拿去给期刊编辑审阅。这位青年作家按他的意思照做了，可几天后，编辑回复了一封信。"实在抱歉，我不得不打回您的文章，"信上写道，"若我将这么一篇潦草敷衍、辛言辣语的评论刊登出来，想必马塞尔·普鲁斯特是不会原谅我的。"虽说作者对自己的作品都异常敏感，且很难正视他人的批判，但事实上，他们也鲜少满意自己的文字。面对耗费大把时间和心血的作品，他们的关注点总是在其无法确切表意周全的瑕疵一面。一经细想，便更会深受烦扰，为作品的不完美扼腕叹息，而不能因可圈可点之处沾沾自喜。他们追求十全十美，但可惜的是，他们的内心清醒而苦涩：这个目标并未达到。

---

1. 罗杰·马丁·杜加尔：作家，曾获诺贝尔文学奖，代表作有《蒂奥一家》。

在此，我不再对作品本身加以赘述，只想同读者讲述这本书的创作始末。开始动笔那年，我二十三岁，正好结束在圣托马斯医院五年的学习，拿到了行医资格。那时，我只身前往塞维尔，决心以写作营生。时至今日，这本书的手稿还留存着，但自从我校对完打印稿后就再也没审阅过了。那确是非常青涩幼稚的，我对此深信不疑。我曾将书稿寄到费舍·昂恩出版社，我的处女作也正是在此出版的。（当年还是一个医学生的我创作了首部小说《兰贝斯的莉莎》，也算名噪一时吧。）我欲将书稿卖出一百镑的价格，可费舍·昂恩的编辑一口否决了。之后又找了几家出版社，稿酬几经商讨修改，可依然无人愿意出版此书。当时的我很是沮丧，现在想来却是塞翁失马，焉知非福。因为如若当时有任何一家出版社接纳了书稿（当时这本书叫作《史蒂芬·凯利的艺术人生》），我便会与书中真正的精魂擦肩而过，因为那个主旨是当时年纪尚轻的我无法完全理解的，更后怕彼时阅历不足，不能将故事润色打磨。当年的我还不知道撰写自己所熟知的事要比虚构一段经历更简单。举例来说，在这本书的初稿里，书中主人公被我送到鲁昂去学习法语（而我对于鲁昂的了解仅仅来自一次旅行），之后方才修改为前往海德堡学习德语（这便是我的亲身经历）。

四处碰壁后，我干脆将这份书稿束之高阁。后来又写了其他小说，陆陆续续都成书出版了，除此之外还创作了不少剧本。一来二去，我以剧作家的身份显扬声名，立志要投身戏剧创作。但体内总似憋着那么一股劲儿，做什么决定都不免被动摇。那段日子过得自在逍遥、乐不思蜀、忙忙碌碌，脑子里满是剧本创作的灵感，然而不知是因为事业的顺风顺水没能彻底地满足我，还是因为某种来自成功的自然反应，我在戏剧创作上大获成功后，竟又开始执念于过往生活的点滴回忆。那些碎片不由分说地从四面八方向我飞来，不管是睡着、醒着，还是在路上走时，在戏剧排练时，或者外出聚会。回忆变成了负担，摆脱重担的唯一方式就是将这一点一滴全部倾泻在纸上。剧本的写作局促而紧张，这些年来，已经习惯如此节奏的我，正迫不及待地追求小说创作所带来的自在舒畅。我脑海里构思的故事定要占据一些篇幅，而我又渴求不受打扰，所以便干脆推掉了剧院经理迫切的合作要求，暂时与舞台告别。那年，我三十七岁。

我决意将写作视为职业之后，有很长一段时间专于学习写作技巧，埋头苦练，试图鲜明自己的文字风格。但自从开始剧本创作后，这些功夫就暂时搁置了，再拾起来，竟是另有目标。过去为追求华丽的辞藻修饰、周密的行文结构，我没少浪费精力，最后不过竹篮打水；时至今日，我已然放弃了这些花哨东西，只求着力达到平实和简洁的境地。想说的太多，可用的篇章又有所限制，故只能保留那些言简意赅的表意词句，哪还有再雕文织采的余地。创作剧本的经验让我深知文笔简明的重要性。两年的时间里，我笔耕不辍，最终成文后却一时不知道该起个什么名字好。后来看到《圣经》中以赛亚[1]的一句话——"美自灰烬生"，觉得大为贴合。无奈这个名字已经提前一步被当时的一本书使用了，便只好再次寻找。终于，在斯宾诺莎的《伦理学》中，我为这本小说找到了名字——"人性的枷锁"[2]。再一次，我觉得幸运，没有选用第一次挑中的名字。

《人性的枷锁》不是一本"自传"，作为小说却有着自传的性质。现实与虚构融汇交合，纵使所有情感都自我而生，但书中的诸多情节并非是我生活的重现，主人公的经历也不全是发生在我身上的，有好些灵感取材于我身边的挚友亲人。这本书，如所期待的那般安抚了我的心灵。待它与世人见面时（彼时正值第一次世界大战爆发，举世生灵涂炭、民不聊生，很难为一部小说主人公的生活历程而挂肚牵肠），我才发现自己已经从长久

---

1. 以赛亚：《圣经》中的希伯来大预言家，出现在《圣经》的第二十三卷《以赛亚书》。
2. 斯宾诺莎：哲学史上最重要的理性主义者之一，代表作《伦理学》。"Of Human Bondage"出自这本书的第四部分，原文为"Of human bondage, or the power of the emotions"。

以来的苦痛和折磨中挣扎出来。这本书得到了相当不错的反响。西奥多·德莱赛[1]在《新共和》杂志为本书撰写了长篇评论，文中妙语连珠、情感真挚，在其过往作品中首屈一指。尽管如此，这部书依然极有可能步大多数小说的后尘，昙花一现后销声匿迹。不过出乎我意料的是，几年后，它又重新吸引了众多美国知名作家的注意，在各类书籍里，它的名字也屡被提及，直至其逐渐重回大众视野。《人性的枷锁》焕发的第二春，功劳都要记在这些作家的账上；而我也必须因为其逐年愈累的成就再次感谢这些人。

威廉·萨默塞特·毛姆

---

1. 西奥多·德莱赛：美国现代小说的先驱，现实主义、自然主义代表作家之一。

《人性的枷锁》原名《史蒂芬·凯利的艺术人生》,首次出版于一九一五年。
本书据班坦戴尔出版公司二〇〇六年版译出,参校兰登书屋二〇〇〇年版。

第一章

黎明破晓,天色却依然阴沉昏暗。乌云重重,空气寒冷潮湿,好像要下雪了。女仆走进屋,屋里有个孩子正在睡觉。她拉开窗帘,机械地看一眼对面的房子——灰泥刷墙,带着门廊——又走到孩子的床边。

"醒醒,菲利普。"

她揭开被褥抱起孩子,带着他下楼。孩子在她的怀里半睡半醒。

"你妈妈叫你。"她说。

女仆到了楼下,推开一扇屋门,把孩子抱到床前。床上躺着的妇人,正是菲利普的母亲。她伸出双手接过孩子,让他稳稳地偎在自己身旁。孩子没有问她为什么把自己叫醒。她亲吻着孩子的眼睛,干瘦纤细的手隔着白色法兰绒睡袍抚摸着孩子温暖的身体,把他抱得更紧。

"还困吗,宝贝?"妇人问道。

她的声音听起来那么微弱,像是从很远的地方传来。孩子没有作答,只是惬意地笑了笑。在这暖和的大床上,被柔软的手臂抱着,他感到快活。偎着母亲,他的身体蜷缩成小小的一团,睡意蒙眬地亲吻着她,没过多久,就又进入了梦乡。这时医生走进屋,来到床前。

"啊,先别带他走。"女人无力地呻吟。医生没有作答,只是盯着她,神情严肃。女人心里清楚孩子不能在这里待太久,她又亲了亲他,抚摸着他的身体,一直到小脚丫。她握着孩子的右脚,摸了摸五个小脚趾,放下右脚又紧接着拿起左脚——她不由一声呜咽。

"怎么了?"医生问,"你太累了。"

女人摇了摇头,声音哽咽在喉,眼泪无声地滚落脸颊。

医生弯下腰说:"来,我来抱他。"

女人太虚弱了,无力反抗,只能把孩子交给他。医生一转身又把孩子送到护士怀里。

"最好把孩子放回他自己的床。"

"好的,先生。"

还在熟睡的小男孩被抱走了,只剩他的母亲一人撕心裂肺地痛哭。

"我可怜的孩子,他以后会怎么样。"

照顾产妇的护士不停安慰着她,过了一会儿,心力交瘁的她停止了哭泣。医生走到房间的另一边,那里有一张桌子,桌上的毛巾下是一具流产的死婴。他揭开毛巾,检查这具小小的尸体。虽然床和桌子中间有一道屏风隔着,但女人还是猜到了医生正在做什么。

"男孩还是女孩?"她轻声问护士。

"还是个男孩。"

女人沉默了。接着,送孩子回房的护士回来了,她走到床边说:"菲利普少爷一直没醒。"

半晌都没人说话。医生又测了一次女人的脉搏。

"这会儿没什么事了,"他说,"早饭后我再回来吧。"

"我带您出去,医生。"护士说。

她陪着医生一起下楼,两个人都一言不发。到了门厅,医生停下来。

"你给孩子的大伯去电报了吧?"

"嗯。"

"他什么时候过来？"

"我也不知道，还在等回信。"

"孩子呢？我觉得离开这里对他是件好事。"

"沃特金小姐说她愿意带他。"

"那是谁？"

"是孩子的教母，先生。您觉得凯利太太能挺过来吗？"

医生摇了摇头。

第二章

一周过去了。在沃特金小姐位于昂斯洛花园的宅子里，菲利普正坐在客厅的地板上玩耍。他是家中独子，打小就会自娱自乐。这间客厅里满是大件的家具，每个沙发座上都放着三个大靠垫，每把扶手椅上也各有一个。菲利普把所有垫子都敛过来，合着几张轻便好搬动的镀金雕花椅，搭成了一个像模像样的山洞。他藏在里面，躲着不让洞外的印第安人发现。他把耳朵贴在地板上，想象自己听到了一群野牛在大草原狂奔而过。忽然，他听到客厅的门开了，赶紧屏住呼吸，生怕被人发现他的藏身之处。这时，一只有力的手把椅子猛地一拉，靠垫呼啦啦掉了一地。

"淘气鬼！沃特金小姐会生你的气的！"

"嗨，埃玛！"菲利普跟她打招呼。

埃玛弯下身，亲了亲他，又拍了拍掉在地上的垫子，把它们都放回原位。

"我要回家了吗？"他问。

"是啊，我是来接你的。"

"你穿了件新裙子！"

这是一八八五年，埃玛穿了件有裙撑的裙子，黑色天鹅绒质地，紧袖削肩，裙摆上有三层荷叶边；头上是一顶黑色天鹅绒系带帽。她一时很犹豫：菲利普迟迟没问那个她等待着的问题，即使已经早有准备，也不好不问自答。

003

"你不问问你妈妈怎样了吗？"她还是忍不住先问出口。

"哦，对，我忘了。妈妈怎么样？"

现在，她可以把准备好的答案说出来了。

"你妈妈现在过得很好，她很幸福。"

"啊，太好了。"

"你妈妈走了。你再也见不到她了。"

菲利普没大听懂她的意思。

"为什么？"

"她去了天堂。"

话音刚落，埃玛就开始痛哭，还没怎么明白过来的菲利普也跟着哭了起来。埃玛是个子高、骨架宽的女人，生得浓眉大眼，一头金发。她是德文郡[1]人，虽然在伦敦当了好多年的女仆，一张嘴还是一口家乡味。眼泪一掉，更是涌来万般情绪、千般滋味。她紧紧地把菲利普抱在怀里，心头莫名抽搐了一下。她可怜这孩子，因为在这个世上唯一一个能够不求回报地爱他的人也离开了，他只能被送去给陌生人收养。但过了一小会儿，她的心情便平静下来了。

"你伯伯等着见你，"埃玛说，"去跟沃特金小姐说再见，咱们回家了。"

"我不想去。"菲利普说。他害怕别人看到他哭鼻子。

"好吧。那快上楼拿你的帽子去。"

菲利普拿了帽子下来，埃玛已经在门厅等他。餐厅后面的书房里传来说话的声音，他知道这是沃特金小姐和她姐姐在同朋友聊天。尽管他只有九岁，但隐隐觉得，如果这时候走进书房，里面的人应该都会同情可怜他吧。

"我要进去跟沃特金小姐告别。"

"我也觉得你该这么做。"埃玛说。

"你先进去，跟她们说我来了。"他吩咐埃玛。

---

1. 德文郡：英格兰西南部的一个郡。埃克塞特是德文郡的郡治所在。

菲利普想着这次一定要好好发挥。埃玛敲敲门，走了进去。他听到她跟里面的人说："小姐，菲利普少爷想来跟您告别。"

屋里的谈话声戛然而止。菲利普一瘸一拐地上场了。亨利埃塔·沃特金小姐是个壮实的女人，脸蛋红扑扑的，染着头发。在那个年代，人们都喜欢对染发这一行为评头论足，她染了头发之后，菲利普在家里就听到不少人说三道四。沃特金小姐和姐姐住在一起。她姐姐年纪大了，天天优哉游哉，一副乐享晚年的样子。还有两个菲利普不认识的客人，好奇地看着他。

"我可怜的孩子。"沃特金小姐说，伸出手抱住菲利普。

她开始哭。菲利普终于知道为什么她今天穿着黑裙子，而且没有在家吃午餐。她哭得一句话都说不出来。

"我得回家了。"菲利普最后说。

他从沃特金小姐的怀里挣脱出来，她又亲了他一下。接着，菲利普走到她姐姐跟前，跟她也告了别。其中一个陌生的女人问能不能亲亲他，他郑重其事地点了点头。尽管脸上还挂着泪珠，但他很享受这种万众瞩目的感觉。他还想再在这待一会儿，但隐隐感到这些人心里恨不得让他快点走，于是很识相地说埃玛还在等着自己。他走出书房，然而埃玛并不在外面。她刚才去地下室和一个朋友聊天去了。他在楼梯口等着她，忽然听到亨利埃塔·沃特金的声音从书房传来。

"这孩子的妈妈是我最好的朋友。她就这么走了，我简直接受不了。"

"你就不该去参加她的葬礼，亨利埃塔，"姐姐说，"这只能让你更伤心。"

一个陌生的女人声音响起："可怜的小孩子，想想他在世界上孤零零的，多惨啊。我看他还一瘸一瘸的。"

"嗯，他有只畸形脚。这是他妈妈生前的一个心结。"

这时候，埃玛回来了。她和菲利普叫了辆马车，跟车夫说明了目的地，马车带着他们离开了。

第三章

马车到了凯利夫人的家。这所房子位于诺丁山和肯辛顿高街中间的一条气派但沉闷的街道上。埃玛带着菲利普走进客厅。伯伯在给寄来花圈的亲友们回复感谢信。有一只迟到了的花圈没能赶上葬礼,这会儿还没拆盒,搁在门厅的桌子上。

"菲利普少爷到了。"埃玛说。

凯利先生慢慢地站起来,跟这个小男孩握了握手。再一想,又俯下身子,亲吻了一下他的额头。凯利先生身高中等偏矮,略微发福,头发留得挺长,为的是遮挡一下自己的秃顶。他的胡子刮得很干净,五官端正,不难想象他年轻的时候应该挺英俊。他的表链上挂着一个金十字架。

"以后你就和我一起生活了,菲利普,"凯利先生说,"你愿意吗?"

两年前菲利普因为生了水痘被送到牧师伯伯的家里静养,但他现在只记得那所房子有阁楼和一个大花园,对他的伯伯伯母并没有什么印象。

"嗯。"

"你必须把我和你路易莎伯母当成爸爸妈妈。"

男孩的嘴唇抖了一下,满脸通红,没有作答。

"你亲爱的妈妈把你交给我了。"

凯利先生不太会表达自己,一时语塞。他得知自己弟媳病危后,第一时间便赶去伦敦。但是在路上他满脑子都是如果弟媳去世了,那么她的孩子就只能由自己抚养,这真是个麻烦事。他已经年过五十,结婚三十多年,妻子也没有生育。凯利先生没想着这个小男孩会给他的生活带来什么欢乐,说不定他还是个冒冒失失的调皮鬼。他甚至从来都不怎么喜欢自己的弟媳。

"明天我就带你回布莱克斯塔布尔。"凯利先生说。

"埃玛也一起吗?"

男孩把手放到埃玛手心里,她立刻攥紧这只小手。

"恐怕埃玛不能跟着。"凯利先生回答。

"但我想和埃玛在一起!"

菲利普放开嗓子大哭起来,埃玛也忍不住跟着抽泣。凯利先生看着这两个人,一点法子都没有。

"我想,你最好让我和菲利普少爷单独待一会儿。"

"是,老爷。"埃玛说。

她轻轻挣开抱着她不放的菲利普。凯利先生把他抱到腿上,胳膊环着他。

"不哭,"他说,"你已经长大,不需要保姆了。我们准备送你去上学。"

"我想和埃玛在一起。"男孩又嘟哝一遍。

"雇保姆要花很多钱,菲利普。你爸爸没留下多少,我也搞不清这是怎么回事。每分钱咱们都要精打细算。"

一天前,凯利先生拜访了弟弟的家庭律师。菲利普的爸爸是个出色的外科医生,很有声望,求诊者总是络绎不绝。当他因败血症忽然离世后,人们发现他留给妻子的,除了保险金和布鲁顿街那套房子的租约外所剩无几,都大吃一惊。

这已经是六个月前的事。那时,体弱多病的凯利夫人发现自己竟然怀孕了。她脑子一乱,把房子租给了第一个上门问租的人,还把家具都储藏起来,以高价另外租下一套配置齐全的房子,租期一年。这套房子的租金之高,让做牧师的凯利先生都不敢相信。她这样做只是想在孩子出生之前省点麻烦,但凯利夫人之前就不会理财,也不会根据自己的经济情况控制开销。丈夫留下的钱她东花一点,西花一点,等该花钱的地方都打点好之后,就只剩下了两千镑出头。这笔钱要用来抚养孩子,直到他可以自食其力。凯利先生不可能跟菲利普解释这些,他只是个孩子,现在还在抹眼泪呢。

"去找埃玛吧。"凯利先生说,他觉得埃玛比任何人都会哄这孩子。

菲利普一句话都没说,从伯伯的膝盖上溜下来,但凯利先生又抱住了他。

"我们必须明天就走。周六我要准备布道稿,你得跟埃玛说,今天就把东西准备好。玩具都拿上吧。如果你想带点什么纪念父母,就从他们各自的东西里挑一样。剩下的都要卖掉。"

男孩溜出房间。剩下最不习惯写东西的凯利先生，带着一肚子的抱怨继续写他的感谢信。桌子的一边是一摞账单，他看到就心生怒火。其中一张账单格外荒谬。这笔账来自埃玛。凯利夫人死后，埃玛立刻订了很多白色的花来装饰摆放遗体的房间。这笔钱完全花得冤枉。埃玛太能自作主张了。所以就算经济不拮据，他也一定会开除她。

菲利普跑到埃玛跟前，扑到她怀里，号啕大哭起来。埃玛几乎把菲利普当作自己的孩子——自菲利普满月之后，她就开始带他——轻言轻语地哄着他，跟他保证会时不时去看他，绝对不会忘记他。她讲了他要去的那个地方是什么样子，又讲了自己的家乡德文郡。她父亲在去往埃克塞特的高速路上开了个收费站，她们家的猪圈里养着很多猪，还有一头牛，牛还下了只小牛崽。她把这些故事娓娓道来，直到菲利普不再掉眼泪，反而憧憬起自己将要来到的旅行。随后，她把他放下来，因为还有很多活等着她干。菲利普帮着她把自己的衣服铺在床上，又被打发着回房收拾玩具。可没过一会儿，他就在那儿高兴地玩起来了。

最后，菲利普一个人腻了，回到卧室。埃玛正把他的东西装到一个大铁盒里。菲利普想起来伯伯让他带上点东西纪念父母，就问埃玛该带什么。

"你最好回客厅看看自己喜欢什么。"

"可威廉伯伯在那儿。"

"不用管他。现在那些都是你的了。"

菲利普慢慢下楼。客厅的门敞开着，凯利先生已经走了。他在屋里慢悠悠地看了一圈。他们一家没在这里住多久，所以屋里没什么特别吸引他的东西。这就像个陌生人的房间，他对什么都提不起兴趣。但他知道哪些东西是母亲的，哪些是房东的。忽然他的视线落在一只小闹钟上，他听母亲说过很喜欢它。

菲利普拿着闹钟，一脸忧伤地上了楼。他停在妈妈的卧室门口，听了听里面的动静。尽管身边没人阻拦，可他觉着直接进去显得太冒失。他有点害怕，心跳得特别快，但同时又不由自主地扭动门把手，轻手轻脚，好像害怕里面的人听见。他慢慢把门推开，在门口站了一会儿，才鼓起勇气走了进去。现在已经没有刚才那么害怕了，只觉得这间屋子像是从未来过一般的陌生。他把身后的门关上。百叶窗是合着的，透过些许冬季午后冷澈的阳光，屋子里一片昏暗。凯利夫人的梳妆台上放着梳子和带柄的镜子，还有一个放发卡的小盒。壁炉架上摆着一张菲利普的照片，一张他父亲的照片。菲利普经常在母亲不在的时候来这个房间，只是现在一切都显得不同了。椅子看上去很奇怪。床铺得整整齐齐，似乎今晚还会有人来住。枕头上有个盒子，里面是一件睡裙。

菲利普打开装满衣裙的柜子，走进去，张开手臂尽全力抱起一堆衣服，把头埋在里面。裙子的香气是母亲的味道。他拉开抽屉，看着里面满满当当的母亲的遗物：内衣中间放着薰衣草香袋，闻起来清新怡人。房间里那股陌生的气息似乎也消散了。好像母亲只是出去散了个步，一会儿便能回来，陪菲利普喝育儿茶[1]；好像她的吻真真实实地落在了菲利普的嘴唇上。

再也见不到妈妈了？不会的，这根本不可能。菲利普爬上床，头枕上枕头，一动不动地静静躺在那儿。

第四章

菲利普哭哭啼啼地离开了埃玛，但在去往布莱克斯塔布尔的路上，很快就破涕为笑，等到了目的地，早就把悲伤抛到脑后，变得兴致勃勃了。布莱克斯塔布尔离伦敦六十英里。下了火车，凯利先生把行李交给脚夫，带着菲利普往家走。他俩走了五分多钟才到大门口，菲利普一下子记起了这扇门。这是一扇有五道栅栏的红色的大门，门轴很松，可以里外开合，小孩子抓着门就能来回荡秋千，只是大人不让这么玩。他们穿过花园来到房子的正门。一般只有客人来访、礼拜天以及一些特殊的场合下，正门才会打开，比如迎送做牧师的男主人去伦敦，或者从那儿回来。一般情况下，房子里的人都从

---

1. 育儿茶：英国中上层阶级传统习惯：由家庭中的成年人陪小孩一起享用下午茶点，通常有三明治、面包、牛奶等。虽然叫作"茶"，其实饮料中并不包含茶水。

009

侧门进出，房子的后门则是留给花匠、乞丐和流浪者使用的。这所已经有二十五年历史的房子建得很宽敞，黄砖墙、红房顶，十足的教堂风格。前门设计得很像教堂的门廊，客厅的窗户也是哥特式的。

凯利夫人提前知道他们坐哪班火车到，所以已经在客厅等着了。她听到大门打开的声音之后就往门口走。

"这是路易莎伯母，"凯利先生介绍说，"快跑过去亲亲她。"

菲利普拖着跛足，很是别扭地开始跑，没几步忽地停下来。凯利夫人又瘦又小，有一双湛蓝的眼睛。她和丈夫一般年纪，可脸上皱纹之密之深却不像是这个年岁的人能有的。一头灰白头发还是按她年轻时流行的样子烫成卷。她穿件黑裙，唯一的饰品是一条金链，上面坠着十字。她个性害羞，说起话来轻声轻语。

"你俩是走着回来的，威廉？"她亲吻了一下丈夫，略带责备地问道。

"唉，我没想那么多。"牧师看了侄子一眼，回答说。

"走路的时候脚不疼吧，菲利普？"她问道。

"不疼。我经常走路。"

菲利普听着他俩的对话，觉得有点纳闷。路易莎伯母领他进屋，他们一同走到门厅。这里铺着红黄两色瓷砖，上面交替印有正十字架图案和耶稣的画像。厅里有一道气派的楼梯，一直通到厅外。楼梯是抛光的松木做的，伴着一股奇特的气味。能修成这么体面的楼梯，还是多亏当时教堂移址，剩下了充足的木料。楼梯的栏杆装饰着四福音使徒的徽记[1]。

"我已经生上炉子了，你们这一路回来，应该挺冷吧。"凯利夫人说。

门厅里的黑色大炉子只在天气恶劣或者牧师感冒的时候才会生起来。煤价太高，如果感冒的是凯利夫人，她自己才不舍得。女仆玛丽·安也不喜欢在房子里到处生火。如果想把所有的炉子都点开，就得另雇一个女仆负责照

---

[1] 四福音使徒的徽记：四福音使徒即四部介绍耶稣生平的书的作者：马太、约翰、马可和路加。他们固定的象征图案分别为：人、鹰、狮子、牛。

管了。凯利先生和夫人冬天只在餐厅待着,这样一来,生一个炉子就足够了。等到了夏天,两个人出于习惯,也会继续待在那儿。客厅一般没人用,只有周日的下午凯利先生会在那儿打个盹。每周六,他要在书房写布道稿,所以也会生上那里的炉子。

路易莎伯母领菲利普上楼,带他去看了一间小小的、朝向车道的卧室。卧室的窗外是一棵大树,菲利普对它似乎还有点印象。这棵树的树枝垂得特别低,轻而易举地就能顺着它往高处爬。

"小孩住小屋,"凯利夫人说,"你自己睡不害怕吧?"

"嗯,不怕。"

菲利普第一次来牧师家的时候还有保姆陪着,当时凯利夫人没怎么照顾过他,所以现在她有点不放心。

"你会自己洗手吗,还是我来给你洗?"

"我会自己洗。"菲利普想也没想,脱口而出。

"好吧,待会儿你下楼吃茶点,我可是会检查的。"凯利夫人说。

她一点也没有养孩子的经验。得知菲利普来布莱克斯塔布尔的事定下来后,她琢磨了好久应该怎么对待他。她迫切地想当个称职的"妈妈",但是真的见到菲利普后,才发现他在自己面前跟自己在他面前是一样的害羞。她希望他别太吵闹,别在家里横冲直撞,因为丈夫不喜欢调皮的小孩。她找了个借口离开房间,但紧接着又跑回去敲了敲门;她隔着门问菲利普能不能自己倒水,在得到了确定的答案后才下楼摇铃,吩咐仆人端上茶点。

餐厅不大不小,刚好算得上宽敞,两边窗户都挂着厚实的红色棱纹布窗帘。餐厅正中是一张硕大的餐桌,靠墙摆着华丽的红木镶镜餐橱,墙角放着一架簧风琴。壁炉周围有两把皮椅,皮革上有浮雕的图案。椅背上套着布套,以防头发上的油污弄脏皮革。一把椅子有扶手,是"老公椅",另一把没扶手,是"老婆椅"。凯利夫人从来不坐那张有扶手的椅子,她说不喜欢椅子太舒服;要干的活那么多,要是椅子舒舒服服的还有扶手,屁股还不得粘到上面去。

菲利普走进餐厅的时候,凯利先生正在拨弄炉火。他告诉侄子这里有两根烧火棍,一根又粗又亮,干干净净,从没使用过,他管这根叫"牧师";另外一根细了很多,脏乎乎的,一看就经常用来拨火,他管这根叫"副牧师"。

"还有什么没上齐吗?"凯利先生问道。

"我让玛丽·安给你做个鸡蛋。你今天赶路应该饿了。"

凯利夫人看来,从伦敦到布莱克斯塔布尔的路程一定漫长而疲惫。她自己很少旅行,因为一家人每年只能靠三百镑过活。当凯利先生想出去度假的时候,每次都因为凑不够两人的盘缠,只能一个人去。他喜欢参加英国国教大会[1],一般一年会设法去一次伦敦。他去巴黎参加过一次国教大会的艺术展览,还去过两三次瑞士。玛丽·安拿来鸡蛋,他们围着餐桌坐下。可菲利普坐在椅子上够不着桌子,一时间,凯利先生和妻子都手足无措了。

"我去拿点书垫在他身下。"玛丽·安说。

她从簧风琴上取下一本大部头的《圣经》和一本牧师祷告时念的书,放到菲利普的椅子上。

"哦,威廉,他可不能坐在《圣经》上,"凯利夫人惶惶然地说,"你就不能去书房拿点别的书吗?"

凯利先生思考片刻。

"玛丽·安,我想如果把祈祷书放在上面应该就没事了,反正就这么一回,"他说,"这本《公悼书》只是我等凡人编写的。不算是神的书。"

"我还真没想到这个呢,威廉。"路易莎伯母说。

菲利普在书上坐稳。牧师做完餐前祷告,从鸡蛋顶上切下一块来。

"给,"他把这点鸡蛋叉给菲利普,说道,"你要是想吃,就吃了吧。"

菲利普想自己吃一个整蛋,可现在似乎不大可能了。他乖乖接受了这小小的一点分享。

"我走这几天鸡下蛋情况怎么样?"牧师问。

"糟透了,一天就一两个。"

---

1. 国教大会:英国国教成员一年一度的集会,包含宗教和艺术展览。

"鸡蛋好吃吗，菲利普？"牧师问。

"很好吃，谢谢。"

"周日下午你还能再吃上这么一块。"

凯利先生每周日的下午茶都要吃一个煮鸡蛋，这样晚上的礼拜仪式上就不会太饿了。

第五章

慢慢地，菲利普对这些与他生活在一个屋檐下的人熟悉起来，又从听到的只言片语里——当然有些是无意说给他的——知道了很多关于自己和父母的事。菲利普的父亲比在布莱克斯塔布尔当牧师的伯伯小很多。他在圣鲁克医院学习时表现得非常突出，最终被聘为正式员工，也正是从那时候起，开始有了相当可观的收入。但他花钱没什么节制。有次，牧师想要翻修教堂，跟他讨要捐助金，他一下子捐出了几百镑。牧师大为吃惊。这位凯利先生本就惯于节俭，又迫于生活不得不精打细算，一下子收到如此巨款，心里像是打翻了五味瓶。一方面，他嫉妒弟弟的出手阔绰；另一方面，想到教堂翻修不成问题了，又暗自欣喜，甚至还有点窝火：这样的慷慨，简直就是招摇卖弄！后来，弟弟娶了自己的病人——一位貌美如花却身无分文的姑娘。她虽无亲无故，但出身于一个相当显赫的家族。婚礼当天，一众体面气派的朋友前来庆祝。牧师也在去伦敦的时候特意拜访了弟媳。他在她面前很是害羞，举止谨慎，甚至打从内心隐隐嫉恨她无与伦比的美貌。作为一个勤恳工作的外科医生的老婆，她着装的华丽程度未免太过浮夸；家里布置得金碧辉煌，即使冬天也繁花拥簇，这份奢华，实在令人发指。她还对他侃侃而谈，大讲自己马上要去赴的几个隆重的宴会。牧师回到家后跟自己的妻子商量，所谓礼尚往来，怎么也要请他们来家里做做客。他在弟弟家的客厅见识了至少要八先令一磅的葡萄；在午餐时还享用了芦笋——当时可是离教区芦笋的成熟季节还差两个月呢！时至今日，他所预言的一切都成了真。牧师洋洋得意，就像一个预言家看到不听从自己告诫的城市终于遭到了地狱之火的吞噬。剩下可怜的菲利普穷困潦倒,他母亲的那些体面朋友现在都哪去了?菲利普听别人说自己的父亲挥霍无度,造下了孽,好在上帝足够慈悲,才把他的母亲带到自己身边——这个女人根本照顾不好自己,她的理财本领不比小孩子高明多少。

菲利普来到布莱克斯塔布尔的一周后,这里忽然发生了一件事,气得伯伯火冒三丈。一天早上,牧师看到早餐桌上有个小包裹,是从凯利夫人生前在伦敦的住所寄来的。包裹上的地址就是凯利夫人生前的住址。他打开包裹,发现里面是一沓凯利夫人的照片。照片只照了头和肩膀,照片里的凯利夫人头发有些凌乱,几绺碎发搭在前额,看起来和平常不太一样;她脸颊瘦削,形容憔悴,但仍然难掩五官的俊美,乌黑的大眼睛里透着一股悲伤,这副表情菲利普并不记得从何处见到过。凯利先生乍一看这些遗像,不由倒吸一口凉气,但很快,心头的惊讶就被困惑之情所取代了。这些照片的时间似乎就是最近,可他想不出是谁让照的。

"你有印象吗,菲利普?"他问。

"我记得妈妈说过她照了些相片,"菲利普回答,"沃特金小姐还责怪她……但她说:等孩子长大了,我想给他留个念想。"

凯利先生怔怔地看着菲利普:这个孩子模仿着女人的语调复述这句话,但却不知道话中的意思。

"你拿一张放到自己房间,"凯利先生说,"我来把剩下的收起来。"

他把照片给沃特金小姐寄去一张,回信里沃特金解释了照片的来龙去脉。

有一天,卧床休息的凯利夫人觉得比往常舒服一点,医生早上探诊时看来也信心十足。埃玛带着孩子出去了,女佣们都在地下室。凯利夫人忽然感到自己在这世上孤零零的,一阵绝望袭来。她害怕至极,担心自己无法康复。原以为这次小产两周就能恢复过来,但一直到现在她还没有好利索。她的儿子才九岁,怎么能指望这么小的孩子记住自己?她一想到自己会彻彻底底地湮没在儿子的记忆中,就感到不寒而栗。她恨不得把整颗心都奉给儿子,她爱这个瘦瘦小小、生来就残疾的可怜小生命,他是她的心头肉啊!有了照片,起码他就不会把自己忘得一干二净了。可是结婚十载,她从没照过一张照片。她现在想去照上几张,让孩子永远记住自己的样子。凯利夫人知道如果叫女仆服侍自己起床,她们不仅不会帮忙,还会劝说她不要下床,甚至去把医生请来。而她现在可没有一点力气可以挣扎或反抗。所以她打定主意,自己爬起床,开始穿衣服。她卧床太久,双腿软绵绵的没有力气,脚底一挨地就像针扎一样疼。但她咬紧牙关,强忍着下地。她已经很久没有自己梳过头,手臂一抬,竟然觉得一阵眩晕,怎么梳也梳不成女仆给自己打扮的样子。她的金发浓密秀美,两道深色的眉毛生得笔直。她穿上一件黑色的裙子,搭配了一件紧身上衣。这是她最心仪的晚礼服上衣,白色的缎子质地,在那个年代非常时髦。打扮妥当后,她看着镜中的自己:脸色苍白,但皮肤光润洁净;没有血色的素颜反而凸显得红唇分外艳丽。她忍不住啜泣起来,可几声呜咽似乎都会耗尽她的体力。她穿上前年圣诞节丈夫送她的皮草——这是一份曾经让她无比得意的礼物——悄声走下楼,心脏突突地跳。她安然无恙地出了门,驱车去往照相馆,付了一沓照片的钱。在拍摄到一半的时候,她再也坐不住,不得不停下来要杯水喝。照相师助理看她一副病态,叫她下次再来。但她坚持着撑到最后,一直等照完所有照片,才坐车回到肯辛顿的那所小房子。她打心眼里痛恨这个地方,一点也不想死在这座凄冷恐怖的房子里。

前门敞开着,车子一驶过去,女仆和埃玛就跑下台阶来迎她。刚才她们发现凯利夫人不在了,都吓掉了魂儿。一开始她们以为她去了沃特金小姐家,就立刻派厨娘去找。但沃特金小姐却跟着厨娘一块儿回来,在客厅心急如焚地等了好半天。听到凯利夫人回来的消息,她赶忙下楼,心里忐忑不安,嘴上抱怨连连。而早已体力透支的凯利夫人现在也没有强挺着的理由了,她重重跌在埃玛怀里,被人抱到楼上去了。凯利夫人昏迷的这段时间在看护她的人看来似乎度秒如年,他们急匆匆地派人去叫医生,可医生始终都没有过来。第二天凯利夫人的状态恢复了,便跟沃特金小姐解释了这整件事。菲利普当时在母亲房间的地板上自个儿玩耍,没人注意到他。对于大人们的谈话,他只是一知半解。连他自己都不知道是怎么把这句话记到脑子里的:

"等孩子长大了,我想给他留个念想。"

"我就不懂她干吗要订这么一沓,"凯利先生嘟囔着,"两张不就够了。"

第六章

教区的生活,每一天都大同小异。

用过早餐后,玛丽·安把《泰晤士报》拿了过来。这份报纸是凯利先生和两位邻居一起合订的。十点到一点凯利先生先看,之后花匠再拿去给莱姆斯庄园的埃利斯先生,他的阅读时间一直到晚上七点,最后再传给马诺尔庄园的布鲁克斯小姐。最后一个拿到的人也有好处:报纸就归她所有了。夏天凯利夫人做果酱的时候经常去找她借上几份封罐子。每天凯利先生开始读报的时候,他的妻子就戴上帽子出去买东西,菲利普陪着她一起。布莱克斯塔布尔是个渔镇,镇上有一条大街,街边有一些商店,一家银行;医生和两三个煤船主的房子也在这儿。港口旁边破烂泥泞的巷弄里住着渔夫和穷人,不过好在他们不去教区的教堂做礼拜,所以也就无关紧要了。每次凯利夫人在街上碰到非国教的牧师时,总是赶快闪到路的另一边,唯恐和他们打照面。有时候来不及闪躲,她就埋头看路,装作没看见。这样的街上竟然有三座小教堂,凯利先生对此一直耿耿于怀。他觉得法律应该出面干预,从一开始就不让建。郊区的大教堂离城镇有两公里远,去趟教堂很不方便,很多人因此而不信奉国教。在布莱克斯塔布尔买东西可是大有讲究。作为牧师的妻子,她选择光顾哪家店会极大地影响店主的信仰,所以只能和同教的信徒打交道。这一点,凯利夫人早就了然于胸。村里有两个去大教堂做礼拜的屠户,他们不明白牧师为何不能同时光顾两家肉铺,也不满意牧师想出的解决办法:上半年买一家的,下半年再买另一家。每次轮空的那户屠夫都威胁牧师说自己再也不去大教堂了,而牧师有时候也不得不反过来威胁他们,说不去大教堂就是犯了大错,如果再不迷途知返,反倒跑去非国教的小教堂,那不管他家的肉品质有多好,自己都不会再登门光顾了。凯利夫人经常会在银行稍作留步,给乔西亚·格雷夫斯捎个信儿。乔西亚是银行的经理,兼任教会执事,还带领着唱诗班,管着教堂的财务。他是个瘦高个儿,土黄的脸上耸着个长鼻子,头发花白。在菲利普的眼中,乔西亚就是个不折不扣的老头子。他负责管理教堂的开销,款待唱诗班和安排学校的一些聚会。尽管教堂连架风琴都没有,但(在布莱克斯塔布尔)大家普遍认为由乔西亚带领的唱诗班在肯特郡绝对独占鳌头。但凡有大事发生,比如大主教来施坚信礼[1],或是逢感恩节,乡村教区司铎来传道,乔西亚都要早早准备好迎接仪式。他做起事情来包揽独断,充其量只是跟牧师草草打个招呼。而牧师尽管觉得这样省下不少麻烦,可还是对他处理问题的态度愠怒在心。他还真把自己当成教堂的一把手了!凯利先生一直跟妻子絮叨,如果乔西亚·格雷夫斯再这么不把他当回事,他就要好好敲打敲打他了。凯利夫人劝他要忍让,毕竟乔西亚心还是好的,礼节做不到位也不能完全怪他。包容是教徒的美德,这一点牧师还是很乐意去遵守的,只是在背地里喊执事为"俾斯麦"[2]。

有一次,两人之间爆发了一场大战,当时的场景凯利夫人至今想起来还心有余悸。事情是这样的:保守党候选人要来镇上作竞选演讲,乔西亚·格雷夫斯一早就把会议地址安排在布道厅,又跑去找凯利先生说自己想在会议上发言。看来候选人已经让乔西亚·格雷夫斯主持会议了。这可超出了凯利先生的容忍极限。牧师必须得到足够的尊重,这是凯利先生坚守的原则。在牧师在场的情况下,区区一个教堂执事竟然去主持大会,这让他颜面何在?他提醒乔西亚,作为神职人员,自然该让牧师掌控教堂的大小事宜。乔西亚反驳说要是论对教会威严的尊重,他绝对数一数二,但这件事只是单纯的政治问题。他还针锋相对地告诫牧师,赐福于人的救世主耶稣让他们"该撒的物当归给该撒"[3]。而牧师则直言反击:为了达到目的,连魔鬼都会不择手段

---

1. 坚信礼:基督教传统,孩子十三岁后需要经此礼才可成为正式教徒。
2. 俾斯麦:政治家,德意志帝国首任宰相,以"铁血政策"闻名。
3.《圣经》引文:新约《马太福音》第二十二章中,耶稣曾说:"该撒的物当归给该撒,神的物当归给神。"意思是人世的事情应该由人来处理。

地引用圣经里的话。反正布道厅的绝对支配权在他手里,如果不让他来主持会议,那就休想借教堂的场地举办政治会议。乔西亚·格雷夫斯告诉凯利先生他爱干吗就干吗,实在不行会议就搬去卫理公会教堂开。凯利先生急了,警告乔西亚如果他敢往异教野庙里迈一步,就再没有资格在国教教会里担任执事了。乔西亚听了这话,一气之下辞去了所有圣职,当天晚上就交回了自己的黑袍袈裟和白色法衣。乔西亚的妹妹格雷夫斯小姐之前负责母道会的工作,也照顾着乔西亚的起居。这么一闹,她也不得不辞去职务。母道会是向贫穷的孕妇义务提供法兰绒布、婴儿内衣、煤炭和五先令救助金的机构。乔西亚刚走那阵,凯利先生说自己终于又是一家之主了。但没过多久他就发现自己对教堂的大小事务压根就是两眼一抹黑。而乔西亚这边震怒过后,也感觉生活好像没有意义了。凯利夫人和格雷夫斯小姐也深受这次大战困扰,她们悄悄地通了几封信,下定决心要解决这场纠纷。她俩一个找到自己的丈夫,一个找到自己的哥哥,开始了没日没夜的长谈,动之以情,晓之以理,盼着这两位男士能听从劝告。终于在令人惴惴不安的三周过去之后,调解生效了。明明这是对两人都好的事,他们还非要说成是看在主的面子上。最后,大会还是在布道厅举行,可主持者换成了镇上的医生,凯利先生和乔西亚·格雷夫斯分别在大会上发了言。

凯利夫人的口信捎到后,一般都会再上楼和乔西亚的妹妹聊会儿天。两位女士你一言我一语地聊着教区的事,议论副牧师和威尔森夫人新买的帽子——威尔森先生是布莱克斯塔布尔的首富,有人猜想他一年最少挣五百镑,也有人说他娶了自己的厨娘。她们闲扯的时候,菲利普就板板正正地端坐在会客厅,目光盯在鱼缸里的金鱼身上,眼珠子转来转去。这间会客厅布置得庄严肃穆,专门用来招待客人。客厅的窗户只在每天早上打开几分钟透透气,平时一直紧闭。菲利普觉得这屋里一股死气沉沉的味儿,可能和银行业有某种说不清道不明的联系。

过了一会儿,凯利夫人想起自己还要去杂货店,就带菲利普一起离开了。买完东西,娘俩一般会沿着一条小街往下走,这里多是渔夫住的小木屋(能看到他们零零散散地坐在门口修补渔网，木屋门前也晾着些）。一直走到一片仓库林立的小沙滩，从这儿还是能看到海。凯利夫人伫立片刻，凝视面前的大海，黄色的海水浑浊不清（谁知道这时她心里在想什么）。菲利普跑来跑去，到处找小石片打水漂。随后他们慢悠悠地往回走，路过邮局的时候会往里瞅瞅对下时间；看到医生的妻子威格拉姆夫人坐在窗前做针线活，就点头示意；就这样一路回家。

牧师一家在下午一点钟用正餐。周一、二、三他们吃牛肉：烤着吃，剁碎吃，切条吃；周四、五、六改吃羊肉。周日的时候他们会宰一只自己养的鸡。下午菲利普要上课，他的伯伯教他拉丁语和数学，尽管他本人对此一窍不通；伯母教法语和钢琴，她不懂法语，但好歹会弹那么几首老掉牙的钢琴曲，一弹就是三十年。威廉伯伯跟菲利普说，在他还是个副牧师的时候，伯母能熟背十二首钢琴谱，别人让她唱什么她张口就能来。直到今天牧师家办茶话会的时候，她还会亮亮嗓子。一般不会请太多人来，到场的人里往往包括副牧师，乔西亚·格雷夫斯和他的妹妹，威格拉姆医生和他的妻子。用完茶点，格雷夫斯小姐会弹一两曲门德尔松的《无言歌》[1]，凯利夫人会唱《燕子回家时》或者《驾，驾，我的小马》。

凯利夫妇其实不常办茶话会，因为准备起来太麻烦了，每次都是客人前脚走，后脚两个人就累瘫。他们喜欢自己喝点茶，然后下两局双陆棋[2]。凯利夫人知道丈夫不喜欢输，所以总是故意让着他。晚上八点，他们会凑合着吃点残羹冷饭，因为玛丽·安准备完茶点之后就不愿意再做晚饭了，晚餐过后的杯盏还要凯利夫人帮着一起收拾。凯利夫人一般就只吃些黄油和面包，配上点果子羹。牧师还要吃一片冷的熟肉。吃完晚餐后，凯利夫人就会摇铃做睡前祈祷，然后菲利普就乖乖上床了。他执拗着不让玛丽·安给自己脱衣服，

---

1. 无言歌：一种抒情的歌唱性曲子。作曲家门德尔松是无言歌首创者，于一八三〇至一八四五年创作了四十九首，均为钢琴曲。下文两首都属于英国耳熟能详的歌曲。
2. 双陆棋：双方各十五枚棋子，掷骰子定步数，率先到终点者为赢。

并最终赢得了自己穿衣脱衣的权利。晚上九点玛丽·安会把今天鸡下的蛋放在盘子里拿来给凯利夫人过目,等她把每个鸡蛋标上日期,又把数量记到本子上后,玛丽·安便挎着篮子上楼。凯利先生翻出一本旧书继续读,等时钟敲响十点就熄灯,随妻子睡下了。

菲利普刚来时,这一家人很头疼如何安排他洗澡。厨房里的锅炉坏了,热水成了稀缺资源,没法一天给两个人用。整个布莱克斯塔布尔只有威尔森先生家里有浴室,这让他看起来特别能显摆。玛丽·安周一晚上在厨房洗澡,她觉得这样能干干净净地开始整个礼拜的生活。威廉伯父不能周六洗澡,因为他每次洗完澡都犯困,而周日他要做的事情又太多。所以他的洗澡日定在周五。凯利夫人和丈夫一个毛病,所以她周四洗澡。看起来菲利普自然而然地应该在周六洗澡了,可玛丽·安说她周六晚上没法生着炉子,因为周日要做的菜太多,还要准备点心,还有零七八碎的活等着她干,她可不想在这个节骨眼上帮着小孩洗澡。况且不消说,菲利普也没法自己洗澡。而凯利夫人很害羞,不好意思帮他洗。凯利先生要忙着写布道稿,但他坚持菲利普应该在礼拜天之前收拾得干干净净。可玛丽·安这厢也丝毫不松口:她宁可卷铺盖走人也不能被逼着干活——她在这干了十八年,可不是个能被人吆三喝四的主儿,况且凯利一家也应该理解她——然而菲利普呢?他说自己不想让别人帮他洗澡,他能自己洗。这么看来,问题似乎解决了。但是玛丽·安一再坚持菲利普肯定洗不干净,一想到他要灰头土脸地去做礼拜,她宁可自己累死也要帮他洗一洗。这可不是因为菲利普要去拜见上帝,她只是不愿看见一个洗完了澡还浑身脏兮兮的小孩。

第七章

礼拜天排满了各种大事小情。凯利先生说自己是教区唯一一周七天都工作的人。

牧师一家在礼拜天会早起半个小时。八点钟,伴随着玛丽·安准时的敲门声响起的,还有凯利先生的一声叨咕:可怜的牧师啊,想睡个懒觉都没门儿。凯利夫人在这天会花更多时间梳洗打扮,她九点钟下楼吃早餐,赶得有点气喘吁吁,正好提前丈夫一步。凯利先生的长靴放在壁炉旁暖着。餐前的祈祷比往日更长,食物也更丰盛。餐毕,凯利先生把面包切成薄片为圣餐做准备,菲利普负责切掉面包的硬皮,又被遣去书房拿大理石书镇。凯利先生拿书镇把面包压软,再切成许多小方块,具体数量依天气而定。赶上刮风下雨,来教堂的人就少;风和日丽时,虽说来的人会很多,但也没有几个能待到圣餐环节。倘若某天天气干爽,而又不至于太过晴朗时,就会有很多人愿意前来也不会因为玩心忽起,没等仪式结束就先开溜。这种情况下,参加圣餐的人才是最多的。

凯利夫人从餐具室的纱橱里取来圣餐盘,牧师用麂皮把它擦得明光锃亮。等到十点马车到了门口,他就蹬上靴子。凯利夫人整理帽子要花好几分钟,趁着这个档儿,穿着大袍子的凯利先生就站在门厅一脸严肃地等着,看他的表情还以为这是个要被领进竞技场的古代基督徒。结婚三十年,凯利夫人还是不能按时穿戴好出门,这真是够让人费解的了。她周日一般都穿一身黑绸,这是因为凯利先生觉得身为牧师的妻子,不管何时都不能打扮得太花哨,尤其是礼拜天一定要穿黑色才行。有时凯利夫人和格雷夫斯小姐串通好,会冒险加一点装饰在身上,比如在帽子上插一支白色羽毛或者别一朵粉色玫瑰。但凯利先生看见了却坚持要她摘下来,他说自己可不会和一个花枝招展的女人一同去教堂。凯利夫人深感无奈:作为女人,她赌气地叹着气;但作为妻子,又不得不遵从丈夫的意思。他们准备上车,凯利先生却忽然想起来今天还没有吃鸡蛋。每个礼拜天他都要吃一枚鸡蛋润嗓子,家里的两个女人都知道他有这个习惯,可谁也不把他的事放在心上。凯利夫人责怪起玛丽·安来,但玛丽·安推脱说自己哪能事事都记得。她一路小跑拿来鸡蛋,凯利夫人把它打到一杯雪利酒里。牧师一仰脖喝下去。等到把圣餐盘也放进马车,这一行人就出发了。

马车是从"红狮"车行叫来的,车里有股烂稻草味。一路上车窗都紧闭,防止吹进冷风让牧师着凉。一到教堂，他们就看到司事提前在门廊等着拿圣餐盘，凯利先生得先去法衣室[1]，凯利夫人就带着菲利普到教堂里的牧师家属席就座。她把自己准备放到圣餐盘里的六便士拿出来，又给了菲利普三便士，让他自己放。不一会儿，教堂渐渐坐满了人，礼拜随之开始。

牧师在台上布道，菲利普觉得很无聊，开始坐不住了。凯利夫人这时总会轻轻按着他的胳膊，用责备的眼光看着他。等到最后唱起圣诗，格雷夫斯先生端着圣餐盘从每个人身边走过的时候，菲利普就又兴致勃勃了。

仪式结束，等到大家都离开，凯利夫人就去格雷夫斯小姐的座席和她说会儿话，顺便等两位男士忙完。菲利普趁此机会跑去法衣室。他的伯伯、副牧师和格雷夫斯先生还没换下白色的法衣。伯伯把圣餐剩下的面包给菲利普，叮嘱他吃完。以前这些面包是凯利先生自己吃，因为如果扔掉是对神明的不敬。而现在，菲利普的一副好胃口刚好帮他卸了这个担子。他们开始清点收来的钱，里面有一便士、六便士，也有三便士。每次都能收到两个一先令的钱币，一枚是牧师放进去的，另一枚则来自格雷夫斯先生。有的时候还能从钱里找到一枚弗罗林[2]。格雷夫斯先生跟牧师汇报这枚银币的出处，一般都是由来这里旅行的陌生人捐赠的。凯利先生会仔细想到底是谁。而格雷夫斯小姐早就注意到了这个慷慨的捐献者，她告诉凯利夫人这人来自伦敦，已经结婚了，还有孩子。回家的路上凯利夫人再把这个消息转达给丈夫。牧师听了，决定要去拜访他，并且请求他为附设的副牧师协会捐款。然后接着问妻子菲利普的表现乖不乖。凯利夫人跟丈夫说威格拉姆夫人穿了一件新斗篷，考克斯先生没来教堂，以及有人猜菲利普斯小姐已经订婚了。等到了家，他们都饥肠辘辘，午餐也理所当然地应该丰盛一点。

饭后，凯利夫人回房休息，凯利先生就躺在客厅的沙发上小憩片刻。

他们下午五点用茶点，牧师要为晚上的晚祷多吃一个鸡蛋补充体力。为了

---

1. 法衣室：教堂内存放牧师礼服的屋子，牧师也会在此更衣。
2. 弗罗林：英国一八四九年发行的银币，价值十分之一镑。

让玛丽·安参加晚祷，凯利夫人留下来看家。不过，即使在家她也会一个人诵读祈祷文和圣诗。凯利先生晚上要走着去教堂，菲利普一瘸一拐地跟在他旁边。乡间的羊肠小路在晚上伸手不见五指，而菲利普却对这种漆黑一片的景象很是着迷。远处灯火通明的教堂离他们越来越近，似乎在友好地迎接他们。最初菲利普和伯伯单独待着都会很害羞，但是随着两人慢慢地熟稔起来，他甚至会把小手伸到伯伯手里，这种受到保护的感觉让他能更自在地迈开步子。

晚祷结束回家后，他们一起吃晚餐。凯利先生的拖鞋搁在壁炉前面的脚凳上，旁边一双是菲利普的。其中一只是普通的小孩拖鞋，而另一只是为他的跛足专门定做的，样子有点古怪。这一天下来，到了上床的时间菲利普总是困得眼都睁不开，玛丽·安给自己脱衣服的时候，他也顾不上抗议了。玛丽·安把被角掖好，亲亲他。他开始有点喜欢这个女仆了。

第八章

菲利普没有兄弟姐妹，一直以来都习惯形单影只地生活。来教区之后，也没觉得比之前和母亲在一起孤独多少。他和玛丽·安成了朋友。玛丽·安今年三十五岁，个子不高，看上去胖乎乎的。她的父亲是个渔夫，而她在十八岁的时候就来教区帮佣了，第一份工作就找到这儿来，也从没想过要走，只是有时候会嚷着"我要去结婚了"来恐吓胆小的凯利夫妇，和他们讨价还价。玛丽·安的父母住在港口街上的一座小房子里，她会在晚上休息的时候回去看看他们。她给菲利普讲大海的故事，让菲利普不由心向往之。那些港口旁边小巷子在他的想象里充满了神秘色彩，变得格外生动。一天晚上，菲利普提议要去玛丽·安家，但凯利夫人害怕他在那会染上什么病，而凯利先生一直都嫌弃渔夫粗俗、野蛮，还不信奉国教，他觉得和这样的人交往一不小心就"近墨者黑"了。但菲利普反而觉得待在厨房比待在客厅更舒服，所以只要逮着空儿他就会拿玩具去厨房玩。伯母觉得这样也挺好的，她不愿看到屋子被搞得天翻地覆，但也清楚家里有个男孩子总是不得安宁，所以与其让菲利普在客厅捣乱,不如让他去祸害厨房了。凯利先生每次看到菲利普把家里搞得一团糟心里都会烦躁,一再说该送他上学去。可是凯利夫人觉得菲利普还太小,她打从心里疼爱这个没有妈妈的可怜孩子,只是每次想赢得菲利普好感的时候都表现得极其不自然。这让菲利普也很难为情,每次都板着小脸地接受伯母的好意,让她下不来台。有时候她听到菲利普在厨房哈哈大笑,就忙跑过去看看,可只要她一走进来,笑声就戛然而止。玛丽·安解释着刚才发生了什么,菲利普则涨红着脸杵在一旁。凯利夫人听完之后一头雾水,但还是会配合地干笑两声。

"威廉,好像菲利普更喜欢和玛丽·安待在一起呢。"凯利夫人从厨房回到客厅继续做针线活。

"这孩子从小就没人管教,我们得好好管管他。"

菲利普来到教区的第二个礼拜天,一件倒霉事儿发生了。凯利先生像往常一样吃过晚餐后在客厅打盹,可这天他心烦意乱,老是睡不着。上午的时候,乔西亚·格雷夫斯发了一通牢骚,强烈反对他用烛台来装饰教堂。这些烛台是牧师在特坎伯雷买的二手货,他觉得很好看。但乔西亚坚称它们看上去是天主教的风格。牧师最受不了别人拿天主教揶揄他。牛津宗教复兴运动[1]兴起的时候,他正好在那儿读书。这场运动最后以爱德华·曼宁脱离国教皈依天主教而结束。牧师其实心里挺同情罗马天主教。他很乐意把布莱克斯塔布尔的低教会派[2]教区的仪式搞得更正式一点,甚至心里偷偷地想安排仪仗队,点上蜡烛。他拒绝在仪式上焚香,痛恨"新教徒"这样的字眼,坚称自己是天主教徒。他声称那些罗马教会的人只是为了求个正经名号才硬说自己是罗马"天主"教;而英国国教才是彻头彻尾、虔诚尊贵的"天主之教"。想想

---

1. 牛津宗教复兴运动:十九世纪中期,由牛津大学部分教授发起的宗教复兴运动,被称为"牛津运动",强调英国国教中的天主教传统。亨利·爱德华·曼宁是英国圣公会牧师,他是牛津运动主要教士之一。
2. 低教会派:始于十八世纪早期,与"高教会派"对立。反对过高地强调教会的权威,对宗教组织和相关仪式很不重视。

自己胡子刮得干干净净的，一副标准的牧师样儿，他就感到自豪；年轻的时候因为总是打扮得不食人间烟火，别人也都觉得他像个不折不扣的神职人员。他总是提起在布洛涅[1]旅行时的一次经历（这次旅行依旧是他独自一人，因为经济不宽裕，妻子不能陪伴），当时他坐在教堂里，一位当地牧师就径直走过来请他做布道。凯利先生还坚持未受圣职的牧师应该远离七情六欲，所以在他手下的副牧师，只要一结婚就会被打发走。有一次大选时，自由党人在他花园的篱笆上用蓝色颜料写了几个醒目的大字：这条大路通罗马。凯利先生勃然大怒，威胁说要去起诉镇上的自由党领袖。这一次，他绝对不会听乔西亚·格雷夫斯的，非要在圣坛上摆蜡烛不可。凯利先生心里打定了主意，又暗暗骂了几句："真是俾斯麦！"

他正烦着呢，忽然听到餐厅传来哗啦一声。他把盖在脸上的手绢一掀，从沙发上弹起来，一溜小跑赶去餐厅。菲利普在餐桌上坐着，身边都是砖块。他刚才搭了座巨大的城堡，可是因为底座不牢，整个城堡哗啦一声就塌了。

"你拿这些砖块干什么？不是告诉过你礼拜天不能玩游戏吗？"

菲利普一脸惊恐地看着他，习惯性地又羞红了脸。

"我在家的时候都玩。"他说。

"我打包票你亲爱的妈妈不会允许你干这种邪恶的事。"

菲利普并没意识到这样做就算"邪恶"了，但如果真的是，他可不想让别人以为是母亲同意自己这样做的。他垂着脑袋，一言不发。

"你不知道在礼拜天玩耍是非常非常邪恶的吗？不然人们为什么要把礼拜天叫作安息日？晚上就要去教堂，但你下午触犯了戒律，哪还有脸再面对主呢？"

凯利先生叫他立刻把砖头搬走，并站在一边监督。

"你太调皮了，"他不停地指责道，"想想你可怜的、远在天国的母亲吧，你会让她多伤心啊！"

菲利普很想哭，但他潜意识里不愿让别人看到自己掉眼泪。纵使泪珠就

---

1. 布洛涅：法国北部的港口城市，濒临英吉利海峡。

在眼眶里打转，他硬是咬紧牙关，不让自己哭出来。凯利先生坐回到扶手椅上，拿过一本书信手翻起来。菲利普收拾完东西，倚在窗前。牧师家离通往特坎伯雷的公路有一段距离，从餐厅的窗户往外看可以看到半圆形的草坪，再远处是一大片无边无际的绿色田野，羊群在那里吃草。灰暗的天空沉沉地压下来，阴郁得令人窒息。菲利普此刻难过至极。

正赶着玛丽·安进来送茶，路易莎伯母也下楼来了。

"休息得不错吧，威廉？"她问。

"不，"牧师说，"菲利普闹了好大的动静，我一点也没睡着。"

事实不全是这样。凯利先生满脑子都是自己的烦心事，才迟迟睡不着。菲利普听了这话，心里很不服气：明明自己只闹出了一声响，剩下的时间伯伯为什么睡不着？凯利夫人问丈夫怎么了，他把事情经过解释了一遍。

"这孩子连句'对不起'都没说。"末了，又补充了一句。

"哦，菲利普，你一定觉得很对不起伯伯吧。"凯利夫人在一旁打圆场，生怕丈夫责怪他太不守规矩。

菲利普不吭声，只顾捧着黄油和面包，埋头大嚼。他也不知道这股倔强劲儿是打哪儿来的，但就是硬撑着死不松口。他的耳朵阵阵刺痛，鼻头酸酸的，却还是没有一点道歉的想法。

"你还倔上了，这不是火上浇油是什么？"凯利先生说。

三人不声不响地用完了茶点。凯利夫人偷偷地、时不时地瞥菲利普几眼，而凯利先生则故意不往他那看。等到凯利先生上楼收拾打扮，准备去教堂了，菲利普就跑到门厅拿自己的外套和帽子。凯利先生下楼来看见他说："我今晚不带你去了，菲利普。你心态不正，不能让你进主的圣堂。"

菲利普还是一言不发，觉得受到了莫大的侮辱，小脸又一次涨得通红。他怔怔地站着，看着伯伯戴上宽边帽，披上大斗篷。凯利夫人照往常一样把丈夫一直送出门去，又回到菲利普身边。

"没关系，孩子，下周你就不捣蛋了，对吗？到时候伯伯就会带你一起去了。"

她替菲利普摘下帽子,脱掉斗篷,又领着他走进餐厅。

"我们一起祷告好吗?再弹着风琴一起唱赞美诗。怎么样,菲利普?"

他倔强地摇摇头。凯利夫人这会儿也没了主意,不知道怎么和这个孩子相处。

"在你伯伯回来之前,你想干点什么?"凯利夫人无奈地问。

菲利普终于吐出了几个字:

"你就不能不管我吗?"

"菲利普,你怎么能说这样不礼貌的话?你难道不知道我和你伯伯是为了你好吗?你难道一点也不喜欢我们吗?"

"我恨你们,想让你们去死。"

菲利普恶狠狠地说出这句话,让凯利夫人吃惊地倒退了几步。她不知道该说什么,整个人瘫坐在丈夫的扶手椅上,心想自己是多么想要去疼爱这个孤苦伶仃、生来残疾的孩子;同时也渴望能得到他的爱——她无法生育,即使这是上帝的安排,但有时候看到别人家的小孩还是觉得心痛得无法忍受。泪珠一颗一颗地连成线从她的脸庞滑落。菲利普惊讶地瞪大了眼睛。她掏出手绢,放声大哭。这下子,菲利普明白过来是自己的话害伯母哭得这么伤心。他忽然觉得很愧疚,于是就蹑手蹑脚地靠近她,亲了她一下。这是他第一次主动亲吻伯母。这个可怜的老妇人——皱巴巴的脸干瘪蜡黄,黑缎衣裙里的身体那么瘦小,一头别扭的发卷让她看起来很是可笑——把菲利普抱到自己腿上,用手臂环着他,恸哭不停,像是要把心肝肺都哭碎了。但此刻的泪水竟有一些是幸福的,因为她对怀里的这个孩子终于不再陌生。他让她痛苦,而她则因此更加爱他。

第九章

这场闹剧发生之后的第一个礼拜天,牧师收拾停当准备去客厅小睡——他总是把生活里的小事当成仪式,把日子过得一板一眼——凯利夫人也打算

上楼休息,这时候菲利普问道:

"不让我做游戏,那我干点什么呢?"

"你就不能老老实实地坐一下午?"

"我总不能一直坐到喝茶啊。"

凯利先生扫了一眼窗外,外面寒风凛冽,显然不能让菲利普去院子里玩。

"我知道你能干什么了。你去把今天的短祷文背熟。"

菲利普去风琴那儿取来做祷告用的祷文书,翻到要找的那一页。

"这篇不算长。如果等到喝茶的时候你能一字不差地背出来,我就把鸡蛋的尖儿切给你吃。"

凯利夫人把菲利普的椅子挪到餐桌旁(他们已经给菲利普配了一把高椅子),又把书放在他跟前。

"人要是闲了,魔鬼都会来给你找活干的。"[1]凯利先生说。

他往壁炉里添了几块煤,这样等到喝茶的时候火就能烧得很旺了。然后他走进客厅,松了松衣领,整理了一下沙发上的靠垫,舒舒服服地躺了下去。凯利夫人想到客厅有点凉,就去门厅拿了小毛毯盖在丈夫的腿上,又把脚稍微裹了一下。她拉上窗帘,恐怕阳光太刺眼;看到丈夫已经阖上眼,就踮着脚尖轻轻地走出客厅。牧师今天心绪安宁,才过十分钟就睡着了,还微微地打起呼噜。

这是主显节[2]后的第六个礼拜天,这周的短祷文开头是:"主啊,你的圣子已经显示出可以摧毁魔鬼妖术的力量。我们将会成为上帝的子嗣,成为永生的后代。"菲利普读了一遍,完全搞不懂什么意思。他开始大声朗读,奈何有好多不认识的词和结构奇怪的句子,最多也就能记住一两行。更别说他还一直在开着小差,一会儿想想屋墙四周种的果树,一会儿听听窗外长树杈时不时拍打窗户的声响,一会儿又惦记起院子外头那些吃草的羊群。菲利普的脑袋里好像打了结,没过一会儿就开始紧张起来,害怕自己到了下午茶

---

1. 引语:"The devil finds work for idle hands to do."为英国民谚。
2. 主显节:庆祝耶稣向世人显现的节日,时间为每年的一月六日。

时还背不出来。他开始很快地低声念读,不求理解,只想能照葫芦画瓢似的把这些字印到脑子里。

凯利夫人这天下午没怎么睡着,到了四点钟就完全醒了,干脆起床下楼。她想先检查一下菲利普的背诵,这样等凯利先生再检查的时候,就不会出错了,凯利先生的心情也就能舒畅一点,相信这孩子是有心改正错误的。等凯利夫人下了楼正准备进餐厅时,忽然听到里面有声音传来,吓得她心都停跳了一拍。她悄悄转身溜出去,走到餐厅的窗户外面小心翼翼地朝里看。菲利普还在自己的椅子上坐着,两手抱着头伏在桌上不断地抽泣。他哭得如此绝望,肩膀也跟着上下颤抖。凯利夫人大惊失色。一直以来,菲利普在她眼里都是个沉稳的孩子,甚至有时候表现得过于沉静。她从来没见他哭过。现在凯利夫人才意识到原来这个孩子羞于表露自己的情感,只是爱用沉着和冷静把自己伪装起来。他都是躲起来抹眼泪啊!

凯利夫人知道丈夫不喜欢睡到一半被人打扰,但现在顾不上考虑这个了,她飞一般冲进客厅,边跑边喊:

"威廉,威廉,那孩子哭得好伤心。"

凯利先生坐起来,伸了伸被毯子包得严严实实的腿。

"他哭什么?"

"我不知道……唉,威廉,孩子不高兴了。你觉得这是咱们的错吗?要是咱们有自己的孩子就好了,就能知道该怎么办才好。"

凯利先生一脸不解地看着她。他也拿菲利普没有办法。

"他肯定不是因为我让他背祷文才哭的。那一共才不到十行。"

"我该不该给他拿点图画书看,威廉?有几本关于圣地[1]的,总不错吧?"

"好,我没意见。"

凯利夫人去找书了。收集书刊是凯利先生的唯一爱好,他每次去特坎伯雷都要在旧货店花上一两个小时,淘回四五本发霉的旧书。他早就没有阅读

---

1. 圣地:圣经中耶稣的诞生地,即巴勒斯坦。

的习惯，买回家的书从来不看，只是喜欢翻一翻而已，如果有插图就顺便浏览一下图画，再把破旧的封面修修补补。他喜欢雨雪天，每逢天气不好，他就能心安理得地闲在家里熬上一小锅浆糊，混着蛋清把几本四开本的俄罗斯皮革封面的书修补好。凯利先生收集了很多有插画的旧游记，凯利夫人很快就找到两本关于巴勒斯坦的。走到餐厅门口，她想到如果自己在他哭的时候就走进去，菲利普一定会感到很难为情，于是就先刻意地咳嗽两声，给他一点时间平静下来。等她开门进去的时候，菲利普装出一副认真读书的样子，用手遮着眼睛，不让她看出自己刚才哭过。

"祷文背过了吗？"她问。

菲利普一时没有作声，凯利夫人猜他该是害怕声音里还带着哭腔，一张嘴就会露馅。她忽然不知怎样才好。

"我记不住。"菲利普吸了一口气，终于说道。

"哦，没事，别担心，"她说，"不用背了。我给你拿了图画书。来，坐到我腿上，咱们一起看。"

菲利普从椅子上溜下来，一瘸一拐地走到凯利夫人身边，低着头，不让她看到自己的眼睛。凯利夫人抱着他。

"瞧，"她说，"这就是主诞生的地方。"

她给菲利普看一座东方城市的图片，图里有平顶的房子，圆顶的小楼和尖顶的塔。林林总总的建筑前一片棕榈，树下有两个阿拉伯人和几头骆驼。菲利普伸出小手摩挲书页，好像真的摸到了这些房子和两人身上的衣服。

"读读这些字。"他请求伯母。

凯利夫人给他念了另一页上的字，语调平平。这是一个发生在三十年代几位东方行者身上的故事，颇具浪漫色彩，尽管可能有点浮夸，但是对于凯利夫人这种生在拜伦和夏多布里昂[1]之后的一代人而言，东方就是这样一个带有神秘莫测、多姿多彩的地方。过了一小会儿，菲利普打断伯母。

---

1. 拜伦：十九世纪英国诗人。夏多布里昂：十九世纪法国作家。

"我想再看一幅图。"

半晌,玛丽·安走进来,凯利夫人起身帮她一起铺桌布。菲利普用小手捧着书,快速翻阅着书上的画图。等到喝下午茶的时候,伯母好说歹说才让他暂时先放下那本书。菲利普这会儿已经忘了背不熟祷文的种种委屈,也忘了刚才还在一个劲儿掉眼泪。第二天刚好赶上下雨,他又想再看一遍那本书。凯利夫人满心欢喜地把书拿给他。之前和丈夫谈起菲利普将来的打算时,他们一致同意让他去做牧师;而现在他对主诞生的圣地如此感兴趣,这似乎是个好兆头,好似他的心灵自然而然地受到了神灵的感召。过了一两天,他又要看更多的书。凯利先生带他去书房看了自己收集图画书的架子,选了一本关于罗马的书给他。书一到手,菲利普就立刻如饥似渴地读起来。看完妙趣横生的插图,他又开始阅读前后的文字,试图了解图里的内容。没过多久,玩具对他就再也没有吸引力了。

后来,身边没有大人的时候他便开始自己去书房拿书。可能因为最先吸引自己的是一座东方城市,所以当他看到清真寺或华丽宫殿的图画时,总会特别兴奋。有次书上一张关于君士坦丁堡[1]的图让他不由神思遐迩。这幅图叫作《千柱厅》,画的是拜占庭的一个人造池塘,这里充斥着各种华丽的幻想。书上说在湖的入口处常年停泊着一艘小船,诱惑那些不明真相的人划进去一探究竟。可谁料想这些人原本想进入湖泊,打探在茫茫黑暗之中到底隐藏着怎样的秘密,却最终都从世界上消失得无影无踪。菲利普想不明白这艘船究竟会带着他们去哪儿,是穿过无尽的、一个接一个的柱廊,还是在最后通向了某所神秘府邸。

有一次,菲利普走了大运,偶然找到了一本莱恩翻译的《一千零一夜》。最初是被书里的插图吸引,后来又开始读起里面的故事。他先挑那些富有魔幻色彩的读,再读其他剩下的;他把喜欢的故事读了一遍又一遍,读得废寝忘食,把自己的生活都抛到了脑后。每次吃饭都要喊他两三遍才会上桌。不知不觉,菲利普养成了这世上最能给人带来快乐的习惯——阅读。他没有意

---

1. 君士坦丁堡:土耳其城市伊斯坦布尔的旧名,曾是东罗马国帝都。

识到在自己心中已经搭起了一个避难所，一个能够远离生活中种种悲戚之事的地方。他在冥冥之中创造了一个完美的幻境，而幻境之外的现实世界则是无尽苦涩与失望的源头。后来，随着开始阅读其他种类的书，他的心智也提前成熟起来。伯父和伯母看到他着迷于书，不吵不闹，也就不再为他的事烦心了。凯利先生的藏书多到自己都算不清，又因为本身很少阅读，所以经常因为便宜的原因买回来一些奇怪的旧书。除了布道书、说教书、游记、圣人和神父传记以及教堂史书外，零星还有几本旧小说。菲利普最后才找到这几本。他根据小说的名字挑着来读，第一本选的是《兰卡夏郡的女巫》，之后是《令人钦佩的克林齐顿》等等。[1] 当他读到两个孤独的旅行者心惊肉跳地从悬崖峭壁旁经过，他心里都知道自己是安全的。

夏天来了，曾经做过水手的老花匠给菲利普做了个吊床，挂在垂柳树上。菲利普在这儿如痴如醉地读着书，一待就是好久，不管是谁到牧师家里来都找不见他。时间过得很快，七月转眼就过去了。到了八月，每个礼拜天教堂都会涌来很多陌生人，收集的善款加起来经常能达到两镑。牧师和夫人在这段时间都不愿意走出院子，因为他们不喜欢瞧见陌生人，而且很看不惯那些从伦敦来的游客。牧师家对面的房子六周前被一位绅士买走了，住这儿的两个孩子曾经来找菲利普一起做游戏，但被凯利夫人礼貌地回绝了。她担心菲利普会被这两个从伦敦来的小孩带坏。菲利普将来可是要做牧师的人，理所当然地应该保持纯洁。凯利夫人想让他像幼年时的撒母耳[2]一样不染恶习。

第十章

凯利夫妇决定要把菲利普送去特坎伯雷的皇家公学。邻镇的牧师都把

1.《兰卡夏郡的女巫》：英国作家安斯沃思的小说，于一八四九年出版。《令人钦佩的克林齐顿》：苏格兰作家巴里于一九〇二年创作的剧本。
2. 撒母耳：先知，敬畏神不作恶，是圣经中极少的无罪之人。

孩子送去那里读书。从很久之前，特坎伯雷的神职人员就把孩子送到这来上学，久而久之，这所学校也就和特坎伯雷大教堂有了密切的联系。学校的现任校长是名誉教士[1]，曾经的一任校长是副牧师。老师鼓励在这读书的男孩们将来争取担任圣职，这里的课程也教育孩子们要诚实可靠，终生为主服务。进入皇家公学前要先进预备学校，他们安排菲利普去那学一段时间。凯利先生在九月底的一个周四带着菲利普来到特坎伯雷。整整一天，菲利普心里都既兴奋又紧张。校园生活对他而言几乎是陌生的，他之前只从《男童报》和《罗斯林中学的埃里克》[2]中了解过一些。

火车到了特坎伯雷，菲利普心里七上八下，觉得阵阵反胃。从车站到学校的马车上，他一声不吭地坐着，小脸苍白。高高耸立着的砖墙让这所学校看起来很像监狱：墙上有个小门，要摇响门铃才能给开门。一个毛毛躁躁、邋里邋遢的男人走出来接过菲利普的铁皮箱和装着日用品的盒子，带他们进入会客厅。厅里摆着很多大件的家具，样子都算不上好看，几把椅子围着墙放着，显得刻板之至。他们在那里等着校长。

"沃森先生长什么样？"等了一会儿，菲利普忍不住问。

"你待会儿就见到了。"

又是一阵沉默。凯利先生正纳闷校长怎么还不来，菲利普沉思片刻，忽然鼓起勇气说："跟校长说我的一只脚有毛病。"

凯利先生还没来得及说话，门就忽然打开了，沃森先生风风火火地进了屋。菲利普觉得这人简直是个巨人：他约莫有六英尺高[3]，身子骨又宽又壮，长着一双大手和浓密的红色胡须。沃森说起话来嗓门很高，语调特别快活，但是这种眉飞色舞的神态似乎有点咄咄逼人，把菲利普吓得够呛。校长和凯利先生握了握手，又拉住菲利普的小手。

---

1. 名誉教士：大教堂的牧师，但不拿俸禄，也不享有投票权。
2. 《男童报》：一八七九年至一九六七年英国面向青少年的故事性报刊。《罗斯林中学的埃里克》：作者法勒，讲述一个住宿中学的男孩的故事，出版于一八五八年。
3. 六英尺高：约合 1.83 米。

"小伙子,你喜欢来上学吗?"他的声音特别洪亮。

菲利普脸腾地一下红了,不知道怎么作答。

"你几岁了?"

"九岁。"菲利普说。

"你必须称呼先生!"他的伯父告诫道。

"但愿你能在这学到很多东西。"校长兴高采烈地大声嚷嚷。

为了让菲利普活跃起来,他伸出两根粗硬的手指咯吱他。但是菲利普却只觉得很不舒服,只能尴尬地不停扭动身子。

"我先让他住小宿舍……你愿意对吧?"他又补充一句,"宿舍里只有八个你这么大的小男孩,不会感到不自在的啦。"

这时会客室的门又打开了。沃森夫人走进来。她皮肤黝黑,一头乌发规矩地梳成中分,嘴唇厚得出奇,鼻子小而圆,一双大眼睛黑溜溜的。她的外表异常冰冷,不苟言笑。沃森先生向她介绍凯利,把菲利普推到她面前。

"海伦,这就是新来的孩子,他叫菲利普。"

她依旧一言不发,和菲利普握了下手,默默地坐下。与此同时,校长开始问凯利先生菲利普之前学过什么,读过哪些书。这个来自布莱克斯塔布尔的牧师被沃森先生的热心肠和大嗓门搞得有点坐立难安,没过多会儿就起身站了起来。

"我想,最好把菲利普交给你们吧。"

"没问题,"沃森说,"在这很安全。他会很快熟起来的,是吧,小伙子?"

还没等菲利普回话,他自个儿就先哈哈大笑起来。凯利先生亲了亲菲利普的额头,转身走了。

"过来,小伙子,"沃森先生喊,"我带你去看看学校的房间。"

他像阵风似的大步走出会客厅,而菲利普在后面瘸着腿忙不迭地跟着。沃森先生带他去了集会厅,这是个长方形的屋子,里面没有人,放着两张和房间等长的桌子,桌子两侧摆着木头长凳。

"现在学校还没来人,"沃森先生说,"我再带你去看看操场,然后你自己收拾一下。"

沃森先生带他到了操场,菲利普发现自己被三面高高的砖墙包围起来,剩下那面是一溜铁栏杆,透过它能看到一大片草坪和远处的皇家公学校舍。操场上有个小男孩愁眉苦脸地踱步,一边走一边用脚踢着路面上的碎石子。

"你好啊,威宁,"沃森先生大声叫,"你什么时候跑出来的?"

这个小男孩向他们走来,招了招手。

"这是新来的孩子。他比你大一点,也高一点,所以你不能欺负他。"

校长满面和善地看着他俩,震耳欲聋的嗓音让孩子们心里发毛。他大笑着走开了,剩下两个孩子单独聊天。

"你姓什么?"

"凯利。"

"你爸爸是干吗的?"

"他去世了。"

"啊!那你妈妈是给人家洗衣服的吗?"

"我妈妈也去世了。"

菲利普希望这样的回答能让男孩感到一点不妥,不再发问,但是威宁依旧很不识相地调侃着他。

"那,她生前洗不洗衣服?"

"洗。"菲利普被问得有点生气了。

"那她是个洗衣工啊?"

"不是。"

"那她之前就不洗衣服。"

威宁对自己的逻辑感到沾沾自喜。紧接着,他又看见菲利普的脚。

"你脚怎么了?"

菲利普本能地把自己的跛足缩到正常的那只脚后面。

"我有只畸形脚。"他回答。

"你怎么弄的?"

"我生下来就这样。"

"给我看看!"

"不行。"

"不看就不看。"

威宁一边说,一边恶狠狠地朝菲利普的小腿踹了一脚。毫无防备的菲利普疼得倒吸一口凉气。比这阵疼痛还要来得猛烈的,是菲利普内心的震惊不解。他想不通为什么威宁会踹他,也完全没有意识要反击一拳。威宁比自己小。他从《男童报》上读过,对比自己小的人拳脚相加是一种卑鄙无耻的行为。菲利普正揉着小腿时,又来了第三个男孩,威宁同他一起离开了。菲利普注意到这两个人在窃窃私语,谈论他的事,好像还在看他的脚。他开始觉得脸上滚烫,浑身不自在。

不过,很快,其他男孩也到操场来了,先来了十来个,后面又来了更多的人。他们叽叽喳喳地说着自己假期的所见所闻,吹嘘自己去了哪里,参加了怎样了不起的板球大赛。几个新来的男孩也走过来,菲利普和他们聊起天。他唯唯诺诺、扭扭捏捏,尽管迫不及待地想让别人觉得自己很有趣,但搜肠刮肚也找不到一点能聊的。其他男孩问了他很多很多问题,他也极尽热心地一一回答。其中有个问他会不会打板球。

"不会,"菲利普回答,"我的脚有点畸形。"

这个男孩迅速低头扫了一眼,脸一下变得通红。菲利普感觉,他意识到自己问了个不合适的问题,又太害羞,不敢道歉。男孩看着菲利普,手都不知道往哪儿搁了。

第十一章

第二天早上,一阵铃响把菲利普吵醒了,他惊慌失措地环顾自己的小隔间,一直到旁边传来说话的声音,才想起自己已经搬到宿舍来了。

"你醒了,辛格?"

隔间的墙壁是抛光的油松木做的，门口挂着绿色的帘子。那个时候还没有室内通风的概念，所以窗户除了在早上敞开一会儿，其余时间都是紧闭的。

菲利普爬起来，跪在床上开始做祷告。这天早上凉飕飕的，他冻得有点发抖，但伯伯过去跟他说穿着睡衣做祷告要比梳洗打扮好之后再做更有诚意。菲利普挺能理解这其中的原因，他已经意识到自己是由上帝创造的，而上帝则非常青睐于让他的信徒吃点苦。做完祷告之后，他准备去洗漱。学校的五十个住校生共用两个澡盆，每个男孩一周洗一次澡，平时就用架子上的小脸盆洗脸洗手。这个脸盆架，加上床和一把椅子构成了每个小隔间的全部家具。男孩们一边穿衣服，一边嘻嘻哈哈地说话。菲利普在旁边竖着耳朵听，一个字都不愿落下。又一阵铃响了，他们纷纷跑下楼，来到那个放了两张长桌子的集会厅，找到自己的位置在板凳上坐好。之后沃森先生带着夫人和雇工一起走进来，也坐在板凳上。他开始抑扬顿挫地朗读祈祷文，声如洪钟，每个字都像响雷一样炸开，好像是对在场孩子们的严厉警告。菲利普紧张兮兮地听着。等沃森先生读完圣经里的一段话，雇工们就都起身出去了。没过一会儿，那个邋里邋遢的年轻人端着两大壶茶进来，又出去端来了盛着面包和黄油的大盘子。

菲利普胃口清淡，面包上涂着的厚厚一层劣质黄油让他大倒胃口。看其他人都把黄油刮下来，他也跟着照做。有些男孩还能吃到一些肉罐头之类的菜肴，这些都是他们自己装在日常用品箱里带来的；还有人能享用"加餐"，比如鸡蛋和培根。想让孩子吃到这些，家长就要额外给沃森先生一些费用。当时凯利先生被问到要不要给菲利普也准备加餐时，他说孩子不应该娇生惯养。沃森先生对这个观点大加赞同——他也觉得没有什么比面包和黄油更利于长身体了——但是有些家长，真是过分地宠溺孩子，非坚持着让孩子加些营养。

菲利普发现有这份"加餐"的男孩能得到格外的关注，所以他决定下次给路易莎伯母写信时也要求来一份。

早餐结束，男孩们晃悠着去了操场。不住校的走读生慢慢凑成一堆。他们的父亲是当地的牧师、驻军军官或镇子里的工厂主和商人。上课铃一响，所有孩子又涌回教室。教室由一间长长的大屋和一个小屋组成。大屋的两头分别有两个老师负责教一二年级课程，沃森先生负责小屋里三年级的课。为了让预备学校的课程和皇家公学接轨，在学校的颁奖大会和公文报告里，这三个年级被称作高、中、低年级。菲利普在低年级的班里。这个班的老师是个红脸男人，叫赖斯，他和学生们谈笑风生，相处得特别愉快。上他的课总感觉时间过得飞快，没一会儿菲利普就惊讶地发现已经差一刻十一点了，老师让他们出去休息十分钟。

整个学校的学生都哄闹着跑去操场。他们开始玩"跑猪圈"的游戏，新来的男孩留在中间的"猪圈"里，剩下的分别面对面站在两边的墙下。站两边的人要快速经过"猪圈"跑到对面，而中间的人要负责抓住他们。一旦逮住一个人，就要说咒语"一、二、三，人变猪"，然后这个被逮住的就会变成俘虏，待在中间继续抓两边的人。菲利普看到一个男孩跑过去，想抓住他，但是因为瘸着腿跑不快，所以扑了个空。那个男孩趁此机会赶快跑到了对面。一个高年级的男孩灵机一动，模仿菲利普笨拙地跑了几步。剩下的人看见都捧腹大笑，也开始一瘸一拐地绕着菲利普跑，他们大喊大叫，笑声刺耳。所有人都被这个新发现的乐子逗得不行。其中一个还绊了菲利普一脚。他重重地倒下，摔破了膝盖，刚挣扎着在哄笑中站起来，却又被人从后面推了一把，要不是有人拉住他，准保又会摔倒。这些男孩都忘了游戏的事，只顾着戏弄菲利普。其中一个想到一计，他不光跛着脚，还故意摇头晃脑，样子看上去出奇的滑稽，男孩们放声狂笑，抱着肚子在地上打滚。菲利普被眼前的一幕吓得大惊失色。他不能理解为什么这些人要嘲笑自己。他从来没有这样害怕过，心怦怦乱跳，气都喘不匀，只能愣愣地站在那，眼睁睁地看着男孩们大笑着，绕着他跑，模仿自己一瘸一拐。他们朝他使劲嚷嚷，让他过去抓他们，但菲利普再也不想让别人看到自己跑起来的样子了。他手足无措地呆站在原地，咬着牙不让自己放声大哭。

这时上课铃响了，男孩们都回到教室。菲利普的膝盖还在流血，浑身是土，头发乱得像鸡窝。赖斯先生花了好久才让班里的男孩们安静下来。他们还对刚才的新发现兴奋不已,菲利普看见有一两个同学在偷偷摸摸地看自己的脚。他只能把脚缩到凳子下面。

下午的时候男孩们都去踢足球,可菲利普在吃完午餐往外走的路上被沃森先生拦了下来。

"我想你应该不能踢球吧,凯利?"沃森先生问。

菲利普尴尬得面红耳赤。

"不能,先生。"

"那不用勉强了。你先去足球场吧,你能走到那里,对吧?"

菲利普并不知道足球场离自己有多远,但他还是回答道:"好的,先生。"

赖斯先生负责带着孩子去球场,他看见菲利普没有换衣服,就问他为什么不一起踢球。

"沃森先生说我不用踢,先生。"菲利普说。

"为什么?"

几个男孩围着菲利普,好奇地把他从头看到脚。一阵莫名的羞耻感让菲利普抬不起头。其他人帮他回答了这个问题:

"他有个畸形脚,先生。"

"哦,我懂了。"

去年刚刚拿到学位的赖斯老师还太年轻,他顿时也觉得特别尴尬。直觉让他想跟这个孩子道歉,可他又羞于开口,只好故意粗着嗓子大声命令:

"孩子们,你们还站在这干吗?还不快走!"

几个男孩早就跑到前头去了,剩下的也三三两两地结伴开始往球场走。

"你最好和我一块儿,凯利,"赖斯说,"你不知道球场在哪,对吧?"

菲利普感受到老师的好意,喉头一阵哽咽。

"我走不太快,先生。"

"那我就慢慢走。"赖斯微微一笑。

看到眼前这个脸蛋红红、其貌不扬的人对自己如此温柔友善,菲利普的心渐渐温暖起来。他挺喜欢这个老师的,也忽然感到没有那么难过了。

可是到了晚上,等所有男孩都准备脱衣上床时,一个叫辛格的男孩从自己的小屋跑到菲利普那儿,探着个脑袋问:

"我说,让我看看你的脚呗!"

"不。"菲利普一口回绝,转身就往床上跑。

"来嘛,让我看看。"辛格说,"梅森,过来过来!"

邻屋的男孩原本在走廊拐角往这边打探,一听有人叫他,就也快步溜进菲利普的房间。他们逼着菲利普伸出跛足,还想把被子从他身上拽下来,但菲利普紧紧地抓着不放。

"你们能不能放我一马?"菲利普哭着问。

辛格抓过一把刷子,用背面抽打他抓着被子的手。菲利普疼得哭号出来。

"你就不能老老实实地让我们看看你的脚?"

"不能。"

走投无路的菲利普捏紧拳头朝这个折磨自己的男孩挥去。但他显然不占上风,拳头还没挥几下,辛格就抓住了他的胳膊使劲往后扭。

"啊,别,别,胳膊要断了。"

"那就别折腾了,给我看看你的脚。"

菲利普呜咽一声,吸了口气。男孩又是一扭,这一下让他疼得钻心。

"好。我给你们看。"

他把脚伸出被子。辛格没有松手,只把眼睛凑了上去,好奇地打量着这个畸形的脚丫子。

"真恶心,是吧?"梅森说。

又跑来一个男孩,也把头凑过来看。

"呕。"他装出要吐的样子。

"哎呀,真奇怪,"辛格做了个鬼脸说道,"这是硬的吗?"

他用食指尖小心翼翼地戳了戳,好像这只脚是个活物。忽然,沃森先生重重的上楼声传来,他们把菲利普的衣服往他身上一扔,像兔子一样四散回窝。沃森先生走到两三个隔间门口,踮着脚从挂着绿色布帘的杆子上往里瞅瞅。看到男孩们都安安稳稳地躺在床上,他就关了灯走出宿舍。

辛格叫了菲利普一声,但是没有任何回应。刚才沃森先生来检查的时候,菲利普一直咬着枕头,恐怕别人听见自己的啜泣。他不是因为辛格把自己弄疼了才哭,也不是因为刚才别人看到自己的跛足而蒙受的屈辱;他止不住的抽泣是因为生自己的气,气自己怎么就乖乖地屈服,把脚伸出去了。

这一刻,菲利普好像品尝到了生命的苦涩。他幼小的心灵模糊地意识到这种不幸与痛苦可能会和自己相伴终生。不知怎的,他回想起那个寒冷的早晨,埃玛把他抱到母亲的床上。其实那天之后,他一次都没有再想起过,但现在那种依偎着母亲的温暖,那种被环抱的惬意一瞬间又变得如此真实。他恍然觉得可能这一切:母亲的离世、在伯伯家度过的日子,以及来到学校的可怕遭遇,都只是一场梦。到了早晨,梦醒了,他就又能回家。他心里是那么苦涩——这些一定都只是场梦。母亲一定还活着,埃玛一会儿就要上楼睡觉了。想着想着,泪水渐渐流干了;想着想着,他慢慢地阖上眼睛。

可是,第二天早上吵醒他的还是一阵铃声,睁开眼睛,看见的也还是隔间门口挂着的绿色布帘。

第十二章

时间一长,男孩们对菲利普的跛脚渐渐失去了兴趣。他就跟长着一头红发或者特别胖的男孩没什么两样,看久了就见怪不怪。但菲利普却因为这段时间的经历变得出奇敏感。只要能不跑,他宁可别别扭扭地走路也绝对不跑,因为一跑起来,他的瘸腿就会引来更多围观。大多数时间,他都只是站着不动,把那只有毛病的脚缩到另一只后面,尽可能地不引人注意。他还总是处处留意别人是不是在谈论自己。因为他不能加入其他男孩的游戏,所以对他们的生活也一无所知;他躲在自己的小世界里远远猜测着别人的生活,感觉自己与他人之间好像竖着一道看不见的屏障。有时候,其他男孩怀疑菲利普是故意不来踢球的,而他也没法让这些人理解自己,所以就总是一个人待着。之前还有一段时间他很爱说话,可现在却又慢慢变得沉默不语。他开始思考,自己和其他人到底有哪里不一样。

辛格是宿舍里年纪最大的男孩,他不喜欢菲利普。在同龄的孩子里,菲利普算是非常瘦小的,所以别人欺负他的时候,除了忍气吞声,其他的什么也做不了。这个学期过了一半,整个学校开始疯狂地流行一种叫"笔尖战"的游戏。两个人在桌子或者板凳上用钢笔尖比赛。其中一个用指甲推动笔尖,想办法把它推到对手的笔尖上,这样就能得一分。而对方则需要小心防守,也要把自己的往对面推。总之,只要能压住对手的笔尖就能得分,而赢的人需要在拇指上哈口气,使劲摁住两个笔尖,如果它们都粘在拇指上掉不下来,那么就都归赢家所有了。很快,目之所及,哪里都是在玩"笔尖战"的男孩。技术越熟练,赢的笔尖就越多。没过多久,沃森先生发现这是一种变相赌博,就下令不让大家继续玩了,还没收了所有男孩的笔尖。菲利普恰好是玩这个游戏的高手,禁令一下,不能继续赢下去了,心里开始愤愤不平,手还总痒痒,老想着再来几局。过了几天,他往球场走的时候,从路边的商店花一便士买了几个丁字形笔尖。他把笔尖揣好,感受着它们在口袋里叮叮当当地晃来晃去,觉得很过瘾。辛格很快就发现了菲利普的秘密。当时上交笔尖的时候,他私自留下了一个特别大的,起名叫"大块头"。这个笔尖几乎战无不胜。辛格想借此机会把菲利普那儿的几个都赢过来。尽管菲利普清楚自己的小笔尖不占上风,但还是想冒次险,赌上一把。况且,他也知道辛格不会就这么放过自己的。一个星期没玩过了,菲利普一落座就兴奋得两眼发光。但是刚开局一会儿,两个小笔尖就已经输进去了。辛格得意洋洋,激动无比。只可惜好景不长,到了第三轮"大块头"不小心滑了一下,菲利普的小笔尖趁机而入,推到了它上面。他好歹赢了一局,乐得手舞足蹈。就在这时,沃森先生走了进来。

"你们干吗呢?"

他看看辛格,又看看菲利普,但这两个男孩没有一个敢答话。

"我不是跟你们说过不许再玩这种愚蠢的游戏了吗?"

菲利普此刻心如鼓擂,他知道接下来会发生些什么,所以特别害怕。但是恐惧之余,竟然还有点窃窃欣喜:他从来没挨过大人的鞭子。就算皮肉得受点苦,可之后还能拿这事在其他人面前吹吹牛呢。

"来我办公室。"

校长说完转身就走。两个孩子并排跟在后面。辛格跟菲利普咬耳朵:

"我们要倒霉了。"

沃森先生指着辛格说:"弯下身去。"

每鞭子下去,辛格都浑身哆嗦。抽到第三下,他哇的一声大哭出来,然后又挨了三下。菲利普在旁边看着,吓得脸色苍白。

"够了。起来!"

辛格站直身子,眼泪还是流个不停。菲利普往前走了一步,沃森先生把他上下打量了一番,说:

"我不会打你,你是新来的。而且我也不能惩罚一个残疾的孩子。走吧,你俩都走,下次不能再不守规矩了。"

一群男孩通过某种神秘的渠道打听到了这件事,等他俩一回教室就凑上来问东问西。辛格挂着泪痕的脸蛋因为疼痛变得通红,他看着这些人,把头往站在身后的菲利普那儿一斜,愤愤地说:

"他是个残废,没揍他。"

菲利普红着脸,一声不吭。他觉得其他人都看不起自己。

"你挨了几下?"一个男孩问。

辛格没有作答。他被打了之后就一肚子的不服气。

"再也别让我和你玩笔尖了,"他朝菲利普说,"你多沾光,又不用挨揍。"

"不是我要和你玩的。"

"你再说!"

他气得伸脚把菲利普绊个跟头。本来走路就不稳的菲利普一下子摔在地上。

"残废!"辛格骂了一句。

043

剩下的半学期，他变本加厉地欺负菲利普。学校巴掌大，菲利普想逃也逃不到哪里去。他试着和辛格友好相处，甚至还给他买了把小刀以示衷心，辛格却不吃这套。后来有一两次被逼急了眼，他朝这个小霸王又打又踢，但总归是打不过强壮的辛格，只能被欺负一阵之后又反过来道歉。低三下四的道歉是菲利普最受不了的，每次要不是皮肉之苦实在忍不下去，他绝不会松口求饶。所谓雪上加霜，这样的情况一时半会都不会有任何改善：辛格今年才十一岁，他要在这里再待两年。菲利普知道在这段时间里自己无处可逃。唯有上课和睡觉的时候他才觉得开心。那种奇怪的感觉又经常出现了，他觉得现在痛苦不堪的生活只是一场梦。只是每天早上醒来，他都会发现自己还是身处伦敦，躺在这张窄窄的小床上。

第十三章

两年过去了，菲利普马上就十二岁了。他现在是高年级班里排名前几的尖子生。等圣诞节一过，几个大点的男孩去了中学部，他就是班里第一了。菲利普已经得过很多奖，奖品是一些纸页粗糙、没什么意思的书，但书的封面倒也勉强像样，还印着学校的纹章。成了尖子生之后就没人再欺负他了，现在的日子也就不像之前那么苦闷。同学们看他身体残疾，也不会因为他成绩好而感到嫉妒。

"毕竟他得奖很容易，"他们说，"他除了埋头死学，什么也干不了。"

菲利普对沃森先生不像之前那么害怕了。他已经熟悉了那副大嗓门，而且当沃森先生把那只大手放到他肩膀上时，他也依稀明白这算是一种慈祥的爱抚。一般来说，学得快不如记得牢；菲利普的好记性让他的成绩一直名列前茅。他看得出沃森先生想让他拿着奖学金从预备学校毕业。

菲利普变得自我意识感强烈。刚出生的婴儿没有身体意识，他们总是把自己的小手小脚和周围的物什混淆在一起，玩弄起自己的脚趾跟摇响小拨浪鼓没有两样。只有等逐渐感受到由躯体所传递来的疼痛，婴儿才能一点一点地认识到自己的身体。其实这和我们发展自我意识的过程非常相似,唯一不同的是,尽管每个人都能同样地意识到自己的身体是一个独立而完整的有机体,但绝非人人都能拥有独立而完整的人格。在进入青春期后,一种与他人的隔阂感会随之产生,只是这种离群索居的感觉往往不足以让人察觉到自己和周围的人是不同的。自我意识感不足的人就像生活在蜂巢里的蜜蜂。其实他们才是生活中的幸运儿,有什么事总是能一呼百应,而幸福感也来之甚易——首先需要泯然众矣,随后就能无师自通,自得其乐了。你会看到这些人在圣灵节那天的汉普特斯西斯公园[1]翩翩起舞,在足球比赛的场边振臂呼喊,或者在蓓尔美尔街的一家俱乐部窗边为王室巡游拍手叫好。正是因为有他们,人类才会被称作社会动物。

因为自己的跛脚,菲利普受尽嘲笑,这也让他早早地摆脱懵懂,开始清醒而苦涩地认识自我。他的情况太过特殊,没法在这样的生活里实践那些现成的处世规则,只能自己去想。好在之前读的书多,脑子里有各种各样的点子,但是很多主意他自己都只是一知半解。想象力在这时派上了用场。他的羞涩里掺杂着痛楚,在他心底有些东西正在逐渐发芽生长。他朦胧产生的自我意识不时让自己都大为吃惊。他会莫名其妙地做出一些事,之后再反思的时候又会对其感到困惑。

菲利普和一个叫卢亚德的男孩成了朋友。有一天,他们一起在教室里做游戏,卢亚德用菲利普的一个黑木笔筒变起戏法来。

"别闹了,"菲利普说,"你别把它弄坏。"

"不会的。"

但话说完还没多久,这个笔筒就断成了两截。卢亚德沮丧地看着菲利普。

"天啊,太对不起了。"

菲利普没说话,眼泪顺着脸颊滚落下来。

---

1. 圣灵节:也称五旬节,是基督教为纪念耶稣复活后差遣圣灵降临而举行的庆祝节日。汉普特斯西斯公园:伦敦最大的一片绿地。

"哎呀，这是怎么了？"卢亚德有点慌了，"我会给你买个一模一样的。"

"我不是在乎这个笔筒，"菲利普颤抖着声音说，"这是我妈妈留给我的。她去世之前给我的。"

"天啊，太抱歉了，凯利。"

"没事，不是你的错。"

菲利普把断了的笔筒捡起来，呆呆地望着。他止不住地啜泣，心如刀绞，然而自己也不知道究竟是为了什么，因为这个笔筒是上次放假时他在布莱克斯塔布尔买的，也就花了一两便士。他搞不懂出于什么原因自己编造了这个故事，但是现在他是真切的难过，好像这个笔筒真是妈妈在去世前留给自己的一样。菲利普从小在虔诚的教区长大，后来又来到这所有着浓厚宗教氛围的学校读书，事事都追求问心无愧。他在不知不觉中形成了一种意识：魔鬼总是在监视自己，准备掠夺他不朽的灵魂。所以尽管他不比其他孩子诚实多少，但只要撒了谎都一定会自责悔恨、备受折磨。每次想起这件事都令菲利普非常难受，他发誓一定会找卢亚德解释清楚，告诉他这个故事是编的。即使整个世界上最让菲利普打怵的就是羞辱，但是有那么两三天时间，他都沾沾自喜地觉得这是个苦乐参半的差事：尽管自己会蒙羞，但是能给上帝增光添彩。可惜的是这仅仅是个想法，从未得到过实施。菲利普只向上帝做了忏悔。这种方法不仅消除了良心的不安，也让他觉得自在许多。但他还是不明白为什么一个编造出来的故事会给自己带来切肤之痛。那天顺着他的小花脸流下来的眼泪都是真实的。后来，他又偶然联想起另一件事：当埃玛跟他说母亲走了的时候，尽管他已泣不成声，可还是坚持要去跟沃特金小姐说再见，好让他们为自己感到同情伤心。

第十四章

学校里兴起一股宗教热，再也听不到骂人的粗言粗语了。小一点的男孩只要一不守规矩就会成为众矢之的，年纪稍大的男孩俨然担任起中世纪时上议院议员的角色,动辄使用武力迫使那些比自己弱小的人"弃恶从善"。

菲利普一向躁动不安的内心总是对新事物充满兴趣,他在这股热潮中变得异常虔诚。他听说有机会可以加入圣经联合会,就给伦敦总部去信询问详情。回信里包含了一张表格,要求填上申请者的姓名、年龄和学校;一封需要签字确认的严肃的声明书,要求申请者保证在一年的时间里每晚都定量朗读一段《圣经》。除了这些,还要交半克朗[1]会费,信里解释说这些钱不仅能证明申请者想要加入联合会的诚意,还补贴了一部分神职人员的花销。菲利普按期寄回填写妥当的表格和声明书,又随信附了会费。没过多久,他就收到了一本大概价值一便士的日历。日历上标明了一年中每天要读的《圣经》段落,还配着一张纸,一边画着耶稣基督和羊羔,另一边是用红线框起来的祷文,朗读《圣经》前要先背诵一遍。

拿到日历后,每天到了上床睡觉的时候菲利普都会三下两下脱了衣服争取在熄灯之前完成当天的诵读任务。圣经里那些残酷暴虐、虚伪欺诈、忘恩负义和卑劣狡诈的故事,他从来不加评断,只是一字一句读得认真。这些事情倘若发生在现实生活中,件件都会令人毛骨悚然,但现在他却不置可否,允许这些行为从自己的头脑中掠过。他知道没有上帝的直接启发,也不会有这些骇人听闻的恶行发生。圣经联合会规定会员交替诵读《旧约》和《新约》中的经文,一天晚上,菲利普读到了耶稣基督的一段话:"若你们心怀诚念,不存疑惑,不但能行无花果树上所行之事,就是对这山说,你挪开此地,投在海里,也必成就。你们祷告,无论求甚么,只要信,就必得著。"[2] 本来这段话并没有在菲利普脑子里留下多深的印象,但刚好两三天后驻校教士在做布道时又引用了这段文字。礼拜堂的唱诗班席坐着皇家公学的学生,布道讲坛设在教堂交叉甬道的一角,牧师几乎是背对着台下。想让坐在远处的人听

---

1. 克朗:1 克朗相当于英国旧币值的 5 先令硬币。
2.《圣经》引文:马太福音 21:21、21:22 中,耶稣诅咒一棵路旁的无花果树,第二天门徒发现树连根都干枯了。

清布道稿,牧师就需要有副洪亮的嗓门以及高超的诵读技巧。但是特坎伯雷一直以来都是根据学识水平选大教堂的牧师,从来不看其他的本领。所以,菲利普想听清牧师的布道几乎是不可能的。但也许是因为他前些天碰巧读到了,所以这会儿这几句话特别清晰地传到了他的耳朵里。忽然之间,他觉得这是说给自己的。牧师在台上做着布道,他就在下面琢磨这句话的意思。到了晚上,他爬上床翻开福音书,又看见这句话出现在眼前。尽管他对书上的内容深信不疑,但早就知道圣经里的故事经常另有所指,别有含义。他想问问别人,可又信不过学校的人,所以就惦念着这个问题一直到圣诞节放假回家。终于有一天让他逮住了机会。那天刚吃过晚餐,做完祷告,凯利夫人像往常一样开始清点玛丽·安送来的鸡蛋,再在每个上面标上日期。菲利普站在桌前百无聊赖地翻着《圣经》。

"对了,威廉伯伯,你看看,这里真是这个意思吗?"

他手指着那段话,装得好像是不经意之间翻到的。

凯利先生抬起头,从镜框上方瞅瞅菲利普。他在壁炉前烘着一份《布莱克斯塔布尔时报》,晚上送来时油墨还没干透,每次看之前都要先烤干。

"哪里?"

"喏,就是《圣经》里说有信念的人能挪动大山。"

"《圣经》里这么说了那就是真的,菲利普。"凯利夫人轻声说着,提起放碟子的竹篮。

菲利普又抬起脸看着伯伯,等待他的回答。

"就看你心诚不诚了。"

"你的意思是说,只要心诚,就能把大山都挪开?"

"心诚才能得到上帝的庇佑。"牧师说。

"跟伯伯说晚安吧,菲利普,"伯母说,"今晚不急着去挪大山,对吧?"

菲利普让伯伯亲亲自己的额头,随着凯利夫人上楼去了。他已经得到了自己想知道的信息。楼上的小卧室滴水成冰,他换上睡衣之后冻得瑟瑟发抖。但他觉得只有配合着吃苦受难的祷告,才会被上帝认为是最有诚意的。

手脚的麻木冰凉是给上帝的最好奉献。他跪下来,脸埋在双手中,用尽全部的力量向上帝祈祷希望自己的跛脚能够复原。这和挪动大山相比只是一个很小的请求吧。他知道只要自己诚心相求,心无杂念,上帝一定会帮忙的。第二天早上,他又做了同样的祈祷,还给奇迹的实现定了个日期。

"哦,上帝,无限爱与善的上帝,如果这是您的意愿,请让我的脚在开学前的晚上变得完好吧!"

他把自己的祈祷编成了一套词儿,心里挺高兴。在餐厅吃早饭前,牧师做完祷告之后的空当里,他跪在地上又默默重复。晚上睡觉前像昨天一样穿着睡衣,浑身哆嗦着又说了一遍。他不只是说,还坚信不疑。这是他第一次如此期待假期能够早点结束。他笑呵呵地想,等自己一跳三阶地跑下楼梯时,伯伯的下巴都会惊得掉到地上。一吃完早饭,路易莎伯母就会急匆匆地跑去给他买新靴子。到了学校里又会迎接一众人惊讶的目光。

"哇,凯利,你的脚怎么好了?"

"哦,没什么,就是好了呗。"他一定要轻描淡写地来这么一句,好像这是一件不能再平常的事。

他终于能踢球了!在球场上跑啊、跑啊,跑得比谁都快,激动得心都要跳出嗓子眼儿。等复活节学期快结束,他还要报名参加运动会的田径赛,甚至现在一闭眼都能看到自己飞越跨栏的神气模样。菲利普光是想想就乐得止不住:终于能和正常的孩子一样,不用再担心新来的男孩因为不知道自己是个瘸子而总是好奇地打量自己,也不用在夏天泡澡的时候特别小心翼翼,一脱衣服就要赶紧把脚泡进水里,东躲西藏唯恐别人看见。

他倾尽全力,诚心诚意地祈祷,对上帝的话没有丝毫的怀疑。返校前的那一晚,他躺在床上兴奋地颤抖。窗外大雪纷飞,一片白茫茫,路易莎伯母都偶尔奢侈一次,在卧室里生上了炉子。菲利普的小屋还是像个冰窖,他的牙齿上下打颤,冻麻了的小指头半天都解不开衣领。他忽然想到今天比平时更要好好表现来吸引上帝的注意,于是就掀开了放在床前的毛毯子,直接跪在光秃秃的地板上。但是身上的睡衣似乎太柔软了,万一这让上帝心存不满可怎么办？他二话不说把衣服脱得精光，然后才开始做祷告。等到上床的时候，他浑身冷得像冰块，一时难以入睡。可等着进入梦乡之后，他又睡得那么踏实，甚至第二天早上玛丽·安上楼给他送热水都不得不摇醒他。玛丽·安一边和他说着话，一边把窗帘拉开；他一下子就想起今天是奇迹发生的日子，心里顿时充满了喜悦和感激。他的第一想法是用手去摸摸已经完好无缺的脚，可又害怕这是不信任上帝的表现。他成竹在胸，确信自己的脚已经好起来了，终于还是打定主意，慢慢用右脚趾去碰一碰左脚，然后又伸手过去摸。

玛丽·安进餐厅做祷告时，他一瘸一拐地下了楼，坐在餐桌旁等着吃饭。

"你今早很安静嘛，菲利普。"路易莎伯母说。

"他八成在想明天去了学校能吃到什么丰盛的早餐吧？"牧师说。

菲利普完全没有理会伯伯的话。他忽然冒出一个和刚才对话完全不沾边的问题。这种态度一直让牧师恼火，说他这样胡思乱想绝对是坏毛病。

"假设你向上帝许愿，"菲利普说，"而且绝对相信愿望能成真，比如挪动大山，呃，你的心也很诚，可就是没有实现。这是为什么呢？"

"你真有意思！"伯母笑了，"两三个礼拜前你就问过搬大山的事啦。"

"我想这只是因为诚意还不够。"威廉伯伯回答。

菲利普相信伯伯给出的解释。如果上帝还没有治好他的脚，那一定是因为他心还不够诚。可他并不知道怎样才算是更有诚心。也许他没给上帝留足时间吧，区区十九天实在太仓促了。一两天后，他又开始祈祷，但这次把梦想实现的日子定在了复活节。这是主的圣子光荣复活的节日，相信上帝一定会在那一天大发慈悲。他现在做祷告的时候比以前更讲究了。每当看到天空出现一轮新月，田野里跑过一匹花斑马，或者窗外有流星划过的时候，他都会开始祈祷。赶上学校放短假，他们在家享用一整只鸡，他和路易莎伯母会一起掰断"幸运骨"[1]，同时在心里默默地许愿，希望自己的脚早日好起来。

---

1. 幸运骨：禽鸟胸部呈"Y"字形的骨头，被称为"幸运骨"或"许愿骨"，由两个人一起掰断，谁手里剩下的比较长，谁的愿望就能成真。

他甚至开始不知不觉地祈求本族的神灵,毕竟他们比以色列信奉的神更古老。每天只要他一想起来,或只要一有空,就会不知疲倦、一遍又一遍地向万能的主祈祷。他每次都说那么几句话,因为在他看来,向上帝请求必须要用一样的话语。但这一回,他开始有点担心自己的信念还是不够坚定,甚至有点心存疑虑,把自己的感受归纳为一条普遍规律:

"我猜,这世上并不存在足够心诚的人吧。"

就像之前保姆告诉他的一个经验:只要把一小撮盐撒在鸟尾巴上就能逮住它了。可他有次带着一袋盐跑去肯辛顿花园想做个实验,却发现无论如何都不能接近小鸟,把盐撒到它的尾巴上。还没到复活节,菲利普就放弃了。他内心对伯伯生出一股怨气,恨他竟然如此戏弄自己。《圣经》里关于信念挪山的故事明明就是另有含义,根本不是字面的意思。他觉得伯伯这次把自己耍得好惨。

第十五章

等菲利普满十三周岁,就要转去特坎伯雷皇家公学读书。这所学校以其悠久的历史而闻名。它创建于诺曼征服之前,最初是一所修道院学校,由奥古斯汀的修道士负责教课。后来,像其他同类学校一样,在修道院遭到破坏之后,经亨利八世陛下的官员重建,改名为皇家公学。从那之后,学校的课程开始贴近实际,向当地上流人士的子弟以及来自社会各个阶级的孩子教授所需的知识技能。从这所学校走出过几位文坛大师,他们首先作为诗人出道,才气冲天、文思敏捷,唯有莎士比亚能略胜其一筹;最后都成了散文作家,字里行间中显露出的世界观深刻地影响了菲利普这一代人。还有那么一两个杰出的律师也毕业于此,但鉴于当今社会上优秀的律师一抓一把,所以倒也没什么了不起。除此之外,这里还涌现出个把战绩卓著的军人。然而,在学校脱离了修道会后的三百年里,它所培养的人才大都服务于教会:牧师、主教、教长、教士和乡村牧师。这些学生的父亲、祖父、曾祖父也曾在这儿上学,并且都是特坎伯雷镇主教区的教牧人员。他们来这之前就抱定决心将来要担任圣职。但即使是在这样的学校,还是有迹象表明学生的思想正在发生变化。有那么几个人散播着他们在家听到的言论,说教会已经变质了。倒不是钱的问题,只是教会构成的阶级越来越乱,鱼龙混杂。有几个男孩说他们认识的一些副牧师竟是来自小商小贩的家庭。他们说自己宁愿去殖民地混日子(当时只有在英国走投无路的人才会去殖民地),也不要在这些乱七八糟的人手底下。不管是在皇家公学还是在布莱克斯塔布尔的教区,那些做买卖的人都是既没有土地(在这里,拥有土地的上流人士和单纯的地主还是有点差别的),又不去找体面工作(人们普遍认为绅士应该从事四种职业:律师、建筑师、医师、牧师)的人。学校的走读生里有一百五十个来自当地的上流社会,或者父亲是驻地军人,而商贩家庭出身的孩子都只能因为自己的卑贱地位感到低人一等。

皇家公学的老师偶尔会从《泰晤士报》或者《卫报》上读到一些关于现代教育的文章。他们才没有耐心去研究这些,只是强烈希望学校能够固守传统。每次学到古代僵硬陈腐的语言,这些老师倒是讲得特别透彻,以至于从这里毕业的孩子日后一想起荷马或者维吉尔[1],胃里就止不住地反酸。老师们在休息室用餐时,曾经有几人斗胆暗示说数学在当今社会越来越重要,但大家都不以为然,一致觉得这种学科远没有古代经典来得高尚伟大。学校里没人教德语或化学。法语课也是由学级主任来带,比起从国外请的教师,他们更会维持班里的秩序,而且语法知识对他们来说都是小菜一碟。其实如果去布洛涅的咖啡馆点餐,要是服务员不会英语他们就什么都吃不到,但这又算什么?地理课就是带着学生画地图,这个活动很受欢迎,尤其是当所画的国家里山脉林立的时候,孩子们就能花好长时间描绘安第斯山和亚平宁山的轮廓。老师们毕业于牛津或剑桥,都有圣职,也都没结婚。如果哪天想成家了,就只能听从教会安排,从事一项薪水更微薄的工作。现在这些老师都已

---

1. 荷马:古希腊诗人。维吉尔:古罗马诗人。

经人到中年，可这么多年谁都没有想过要离开特坎伯雷，去乡村的小教区一天天挨日子。特坎伯雷是个优雅的小城，不仅有浓厚的宗教氛围，这里的骑兵站更是赋予了它几分英武阳刚的气质。

至于校长，则另当别论。他必须结婚，而且需要主持管理学校的事务一直到老眼昏花、力不从心。但等到退休的时候，他能领到让其他老师眼馋不已的俸禄，还会被授予名誉教士头衔。

在菲利普入学的前一年，学校发生了一大剧变。大家早就注意到，已经做了二十五年校长的弗莱明博士最近听力退化得厉害，不适合继续工作、为主效力了。所以一等城郊教区有职位空缺下来，教会就安排他以年薪六百镑为待遇去那里就职，还暗示道，这是他退休的最佳时机。有了这笔丰厚的报酬，弗莱明博士完全可以养好身体，安享晚年。而几个早就对这个职位垂涎的副牧师都回家跟妻子抱怨，说教区明明需要的是充满活力的精壮小伙儿，却派来了这么一个对教区工作一窍不通的糟老头，更可恨的是，这个老头还一早就肥了私囊。这传出去简直是一桩丑闻。尽管这些不拿圣俸的牧师牢骚阵阵，但始终是传不到大教堂牧师会成员的耳朵里。教区的居民更无权参与教会的任命决定，所以也没有人询问他们的意见。卫理公会和浸礼会都在镇里有自己的小教堂。

弗莱明博士离开后，学校急需任命一位新的校长。根据传统，不能从教师中选择继任者，所以大家一致同意让沃森先生来担任校长的职位。因为他是预备学校的校长，不算皇家公学的老师，况且大家认识他的时间已经有二十年之久，不用担心他不好相处。但是牧师会最后的决定让所有老师大吃一惊：他们选了一个叫珀金斯的人。这是何许人也？没人知道他，也没人对他有什么好印象。震惊之余，大家忽然记起这人竟是布商珀金斯的儿子！吃晚餐前弗莱明博士才正式公布了这个消息，他看上去也满是惶恐。在场人都埋头吃饭，一点动静都不出，也不对这件事发表任何言论，直到雇工们都走出餐厅，议论之声才逐渐响起。在场的这些老师都是些无关紧要的人物，学校里的男孩给他们起了些奇奇怪怪的外号：叹气兄、柏油桶、瞌睡虫、机关枪和快活精。

他们都认识汤姆·珀金斯。首先，这不是位绅士。大家都记得他的样子：个子不高，黑不溜秋，头发总是油腻腻的，两只大眼睛往里抠着，跟个流浪汉一模一样。他在这里上学的时候是走读生，拿着学校里的最高奖学金，几年书读下来都没花家里什么钱。他是个非常聪明的人。每年学校的授奖日，都能看见他手里捧着满满的奖品。学校以他为傲，把他当成门面。当时老师们都很害怕他会拿到更大的公立学校的奖学金，离开皇家公学。弗莱明博士想起自己曾去过他父亲店里谈过话——学校的老师都还记得他父亲的布店叫珀金斯·库珀，在圣凯瑟琳大街上——他希望汤姆能留在这儿，一直到考上牛津。鉴于皇家公学是珀金斯·库珀布店的最大主顾，珀金斯先生听了这话心里美滋滋的，忙不迭地答应下来。汤姆·珀金斯在学校屡创佳绩，在弗莱明博士的印象里，学习起古典文学来，没有人能比他更出色。汤姆毕业时拿走了学校的一等奖学金，之后去了莫德林学院，又拿到了那里的最高奖，随后开始自己灿烂的大学生涯。学校的校刊每年都记录着他又取得了怎样的成绩。有一次他拿到两门第一，校刊首页还刊登了弗莱明博士特意为他写的表扬词。此时正值珀金斯家布店的败落之际，而他丝毫没受家中琐事的干扰，这样的上进态度让老师心里倍感欣慰。他父亲的合作伙伴库珀日日买醉，嗜酒如命，在汤姆·珀金斯取得学位的前夕，两位布商递交了破产申请。

汤姆抓住时机成为一名牧师，而这份职业也的确像是为他量身打造的。之后，他又先后在威灵顿公学和拉格比公学做了一段时间的助理校长。

尽管老师们看着他在别的学校做得风生水起，都觉得很骄傲，可一下子要接受在他的手下工作，这可就是另外一回事了。柏油桶之前经常骂他，机关枪也曾经扇过他耳光。他们现在都不明白牧师会怎么能犯下这样的错误，派汤姆回来当校长。在他们的脑海中，汤姆是个破产布商家的孩子这个印象始终挥之不去，更不用提库珀的酒瘾问题让他的出身显得更加低贱了。镇里的教务长对自己钦点的候选者非常满意——这也是情理之中的事——所以他可能会叫汤姆一起来用餐。教区内的餐会一直以来都非常雅致，怕是汤姆·珀金斯一落座就会拉低整个宴会的档次。兵站那边也不好打发,军官和上流绅士无论如何都不会接受汤姆这样的人进入他们的生活。搞不好学校也会大受其害,学生父母一定满腹牢骚,要是有大批学生退学也只能见怪不怪了。再想想将来要称呼他为"珀金斯先生",这可真是莫大的侮辱!老师们一开始想集体辞职以示抗议,但后来又只能作罢——万一学校真的同意了,到时候傻眼的可就是自己了。

"我们能做的只有准备好迎接改变了。"叹气兄说。二十五年来,他一直负责教五年级的课程,要论其不称职的程度,绝对举世无双。

这些老师第一眼见到学成归来的汤姆时,内心的疑虑没有打消一分一毫。弗莱明博士在吃午餐的时候把他带到了大家面前。汤姆现在是个三十二岁的壮年男人,长得又高又瘦,但他蓬头垢面的邋遢样儿倒是和小时候没什么不同。衣服剪裁马虎,破破烂烂。黑色的头发蓄得很长,看起来好像从来没梳过,每动一下就有几捋跑到额头上、耷在眼皮前,他只是伸出手极快地从眼前一撩完事儿。脸上浓密的黑胡须不受控制地疯长,一直长到颧骨上去。他和老师们说话的语气非常自然,好像只是几个星期没见。能看出他见到曾经的老师心里很激动。当上校长的汤姆似乎对这个职位一点也不生疏,别人称他为"珀金斯先生",他也特别坦然地接受了。

说了一会儿话,汤姆准备起身道别,有一位老师纯属没话找话,冷不丁冒了一句:"离火车开动还早着呢。"

"我想四处转转,去之前的布店看看。"汤姆兴冲冲地说。

场面顿时冷下来,大家心里都没有想到汤姆竟然如此不识时务,正好又赶着弗莱明博士没听清,夫人在他耳边大声重复了一遍:

"他说,他要四处转转,去他爸爸的布店看看。"

在场的人都听出话里带刺,只有汤姆·珀金斯浑然不觉,还转过头问:

"那家店现在是谁的了,您知道吗?"

弗莱明夫人气得一时话都说不利索。

"还是一个布商,叫格鲁夫。我们都不光顾了。"

055

"不知道他让不让我进屋瞧瞧。"

"只要你自报家门，我想他不会不愿意的。"

这天，一直到晚餐快结束，所有人都把想说的话憋在心里。他们都揣着同一个想法，只是谁也不先张口。最后，还是叹气兄先发话了：

"呃，你们觉得新校长怎么样？"大家开始回想午餐时候的对话。与其说是对话，不如说是珀金斯一人在滔滔不绝。他连珠炮似的说个不停，语速又快，嗓音洪亮深沉，时不时咧嘴一笑，露出一口白牙。没几个人能跟上珀金斯的思路，他想到哪就说到哪，话与话之间的联系让人很难捕捉。他大谈特谈教学方法，这本是再自然不过的，可他偏要拿德国的现代教育理论说事。老师们从没听过这项理论，听完了也没明白个所以然。后来又说到古典文学，可因为他是真真正正地去过希腊，所以很多见解都别出心裁。他还研究了考古学，曾经整个冬天都在进行考古实践。这些老先生可不理解这对帮助学生通过考试有什么帮助。他还提到了政治，拿比肯斯菲尔德勋爵和亚西比德[1]相提并论，把在场的人听得一头雾水。后来又听他谈到格莱斯顿先生[2]和地方自治的问题，众人才发现原来他是个自由党派，心一下子凉了半截。接着他又口若悬河地大侃特侃德国哲学和法国小说。老师们觉得一个爱好如此广泛的人一定什么都学不精。

瞌睡虫最后把大家心里对珀金斯的印象做了个最准确的概括。他本人是位三年级高班的老师，眼皮总往下耷拉着。个性胆小怕事，个子虽高却手无缚鸡之力，干什么事都特别拖沓，天生一副没精打采的懒样。"瞌睡虫"这个外号真是起得太贴切了。

"他挺有劲头的。"瞌睡虫这样总结。

这个"有劲头"指的是莽莽撞撞、没有教养，更是粗俗野蛮、不够得体。

---

1. 比肯斯菲尔德勋爵：英国保守党领袖，两度出任英国首相，推崇殖民扩张主义。亚西比德：雅典政治家，曾发动对西西里的冒险远征，个性张扬跋扈。
2. 威廉·尤尔特·格莱斯顿：曾作为自由党人四次出任英国首相。

这个词让众人联想到救世军敲锣打鼓、吵吵闹闹的样子。"有劲头"还意味着要改变。他们一想到那些可亲可爱的陈规旧俗如今已是岌岌可危,就禁不住鸡皮疙瘩起了一身,不敢考虑将来的事。

"他比以前更像个流浪汉了。"过了一会儿,又有一个老师说。

"你们说,教务长和牧师会选他当校长的时候知不知道这是个激进分子?"另一个酸溜溜地评论。

谈话到这里就结束了。所有人都心烦意乱,不再吱声。

等到一星期之后的授奖日,柏油桶和叹气兄一起步行去牧师会,在路上尖酸刻薄的柏油桶这样跟自己的同事说:

"我们可参加过不少了,对吧?就是不知道以后还有没有机会再来了。"

叹气兄一脸愁苦,眉头皱得比往日更甚。

"要是现在能给我个像样的差事,让我退休也行。"

第十六章

一年很快过去,转眼就到了菲利普该上学的时候。那些之前闹得起劲儿的老师们还是各自守着自己的地盘岿然不动。他们表面上冲着新校长阿谀奉承,私底下却还是百般阻挠他。尽管这些老师个个都梗着脖子反抗,可终归还是敌不过大势的变化。之前的学级主任还是负责教低年级法语,但学校又另聘了一位海德堡大学文献学专业的博士来担任高年级的法语老师。这位博士曾经在法国的一所中学教过三年书,除了法语之外,如果有学生不想上希腊语课,也可以跟着他学习德语。校长还找到了一位数学老师,他的教学方法非常系统,深入浅出,而之前大家都觉得不用在这门学科上下这么大的功夫。这两位老师都非神职人员。聘用他们可算是学校的一大革命了。他们刚来的时候,老教师都对其水平半信半疑。此外,新校长还建起了实验室,开了军事训练课。这激起了老师们的议论纷纷:学校这下子可是连性质都有所变化了。天知道珀金斯先生这颗不守规矩的脑袋里还在酝酿些什么花哨点子!皇家公学跟一般的公学一样,面积都不算太大。学校最多能容纳二百名住宿生,而且因为它紧邻大教堂,所以也很难扩建校区。教堂周围的地方除了一所给老师住的教工楼之外,剩下的被教士们占了,没剩下什么地儿能腾给学校。可珀金斯先生却精心制订了一个扩建计划,倘若能成功实施,学校的面积就能扩大一倍。他想从伦敦招些学生,这样一来便能达到双赢的局面:他们能从与当地人的交往中受益,而肯特郡的学生也能跟着他们长不少见识。

"这个决定和我们所有传统都相悖!"听了珀金斯的想法,叹气兄立刻反对,"我们之前绞尽脑汁就是为了不让伦敦的坏风气污染我们的孩子!"

"一派胡言!"珀金斯先生说。

叹气兄还从来没被人这样说过,一股火涌上来,开始搜肠刮肚想琢磨出反击的言辞,越犀利越好,最好能含沙射影地戳一下珀金斯的软肋:他那来自布商家庭的卑贱出身。可是词还没捋顺,校长就又补了一刀:

"那所教工楼,要是您将来结婚的话,我就让牧师会补建几层,设几间宿舍和书房,到时候尊夫人就能来照料您的起居了。"

这位上了年纪的牧师惊得脸色大变。结婚?他都五十七岁了啊,这把岁数的人是不会再结婚的了。快到耳顺之年,要是还想成家立业那可真是笑话。他心里完全没这个念想。如果现在让他选,到底是娶妻,还是跑去乡下生活,他一定毫不犹豫地选择隐退。现在他心里最重要的就是平平稳稳、安安静静地过日子。

"我可没有结婚的想法。"他说。

珀金斯先生瞪着自己黑溜溜的大眼睛看了看他,可怜的叹气兄完全注意不到这双眸子里透出的机灵劲儿。

"太可惜了!您就不能结个婚配合我一下吗?我想重新修建你们的宿舍楼,要是您结婚的话,我在教务长和牧师会那里就好说话啦。"

其实这都不算什么,珀金斯先生最招人嫉恨的是他总胡乱变动其他老师的课程安排。每次他都客客气气地提出来,好像是求人帮忙,但这个忙总是不得不帮。比如柏油桶,也就是特纳先生,曾经说这样做只能让双方都有失

体统。珀金斯之前从不打招呼,只是在早上做完祈祷之后,冷不丁地通知某位老师:

"您能十一点钟给六年级上节课吗?我们换一下,好不好?"

老师们不知道其他学校是不是对调课习以为常,但特坎伯雷绝对没有过这样的先例。而调课的后果,也特别值得玩味。事情是这样的:特纳先生是第一个受调课之苦的老师,他提前跟学生打了预防针,告诉他们说校长今天要来给他们上拉丁文课。他借口说学生要问自己问题,故意留出历史课的最后一刻钟,带着学生们把拉丁课上要讲的李维[1]的文章事先顺了一遍,免得他们在校长的课上出洋相。等珀金斯校长上完课,柏油桶回到班里看到学生们的成绩打分,大吃一惊。班上两个尖子生分数都很低,但是之前水平一般的几个人却拿到了满分。特纳先生把班上最聪明的学生艾尔德里奇叫来询问,学生闷声说:

"珀金斯先生没问我们这篇。他问我关于戈登[2]将军都知道些什么。"

特纳先生一脸惊讶地看着他。孩子们显然都很委屈,他也不禁觉得不平。毕竟戈登将军和李维根本八竿子打不着。他后来斗胆问了珀金斯:

"艾尔德里奇被你那个戈登将军的问题问蒙了,特别不高兴。"他试着干笑两声,小心翼翼地打探着。

珀金斯先生哈哈大笑起来。

"我发现他们已经学过盖约·格拉古[3]的土地法,就想看看他们知不知道爱尔兰的土地问题。但是关于爱尔兰,他们唯一知道的就是都柏林在利菲河岸。所以我就问他们知不知道戈登将军。"

随后,大家认识到一个骇人之至的真相,即这位新校长对所谓的"普遍常识"有种近乎疯狂的执念。他质疑考试,觉得死记硬背地学习应试科目意

---

1. 李维:古罗马历史学家、文学家。著有《罗马史》,为经典著作。
2. 戈登:维多利亚时代的工兵上将。热衷于殖民主义,曾研究宗教。
3. 盖约·格拉古:罗马共和国时期的政治家,推行了重要的改革。

义不大。他想让学生接受课本外的"普遍常识"的教育。

叹气兄的忧虑每月俱增，久久忘不了校长让他挑日子结婚的事，更痛恨他对古典文学所持的态度。没人说珀金斯做学问不够格，况且他现在做的工作也着实一本正经：他在写一篇关于拉丁文学谱系的论文。只是每次说起古典文学，他都言语轻佻，态度散漫，好像这是个像台球一样平时消遣的游戏，他闲下来就玩两局，但从不严肃对待。

三年级中班的老师"机关枪"火气也一天大过一天。菲利普一入学就进了他的班。这位 B. B. 戈登牧师性烈如火、做事毛躁，似乎天生就不该为人师。一直以来，没有人过问他的所作所为，加上成天面对的又是一群小屁孩，所以他早就不能规矩自己，凡事肆意妄为，每次上课都以大发雷霆开场，再直眉横眼地谢幕。他中等个头，身材臃肿，一头剃得很短的浅棕色头发已经开始变白。满是横肉的大脸上有一对蓝眼珠，嘴唇上蓄着又短又硬的小胡子，五官糊成一片，分不出个鼻子眼来。他这张脸本来就红，要是再一生气就瞬间变成紫黑色。十个指甲让他咬得光秃秃的，都能看见下边的嫩肉了。学生在教台下讲着课文，吓得哆哆嗦嗦；他坐在讲桌后啃着指甲，气得也哆哆嗦嗦。关于这位先生的种种暴力行径，学校里一直流传着很多传说，其中免不了添油加醋做些处理。两年前，一位学生的父亲威胁说要告他，这在学校里一石激起千层浪。据说机关枪拿着书，狠狠扇了一个叫沃特斯的学生的耳光，结果这个孩子的听力受到影响，只能中途退学，叫家长来接走。沃特斯的父亲就在特坎伯雷，当时镇上不少人都被激怒，当地报纸也报道了这件事。可是因为这位沃特斯先生只是区区一个酿酒工，大家对他的同情也大打折扣。剩下的孩子们尽管都不喜欢机关枪，可心里打好小算盘，一股脑儿地在这场纠纷里偏向自己的老师。为了表示他们对外人插手学校事务的愤慨，还百般为难仍然在这里上学的沃特斯的弟弟。戈登先生差一点就被遣到乡下，他吸取了教训，从那之后再也没动过学生一个小拇指。老师们之前用教鞭抽打学生手心的权利被没收，机关枪也不能再敲打桌子发泄怒气了。他最多就是气得不行，抓住学生的肩膀晃一晃。对于又调皮又不服管的学生，他还是会罚他们举着一只手臂站上个十分钟或者半小时。另外,他骂学生的劲头也绝不减当年。

菲利普天性如此害羞,怕是放眼世界最不适合给他当老师的就是这位戈登先生了。这次进皇家公学,他没有去预备学校的时候那么胆怯,因为好多之前认识的男孩也来这儿读书,加上自己也长大了不少,而且他有预感既然新学校里学生这么多,就不会有人特别注意自己的跛脚了。但是入学第一天情况就很不乐观,他很怵戈登先生,而戈登则一眼就能看出哪些学生害怕自己,就因为这个他特别讨厌菲利普。本来学习是件很享受的事,可现在菲利普每堂课上都要心惊胆战地掰着指头算再过多久才能下课。与其说错答案惹得老师破口大骂,他现在宁愿像块木头呆坐着一声都不吭。每次轮到他站起来解释课文,他都脸色煞白,紧张得恨不能昏倒在座位上。只有珀金斯先生来班里上课,他才能快活起来。菲利普刚好对上了珀金斯先生的胃口,他们都对书本外的常识很感兴趣。菲利普读书涉猎之广,远远超过了同龄人的水平。每当珀金斯先生提出一个大家都解答不了的问题时,他就会走到菲利普身边,微微一笑——这个笑容总是让菲利普心花怒放:

"好,凯利,你来告诉大家答案吧。"

戈登先生看不惯菲利普因为这样的事受到表扬,心里怒气更重。有次轮到菲利普翻译课文,他就坐在一边啃着大拇指,恶狠狠地瞪着,眼睛像是要喷出火来。菲利普开始闷声闷气地翻译。

"别咕咕噜噜的!"老师大吼道。

忽然一下,菲利普的喉咙里好像堵了个什么东西。

"快点!快点!快点!"

戈登先生叫得一声大过一声,结果反而把菲利普吓得脑子里一片空白。他只是呆呆地看着书页,一个字儿都说不出来。戈登先生开始喘粗气。

"你看不懂为什么不直说?到底懂不懂啊!上次解释课文的时候你听进去了吗?你不会说话吗?说话!榆木疙瘩!快说啊!"

他紧紧抓着椅子扶手,好像一松手就会朝菲利普扑过去。大家都知道他以前经常会箍住学生的脖子,一直掐到他们快窒息才撒手。这会儿他的额头上青筋暴露,脸跟猪肝一个色,简直像疯了一样。

菲利普昨天对文章还了若指掌,但此时此刻他是真的什么都记不得了。

"我不懂。"他气喘吁吁地说。

"你为什么不懂?我们一个词一个词地看,我倒是要看看你懂不懂!"

菲利普怔怔地立着,面色铁青,微微发抖,脑袋恨不得耷拉到书页上。戈登先生在一旁气得鼻孔呼扇呼扇的。

"校长说你聪明,我真不知道你聪明在哪。什么课外知识,哈哈哈,"他狂笑几声,"你是怎么进到这个班来的?榆木疙瘩!"

他好像对这个外号很满意,又尖着嗓子喊了一遍。

"榆木疙瘩!榆木疙瘩!瘸腿儿的榆木疙瘩!"

戈登先生骂完这一通,心里觉得舒坦了点。他看着眼前尴尬得面红耳赤的菲利普,命令他去把黑名册拿来。菲利普放下手里的《恺撒纪事》,默默地走了出去。黑名册是一本灰不溜秋的册子,上面记录着犯错学生的名字和种种劣迹。哪个人的名字在上面累计出现三次,就意味着他要挨打了。菲利普去了校长办公室,敲了敲门。珀金斯先生正坐在书桌边。

"请把黑名册给我,先生。"

"那儿,"珀金斯先生下巴朝着放黑名册的地方一抬,顺便问了一句,"你做什么不该做的事了?"

"我不知道,先生。"

珀金斯听了这话,扫了他一眼,什么也没说,继续埋头工作了。菲利普取了黑名册回班,没过几分钟又拿着回来了。

"给我看看,"校长说,"戈登先生在这写你'粗野无礼',怎么回事啊?"

"我也不知道,先生。戈登先生说我是个瘸腿的榆木疙瘩。"

珀金斯又看了一眼菲利普,一时辨别不出这个孩子的语气里是否暗含讽刺。只见他还是一副惊魂未定的样子,脸上没有几丝血色,眼睛里写满了惊恐和痛苦。珀金斯站起来,把手里的黑名册一搁,拿起几张照片。

"我的一个朋友今天早上给我寄来了几张雅典的照片，"他像是不经意地一提，"看，这是雅典卫城。"

他开始给菲利普讲解起来，照片里的断壁残垣都被他描述得活灵活现。他们看到酒神剧场[1]，珀金斯先生解释说人们到了里面应该按什么顺序就座，以及坐在哪里的观众可以远远地眺望到湛蓝的爱琴海。忽然，他对菲利普说：

"我记得以前在戈登先生班上的时候，他曾经叫我'站柜台的流浪汉'。"

菲利普正全神贯注地看着照片，还没等他明白过来，珀金斯先生就又拿出一张萨拉米斯岛[2]的照片，讲起当年希腊和波斯的战船分别都是怎么部署的。他用指头在照片上划来划去，指甲上有一圈黑边儿。

第十七章

接下来的两年，菲利普在学校的日子过得波澜不惊。在他这种块头的孩子里，他不算是最受欺负的那个。因为残疾的原因，他没法参加各种活动，同学们都不把他当回事，而就算是这种态度也够让他感恩戴德了。他人缘不好，走到哪儿都是孤零零一个人。他在三年级中班跟着瞌睡虫上了两个学期。瞌睡虫老师永远都是一副没睡醒的颓废模样，耷拉着眼皮，让人打眼一看就烦。作为一个老师，他倒是挺尽职，只是一直心不在焉罢了。他与人为善，待人有礼，同时又愚不可及，脑袋里缺根弦。他很信得过学生，觉得要想让学生变得诚实可信，老师就不能有一点觉得他们可能在撒谎的杂念。"要求的多了，得到就多了。"他说。在他的管理下，三年级高班的学生想要混日子简直太简单了。稍微一算，就知道轮到自己的时候要解释哪段课文；考试的时候小条传来传去，你要找的东西不出两分钟就能在上面找到；挨个回答问题时，也可以把拉丁文书摊在腿上看几眼。十几号人的卷子里如

---

1. 酒神剧场：即狄俄尼索斯剧院，狄俄尼索斯是希腊酒神。
2. 萨拉米斯岛：希腊岛屿，位于爱琴海。

果有两份错得一模一样,瞌睡虫也不见得能发现。他觉得考试检验不出学生的水平,因为班里的学生平时表现都很好,一考试就完蛋——他挺失望的,但也就这么不了了之。等到学生进入更高年级的时候,他们除了厚颜无耻地弄虚作假,什么本事也没学到。不过这就够了,将来的人生里,这个本领可比会说几句拉丁语重要多了。

他们的下一任老师柏油桶本名特纳,是这些老先生中最活络的一个。他个子不高,腆着个大肚子,皮肤黝黑,满脸的黑胡子已经开始染上一层白霜。他穿上牧师服往那一站,活脱脱就是一个油桶。谁要是喊这个外号被他逮住了,就得按校规处罚,抄写五百行字。但是他本人反而经常在教区的小宴会上拿"柏油桶"这个名字自嘲。在所有老师里,他最善谈,也比任何人应酬都多。他交友广泛,不光只和牧师交朋友。学生们都觉得他挺不正经的。一到假期,他就立刻脱下牧师服换上便装,甚至还有人曾经在瑞士看见他穿着花里胡哨的粗呢衣裳。他喜欢美酒佳肴。有次在皇家咖啡馆和一位看上去非常像他近亲的女士用餐,被人撞见了,于是之后学校里好几代学生都深信他的生活总是花天酒地,吃喝玩乐。这些花边绯闻在学校传得有鼻子有眼,让人不得不相信人性竟可以如此堕落。

特纳先生知道这群孩子之前是三年级高班的,他私下盘算过,要想重新把他们拉回正轨至少要用一个学期的时间。他还不时在学生面前狡黠地泄露一点口风,目的就是让学生知道他心里很清楚,自己的同事究竟是个什么德行。但他也不会因此发火。班里的孩子在他眼中就像小流氓。他们只有在觉得谎言会被识破的时候,才会表现得格外诚实;他们的荣誉感只适用于自己的小群体,而老师则完全排除在外;他们只有在撒泼调皮也得不到任何好处的时候,才会收敛一点。特纳先生很为自己的班级感到骄傲,尽管他已经五十五岁了,却还是跟刚来到这所学校任教时一样,特别想看到自己班上的学生比其他人更优秀。他有着胖子所特有的脾气:动不动就发怒,哄两句就气消。学生们很快就发现他骂骂咧咧的外表后面是一颗非常善良的心。他对愚笨的学生耐心不足,但是很愿意花工夫来教导那些聪明而倔头倔脑的怪才。他喜欢叫这些人一起喝茶，尽管有学生信誓旦旦地说特纳先生从来没拿蛋糕、松饼之类的点心招待过自己，但他们还是很乐意去他家做客。不过，喝茶配的点心都去了哪儿？大家看着特纳先生的一身肥肉，猜想着他胃口这么大，一定是因为肚子里有绦虫。

菲利普现在在学校过得很舒服。校区面积不大，仅有的几间书房也只供高年级学生用。之前他的活动区域就是一间大厅，所有学生都在里面吃饭，还有低年级的男孩乱糟糟地在那预习功课，这让菲利普莫名心烦。他处在人堆里总是心神不宁，就想安安静静一个人待着。他自己溜达着去乡下，那里有一条涓涓细流从绿色的田野流过，两边尽是些被砍了梢儿的大树。也不知道是出于什么原因，他一看到这条小溪就心情愉快。走累了，就往草地上一趴，看着水里的鲦鱼和蝌蚪摇着尾巴，急慌慌地游来游去。围着教区闲逛几圈也能让他心里感到踏实满足。夏天学生们会跑到草地上练习网球，但剩下的时间这里都非常安静。男孩子们手挽着手三五成群地散步，几个用功的学生一边慢悠悠地走，一边双眼出神地默背着要熟记于心的课文。旁边的榆木树林栖着一群白嘴鸦，天空中不时炸响几声凄厉的哀鸣。大教堂和中央塔在草地的另一边，尽管菲利普现在对美还一无所知，但每次当他的目光投向这所高大宏伟的建筑时，一股不可名状的喜悦便油然而生。他有了自己的书房之后（一间面朝贫民窟的四方小屋，四个男孩共用一间），就买了一张大教堂的画钉在自己的桌子上方。从四年级教室的窗户往外看，眼前的景色别有一番情趣。窗外是一片修剪精心的草坪，四周环绕着枝叶繁茂的大树。菲利普的心里萌生一种古怪的感觉，这究竟是痛苦或是喜悦，无从分辨。这是他审美情感的开始。随之产生的还有一些其他变化。他开始变声了，这种变化是不由控制的，他的嗓子里开始发出奇怪的声音。

菲利普开始跟着校长学习，喝完下午茶紧接着就要去校长的书房，他在那里给学生们上坚信礼的预备课。菲利普心中的虔诚之意在时间的考验中早早就败下阵来，他已经很久没有在睡前读过《圣经》了。但现在受珀金斯先生的影响，再加上自己的身体出现了一些躁动不安的变化，菲利普曾经的信仰又死灰复燃。他痛恨自己当初的半途而废,眼前仿佛出现了熊熊燃烧的地狱之火。他现在的所作所为比异教徒好不了多少,如果在这时死去,一定会堕入地狱深渊。在菲利普心中,绵绵无期的痛苦比享不尽的幸福更为真实。他一想到自己竟敢胆大包天地摒弃信仰,就害怕得浑身发颤。

那天在菲利普受到最惨无人道的虐待,几乎忍受不了的时候,珀金斯先生柔声细语地安慰了他。从此以后,他对珀金斯先生几乎产生了一种狗对主人的喜爱和依恋感。他开始绞尽脑汁地想去讨好先生。先生夸奖自己的话,哪怕只是只言片语,他都小心翼翼地珍藏铭记。这种崇拜在去珀金斯先生家里做客时更是表现得淋漓尽致。他热切地盯着先生,眼珠子一动不动,嘴半张着,脑袋微微前倾,生怕漏听一词一句。珀金斯的住所简陋无奇,反而衬托出他们的谈话处处闪现智慧的火花。有时候话题聊到点子上,珀金斯先生经常会把桌上的书往后一推,两手交叉搁在心口,像是按着它怕它跳出来似的。他开始滔滔不绝地讲起神秘的历史背景,有时菲利普一点也听不懂,他也不想去懂,只要身临其境地去感受就足够了。眼前这位黑发乱蓬蓬、面庞苍白瘦削的校长对菲利普而言就像曾经那些对国王大胆谏言的以色列先知。现在菲利普只要想到救世主,会在脑海里浮现出这样的一个形象:深色的头发和没有血色的脸庞。

珀金斯先生当上校长后,言行都非常谨慎。在工作当中,他从不油嘴滑舌地逗趣,唯恐其他老师认为自己举止轻浮。一天工作排得再满,他也要挤出一刻钟或者二十分钟的时间——指导要参加坚信礼的孩子们。他想让男孩们知道这将是他们人生中主动迈出的、严肃重要的第一步;他试着探进男孩们的灵魂深处,将自己浓厚炽热的奉献深情毫无保留地灌输给他们。在天性害羞的菲利普身上,他看到了不亚于自己的满腔热情,他觉得这个孩子生性虔诚。一次,正聊着别的话题,他忽然顿了一下,转而问道:

"你有没有想过将来长大要做什么?"

"我伯伯想让我做牧师。"菲利普回答。

"那你想做什么呢?"

菲利普的眼睛躲闪开来，他觉得自己没什么能力，但又实在不好意思说。

"我认识的人里，再也没有谁比咱们过得更幸福。我想让你知道，你是一个享有特权的孩子。虽说各行各业的人都能靠自己的工作为上帝效劳，但我们站得离他更近。我不想用自己的感受左右你，但如果你下定决心——哪怕就一次——你会感觉身心得到解放，这种感觉会一直伴随着你。"

菲利普没作声。校长在他的眼睛里读出了自己渴望的东西——他似是已经接受了这个建议。

"如果你坚持下去，早晚有一天会成为学校的第一名。等你毕业的时候也能稳稳地拿走奖学金。你还有什么想做的吗？"

"伯伯说我二十一岁的时候能一年赚一百镑。"

"你会很富裕的。我之前也一无所有。"

校长犹豫片刻，拿着铅笔在手边的吸墨纸上来回划了几下，接着说：

"恐怕你将来的职业选择很有限。你不能做体力活。"

菲利普的脸一直红到脖子根，每次有人提到自己的跛脚，他都会有这样的反应。珀金斯先生严肃地看着他。

"我在想，你也许对自己的不幸太过敏感了。你是否曾经想过要因为自己的处境而感谢上帝呢？"

菲利普一仰起头看着校长，嘴唇紧紧抿着。他想到自己连续好几个月都对别人告诉自己的事深信不疑，一遍遍向上帝祈祷，求他治好自己的脚，就像上帝曾经治愈过麻风病人或者帮助盲人重见光明。

"如果你对自己的处境总是心存不满，企图反抗，那只会给你带来更深的羞耻。你的悲惨遭遇只是上帝让你背上的十字架，而之所以选择由你来负担，是因为你的肩膀比其他人都更强壮。这是上帝的好意，你应该乐在其中，不能把它视作悲伤的源头。"

校长看到男孩不想再继续讨论这个话题，就让他先回去了。

菲利普仔细考虑着珀金斯先生的话，满脑子都是即将到来的坚信礼，一种无可名状的喜悦攫住了他。他的精神再也不被肉体所禁锢，像是要挣脱枷锁释放出来，一个崭新的生活展现在面前。他用尽全部的热情，渴求一个尽善尽美的境界；他决定要受神职，臣服于上帝的脚下，虔诚地为他服务。等到那伟大的一天最终来临时，他会为之前所有精心的准备，为所有读过的书，为校长使自己醍醐灌顶的教诲而感动不已。有个念头一直在折磨着他，那就是他知道自己将要一个人走向高坛，而这意味着他一瘸一拐的步态将会暴露在众目睽睽之下——不仅是学校里的师生、来做祷告的人，还有一些从城里来的陌生人以及见证儿子完成坚信礼的家长。但是真到了那一天时，菲利普霎时释然了，他怀着喜悦之心担下了这份屈辱。等到他拖着自己的跛足走上高坛时，他觉得在大教堂光辉神圣的穹顶之下，自己是那么的渺小、微不足道。他将自己的残疾作为献给上帝的祭礼。

第十八章

思想崇高的人总是不食人间烟火，可菲利普却无法一直生活在山顶稀薄的空气中。上一次被宗教情绪控制时发生的情况，这次又重现了。他对信仰的美好毫不质疑，想要自我牺牲的意愿也在他心里酝酿着，迸发出宝石一样的熠熠光辉。只可惜，能力在志向面前太过羸弱。他被自己炽热的激情折腾得精疲力竭，灵魂骤然停止悸动，陷入一片消沉。曾经他觉得上帝无所不在，但如今他已经感受不到上帝的存在。尽管每晚还是会准时做祷告，但那已经成为例行的公事。一开始，菲利普埋怨自己故态复萌，想象中来自地狱的惩戒之火也迫使自己重燃热情。但这一回，热情来得勉强，去得匆匆。他渐渐有了其他的兴趣，再也不一门心思地投身宗教了。

菲利普在学校没交到几个朋友。读书的习惯让他一点点萌生向隅之感。他对这个习惯有了越来越深的依赖，以至于和别人相处的时候经常会觉得疲倦、烦乱。他博览群书，见识广博，也因此虚荣起来，仗着头脑聪颖，毫不避讳地对同伴的愚昧嗤之以鼻。其他男孩也一直对菲利普的自负耿耿于怀，再加上他多懂的那点知识他们本来也看不上，就嘲笑他，说"没什么好骄傲的"。菲利普养成了一种奇怪的幽默感,特别会挖苦人,哪壶不开专提哪壶。他觉得自己说的话很好笑,可完全意识不到这让听话的人心里不是滋味。有时候他们会因此讨厌菲利普,而他竟然还因此觉得自己成了受害者。入校时受的羞辱让他不敢接触班里的同学,这种怯懦的心理到现在还没有被完全克服。他还是一如既往的害羞、沉默。他早早就谢绝了来自所有人的好意和怜悯,但对一份好人缘还是求之不得,尽管这对于一些孩子来说简直易如反掌。学校里有那么几个朋友很多的孩子,他只能远远看,羡慕得眼睛发绿。他多想变成这样的人,哪怕是拿一切来换!说实话,他甚至愿意变成学校里的头号傻子,只要能摆脱跛足。他慢慢养成了一个习惯,想象自己和某个让他特别羡慕的男孩互换身体,用别人的嗓子发出声音,用别人的心感受快乐,过别人的日子,做别人的事。他想得出神,好像有那么一会儿,自己真的不是自己了。就这样,他悄悄给自己找到了很多快乐。

坚信礼之后的圣诞学期,他发现自己换了书房。新书房里有个男孩叫罗斯,和菲利普同班,也是他的羡慕对象之一。罗斯身子骨又宽又壮,一双大手,将来肯定是个高个子。可说到相貌就有点抱歉了,他长得算不上好看,唯独眼睛颇有几分魅力;每次笑起来(他总是在笑)整张脸都皱巴巴地以眼睛为中心挤成一团,看上去特别可笑。他既不聪明也不笨,学习考试和课外玩耍都能刚好应付过来。在老师和同学的眼中,他就是个活宝,而他也很喜欢和学校的人待在一起。

菲利普一搬进书房,就开始暗暗打量剩下几个人。他们在一起待了三个学期,都对他的到来不冷不热。这让菲利普一下紧张起来,觉得自己就是个入侵者。但是早在之前他就已经学会隐藏自己的情绪了,所以屋里几个人看到的菲利普只是个沉默寡言、不爱管闲事的人。正因为他和其他人一样都容易被罗斯散发的个人魅力所吸引,所以他在这个人面前反而表现得更腼腆、更拘谨。也不知道是因为罗斯想在菲利普身上试验一下自己非凡的吸引力,还是因为他是真的出于好意,反正最后正是他率先把菲利普拉进剩下三人的小圈子里的。一天,他忽然悄声问菲利普愿不愿意和自己一起去足球场。菲利普话还没说,脸先红了。

"我走不快,跟不上你。"

"别说废话!快走啦!"

两人正要离开,小屋门忽然开了,几个脑袋伸进来,叫罗斯跟他们一起。

"不了,"他说,"我已经答应凯利一起了。"

"不用管我,"菲利普接着说,"我不介意的。"

"别说废话!"罗斯又说了一遍。

他用生得深邃好看的眼睛看着菲利普,笑了笑。菲利普只觉得心里一颤,也说不清楚为什么。

没多久,这两个人的友谊就像田野里的杂草一样疯长起来。其实这也不怎么奇怪,两个小男孩在一起玩,很快就好得要穿一条裤子了。其他人都好奇他们怎么忽然变得形影不离。有人问罗斯,他到底看上菲利普什么了。

"哎呀,我不知道,"他说,"他这个人挺好的。"

很快,到处都能看到他俩在一起的身影,要么手挽着手去教堂,要么聊着天绕教区散步。其他人已经对此见怪不怪了。只要一个人出现,那另一个肯定就跟在旁边。要是有人想找罗斯,都会先来给菲利普捎信儿,好像是承认了他俩彼此相属似的。开始的时候,菲利普还很保守,他不想让心里那种骄傲的幸福感把自己变得忘乎所以,但现在他天天快乐得找不着北,早就把对命运的质疑忘得一干二净了。他觉得世上再也没有比罗斯更好的人了,之前养成的阅读习惯在他的新朋友面前不值一文——他哪还有时间读书啊,只一门心思地想和罗斯待在一起。罗斯的朋友有时会来书房找他一起喝茶,如果他们找不到什么更好的事做,就干脆在这多留一会儿,打发时间。罗斯也喜欢一群人在一起热热闹闹的。这些朋友都挺喜欢菲利普,觉得他人不错。这让菲利普心花怒放。

学期最后一天,菲利普和罗斯计划着坐哪一趟火车回来才能在车站碰面,这样在回学校前他俩就能一起在镇上喝个茶。菲利普打从回家开始,心里就不痛快,整个假期都在想着罗斯,想着下个学期能和他一块儿做点什么。在伯伯家的日子没滋没味，好容易挨到了最后一天，威廉伯伯又拿出问了好多遍的问题来打趣：

"好了，马上要回学校了，你开心吗？"

菲利普脸笑成一朵花，说：

"特别开心！"

为了能万无一失地和罗斯在车站碰面，菲利普特地赶了更早的一班车。他在站台等了一个钟头，看到从法弗沙姆开来的车进站了（他知道罗斯在法弗沙姆换乘），就兴奋地追着车跑了一段。但罗斯并不在这辆车上。他跟列车员打听了下辆车什么时候到，然后就继续在这等。可下一辆车上还是没有罗斯。此刻，饥寒交迫的菲利普只能步行穿过小巷和贫民窟，抄近路走回学校。他发现罗斯已经坐在书房，脚搭在壁炉架上，口若悬河地大谈特谈。五六个听众围着他东一个西一个地坐在能坐的东西上。他看见菲利普进屋，兴冲冲地朝他摆了摆手。可菲利普的脸一下垮了，他意识到罗斯早就把他们的约定抛到了脑后。

"我说，你怎么来得这么晚？"罗斯问，"我还以为你不来了呢。"

"你四点半不就在车站吗？"另一个男孩说，"我来的时候看见你了。"

菲利普有点脸红。他不想让罗斯知道自己跟个傻子一样等了那么久。

"我得照顾家里一个朋友，"谎话张嘴就来，"家里人让我给她送行。"

菲利普觉得很失望，气鼓鼓地往椅子上一坐，不再说话。有人和他搭讪，他也只是吐出一字半语。他想等屋里只剩他和罗斯两个人时把这事问个清楚。可是等其他人一走，罗斯就立刻跑过来，屁股一抬，坐到他椅子的扶手上。

"我说，咱们这学期又在一个屋！太高兴了，对吧？"

见到菲利普，罗斯似乎是发自内心地高兴，而菲利普满肚子的怨气也一点点消散了。他们就像只是分开了五分钟似的，很快就勾肩搭背地说起话来，他俩想要聊的趣事儿真是数也数不清，说也说不完。

第十九章

　　起先，菲利普觉得能和罗斯一起玩儿就足够幸运了，从没想要求他什么。他特别懂得随遇而安的人生哲学。但现在，罗斯走到哪都被众星捧月，一呼百应的本事让菲利普开始隐隐地嫉恨起来。他觉得自己有权要求一份专一的友谊——罗斯是属于他一人的！这不是个请求，这是他的权利。他看到罗斯和其他人作伴心里就会很嫉妒，尽管自己也知道不应该，可还是抑制不住地冲他发火。要是罗斯在别人书房里打趣逗笑，好些时间还不回来，那一进屋，迎接他的就一定是一张皱着眉头、写满愤怒的脸了。菲利普会接着一整天都闷闷不乐，但罗斯要么就是根本注意不到，要么就是故意不理他，总之，最后受伤的还是他自己。一般来说，等菲利普意识到这么长时间都是自己在犯傻之后，就会和罗斯大吵一架，再跟着连续好几天的冷战。但是最后又总是菲利普撑不下去，虽然坚信自己占理，却还是会低三下四给罗斯赔不是。接下来的一个礼拜，他们就又好得跟亲兄弟一样了。然而，两个人最热络的那段日子已经过去，菲利普现在能看出即使罗斯还是和自己一起上下学，但心已经飘走了，纯粹只是出于习惯，或是怕自己又生气才这样做。他们能聊的话越来越少，罗斯开始经常觉得无聊。菲利普想，一定是自己的残疾惹罗斯讨厌了。

　　学期快结束时，几个男孩得了猩红热。学校找到他们的家长，开始长篇大论劝他们把孩子领回家，免得传染到其他学生。但得病的那几个孩子已经被隔离了，而且也没有人继续发病，看起来大局已经得到控制。菲利普就是这次猩红热的患者之一，整个复活节假期他都在住院，学校夏季开学时，他先被送回家养养身子，呼吸点新鲜空气。尽管医生保证过菲利普已经好利索了，不会再传染给别人了，但他的牧师伯伯还是信不过。他觉得医生安排菲利普找个海边小镇休养身体真是考虑不够周全，他把菲利普接回家也仅仅是因为没有别的地方能打发他去了。

　　学期过了一半菲利普才回到学校，他已经忘了之前和罗斯的争吵，只记得他是自己顶顶要好的朋友。他现在终于知道自己曾经有多傻了,也决心以后要表现得理智一点。住院的时候,罗斯曾经给他写过几张便条,每次都以"快点好,快回来"结尾。菲利普心想罗斯一定迫不及待地等着自己回去,就像自己也归心似箭,想早点看到罗斯。

菲利普回来后发现,一位得了猩红热的六年级学生不幸去世,所以书房的分配做了些许调整,他和罗斯不再共用一间了。失望透顶的菲利普一到学校就飞奔去罗斯的书房找他。罗斯此时正坐在桌前和一个叫亨特的男孩一起做功课,他听到有人闯进来,气冲冲地吼道:

"谁这么没礼貌!"等发现来的人是菲利普之后,又说了句,"哦,你啊。"

菲利普一下僵在那里,不知道说什么好。

"我,我想来看看你。"

"我们做功课呢。"

亨特插了句嘴。

"你什么时候回来的?"罗斯问道。

"五分钟之前。"

罗斯和亨特都没有起身,一动不动地看着菲利普,好像受到了打扰。他俩明摆着想让这位不速之客抓紧离开。菲利普的小脸又变得通红。

"我这就走。你作业做完了来找我吧。"他跟罗斯说。

"行。"

菲利普走出屋子,关上门,一瘸一拐地回到了自己的书房。他感到很受伤,因为罗斯看到自己不仅不高兴,竟然还一副被打扰了的样子。难道他们就只是一般的泛泛之交吗?菲利普不敢离开屋子一步,生怕罗斯来找自己的时候扑了个空,但是他的好朋友却一直没有出现。第二天,菲利普去做祈祷的时候看到罗斯和亨特挽着胳膊,边走边唱。后来几个男孩把他不在的这段时间发生的事一五一十地告诉了菲利普。尽管菲利普这边没什么感觉,可对于一个在学校生活的小男孩来说,三个月可是很长的时间啊。他一个人孤零零地待在医院,但罗斯还是照旧生活在热闹的人群中。于是,亨特填补了菲利普的位置。而菲利普还发现虽然罗斯嘴上没说什么,却总是躲着自己。他可不是能默默忍受这种事情的孩子,等到有天罗斯单独在书房的时候,他抓住机会准备一问究竟:

"我能进来吗?"

罗斯抬头一看,觉得特别尴尬,还莫名其妙地迁怒于菲利普。

"想进来就进来呗。"

"你可真好。"菲利普挖苦了一句。

"想怎样?"

"呃,我回来之后你怎么表现得这么不高兴?"

"哎,你别烦人了。"罗斯不耐烦地甩出一句。

"我不知道你为什么喜欢亨特。"

"别多管闲事。"

菲利普头垂了下去。他使劲憋着自己心里的想法,害怕万一说出口又只能是自取其辱。罗斯忽然站起来,说:

"我要去健身室了。"

他走到门口,菲利普终于忍不住脱口而出:

"喂,罗斯,别像个混蛋一样。"

"滚吧你!"

罗斯把门一摔,头也不回地走了,只剩菲利普一个人留在屋里。菲利普气得发抖,他回到自己的小屋把刚才两个人的对话从头想了一遍。他现在恨死罗斯了,一定要琢磨出点最恶毒的话,狠狠伤他一次。他盘算着两个人就此玩儿完了,别人还不知道会怎么议论这件事呢。生性敏感的菲利普想着同学们一定会讥笑、讽刺自己。事实上,其他人根本没把他这点事放心上。在他的臆想里,别人会说:

"本来也好不长。一开始我就不懂罗斯怎么会和那家伙一起!傻子!"

为了装作若无其事,菲利普还破罐破摔,和自己最讨厌、最看不上的人交了朋友。这位新朋友叫夏普,是伦敦人,样子大大咧咧,头发从来都梳不齐整，嘴唇上有一层新长出来的胡茬，两道又浓又密的眉毛越过鼻梁长成一大片，只有一双手摸起来倒是挺软和。别看他年纪轻轻，但待人接物都非常温文尔雅。他的口音稍微带点伦敦腔。他平时懒散懈怠，从不参加学校里的各种游戏。有时候老师规定必须参加，他就挖空心思地编借口、找理由，总之就是不想去。同学和老师都不喜欢他，菲利普和他做朋友，就是为了和罗斯赌气。再过几个学期，夏普就要去德国待上一年。他最讨厌上学，但是在自己长大、能够出去闯荡世界之前，又不得不忍气吞声地乖乖待在学校。伦敦是唯一能提起夏普兴趣的地方。他总是跟别人说起自己假期在伦敦做的那些有趣的事。他用柔和、低沉的声音讲述着伦敦夜晚坊间巷内发生的传奇事。菲利普立刻被这些故事迷住了，但潜意识里又对这些奇闻逸事厌恶不已。在他天马行空的想象中，仿佛看到了剧院门口一大群人蜂拥而入；廉价的小旅店和酒吧里灯光闪烁，喝得醉醺醺的男人坐在吧台高椅上和女服务员打得火热；昏暗的路灯下不时有人群闪过，神神秘秘，匆匆忙忙，想必是赶着去哪寻欢作乐。夏普把从霍利维尔街买到的廉价小说借给菲利普看，他一拿到书就立刻跑回自己的小隔间读了起来，这种心惊胆战生怕别人发现的感觉，反而让他觉得很过瘾。

有一次罗斯试图和菲利普讲和。他脾气向来很好，从不树敌。

"喂，凯利，你怎么这么傻啊？你这样不搭理我对你也没什么好处吧？"

"我不知道你在说些什么。"菲利普说。

"呃，就是不知道为什么你不和我说话了呗。"

"你太无聊了。"

"爱怎么着就怎么着吧。"

罗斯耸耸肩，转身走了。菲利普此刻面色苍白，他一激动就会这样，心怦怦直跳。罗斯离开之后，菲利普悲伤得不能自已，他不知道自己干吗非要如此嘴硬。其实，只要能和罗斯继续当朋友，让他做什么都愿意。菲利普最不愿和罗斯拌嘴，看到他受了伤害，自己心里也会跟着作痛。每次到了气头上菲利普都会失去理智，好像那一会儿自己的思想被魔鬼牢牢地控制住，伤人的话总是不受理智地脱口而出。他明明想和罗斯握手言和啊！但是想要报复的欲望太过强烈，这些日子他忍受的痛苦和屈辱都要加倍奉还给罗斯。这样做看似是自尊心使然，实则是愚蠢透顶的表现。他心里清楚罗斯根本不会把今天的争吵当回事，唯一在乎、痛苦的人，只有他自己。菲利普忽然想去找罗斯，跟他说：

"唉，对不起，我太过火了。我没控制住自己。咱俩和好吧。"

但他清楚自己是不会这样做的，他害怕罗斯会反过来冷嘲热讽。他生自己的气。过了一会儿，夏普刚好来找他，撞到了枪口上。菲利普找茬和他吵了起来。他吵架很有一手，向来能挖掘到别人最不想提起的事。这种揭人伤疤的本事特别招人嫉恨。但这次，反倒是夏普一针见血：

"我刚才听到罗斯跟梅勒谈论你呢。梅勒说：'你怎么不踹他两脚？给他点颜色瞧瞧。'罗斯说：'我不稀罕，他是个死瘸子。'"

菲利普浑身涨红，无言以对，喉咙里仿佛塞了一团东西，让他不能呼吸，几乎要昏厥过去。

第二十章

菲利普升入了六年级。现在在学校的日子每一天都成了煎熬：热情消失殆尽，曾经的志向无影无踪。他心灰意冷，不管成绩好坏，过一天是一天。每天早晨想想一天的日子多么无聊，就连起床都觉得提不起精神。他厌倦了照着别人说的做，更受不了任何的条条框框，不是因为它们没有道理，只是单纯地讨厌被人束缚。他渴望自由，渴望得到解放。每次上课为了照顾那些愚笨迟钝的同学，老师都要把他一早就明白了的道理反反复复、没完没了地讲，菲利普对此无比厌烦。

珀金斯先生的课一贯采取"爱听不听"的管理原则。他讲课的时候既全神贯注，又心不在焉。六年级的教室建在一所修葺过的修道院，教室里有一扇哥特式的窗户。菲利普上课无聊了，就一遍一遍描画这个窗户来打发时间。

有时候，他还会画大教堂的塔楼或者教区入口的大门。菲利普画起画来像模像样，很有天赋。路易莎伯母年轻的时候学过水彩画，她有好几本画集，里面是一些教堂、古桥和小村舍的素描。牧师家办茶会的时候，经常拿出来给朋友翻看。有一年圣诞节，她送了菲利普一盒颜料，从那之后，菲利普就开始照着她的素描自己画起来。没有人想到菲利普能临摹得这么好，但是他一直没有自己画过什么东西。凯利夫人鼓励他继续画下去，这无疑是一个放松心情的好法子，也说不定他的画哪天可以拿去卖点钱呢。后来，有几张画被裱起来挂到了菲利普的卧室里。

有天上午的课刚结束，菲利普正踱着步子往外走，珀金斯先生喊住他：

"我想和你谈谈，凯利。"

菲利普停下来，等着他继续发话。珀金斯先生用精瘦的手指捋过胡子，看着菲利普，考虑着要怎么开口。

"你是怎么了，凯利？"他忽然问了一句。

菲利普脸腾地红了，他抬头快速看了珀金斯先生一眼，没有作声——他现在已经很了解校长的习惯了，知道接下来他肯定还有话要说。

"我最近对你很失望。你现在又懒惰又懈怠，不把学习当回事。这是不思进取的表现！"

"先生，我很抱歉。"菲利普说。

"你就只想说这个？"

菲利普沮丧地低下头。他实在说不出口，但自己在学校里已经要无聊死了。

"这学期你非但没长进，还倒退了不少。等着看成绩单上给你的分吧！"

珀金斯先生拿分数的事吓唬菲利普，但他可不知道凯利一家是怎么对待这张成绩单的。一般来说，它会在早餐时寄到家里，凯利先生先漠不关心地扫上一眼，再把它往菲利普那一递：

"喏，你的成绩单。你最好看看上面写的什么。"他一边说，一边抚平手里旧书的目录封皮。

菲利普接过来看了看。

"怎么样?"路易莎伯母问。

"不如我平时的表现好。"菲利普得意地翘起嘴角,把成绩单递给伯母。

"等会儿我戴上眼镜再读。"她说。

可是刚吃完早饭结束,玛丽·安就正好进屋来通知,说是肉商到了,一来二去,路易莎伯母也就把成绩单的事抛到脑后了。

珀金斯先生继续说:

"我对你很失望。我也不知道你是怎么了,只要你想做的事都能做好,但是现在你好像打不起精神了。本来我想让你下个学期当班长呢,现在看来,还得再考虑考虑。"

菲利普又脸红了,嘴唇紧紧绷着。他不想被人瞧不上。

"还有,你现在得想想奖学金了。再不努力,到时候什么也得不到!"

这番话可惹怒了菲利普。他现在既生校长的气,又悔恨自己前段时间的所作所为。

"我觉得我去不了牛津。"他说。

"为什么?我以为你想做牧师呢。"

"之前想,现在不了。"

"为什么?"

菲利普没有回答。珀金斯先生以一种古怪的姿势站着,他平常就喜欢这么站,像佩鲁吉诺[1]画里的人形。他又用手指捋了捋胡子,看着菲利普,像是要看到他心里去,然后忽然跟菲利普说他可以走了。

显然珀金斯先生对这次对话不甚满意。一周之后的一晚,菲利普拿着些卷子正要回书房,珀金斯先生又叫住了他。但是这次的谈话不是校长对学生的训诫,而是两个普通人之间的交谈。他好像不再担心菲利普在学校里的糟糕表现,也不害怕他的对手很可能抢走他考入牛津大学的奖学金。珀金斯先生想让菲利普知道,现在自己想法的改变,将会影响往后的人生。他决定要

---

1. 佩鲁吉诺:意大利文艺复兴时代画家,擅长风景、人物及宗教题材。

重燃菲利普成为牧师的热情,极力想去触动菲利普细腻的情感。这项工作对他来说并不算难,因为他自己在劝说的过程中心里的感情也被搅动起来了。菲利普的转变让他很伤心,他知道这个孩子的偏激可能会扼杀未来所有能够得到的幸福,而他还太小,对自己将来的生活没有什么认识。珀金斯先生的口吻很有劝服力,而菲利普本来就容易受到别人情绪的影响,尽管表面风平浪静,但内心早已翻江倒海——他的脸蛋很快涨得通红(一部分是因为天性如此,另一部分则是由于多年在学校养成的习惯),这泄露了他心中的秘密——他已经被校长的话语深深触动了。校长对自己这么关心,他觉得很感激;而又一想,正是因为自己表现不好才惹得校长担心,又不禁自责起来。学校里事情这么多,但是校长却还为自己的事牵肠挂肚,这种特殊待遇让菲利普受宠若惊。但是此时此刻,他的内心像是有另外一个灵魂在拼命挣扎,大声呼喊。他身不由己地喃喃道:

"我不。我不。我不。"

他感觉自己在一点点滑向深渊,心里的懦弱无可抑制,无从克服,这种感觉像是往空瓶倒水,很快就把自己灌满。他咬紧牙关,一遍又一遍地在心里重复:

"我不。我不。我不。"

珀金斯先生把手轻轻放在菲利普的肩膀上。

"我不想影响你的决定,"他说,"要想清楚。向上帝请求帮助和指导吧。"

从校长那儿走出来时,天上飘起了小雨。他跑到通往教区的拱桥下躲着,那里空无一人,连榆树林中栖息的白嘴鸦这会儿都安静下来。他慢慢地走来走去,感到无比燥热,好在下起了雨,天气微微凉爽了一点。他回想着珀金斯先生刚才的话,心情慢慢平静,开始庆幸自己刚才没有妥协。

大教堂的轮廓在远方的一片黑暗中依稀可见,他恨那个地方,因为自己不得不去那里参加冗长枯燥的礼拜式。赞美诗像是永远也唱不到头,他只能傻傻地站着等;乏味的布道根本传不进耳内,可他还是要一动不动地站着,直到身子止不住地抽筋。菲利普忽然想到布莱克斯塔布尔周日的两次礼拜,他的伯伯和副牧师要各做一次布道。他想到那个空荡荡、冷飕飕的教堂、人群身上传来的发油和浆过的衣服的味道。他慢慢长大，变得直接而偏执，也慢慢清楚了伯伯的为人。这样一个连男人都算不上的人，又怎能站在圣坛上以牧师的身份与上帝交谈？这种表里不一惹得他非常气愤。伯伯自私而软弱，一心只想给自己省麻烦。

珀金斯先生告诉他为上帝服务是神圣而又美好的。而没有人比菲利普更清楚在他的家乡、东英吉利的某个角落里，牧师过的是怎样的生活。离布莱克斯塔布尔不远的怀特斯通有位牧师是个光棍，为了给自己找点事干，最近竟然开始务农了。他还是当地报纸版面上的常客，每次报道的都是他和各种各样的人打官司的新闻：今天不给工人发工资遭人起诉；明天就嚷嚷着被人坑了，去控告别人。镇里的人说他把自己养的牛都饿死了，是时候发动大家集思广益来好好地教育教育他。弗恩镇上的牧师是个大胡子男人，体型挺健美。他的老婆被自己打跑了，街坊邻里都知道他是个冷血动物。苏尔勒是个靠海的小渔村，村里的人每晚都能在教区旁边的小酒吧里看到牧师先生寻欢作乐。苏尔勒的教会委员被牧师的所作所为搞得焦头烂额，只能来找凯利先生寻求建议。这些牧师的日子过得浑浑噩噩，甚至找不到一个可以说话的人，只能和农民、渔夫打交道。这里的冬夜尤其漫长，凛冽的寒风从光秃秃的树枝中吹过，呼呼作响。环绕四周，能看到的只有无边无际的耕地。这些牧师口袋里没有几个钱，又天天无所事事。没有人约束他们的行为。正因如此，他们的性情日渐乖戾，心胸逐渐狭窄，性格中所有扭曲的因素都赤裸裸地暴露出来。菲利普将这一切尽收眼底，但因为年少固执，不愿把这些说出来作为自己放弃成为牧师的借口。一想到自己将来的生活可能是这样一番景象，他就觉得不寒而栗。他想挣脱出去，去外面的世界长长见识。

第二十一章

珀金斯先生发现自己的苦口婆心完全影响不了菲利普，干脆不再管他。

他对菲利普的失望和不满在成绩单上体现得一目了然。成绩寄到布莱克斯塔布尔后,路易莎伯母问菲利普上面怎么写的。菲利普嘻嘻哈哈地满不在乎:

"烂透了。"

"是吗?"牧师问,"我得再看看。"

"你说我在特坎伯雷上学有什么用?我早该想明白,去德国学习一阵子才是好的。"

"你怎么忽然想到这些了?"路易莎伯母很不解。

"你不觉得这是个好主意吗?"

他曾经的朋友夏普早就离开皇家公学了,还从汉诺威给菲利普寄过信。看上去夏普真的开始了崭新的生活,这让菲利普心里更痒痒。他一年也忍不了了,必须马上离开这间牢笼。

"可是这样你就拿不到奖学金了啊。"

"我本来也拿不到。再说了,我压根不想去牛津大学。"

"可是你将来是要做牧师的,菲利普。"伯母不无惊慌地提醒了一句。

"我早就没这想法了。"

凯利夫人没想到菲利普会这样说,她震惊地瞪大了眼睛。然而长久以来,她已经习惯了控制自己的情感,所以这会儿像没事人一样给丈夫缓缓斟满茶。两口子都陷入了沉默。半晌过后,菲利普看到有两行泪水从伯母的脸庞滚落。他的心一下子揪了起来。路易莎伯母穿着街尾裁缝做的裙子,黑色的布料紧紧裹着她干巴巴的身体。她的脸上爬满皱纹,浅蓝色的眼睛透着无尽的疲惫,花白的头发和年轻的时候一样烫成小卷,只是现在看来却显得有几分轻佻不雅。她是一个可笑却让人心疼的女人。菲利普从第一眼见到她时就这么想。

过了会儿,伯伯和副牧师进书房说话,菲利普走到伯母旁搂着她的腰说:

"路易莎伯母,又惹你难过了,对不起。只是如果我天生不适合做牧师,那勉强做了也不会有任何好处的,对吧?"

"我太失望了,菲利普,"她深深叹了口气,"我真是全心全意想让你走这条路。你能在你伯伯身边做个副牧师,等我们退休的时候到了——你也知道,我们不能一直工作下去,是吧?——你就可以顶替他的位置了。"

一阵惶恐的感觉袭来,菲利普不由打个冷战。他的心跳得剧烈,就像掉进陷阱里的鸽子拼了命地扑棱翅膀。路易莎伯母把头靠在他肩膀上,轻轻地抽泣。

"希望你能劝服伯伯让我离开特坎伯雷。我真是受够了。"

一般说来,没有人能改变牧师的安排,更何况从一开始他就计划着让菲利普在皇家公学待到十八岁,然后再顺理成章地考进牛津。现在不管菲利普怎么说,牧师也不会同意他退学。因为事先没和学校打好招呼,学费可要不回来。

"那能和学校商量让我圣诞节的时候走吗?"菲利普好说歹说都劝不动伯伯,只能无奈地问一句。

"我会跟珀金斯先生通信,看他怎么说。"

"我现在要是二十一岁就好了,就不用干点什么都要看着别人眼色了。"

"菲利普,不许这么跟伯伯说话。"凯利夫人在一旁柔声说。

"可是难道你看不出来珀金斯先生想让我留下吗?他可真有精力,学校里每个人都要管。"

"你为什么不想去牛津?"

"我要是将来不做牧师,去那有什么用?"

"这是什么话,你早已经是教会的人了。"牧师说。

"那我现在已经有圣职喽?"菲利普不耐烦地反问。

"你将来长大想做什么呢,菲利普?"凯利夫人插嘴问。

"我也不知道,还没定。但不管我做什么,学几门外语都是好的。在德国待一年学到的东西肯定比那个破学校多多了。"

菲利普觉得去牛津不比在皇家公学强多少,但他没有直说。他想成为自己生活的主宰。如果将来去了牛津,肯定有老同学知道自己的旧事,而他最想做的就是摆脱这些人。他在学校的日子一塌糊涂,想改头换面,重新开始新的生活。

菲利普想去德国的想法刚好和最近镇上讨论得热火朝天的话题不谋而合。镇里医生的朋友有时会来看他，和他聊聊外面世界发生的新鲜事；八月份来布莱克斯塔布尔海边度假的游客，看待事物也有自己的独特视角。牧师听这些人说现在社会上传统教育早已失去风头，再也不像以前那么重要。外语反而成了一门必需的技能，而遗憾的是很多人年轻的时候都没有学好外语。牧师的想法也受到了动摇。当年他的一个弟弟考砸了几门，就被送到了德国。说来他也算是这种新式教育的先例，但最后却因为伤寒引起的败血症病死他乡。所以牧师理所应当地给这种实验贴上危险的标签。菲利普和伯伯唇枪舌战几百回合，最后的结果仍然是需要回特坎伯雷再读一个学期，然后才能离开。他对这个结果不怎么满意，但是回到公学的几天后，校长竟找到他说：

"我收到了你伯伯来的信。他说你想去德国，问我是怎么想的。"

菲利普惊呆了。他怎么也想不到伯伯竟然这样出尔反尔。

"我以为这件事已经决定了啊，先生！"他说。

"差得远着呢。我已经回信告诉他，让你离开是大错特错。"

菲利普立刻坐下来，开始给伯伯写信。他的一腔怒火全部倾泻到了纸上，措辞极为激烈，根本顾不上字斟句酌。他气得晚上在床上翻来覆去，一直到很晚才睡着。第二天早早就醒了，把自己这几年在伯伯家受到的待遇一桩桩、一件件都拿出来想了一遍。他等待着伯伯的回信，急得抓耳挠腮。两三天后，路易莎伯母的信到了。这封信写得非常委婉，然而字里行间还是充斥着心痛。她在信里告诉菲利普，不该用这样的态度和伯伯写信，这害得他现在非常伤心。这样做是刻薄、不符合基督教教义的表现。菲利普应该知道他们这样做是为了他好，毕竟自己和伯伯年纪都大了，阅历比他丰富，所以做出的决定也更正确。菲利普放下信，紧紧地攥起拳头。这句话他听得耳朵都要起茧了，可是从来不觉得有道理。他们甚至完全不了解自己的处境，又凭什么理所当然地以为年纪大就代表有智慧呢？信的结尾还说凯利先生已经通知学校撤回了菲利普的退学申请。

学校每逢周二、周四会给学生放半天假，因为周六下午他们必须去大教堂做礼拜。菲利普憋着这口气一直等到学校放假。整个六年级都走光了，他跟在最后，走到校长面前停下来。

"今天下午我能回趟布莱克斯塔布尔吗，先生？"他问。

"不行。"校长一口回绝了他。

"我有非常重要的事要跟伯伯说。"

"你没听见我说'不行'吗？"

菲利普没再接话，一言不发地走出教室。脸烧得发烫，胃里翻江倒海。他感到无地自容，开口请求校长已经够难为情了，竟然还遭到了这样直截了当的拒绝。他恨珀金斯先生。这样残忍的独裁专制似乎来得毫无道理，但菲利普却不得不役于束缚、苦苦挣扎。他气得失去理智，吃过午饭后就一人沿着熟悉的小道走到火车站，正赶上一班回布莱克斯塔布尔的火车。当他走进伯伯家大门时，凯利夫妇刚好坐在餐厅。

"哎哟，你从哪冒出来的？"牧师说。

显而易见，凯利先生对这位不速之客很不待见，看上去有点坐立难安。

"我想回来和您商量退学的事。当时我在这儿的时候您答应得好好的，怎么一周之后就反悔了？"

菲利普话一出口，不禁被自己的鲁莽吓了一跳。但他在来的路上就已经决定了和伯伯对峙时要说哪些话。尽管刚才他心跳得厉害，可还是逼着自己把已经排练好的话说了出来。

"你今天下午请假了吗？"

"没。我找珀金斯请假，没同意。要是想写信告状让我挨骂，尽管做吧。"

坐在一边打毛衣的凯利夫人听到这话手都不由自主地颤抖着。她最见不了这样的情景，眼前剑拔弩张的两个人让她的心都提到了嗓子眼儿。

"我就算告诉他让你挨了骂，你也是活该！"凯利先生说。

"你不就是想偷偷摸摸地打个小报告吗？上次你给珀金斯写的信可真好，你还真是有告密的天赋啊！"

菲利普糊涂了，他没想到这样说正中了牧师下怀。

"我不会在这傻坐着听你说些没大没小的话！"他怒气冲冲地说。

牧师站起来，快步走回书房。菲利普听见他关上门，还上了锁。

"上帝啊，我要是二十一了该多好！这样被人牵着鼻子走真是可悲！"

路易莎伯母开始静悄悄地抹起眼泪。

"哦，菲利普，你不该这样跟你伯伯说话。求你了，跟他道歉。"

"我可一点没觉得抱歉。是他在戏弄我。让我继续留在那个学校上学纯粹是浪费钱，但他可不在乎。反正花的不是他的钱。这种不懂事理的人还要管着我，真是没有天理！"

"菲利普！"

路易莎伯母尖叫一声，让大吐苦水的菲利普一下愣住了。

"菲利普，你嘴巴怎么这样恶毒！你难道不知道我和你伯伯都是对你好吗？我们没有拉扯孩子的经验，如果我们有自己的孩子，现在也不至于这样不知所措。所以我们才写信给珀金斯先生，向他请求建议。"她情绪激动，嗓子沙哑，"我一直想做个好妈妈，一直把你当亲儿子对待啊！"

眼前这个女人是那么纤弱瘦小，她苍老的脸庞和少女式样的发型格格不入，那副模样看上去别有一分悲凉，令人心生同情。菲利普觉得心像大锤锤过一般，喉头哽咽着，泪水溢满眼眶。

"对不起，我没想这么混账。"

他跪在伯母身旁，把她搂在怀里，亲吻着她沾满泪痕的憔悴脸庞。伯母还在止不住地抽泣，菲利普忽然为她这碌碌无为的一生感到遗憾。她从来没有这样赤裸直白地将自己的感情表露出来。

"我想做个称职的母亲，可我没有做好。菲利普，我也不知道怎么就走到了这一步。可是没孩子给我带来的痛苦就像你失去母亲一样啊！"

菲利普此刻已经无心顾及自己的愤怒，他结结巴巴地劝着，笨手笨脚地抚慰着，只一心想安慰伯母。这时，闹钟响了，他必须马上走才能赶上火车，只有坐这班车才能在老师点名前赶回特坎伯雷。在回程的路上，他窝在车厢一隅，想到今天这一趟回来什么事都没解决。他开始生气，痛恨自己的懦弱无能。竟然因为伯伯虚张声势就退缩，因为伯母掉了几滴泪就屈服，这是多么可鄙啊！然而在他不知道的时候，牧师两口子又商量了很久，珀金斯先生去了第二封信。珀金斯强忍着不耐烦勉强读完，不住地耸肩叹气。他把这封信给菲利普看。信上写着：

亲爱的珀金斯先生：

很抱歉又因为我侄子的事情打扰您，事实上，为了这孩子，我和他伯母都操碎了心。他迫切地想退学，他的伯母认为他过得不愉快。我们不是他的父母，也很难决定这时应该怎么做。他对自己的成绩不甚满意，认为继续留在公学是浪费钱。如果您能和他谈谈，我将不胜感激。但如果他去意已决，那么就按之前决定的，让他圣诞节退学吧。

威廉·凯利

敬上

菲利普看完，把信还给校长。他心里窃喜：这一仗终于打胜了。看到自己的行事方法取得成功，自己的意愿也战胜了他人的想法，他非常满足。

"我可懒得抽出半个小时再给他回信了。说不定你一写信给他，他又换了主意。"校长被激怒了。

菲利普什么也没说，看上去风平浪静的外表下其实暗潮涌动。珀金斯发现他眼睛里一闪而过的光，大笑起来。

"终于得逞了，是吧？"他问。

菲利普忍不住扯了扯嘴角，再也掩盖不了内心的狂喜了。

"你真的很迫切地想离开这儿？"

"是的，先生。"

"你在这不开心？"

菲利普脸唰地红了。他不愿别人窥探自己的情绪，只是靠近都不行。

"我不知道,先生。"

珀金斯先生用手指慢慢捋了捋胡子,静静地看着菲利普。他好像陷入了沉思,几乎在自言自语:

"学校本来就是面向资质平平的孩子所建的。世界上到处都是圆圆的孔儿,就算你是个格格不入的方头栓子,早晚也要适应其中。谁有精力去注意那些特别有才华的人呢?"他忽然对着菲利普说:"听着,我有些事要嘱咐你。这个学期马上就结束了,再待一个学期也没什么坏处。如果你想去德国,那么最好过完复活节再走。德国的春天比冬天舒服多了。如果下个学期你还是决意要走,那我绝对不阻拦了。你看怎么样?"

"多谢,先生。"

菲利普想到在这儿的苦日子只剩最后三个月,复活节一过完他就能远走高飞,再也不回来。他心里非常痛快,不再感觉学校是个密不透风的牢房,剩下的一个学期也不那么难熬了。晚上在教堂里,男孩子们都按班级站好,规规矩矩地守着自己的位置不敢乱动,菲利普一想以后再也不用和这些人打交道了,就不由心花怒放。这种窃喜感让他觉得周围的人顺眼多了。他打量一圈,目光最后落在了罗斯身上。当了班长的罗斯现在做起事来有板有眼,他心里自有主意:要在全校师生面前做好榜样,带好头。当晚刚好轮到罗斯宣读祷文,他读得抑扬顿挫,声情并茂。菲利普在台下微微一笑,他很快就再也见不到这个人了。六个月以后,罗斯个子再高,四肢再健全都和自己没有丁点关系。别说他就是区区一个班长,就算是耶稣十二门徒里的老大,又有什么了不起呢?菲利普又转头看那群穿着长袍的老师。除了"机关枪"戈登老师缺席——他两年前因为中风去世了——剩下的老师悉数到场。菲利普觉得这是一窝可怜虫。特纳先生是个例外,在他身上还有点男人气概。一想到自己曾经受制于这些窝窝囊囊的人,菲利普就觉得心里很别扭。不过等到六个月后,这些就都无所谓了。他们殷勤夸奖或是横眉冷对,对于菲利普来说,不过是耸一耸肩。

他早就参透喜怒不形于色的道理,尽管羞涩的个性让自己一再受扰,他从来没有陷入沉闷难以自拔。校园里总是能看到他一瘸一拐、踽踽独行的身影，可这样局促缄默的皮囊下，有一道声音在大声嘶吼。在他心中，自己的步伐从未如此轻快，脑海一片五光十色，被各种各样的新奇点子塞得满满当当。时常是灵光一现，还没等他去捕捉，就匆匆逃逸了。然而，这些想法的来来去去还是让菲利普欢呼雀跃。他现在浑身都是劲儿，终于能踏下心来学习。剩下的几个礼拜他决定要把之前落下的功课都补回来。菲利普的脑袋转得快，也乐于发动自己的聪明才智。他期末考试考得特别好，珀金斯先生对此只淡淡地评价了一句——当时菲利普正在和他交流自己写的一篇文章，他先是针对文章给了些平常的点评，然后说：

"你终于不装傻了，是吧？"

他龇着一口白牙笑了起来，看着菲利普。菲利普不好意思地低下头，勉强回敬了一个微笑。

前一段时间，六七个为了得奖暗暗竞争的男孩已经不把菲利普视作劲敌了，但这次成绩一下来，他们又开始提心吊胆。菲利普也懒得费口舌，没跟他们解释自己复活节就要退学，所以不会参与竞争；他巴不得让这几个人整天惶惶不安呢。他发现罗斯去法国度了几次假，就老是觉得自己法语牛得不行；还知道他对牧师会的英语作文奖垂涎已久。而罗斯心里也明白，菲利普在这两项上都远超自己，所以心里很沮丧。看见他这般垂头丧气，菲利普自豪极了。还有一个叫诺顿的同学正为了奖学金焦头烂额。他必须拿到至少一次奖学金才能去牛津读书。他问菲利普是不是这次也要竞争。

"关你什么事？"菲利普反问了一句。

这种把他人的命运玩弄于股掌之中的感觉实在有趣。学校里的各种奖项就在他手边儿，说拿就拿，但他根本不稀罕，情愿打赏给别人。离开的那一天终于到了，他去找珀金斯先生道别。

"你不会真的就这么走了吧？"

看着校长的一脸惊讶，菲利普拉下脸来。

"你说过不会阻拦我的，先生。"

"我以为这是你一时心血来潮，那样说只是想迁就你。我知道你是个倔骨头，不听劝。你现在究竟为什么想离开？还有一个学期，你就能轻而易举地拿到莫德林的奖学金。学校的各种奖，你也能拿走一半。"

菲利普看着校长，一脸愠色。他觉得自己又被耍了。但珀金斯先生曾经信誓旦旦地许诺过，现在总不能反悔吧。

"你在牛津一定会过得很好。现在还不用考虑将来要做什么。有脑子的人都知道，这条路前景一片光明，就看你能不能发现了。"

"我已经做好了去德国的一切安排，先生。"菲利普不为所动。

"难道这些改变还不能调整了？"珀金斯先生邪邪一笑，揶揄了一句，"如果你退学的话，我真的觉得特别遗憾。在学校，那些笨头笨脑但是勤奋努力的孩子一直比聪明但不用功的考得好。可是一旦这些聪明孩子认真起来，他们就能取得你这学期一样的成绩。"

菲利普脸变得绯红。他还真不习惯被人夸奖，况且从来没人说过他是个聪明的孩子。校长把手放到菲利普肩膀上。

"你知道吗？把知识灌进一个个不灵光的脑袋实在很无聊。可是为什么当老师是世界上最有趣的工作呢？因为你总有机会能教到几个聪明伶俐的学生，他们在你张嘴之前就知道你想说什么，和你心有灵犀，一点就通。"菲利普的强硬态度在这样掏心窝的话语面前也软了下来。他从来没想到自己的去留对珀金斯先生来说是这么重要的事。他深受感动，同时又受宠若惊。要是能荣耀加身地从这儿毕业，再昂首挺胸地考进牛津大学，这该有多好。他眼前闪现过一幕幕想象中的大学生活的画面。此前他对于大学的了解都是从回校参加校友比赛的学生那儿听来的，或者来自某个书房收到的从大学寄来的信笺。可如果现在屈服了，他自己都会瞧不起自己；伯伯肯定会因为珀金斯先生的诡计得逞而窃喜不已。因为区区那点奖学金，自己就要俯首称臣，这难道不是不可原谅的罪过？他一向对名利不屑一顾，即便得到它们是易如反掌的事。但是现在哪怕珀金斯先生再多劝一句，菲利普就能保住自己的自尊心，顺着走下台阶，照校长说的做。可他不管内心多么挣扎，外表都还是闷闷不乐的严肃模样。

"我想我还是走吧，先生。"他说。

珀金斯先生是一个喜欢用自己的威严把事儿摆平的人，但这次说了那么多，对菲利普似乎都像耳旁风一样没有影响。他的耐心已经耗尽，决定不在这个顽固不化的犟孩子身上下功夫了。

"好，我既然答应了就会做到。你什么时候去德国？"

菲利普一下慌乱了。他看似打了场胜仗，却没有赢得些什么。现在竟忽然糊涂起来：也许输比赢更好。

"五月初，先生。"他回答。

"好，等你从德国回来一定要来看我们。"

珀金斯先生一边说，一边握住菲利普的手。如果再有一次选择的机会，说不定他会就此反悔；但珀金斯似乎已经视此为定局。菲利普走出校长室。他的学习生涯到此正式告一段落。他解放了，自由了。但期待已久的欣喜若狂的感觉却迟迟不来。相反地，在他绕着教区踯躅徘徊时，一股浓浓的悲伤狠狠扼住了他。他多么希望自己当时没有犯傻。他不想离开，但也绝对不会撇下面子跑去找校长。这样做究竟是对是错，他无从得知，只是一想到自己现在的处境就满腹惆怅，闷闷不乐，只好自问：是不是每次当你得到了梦寐以求的东西后，都会后悔不迭？

第二十二章

菲利普的伯伯有个老朋友在柏林，人们叫她威尔金森小姐。她父亲是林肯郡教区的牧师，凯利先生担任副牧师的最后一段日子正是在他身边度过。父亲过世后，威尔金森不得不为生计奔波，先后在法国和德国找了几份家庭教师的工作。她和凯利夫人一直有书信往来，还曾在牧师家待过几个假期，像偶尔来这儿小住的客人一样，付点生活费。凯利夫妇发现和阻挠菲利普相比，还是顺着他更省麻烦，于是就给威尔金森小姐去了封信，问她怎么安置菲利普比较妥当。在回信里，威尔金森小姐建议菲利普去海德堡学习，还说他可以住在厄林教授夫人家,一周三十马克[1]生活费便够。厄林教授是当地高中的老师,也能帮菲利普学德语。

五月的一天,菲利普到了海德堡。脚夫把他的行李放上手推车,带他出了站。海德堡的天蓝得发光,他们沿着大街走,两旁葱郁的大树投下浓绿的树影。这里的角角落落对菲利普来说都新鲜极了,混合着那种初来乍到的胆怯、陌生,形成一种令人战栗的喜悦。脚夫把他带到一所白色的宅第前,转身离开了。剩下他一个人,既紧张又有点不悦——竟然没人出门迎接自己。过了一会儿,一个衣衫不整的邋遢小伙儿开了门,把他带进客厅。客厅里放着一套大件家具,上面蒙着绿色的天鹅绒布。正中间是一张圆桌,上面摆着一束插在清水里的花,包花的纸紧巴巴的,皱成羊肋排的样子。几本皮面儿的书整整齐齐地放在旁边。整个屋子闻起来像是发了霉。

就在这时,教授夫人走进客厅,身上带着一股厨房的油烟味。她矮胖结实,发髻盘得油光水滑,红扑扑的脸上双眼像珠子一样闪闪发亮。她举止大方,热情洋溢,一把握住菲利普的手,开始跟他打听威尔金森小姐的近况,说她曾经在这里待过几个礼拜。夫人讲德语,也零零碎碎地会点英文,但是串不成行。菲利普不认识威尔金森,连说带比划也没能让她明白。这时候她的两个女儿进来了。对菲利普来说她俩不算年轻,但也超不过二十五岁。稍大一点的叫塔克拉。跟母亲一样,长得不高,给人一种难以捉摸的感觉。但是她脸生得俊俏,还有一头浓密乌黑的秀发。妹妹叫安娜,体形修长,可惜长相平平,脸上挂着一抹恬静的微笑,让她立刻成为三人当中菲利普最有好感的一个。寒暄片刻,夫人把菲利普带到卧室,留他一个人在那儿稍作整理。卧室在角楼上,从窗户往外能俯瞰到远处公园的树梢。床支在壁龛里,坐在桌子边看,这屋子一点也没有卧室的样子。菲利普打开行李箱,把带来的书摆放整齐。他现在终于拥有了自己的一片小天地。

下午一点铃声响起,他便下楼去吃午饭。此时宾客都已在客厅坐齐等着

---

1. 马克:德国的货币单位,1马克约折合人民币10.79元。

他了。教授夫人把他介绍给自己的丈夫。教授先生个子不矮，脑袋很大，头发已经开始有点斑白，蓝色的眼睛里投出柔和的目光。他能用英语和菲利普交流，可他的英语实在太过"准确"，简直是书上扒下来的。也难怪，教授的英语全是积累自英国古典文学作品，不是从对话中学到的，一些词菲利普只在莎士比亚的戏剧中读过，平常聊天说出来显得相当别扭。教授夫人口口声声把自己的这间寄宿所在称作"家庭"而不是"公寓"，但想要理解这两者的含义，恐怕需要点玄学家的巧思妙想。餐厅在客厅外面，是一间昏暗狭长的屋子，等大家都坐定后，菲利普数了数竟然有十六个人之多。他觉得害羞极了，大气都不敢喘。教授夫人坐在桌子的一端，手底下切着一块肉。刚才给他开门的那个小伙儿现在负责端菜上桌，他依旧笨手笨脚，碗碟碰得噼啪乱响。他端着盘子一溜小跑，可还是忙不过来。第一个人已经吃饱了，最后一个还没拿到饭。教授夫人规定餐桌上只能说德语。即使菲利普好容易解开心结，克服羞涩，但因为不会德语，也只能缄口不言。他打量着这些将来和他一起生活的人。教授夫人身边坐着几个老妇人，菲利普没怎么在意。还有两个年轻女孩，长得都不差，其中一个算得上很漂亮。菲利普听别人称她们海德薇小姐和西西里小姐。西西里小姐的马尾辫长长地垂在背后。她俩挨着坐，叽叽喳喳地聊天，不时掩嘴大笑。其中一个偶尔往菲利普这儿瞥一眼，接着就压低声音跟另一个咬几句耳朵。她们咯咯笑起来，菲利普不好意思地羞红了脸，他觉得这两个女孩一定在开自己的玩笑。她俩旁边坐着一个黄皮肤的中国人，笑起来无拘无束。他在这儿的大学研究西方世界的问题。他语速快，还带着奇怪的口音，两个女孩每次听不懂他的话时，都会爆发一阵大笑。他是个好脾气的人，也跟着女孩们一起笑，一对杏核眼眯得都要找不见了。还有两三个穿着黑外套、皮肤干黄的美国人是到这里来攻读神学的。他们德语说得磕磕巴巴，菲利普听出这是新英格兰地区的口音，他满腹狐疑地扫了这些人几眼。之前别人告诉他，美国人大都没有规矩、粗野无礼。

吃过饭后，大家在客厅那几张罩着绿色天鹅绒的、硬邦邦的椅子上坐了一小会儿，安娜小姐问菲利普想不想和他们去散个步。

菲利普答应了。同行的人还真不少：教授夫人的两个女儿、两个年轻的女孩和一个美国来的学生。菲利普觉得很有面子。他之前没有接触过任何女孩。在布莱克斯塔布尔的时候，镇上只有农民和商贩的女儿。他最多只知道她们的名字，或者有过几面之缘。在她们面前，菲利普变得格外胆小，总担心她们会嘲笑自己的残疾。他欣然接受伯伯、伯母的观点，认为自己的身份高高在上，不屑与乡野粗人混为一谈。镇上的医生也有两个女儿，可她们比菲利普大得多；在他还是个小孩的时候，她们就已经分别嫁给医生的两个接班助手了。学校有个别男孩认识几个女生，传言她们作风泼辣，不够庄重，和这些男孩之间有扯不清道不明的私情。菲利普对女孩一直摆着一副轻蔑鄙视的嘴脸，但实际上是为了隐藏心里对异性的恐惧。他之前读的书，再加上自身的丰富联想，让他觉得自己有一种拜伦式的性格特点。一方面他的自卑达到了病态的程度，另一面又觉得自己有义务对女孩献献殷勤。他夹在这两种想法中间苦不堪言，虽说自己应该表现得开朗阳光一点，但是敌不过脑袋空空，搜肠刮肚也想不到什么谈资。教授夫人的女儿安娜小姐总是和他搭话以尽地主之谊。海德薇小姐则少言寡语，时而抬起水汪汪的大眼睛看菲利普一眼，时而忽然大笑。这让菲利普摸不着头脑，觉得小姐一定把自己当成了笑话来看。这一行人在山侧的松树林里穿行，松脂的奇异香味让菲利普觉得心情放松。天气暖洋洋的，天空澄净，没有一丝云彩。他们走到一处高地，蜿蜒的河谷流淌在脚下，波光粼粼的莱茵河尽收眼底。远处田野蔓延，无边无际，阳光下金黄的麦浪随风起伏。田野的那边，城市隐约可见，莱茵河如一条银带横穿而过。菲利普所熟悉的肯特郡角落没有这样广阔的空地，放眼望去，只能看到无边的大海。而眼前这浩瀚的远景给了他一种无法言说的、奇特的震撼。他的心骤然放晴，尽管自己并没有意识，但这是他第一次真切地感受到什么是美。这种感情纯粹而浓郁，没有为任何其他因素所冲淡。菲利普和两个女孩坐在长凳上歇息片刻，剩下的人则继续往前走。她们用德语聊着天，语速很快，菲利普坐在旁边丝毫不受打扰，沉醉在周围如画的景色中。

"天哪，我好幸福。"不知不觉地，他喃喃自语道。

第二十三章

菲利普偶尔会想起特坎伯雷，想起皇家公学，想起在某天的某个时刻他和其他男孩一起做的事，然后忍不住大笑。他有时还会梦到自己在皇家公学，但早上一睁眼，发现自己在角楼的小卧室里，不由长舒一口气。躺在床上往外看，可以看到大朵的云彩悬在蔚蓝的天空。他着迷于这来之不易的自由，每天何时睡觉、何时起床都是自己说了算。没有人对他发号施令，他也不用再昧着良心撒谎。

菲利普在这边的课程已经安排妥当：厄林教授教他拉丁语和德语；一个法国人每天来给他上法语；教授夫人听别人推荐，找了个正在读语言学的英国人来教他数学。这个英国人叫沃顿，菲利普每天早上去他那儿上课。他的小屋在一幢破楼的顶层，脏乱差，到处散发着刺鼻的臭气。上午十点，他看见菲利普到了家门口，才从床上一跃而起，胡乱披件脏睡袍，趿上毡子拖鞋，一边匆忙扒拉几口早饭，一边上起课来。他个子不高，腆着个啤酒肚，胡须蓄得又密又长，头发油腻腻的，还打着结。他在德国已经待了五年，养成了不少日耳曼民族的习惯。他在剑桥大学拿到学位，但一提起这个地方总是一脸不屑；说到自己的将来，语气里又满是恐惧。显然在海德堡拿到博士学位后，他就不得不回家当个教书匠。可他真正向往的是在德国大学度过的这种日子，洒脱自如又不缺知己相伴。他社交活跃，参加了大学的联谊会，还答应菲利普带他一起去小酒馆热闹热闹。可是他穷得时常口袋比脸还干净，给菲利普上课挣的几个子儿刚刚够他偶尔吃上几块肉犒劳一下被黄油和面包搞坏的胃囊。有时狂饮一夜，早上宿醉未过，头痛得像要裂开，连咖啡都喝不下去。讲课的时候也昏昏沉沉，心不在焉。这时候，床底下藏的几瓶啤酒可就派上用场了。他喝瓶酒，抽袋烟，清醒一下再继续硬着头皮上课。

"这叫以毒攻毒。"他一边嘟嘟囔囔，一边慢慢往杯里倒酒，这样就不会起太多沫，不耽误自己喝。

他端着酒杯，跟菲利普闲扯起学校里的鸡毛蒜皮。比赛时和哪个队伍又闹翻啦,和谁又打起来啦,或者把几个教授从头到脚评价一番。菲利普从他这儿数学没学到多少,但是生活琐事却了解得够多。有时沃顿会往椅背一靠,大笑着说:

"嘿!我们今天还什么都没学呢。这节课你不用付钱了。"

"哦,没关系的。"菲利普说。

他觉得这些事既新鲜又有意思。反正他怎么也搞不懂三角形的几何知识,倒不如多学点更重要的东西呢。沃顿先生似乎给菲利普打开了一扇窗户,他站在窗边紧张得一颗心怦怦乱跳,却还是忍不住探头窥视生活的另一面。

"别了,这点臭钱,还是你留着吧。"沃顿说。

"那你怎么吃饭?"菲利普微微一笑,他了解老师拮据的经济情况。

原本说好了学费是按月支付,但沃顿曾经让菲利普先付他一周的钱,每节课两先令。看来这位老师已经捉襟见肘,急需用钱了。

"哦,别管我吃饭的事。喝瓶啤酒当饭吃,也不是第一次了。这样我的脑袋反而更清醒。"

他曾经醉得滚到了床底下(床单因为很久没洗,已经变成了灰色),还不忘用手摸索着再来一瓶。菲利普还太年轻,尚不理解这杯中物是生命的顶级享受,所以每次让他来一杯,他都拒绝。沃顿只能一个人闷头喝。

"你要在这待多久?"沃顿问。

他和菲利普都已经彻底不拿学数学当幌子了,干脆聊起天来。

"我不知道。可能一年吧。我家里人想让我去牛津大学。"

沃顿一撇嘴,轻蔑地耸耸肩。听到牛津大学这样的神圣之地竟然没有表现出丝毫敬畏,菲利普还是第一次见到这种人。

"为什么非要去那儿?从牛津毕业,也就是听起来很厉害罢了。为什么不在这里读大学?一年的时间远远不够,怎么也得五年吧。你知道,生命中有两大乐事:思想自由和行动自由。在法国,你能拥有行动上的自由,想做什么就去做,没人会烦你。在德国,别人做什么你得跟着,但是想什么,可就是你自个儿说了算。自由总是好的。我个人更推崇思想上的无拘无束。如果回到英国,这两样可就都不沾边了。只能被习俗惯例牢牢控制,不能想自己所想,做自己所做。英国还是个民主国家呢,我想美国肯定更糟糕。"

他说完,小心翼翼地向后靠在椅背上。这把椅子有根腿儿已经松动摇晃,要是在他口若悬河的时候忽然一屁股摔在地板上,那可真是下不来台了。

"我本来该今年回英国,但只要我能省吃俭用,勉强糊口,我就再待上他一年。不过之后我就不得不离开了,和这里的一切告别。"他挥挥手臂,仿佛对所有东西都依依不舍——这间又破又烂的顶楼小屋里,支着一张没铺好的床,衣服散落一地,墙根下排着一溜儿空啤酒瓶,每个角落里都扔着几本快散架的、皱巴巴的书。"去地方大学谋个语言学教授的职位。平时打打网球,喝喝茶。"他忽然一停,看了看面前衣着洁净得体、头发整整齐齐的菲利普,怪声怪气地说,"哎呀,上帝啊!我要去洗脸了。"

菲利普红着脸,感觉自己干净漂亮的外表竟成了对沃顿无声的责备。最近他开始在穿着打扮上下足功夫来,还从英国带过来好几条别致的领带。

夏天带着征服者的气势闯入了德国。入夏之后,每一天都阳光明媚,美不胜收。天空的蓝,张扬跋扈,像马刺一样刺人的神经。公园里树木成群,浓艳的绿色粗犷不羁。太阳底下的屋舍反射出耀眼的白光,明晃晃的,照得眼睛生疼。有时从沃顿那儿往家走的路上,菲利普会在公园里拣片凉荫,找个长凳坐下乘凉。他看着阳光透过绿荫,在地上洒下斑驳的树影,心里也似这闪烁的光束一般欢欣雀跃。他很是享受这忙里偷闲的片刻时光。有时候他会在老城的街道里漫游散步,遇到大学联合会里的学生就向他们投去尊敬的目光。他们红彤彤的脸蛋上划着口子,戴着五颜六色的小帽在街上昂首阔步地走着。下午的时候,菲利普会和教授夫人家的女孩子们去山上逛逛,有时候他们沿着小河一直往上游走,去一间绿树成荫的露天啤酒店喝点茶。晚上他们在市立公园里遛弯,听听那里的乐队演奏。

菲利普很快就打听清楚教授一家人的事。教授的大女儿,塔克拉小姐和一个英国男人订了婚。他曾经在这里待了十二个月学德语。两人的婚礼本来预计今年年底举行,但是这位小伙却写信来说自己的父亲——一位住在斯劳的橡胶商人——不同意这门亲事。塔克拉小姐从那之后就经常以泪洗面。有时候这位嫌东嫌西、犹豫不决的准女婿写信寄来，塔克拉小姐和母亲就会瞪着眼睛，抿紧嘴唇读完，一肚子不满。塔克拉会画水彩，她和菲利普，以及其他女孩偶尔会外出写生。漂亮的海德薇小姐也是个为情所困的可怜人。她是柏林一位商人的女儿，一名时髦的轻骑兵爱上了她。你猜怎么着，这个小伙可是出身贵族。他的父母不同意他找这种出身的姑娘，所以把她送到了海德堡，想让她忘记自己的儿子。可这是件不可能完成的任务，她来了海德堡后就一封接一封地给小伙写信，而这个小伙也想方设法地试图说服自己顽固不化的父亲改变心意。海德薇小姐把这些事都跟菲利普说了，叹气颦眉的样子楚楚动人，说着说着就羞红了脸。她拿出照片给菲利普看，照片上英俊潇洒的中尉正是她的梦中情人。教授夫人家的所有女孩里，菲利普最喜欢的就是她。所以一起出去散步时，他也尽量挨着她走。旁人都看得出他喜欢海德薇小姐，纷纷打趣起哄，他也因此害了无数次脸红。菲利普人生中的第一次表白就献给了海德薇，尽管那只是出于意外。有时，他们晚上不去散步，几个年轻女孩就会在铺满了绿色天鹅绒布的客厅里唱几首歌。安娜小姐一向乐于助人，卖力地替她们弹琴伴奏。海德薇小姐最爱的歌是《我爱你》（*Ich liebe dich*）。一天晚上，她唱完这首歌走进阳台，站在菲利普身旁。菲利普正仰头看着满天的点点繁星，他忽然觉得应该评价一下这首歌，于是说道：

"Ich liebe dich."

他的德语一直说不成句，在他停顿下来想要找个恰当的词语形容时，尽管这个空当很短，但海德薇小姐还是说：

"啊，凯利先生，Sie mussen mir nicht du sagen——您不能直接用第二人称和我对话啊。"

菲利普浑身燥热难安，他是不敢这样与人亲昵暧昧的，此刻窘得一句话都说不出口。他想直接跟海德薇解释，说自己不是在表达想法，只是提到了那首歌的名字，可这样做似乎显得太冒失无礼。

"Entschuldigen Sie，"他说，"请您原谅。"

"没关系的。"海德薇轻轻说。

她笑得很甜,温柔地拉过菲利普的手,攥了一下,转身走回客厅。

第二天,菲利普还是尴尬得紧,不敢同她说话,尽可能地回避着她。别人叫他一起去散步,他也回绝了,借口说自己还要做功课。但是海德薇小姐还是逮着了一个和他单独说话的机会。

"为什么要这样呀?"她彬彬有礼地问,"昨晚的事,我并不怪您。如果您真的爱上了我,这也是难以控制的事。我很荣幸。虽然我没有和赫尔曼正式订婚,但我也不会再爱上别人了。我已经把自己当成他的新娘了。"

菲利普的脸又红透了,他装出一副被心上人拒绝了的模样:

"愿您幸福。"

第二十四章

厄林教授每天给菲利普上一节课。他列了张书单,让菲利普在读《浮士德》之前先做些必要的阅读准备,还带着他研究莎士比亚一部剧作的德语译本。这部剧作菲利普在中学时就已经学过了。那段时间是歌德最声名显赫的时期。虽然他对爱国主义持轻蔑的态度,但还是被视作民族诗人,甚至在十九世纪七十年代的战争过后,他就成了国家团结的最重要的代表之一。热情的人们爱戴拥簇着他,似乎像是在五朔节[1]前夜听到自格拉沃洛特传来的隆隆炮响。想要判定一位作家是否伟大,其标准就是看不同身份的人能否从他的身上获取不同的灵感。尽管厄林教授痛恨普鲁士人,但依然对歌德的文学作品钦佩不已。他的文字不严自威,为那些头脑清醒的人提供了唯一的庇护所,保护他们不受当代人愚昧而疯狂的思想影响。最近在海德堡有个剧作家的大名时常被人提及,去年冬天他的一部作品在剧院上演。追随者无一不拍手叫好,而一些体面的人物则不禁面露尴尬,大喝倒彩。菲利普在教授夫

---

1. 五朔节:德国的传统节日,即四月的最后一个晚上。

人家的长桌前听到大人们在讨论这件事,厄林教授一提起自己看戏的经过就几乎丧失理智,用拳头狠捶桌子,低沉的怒吼里充满了愤怒,淹没了一切与他相反的声音。这出戏简直就是一场闹剧,下流不堪!他强忍着阵阵反胃坐在剧院看完,简直是度秒如年。要是剧院是为了上演这种垃圾而建,那还不如干脆让警察做主,关门大吉为好。厄林教授不算是个古板的人,以往皇家剧院里演荒诞剧时,尽管里面的段子有些伤风败俗,但他也跟身旁的观众一样被逗得捧腹大笑。可这部剧里除了些淫言秽语,再没有任何闪光点了。他做了个特别的手势用以强调自己的观点,还拿手捂住鼻子,从牙缝里龇出怪声:"家没有个家的样子,道德败坏,德意志离大去不远了!"

"好了,阿道夫[1],"教授夫人从桌子的另一端说,"冷静,冷静。"

教授朝妻子晃晃拳头。他性格极其温和,平时做决定都要先跟妻子商量。

"不,海琳,我告诉你,"他大吼道,"我宁肯看见自己的亲闺女惨死在脚边,也不愿意听那帮没脸没皮的人满口胡言了!"

这出让他大动肝火的戏剧叫《玩偶之家》,作者是亨利克·易卜生。[2]

厄林教授把易卜生和理查德·瓦格纳[3]当作一类人,但是谈起瓦格纳,他总是能好脾气地笑笑,而不是这样怒发冲冠。瓦格纳吹起牛来也是不着边际,但他总归是有点真本事,这种人耍起贫嘴来还是有几分幽默在里头。

"疯子!简直是个疯子!"[4]他说。

他觉得《罗恩格林》还算差强人意,即使有点无聊,但总不至于太糟。但是《齐格弗里德》简直是前无古人!每次提起它,教授先生都用手撑着头放声大笑。这部剧里简直没有一段流畅的旋律。他似乎都能看到瓦格纳坐在剧院包厢里,看着满场观众都像模像样地看戏,自己笑得前仰后合的画面。这部戏堪称十九世纪最大的幌子。教授拿起一杯啤酒,一仰脖就灌了下去。

---

1. 原文为德语。
2. 易卜生:挪威戏剧家,《玩偶之家》是其代表作,主人公是"娜拉"。
3. 瓦格纳:德国作曲家和剧作家,歌剧史上的一位巨匠和标志性人物。
4. 原文为德语。

他用手背揩揩嘴角,说:

"告诉你们吧,年轻人。不出十九世纪,大家就都会忘了瓦格纳是谁。瓦格纳啊!写了那么多曲子,却连多尼采蒂[1]的一部也赶不上!"

第二十五章

在菲利普的所有老师里,最奇怪的要数他的法语老师了。迪克罗先生是日内瓦人。这位高个儿老先生皮肤蜡黄,深深凹陷下去的脸颊上没有一点肉;他花白的头发留得很长,但是稀稀拉拉的没剩多少了。穿着又破又烂的黑色衣裳,外套的手肘破着洞,裤子也早就磨坏了,甚至连内衣都是脏兮兮的。菲利普从来没见他的领子干净过。迪克罗先生不爱言语,讲起课来兢兢业业,只可惜劲头并不高。每次上课、下课都是按着点来,卡着点走。他要的学费很少,也从来不多话,菲利普从别人那里打听到一些关于他的事:好像他曾经在反抗罗马教皇的战役里和加里巴尔迪[2]并肩作战。但是等到这场战斗尘埃落定,他发现自己原本想争取自由,建立共和,到头来所有努力却付诸东流,只换来另一副枷锁。于是他带着厌恶之情离开了意大利,后来又因为不知什么的政治原因被逐出日内瓦。菲利普顿时崇拜起迪克罗来,但他既惊讶又不解,因为这个老头看上去可一点都没有革命精神:他做事低调有礼,说话低声慢语;别人没让他坐下,他就一直站着。有时候偶尔在街上撞见菲利普,还会摘下帽子打招呼。他从来不笑,甚至微笑都很罕见。如果有人的想象力比菲利普更丰富,那在他心里年轻时的迪克罗一定是个大有希望的青年。他在一八四八年长成了一个真正的男子汉,而这一年刚好国王想起远在法国的兄弟,不由感觉如坐针毡。当时在欧洲,对自由的热忱追求横扫了这片大陆,其途经之地,所有一七八九年法国大革命遗存的、最近又冒头的专制和暴政

---

1. 多尼采蒂:意大利作曲家,浪漫主义歌剧的代表人物,以多产著称。
2. 加里巴尔迪:意大利政治家,致力于意大利统一,是建国三杰之一。

全部焚烧殆尽，被清得一干二净。每个人心里都剧烈燃烧着自由的火焰。也许在一些人心中，迪克罗还会是这种形象：深谙平等和人权，舌战群雄，更在巴黎的街垒后面英勇作战，在米兰的奥地利骑兵面前飞驰而过。他到处遭到监禁和放逐，可始终没有令他弃掉信念、失掉希望的是那个似乎有魔力的字眼"自由"。只是步入暮年后的他饥寒交迫又病痛缠身，甚至找不到能勉强维生的法子，只能去给穷学生上几节课挣点活命的钱。他发现自己置身于一座小镇，尽管看似规整干净，但却受制于最残酷极端的个人专制，甚至比欧洲所有出现过的专制主义都更惨无人道。也许在他沉默不语的外表下，隐藏着对全人类的轻蔑鄙视。人们啊，早已放弃了他年轻时那股对自由的不懈追求，只顾懒洋洋地享受安乐。又或许，这起起伏伏的三十年革命道路让他知道，人的天性本就与自由不相契合。他的一生都在寻觅那本不值得被寻觅的东西。还有可能他其实只是疲累了，只想冷静甚至冷漠地等待着死亡的降临。

一天，菲利普凭着其初生牛犊的莽撞，试着向迪克罗求证，是否真的曾和加里巴尔迪并肩作战。老先生似乎没当回事，用惯常的低沉嗓音轻轻回答：

"是，先生。"[1]

"有人说你曾经参加过巴黎公社？"

"是吗？我们可以开始上课了吧？"

他把书翻开，菲利普开始战战兢兢地翻译起预习过的一段课文。

后来有一天迪克罗先生好像害了严重的病。他强撑着上了楼梯，把身子挪到菲利普的卧室。一进门，他就重重往椅子上一坐，想着喘口气。蜡黄的脸皮松松垮垮地塌下来，额头上沁出豆大的汗珠。

"恐怕您是病了吧。"菲利普说。

"没关系。"

菲利普看他实在遭罪，就在下课前问他是否想等身体好点再继续。

"不用，"老先生的声音又沉又稳，"只要能上课，我就继续上。"

---

1. 原文为法语。

菲利普此刻面红耳赤,每次一提钱的事他就会变得病态般害羞。

"但您上不上课都一样的,我会照常付您课费。如果您不介意,我想提前把下周的课费先给您。"

迪克罗先生每小时收十八便士的学费。菲利普从口袋里掏出一枚十马克的硬币,红着脸放到桌子上。他没法直接把钱递过去,这显得好像把老先生当成乞丐一样打发。

"这样的话我就等身体好点再来上课吧。"迪克罗收下硬币,像往常一样对菲利普深深鞠了一躬,再没说什么就离开了。

"祝好,先生。"[1]

菲利普觉得有点失望。他自认表现慷慨,理应得到来自迪克罗潮水般的感激。可这老先生却淡淡地收下了,好像本来就是应得的。菲利普惊讶不已。他还太年轻,没能意识到比起受惠者,施惠之人反而会有更强的图报心。迪克罗先生五六天后才回来。他的步子还是不太稳当,看上去也依然虚弱,但总算是从鬼门关绕了回来。他还像之前一样神秘、冷漠、邋里邋遢。一直到课上完,他才提到自己的病情,在马上就要出门的时候,他停了下来,犹豫片刻,好像开不了口:

"要是没有你给的钱,我可能已经饿死了。这几天就靠这糊口了。"

他郑重其事、几近谄媚地深深鞠了一躬,然后走出门。菲利普觉得嗓子哽住了。他好像忽然之间理解了这位老先生无力而苦涩的挣扎,在他觉得自己的生活一片明媚的同时,迪克罗先生的生活是多么阴暗痛苦。

第二十六章

菲利普来到海德堡的三个月后,一天早晨教授夫人跟他说有个叫海沃德的英国人要来这里住一段时间。当天晚上,他就见到了这张陌生的面

---

[1] 原文为法语。

孔。一连几天，幸运之神似乎莅临这所房子，里面的人都很亢奋。先是经过塔克拉小姐的不懈恳求和含蓄恫吓，她未婚夫的父母终于松口邀请她来英国拜访。天知道这里面有什么鬼把戏。她出发之前带上了自己的水彩画册，以显示自己颇有几分艺术造诣；还拿上了一大捆未婚夫给自己写的信，证明这个小伙为了爱情已经做出了不少妥协。再是一周后，海德薇小姐笑容满面地宣布自己心爱的那位年轻中尉将带着父母一并来海德堡。这老两口经不住儿子的软磨硬泡，再加上被海德薇父亲慷慨的嫁妆打动，终于同意来海德堡见见这个年轻姑娘。会面的结果很圆满，海德薇小姐在市立公园里大大方方地将心上人介绍给厄林教授一家人认识。平时那几位坐在教授夫人旁边用餐、总是沉默寡言的老太太这下都激动得浑身颤抖。当海德薇小姐宣布她这就要回家筹备一场正式的订婚仪式时，教授夫人不怕破费地张罗着要请大家喝五月酒[1]。厄林教授调配这种淡酒是一绝，晚饭后一大碗掺了苏打水的白葡萄酒被郑重其事地摆上了桌，上面还飘着香草和野草莓。安娜小姐拿菲利普逗趣，说他的梦中情人要走了。这样的玩笑话让菲利普心中郁闷，坐立难安。海德薇小姐唱了几支歌，安娜小姐弹了一曲《婚礼进行曲》，教授则唱了一首《莱茵河上的卫士》。大家一派喜气洋洋，而身处其中的菲利普也没怎么注意到新来的海沃德先生。他们吃饭的时候面对面坐着，但菲利普一直在和海德薇小姐谈天说地，对面这个陌生人完全不懂德语，只好埋头吃饭。菲利普看见他戴了条浅蓝色领带，瞬间对他没了好感。这个男人二十六岁，眉清目秀，时常漫不经心地抬手梳拢自己的一头波浪长发。他的眼睛大而蓝，是那种清浅的淡蓝，看上去透着疲倦。他的脸刮得干干净净，尽管嘴唇很薄但形状却很完美。安娜小姐对人的面相很感兴趣，她让菲利普日后留心观察一下这个陌生人的头骨形状是多么优美，以及他脸的下半部分长得多么不尽人意。她说这个头颅一看就属于思想家，而下巴却丝毫没有特色。注定要成为老姑娘的安娜小姐

---

1. 五月酒：德国人习惯在春天喝的一种葡萄酒，配香草、水果等。

颧骨极高，鼻子又大又丑，她一再强调"特色"是很重要的。众人都在讨论海沃德先生，而他和这群乱糟糟的人保持着一定距离，独自站在一旁打量着他们，笑眯眯的神态下清高姿态若隐若现。他个子很高，人又精瘦，总摆出一副优雅斯文的模样。有一个叫维克斯的美国学生看他一个人站在旁边，就上去与他攀谈。这两人形成了鲜明的比对：穿着整洁的黑外套和黑灰色细点裤子的美国学生长得又干又瘦，言谈举止里颇有几分牧师特有的热情；而穿着宽松花呢套装的英国人则四肢发达，慢条斯理。

菲利普直到第二天才和新房客说上话。午饭前，他们两个单独待在客厅的阳台。海沃德先发话：

"你是英国人，对吧？"

"对。"

"这里的饭菜一直都像昨天那么差劲？"

"差不多就是这些东西。"

"糟透了，是吧？"

"糟透了。"

菲利普对伙食没什么意见，其实他每餐都胃口很好，能津津有味地吃上很多，但他不想让人觉得自己好赖不分：别人难以下咽的自己却视作佳肴。

塔克拉小姐去了英国，她的妹妹就得在家干更多活，这样一来就匀不出时间去散步了。梳着金色长发辫、脸小鼻翘的西西里小姐近来总是不愿和别人来往。海德薇小姐搬走了，而一直陪他们散步的美国学生维克斯也去了南部旅行，只剩菲利普一个人在家。海沃德有心结识他，但不幸的是，菲利普不知是出于害羞的本性还是因为从生活在山洞的祖先那里返祖遗传，总是对第一眼见到的人喜欢不起来。一直到慢慢相熟，他才会克服这种厌恶的第一印象。这种特点让他变得难以接近。海沃德向他献殷勤，他也只是害羞拘谨地接受。有一次邀请他去散步，他不得已答应下来，也只是因为实在找不到得体的托辞。他习惯性地表达了歉意，脸不受控制地涨得通红，恨自己如此不争气，试图用大笑掩盖尴尬。

"恐怕我可走不多快。"

"老天哪,我又不是竞走。我更喜欢散步。你不记得佩特[1]在《马里乌斯》里说过散步是最好的谈话助兴剂吗?"

菲利普是个很好的听众。尽管他也时常想说些妙趣横生的话,但每次都要等他张嘴的机会溜走,才能想起要说什么。海沃德则非常健谈;那些比菲利普见过更多世面的人也许会说海沃德喜欢听自己滔滔不绝。他目中无人的姿态给菲利普留下深刻的印象。菲利普觉得很了不起的、毕恭毕敬对待的东西在他眼里都不值一文,这样的人让菲利普既崇拜又畏怯。他瞧不起别人对运动的热情,认为投身体育事业的人无非是为了拿奖牌。菲利普没有意识到的是,其实他只是用对文学的热情替代对体育的迷信罢了。

他们一路到了山上的古堡。在高处的平台俯瞰,整座城镇卧在脚下。这座惬意的小城位居风景宜人的内卡河谷,烟囱飘出的袅袅青烟浮荡在城上空,形成一层朦胧的浅蓝薄雾。高耸的屋顶和教堂的尖塔给小镇平添几分中世纪色彩。这里有一种能够温暖人心的、家的归属感。海沃德谈起了《理查·弗浮莱尔》[2]和《包法利夫人》[3],又说到魏尔伦[4]、但丁[5]、马修·阿诺德[6]。在那个年头,菲茨杰拉德翻译的欧玛尔·哈亚姆诗集[7]还仅仅在少数上帝的选民中流传,海沃德把里面的诗一句一句背给菲利普听。他很喜欢用一种单调的声调背诵诗歌,不管是自己写的还是别人写的。等他俩回到家,菲利普对海沃德的猜度怀疑早就化成了满腔的崇拜仰慕。

他俩约好每天下午一起散步,菲利普现在也得知了海沃德的一些情况。

---

1. 沃特·佩特:英国作家、批评家,代表作哲理小说《马里乌斯》。
2. 《理查·弗浮莱尔》:十九世纪英国小说家梅雷迪斯的长篇小说。
3. 《包法利夫人》:十九世纪法国作家福楼拜的成名作和代表作。
4. 魏尔伦:十九世纪法国诗人,象征派诗歌代表人物,当时享有盛名。
5. 但丁:意大利诗人,文艺复兴开拓者之一。代表作《神曲》。
6. 马修·阿诺德:十九世纪英国诗人、评论家。
7. 爱德华·菲茨杰拉德:十九世纪英国诗人、翻译家,译介了波斯诗人哈亚姆的作品。哈亚姆又译莪默·伽亚谟,《鲁拜集》作者,亦是哲学家和天文学家。

他是乡村法官的儿子,父亲前阵子过世了,留给他每年三百镑的遗产。他在查特豪斯公学的表现出类拔萃,甚至在他毕业去剑桥的时候,三一学院[1]的院长亲自出面,恭迎他来本院进修。而他自己也准备好成就一番轰轰烈烈的事业。他进入了最杰出的文人圈子,满怀热情地诵读勃朗宁的诗歌,而读到丁尼生时,[2]就不屑地耸耸自己俊俏的鼻子。他对雪莱和哈利特的交往始末如数家珍,还对艺术历史有一定涉猎(他屋子的墙上挂着 G. F. 华茨、伯恩琼斯和波提切利画作的复制品);他写过几首别致的小诗,风格伤感消极。朋友间相互议论说他天赋异禀,而他也乐意听朋友预言自己的似锦前程。一来二去,他成了艺术和文学大家。受红衣主教纽曼[3]《为吾生辩》的影响,罗马天主教教义的生动逼真给他敏感的审美触觉带来了巨大的吸引力;他之所以没有皈依别教,唯一的原因就是父亲对此大发雷霆(这位乡村法官朴素平凡、直言不讳,他思想狭隘,平时喜欢读麦考利[4]的作品)。毕业的时候,海沃德只拿到了通过的成绩。他的朋友全都惊讶不已,而他只是一耸肩膀,隐晦暗示自己不愿做考试的佼佼者。这话的意思就是想让别人知道考试中的佼佼者都不免有些庸俗。他调侃一次口语考试的经过:某个戴着愚蠢衣领的家伙问他逻辑学问题,整个过程枯燥难挨,忽然他看见这个人穿了一双侧边系带的、奇丑无比的靴子,就不由神游出窍,想到金斯美轮美奂的哥特式小教堂。他在剑桥也过了些快活日子;他吃的比认识的人都好;在宿舍和朋友的聊天也让人难以忘记。他引用一句精辟的诗句来告诫菲利普:

"他们给我说,赫拉克利特,他们给我说你已经死了。"[5]

---

1. 三一学院:剑桥大学代表学院之一,毕业生包括牛顿、培根等人。
2. 罗伯特·勃朗宁和阿尔弗雷德·丁尼生:均为英国著名诗人。
3. 约翰·亨利·纽曼:英国基督教圣公会内部牛津运动领袖,后改奉天主教。一八四五年正式加入天主教会,后升任神父。其代表著作《为吾生辩》讲述了自己宗教信仰变化的经过,广受天主教人士赞誉。
4. 麦考利·巴宾顿:出生于苏格兰贵族家庭,毕业于剑桥大学,辉格党派(Whig,即日后的自由党)人士,英国著名政治家、历史学家。
5. 引诗:英国教育家、诗人威廉·考利的诗歌《赫拉克利特》。赫拉克利特是古希腊学者、哲学家,前苏格拉底哲学的重要人物。

现在，当他再活灵活现地谈起这件考场逸事时，不由哈哈大笑。

"真是一出笑话，但是其中也暗藏玄机。"

菲利普觉得有点激动，心想这可称得上是个了不起的举动啊。

海沃德毕业后去了伦敦攻读法律。他在克莱门特法学院宿舍租了几间环境优雅的房间，墙壁都有镶嵌装饰。他试图照着剑桥宿舍的风格装饰这几间屋子，让这里看起来得体而气派。他多少怀有些政治抱负，自称为共和党人，有人推荐他加入了一个自由党派的小组，但是这个组织里的绅士气息却很浓郁。他想做律师（并且选择在法官大法庭工作，因为这里相较于其他机构还算有点人情味）。一旦别人之前对他做出的许诺得以实现，他就能在某个理想的选区当上议员；同时他经常光顾歌剧院，结识了个把和他爱好一致的、魅力非凡的人。他还是一个俱乐部的成员，这个俱乐部经常凑到一起聚餐，其口号为"全、善、美"。他和一位长他几岁的女人发展了一段柏拉图式的感情，这个女人住在肯辛顿广场[1]，几乎每天下午他们都要一起喝茶，谈论乔治·梅雷迪斯[2]和沃特·佩特。罩着遮光罩的蜡烛在茶几上发出微弱的光。法律协会的考试连傻子都不愁通过，这一点一直为大家所诟病。海沃德对学业的态度一直都不急不慢，但最后期末考试竟然没有通过，他把这成绩看作是老师对自己的侮辱。就在这个节骨眼，住在肯辛顿广场的那个女人告诉他，自己的丈夫要从印度出差回家了，他在各个方面都算得上理想，却有副平庸的头脑，看到一个年轻的男人频繁登门拜访自己的妻子肯定会产生误会。海沃德觉得生活实在太丑陋，一想到又要面对考试官那副玩世不恭的嘴脸，就一阵反胃。他觉得把脚下的球用劲踢出去反倒不失为一个绝妙的主意。除此之外，他在伦敦还负债重重，因为靠着一年三百镑的收入想在这儿过上绅士的生活可不是件容易事。他对约翰·罗斯金[3]笔下充满魔力的威尼斯和佛罗

---

1. 肯辛顿广场：位于伦敦西部。
2. 乔治·梅雷迪斯：英国小说家、诗人。以人物心理刻画见长。
3. 约翰·罗斯金：英国作家、艺术评论家。一八四三年因所著的《现代画家》一书而成名，书中高度赞扬了威廉·特纳的画作。

伦萨心向往之。他觉得就算自己当了律师，也会和庸俗而忙碌的生活格格不入。他已经发现光把自己的大名挂在门上是不足以接到案子的，况且当代的政治似乎也缺乏威严。他觉得自己是个诗人。把在克莱门特法学院宿舍的房间处理掉后，他只身去了意大利。在佛罗伦萨待一冬，又去罗马待一冬，这个夏天是他在国外度过的第二个夏天，之所以来到德国学习是为了能日后读懂歌德的原著。

　　海沃德有种极为珍贵的天赋。他对文学有独特的见解，能将自己的一腔热情痛快淋漓地表达出来。他能与作者感同身受，看到其身上的所有闪光点，再滔滔不绝地围绕作者进行评论，其中不乏许多自己的理解和感受。菲利普也读过很多书，但他从来不加甄别，看到什么就读什么。现在有了这样一个能指导他鉴赏文学的良师益友，实在是件好事。他从镇上的小图书馆里借了很多书，一头扎进海沃德跟他说过的各种美好、有趣的文字里。这样的阅读过程并非总是生趣盎然，但他却依然坚持不懈地读下去。他觉得自己既无知又渺小，想通过阅读来提升自我。到了八月底，维克斯从德国南部旅游回来却发现菲利普此时已经完全被海沃德影响了。海沃德不喜欢维克斯。他讨厌这个美国人黑外套、黑灰色细点裤子的衣着打扮；而一说起他作为新英格兰人的做事原则，海沃德就会轻蔑地耸耸肩膀。菲利普听到海沃德辱骂有意同他亲近的维克斯时，只在一旁沾沾自喜；但是反过来维克斯对海沃德指指点点却让菲利普不禁火冒三丈。

　　"你这新朋友看上去像位诗人啊。"维克斯挖苦道，焦虑而刻薄的嘴角轻轻向上扯了扯。

　　"他就是位诗人。"

　　"他给你这么说的？在美国，我们都管这种人叫大饭桶。"

　　"呵，我们可不是在美国。"菲利普冷冷地说。

　　"他多大？二十五？他就这么无所事事，天天待在这儿写诗吗？"

　　"你不了解他。"菲利普有点着急了。

　　"不，我很了解。他这样的人，我都遇见过一百四十七个了。"

　　维克斯狡黠地眨了眨眼，但菲利普却不能理解这种美式幽默，他板着脸，嘴噘得老高。在他看来，维克斯已经是个中年男子了，但实际上他才刚刚过三十岁。他身子骨单薄瘦长，和所有搞学问的人一样都驼着背；一个不怎么好看的大脑袋支在脖子上，稀稀拉拉的头发颜色很浅，皮肤干裂粗糙。长着薄薄的嘴唇，鼻子又窄又长，颧骨高高地突出来，打眼一看就是个粗人。他待人接物冷酷而直接，但却又有一股轻佻浮躁的气质。受性格原因影响，他总是和严肃正经的人相处，而这些人又被他的古怪气质吓得够呛。他在海德堡学神学，但是同样来自美国的其他学生总是对他敬而远之。他们害怕这个异端分子，也经常被他天马行空的幽默感引得频频摇头。

"你怎么可能遇到一百四十七个他这样的人？"菲利普一本正经地问。

"我在巴黎的拉丁区见过他，在柏林和慕尼黑的寄宿学校里见过他。他住在佩鲁贾和阿西西的小旅馆里。在佛罗伦萨，像他这样的人十几个凑成堆站在波提切利的画作前；在罗马，西斯廷教堂的长凳上坐满了这号人。他在意大利红酒喝上头，在德国又会灌一肚子啤酒。只要是正确的，不管是什么，他统统大加赞扬。有朝一日，他会完成一部伟大作品。想想吧，一百四十七个人脑子里构思着一百四十七部举世闻名的大作。可悲的是，这一百四十七部作品中没有一个能等到完成那天。世界还是照常运转。"

维克斯说得很严肃。发表完这通长篇大论，他稍微眨了下眼。菲利普的脸腾地红了，看得出这个美国人是在开自己的玩笑。

"你就胡说八道吧。"他气愤地说。

第二十七章

维克斯在厄林夫人家屋后租了两间小房，其中一个改造成客厅，邀人到此一坐，倒也舒适惬意。他素爱搞怪，以前在坎布里奇的朋友都拿他没一点办法。可能正是因为这种性格的驱使，他常请菲利普和海沃德晚饭后去自己那儿聊天。他招待起客人来礼数周全，执意让他俩坐屋子里仅有的两把舒服椅子。他自己滴酒不沾，却总是毕恭毕敬地把几瓶啤酒搁在海沃德手边。菲利普从这一举动里隐隐感到了一丝嘲讽。每当舌战正酣,要是海沃德的烟斗灭了,他都抢着给点上。刚认识的时候,海沃德认为自己毕业于名校,肯和维克斯这种区区哈佛毕业生交往,已经是俯尊屈就,给足了面子。海沃德是希腊悲剧作品这方面的行家,偶尔谈到这个话题,他就以说教的姿态滔滔不绝,容不得别人讨论插嘴。维克斯面带微笑,彬彬有礼地听着,直到海沃德结束演讲。他会接着问几个看似无害但其实另有玄机的问题,海沃德没意识到这是个陷阱,还有板有眼地解答这些问题。维克斯听后先是有礼貌地表达一下反对意见,再纠正一下事实,然后引用某个鲜为人知的拉丁评论家的观点,最后再把德国的某位权威搬出来印证观点。这样一套程序走完,结果一目了然:维克斯才是个大学问家。他就这样笑眯眯、略带抱歉地把海沃德的所有观点踩在脚下,还客客气气地暴露了其浅薄的学识。他带着微微嘲讽之情拿海沃德说笑。尽管不愿承认,但菲利普着实发现海沃德此刻傻气十足。海沃德被狠狠激怒了,自视甚高的他吃不下哑巴亏,反而力图狡辩。他口出狂言,维克斯则友好指正;他找不着根据妄加推论,维克斯又证明这是多么荒谬。维克斯跟他们坦白自己曾在哈佛当过希腊文学老师。海沃德对此只是鄙夷地一笑。

"我早就该知道。显然,你是从学校老师的角度解读希腊文学的,"他说,"可我是从诗人的角度。"

"这么说你在不懂意思的情况下,反而觉得更有诗意喽?我以为只有在天启教[1]里错译才能使原文更优美呢。"

最后,海沃德喝干啤酒,气急败坏、一脸颓然地离开维克斯的房间,他气得连连摆手,给菲利普说:

"这家伙真是个爱卖弄的书呆子,根本不懂什么是美。只有牧师才追求字字精确。我们看的是希腊文学的精神。维克斯就是跑去听鲁宾斯坦[2]的钢琴演奏,却还嫌弃他弹错了几个音符的那种人。就几个音符弹错了啊!谁会

---

1. 天启教: 指三个世界性宗教:犹太教、基督教、伊斯兰教。
2. 安东·鲁宾斯坦: 俄罗斯犹太裔钢琴家,代表作《F大调旋律》。

在聆听天籁的时候揪住几个弹错的音符不放？"

菲利普为这番言论所触动，他不知道有多少无能之辈正是抓住这种小错误聊以自慰。

维克斯再邀海沃德去做客时，他总禁不住诱惑想扳回一局。但是维克斯不费吹灰之力就能把他再次拐到陷阱里。海沃德不情愿地发现自己和身边的美国佬一比简直称得上才疏学浅，但生为英国人的那股倔劲，和他伤痕累累的虚荣心（可能这俩本身就是一种东西）让他没有办法不反抗。他似乎很乐意展现自己的无知、自满和固执。每次海沃德的逻辑出现瑕疵，维克斯都寥寥几个字一针见血地点出错误所在，然后稍微一顿，享受自己的胜利，再急忙转换下一个话题，好像基督教的慈悲天性迫使他对手下败将慈悲为怀。菲利普时不时地想插句话帮自己的朋友解围，却敌不过维克斯的轻轻一击。他对菲利普的态度实在友好，和与海沃德的针锋相对截然不同，即使是像菲利普这样敏感的人也不会觉得难堪。有时候，海沃德觉得自己在打击之下显得越来越愚蠢，他恼羞成怒，破口大骂，但维克斯脸上那种美国人特有的、彬彬有礼的笑模样总是能使争论不至于恶化为争吵。这种场合下，当海沃德离开维克斯房间时，都要低声咒骂：

"去他妈的美国佬！"

争论就此结束。对于一个找不到答案的论点，这算得上完美的结局。

他们在维克斯的小屋里畅所欲言，但话题最后总会归结到宗教问题上：这个神学学生对自己的专业很感兴趣，而海沃德也喜欢这一话题，因为说起宗教里的种种事实，他总不至于漏洞百出。"感觉"是研究这门学问的标准，所以人们大可对"逻辑"嗤之以鼻。恰好海沃德的逻辑是弱项，这岂不是正合他的胃口。海沃德发现想要跟菲利普解释自己的信仰就必须得费一番口舌。但其实这是明摆着的事（根据菲利普内心对万物因果的看法，很容易能看出），因为海沃德是从国教教堂里长大的。尽管他现在已经放弃了皈依罗马天主教的念头，但仍然对这个教派心存同情。在他口中，天主教的优点不胜枚举，他偏向天主教隆重的宗教仪式，还把它和英国国教简陋的礼拜仪式做对比。

他给了菲利普一本《为吾生辩》,让他读读看。菲利普虽然觉得这书枯燥无趣,但还是坚持读完了。

"要读它的风格,不是读内容。"海沃德说。

他兴冲冲地谈在奥拉托利会[1]听到的音乐,讲了一些关于焚香和虔诚之心的有趣联系。维克斯在一旁听着,脸上有一抹冷冷的微笑。

"你觉得这证明了罗马天主教的真谛?就凭约翰·亨利·纽曼写得一手好英文和曼宁红衣主教潇洒倜傥的外表?"

海沃德暗示自己的灵魂曾经遭受重重苦难。整整一年他都在一片黑暗海洋中苦苦挣扎。他用手捋捋自己金黄色的长鬈发,告诉他们即使一年给他五百镑他也不愿再去忍受那样的痛苦。幸运的是,最终他还是到了风平浪静的水域。

"可是您究竟信仰什么?"菲利普从来都不接受这样模棱两可的回答。

"我信仰全、善、美。"

海沃德气派十足地说着,伸展了自己修长的四肢,把头摆出好看的角度。

"这就是你在人口调查表上填写的信仰吗?"维克斯淡淡地问。

"我痛恨古板的定义,太丑陋,太一目了然。如果你愿意的话,我可以说我信仰威灵顿公爵和格莱斯顿先生的教派。"

"那就是国教啊。"菲利普说。

"真是个机灵的年轻人!"海沃德顶了回去,他的笑容让菲利普一下窘得面红耳赤,因为他觉得自己用这样的大白话替换了别人意义深远的措辞,实在是有伤大雅,"我心属国教。但同样爱慕罗马教会牧师身上的锦衣绸缎,喜欢他们的独身禁欲、他们的忏悔室和炼狱。在意大利香烟缭绕、神秘莫测的昏暗教堂里,我全身心地信仰弥撒的奇迹。在威尼斯的一座教堂,我看到一个打渔的村妇赤脚走进来,把一篮子鱼放在身边就双膝跪地开始向圣母祈祷。我认为这才是真正的信仰,所以我随着她一起祈祷、一起信仰。但同时

---

1. 奥拉托利会:天主教的一个宗教协会,成立于一五七五年。

我也相信阿芙洛狄特、阿波罗和伟大的潘神。"

他的声音迷人,每句话之前都有所斟酌,这些句子几乎让他念出了韵律感。他还想继续,但维克斯开了第二瓶啤酒。

"我给你倒点喝的。"

海沃德把头转向菲利普,他高高在上的姿态让菲利普印象深刻。

"你现在满意了吗?"他问。

菲利普不知怎地感到一头雾水,但还是给出了肯定的答案。

"真遗憾,你怎么不捎带着再信些佛教。"维克斯说,"坦白说,我挺同情默罕默德,你把他一个人晾着真是遗憾。"

海沃德哈哈大笑,他今晚心情不错,自己抑扬顿挫的声音似乎还回荡在耳际。他把杯里的酒一饮而尽。

"我没想着让你理解我,"他说,"凭着你们美国人冷冰冰的智慧,你们对谁都持批评的态度,像爱默生这种。到底什么才是批评?批评具有纯粹的破坏性:谁都能破坏,但不是谁都能创造。你啊,我亲爱的朋友,你就是个书呆子。真正重要的是创造。我是个具有创造性的人,一个诗人。"

维克斯看着他,眼神严肃,脸上却笑得灿烂。

"希望您别介意我的话,我想,您是喝多了。"

"这点酒算什么,"海沃德来了精神,"要让我醉得说不过你,这还差得远呢。来,我都冲你剖白心迹了,该告诉我你的信仰是什么了。"

维克斯的头靠到一侧,看上去像栖息在树上的麻雀。

"这么多年来我也一直在找。我觉得我信仰一位论派。"

"但这样的话,你就成了不信奉国教的人了。"菲利普脱口而出。

他不懂为何面前的两个人都忽然放声大笑,海沃德笑得前仰后合,维克斯也咯咯不停,笑声听起来特别滑稽。

"在英国,不信国教的人都不是绅士,对吧?"维克斯问。

"嗯,你要是这么问的话,他们的确不是绅士。"菲利普生气地回答。

他痛恨成为别人的笑柄,但这两个人又大笑起来。

"你能告诉我什么才是绅士吗？"维克斯继续发问。

"我不知道怎么说，但大家心里都有数。"

"你是位绅士吗？"

菲利普从来没有怀疑过这一点，但他知道这件事是不能由自己宣布的。

"要是有人告诉你他是位绅士，那我敢打包票他一定不是。"菲利普反驳道。

"那我算绅士吗？"

一向诚实的菲利普很难回答这个问题，但好在他生来就有礼貌。

"哦，您不一样的，"他说，"你是美国人，不是吗？"

"也就是说我们可以这么想，只有英国人才是绅士。"他神情严肃。

菲利普没有反驳这个说法。

"你就说些具体特征不行吗？"

菲利普红着脸，越来越生气，也顾不上害怕出丑了。

"好，我能说的可有很多。"他想起伯伯曾经说过的话：想要培养一位绅士，需要三代人的努力。俗话说，猪耳朵做不成绸钱包，指的也是这个道理。"首先，你的父亲就得是位绅士，必须是公学的学生，还在牛津或者剑桥读过书。"

"我猜爱丁堡大学就不行喽？"维克斯问。

"他必须像绅士一样说英文，穿戴得体，而且绅士总能辨认出他的同类来。"

菲利普越说越觉得底气不足，但他心里确实就是这么想的，而且他认识的其他人也都这么想。

"这么说我肯定不是位绅士了，"维克斯说，"我不明白为什么我不信奉英国国教会让你这么惊讶。"

"我其实不太知道一位论派是什么。"菲利普说。

维克斯又把头偏向一侧，样子还是同样古怪。甚至你会觉得他一张嘴就能像鸟儿那样叽叽喳喳叫出来。

"别人相信的所有事情,一位论派教徒几乎全都不信。而对于他不了解的事物,反而会虔诚地深信不疑。"

"你为什么要开我玩笑呢?"菲利普说,"我是真的想知道。"

"亲爱的朋友啊,我没有开你玩笑。我可是经过了好多年的辛勤努力和焦虑、不懈地研究才总结出这个定义的。"

等菲利普和海沃德起身告别时,维克斯递给菲利普一本简装的薄书。

"我猜你现在读法语书没问题了吧?不知道你是否对这本感兴趣。"

菲利普说了谢谢,拿起书看看标题。是勒南写的《耶稣传》。

第二十八章

海沃德和维克斯都没想到他们用来打发长夜的谈话能在菲利普活跃的头脑里萦绕不散。菲利普从来都没想过原来宗教也是可以被拿来讨论的。他觉得"宗教"就是英国国教,而对于其教义的质疑是一种任性的表现,早晚会受到惩罚。但他对异教徒所受到的惩罚持质疑态度。也许有一位仁慈的法官把地狱之火都存着用来对付伊斯兰教、佛教和其他的异教徒,但是对不信奉国教的人和罗马天主教徒却网开一面(尽管承认自己的错误本来就够让这些人丢脸的了)。又或许上帝很同情那些没有机会了解真相的人——这很能理解,因为尽管传教会的活动是负责传播真相,但很多情况下肯定会有传播不到位的情况——可如果他们本身有机会去了解,却刻意选择了忽略(这类人里显然包括罗马天主教和非国教信徒),那即便惩罚加身,也是他们咎由自取了。很明显,异教徒处于危险的处境中。可能没人如此详细地教过菲利普这些道理,但是他早就有所意识,即只有国教信徒才有机会获得永恒的幸福。

菲利普真真切切听到的话里,有一条是说异教徒都是些邪恶、堕落之人。可维克斯尽管不相信菲利普的所有信仰,但还是过着基督教徒一般的、洁身自好的生活。菲利普的生命里没有多少温暖,却被这个美国人热心帮助自己的愿望感动坏了。有次他伤风感冒在床上躺了三天,维克斯像母亲一样地精心照料他。从维克斯身上丝毫找不到邪恶和堕落,唯有真诚和关爱他人的热心。可见,异教徒也能极富美德。

菲利普还从别处了解到那些信仰别教的人都是因为个性固执或仅图一己私利。在他们的心里也知道这些信仰是错误的,他们只是故意欺骗别人罢了。为了学德语,菲利普已经习惯了周日早晨去参加路德教的礼拜仪式,但海沃德来了之后,他俩又一起开始去做弥撒。他发现新教教堂门可罗雀,冷冷清清,教区会众也都一副百无聊赖的样子;而耶稣会教堂则门庭若市,信徒满座,会众都在虔诚祈祷,一看就是发自内心的。这样鲜明的对比让他感到很吃惊;因为他知道路德教的教义与国教非常接近,所以比罗马天主教更真实。前来做礼拜的大多数人——整个会众里几乎都是男人——都来自德国南部。他禁不住想,要是自己也出生在那儿,现在八成也是罗马天主教徒了。他是生在英国,但也完全有可能生在一个天主教国家;他是来自一个信奉国教的家庭,但也同样可能生在一个卫斯里教派、浸礼会或者卫理公会的家庭。他一想就觉得后怕。菲利普对每天吃饭时都坐在他旁边的小个儿中国人挺友好。这个人姓宋,总是笑眯眯的,对人友好、有礼貌。如果仅仅因为是中国人就要忍受下地狱的惩罚,实在太不合情理。但倘若不论信仰世人都可得救,那信奉国教又有什么特别的好处呢?

菲利普从未如此迷糊,决定去请教维克斯。他不得不非常谨慎,因为他对别人的嘲弄生性敏感。这位美国人谈起国教时那种尖酸刻薄的幽默感让他局促不安。维克斯的意见反而让他更加困惑。现在他发现在耶稣会教堂看到的那些德国南部人对天主教的信仰与自己对国教的情感一样坚定不移;而由此看来,他只能承认伊斯兰教和佛教教徒也都各自笃信自己教派的教义。所以,自以为正确说明不了任何事,大家都觉得自己是对的。维克斯没有要打击这个男孩信仰的意思,但是他对宗教很感兴趣,觉得这是条能够引人入胜的谈资。他之前说过,所有别人相信的事,自己一概不信,这已经把他的观点表达得一清二楚。有次菲利普问了他一个问题。这个问题之前在教区听伯伯提到过,当时他们正讨论一部在报纸上引起轩然大波的带有理性主义特点的作品。

"但为什么你是对的,而圣安瑟伦和圣奥古斯丁[1]这样的人就错呢?"

"你的意思是这种人都是有学识的智者,而你怀疑我不是?"维克斯反问。

"对。"菲利普犹犹豫豫地承认,他觉得这样问问题显得非常无礼。

"圣奥古斯丁还觉得地球是个平面,太阳绕着地球转呢。"

"我不明白这能说明什么。"

"说明什么?说明一代人有一代人的信仰啊。你心中的圣人生活在信仰至上的年代,现在我们看来不可置信的事物,他们当时却不能不相信。"

"那你怎么知道我们现在就掌握了真理呢?"

"我并不知道啊。"

菲利普想了一会儿,接着说:

"我不理解,现在我们确信无疑的道理为什么不会像他们之前笃信的真理一样大错特错呢?"

"我也不理解。"

"那你怎么再去相信世上的万物?"

"我不知道。"

菲利普又问维克斯怎么看待海沃德的信仰。

"人按自己的样子创造神的形象,"维克斯说,"他信仰具体实在的事物。"

菲利普又停顿了半晌,然后说:

"我压根就不懂为什么人要相信上帝。"

话一出口,他陡然意识到自己已然不再相信上帝。他惊骇得差点闭过气去,就像一个猛子扎进冰水里,瞪大眼睛看着维克斯,感到惊恐万分。他急匆匆地和维克斯告别,想一个人静静。这是他经历过的最令人毛骨悚然的事。他想把思路厘清。他激动不已,因为这牵扯到了自己的一生(他觉得在这件事上做出的决定一定会深刻影响今后的生活),稍有差池便会万劫不复。然而他越想主意越坚定。尽管之后的几个星期他兴致勃勃地阅读了一些怀疑主

---

1. 圣安瑟伦和圣奥古斯丁:同为中世纪教士、神学家。

义的书，但这却令他更加坚信自己的本能感受。事实上，他已经不再相信上帝，而且并非出于这样或那样的理由，只是他本身就没有信仰宗教的天性。他的信仰是外界强加的，是环境和榜样的作用。一个新的环境和新的榜样给予了他重新发现自己的机会。他轻而易举地就放弃了童年时期的信仰，像脱下一件多余的外套那样轻巧。虽然自己从未有过意识，但信仰给了他源源不断地支持。而现在没有信仰的生活则变得陌生而又孤独。他觉得自己像个一直拄拐却忽然被迫独立行走的人。白天好似更加寒冷，夜晚也变得愈发孤寂。但内心的澎湃支撑他坚持下去。生活仿佛成了一场刺激的冒险。没过多久，被丢掉的拐杖、从肩膀滑下的外套就像生命中无法承受的重担，被他卸了下来。多年来，他不得不遵守的宗教礼仪也成为其信仰的一部分。他想到之前被要求熟记于心的短祷文和使徒书，回忆起坐在大教堂参加礼拜仪式时，浑身都闲得痒痒，盼望着能稍微活动一下。又记起布莱克斯塔布尔那条通往教区的泥泞小路和阴森森的、寒冷的教堂，他坐在里面双脚冻得像冰块，手指已经失去知觉，空气里弥漫着令人作呕的怪味。唉！他曾经是多么无聊啊！而现在终于获得自由，不用再受这些事情的拘役，心脏兴奋得怦怦直跳。

放弃信仰竟然如此轻易，这让菲利普自己都吃了一惊。他没有发现这是因为自己的天性发挥了微妙作用，而将这种干脆利索的行为归结于自己的机智。他对自己太过满意，又因为年纪尚轻，对不同于自己的态度看法缺乏同情感，他非常鄙视海沃德和维克斯，因为这两人竟还满足于那种被称为"上帝"的模糊信仰，不愿跨出就菲利普看来非常明显的关键一步。有一天他独自爬到山顶去欣赏一处壮景。不知为何，这样的景色总是能让他心神荡漾。即使已经入秋，天空却依然万里无云，闪耀着更加夺目的光彩。好像大自然有意识地攒足了劲把满满的热情投入到一年中仅剩的晴朗日子里。山下的广阔平原尽收眼底，太阳光颤巍巍地倾泻而下，在面前涂满一片金黄：远处可见曼海姆的层层屋顶，再向远眺，就能看到朦胧一片的沃尔姆斯。波光粼粼的莱茵河穿梭在城市、山谷中，时隐时现；看不到头的河面在日光照耀下反射点点金光。菲利普站在山顶，喜悦的心简直要跳出胸膛。他想到当年在高山之巅，魔鬼站在上帝的身边，给他指点人世间的天国。菲利普陶醉在这迷人的景色中，仿佛在他面前铺陈开来的，就是整个世界。他迫不及待地想要走下山去，享受生活。他已经挣脱了可耻的恐惧和偏见的桎梏，大可走自己的路而不用担心受地狱之火的折磨。忽然他发觉自己也毋需为继续承担责任而烦恼，责任的重担让之前的他必须先考虑后果，才敢做出行动。现在他终于可以大口呼吸自由的空气了，他只需要为自己做过的事而负责。自由啊！他成了自己的主人。只是旧时的习惯根深蒂固，他此刻竟然在心里默默地感谢已经不再相信的上帝。

对自己的机智无畏深感自豪的菲利普慎重地迈入了人生新篇章。只是他抛弃信仰的决定并不像期望的一样，给自己的行为带来多大的不同。即使一方面他将基督教的教条弃之脑后，可另一方面，他从未想过要批判基督教的道德标准，对教派颂扬的美德也照单全收。他觉得纯粹地修德行善，而不为奖罚所烦忧是一件大好的事。在教授夫人家鲜有机会表现所谓的英雄主义，但菲利普使自己比过去更诚实。以往老太太聊天时会叫上菲利普，而他对这些无聊透顶的对话完全提不起兴趣。现在他强迫自己比之前更专注地倾听。彬彬有礼的咒骂、激昂慷慨的形容词，这些都是英语的特点，菲利普也一直将其视为男子汉的标识，可现在他对这些避之不及。

关于宗教的问题就这样解决了，菲利普再也不愿去想它，可这说起来容易，做来难。他没有办法阻止后悔之情再度袭来，也没有办法将疑虑不安统统扼杀。这些感觉时常将他折磨得痛苦不堪。他这么年轻，朋友又不多，所以并不介意灵魂是否能得以不朽，这种事情说不想就不想了。可有一件事害得他万分纠结。他再也没法见到自己美丽的母亲了。自母亲离世后，她对自己的爱反而变得日益珍贵。菲利普觉得自己不可理喻，他深陷痛苦之中，还企图一笑了之。有时候似乎无数崇敬上帝的、虔诚的祖先在冥冥中向他施加影响，让他感到惶恐。也许一切都是真的：苍穹之上有一位嫉妒心很重的上帝，将用永不熄灭的烈火惩罚无神论者。这时菲利普的理智就帮不上什么忙了。他想象着无尽折磨给人带来的肉体上的痛苦，恐惧之情害他有些反胃，

119

浑身被冷汗浸透。最后他绝望地自言自语：

"毕竟这不是我的错。我没法逼着自己去相信。我发自内心地不信上帝，如果他要因此而惩罚我，那也没有什么办法了。"

第二十九章

入冬了。维克斯跑去柏林参加保尔森的讲座，海沃德也想着去南部过冬。当地剧院开演，菲利普和海沃德一周去看两三次，想借此提高德语水平，这也算是值得称赞的理由。菲利普认为换这种方式比听布道更有趣。他们发觉此刻正置身于戏剧复兴的浪潮中。剧院上演的剧目里有好几出易卜生的戏。苏德尔曼的新作《荣誉》一经推出就在安静的大学城激起轩然大波：捧的人把它夸上了天，踩的人也毫不留情地抨击诋毁。其他剧作家也贡献出诸多深受现代主义影响的剧本。菲利普在这段时间里看了不少，人性的卑劣在舞台上暴露无遗。他之前从来没看过戏（曾经有些穷困潦倒的剧团到布莱克斯塔布尔的集会厅巡演，但牧师从来没去过，一部分是因为他的职业使然，一部分则是因为他觉得看戏有失风雅），现在却被舞台魅力迷得神魂颠倒。每次一走进这座狭小破烂、灯光昏暗的剧院，他就兴奋不已。很快他就把小剧院的特点摸得一清二楚，只看演员表的安排就能猜出剧里每个角色的特点。但这还不算什么。对他来说剧里上演的就是真实的人生，陌生、卑鄙、苦难重重。男男女女在冷漠的看客眼前暴露内心的阴暗：白净的面孔下心灵早已堕落；贤善之人用美德掩饰不可告人的邪恶动机；外表强悍的人在内心的怯弱前败下阵来；诚实者品性败坏，圣洁者下流不堪。坐在台下就好像坐在这样的一间小屋：这里前一晚还有人彻夜狂欢，早上窗户也没有打开；空气里混合着啤酒的酸臭和香烟的呛鼻气味，油灯没有熄灭，火苗还在摇曳。没有人能笑出声，最多只是被道貌岸然或装疯卖傻的表演逗得暗暗一笑。舞台上的角色用来表达自己的语言，似乎是被羞愧和痛苦从自己的内心狠狠逼出的。

菲利普被台上这种张力巨大的罪恶感深深吸引了。他似乎看到了世界的另一面，也迫不及待地想要一探究竟。看完戏他和海沃德会去小酒馆坐会儿，在亮堂堂、暖融融的地方吃上一块三明治，再喝杯啤酒。周围坐满了有说有笑、三五成群的学生，经常还能看到父母带着儿子女儿一起来用餐。有时候伶牙俐齿的女儿会把父亲逗得背靠椅子，笑得前仰后合。这般情景是多么的和谐温暖，但菲利普却对眼前的其乐融融毫不在意。他的脑子里像过电影一样闪现着刚才看过的那出戏。

"你说这就是生活，是吧？"他兴冲冲地问海沃德，"你知道的，我不认为自己能在这里长待。我想去伦敦，开始新的生活。我想长点见识。我受够了一直都在为生活做准备，我要真的开始生活了。"

有时候海沃德会把菲利普一个人留下，自己先回家。对于菲利普的急切发问，他从来都不明确回应，只是脸上堆满傻笑说起一件风流韵事，还会引用几句罗塞蒂[1]的诗。他有一次给菲利普背了一首十四行诗，这首诗围绕一位叫特露德的年轻女子而展开，诗句之间充斥着激烈的情感、华丽的词藻，也流露着浓浓的悲哀和忧愁。他用诗歌的光辉粉饰了这段猥琐庸俗的艳遇，还觉得自己能与伯里克利和菲迪亚斯[2]比肩，因为他特地选用了"hetaira"[3]这个词来形容自己的意中人，而没有用英语里某个更直接、唐突的字眼。有天白天，菲利普受好奇心驱使跑到诗里描写的那座古桥，在边上的小街走了一趟。街道两旁整洁的白房子里挂着绿色的百叶窗。海沃德说这就是特露德小姐的住处。但是大门一开，出来的女人都满脸凶相，俗脂艳粉，她们朝菲利普大叫，把他吓得不轻。他一溜烟跑了，把几只试图抓住自己的大手甩在身后。他太想长点见识了，觉得自己这个年纪都还没有体验过小说里写的"人生中最重要的东西"，实在是可笑。可是他有一种不幸的天赋，总能一眼看到事物的本来面目。现实生活中呈现在眼前的事物和他梦想中的相差了十万八千里。

---

1. 罗塞蒂：英国女诗人，其作品题材范围和创作质量均首屈一指。
2. 伯里克利和菲迪亚斯：伯里克利是古希腊政治家，执政官任上开拓了民主政治的辉煌时代。菲迪亚斯是希腊雕塑家、设计师。两人共同代表希腊的辉煌。
3. 希腊语，意思接近"情人""伴侣"。

菲利普尚不知道要想达到清醒现实的境界，需要跋山涉水经过一片多么漫长的荒芜贫瘠。"青春是美好的"是一种幻觉，是韶华已逝之人的美梦。青年人反倒觉得苦闷无比，满脑子都是别人灌输的不切实际的想法，一旦真的伸手触及现实，总会落得遍体鳞伤。青年人似乎成了一场阴谋的受害者：他们读的书都是经过筛选而留存的，描绘的尽是理想和完美；他们的长辈早已健忘，如今总是透过一层玫瑰色的雾霭回望，之间的对话也深刻影响了他们的思想。所有这一切都使他们怀抱浪漫的心理进入了一片现实残酷的世界。他们必须意识到，所有之前读到的书、听到的教导都是谎言、谎言、谎言！每次有了这样的发现都无异于往他们已经钉在人生十字架的躯体上又敲进一枚钉子。奇怪的是每个品尝过这种幻灭之苦的人，都受到内心某种强大于自身意志的力量驱使，反又不自觉地助长了幻想。对菲利普来说，和海沃德相处是一件再糟糕不过的事了。海沃德从来不会用自己的眼睛审视世界，总是戴着一副"书生"眼镜打探万事万物。而他又善于自欺，对自己的一套理论毫无质疑，所以这绝对是号危险人物。他打心眼儿里觉得自己的纵欲好色是种浪漫的情感，游移不定的性格是艺术家的独特脾性；而游手好闲的态度则是富有哲思的坦然无为。他一门心思追求尽善尽美，思想却因此变得庸俗。在他眼中，世上的一切事物都比实际更大一点，轮廓模模糊糊，笼罩在一层感性的金色光雾之中。他撒起谎来从不自知，一旦有人点破，就推辞说"谎言是美丽的"。他就是这样一个理想主义者。

第三十章

菲利普最近坐立难安、事事不能顺心。海沃德对儿女私情的诗意暗示让他想入非非，内心渴望开始一段罗曼史。至少他是这样对自己说的。

厄林夫人家里忽然发生了一件事，更是助长了菲利普对性的热情。之前有两三次在山里散步时，他看见西西里小姐都在一个人走。他路过她时鞠个躬，再往前几步就能遇见那个中国男人。他没把这当回事儿。可有一天在回家的路上，天已经黑了下来，他撞见两个挨得很近的人。这两人听见他的脚步声，一下子就分开了，尽管周围一片漆黑看不太真切，但他几乎可以确定这就是西西里小姐和宋先生。从他们一下分开的举动中不难猜出两个人刚才正在手挽着手走。菲利普既惊讶又不解。他之前没怎么正眼瞧过西西里小姐。这是个平凡无奇的女孩，脸方方正正的，五官也长得大条。一头金发还梳成马尾辫的样子，最大也不会超过十六岁。那天晚上吃饭的时候，菲利普好奇地看着她。虽然最近她在饭桌上一直不言不语，但这会儿还是先开口发话：

"您今天去哪儿散步了，凯利先生？"

"哦，我往王座山那边走呢。"

"我没出去，"她主动说，"我今天头疼。"

坐在她旁边的中国男人一转头，说：

"真遗憾，希望您现在好些了。"

西西里小姐明显地拘谨起来，她又对菲利普说：

"您今天在路上看见了很多人吗？"

菲利普每次说谎都会不由自主地脸红。

"没。我一个人影都没瞧见。"

他发觉西西里小姐的眼睛里闪过了一丝慰藉。

可是很快，大家就确定这一对儿之间肯定有事。其他人在教授夫人的房子里看见他们窝在黑暗的角落不知道在干些什么。那几个坐在餐桌上首的老妇人开始叽叽喳喳议论这桩现在已经变成丑闻的事。教授夫人很生气，被搞得焦头烂额。她已经尽全力睁一只眼闭一只眼了。冬天马上就到了，这段时间不像夏天那么容易招揽租客。宋先生是个好房客。他在一楼租了两间屋，每顿饭还都要喝一瓶摩泽尔葡萄酒。每瓶酒教授夫人收他三马克，从中能挣不少钱。她的其他房客里没有一个喝葡萄酒的，甚至有些人连啤酒都不喝。教授夫人也不想失去西西里小姐这个租客。她的父母在南美做生意，为了感谢教授夫人对女儿如母亲般的关怀，付生活费时表现得很慷慨。她知道如果自己给西西里住在柏林的叔叔写信说了这件事的话，他就会立马把西西里带走。教授夫人在饭桌上狠狠瞪了这两个人一眼,对她来说,这就足够解气了。她不敢惹这位中国男人,只能对着西西里小姐出出气。可房子里的三个老妇人还是很不满意。其中两个是寡妇,还有一个长得像男人的荷兰女人,从来没有结过婚。她们的食宿费给得最少,毛病又最多,但是因为要一直住在这儿,所以教授夫人不得不忍着她们。这三个老妇人找到教授夫人让她必须采取点行动。这种事情实在有伤风化,害得整个房子都不体面了。教授夫人软磨硬泡,时而佯装大怒,时而泪水涟涟。三个老妇人可不吃这套。忽然,她也出于道义愤慨起来,答应一定要了结这件事。

午餐后,教授夫人把西西里带进卧室,开始苦口婆心地劝她。但让她惊讶不已的是,这个女孩竟然如此厚颜无耻。她说自己想怎么来就怎么来,她想和那个中国人一起散步,其他人凭什么多管闲事。教授夫人威胁说要写信给她叔叔。

"那海因里希叔叔就会让我去柏林待一冬天了,这对我来说反而更好。宋先生也会跟着去柏林。"

教授夫人听完哭了起来,泪珠一颗颗从她红扑扑的、又粗又胖的脸蛋上滚下来。西西里还在一旁笑她:

"这样的话,整个冬天可有三间屋子要空着喽。"

教授夫人心头无奈,只好更换策略。她试图触动西西里小姐性格中较好的那一面:善良、敏感和宽容。不再把她当作孩子,而是像一个成熟的女人那样和她交心。她说本来这事还不算糟,但对方可是个中国人,黄皮肤、塌鼻子,眼睛长得像小猪猡。和这样的男人交往简直不能接受,想想就反胃。

"拜托,停停吧!"[1] 西西里喘着粗气说,"谁说他不好我都不会听的。"

"你不会是认真的吧?"厄林夫人倒吸一口凉气。

"我爱他。我爱他。我爱他!"

"我的上帝啊!"[2]

---

1. 原文为德语。
2. 原文为德语。

教授夫人满脸惊恐，瞪大眼睛看着西西里。她之前一直把这件事视作一场愚蠢透顶的儿戏，但是西西里语气里的炽热情感却揭露了一切。西西里盯着她看了一会儿，眼睛里像是要喷出火来，之后她耸了下肩膀走出房间。

和西西里谈话的细节教授夫人对谁也没说，一两天后她调整了就餐的座位安排。她问宋先生是否愿意和她一起坐在桌子一头，从来都是彬彬有礼的宋先生微笑着答应了。西西里对这个变动也毫不在意。但是也许因为他俩之间的关系已经在众人面前成了公开的秘密，他们也就更不害臊，大大方方地走在一块，每天下午也当着大家的面一起出门去山上散步。显然，这两个人完全不在乎别人怎么说他们。最后连一向稳重的厄林教授都沉不住气了，他坚持让夫人找那个中国人谈谈。厄林夫人把宋先生叫到一旁，苦口婆心地劝诫，说他正在毁掉一个女孩的名誉，给这所房子抹黑。他必须意识到自己的行为是邪恶的，犯下了大错。宋先生只是微笑着一一否认，他说自己不知道教授夫人在说些什么，他根本没有注意过西西里小姐，也从来没和她一起散过步。教授夫人说的每个字都是假的。

"啊，宋先生，怎么能这么说？您可是一次又一次地被其他人撞见了。"

"不，是您搞错了，这不是真的。"

宋先生还是微笑着看她，露出一排平整的白牙。他很镇定，把所有的指控都否决了，厚着脸皮坚决不认。最后教授夫人忍不住爆发了，说人家女孩子已经承认了对他的爱慕。宋先生还是不为所动，只是继续保持微笑。

"胡说八道。胡说八道！这些都是假的。"

教授夫人从他那里什么也套不出来。这会儿天气已经变得很恶劣，经常下大雪、降大雾，然后接下来几天虽然天气稍稍转暖，但还是让人提不起精神。这样的天，散步也变得没什么意思了。一天晚上，菲利普刚刚听完德语课，在客厅和厄林教授站着说话，安娜忽然快步走了进来。

"妈妈，西西里呢？"

"我猜应该在她房间吧。"

"她房间灯都没亮。"

教授夫人大叫一声，惊慌地看着女儿。安娜此时的想法也从她心头掠过。

"叫埃米尔去。"她的声音都沙哑了。

埃米尔就是那个负责端盘子的、笨手笨脚的小工，这里的家务活大部分都是他来做。他走了进来。

"埃米尔，去宋先生房间，别敲门，直接进。如果有人，你就说是去看炉子。"

埃米尔迟钝的脸上看不出惊讶的痕迹。

他慢慢走下楼。教授夫人和安娜打开门，竖着耳朵听。没一会儿就又听到他上楼的声音，她们叫住他。

"那儿有人吗？"教授夫人问。

"嗯。宋先生。"

"就他一个？"

一丝狡黠的坏笑爬上了埃米尔的唇角。

"不，西西里小姐也在。"

"天啊，真不害臊！"教授夫人大喊。

埃米尔开始哈哈大笑。

"西西里小姐每天晚上都在。她一次待上几个钟头。"

教授夫人的两只手紧握在一起。

"天啊，太可恶了！你之前怎么不告诉我？"

"这又不关我的事。"他一面说，一面慢慢抬了抬肩膀。

"我想他俩一定给你开了个好价钱吧？滚开，滚！"

埃米尔一步三晃、东倒西歪地走到门口。

"他们必须得走了，妈妈。"安娜说。

"那谁来缴房租？马上要上税了。让他们走，你说得倒是轻巧。要是他们一走我可就付不起账了。"她转头看向菲利普，眼泪止不住地滑下来。"唉，凯利先生，今天听到的话你可一点都不能说出去。如果福斯特小姐，就是那个荷兰老姑娘知道了，她一定会立刻离开的。如果他们都走了，这房子也要关门大吉了。我可负担不起。"

126

"当然，我什么也不说。"

"如果西西里留下，我再也不会和她说话了。"安娜说。

那天晚上吃饭的时候，西西里小姐的脸比往常都要红润。她带着固执的神情准时到了饭桌。宋先生却没有出现。菲利普觉得他应该是想逃避众人谴责的目光。但最后他还是来了，依然是春风满面，他的小眼眨了眨表示出迟到的歉意，和以前一样坚持倒一杯自己的摩泽尔葡萄酒给教授夫人，又倒了一杯递给福斯特小姐。餐厅很热，炉子开了一整天，但窗子又很少会打开透气。埃米尔还是一副笨手笨脚的样子，却奇迹般地把每个人的菜都按着顺序很快端了上来。三个老妇人静静坐着，不满之情明摆在脸上；教授夫人刚哭过的眼睛还是红通通的；她的丈夫也心烦意乱、默不作声。没人有兴致交谈。菲利普隐隐觉得身边这群朝夕相处的人现在变得有点可怕，在两盏吊灯的光晕下，他们看上去似乎有点异样。他开始感到不安。有次在和西西里小姐的眼神交汇中，发现她看自己眼神里带有仇恨和不屑。餐厅的空气似乎凝固了，好像这对狗男女之间的情情爱爱搅得所有人都不能安宁。房间里有一种东方式的堕落氛围；线香的烟雾袅袅飘散，到处弥漫着邪恶的神秘气息，让人喘不过气来。菲利普觉得额头上的血管不停跳动。他被这种感觉搅得心神不安，却不能理解这感觉究竟是什么，只觉其中暗藏着致命的吸引力，对它又怕又恨。

接下来的好几天情况都没有改观。大家都对这段不合常理的恋爱心知肚明，整座房子的气氛让人作呕，每个人的神经都紧绷着。只有宋先生还是一副没事人的样子，他和以前一样笑眯眯的，友善而有礼。没人知道他现在的状态究竟是文明之风的胜利，还是东方人征服西方后流露的轻蔑。西西里则洋洋得意、玩世不恭。最后教授夫人对这种情形忍无可忍。她感到一阵惶恐，因为厄林教授一针见血地指出这桩人人皆知的丑闻可能造成的影响，教授夫人发现自己在海德堡的好名声和整座房子的名誉都被这件遮掩不住的丑闻彻底毁了。之前出于某种原因，也许是被利益蒙蔽双眼，她选择对这样的后果视而不见，但现在惊惶恐惧攫住了她，让她丧失理智，她要立即把这个女孩赶出自己的房子。多亏安娜还算冷静，提议要给西西里住在柏林的叔叔先写封信，谨慎地讲明要他把西西里带走。

失去这两位房客的决心一下，教授夫人长期以来积累压抑的怒气终于能好好发泄了。她终于可以随心所欲地把想跟西西里说的话一股脑倒出来。

"我给你叔叔去了封信，西西里，让他把你带走。我不能让你再待在我这儿。"

看着女孩的脸变得煞白，她心满意足，两个滴溜儿圆的小眼闪闪发光。

"不要脸！没羞没臊！"

她把西西里臭骂一顿。

"你跟我叔叔说什么了，教授夫人？"西西里问道，之前那种我行我素的神气态度瞬间败下阵来。

"哼，听他自己跟你说吧。我想明天就能收到他的回信了。"

第二天，为了能在众人面前把西西里好好羞辱一番，教授夫人特意隔着一整张桌子朝对面的女孩大声嚷嚷。

"我收到你叔叔的来信了，西西里。你今晚就收拾铺盖吧，明天一早我们就把你送上火车。他会在柏林中央车站亲自接你。"

"好极了，教授夫人。"

宋先生在教授夫人的注视下微微笑着，尽管她一再拒绝，还是坚持给她斟了杯葡萄酒。她胃口大开，高高兴兴地饱餐一顿。只可惜她高兴得太早了。她在睡觉前把仆人唤来：

"埃米尔，要是西西里的行李箱收拾好了，你最好今晚就把它拿到楼下。吃早饭前，脚夫就会来取的。"

埃米尔奉命去西西里的房间查看，可没过一会儿就回来了。

"西西里小姐不在屋里，她的包也不在了。"

教授夫人大叫一声飞快地跑去看：箱子被绳子捆得好好的，还上了锁，放在地上；包已经拿走了，帽子和斗篷也一并不见了。梳妆台上空空如也。教授夫人大喘着气拔腿就往楼下中国人的房间跑，她这二十多年还没有跑过这么快呢,埃米尔在后面紧跟着,连声嘱咐她小心点,别跌倒。到了门口,她连门都不敲就径直闯进去。房间空荡荡的,行李已经无影无踪,通往花园的门大敞着,显然他们是从这儿逃跑的。桌上有一个装着几张钞票的信封,里头是当月的食宿费和一些其他的费用。教授夫人被刚才的一阵恐慌折腾得不轻,呻吟着瘫坐在沙发上。毫无疑问,这俩人私奔了。埃米尔呆滞的脸上还是没有一点表情。

第三十一章

整整一个月的时间,海沃德每天都说自己第二天就要动身去南方,但又下不定决心收拾行李,加上害怕旅途的枯燥无趣,就这样一周又一周地耽搁下去。最后在圣诞前,所有人都在忙忙碌碌地准备过节,浓郁的节日气息让他终于决定启程。他受不了日耳曼民族喜欢作乐的方式。每次想到圣诞季人们纵情狂欢的盛况,就不由自主地起一身鸡皮疙瘩。为了不显得在众人之间格格不入,他选择趁这个日子起身旅行。

菲利普送海沃德离开时心里并没有多么不舍,他是个直来直去的人,看见别人磨磨叽叽下不了决心自己都会生一肚子气。尽管海沃德对他影响很深,可他却不觉得他的优柔寡断是种招人喜欢的细腻心思,也很讨厌海沃德总是嘲讽自己做事直接的方式。他们保持着书信往来。海沃德写信很有一手。他知道自己在这方面有天赋,所以总是特别注重字斟句酌。他善于入乡随俗,从罗马寄来的信里夹带着一种来自意大利的独特气质。罗马古城在他眼里不过尔尔,只在帝国没落之际显得稍微突出罢了;而"教皇的罗马"[1]却深得他心,用他的话说,这里非常别致,有一种洛可可式的美。他在信里描写了古色古香的教堂音乐和起伏绵延的阿尔巴诺丘陵,提到了焚香散发出的让人困倦的气味,以及雨夜里朦胧路灯下昏暗而神秘的街道。也许他将这样动人的

---

1. 教皇的罗马:即梵蒂冈,为教皇的驻地所在。

信笺寄给了很多朋友,但却完全不知道这些信给菲利普带来了怎样的影响。和信里的五光十色一比,菲利普的生活显得索然无趣。春天一到,海沃德变得更加兴奋。他怂恿菲利普来意大利,因为留在海德堡纯粹是浪费时间。德国佬蛮横乖戾,在德国生活更是百无聊赖。在那种呆板的环境下,灵魂的自我发现又如何能够实现?托斯卡纳的春天到处点缀着花朵,菲利普才十九岁,等他来了,他们就可以一起在翁布里亚的山里漫步。这些地名在菲利普心里不断回响。西西里和她的爱人也去了意大利。每次想到这两个人时,他就会感到一阵烦乱,不知道这是因为什么。他觉得自己生活不易,手头不够宽裕,没有足够的钱可以出去旅游。伯伯一个月最多才会寄来十五镑,这是之前商量好的生活费。他一直不会控制开销,每个月除了食宿费和学费之外就所剩无几了。和海沃德一起外出总是要花很多钱。每到月末菲利普捉襟见肘的时候,海沃德要么提议去远足,要么就是去看戏或者开瓶红酒。他这个年纪的孩子太要面子了,总是不愿意承认自己支付不起这样的开销。

好在海沃德来信不多,菲利普在此期间又能安下心来节俭地过日子。他进海德堡大学听了一两节课。库诺·费舍尔[1]正如日中天,他在冬天做的几场叔本华讲座妙语连珠,颇有见地。这算是菲利普的哲学入门。他的头脑偏重实际,一接触到抽象就容易不知所措;但是有关玄学的讲座对他来说却特别有吸引力,把他迷得魂不守舍。就像看走钢丝的演员在万丈深渊之上做惊险的表演一样,让人觉得特别刺激。玄学的消极主题吸引了他这颗年轻的心,他觉得自己将要步入一个冷酷的世界,那里暗无天日,灾难频发,但他却更急切地想要进去一探究竟。恰逢凯利夫人写信来传达了他的监护人让他回英国的意思,菲利普高兴地一口答应下来。他现在必须决定自己将来要做什么。如果在七月末能离开海德堡,那么八月就能和伯伯商量好日后的安排了。这实在是个做决定的好时候。

菲利普离开的日子定了下来,凯利夫人又给他寄了封信。她跟菲利普提

---

1. 费舍尔:德国哲学家、史学家、评论家。一八五〇年起在海德堡讲学。

到了威尔金森小姐，正是多亏了她菲利普才能来到海德堡，住在厄林教授家。她告诉菲利普，自己已经安排让威尔金森小姐来布莱克斯塔布尔小住几周。她说不定哪一天就从弗拉辛路过这里。要是菲利普也能同时出发，就可以一路照料着她，一同回来。天性害羞的菲利普立刻写信回绝伯母，说自己还要等一两天才走。他想象了一下自己是如何在人海之中找到威尔金森小姐，又是如何面红耳赤地凑上去问她是否是威尔金森本人（他可能之前已经因为认错人而被奚落一番）。到了火车上也不知道究竟是应该和她攀谈还是应该把她晾在一边，自个儿看书。

最后，菲利普终于离开了海德堡。整整三个月，他满脑子都在想象未来。他走得潇洒，不留遗憾，也没有意识到在这里度过了多么开心的一段时光。安娜小姐送了他一本《塞京根号手》[1]，他选了威廉·莫里斯[2]的书作为回礼。这两个人都算聪明，因为对方赠予的书他们一下都没翻过。

第三十二章

菲利普再次见到伯伯和伯母时大吃了一惊。他从没想过这对老两口儿已经变得如此衰老。牧师见到他时的态度还是和以往一样不冷不热。他好像臃肿了一些，头顶秃了不少，剩下为数不多的头发也比之前更加花白。菲利普觉得伯伯现在已经成了一个不起眼的小老头，脸上挂着倔强却软弱的神态。路易莎伯母把他拥进怀里，亲吻着他，激动的泪水扑簌簌滑落下来。菲利普觉得很感动但是又挺难为情，他之前不知道伯母是这样地疼爱自己。

"哦，你这一走可就是好久啊，菲利普！"

她一遍遍地抚摸他的手，眼睛里流露出喜悦之情。她仔细地端详他的脸，声音里带着哭腔。

1.《塞京根的号手》：德国诗人、小说家约瑟夫·谢菲尔的代表作。
2. 威廉·莫里斯：十九世纪英国设计师、诗人，早期社会主义活动家。

"你长高了。现在成了个男子汉了。"

菲利普的嘴唇上有了短短的胡茬。他早就买好了剃刀，不时小心翼翼地把下巴上长出的绒毛刮得干干净净。

"你不在，我们可孤单啦，"伯母忽然害羞起来，声音开始发颤，"你回到家里也很开心，对吧？"

"是啊，很开心。"

路易莎伯母几乎瘦成了纸片人，她抱着菲利普的脖子，菲利普觉得这两条手臂瘦骨嶙峋，硬邦邦的好像是小鸡骨头一样。她的脸变得——天啊！沟沟壑壑布满皱纹。灰白的头发还是梳成小卷，这是她年轻时候的发型，现在看起来又古怪又心酸。她瘦得皮包骨的身体像是秋天的枯叶，似乎第一阵疾风吹来就能将她卷走。菲利普感觉到眼前这两个让人可怜的、瘦小的人儿已经生无可望：他们属于已经过去了的时代，现在只能耐住性子、麻木愚蠢地等待死神降临。而他正当青年，浑身都是使不完的劲，迫切渴望着刺激和冒险。伯伯和伯母颓废荒芜的生活态度使他大惊失色。他们碌碌无为、毫无贡献，最后在离世之际，却好像从没有在这个世界活过。他替路易莎伯母觉得可惜，也忽然疼惜起这个一直爱着自己的可怜女人来。

威尔金森小姐一直躲在屋外，好给凯利夫妇一些空间，让他们欢迎自己的侄子回家。这会儿，她也走进客厅。

"这就是威尔金森小姐，菲利普。"凯利夫人介绍道。

"我们的浪子回乡了，"威尔金森小姐伸出手说，"给你带了朵花，你可以把它别在领口。"

她莞尔一笑，把刚从院子里摘的花别在菲利普的外套上。菲利普的脸腾地一下红了，觉得自己的样子很傻。他知道威尔金森小姐是伯伯前任教区牧师的女儿。他一向善于和牧师的女儿打交道。这些女孩都穿着做工粗糙的衣裙和粗笨的靴子，从头到脚一身黑色。菲利普之前在布莱克斯塔布尔的时候，手织衣物还没有传到东英吉利地区，况且她们本来就不喜欢五颜六色的打扮。这些女孩的头发梳得乱七八糟，身上伴着一股呛人的、浆洗过的亚麻布味儿。

她们觉得展露女性魅力就是有失体统，因此不管老少都打扮成一个样。她们因自己的信仰而高傲，与教会的密切关系使她们对待其他人时总是摆出一副高高在上的姿态。

威尔金森小姐可截然不同。她穿一件白色的棉布长袍，上面点缀着丛丛艳丽的花朵，脚下蹬了一双尖头高跟鞋配钩花丝袜。涉世不深的菲利普只觉得她很会着装搭配，却没发现她的大衣其实是件花哨的便宜货。她的头发梳得一丝不苟，还精心留了一绺发卷垂在额头正中。一头秀发乌黑发亮，发质很硬，看上去好像永远不会散落下来。她长着一双黑黑的大眼睛和一个鹰钩鼻，从侧面看有点像一只凶猛的鸟，但是从正面看，这样的五官又颇为动人。她一直保持微笑，但无奈嘴巴生得太大，所以每次一咧开嘴就要用尽千方百计，不让满口又大又黄的板牙露出来。最让菲利普觉得尴尬的是，她总是搽着厚厚的脂粉。菲利普在心里对女性的一举一动有很严苛的要求，他觉得淑女不应该涂脂抹粉。但威尔金森小姐又显然是一位淑女，因为她是牧师的女儿，牧师可绝对是不折不扣的绅士。

菲利普决意要讨厌威尔金森小姐。她说话时带着点法国口音，这让菲利普很不解，因为她可是土生土长的英国人。她一笑，菲利普就觉得矫揉造作。她不稳重的轻浮作风也惹得菲利普火冒三丈。有那么两三天的时间，他一直保持沉默，耷拉着脸，但威尔金森小姐显然没有察觉出来。她还是那么友好，几乎只同他一个人说话，还经常就某些问题请教菲利普的意见。这种做法本来就很讨喜。再加上她时常引得菲利普哈哈大笑，而菲利普一向难以抗拒那些让他觉得很有意思的人。他现在说话时不时能扔出个包袱，有个崇拜自己的倾听者对他来讲无疑是件好事。牧师和凯利夫人天生都没有幽默感，不管菲利普说什么，这两人都不苟言笑。他就这样渐渐和威尔金森小姐混熟了，也终于不再害羞，变得越来越喜欢她。他开始觉得她的法国腔生动而迷人，有时参加医生举办的花园聚会时，也觉得威尔金森小姐穿得比谁都讲究。她披着一件蓝底白点的薄绸巾，一入场就引得全场惊叹，菲利普也一同喜滋滋地享受这种万人瞩目的感觉。

"我敢说这些人一定觉得你作风不正。"他嘻嘻哈哈地开玩笑。

"我这一辈子啊,就偏偏乐意被人看成是荡妇。"威尔金森小姐回应说。

有一天,趁着她在自己房间,菲利普问伯母她到底有多大。

"哦,亲爱的,你不该这样问淑女的芳龄。反正她比你大多了,你不能娶她。"

牧师笑了笑,肥胖的大脸上绽开一朵花。

"她可不是个小姑娘,路易莎,"他说,"我们在林肯郡的时候她就不小了,那可是二十年前了。当时她扎个马尾辫,在背后一甩一甩的。"

"她那时候可能还不到十岁。"菲利普说。

"肯定比这大。"伯母说。

"我觉得她得有二十岁左右。"牧师说。

"不,不,威廉。顶多也就十六七吧。"

"这么说她现在肯定三十多了。"菲利普算了一下。

正说着,威尔金森小姐蹓下楼来,嘴里还哼着本杰明·戈达德的一首歌。她早就戴好了帽子,准备要和菲利普一起出门散步。她伸出手来让菲利普把她手套上的纽扣系好。菲利普有点紧张,觉得这样做既尴尬又殷勤。他们一路走着,自然而然地聊起天来,上天入地无所不谈。她告诉菲利普柏林是什么样子,菲利普则跟她讲起自己在海德堡生活的那段日子。之前觉得索然无味的事儿,现在一提反倒觉得挺有趣味:把厄林夫人家的住客挨个儿描述了一遍,又转述了海沃德和维克斯的谈话。当时这些谈话对他来说影响可不浅,但现在他略加扭曲,使这两个人显得格外可笑。威尔金森小姐笑个不停,他觉得自己也很有面子。

"我可是怕了你了,"她说,"你这张嘴可真厉害。"

随后她半开玩笑地问菲利普是否在海德堡有几段花前月下的风流逸事。菲利普想都没想就照实否认了。但她可不信。

"好啊你,还偷偷摸摸的!你这个年纪,可能吗?"

菲利普的脸一下红到脖子根,止不住大笑起来。

"你想知道的太多了。"他说。

"啊,我猜对了,"她得意洋洋地笑起来,"你看你脸都红了。"

看到威尔金森把自己当成花花公子,菲利普竟然挺高兴。他开始转换话题,好让她更加相信自己是在故意隐瞒过去的风流韵事。另一面,他又生起了自己的气,当初怎么就不在海德堡邂逅几段艳遇呢?只可惜自己那时没有什么机会。

威尔金森小姐对不得不靠自己谋生计的命运抱怨连连。她跟菲利普讲起自己的表舅。这个男人本来准备把遗产都留给她,但是中途娶了厨娘,改写了遗嘱。她言语之间暗示过去富丽堂皇的宅子,还把在林肯郡的奢华生活和现在穷酸的处境一一对比。想想过去自己出门要么骑马,要么坐车,再看看现在这种寄人篱下的可怜日子!菲利普后来和伯母聊天时说到了这件事,可伯母却说她从刚认识威尔金森时,他们家就只有一匹矮种马和一辆小马车。这可让菲利普摸不着头脑了。路易莎伯母还说她倒是听说过这位有钱的表舅,但是在威尔金森小姐出生前,他就已经结婚生子了,所以继承遗产绝对是没谱的事。威尔金森小姐把柏林说得一无是处,可她目前就生活在那里。她觉得德国俗不可耐,总是酸溜溜地把在这里度过的日子和在巴黎五光十色的生活相对比,说自己在巴黎待了"好些年",却从来不说清楚"好些年"到底是几年。她曾在一个时髦的肖像画师家里当家庭教师,这个画师娶了一个阔绰的犹太女人。在那里,她接触到好多声名显赫的大人物。这些人光听大名就够菲利普激动一阵了。法兰西喜剧院的演员是他们家的常客,科奎林[1]吃饭的时候就坐在她旁边,还跟她说自己从来没见过一个外国人能把法语说得这么溜。阿尔丰斯·都德[2]也来拜访过,赠予了她一本《萨芙》。他答应要在书里签上威尔金森的名字,可是后来她也忘了提醒。虽然书上没有签名,她还是一样把它当作宝贝,并且愿意借给菲利普看。来访的客人里还有莫泊

---

1. 科奎林:法国名演员,表现派,擅长喜剧,著有《演员的艺术》。
2. 都德:法国小说家,《萨芙》是他一八八四年出版的小说作品。

桑[1]。说到这儿，威尔金森小姐别有深意地看了看菲利普，发出一串银铃般的笑声。多么有男人味儿的人！多么伟大的作家啊！海沃德之前提起过莫泊桑的为人，菲利普也算对他略知一二。

"他向你求爱了？"他问。

这几个字好像哽在喉咙里一样不上不下，但他还是决意一吐为快。他现在已经很喜欢威尔金森小姐了，和她聊天时内心也总会小鹿乱撞。可他从来不敢想有人会向她示爱。

"这叫什么问题！"威尔金森大喊一声，"可怜的盖伊（莫泊桑的名字），他见着每个女人都要上前示好。这是他改不了的毛病。"

她叹口气，眼波温柔，仿佛想起了过去的种种，喃喃道：

"真是个魅力十足的男人。"

菲利普要是见识再多点，此刻就能从威尔金森小姐的话里推测到当时的见面情形：杰出的作家来做客了，这位女教师带着自己的两个高挑的女学生不声不响地走进客厅。有人介绍道：

"这就是我们从英国来的小姐。"[2]

"小姐您好。"

席间作家和男女主人相谈甚欢，这位英国来的小姐就静静地坐在旁边。

然而，对现在的菲利普来说，威尔金森的话却能勾起更多浪漫的遐想。

"把他的事都说给我听！"他急切地请求着。

"没什么好说的，"她摆出一副真诚却故弄玄虚的样子，好像她和作家之间干柴烈火的浪漫故事写三本书都说不完，"好奇害死猫！"

她开始聊起巴黎这座城市。她热爱那里的林荫大道和郁郁树丛。巴黎的街街巷巷都充满着优雅气息，就连香榭丽舍大道的树都有着独特别致的韵味。他俩现在正坐在公路旁边的楼梯上，威尔金森小姐一边回忆着巴黎，一边不

---

1. 莫泊桑：法国作家，与契诃夫、欧·亨利并称三大短篇小说家。
2. 原文为法语。

屑地打量眼前几棵高大的榆树。那里的剧院也没的说：演出精彩纷呈，演员无与伦比。富瓦约太太（她学生的母亲）去试衣服的时候经常叫她陪着。

"唉，没钱真可怜！"她感叹道，"那些华丽的衣裙啊，只有巴黎人才懂搭配。我呢，压根买不起。可怜的富瓦约太太没有一副好身材。她的裁缝有时候悄悄跟我说：'唉，小姐，她要有您这样的身材就好了！'"

菲利普这时才注意到威尔金森小姐壮实的身形，她自己对此很是自豪。

"英国男人都是蠢蛋，只看脸。法国人才是完美情人，知道身材的重要。"

菲利普之前从没考虑过这档子事，听了这话以后才发现威尔金森的脚踝长得又粗又丑，他忙不迭地把眼神移开。

"你该去趟法国。为什么不在巴黎待上他一年呢？你能学会法语，而且变得更'油滑'[1]。"

"'油滑'是什么意思？"

威尔金森狡黠地笑了笑。

"去字典里找找吧。英国男人不知道怎么对待女人，他们老是害羞。男人要是害羞那可真要闹笑话了。英国人不会示爱，他们在夸赞一个女人有魅力的时候总是显得呆头呆脑。"

菲利普觉得自己特别可笑。显而易见，威尔金森小姐在期待他更进一步。他本来应该就此开窍，油嘴滑舌地说些甜言蜜语，可无奈自己是块不可雕的榆木疙瘩。要么就是绞尽脑汁也都想不出句俏皮话，要么就是想到了，却不好意思说出口。

"啊，我爱巴黎，"威尔金森小姐感叹道，"但我不得不跑去柏林。我在富瓦约太太家一直待到两个女孩儿出嫁，之后就没有事情可做了。后来找到一份在柏林的工作。雇主是富瓦约太太的亲戚，他们找到了我。我住在布雷达街上的一套小公寓。房子在六楼，破破烂烂，一点也不体面。你知道布雷达街吧，住在那里的女人，你听说过吧？"

---

1. 原文为法语。

菲利普点点头,虽然根本不知道她在说什么,但是能勉强猜到一些。他不想让威尔金森小姐觉得自己太无知。

"但是我不在乎。我就是这么放荡,对吧?"[1]她特别喜欢说法语,也的确说得不错,"有次我在那儿碰上件奇事。"

她故意停下来卖弄玄虚,等着菲利普央求她继续往下说。

"可是你都不告诉我你在海德堡的事。"她反击道。

"那些事一点意思都没。"

"要让凯利夫人知道咱俩谈了这些,真不知道她会说些什么。"

"我绝对不告诉她。"

"你发誓?"

菲利普发了誓,威尔金森小姐开始娓娓道来:她的楼上住了一个学艺术的学生——忽然,她岔开了话题。

"你怎么不去学艺术?你画得挺好啊。"

"比起专业的还不够好。"

"好不好不是自己说了算。要我说,你有成为大艺术家的潜力。"

"要是我冷不丁地跟伯伯说要去巴黎学艺术,你想象不到他得是什么表情?"

"你自己难道做不了主?"

"你这就是在拖延时间。快点讲你的故事吧!"威尔金森小姐笑了一下,继续讲起来。这个学艺术的学生在楼梯上撞见过她几次。她从没正眼瞧过他,只注意到他有一双好看的眼睛,每次碰面都会很有礼貌地摘帽示意。一天,她发现自己的门缝下塞进来一封信。是他写的。他说自己已经仰慕威尔金森小姐好几个月了,经常在楼梯上等很久,只为能和她擦肩而过。多真挚动人啊!威尔金森当然不会回复他,可哪有女人不喜欢被恭维呢?第二天,门缝下又塞进来一封!内容还是如此热情洋溢、感人至深。等她再在楼梯上遇到这位

---

1. 原文为法语。

学生时，她的眼睛都不知道该往哪儿搁了。后来，他天天写信求威尔金森小姐见自己一面。他说他想晚上九点左右来，而威尔金森小姐对此有点不知所措。她不会见他，这是理所当然。也许他会一遍一遍地摁门铃，可她就是不开门。但是真到了晚上等她做好门铃响起的准备时，楼上的学生却忽然一下出现在她面前。她进屋时竟忘了关门。

"这就是命。"

"然后呢？"菲利普追问。

"故事讲完啦。"她咯咯地笑了起来。

菲利普沉默了一会儿。他的心在胸膛里跳得很快，奇怪的感觉一波接一波涌上来。眼前仿佛出现了黑漆漆的楼梯和发生在那里的邂逅。一封封露骨的书信让他崇拜不已——老天啊，借他个胆子，他都不会这么做——他还佩服那个学生竟然就这样静悄悄地、神不知鬼不觉地闯入了威尔金森的房间。在菲利普看来，这才是触到了风流韵事的精髓啊！

"他长什么样？"

"哦，他很英俊，是个迷人的小伙子。"

"你俩现在还联系吗？"

菲利普感觉这个问题有点激怒她了。

"他对我不好。男人都一个样儿。他们，包括你，都没心没肺！"

"我不知道。"菲利普感到有点尴尬。

"咱们回去吧。"威尔金森说道。

第三十三章

菲利普对威尔金森小姐讲的那个故事念念不忘。尽管她最后没点透，但他还是能猜到发生了什么，这让他有点震惊。好似这事儿对已婚妇女来说稀松平常。他之前读了很多法国小说，知道在法国这样的风流韵事已经司空见惯。可威尔金森是个没结过婚的英国女人啊，况且她父亲还是牧师。菲利普忽然想到这个艺术生可能不是威尔金森的第一个或最后一个情人,不由倒吸一口凉气:他从来没以这样的眼光看待过她。竟然有人会向她求爱,简直不可思议!他单纯老实,对威尔金森的故事就像对书本里的知识一样深信不疑,可一想到这等好事从来降临不到自己头上,他就又变得气鼓鼓的。要是威尔金森小姐坚持让他讲自己在海德堡的奇妙经历,他又没什么能拿来说的话,那可太丢人了。尽管他的确有几分编故事的能力,但他不确定是否能让她相信自己曾经花天酒地、放浪形骸。女人的直觉真要命,他之前就在书中读过,威尔金森小姐一定能轻而易举地发现他在撒谎。也许她会因此掩面而笑,菲利普一想到这点,脸上就红彤彤地烧成一片。

威尔金森小姐会弹钢琴,唱起歌来声音没精打采。她唱的歌都是马斯内[1]、本杰明·戈达德[2]和奥古斯塔·霍尔姆斯[3]写的,菲利普从来没听过。他们一起在钢琴前度过了好些时候。一天,威尔金森小姐问菲利普会不会唱歌,还使劲撺掇他亮亮嗓。她说菲利普有把好听的男中音,自己可以教他唱歌。起先,生性害羞的菲利普谢绝了,但她一再坚持,所以最后决定每天早上吃过早饭后,她抽一个小时的空教菲利普唱歌。她很有当老师的天赋,也特别适合做家庭教师。她讲课深入浅出,张弛有度,虽说还是一如既往地带着法国口音,可那股腻人的嗲劲儿此刻已经消失得无影无踪。她干脆利索,一句废话都不说,语气里多了些命令似的口吻。出于本能,菲利普只要一走神她就要敲打他,态度松懈也会立刻纠正过来。她知道自己的职责所在,逼着菲利普爬音阶、吊嗓子。

一下课,她又自然地挂上招牌式的妩媚微笑,声音也恢复柔软可人。但是菲利普还没法立即从刚才的情景走出来。他想起威尔金森小姐之前讲的故事,故事里风情万种的她和现在作为老师的严肃形象大相径庭。他又仔细观

---

1. 马斯内:法国作曲家,自幼学习钢琴,后进入巴黎音乐学院学习。
2. 本杰明·戈达德:法国作曲家、小提琴家。
3. 奥古斯塔·霍尔姆斯:法国作曲家、作词家。

察了这个女人。晚上的威尔金森要比早上漂亮些。清晨,她脸上的条条皱纹暴露无遗,脖颈的皮肤看上去也有点粗糙。菲利普想让她稍微遮着点,可现在天气暖和,她反而穿起了低领衬衫。她喜欢白色,可这个颜色在白天和她极不相称。一到晚上,穿上一件礼服般隆重的长裙,再戴上红石榴石项链,整个人平添几分魅力;胸前和胳膊的蕾丝让她看起来娇柔万分,身上的香水味(布莱克斯塔布尔人只在礼拜天或者头疼时才会喷古龙水)带着异国情调,格外诱人。这样一打扮,好像年轻了不少。

菲利普为了猜她的年纪可没少费脑子。他用二十加上十七,算来算去也得不到一个说得过去的岁数。他缠着路易莎伯母,问她为什么觉得威尔金森小姐已经三十七了,她看上去还不到三十呢!况且人人都知道外国女人比英国女人更容易显老;威尔金森小姐在外国待了这么久,也算半个外国人了吧。菲利普自己觉得她最多也就二十六岁。

"她可不止二十六。"路易莎伯母说。

菲利普很有些怀疑伯伯、伯母的话。他俩只记得上次在林肯郡见到威尔金森小姐时,她还没有把头发梳上去,这样也许她当时才十二岁。都已经过去这么多年了,伯伯应该记错了,再说他本来就不怎么可信。伯伯和伯母说那是二十年前的事,可人总是习惯集零为整,也许只有十八年,或者十七年都说不定。按十七来算,再加上十二,看来威尔金森小姐应该只有二十九岁,这么说她一点也不老,对吧?想想看,安东尼为克里奥帕特拉[1]放弃了整个世界的时候,这位绝世美人已经四十八岁了。

那年夏天天气很好。每一天都太阳高照、万里无云。夏季的炎热被海水带来的凉爽冲淡,空气中弥漫着宜人的快乐气息,每个人兴致勃勃,丝毫不受八月骄阳的影响。花园里有一口喷泉,池里漂荡着睡莲,金鱼来回穿梭。菲利普和威尔金森小姐习惯用完午餐后带着小毯和垫子到这来,躺在草坪上,在高高的玫瑰树篱投下的荫凉里乘凉休息。他们整个下午都在这儿闲

---

1. 克里奥帕特拉:人称"埃及艳后",是恺撒和安东尼的情人。

谈、读书,还会吸上两支烟,因为牧师家里不允许吸烟,牧师觉得这是个让人作呕的癖好,他总说一个人要是成了习惯的奴隶,实在是有伤大雅。可他忘了自己也有喝下午茶的习惯。

一天,威尔金森小姐给了菲利普一本《波希米亚人的生活》[1]。这是她在牧师书房翻箱倒柜找书时偶然发现的,和一堆牧师需要的其他东西一起买回来的,十年来一直没人翻看过。

缪尔热的文字零零乱乱、东拼西凑,情节也荒谬离谱,但丝毫不影响这本书成为引人入胜的佳作。菲利普没读多久就被深深迷住了。缪尔热把饥荒挨饿的经历写得让人忍俊不禁,把下流猥琐的私情描绘得栩栩如生,自私的爱情在他笔下变得浪漫起来,而无病呻吟的矫揉造作也让人潸然泪下。这样一幅多彩多姿的众生图让菲利普内心觉得欢快而兴奋。鲁道夫和咪咪,弥赛特和舒奥纳尔!这群人在巴黎拉丁区灰色的街道中来来往往,今天找个阁楼凑合一宿,明天又去找另一个。他们穿着路易·菲利普时代[2]的奇装怪服,过着随遇而安、有哭有笑的日子,今天不管明天会不会饿肚子。谁能不被这样的人吸引?只有当你头脑清醒下来时,才会发现这本书里描写的快乐是多么的放肆,那群人的思想又是多么的恶俗。无论作为艺术家还是凡人,这群狂欢不羁的人都只是不堪一提的无名小卒。然而菲利普却对他们无比着迷。

"比起伦敦,你难道不会更想去巴黎吗?"威尔金森小姐看着一脸激动的菲利普,微微一笑。

"就算想,现在决定也太晚了。"菲利普回答。

刚从德国回来的半个月里,他已经和牧师讨论了很多关于未来的问题。他坚决反对去牛津读书,而现在既然已经没有机会能挣到奖学金,甚至连凯利先生也说他支付不起大学的费用了。他全部财产只有两千镑,尽管投资抵押贷款的收益为百分之五,也没法靠这点利息过活。况且现在利率又跌了一

1.《波希米亚人的生活》:法国作家缪尔热作品,后由普契尼改编为歌剧。
2. 路易·菲利普时代:十九世纪三四十年代,路易是当时的法国皇帝。

点。大学生活费一年至少二百镑，花这样一笔钱上学简直荒唐！在牛津读三年书也不能保证他找到一份养活自己的工作。菲利普只是一门心思地想去伦敦罢了。凯利夫人觉得绅士应该从事的职业只有四种：陆军、海军、律师和牧师。她觉得医生也可以接受，因为她的姐夫就是大夫。但她记得在自己年轻的时候，没有人把医生当作绅士看待。前两个职业已经没门儿了，菲利普又坚决不同意担任神职。所以选项就只剩下了律师。镇上的医生曾经说很多绅士现在开始做工程师了，但凯利夫人立刻把这条建议否决了。

"我不能让菲利普走这条路。"她说。

"是，他必须有个正儿八经的职业。"牧师表示赞同。

"为什么不让他子随父业，做个医生呢？"

"我讨厌做医生。"菲利普说。

对这样的态度，凯利夫人并不遗憾。从医似乎是不可能了，菲利普没去成牛津，而在凯利夫妇的意识中，想当医生必须取得学历才行。一来二去，最后有人建议菲利普先去给律师当学徒。凯利夫妇给家庭律师艾伯特·尼克松寄了封信，问他是否愿意带带菲利普。在处理亨利·凯利的房产时，尼克松和牧师曾经一并担任遗产执行人。一两天后，他回信了。信中告知他手下目前学徒已经满员，并且极力反对这整件事的安排。干律师这行的人太多了，没钱没关系的人最多也就只能做个事务所职员。他建议菲利普去当个特许会计师。可牧师和夫人都不知道这是个什么职业，菲利普也从没听说过有谁去当了会计。律师又发来了第二封信，说最近的现代工商业发展迅速，越来越多的公司建立起来，帮助这些公司审核账目、处理财务问题的会计事务所应运而生。事务所的工作井然有序，之前的老路子可达不到这样的效果。几年前，会计这一行业取得了皇家许可证，变得愈发前途光明、受人尊敬。艾伯特·尼克松雇用了三十年的会计师目前正好缺一位学徒，愿意以三百镑的学费收菲利普为徒。其中，五年的学徒期内他们还会支付菲利普一百五十镑的工资，即学费的一半能挣回来。前景并非多么理想，可菲利普觉得自己必须做些决定。尽管心里有些微的不情愿，但一想能去伦敦生活，他的不满就全部抵消了。牧师又写信询问尼克松先生，会计师是否能算是绅士的职业。尼克松先生回信说自从皇家许可证下发以来，从事这门行业的人都是公学毕业、读过大学的人。如果菲利普实在不喜欢做会计，学满一年之后想离开，那赫伯特·卡特（那位老师的名字）会退还一半学费。这么一来，这事就算定下了。他们安排菲利普九月十五号开始工作。

"我离出发还有一整个月的时间呢。"菲利普说。

"之后你就能解放了，我呢，又要被束缚起来。"威尔金森小姐回答。

她的假期有六个礼拜，菲利普出发前的一两天她就要离开。

"不知道我们还能不能再见面。"她说。

"为什么不能呢？"

"唉，别说得这么硬邦邦的。我还没见过你这么不易动情的人呢。"

菲利普脸又红了。他害怕威尔金森小姐把自己当成懦夫。毕竟她还年轻，有时候看起来还很漂亮，而自己是个快二十岁的小伙子，要是他们聊天的内容只局限在艺术和文学，那才招人笑话呢。应该向她示爱。他们谈了很多关于情爱的事，布雷达街上的艺术生，还有那个巴黎画家，威尔金森小姐在他家住过很久。画家曾经让她给自己当模特，而他的示爱来得如此气势汹汹，让威尔金森小姐不得不找借口离开。显然，威尔金森小姐对男人送的秋波习以为常。此刻，她头戴一顶草帽，看起来很美。这是一个炎热的下午，那年夏天，再没有一天比这天更热。她的上唇沁出一排细密的汗珠。菲利普忽然想起西西里小姐和宋先生。他之前从没以爱慕的眼光看过西西里，只因为她平庸无奇。可现在回想起来，她和宋先生之间的感情似乎变得非常浪漫。菲利普原本也有机会能浪漫一把。威尔金森小姐算半个法国人，向她求爱一定很有挑战性。他躺在床上，或者坐在花园读书时，总是被这种念头搅得心神难安。可他一见她，心里的激动就减退了不少。

不管怎样，在跟他讲过那么多风流韵事之后，如果他向威尔金森小姐求爱，她应该不会觉得很吃惊。菲利普有种感觉，威尔金森小姐一定很纳闷为何自己迟迟不做任何表示；也许是他多想了，但两个人最后相处的几天里，威尔金森小姐的眼睛里好像有几次闪过了一丝不屑的神情。

"给你一便士,告诉我你在想什么。"威尔金森小姐笑着看看菲利普。

"我不会告诉你的。"他回答。

此时此刻,菲利普心里想的是自己应该靠过去亲吻她。他不知道威尔金森小姐是否也在期待他的吻,但菲利普不知道自己该怎么做,怎样才能在毫无准备的情况下吻上去。她说不定会觉得自己疯了,或者扇自己一耳光;又或许会去找伯伯告状。他想知道宋先生是怎么在一开始亲近西西里小姐的。要是威尔金森小姐真去跟伯伯打小报告那可完了。他知道伯伯是个什么样的人,他一定会告诉医生和乔西亚·格雷夫斯,到时候自己在这些人眼里就会沦为一个彻头彻尾的大傻瓜。路易莎伯母一直强调威尔金森小姐已经三十有七,和这个年纪的女人闹绯闻要遭受多少讥讽,他只是一想就觉得不寒而栗。别人可能会说威尔金森小姐已经老得够做他的母亲了。

"给你两便士,告诉我你在想什么。"她还是微笑着。

"我在想你。"菲利普脱口而出。

不管怎么想,这句话都没有出格,对他也不存在什么风险。

"想我什么呢?"

"哈,你想知道的太多了。"

"淘气包!"威尔金森小姐笑骂一句。

又是这句话!每当他表现得像个大人的时候,威尔金森就会说点什么让他想起她家庭教师的身份。上课的时候要是菲利普不好好练嗓子,她就会开玩笑似地斥责一句"淘气包"。这次,菲利普板起面孔。

"希望你别再把我当个孩子对待了。"

"你生气了?"

"非常生气。"

"我没这个意思。"

她伸出手,菲利普接过握住。最近有几次他们晚上握手的时候,菲利普总是感到她似乎在轻轻用力。但现在这种感觉已经不需要怀疑,她的确微微攥紧了。

菲利普不知道接下来该说什么。现在是他开始"冒险"的最后机会,要是再抓不住机会那可真是傻透了。只是现在的场合有点平常,他想要更多的火花。之前读了那么多情爱的描写,小说家字里行间传达的悸动他现在完全没有体会。既没有在激情的巨浪中慌了阵脚、神魂不守,也不觉得威尔金森是他的理想爱人。他觉得自己爱人的眼眸应该有着紫罗兰一般的颜色,皮肤似石膏般细腻洁白,他曾经想过把脸埋到女孩一头赤褐色的、浓密的卷发里是怎样的感受,可他不能想象要把脸埋进威尔金森小姐的头发,他总觉得她的头发是黏糊糊的。可是和女人私下相通总是快人心意的事,要是能把威尔金森小姐征服那他就大有骄傲的理由了,想到这点他又开始蠢蠢欲动。他觉得自己有责任去引诱她。他决定要吻她,可不是现在,要等到晚上,等到黑灯瞎火的时候,做这件事应该能容易许多。一吻定情,剩下该来的就都会来了吧。他默默在心里发誓,今晚就要吻她。

一切都计划好了。吃过晚饭,菲利普提议去花园走走,威尔金森答应,他俩就肩并肩地闲逛起来。菲利普紧张得心怦怦乱跳。不知为何,两人谈话的主题就是不往合适的方向靠拢。他决定第一步先搂住威尔金森的腰,可是她正在对下周要举办的划艇比赛侃侃而谈,总不能唐突地直接搂上去吧。他巧妙地把她引到花园里最黑的角落,可是走到那儿后,他又很难鼓起勇气。他们坐在长凳上,他好不容易决意要抓住这个机会,但威尔金森小姐又抱怨说这里有虫子,想换个地方坐。他们又绕园子走了一圈,菲利普暗暗下定决心一定要在走回长凳之前就采取行动。可等他们路过牧师家门口时,却看到凯利夫人就站在进门的地方。

"你们两个年轻人快点回来呗?晚上的空气肯定对身体不好。"

"也许我们是该进屋了,"菲利普说,"我不想让你着凉。"

话一出口,他的心里像是落下了一块大石头。今天晚上好歹不用再围着威尔金森小姐转了。可等他一回房间,又开始记恨起自己来。他就是头蠢驴,大傻子!他心里很确定威尔金森小姐是希望自己吻她的,不然她也不会随自己去花园。威尔金森总是说只有法国男人才知道怎么对待女人。菲利普读过不少法国小说。如果他是个法国男人,就会一把把她揽进怀里,充满激情地向她表白,嘴唇在她的颈子上游弋。他其实不明白为什么法国男人都喜欢亲吻女人的这个部位,也没发现脖颈后面到底有哪点迷人。法国人这样做本身就简单很多,他们浪漫的语言是一项天然辅助。菲利普觉得用英语说起肉麻话来特别奇怪。他现在想到,要是自己压根没有打过威尔金森小姐的主意该有多好。刚开始的前两个礼拜他过得很快乐,现在却天天如坐针毡。但是他不肯认输,如果就这样放弃送到眼前的机会,怕是之后也再没法正视自己。他又一次决心要在明晚一举成功,献出初吻。

第二天等菲利普爬起床来,外面正在下雨,他第一个想法就是今天晚上可能没法去花园散步了。吃早饭的时候,菲利普兴致很高。威尔金森小姐差玛丽·安来餐厅说自己有点头痛,还没有起床。一直到喝下午茶时,她才穿着一件合身的晨衣,脸色苍白地走下楼。晚餐时分,她已经恢复了不少。晚餐吃得非常愉快。做完祷告她就起身准备径直回去睡觉了,她亲了亲凯利夫人,然后转向菲利普。

"天啊!"她大喊一声,"我差点就连你也一起吻了。"

"那你为什么不吻呢?"菲利普说。

她大笑起来,把手伸向菲利普,紧紧地握了一下。

第二天,天空晴朗得没有一丝云彩,刚下过雨的花园空气清甜而新鲜。菲利普去海边游泳,回家之后胃口大开,午餐吃了很多。下午教区有一场网球派对,威尔金森小姐特意穿上了自己最美的裙子。她穿衣打扮很有想法,菲利普不由自主地发现,和身边副牧师太太以及医生已嫁为人妇的女儿一对比,她显得有多么优雅,腰带上还别着两朵玫瑰花。她坐在草坪旁边的公园椅子上,撑一把红色的阳伞,阳光照在她的脸上显出一种柔和好看的颜色。菲利普很喜欢打网球。他发球发得很棒,因为不便奔跑,所以打球的时候都靠网很近,虽然他有一只跛足,可行动起来还是很便利,接球几乎从不落空。他一盘比赛都没输,心里很高兴。喝茶的时候他躺在威尔金森小姐脚边,满头大汗、气喘吁吁。

"你穿法兰绒衣服真好看,"她说,"今天下午你看上去特别英俊。"

她把菲利普夸得心花怒放,脸腾地就红了。

"这话同样也说给你。你看上去美极了。"

威尔金森小姐抿嘴一笑,意味深长地看了他一眼。她的瞳孔漆黑明亮。晚饭后,菲利普坚持要和她出去散步。

"你今天运动得还不够吗?"

"今晚的花园一定很美。星星都出来了。"[1]他兴冲冲地说。

"你知道吗,凯利夫人还为了你责怪我呢。"他俩穿过果菜园时,威尔金森小姐嘟囔道,"她说我不该挑逗你。"

"你有挑逗我吗?我还真没注意。"

"她只是在开玩笑。"

"昨天晚上你没有吻我,害得我真伤心。"

"你要是看见我说这话时你伯伯那张脸,就会明白我为什么不吻你了。"

"就因为这个你才不吻?"

"我不喜欢别人围观。"

"现在就没人。"

菲利普把手环过她的腰肢,吻上她的嘴唇。她笑了两声,没有闪躲。这一切都发生得特别自然。菲利普觉得很骄傲。他说过要做的事,果然就做到了。这简直是世界上最轻而易举的一件事,要是自己在更早之前就这样做了该有多好。他又一次吻了下去。

"哦,你不该吻我。"她说。

"为什么?"

"因为我太喜欢被你亲吻了。"威尔金森小姐笑了。

---

1. 原文为法语。

第三十四章

第二天用完午餐后他们拿着毯子和坐垫,带上几本书来到喷泉池。可是他俩谁也无心阅读。威尔金森小姐舒舒服服地坐下,撑开了红色的遮阳伞。菲利普现在也没有那么害羞了,急忙凑上去要吻她。但她一下闪开了。

"我昨晚那样做真是不对,"她说,"我都没睡着觉,觉得自己做了错事。"

"胡说些什么!"菲利普急了,"你肯定睡得很香。"

"你说,要是你伯伯知道了,他会说点什么?"

"他不可能知道。"

菲利普俯身过去,心跳像擂鼓一样快。

"你为什么想吻我?"

他知道自己应该这样回答:"因为我爱你。"但这几个字就是说不出口。

"你觉得呢?"菲利普反问。

威尔金森小姐眼含笑意地看着他,用指尖轻轻划过他的脸颊。

"你的脸好光滑。"她喃喃道。

"我的脸必须得勤刮。"

菲利普发现说情话真是门高深的学问。与其说话,他觉得闭嘴反而效果更好。别人难以言述的小心思他总是能一眼看透。威尔金森小姐叹了口气。

"你究竟喜不喜欢我?"

"喜欢,非常喜欢。"

他再一次凑过去吻她,这次没有被拒绝。他故意表现得比实际上更为激动,好像在刻意扮演一个痴情男人的角色,而他也对自己的演技相当满意。

"我开始有点害怕你了。"威尔金森小姐说。

"吃完晚饭你会出来散步,对吧?"他哀求道。

"除非你答应不乱来。"

"我什么都能答应。"

原本在这份感情里菲利普还有所保留、虚伪应对,现在他却真的欲火焚身了。喝茶时他浑身散发的喜悦遮都遮不住。威尔金森小姐紧张地看着他。

"你眼睛都在忽闪忽闪冒光,万万不能这样啊。"后来,她警告菲利普,"你路易莎伯母会怎么想?"

"我才不管她怎么想。"

威尔金森小姐被他逗得咯咯笑了起来。刚一吃完饭,菲利普就立刻说:

"我要出去吸支烟,你陪着我吧?"

"你怎么就不能让威尔金森小姐休息一会儿?"凯利夫人问道,"你别忘了她可不比你这样年轻。"

"别啊,我也挺想出去散步的,凯利夫人。"威尔金森酸酸地回了一句。

"午饭过后走几步,晚饭过后歇片刻。"牧师在一旁瓮声瓮气地说。

"你伯母人很好,但有时真是能把我气个半死。"他们刚刚离开房子关上侧门,威尔金森小姐就接着说。

菲利普把刚点着的烟一撇,胳膊滑上她的腰。但是她把他的手推开了。

"你保证不乱来的,菲利普。"

"你不会真觉得我会乖乖遵守诺言吧?"

"至少别在你家附近,菲利普,"她说,"要是有人忽然窜出来怎么办?"

他把威尔金森小姐带到菜园,这里不会有人来。威尔金森小姐也不抱怨这儿有虫子了。他忘情地吻她。有件事一直让菲利普很困惑:每天早晨,他对她一丁点兴趣都没有;到了下午,才开始稍稍有点喜欢;但是一入夜,只要摸一下威尔金森的手,他都能兴奋半天。他对她说了好些甜言蜜语,这些话他从来没想过自己能够说出口。要是白天,肯定还是一样的难以启齿,但是现在他听着从自己的嘴里讲出的绵绵情话,心中不乏激动与满足。

"你说情话的时候真动人。"她说。

菲利普自己也是这么觉得的。

"我心里燃烧的情感,千言万语也道不尽千分之一!"他意乱情迷地说着。

这种感觉真是妙极了,简直像是菲利普玩过的最刺激的游戏。他所说的也正是心里的真实想法,只是稍微夸张一些罢了。他按捺着内心的激动,饶有兴趣地观察着威尔金森小姐听了这番话后的反应。显然,她也经过了一番内心挣扎,才开口说想回屋了。

"别,先别回去。"菲利普请求道。

"我必须得回去了,"威尔金森小姐喃喃说着,"我有点害怕。"

菲利普忽然想到自己这接下来的一步棋应该怎么走。

"我现在还不能回去,我想在这待一会儿,想点事情。我的脸现在火烧火燎的,吹吹晚上的凉风也许能好点。晚安。"

他郑重其事地伸出手,威尔金森小姐一声不吭地握住。他觉得她现在一定在强忍着不抽噎出来。太棒了!菲利普一个人在伸手不见五指的园子里逛荡了一会儿,等实在耐不住寂寞,回家一看,她已经上床睡觉了。

这件事过后,他和威尔金森小姐之间的关系开始有所转变。之后的两天里菲利普竭力表现出对她急切的爱意。很显然,威尔金森小姐已经爱上他了,这让他有点受宠若惊,心里甜滋滋的。她用英语给他表白,之后又用法语说了一次。她对菲利普大加赞赏。之前还从没有人夸奖过他的眼睛深邃迷人,嘴唇性感诱惑。他也从来没有关注过自己的相貌。但是现在经威尔金森小姐这么一说,他看镜子时也对自己英俊的外形很是得意了。每次接吻时,他都能感觉到威尔金森小姐的灵魂在激动地战栗。他不断地献上热吻,尽管心里知道她渴望自己在耳边说几句缠绵悱恻的细语情话,但他觉得接吻比甜言蜜语简单多了。直到现在每次向她示爱的时候,他还是觉得自己傻乎乎的。他希望身边有个人能听自己吹吹牛,和威尔金森小姐相处的细枝末节都迫不及待地想和别人分享。有时,她会别有意味地说些让菲利普觉得高深莫测、困惑不已的话。要是海沃德在这里就好了,他就能问问他这些话到底是什么意思,以及自己下一步该怎么做。他踌躇不定,总是下不了决心:究竟该三下五除二把该做的都做了,还是要顺其自然、静观其变呢?毕竟他们在一起的日子只剩下了最后三个礼拜。

"我都不敢想咱们离别的日子,"威尔金森小姐说,"一想就心痛。也许我们日后再也见不到彼此了。"

"如果你对我有半点情意,就不会拒绝我。"菲利普在她耳边呢喃。

"我们就这样相处下去还不够吗?男人都是一路货色,永不知足。"

菲利普不听,还是死乞白赖地哀求她,她只好说:

"你难道看不出这是不可能的事吗?我们在这儿怎么行呢?"

菲利普提出各种各样的方案密谋,却被她统统拒绝了。

"我才不敢冒这个险。要是让你伯母发现了,那可真是倒了大霉。"

过了一两天,菲利普又灵光一闪,想到了个似乎还不错的点子。

"听着,要是你礼拜天晚上说自己害头疼,想留在家里看家、休息休息,路易莎伯母就会去教堂了。"

一般来说,凯利夫人周日晚上会留在家里,让女仆玛丽·安去教堂做礼拜。但是如果有机会能去做晚祷的话,想必她一定会欣然前往。

在德国的时候,菲利普已经决定退出基督教了,但他觉得没有必要把这一变化告诉自己的亲戚,也不指望他们能够理解自己。乖乖地去教堂做礼拜似乎成为上策。但他只去早上那一次——他将其视作对社会偏见的适当让步;晚上那次坚决不去——好像这是对思想自由的充分维护。

威尔金森小姐听了这个主意半晌没吱声,然后摇了摇头。

"不,我不会这么做。"她说。

然而,礼拜天喝下午茶的时候,她的举动让菲利普大为吃惊。"我今晚不想去教堂了,"她忽然冒出一句,"头痛得要裂开了。"

凯利夫人很关心她,坚持要给她一些平时自己常用的头疼药。威尔金森小姐谢过她,一喝完茶就说自己要回屋躺会儿。

"你确定不需要其他什么东西了吗?"凯利夫人着急地问。

"非常确定,谢谢您了。"

"因为要是你没有什么需要的,我就准备去教堂了。一般礼拜天的晚上我都没机会去。"

"好的,快去吧。"

"放心有我呢,要是小姐需要什么东西,她可以使唤我。"菲利普说。

"那你最好开着门,菲利普,这样威尔金森小姐一摇铃,你就能听见。"

"没问题。"

下午六点之后,整所房子里就剩下菲利普和威尔金森小姐两人了。他心里七上八下,紧张到五脏六腑都搅在一起。他多希望自己当时没有提过这个愚蠢的建议。可是现在为时已晚,必须抓住这个千辛万苦才得手的机会。如果这时候退缩了,威尔金森小姐还不知道会怎么想自己呢!他走进大厅竖着耳朵听了一会儿。屋子里静得一根针掉地都能听见响声。他的心都要从嗓子眼儿里跳出来了。他蹑手蹑脚往楼上爬,楼梯"吱嘎"一响,把他吓了一跳,僵在原地动弹不得。等他终于站在威尔金森小姐的房门口时,先是凑上去听了听里面的动静,再把手轻轻放在门把手上。他等待着,等待着,好像足足在门口等了五分钟,试图一咬牙打开这扇门。可他的手却在止不住地发颤。要不是怕事后会后悔,这会儿他早就拔腿逃跑了。这感觉好像是走上泳池边最高的那块跳板:从下往上看好像没什么,但一等你站上板子,从上往下低头俯瞰水面时,心里就一下子慌乱了。此时此刻你必须硬着头皮往下跳,不为别的,就因为要是如果沿着爬上来的梯子再怯生生地爬下去,那可真是丢人丢到家了。菲利普鼓足了勇气,轻轻扭开门把手,走了进去。他觉得自己浑身上下抖得像个筛子。

威尔金森小姐背对着门,站在梳妆台前,听到门打开了立刻回过身子。

"哦,是你呀。你要干什么?"

她已经脱了裙子和外套,只剩一件衬裙。衬裙很短,下摆只到靴子上沿。裙子上半部分的布料亮晶晶,还镶着红色的荷叶边儿。上身是短袖的白衬衣,看起来模样古怪。菲利普看她这副装扮,心一下子凉了半截。她从没现在看上去这么倒人胃口。但是现在后悔未免有点太晚了,他把身后的门一关,转身上了锁。

第三十五章

第二天早上,菲利普醒了。这一夜睡得不算安稳,但等他睡醒伸伸腿,看着阳光透过软百叶窗在地板上映出的斑驳图案时,还是心满意足地长舒一口气。他心里沾沾自喜,开始想威尔金森小姐的事。她请求菲利普称呼自己为"艾米丽",但不知道为什么,菲利普就是喊不出口。他觉得她就是威尔金森小姐。可是这样一喊,她又总会嗔怒自己,所以干脆不喊她的名字好了。小时候菲利普经常听说路易莎伯母有个妹妹是海军军官的遗孀。菲利普喊她艾米丽阿姨。现在称呼威尔金森小姐为"艾米丽"总让他觉得不自在,但也实在想不出该叫什么合适。对他来说,她从一开始就是威尔金森小姐,这个印象似乎再也摆脱不掉。他现在有点发愁,自己已经见过她最邋遢的一面。当她穿着短袖衫和衬裙转过身来时,他当时的沮丧心情实在很难忘怀。那有点松弛的皮肤和脖子上又深又长的皱纹一直徘徊在他脑海里。胜利的喜悦没有维持多久,他又开始推测起威尔金森的年龄。现在,他觉得她怎么也该四十多岁了。这样一看,两人的私情显得非常滑稽可笑。对方只是个相貌平平的老女人。菲利普的机灵脑瓜里迅速勾勒了一副她的形象:皱皱巴巴、无精打采,身上过于花哨的衣裙和自己的一把岁数很不相符,还涂脂抹粉企图做作地掩饰自己的老相。这个形象让菲利普起了一身鸡皮疙瘩,他再也不想见到她了,甚至一想到要亲吻她都觉得难以忍受。他对自己昨晚的表现感到毛骨悚然。这难道就是爱情吗?

为了能晚点见威尔金森,他穿衣服的时候尽可能放慢速度。等他穿戴好走进餐厅,也是一脸死气沉沉。祷告结束后,他们坐下来准备吃早饭。

"懒骨头。"威尔金森小姐笑呵呵地嗔骂一句。

菲利普看着她,心里觉得松快了一些。她背朝窗户坐着,看上去还算挺漂亮。他不知道自己早些时候为什么要那样嫌弃她。他又找回了那种洋洋得意的感觉。

威尔金森小姐现在好像变了一个人,这让他特别吃惊。刚刚吃完早饭,她就用颤抖的声音满怀深情地向他示爱。过了一会儿，他们去客厅学唱歌，威尔金森小姐坐在琴凳上，音阶刚弹了一半就仰起头说：

"抱抱我。"[1]

菲利普俯下身子，她立刻用胳膊环住他的脖子。这个姿势有点别扭，让他几乎喘不过气来。

"哦，我爱你。我爱你。我爱你。"[2]她操着重重的法国腔大声说着。

菲利普却希望她能别这么显摆，说两句英语又死不了人。

"我说，你就没想过吗？花匠可是随时都可能从窗前经过啊。"

"我才不在乎那个花匠呢。我不在乎，我一点都不在乎。"

菲利普觉得这和法国小说里描写的场景很像，他莫名其妙地有点生气。

"呃，我想去海滩转悠转悠，洗个海水澡。"

"哪天上午去不行啊，你该不会偏偏今天上午要扔下我一个人在这儿吧？"这话把菲利普搞糊涂了，他不知道今天上午有什么特殊的意义，但无所谓，不让走就不走了呗。

"你想让我留下来？"他轻轻笑了笑。

"不，亲爱的。去吧，去吧。我想让你穿过一层又一层咸咸的海浪，在广阔的大海里畅游。"

他戴上帽子，优哉游哉地出门了。

"女人就是会胡说八道。"

菲利普一边嘟囔着，却不免觉得沾沾自喜。威尔金森小姐已经被自己迷得神魂颠倒，这一点毋庸置疑。他沿着布莱克斯塔布尔的大街一瘸一拐地走，觉得身边匆匆经过的人里谁都赶不上自己厉害。街上有很多认识的人，他对他们微笑着点点头，心想要是这些人知道自己的事就好了。他的确想让别人知道。他觉得自己应该写信给海沃德，并开始在脑子里盘算起这封信应

---

1. 原文为法语。
2. 原文为法语。

该怎么写。他要先说说这里的花园和玫瑰篱笆，然后再把自己的爱人——身材娇小的法国女教师——比作一朵带有异国气息的花儿，气味芬芳，色泽迷人。他会把威尔金森小姐说成是法国女人，因为她毕竟在法国待了这么久，也算半个法国人了；况且这个故事的真实情况实在让人难以启齿。他要跟海沃德说自己第一眼见到威尔金森小姐时，她穿着漂亮的薄纱裙，还在自己的大衣上插着鲜花。他把这封信写成了一篇精致迷人的田园诗：日光和大海为他们的爱情平添几分激情与魔力；漫天星辰使故事诗意盎然，而古色古香的教区花园则成了谈情说爱的最佳场所。他们的爱情故事似乎颇有些梅雷迪斯的风格：虽然威尔金森小姐不像露西·费弗雷尔，也不像克拉拉·米德尔顿，但却自有难以言说的动人之处。[1]菲利普的心剧烈跳动着，对自己想象里的画面念念不忘。等他游完泳浑身滴着水、瑟瑟发抖地钻进一旁的更衣车时，又展开了一番遐想。他的爱人应该有着小巧娇俏的鼻子和小鹿一般的褐色眼睛——他就要这样跟海沃德形容——棕色的头发浓密而柔软，让人想把脑袋深深地埋进去感受她迷人的气息。皮肤细腻白净，像阳光一样闪闪发亮，脸颊则如一朵娇艳欲滴的红玫瑰。她多大呢？差不多十八岁吧，他要称呼她为"小风琴"，因为她的笑声清脆悦耳，如一条潺潺流过的蜿蜒小溪。声音那么低，那么轻柔，是他听过最动听的乐曲。

"你在想什么呢？"

菲利普猛地从幻想中回过神来，他不知不觉地已经慢慢走到家了。

"我隔着老远就朝你招手。你一直心不在焉的。"

威尔金森小姐站在他面前，看着他目瞪口呆的样子哈哈大笑。

"我想着要出门迎迎你。"

"你可真好。"菲利普说。

"吓着你了？"

---

1. 露西·费弗雷尔和克拉拉·米德尔顿：二人均为梅雷迪斯小说的主人公，分别来自《理查·费弗雷尔的苦难》和《利己主义者》。

"有一点吧。"

他照着想象把给海沃德的信写好。写了整整八页纸。

仅剩的两个礼拜过得飞快,之后的每个晚上尽管他们吃过饭都一起去花园散步,威尔金森小姐也一再叹息说又过去了一天,但情绪高涨的菲利普却丝毫对此不以为然。一天,威尔金森小姐旁敲侧击地说要是能辞了柏林的工作,去伦敦再找个活也很不错。这样一来,他俩就能时常见面了。菲利普嘴上连连称好,心里却没有起一丝波澜。他盼望着在伦敦开始崭新的精彩生活,不希望被别人拖累。说起自己将来在伦敦的打算,刻意显得特别漫不经心,这让威尔金森小姐看出他已经做好要远走高飞的准备了。

"你要是爱我,就不会用这种语气说话。"她大喊道。

菲利普被吓了一跳,立刻闭上了嘴。

"我真是个大傻瓜。"

她喃喃自语,哭了起来。菲利普没想到她会掉眼泪。他有副柔软心肠,看不得别人伤心。

"真抱歉。看看我都做了些什么!快别哭了。"

"哦,菲利普,不要离开我。你不知道你对我有多么重要。我的生活这么悲惨,只有你能让我开心起来。"

菲利普没有说话,只是静静地亲吻着她。她的声音里掺杂着痛苦,这让他很恐慌。他从来没有想过威尔金森小姐对这段感情竟然如此认真。

"真的很抱歉。你知道我有多么多么爱你。我希望你能来伦敦。"

"你也知道我不能去啊。想在伦敦找工作是不可能的事,更不用说我痛恨英国人的生活方式了。"

菲利普又开始不知不觉地扮演起理想情人的角色。威尔金森小姐的痛苦感染了他,他抱她抱得越来越紧。她的泪水让菲利普有些飘飘然,只好激烈地回以热吻。

一两天后,威尔金森小姐在教区大闹一场。教区又办了一次网球聚会,当天来了两个女孩。她们的父亲是驻军印度的退役少校,最近才搬到布莱克斯塔布尔来。这两个女孩长得非常漂亮,一个和菲利普一般大,另外一个稍微小一两岁。她们早就习惯了和小伙子打交道(她们有一肚子的关于印度避暑胜地的奇闻逸事,而且那一阵子拉迪亚德·吉卜林[1]的小说几乎人手一本,大家都对这个东方国度充满了好奇),所以很快就开始嘻嘻哈哈地和菲利普开起玩笑来。菲利普对此也感到很新奇——布莱克斯塔布尔的年轻姑娘在牧师的侄子面前都很拘谨——很快和她俩笑着闹着打成一片。他不知着了什么魔,开始大胆地挑逗起姐妹两人,而且作为在场的唯一一个年轻小伙,他的调情得到了两姐妹的主动迎合。说来也巧,这两个女孩都很会打网球,而菲利普也早就厌倦了和威尔金森小姐一起幼稚地拍球(她来到布莱克斯塔布尔的时候才刚开始学打球),所以一喝完下午茶,他在分组比赛的时候提议威尔金森小姐和副牧师一组,对战副牧师的太太,他则和两个新来的女孩一起玩儿。他在姐姐奥康纳小姐身边坐下,压着声音说:

"等着把这些笨蛋打发走,咱俩就能好好比试比试了。"

威尔金森小姐显然听到了这句话,把球拍往地上一扔,推说自己头疼,匆匆起身离开了。虽说人人都看得出她生气了,可她却还是非要任性地把火发出来,在众人面前耍性子。这一点让菲利普气不打一处来。他们撇下威尔金森小姐开始比赛,但是这时凯利夫人喊住了菲利普。

"菲利普,你伤了艾米丽的心。她回屋哭起来了。"

"哭什么?"

"好像是什么'和笨蛋比赛'的事。快去找她,跟她说你不是有意这样无礼的,这才是好孩子该做的事。"

"好吧。"

他敲了敲威尔金森小姐的房门,里面没有任何回应,他便径自推门进去,看到她正趴在床上啜泣。他摸了摸她的肩膀。

"喂,到底怎么了?"

---

1. 拉迪亚德·吉卜林:英国小说家,以描写印度风土人情而闻名。

"别管我。我再也不想和你说话了。"

"我到底做错什么了?如果害你伤心了,真是对不起。我没有别的意思。喂,快起来吧。"

"我太伤心了。你怎么能对我这么残忍?你知道我最讨厌打网球了,多么愚蠢!我还不是为了能和你待在一起!"

她站起来,走向梳妆台,朝镜子里瞅了两眼,无力地滑进椅子。她把手绢揉成一个球,轻轻地揩着眼泪。

"一个女人能给男人的,我都给了你——天啊,我可真是个傻瓜——你一点也不知道感恩。你的心一定是石头做的。怎么能为了让我难受,故意和那样的野丫头打情骂俏呢?这真是太残忍了。我们还有一个礼拜就要分开了。我只想让你这段时间对我好点,你连这都做不到?"

菲利普板着脸走到她跟前。他觉得这样的行为既幼稚又可笑。她在陌生人面前耍性子、摆态度让菲利普非常生气。

"你知道我对奥康纳姐妹一点也不上心。你怎么会觉得我喜欢她俩?"

威尔金森小姐把手绢收起来。她扑了粉的脸上留下了一道道泪痕,头发也有些凌乱,那件白色的裙子现在看起来也一点都不适合她了。她望着菲利普,眼神中写满了渴求和欲望。

"因为你和她都才二十岁,"她的声音沙哑,"但是我已经老了。"

菲利普脸一红,迅速移开了眼睛。威尔金森小姐声音里的痛苦让他莫名感觉很不自在,他真心希望压根就没有和她开始过。

"我不想让你这样伤心,"他尴尬地说,"你最好下楼去找你的朋友。他们都很纳闷你到底怎么了。"

"好的。"

从威尔金森小姐房间一出来,菲利普顿时感觉自己解放了。

这次争吵之后,两个人很快就和好了。但是有那么两三天的时间里,菲利普还是有点生气。他只想好好谈谈未来的事,但一说起这个话题威尔金森小姐就要掉眼泪。起先她一哭,他的态度就会软下来,谴责自己是头没心没肺的畜牲，只能不住地道歉，使劲儿向她表白自己对她的爱永远不变。但后来，她只要一掉眼泪，他就忽然火冒三丈：要是个小姑娘也就罢了，可她已经是个成熟女人，天天哭来哭去真是蠢极了。她一再强调菲利普欠她一笔还也还不清的感情债。他听她总是这样叨叨，也只好心甘情愿地承认自己欠了她不少，可心里总也搞不懂为什么不是她感谢自己，而是自己要对她格外感恩戴德才行。威尔金森小姐要求得到他事无巨细的体贴爱护，可这对他来说却几乎难以忍受。一直以来他都习惯了一个人生活，有时甚至必须要躲着别人图个清静。可一旦他远离威尔金森小姐一步，或者对她没有唯命是从，那就要被扣上无情无义、没心没肺的帽子。奥康纳小姐邀请他们一起去喝茶，菲利普也乐意前往，但威尔金森小姐却说在这最后的五天里，他只属于她一个人。这样做看似像在示好奉承，实则烦人透顶。威尔金森小姐跟他讲了又讲，说法国男人在面对美丽的女人时会怎样的体贴入微，耳鬓厮磨，菲利普就应该这样对待自己才行。她赞美法国男人的优雅礼貌，仰慕他们自我献身的热情和无可挑剔的老练行为。她似乎把眼光放得很高。

她絮絮叨叨地描述着自己心目中理想情人的样子。菲利普的耳朵边上嗡嗡地响着她的声音，不过一想到将来她会待在柏林，心里就不住地窃喜。

"你会给我写信的，对吧？每天都写一封。我想知道你做的每一件事。你不能有一点瞒着我。"

"我肯定会特别忙，"菲利普回答，"只要有机会我一定给你写。"

她的胳膊一下子又抱上菲利普的脖子。这样突然的示爱时常让菲利普脸上挂不住，他想让她举止收敛一点，他觉得女人都应该含蓄而害羞，怎么好这样豪放露骨呢？

威尔金森小姐离开的日子终于到了，她下楼来吃早餐，脸色白得像张纸，一点血色都没有，样子无精打采。穿了一件黑白格子的旅行便装，很有个女教师的样子。菲利普一言不发，他不知道在这种场合下说什么才合时宜，生怕自己稍有怠慢，威尔金森小姐便又会情绪崩溃，在伯伯、伯母面前大闹一场。前一晚在公园里他已经和她互相道别过了，所以现在也没有什么单独相处的必要,这让菲利普感到很宽慰。他吃过早餐还是执意要留在餐厅,生怕上楼的时候,威尔金森小姐非要在楼梯上亲吻自己。他不想让玛丽·安撞见这样亲昵暧昧的举动。玛丽·安已经人到中年,说话特别尖酸刻薄。她不喜欢威尔金森小姐,还喊她"老巫婆"。路易莎伯母身体不适所以没有下楼,牧师和菲利普负责送威尔金森小姐离开。火车马上就要开了,她从车窗探出头亲了亲凯利先生。

"我也得吻吻你,菲利普。"她说。

"好的。"菲利普点点头,脸上绯红一片。

他站在石阶上,威尔金森小姐飞快地亲了他一下。火车开动,她缩在车厢一角,悲恸地抽泣起来。菲利普在回教区的路上却觉得像是卸下了担子。

"你们把她平安送走了?"他们一进门,路易莎伯母就问道。

"嗯,她哭得可真凶,还非要亲我和菲利普一下。"

"唉,她这把年纪,亲就亲了呗。"凯利夫人指了一下旁边的餐具柜,"喏,那有一封给你的信。是随着第二批信件一起送来的。"

这是海沃德写给菲利普的回信:

我亲爱的朋友:

我立刻就提笔给你回信了。我冒昧地把你的来信读给一位挚友听。她是个极有魅力的女人,对我的帮助和同情让我感激涕零。她对艺术和文学有着真正的品味和见解。我们都认为你的信写得非常动人,每个字想必都是发自肺腑。可能你意识不到,但字里行间却传递出喜悦欢快、天真烂漫的动人情感。爱情能让人变成诗人啊!亲爱的孩子,这是真实的情感,我能感觉到你年轻心灵的悸动,你真挚动人的感情化成笔下如音乐般流畅美妙的文字。你一定很幸福吧!当你和你的爱人像达夫尼斯和克洛伊[1]一样手挽手在那座奇妙的花园中漫步,我多希望自己变成一

---

1. 达夫尼斯和克洛伊:古希腊田园传奇中被后人视作楷模的情侣。达夫尼斯是个牧羊人,克洛伊是牧羊女,两人历经重重磨难,终成眷属。

个隐形人站在你们身旁见证这幸福！我能看到你，我的达夫尼斯，你的眼睛里闪耀着青涩初恋的炽热光芒，千般温柔、万般欣喜。你臂弯中的克洛伊，是这样年轻，柔软的身体娇嫩无比。她发誓自己绝不会坠入爱河，绝不。但最终还是妥协了。你们的身边围绕着玫瑰、紫罗兰、忍冬花！哦，我的朋友，你让我好生妒忌。你的初恋竟充满着如此纯粹的诗情画意。珍惜每一刻吧，不朽之神已经将世上最珍贵的礼物赐予你，直到你离开这个世界那天，它都会是你或甜蜜或伤感的回忆。这种任性放肆的快乐可能以后都不会再有了。初恋是最珍贵的，你年轻，她美丽，整个世界都属于你们。当你轻描淡写地说到将自己的脸埋在她的长发中时，我的脉搏似乎都因为这样的甜蜜浪漫而加快了。我想她棕褐的长发一定带着金色的光辉。我想让你们紧挨彼此坐在树荫下，一齐读着《罗密欧与朱丽叶》；我想让你跪下来，以我之名亲吻印有她脚印的土地，然后告诉她这是一个诗人在向她青春灿烂的年华和你对她忠贞不变的爱情所表示的最崇高的敬意。

你的朋友，
G. 埃思里奇·海沃德

"什么玩意儿！"菲利普读完信，骂了一句。

巧的是，威尔金森小姐还真提过一起读《罗密欧与朱丽叶》，被菲利普拒绝了。他把信揣到兜里，心里有苦难言。现实和理想还真是差了十万八千里。

第三十六章

过了两天，菲利普动身去了伦敦。副牧师推荐给他几间巴恩斯[1]的房子，

---

1. 巴恩斯：地名，伦敦的一个区域，位于西南部的泰晤士河沿岸。

菲利普写信过去，以每周十四先令的价格租了下来。他到那儿的时候已经是晚上了；房东太太提前给他准备好了茶点。她是个古怪的老太婆，个子不高，干干巴巴，脸上满是皱纹。客厅除了餐具柜和一张方桌外，几乎没有空着的地方。铺着马尾衬布的沙发靠墙放着，壁炉旁配了一把扶手椅：靠背上套着椅罩，座位下的弹簧坏了，所以上面放了个硬坐垫。

喝了茶，菲利普开始收拾行李，把带过来的书摆放好，然后坐下来准备看会儿书。此刻，他的心情非常低落。街上一点动静都没有，让他觉得有些不习惯，仿佛这里只有他一个人似的。

第二天他早早就从床上爬起来，穿上燕尾服，戴上从前在学校戴过的高高的礼帽；这顶帽子已经太旧了，他决定在往办公室去的路上到商店买顶新的。从商店买完帽子出来，离上班的点还剩好久，他便沿河岸一路散步过去。赫伯特·卡特先生的公司在法院街旁边的一条小道，这一路上他不得不三番两次地停下来跟人问路。似乎路上总有人盯着他看，有一次他还特意摘下帽子检查是不是忘记把标签摘掉了。他到了公司，敲了几下门，里面却没有一个人应声。又看了一眼手表，发现现在才刚刚九点半，可能还是来得太早了点。他转身离开，十分钟之后又绕了回来，这回有一个办公室的打杂小工给他开了门。这个男孩长着个长鼻子，脸上坑坑洼洼的，说起话来一嘴苏格兰口音。菲利普问他赫伯特·卡特先生来没来上班，他回答说先生还没到。

"他什么时候能来？"

"十点到十点半这中间吧。"

"我最好等他一会儿。"菲利普说。

"你要干什么？"打杂小工问。

菲利普心里很紧张，但故意嘻嘻哈哈试图掩饰自己的不安。

"哦，要是你没意见的话，我就来这工作喽。"

"你就是那个新学徒吧？你先进来吧，古德沃西先生马上就到了。"

菲利普和小工一前一后地走进大门。这个男孩和他差不多一般大，说自己是个初级文员。菲利普发现他在盯着自己的脚看，一下子就脸红了。他找地方坐下来,把跛脚缩到另一只脚的后面,然后开始四下打量这间办公室。屋子里黑乎乎的,只有天窗透下来的那么一点光。到处都乱七八糟,三排桌子旁放着板凳,壁炉架上方挂一幅脏兮兮的拳击赛画图。这会儿办公室里的文员都渐渐到齐了,他们的眼神从菲利普身上扫过,压低声音问那位小工(菲利普才知道他叫迈克道格)这个人是谁。这时,屋里传来一阵口哨声,迈克道格站了起来:

"古德沃西先生到了。他是这儿的经理。要不要我跟他说一声你来了?"

"好的,谢谢了。"菲利普回答。

小工走出去没过一会儿又回来了。

"跟我来吧。"

菲利普随他穿过走廊,到了一间狭小、没有几件家具的房间,他看见一个瘦小的男人背倚壁炉站着。他比一般人矮好大一头,一颗奇大无比的脑袋顶在脖子上摇摇欲坠,看上去丑得很有特点。一张大脸又宽又平,苍白的皮肤下透着隐隐蜡黄,浅色的眼睛向外突着;浅沙色的头发稀稀落落,可脸上又胡子拉碴的,真是该长毛的地方寸草不生,不该长的地方又郁郁葱葱。他向菲利普伸出手,咧嘴一笑,露出一口烂牙。他说话的时候样子居高临下,同时又明显底气不足,好像在试图强调自己并不存在的重要性。他说希望菲利普能喜欢这份工作。虽然这活儿挺苦挺累,可一旦习惯了就能发现其中的趣味所在。何况在这还能挣点钱,挣钱才是根本,对吧?他哈哈大笑,笑声里透着满满的优越感,但是其中竟然掺杂了一些羞涩。

"卡特先生马上就到了,"他说,"他周一有时候会稍微迟到片刻。等他一到我就叫你。现在我必须得给你点活干。你对记账和会计了解吗?"

"很抱歉,我不懂。"菲利普说。

"我也没指望你懂。恐怕学校里是不会教这些做生意用得着的事。"他思忖片刻,接着说,"我想我能给你找点事做。"

他走到隔壁房间,拿来一个很大的硬纸箱子,里面杂乱无序地放着一堆信,让菲利普把信整理出来,按寄信者名字的字母顺序把它们排列妥当。

"我带你去学徒待的房间吧。那儿有个挺不错的小伙子,叫沃森,是沃森·克莱格·汤普森公司——就是那家酿酒厂——老板沃森的儿子。他要在我们公司学业务,待满一年。"

古德沃西领菲利普走过刚才那间昏暗的办公室——现在那里已经坐了七八个忙碌工作的文员——来到后面一间窄窄的小屋。这间屋子是被玻璃隔断开来的小单间,沃森已经坐在那儿了,他正靠着椅背读一本《运动员》杂志。这是个又高又壮的年轻小伙,穿戴很讲究。古德沃西先生走进来的时候,他抬眼看了看,对主管经理直呼其名以显示自己的身份不同一般。可古德沃西却很反对这种套近乎的行为,他特地称呼他为"沃森先生",但沃森却没有感受到其中的指责之意,反倒觉得这是在对自己的绅士做派表示尊敬,于是便欣然接受了这个称呼。

"听说他们让里格雷托退赛了。"古德沃西一走,沃森忽然来了一句。

"是吗?"菲利普不知道该说什么,他对赛马一无所知。

他充满敬羡地看着沃森体面的衣裳。燕尾服剪裁得当,妥帖合身,宽大的领带中间别着一枚价值不菲的饰针。壁炉架上放着他的礼帽,样子像顶钟,非常时髦,闪闪发亮。菲利普觉得自己在他面前显得穷酸极了。沃森开始谈起打猎的事——在这个无聊透顶的办公室磨时间真是太折磨人了,他只能周六上午去打猎——话锋一转,又开始大谈特谈猎场的事,全国各地都有人邀请他去,但他再怎么想去也只能一一回绝。真是倒霉透了,可幸好这样的情况不会维持太久。他最多只要再在这个人间地狱待上个一年,就能去工作了,到时候一周要打四天猎,把所有猎场都跑一遍。

"你要在这里待五年,是吧?"他在这间小小的房子里挥着手臂说。

"我想是的。"菲利普回答。

"我打赌以后咱俩也会经常碰面。你知道吧,卡特管着我们公司的账。"

菲利普多多少少被眼前年轻人这股傲慢劲儿震住了。布莱克斯塔布尔的人总是看不起酿酒这个行业,就连牧师也常常讥笑镇里的酿酒商。而沃森作为酒商的儿子竟然是这样举足轻重的显要人物,这让菲利普很惊讶。沃森去过温彻斯特和牛津,他在和别人谈话的时候总是不断地强调这点。当他得知菲利普的求学经历后,态度就变得更加傲慢了。

"当然咯,要是一个人从没上过公学,这些学校就变成顶尖学府了吧?"

菲利普跟他问起办公室里的其他人。

"哦,我才懒得打听他们的事呢,"沃森说,"卡特这人还过得去。我有时候会请他吃个饭。剩下的人都是些大老粗。"

沃森开始处理手头的工作,菲利普也在旁边整理起信件来。过了一会儿,古德沃西进屋说卡特先生到了。他带着菲利普来到自己办公室旁边的一个大屋子。这间屋里有一张大桌子,还有几把扶手椅;地上铺了块土耳其地毯,墙上贴了几幅运动主题的画。卡特先生坐在桌子旁边和菲利普握了握手。他穿着一件长礼服外套,看上去像个军人。胡子上打了蜡,花白的头发修剪得短而利索。腰板挺得很直,说话的语调轻快活泼。他说自己住在恩菲尔德,特别喜欢体育运动和乡村生活。他是哈特福郡义勇骑兵队的军官,还是保守党联盟的主席。当地一个商业大亨曾经跟他说,在这儿没有人会把他当作一个金融家,听了这话,他总算觉得没有虚度此生。他和菲利普聊天时态度友好欢快、不拘小节,他说古德沃西先生会关照他。沃森是个很不错的小伙,也是位不折不扣的绅士和颇具天赋的运动员——顺便问了菲利普一句"你打猎吗?"得到否定的答案后,他说这真是太遗憾了,打猎可是绅士独享的一门运动。但是现在自己已经没有多少机会能去打猎了,因为要让自己的儿子多去。他的儿子现在在剑桥读书,之前是拉格比学校毕业的。拉格比可是所好学校,里面全是上流社会的子弟。过上两年他的儿子就要来当学徒了,这对菲利普来说算是件好事,因为他儿子精通各种运动,他们一定能相处得很好。他希望菲利普和这里的人好好相处,并且能够喜欢这份工作,千万别落下课。他们公司的人致力于提升会计这一行业的水平,需要有教养有能力的人加入其中。好了,好了,古德沃西先生在那边。要是想知道其他事儿,古德沃西都会一一回答。卡特先生问的最后一个问题是:"你的字写得如何?等着让古德沃西先生评评看。"

菲利普对这种侃侃而谈、潇洒非凡的绅士气度佩服得五体投地。在东英吉利，谁算得上绅士、谁算不上，大家心里都一清二楚，然而真正具有绅士风度的人绝不会拿这个来说事。

第三十七章

一开始的时候，出于新鲜感，菲利普对这份工作还很有兴趣。卡特先生跟他口述信稿，他还必须得誊抄账目报告。

卡特先生在管理工作业务时也青睐于绅士的作风：他坚持不用打字机，也瞧不上速记法。办公室的小工倒是懂速记，但是只有古德沃西先生会用到他的这项本领。菲利普有时会跟某位资深业务员去审查一些公司的账务，他渐渐领悟到哪些客户要以礼相待，哪些客户手头则比较拮据。他不时会接到任务，负责计算一长串数字的总和。为了准备第一次考试，他已经上了好几节课。古德沃西先生一再说这个工作一开始会很无聊，等后面习惯就好了。菲利普每天六点下班，然后步行到河对面的滑铁卢区。到家之后，晚饭已经端上桌了，等用餐完毕他就自己读几本书打发晚上的时间。每逢周六下午，便去国家美术馆转转瞧瞧。海沃德推荐给他一本由罗斯金的作品改编而成的观赏指南，他拿着这本书一个房间一个房间地细细参观，仔细阅读评论家对每幅画的评鉴，然后再咬牙逼着自己也从画里领悟到一样的内涵。礼拜天总是很难熬。他在伦敦没有认识的朋友，所以每到周日就只能一个人过。律师尼克松先生有次邀请他来汉姆斯特德过周末。菲利普那天可乐坏了，他见到好多有意思的陌生人，大吃大喝了一顿，又在那里的公园散了会儿步。临走时，主人出于礼节，嘱咐他可以随时来做客，但是菲利普恐怕碍了别人的事，所以一直等待再次收到正式邀请。可这第二次邀请却迟迟没有发来。其实这很正常，尼克松家总是高朋满座，也难怪他想不到这个沉默寡言的、孤零零的小男孩，况且他们也不欠他什么人情。周日的早上，菲利普总是起得很晚，一个人沿着曳船道慢悠悠地一直走。巴恩斯这段的河水浑浊肮脏，随着潮汐时涨时落。这里既不像闸门上游的泰晤士河那样优雅动人，也不像伦敦大桥下层层激流那般惊险刺激。下午他去公园散步。这里的公园也是灰蒙蒙、脏乎乎的样子，说不上是像乡村还是像城市；金雀花长得很矮，四周充斥着文明时代的聒噪气息。他每个周六晚上都会去剧院买最便宜的票，站在顶层楼座的门口津津有味地看戏，一站就是个把钟头。博物馆闭馆的时间离他去咖啡馆吃饭的时间没隔多久，也就不值得再回一趟巴恩斯了，可他总不知道能干点什么来消磨时间。有时候他沿着庞德街一路往上走，有时候则横穿伯灵顿市场街。走累了，就在公园坐一会儿，每逢天气不好他就去圣马丁街的公共图书馆躲躲。身边匆匆而过的人让菲利普好生嫉妒，因为他们身边都有朋友的陪伴；这种嫉妒心偶尔还会恶化为嫉恨——想想他们这样幸福，可他却这样悲惨！在偌大的城市里沦落到如此形单影只的地步，这是他想都没想过的事。有时在剧院顶层看戏时，旁边的人会试图和他搭讪。但是在乡下长大的菲利普总是对陌生人怀有戒心，三言两语就把人家打发走了。等戏一演完，他把对剧情的想法憋在肚子里，匆匆忙忙地过桥回滑铁卢区。为了省钱，他还没有生炉子，所以一进屋心就冰冰冷冷地沉了下来，整个人变得郁郁寡欢。他开始痛恨自己住的地方，漫漫长夜，他都是孤零零地一个人在这儿度过。有时候寂寞涌来，他甚至没有心情继续读书，只能盯着壁炉里的火苗愣神，可怜巴巴地一看就是几个小时。

菲利普到伦敦三个月了，除了那次周末在汉姆斯特德之外，他只和同事打交道。一天晚上沃森请他下饭店，吃过饭后又一起去杂耍剧院[1]。菲利普觉得很害羞，坐在座位上手都不知道往哪儿搁。沃森一直在叨叨些他完全不感兴趣的事。尽管他觉得沃森就是个市侩小人，可还是抑制不住对他的崇拜之情。让他生气的是，沃森把对他文化修养的鄙视全都明明白白写在了脸上，而且现在如果用别人的标准来评价自己的话，连他本人都会对那些之前觉得挺重要的要求嗤之以鼻。他人生中第一次品尝到贫穷带来的羞辱。伯伯每月只寄

---

1. 杂耍剧院：英国专门上演滑稽剧，并提供色情荒诞演出的剧院。

来十英镑的生活费,而他又不得不多置办点像样的衣服。一身晚礼服就花了五基尼,但他还不好意思跟沃森说这件衣服是他从河岸街买的。沃森说过整个伦敦就只有一个正儿八经的裁缝。

"我猜你不会跳舞吧。"一天,沃森瞥到他的跛足,这样问了一句。

"不会。"菲利普说。

"真可惜。有人叫我带上几个男舞伴去参加舞会呢。要是你会跳的话,我就能给你介绍几个有意思的女孩了。"

有几次菲利普实在不愿回巴恩斯,就想在城里多留一会儿。深夜他在西区逛荡,发现几所房子里正在举办宴会,特别热闹。他混在一小群衣衫褴褛的人中间,站在脚夫身后看着宾客逐一到场,听着从窗户里面飘来的音乐。尽管天气很冷,还是能看到一对男女走到阳台透气。菲利普觉得他们是陷入爱河的情侣,这样你侬我侬的甜蜜让他觉得受伤,只能转头一瘸一拐地离开。他永远不会成为那个幸福的男人。他觉得没有女人会不嫌弃自己的残疾、真心真意地爱慕自己。

他想起了威尔金森小姐,可这并没有让他心里舒服起来。威尔金森小姐离开的时候曾经约好在他告知自己的地址前,她会往查令十字街邮局寄信。菲利普到那儿一看,果然发现了三封她写来的信。她用紫色的墨水搭配蓝色的信纸,上面满满的全是法文。搞不懂她怎么就不能像个正常的女人一样写英文。她的信充满激情,读来竟像一部法国小说,让他汗毛倒立,鸡皮疙瘩起了一身。她在信里责备菲利普不和她联系,菲利普则回信推脱道自己太忙了。他不知道怎么写信头的称呼。如果要写"最亲爱的"或者"我的爱人",他实在下不了笔,可是他又讨厌称呼威尔金森为"艾米丽",所以到最后他选了"亲爱的"三个字作为信头。孤零零的三个字写在纸上看起来非常突兀、愚蠢,可菲利普就是存心要达到这样的效果。这是他写的第一封情书,其实他心里清楚这封信应该写得万般温存:要说尽甜言蜜语,写出自己每一分每一秒都在想念她,渴望亲吻她美丽的玉手,一想到她的娇艳红唇就激动得不由发抖。可是一种莫名的羞怯让他停住了笔,最后写到纸上的全是关于自己新房间和办公室的琐事。她的回信立刻就到了，这是一封充斥着愤怒、伤心、责备的信，几乎字字泣血，句句诛心：你为何如此冷酷？你不知道我在苦苦等待你的来信吗？一个女人能献给男人的，我全都给了你，这就是我得到的回报？你是否已经厌倦了我？几天过去，菲利普还是没有回信，威尔金森小姐就开始不断来信轮番轰炸。她无法忍受菲利普的残忍，她盼着邮差快点来，却总是盼不到他寄来的信。每个夜晚都满脸泪水地昏睡过去，她现在形容枯槁，身边的人都在议论：哪怕他不爱她了，为什么不能明说呢？她又说自己根本离不开他，眼下已经生无可恋，一心只想自杀。她痛斥他的冷漠、自私、不知感恩。这些信都是用法语写的，尽管菲利普知道她这样做纯属显摆，但心里还是隐隐有点不安。他不想害得她如此伤心。很快，又来了一封信，里面写到她再也受不了这样的离别之苦，准备计划来伦敦过圣诞节。菲利普回信说如果她能来那简直太好了，但是他已经约好和几个朋友回乡下过圣诞，实在不知道该怎么开口反悔。她又回信说她不会强迫菲利普见自己，况且这明摆着就是菲利普根本不想见她。她的心已碎，从没想过自己的一片痴心竟然只落得这样残忍的下场。这封信写得格外动人心弦，菲利普甚至觉得纸上还残留着干透的泪痕；他头脑一热提笔写到自己非常抱歉，请她一定要来伦敦。但是等接到她说自己没法离开的回信时，他简直是长长松了一口气。每次她的信件一到，他的心就跟着重重地沉下去：他总是犹豫再三不想打开，因为知道信里除了怒气冲冲的指责和楚楚可怜的哀求，别无他物。这满纸的辛酸苦痛竟衬得他像只畜生一样无情无义。可究竟哪里做错了，他又真的说不上来。万一拖了几天没回信，那么威尔金森小姐就会再寄来一封，说自己生病了，孤零零、惨兮兮、没人照顾。

"上帝啊，我要是和这个女人之间没有一点瓜葛该多好。"菲利普自言自语。

他崇拜沃森，因为他似乎对处理这档子事很有一手。他曾和一个巡演剧团的女孩搞地下情，菲利普从他那儿听了不少关于这段恋情的来龙去脉，馋得不得了。可是没出多久，年轻气盛的沃森新鲜劲儿一过就对姑娘不再感兴趣了，他这样跟菲利普形容分手时的情景：

"藕断丝连对我可一点好处都没有，所以我就直接说我对她已经腻了。"

"她没有大吵大闹吗？"菲利普问。

"吵闹是正常的，但是你知道吗，我跟她说我不吃这一套，让她省省吧。"

"她哭了吗？"

"我最受不了哭哭啼啼的娘们。她刚准备开始抹泪，我就让她滚了。"

如今的菲利普已经不再是个小孩，他也学会了如何犀利地打趣，便笑着问：

"那她就滚了？"

"对啊，不然还能留下和我干瞪眼？你说对吧。"

距离圣诞节越来越近。凯利夫人整个十一月都抱恙在家，医生建议她趁着圣诞节和牧师去康沃尔待几个礼拜，养养身子。可这样一来菲利普就没有地方能去了，只好整个圣诞节都窝在自己的小屋里。菲利普用海沃德的理论给自己洗脑，说服自己这种举国上下的喜庆热闹既粗俗又野蛮，决计不把圣诞节当成什么了不得的事，但是真到了那一天，四周响起的欢声笑语却穿墙而过，无情地层层包围了他。房东太太和丈夫准备去找已经成家的女儿过节，菲利普为了省事，告诉他们自己会在外面解决午餐。快到中午的时候，他独自一人去伦敦一家叫"加蒂"的餐厅吃上一片火鸡肉、一点圣诞布丁。眼看下午也没什么事做，干脆跑到威斯敏斯特教堂做祷告。街上空空荡荡的，偶尔几人经过也都形色匆匆，似有要事在身。他们三两结伴，脚下生风，朝着自己的目的地一路赶过去。只有菲利普是一个人慢悠悠地在街上逛。这些人的生活好幸福，可他现在品尝到的孤独，却有着从未有过的苦涩滋味。本想今天在街上溜达溜达，晚上去饭店吃一顿再回家，但街上那些有说有笑、喜气洋洋的人逼得他恨不能马上躲回自己的小屋。他在威斯敏斯特大桥路上买了点火腿和杂果馅饼[1]，回家随便吃了点果腹，然后翻开了一本书。在这个特

---

1. 杂果馅饼：英国圣诞节的传统甜点。

殊的夜晚,像潮水一样涌来的孤独将他淹没,使他窒息。

再回去上班的时候,沃森给他吹嘘自己度过了一个怎样精彩的假期,菲利普默默听着,心里泛起阵阵酸楚。沃森和朋友们找了几个玩得很开的女孩作伴,吃完晚饭就把客厅清出来,在里面翩翩起舞。

"我玩到三点才睡,都不知道自己是怎么爬上床的。可能我真喝了不少。"

菲利普有点着急:

"怎么样才能在伦敦交到朋友啊?"

沃森好像不敢相信自己的耳朵,瞪大眼睛看着菲利普,轻蔑地说:

"啊,怎么说,就那么交呗。你要是参加舞会,想认识多少人都没问题。"

菲利普打心底里讨厌沃森,但又愿意不惜一切代价和他交换身份。以前在学校的那种熟悉的感觉又回来了,他再一次地想成为别人,想和沃森互换灵魂。要是自己变成沃森,那该是种什么感觉呢?

第三十八章

一到年尾,大事小情纷纷而来。菲利普和一个叫汤普森的文员四处奔走,每天千篇一律。他大声念出每一项开支,再由汤普森负责核对,偶尔还要负责把一串账目数字加起来。他向来对数字不敏感,但是也没有其他法子,只能耐住性子一个一个地算。有时候出了错还会惹得汤普森大发雷霆。汤普森已经四十岁,高高的个子,长得精瘦。黑色的头发下是一张没什么血色的脸庞,胡子乱七八糟像是狗啃的一般,脸颊往里凹着,鼻子两边各是一道深深的沟壑。他对菲利普横看竖看都不顺眼。因为菲利普是学徒,交得起五年三百基尼的学费,日后的飞黄腾达更是指日可待。可他呢,要经验有经验、要能力有能力,却只能当个小职员,靠每个礼拜可怜巴巴的三十五先令薪水过活。他本就是个暴脾气,家里还有老老小小不少人等着他养活,菲利普的一言一行在他看来都带着一股傲气,让他感到愤愤不平。他经常对菲利普肚子里比自己多出来的那点墨水冷嘲热讽,还总是挑剔他的口音。菲利普说话不带伦敦腔,这让他特别耿耿于怀,每次两个人交谈的时候,他都要特别强调自己"H"这个字母的发音[1]。起先他的态度只是粗鲁无礼、招人讨厌,可后来等他发现菲利普没有做会计的天赋时,就动不动地以羞辱他为乐趣。尽管他的恶言恶语听上去愚蠢透顶,可还是狠狠伤害了菲利普脆弱的自尊心。为了自卫,他竟然摆出了一副自己都从没意识到过的高傲架子。

"你这是大清早泡了个澡?"曾经很守时的菲利普现在也开始迟到了,他一进办公室,汤普森就冷不丁地这样问了一句。

"对啊,你难道不泡吗?"

"我又不是什么讲究人,就是一个小职员。我只在周六晚上洗个澡。"

"怪不得你星期一的时候比平时更烦人呢。"

"能烦请您屈尊做点简单的算术吗?真不好意思,跟您这样精通拉丁语和希腊语的大学问家提这么多要求。"

"你真是连挖苦人都找不着门道儿!"

菲利普不得不承认这个薪水微薄的大老粗比自己有用多了。有一两次古德沃西先生都对他的错误不耐烦起来。

"都这么长时间了,你应该做得比这好得多才对啊,"他说,"你还不如办公室里的打杂小工灵光呢。"

菲利普一声不吭地听着,脸上阴云密布。他最讨厌受人责骂。有的时候古德沃西先生对他抄写的账目不够满意,还会叫其他人再抄一遍,这让菲利普的脸都丢光了。一开始他还觉得这份工作挺新鲜,勉强能坚持着干下来,但现在他的耐心早就耗光了,对这些琐碎的事宜也已经忍无可忍。既然已经知道自己不是做会计的料,他就干脆痛恨起这个工作来。有人嘱咐他做事,他却经常一拖再拖,把自己的时间都浪费在信手涂鸦上。他在便笺纸上画画儿,给沃森画素描,各种能想到的姿势都来了一幅。沃森对他的天赋大为敬佩。

---

[1] "H"的发音:英国上流阶层的人士会格外注意字母"H"的发音,而这也是区分社会阶层和受教育水平的标志之一。

他心血来潮带着这些肖像画回了家。第二天上班的时候把全家人的交口称赞复述给菲利普听。

"你怎么不去当个画家啊,"他说,"只是因为干这一行挣不了钱吧。"

刚好两三天后卡特先生和沃森家一块吃饭,也看到了这些素描。隔天早上他把菲利普叫到办公室。菲利普不常和他打照面,在他面前表现得很不自在。

"听我说,年轻人,你下班之后做点什么我可不在乎,但我见你的素描都是拿办公室的纸画的啊。古德沃西先生跟我告状说你工作不上劲。想要当个称职的特许会计师就必须先打起精神来。这是个不错的职业,我们的同事都是有头有脸的人物。要从事这门行业就必须……"他试图寻找一个恰当的词儿,无奈怎么也找不到,只得草草地结尾了事,"从事这门行业就必须打起精神来。"

也许原本菲利普会忍气吞声再在这儿待几年,但合约里写得明明白白,假如他不喜欢这份工作大可以在一年后离开,还能拿回一半的学费。这样一来,他暗暗打定了主意,打算一年期满便一走了之。他觉得天天对着账目加加减减实在是委屈了他的能力,尤其当自己连这样的小事都干不好时,难免更觉得脸上无光。和汤普森的交恶也搞得他心烦意乱、焦头烂额。三月一到,沃森在这儿一年的学习就到期了,尽管菲利普不怎么喜欢他,但是看着他走心里也不是滋味。其他职员讨厌他俩,把他俩看作一丘之貉,因为他们出身的阶级要比其他人略高一点。一想到还要和这群无聊的家伙共事四年,菲利普的心就凉透了。他曾经期待在伦敦过上五光十色、精彩纷呈的生活,但现在看来当初的愿景一点也没有实现。他讨厌伦敦。这里连一个认识的人都没有,也不知该如何去结识陌生人。不论走到哪儿他都是孤零零的一个。他快要忍不下去了,这种日子就连一秒都不愿继续。晚上往床上一躺就开始胡思乱想:要是能永远告别那间肮脏昏暗的办公室,告别那里的同事和这间死气沉沉的小屋该有多好。

谁想到春天里发生了一件让菲利普失望透顶的事。海沃德写信告知说自己有意在春天去趟伦敦,菲利普眼巴巴地盼着他来。他最近读了不少书,脑子里全是各种各样急需和别人辩论一番的想法,而他从这认识的人没有一个对这些抽象的问题感兴趣。他已经等不及要把憋了一肚子的话倒给别人听。可是当他接到海沃德的第二封信时,一下子变得万念俱灰。海沃德在这封信里说意大利今年的春天比以往任何时候都更加迷人,自己实在没有办法抽身于如此良辰美景。他问菲利普为什么不能来意大利一聚。大千世界如此美好,干吗非要在那间办公室里蹉跎青春呢?信里这样写道:

不知道你怎么受得了?我现在只要想到舰队街和林肯律师学院都忍不住一阵反胃。我在这世上只有两件事不会辜负:爱情和艺术。我不能想象你俯身于一本账簿,碌碌工作的样子。你该不会还戴一顶礼帽,拿着一把雨伞和一个小黑包?诚以为,你我应将生命视作一场冒险,要用炽热的、绽放着宝石一般光芒的火焰将它熊熊燃烧;应该去冒险,去挑战,在重重困难中站稳脚跟。为什么不来巴黎深造艺术呢?我一直都觉得你是这块料。

信里提到的建议恰好和菲利普心里一直惦记着的想法不谋而合。他先是被吓了一跳,转而开始认真思考。经过深思熟虑,菲利普觉得这是逃出目前可悲处境的唯一出路。所有人都觉得他有些艺术天赋。在海德堡时,自己的水彩作品赢得众人钦佩,即使像是沃森这样的陌生人也非常喜欢他的素描作品。他对《波希米亚人的生活》印象深刻,这本书随他一起来伦敦,每次心情沮丧时,只要读上几页就仿佛穿越到书中那一个个的阁楼里,鲁道夫和他的朋友们正在那儿相亲相爱、高歌起舞。他开始像之前憧憬来伦敦那样梦想着去巴黎,但是这一次他一点也不担心自己会再次失望。他一直梦寐以求的浪漫艳遇、美景佳人和缠绵爱情,似乎在巴黎都能寻得到。既然他这样热爱绘画,为什么不像其他人一样做个画家呢?他写信给威尔金森小姐,从头到尾问了个彻彻底底。害得她还以为菲利普会永远待在巴黎呢。威尔金森小姐回复说每年只要八十镑就能轻松在巴黎生活,而她非常赞同菲利普的计划,为他感到万分激动。像菲利普这样优秀的人本就不该待在办公室里浪费生命。她的语气很夸张,说哪有伟大的艺术家会屈尊做名小文员?还请菲利普一定要对自己有信心,因为自信才是重中之重。但可惜菲利普天生就不是洒脱之人,做决定前一定要反反复复考虑良久。海沃德尽可以说些放手一搏之类的豪言壮语,因为他手中的上等股票每年都能给他带来三百镑的收入,而自己所有的财产加起来也不超过一千八百镑。想到这,他又犹豫了。

也真是凑巧,过了一段日子,古德沃西先生忽然问菲利普想不想去巴黎。他们公司给一个位于巴黎圣安娜街的旅馆做账务,这所旅馆隶属于一家英国公司,每隔两年古德沃西先生就会带一名文员去一趟。那个和他一起出差的文员刚好病了,而最近工作强度太大,其他人也都走不开。古德沃西先生想到了菲利普,他是最好脱身的人选,况且学徒条款也让他有权要求参与公司这种算得上有趣的差事。菲利普高兴得手舞足蹈。

"白天你必须全力工作,"古德沃西先生说,"但是晚上咱们可以自由活动,巴黎啊,那可是巴黎。"他朝菲利普心照不宣地笑了笑。"旅馆里面条件很好,一日三餐都是旅馆提供,自己不用花一个子儿。这就是为什么我喜欢去巴黎,反正什么花销都是别人给埋单。"

巴黎之行很快就开始了。一到加来港[1],菲利普就看到成群的脚夫在向他们比比画画地打招呼,他的心跳一下加快了。

"终于来了啊。"他在心里默默说。

坐上横穿田野的火车,菲利普的眼睛似乎都不够用了。他喜欢车窗外闪过的沙丘,它们的颜色比他见过的一切都好看;条条运河、行行白杨使他眼花缭乱、目不暇接。等他们从巴黎北站出站,坐上一辆吱吱呀呀的旧马车沿着铺了鹅卵石的小道一路前行,他呼吸着空气中荡漾着的醉人气息,竭尽全力抑制自己想要大喊大叫的冲动。旅馆经理已经在门口等候,他个子不高,胖乎乎的,很招人喜欢,一口英语也能让人听个半懂。他和古德沃西先生是

---

1. 加来港:法国北部的港口城市,与英国的多佛港隔英吉利海峡相望。

老朋友了,亲切地打过招呼后,就带他和菲利普去自己的房间和妻子一同用餐。菲利普觉得面前这道牛排配土豆是自己吃过最美味的菜肴,廉价的佐餐红酒也是这世上最甜美的甘露。

对古德沃西先生这样一位德高望重、坚守原则的大当家来说,法国之都是个名副其实的风月场。他隔天早上问旅馆经理这里有什么"刺激"能找。他在巴黎之旅中总能放下矜持,好好享受一把。他说来巴黎玩一遭可以让你的脑子好好络活络。晚上工作做完了,他就带菲利普去红磨坊[1]和女神游乐厅[2]。一瞄到香艳的画面,小眼睛就一闪一闪地放光,脸上堆满狡黠的、色眯眯的微笑。巴黎市内专门给外国人设计的娱乐场所他已经去了一个遍,过后还装模作样地说,一个对这些下流活动放任不管的国家是不会有什么好下场的。看滑稽剧的时候,台上走出个几乎一丝不挂的女人,他打眼一看,立马用胳膊肘捅了捅菲利普。在剧院大堂他指着一些走来走去的高挑女人跟菲利普说她们是这儿的高级妓女。古德沃西展现给菲利普的是巴黎龌龊庸俗的一面,菲利普却戴上了想象的眼镜,细细观察这座城市。早上他像支箭一样冲出旅馆大门,去香榭丽舍,去协和广场。六月的巴黎清新美丽,熠熠生辉,似乎连空气中都闪着星星点点的光。菲利普的心飞到人群之中,他觉得这才是真正的浪漫之城。

他们在那儿待了不到一周,星期天就告辞了。深夜菲利普回到自己阴暗的小屋里,暗暗下定了决心:他要解除学徒合同去巴黎学艺术。为了不让别人觉得自己在胡闹,他预备待满一年再走。刚好八月下旬他要去度假,等走的时候就跟赫伯特·卡特说自己不准备回来了。尽管他每天还是照常上班,但现在根本连装都懒得装,对待工作格外消极懈怠。他满脑子都是对未来的无限憧憬。七月过完一半,公司就没有太多工作要做了,他以要去听讲座准备考试为借口,故意不来上班。有次他又用这个借口请了假,却跑去国家美

---

1. 红磨坊:位于城北蒙马特高地脚下,是巴黎最有名的歌舞表演厅之一。
2. 女神游乐厅:又称情人游乐场,以异国风情歌舞和脱衣舞闻名。

术馆待了一天。他读了很多关于巴黎和绘画的书,对罗斯金关于艺术的评论见解很着迷,还看了很多瓦萨里[1]写的画家传记。他喜欢柯勒乔[2]的故事,幻想自己站在杰出的绘画作品前,抑制不住地流泪:"我是一名画家。"[3]他的脑中没有一丝犹豫的念头,深信不久的将来自己将成为一名伟大的画家。

"反正我也只能这样放手一搏,"他自言自语道,"生命在于冒险嘛。"

八月中旬终于到了。卡特先生去苏格兰度假,公司事务交由经理全权负责。古德沃西在巴黎之旅回来后似乎乐呵呵地把菲利普当成自己人,而因为知道离职之日近在眼前,菲利普对这个滑稽可笑的小个老头儿也变得包容许多。

"你明天去度假是吧,凯利?"有天晚上,他这样问菲利普。

整整一天,菲利普不断安慰自己:这是最后一次坐在这可恨的办公室里了。

"是的,我在这儿待满一年了。"

"恐怕你这一年干得可不怎么样。卡特先生对你很不满意。"

"我对他更不满意。"菲利普笑着顶嘴。

"要我看,你这样说话可不对啊,凯利。"

"我这次一走,就不打算再回来了。之前我已经和卡特先生说好,在这儿当满一年学徒后,要是不喜欢这份工作的话,就在年底离开。卡特先生也会退给我一半学费的。"

"你不该这样潦草地下决定。"

"我讨厌这里的一切,讨厌了整整十个月。我讨厌这份工作,讨厌这间办公室,讨厌伦敦。我宁可去扫大街也不愿继续留在这儿了。"

"好吧,只能说,我也不觉得你是块当会计的料。"

"再见,"菲利普一边说一边伸出了手,"我要感谢您对我的照顾。给

---

1. 瓦萨里:意大利画家、美术史家,被誉为美术教育奠基人。
2. 柯勒乔:本名为安托尼奥·阿莱里,十六世纪早期的创新派画家,也是意大利文艺复兴时期最伟大的画家之一,其作品以圣坛画、宗教绘画为主。
3. 原文为意大利语。

您添麻烦了,很抱歉。我差不多从一开始就知道自己不是当会计的料了。"

"好,你要是真的心意已决,那就再见吧。我也不知道你下一步会去做什么,但是只要回来这附近,就一定来看看我们吧。"

菲利普笑了几声。

"我不想显得太粗鲁,但说句实话,我真是再也不想瞧见你们了。"

第三十九章

菲利普回到布莱克斯塔布尔,把自己的计划一股脑儿告诉了牧师。可牧师说什么也不同意这样荒唐的想法。他性子倔,认为不管开了什么头,都要一条道走下去。像所有懦弱的人一样,他把善始善终看得太重要,坚持不肯改变最初的计划。

"你可是自己同意去当会计的啊。"

"我之所以同意,是因为只有这样我才能去大城市瞧瞧啊。我讨厌伦敦,讨厌会计,不管谁说什么我都不会再回去了。"

菲利普想要成为艺术家的念头让凯利夫妇大吃一惊。可别忘了,他的父母都是有头有脸的上流人物。画画算个什么职业?充其量只是个拿不上台面、不道德的龌龊行当。只有那些放荡不羁的波希米亚人才靠这个吃饭呢。再说了,巴黎又是个藏污纳垢之地!

"只要你还听我的,我就坚决不允许你跑去巴黎。"牧师丝毫不松口。

在他眼中,巴黎是罪恶的深渊。放浪的荡妇和巴比伦娼妓在那里招摇,向天下宣示这里的邪恶肮脏。普天之下再也没有一座城市能和这里一样道德败坏了。

"我们把你抚养成一位绅士、一名虔诚的基督徒,要是这会儿你一心不学好,我们还放任不管的话,那真是辜负了你亲生父母对我的信任了。"

"哼,我心里清楚自己早就不是基督徒了。现在也开始怀疑自己究竟是不是位绅士。"菲利普说。

他和牧师越谈越谈不拢。还有一年他才能拿到那一小笔遗产，牧师说这段时间里他不会给他一个子儿，除非他乖乖回到会计公司去。菲利普早就考虑清楚了；要是他不想继续做会计的话，必须现在离开才能拿回一半的学费。可是跟牧师解释这些完全是白费口舌。他气得一时失控，说了一些既伤人又气人的话。

"你没有权利这样浪费我的钱，"他最后说，"这总归是我的，对吧？我不是小孩了。既然决心已下定，你就不能阻止我去巴黎，也不能逼我回伦敦。"

"你要是不按着我说的去做，不走正路，我就不给你钱。这是我唯一能做的。"

"行，无所谓。我反正决定去了，卖衣服、卖书、卖了我爸收藏的珠宝也要去！"

路易莎伯母静静坐在一边，心里焦灼，苦不堪言。她知道菲利普已经怒火攻心烧昏了头，这时不管说什么都只能火上浇油。最后牧师撂下一句，他再也不想操心这些屁事，便火冒三丈地出了客厅。之后三天这爷俩谁也没和谁说话。菲利普跟海沃德写信打听巴黎的事，决定一收到回信就立刻启程。凯利夫人一直在琢磨整件事儿。她感觉菲利普心里对伯伯的一股怨气也连带上了自己，这个想法让她心如刀割。她是真心真意地疼爱菲利普。最后，还是她先朝菲利普开口示好，聚精会神地听他大谈特谈对伦敦的幻想如何破灭，对未来又有怎样的勃勃雄心。

"可能我画得没有多好，但至少要让我试一次。再怎么失败也不会比待在那间破办公室更惨了。我觉得自己能画画，我有天赋。"

牧师觉得做长辈的阻挠后辈的强烈意愿是天经地义的事，可是路易莎不这样认为。她之前读过一些伟大画家的故事，这些人的父母曾经也强烈反对他们学画，而事实证明这些父母犯了天大的错误。再说，画家的工作也可以像会计师一样为增添主的荣光而效力。

"你要去巴黎，我很担心，"她慈爱地说，"要是去伦敦学画还能好些。"

"但凡要学，就不能有一点凑合。只有在巴黎，才能学到绘画的真本领。"

凯利夫人听从菲利普的建议给律师去了封信，里面说到菲利普对伦敦的工作很不满意，想换个职业，并问问他对这件事有何见解。律师回信如下：

亲爱的凯利夫人：

  我已经见过赫伯特·卡特了，很抱歉，我必须要告诉您菲利普的表现很不好，没有达到我们对他的预期。如果他实在抗拒这份工作，那么也许应该趁现在这个机会中止学徒条约。我自然也是万分失望，但是您知道的，就算能把马牵到河边，也没法把它的头摁到水里啊。

您的朋友，
艾伯特·尼克松

  凯利夫人把信拿给牧师看，但这不仅没有动摇牧师的决定，反而让他更加坚决地反对菲利普的计划。他说菲利普大可以选择其他职业，比如继承他父亲的衣钵当个医生。要是菲利普去了巴黎，就别想从自己这儿讨到钱。

  "明明就是任性自私、好吃懒做，还偏给自己找借口。"牧师说。

  "真是有趣，你还有资格说别人任性自私？"菲利普辛辣地回敬道。

  他已经收到海沃德的回信了，信里推荐给他一间可以容身的旅馆，一个月三十法郎。还附了封给一家美术学校女司库写的推荐信。菲利普把这信读给凯利夫人听，告诉她自己打算九月初就离开。

  "但是你身上有钱吗？"她问。

  "我今天下午就去特坎伯雷镇上卖珠宝。"

  他从父亲那里继承了一块金表和一根金表链，两三枚戒指，一些链扣和两个饰针。其中一枚饰针上还镶着珍珠，估计能卖个好价钱。

  "你可想好了，值多少钱和能卖多少钱可不一样。"路易莎提醒他。

  菲利普咧嘴一笑，这句话本是牧师的一句口头禅。

  "我知道，最差也能卖个一百镑。这些钱就够我撑到二十一岁生日了。"

  凯利夫人没有回话，她一言不发地走上楼，戴上小黑帽去了银行。一个钟头之后回来了。菲利普正在客厅看书,她走到他跟前,递给他一枚信封。

"这是什么?"他问。

"给你的一份薄礼。"她害羞地笑了笑。

菲利普打开信封,里面是十一张五镑钞票和一个装满金镑[1]的小纸包。

"我不能让你卖你父亲的珠宝。这是我的存款,加起来差不多一百镑。"

菲利普的脸一下红了,他搞不懂为什么自己的眼眶里忽然溢满了泪水。

"亲爱的伯母,礼物我不能收,"他说,"你真的太好了,但是我不能收。"

凯利夫人过门的时候身上带了三百镑嫁妆,这么多年来她花钱一直蹑手蹑脚。这些钱只负责应付一些提前没有预见到的临时开支,比如紧急的募捐活动或者给牧师和菲利普买圣诞节、生日礼物。钱一点点减少,凯利夫人的眉头也皱得越来越深,但牧师依然会拿这件事打趣。他说自己的老婆是个富婆,还经常说凯利夫人藏着"私房钱"。

"务必收下吧,菲利普。很抱歉,我之前太挥霍了,不然也不会只剩下这么一点。如果你能收下,我会很开心的。"

"但是你也要用钱啊。"菲利普说。

"不,应该用不着。存这笔钱是怕你伯伯走在我前面。我之前想要是他先走了,我留着点积蓄用起来也及时。但现在看来,我应该活不长了。"

"亲爱的伯母啊,别这么说。你怎么会这么想呢,你一定会长生不老的。我可不能没有你啊。"

"听你这么说,我就算死也没有什么遗憾了。"她的声音哽咽颤抖,用手捂着脸呜呜地哭了起来。没过一会儿,她擦干眼泪,勉强挤出一丝笑模样,"以前我跟上帝祈祷,请求他不要让我先走,因为我不想留你伯伯孤零零的一个人,不想让他受苦。但是现在我知道生离死别对于你伯伯来说不算什么,对我来说也不算什么了。他想比我多活几年,因为我这辈子都不是一个可心的妻子。要是我出了什么事,我敢说他会再娶一房的。所以,我现在想走在他的前头。

---

1. 金镑:英国发行的面值 1 英镑的金币。

菲利普，你不觉得我这样是自私吧？如果他先去世了，我会受不了的。"

菲利普亲了亲伯母长满皱纹的干瘦脸颊。不知为何，她对伯伯深情、伟大的爱情让他觉得莫名其妙的羞耻。她怎么会如此迷恋一个这样冷漠、自私、以自我为中心的糟糕男人呢？让人费解。其实牧师心里清楚，在妻子眼里，自己的冷漠自私、所有缺点和毛病都早已暴露无遗，可她还一如既往地爱着自己。

"你会收下这些钱吧，菲利普？"她温柔地抚摸着他的头发说，"我知道没有这些钱你也能撑下来，但是多拿点钱总归是好的。我一直都想为你做点什么。你知道的，我没有自己的孩子，只能把你当亲儿子疼。你小的时候我经常想你要是病了该多好，我就可以日夜守着你、照顾你了。尽管这种想法很不对，但我真的是控制不住自己。这些年来，你只生过一次病，那还是在学校的时候。我多想去照顾你啊！那是我唯一的一次机会。可能等你成了大艺术家的时候，就会把我这个伯母忘得一干二净，但是你会记住是我资助你走上了这条路。"

"你真的对我太好了，"菲利普收下这笔钱，对她说道，"我很感激。"

路易莎疲倦而没有光泽的眼睛里闪过微微笑意，满含幸福的笑意。

"太好了，我真高兴。"

第四十章

几天后，凯利夫人去车站送别菲利普。她站在车厢门口，泪眼蒙眬，极力忍着不让眼泪掉下来。菲利普很不耐烦，巴不得火车立刻开走。他一心只想远走高飞。

"再亲我一次吧。"凯利夫人说。

菲利普从车窗探出头，亲吻了她一下。火车开动了，她站在这间小车站的木制站台上，朝火车驶走的方向挥舞着手帕，一直到它消失在视线中。她的心沉沉坠着，车站离教区不过几百码[1]，但她却走了好久好久。菲利普这么

---

1. 码：英制长度单位，1 码等于 3 英尺，约合 0.9 米。

着急要离开其实很正常,她心里想,毕竟是个孩子,未来正朝他招手呢。但她呢?她咬紧牙关不让自己大哭出来,在心里默默祈祷,祈求上帝能够守护他,帮他抵抗诱惑,助他前途光明,永远幸福。

火车开动没多久,菲利普就把伯母的事抛到脑后了。他满脑子想的都是关于未来的念头。他提前给奥特夫人——就是海沃德介绍给他的那位女司库——写了信,口袋里还揣着她邀请自己到法国后第二天一起喝咖啡的回函。到了巴黎,他把行李都堆上马车,一路徐徐穿过闹街,经过大桥,沿着拉丁区狭窄的街道行进。他已经在德埃科勒旅馆订好了房间。这所旅馆在离蒙帕纳斯大街不远的一条破旧小巷里,从这去他学画的阿米特拉纳学校很方便。旅馆的侍者把他的行李搬到五楼,带菲利普到了他的房间。这间屋很小,窗户紧紧闭着,闻起来好像发了霉。里面最大件的家具是一张床,上面盖着红格纹布床盖;窗户上挂着同样布料做的厚重的旧窗帘,看上去脏兮兮的。屋里的五斗柜也当成脸盆架用,笨重的衣柜古里古怪,让人联想到路易·菲利普那个年代的风格。屋里的装潢已经有些年头了,墙纸已经褪色,灰蒙蒙的一片,只能依稀辨认出上面棕色叶子编成的花环图案。菲利普觉得这里有种怪异而奇特的魅力。

夜深了,他还是激动得难以入睡。他出门散步,到了林荫大道上朝着有光的方向走,一路来到了火车站。站前广场上盏盏弧光灯发出耀眼的光,黄色的有轨电车从四面八方驶来,闹哄哄地经过这里,又向各个方向开去。这样热闹的景象让菲利普兴奋地笑出声来。放眼四周,到处都是咖啡馆,他挑了一张凡尔赛咖啡馆的露天小桌坐下,迫不及待地要把未来往往的人群看个仔细。这天晚上月朗星稀,温度适宜,咖啡馆里坐满了消磨长夜的人。他饶有兴趣地打量着他们:有一家人在这儿小聚谈天,也有戴着奇形怪状的帽子、胡子拉碴的男人凑成一堆高谈阔论,两只手在空中挥来舞去。菲利普身边坐着两个画家模样的男人,他俩身边还各坐了一个女人。菲利普心里暗想这可千万别是他们的妻子,否则就一点意思都没有了。在他身后,几个美国佬正大声辩论艺术问题。他的灵魂在这一片嘈杂人声中也跟着躁动不安起来。他在这坐到很晚,尽管已经精疲力竭,却还是满心兴奋,根本挪不动屁股。等他回去躺到床上的时候,两个眼睛还睁得溜圆,竖着耳朵不肯放过巴黎夜晚的一丁点声响。

第二天喝下午茶时,菲利普走着去了贝尔福狮子街,在拉斯佩尔大道一条新铺的支路上找到了奥特夫人的家。奥特夫人是个三十岁左右貌不起眼的女人,本人土里土气的,还硬要摆出一副淑女架势。她把菲利普介绍给自己的母亲。还没说几句话,菲利普就得知了奥特夫人曾在巴黎学过三年美术,又聊了两句就听说她已经和丈夫分居了。家里的小客厅挂着两三幅她画的肖像画。见识浅薄的菲利普觉得这些画水平超凡,堪称杰作。

"不知道我将来能不能画得这么好。"他跟奥特夫人说。

"哦,但愿如此,"奥特夫人的语气里多多少少掺杂了一些自满,"什么事儿都不能一蹴而就啊,这不是明摆着的嘛。"

她挺友善,给了菲利普一家商店的地址。那儿能买到画架、画纸和炭笔。

"我明天大概九点去阿米特拉纳学校,要是你提前到了,我会帮你打点打点,给你找个好位子。"

她问菲利普之后有什么打算,菲利普不想让她觉得自己对将来的事稀里糊涂的,只能硬着头皮说:

"嗯,我想学画画。"

"你能这么想真是太好了。人啊,不管做什么都总是匆匆忙忙的。来这儿的前两年我都没有动过油彩,可你看看我现在的成绩。"

她朝一幅看起来黏糊糊的油彩画瞄了一眼,这是她给母亲画的肖像。

"我要是你啊,就会对在这认识的人格外留个心眼儿。别把自己和外国人掺和在一块。我挺谨慎的。"

菲利普感谢了她,尽管他觉得这条忠告听上去很奇怪,也不懂为何非要在这里小心谨慎、步步为营。

"我们在这儿的生活和在英国一样,"奥特夫人的母亲一直沉默寡言,这会儿终于开了口,"来的时候,把所有家具都带过来了。"

菲利普四下看了看。只见这间客厅堆满了大件的成套家具，窗户上挂着白色的蕾丝窗帘，和路易莎伯母家里夏天用的窗帘一样。钢琴和壁炉架上都罩着绸子布。奥特夫人跟着菲利普一块在房间里扫视了一圈。

"晚上关了百叶窗，我们就觉得好像还在英国呢。"

"对啊，我们吃饭也是按英国习惯来，"母亲补充道，"早上吃肉，中午正餐。"

随后，菲利普从奥特夫人家告辞，跑到商店买了些画具。第二天上午九点钟，他就打起精神，强装自信，早早去了学校。奥特夫人已经在学校等他了，她微笑着朝他走来。他一直担心自己初来乍到会不会受欺负，因为之前在书里读到过，画室的学生总是会嘲笑、作弄"新人"。奥特夫人给他吃了颗定心丸：

"这里不会发生那种事的，"她说，"你看，这里一半的学生都是女孩子，有她们在，画室里就乱不起来。"

这间画室又大又空，灰色的墙上钉着一幅幅获奖的学生画作。一位模特坐在椅子上，身上松松地披着一件披肩，周围站着十来个男男女女，有的在窃窃私语，有的还在继续画着素描。这是模特的第一次休息间隙。

"你最好不要一上来就开始画太难的，"奥特夫人说，"把你的画架放这儿吧。你会发现这个姿势是最容易画的了。"

菲利普把画架放在她指定的位置上，奥特夫人向他介绍了坐在旁边的姑娘。

"这位是凯利先生。这位是普里斯小姐。凯利先生之前没学过画画，你不介意先帮帮他吧？"接着她冲模特说了一句："摆好姿势吧。"

模特把正在看的《小共和国报》往身边一扔，懒洋洋地脱下长袍回到刚才的位置。她笔直地站着，两只手握在一起，背在脑后。

"这个姿势太傻了，"普里斯小姐说，"真不知道他们怎么选的。"

菲利普刚进画室的时候，所有人都好奇地打量他，连模特的眼神都冷冷地从他身上扫了个遍。但现在这些人已经对他不感兴趣。菲利普把一摞整洁的画纸摆在面前，尴尬地看着模特，不知道从哪下笔。他从来没见过女人的裸体。这个模特已经不年轻，皱巴巴的乳房有点下垂。浅色的头发凌乱地散在额头上，脸上净是大块的雀斑。菲利普看了一眼普里斯小姐的画。这幅画她刚刚画了两天，此刻看上去好像遇上了瓶颈，她用橡皮擦来擦去，画面已经被擦得模模糊糊。菲利普只觉得纸上的形象扭曲而古怪。

"我觉得我起码应该画得不比她差吧。"他在心里想。

他从模特的头部开始，打算慢慢往下画，但不知为何总觉得按照自己的想象来画要比看着模特动笔简单多了。他觉得挺为难，转身看了看一旁的普里斯小姐。她正在一脸严肃地挥舞画笔，眉头紧锁，眼神中流露出急切的神情。画室很热，大颗大颗的汗珠从她的额头沁出。普里斯小姐今年二十六岁，留着满头金黄色的、没有光泽的头发：发量不少，但疏于打理，只是从前额向后草草地绾成一个发髻。她脸盘很大，眼睛却小，其他的五官都宽宽平平；肤色苍白，看上去好像不怎么健康，脸颊上都没有一点血色，还给人一种不够整洁的感觉，好像晚上都是和衣而眠，早上起来也不梳洗打扮就直接赶来画室了。她画画的时候不苟言笑，一点动静都没有。趁模特休息的空当儿，她退后几步看了看自己的画。

"真不明白我怎么就是画不好，"她说，"但我准备再修改修改。"她转向菲利普问："你画得怎么样？"

"一点都不好。"菲利普苦涩地笑了笑。

她凑过来想看看菲利普的画。

"你这样是画不好的。你必须按着比例来，得先从纸上打好格。"

她麻利地向菲利普示范应该怎么做。菲利普被她的一片真诚深深打动，但她那副病快快、脏乎乎的样子实在不怎么招人喜欢。她给的方法倒算得上实用，菲利普觉得挺感激，照着画了起来。这时，其他出去休息的人也纷纷回到画室，进来的人里基本上都是男士，因为女士们都已经早早在画室坐好了。每年这个时候（现在还稍微早一些）画室都人满为患。一个年轻小伙走了进来，留着稀疏的黑发，长长的马脸上长着个大鼻子。他坐在菲利普的另一侧，隔着菲利普向另外一边的普里斯小姐点头问好。

"你来得这么晚啊,"普里斯小姐说,"刚起床吗?"

"今天天气这么好,我应该多在床上躺一会儿,想想外面的景色。"

菲利普笑了一下,但普里斯小姐却把这话当真了。

"这似乎有点可笑吧,要是我,我会赶快起床出门享受大好时光。"

"唉,想幽默一把真是怪不容易。"年轻小伙叹了口气。

他似乎无心作画,盯着画布看了一会儿才开始准备上色。他前一天已经把素描画好了。他问菲利普:

"你刚从伦敦过来吗?"

"对。"

"你是怎么找到阿米特拉纳的?"

"我就知道这么一所艺术学校。"

"你可千万别想着能从这儿把知识都学完,这里教的东西没什么用。"

"这是巴黎最好的学校,"普里斯小姐插嘴说,"只有这里的人才不会把艺术当儿戏。"

"难道不该把艺术当儿戏吗?"年轻人问了一句。普里斯小姐没再回话,只轻蔑地耸耸肩膀。他继续说:"关键是,所有的学校都半斤八两,都是明摆着的一派学究气。阿米特拉纳比其他地方稍微好点,就是因为这里的老师没别的学校称职。因为你学不到东西……"

"可是你为什么来这儿学呢?"菲利普打断他的话。

"这话怎么说来着?大学问家普里斯小姐应该知道用拉丁语怎么说:我知道哪条路更好,可我偏不走。"

"你俩说话,别把我拉进来好吧,克拉顿先生。"普里斯小姐脱口而出。

"学画画唯一的方法,"他好像没听见似的继续说,"就是开个画室,雇个模特,自己闷着头琢磨。"

"听上去很简单啊。"菲利普说。

"只要有钱就行。"克拉顿回答。

他开始上色了,菲利普用余光暗暗地打量他。他个子很高,瘦成一根竹竿儿;宽大的骨架好像要从皮肤里刺穿出来;胳膊肘瘦得都能看出骨头的形状了,差点就把他的破外套捅出两个洞。裤摆早就磨烂了,靴子上各有一处难看的补丁。普里斯小姐起身走到菲利普的画架旁边。

"要是克拉顿的嘴能合上一会儿,我就能稍微帮你指导一下。"她说。

"普里斯小姐就是看不上我的幽默,"克拉顿一边看画布沉思,一边还唠叨地抱怨不停,"但要说她为什么憎恨我,那只能是因为我天资聪颖。"

他的语气很严肃,唯独这样的语气配上那个硕大无比、奇形怪状的鼻子,就显得不伦不类了。菲利普忍不住笑了几声,可普里斯小姐却气得满脸通红。

"这里也就只有你觉得你自己有天赋吧。"

"对你来说,也就只有我自己的意见一文不值吧。"

普里斯小姐不再搭理他,转而开始评论起菲利普的画。她滔滔不绝地讲起解剖和结构、平面和线条。菲利普对她的长篇大论只是一知半解。她在画室待了很久,熟悉老师所强调的所有重点,可尽管能把所有的错都挑出来,却说不出怎么改正才对。

"你真是太好了,对我这么费心。"菲利普说。

"哦,这有什么,"她羞红了脸,回答说,"我刚来的时候别人也是这样指导我的。不管是谁,我都会帮忙。"

"普里斯小姐这是在暗示她之所以帮你,只是出于义务感,可不是因为你的个人魅力哟。"克拉顿怪声怪气地说。

普里斯小姐气急败坏地瞪了他一眼,走回自己的座位。时针很快移到了十二点,模特如释重负地长叹一声,从台子上走了下来。

普里斯小姐把自己的东西收拾好。

"有些人去格拉维尔餐厅吃饭,"她瞥了一眼克拉顿,对菲利普说,"我一般都自己回家吃。"

"走吧,你要是愿意的话,我带你去格拉维尔。"克拉顿说。

菲利普谢过他,准备起身离开。出画室的时候奥特夫人问他画得怎么样。

"范宁·普里斯帮你了吗?"她问,"我知道她要是愿意的话一定会,所以才让你坐她旁边。她不太招人喜欢,性格又古怪,可虽然自己画得不怎样,理论窍门掌握得倒是很好。只要她不嫌烦,对新来的同学能提出不少有用的建议呢。"

克拉顿和菲利普沿着大街往餐厅走,他忽然说:

"你可小心点,范宁·普里斯已经看上你了。"

菲利普放声大笑。谁看上自己不好啊,偏偏是普里斯小姐。他们走到一家便宜的小饭馆,这里有几个学生正在吃饭。克拉顿捡了张桌子坐下,旁边已经坐有三四个男人了。在这里一法郎可以吃到一个鸡蛋、一盘肉、一点奶酪和一小瓶红酒。咖啡需要额外交钱。他们就坐在人行道上,黄色的电车在身旁的大道上穿梭,电铃响个不停。

"对了,你叫啥?"他们入座时克拉顿问。

"凯利。"

"请允许我向你们介绍一位相识已久的挚友,他叫凯利。"克拉顿一本正经地说,"这是弗拉纳根先生和劳森先生。"

在座的人友好地冲他一笑,继续上天入地大谈特谈。不管提到什么话题,都有人能立刻接上话茬。每个人都叽叽喳喳,完全不在意别人说了些什么。他们说自己夏天去哪儿度了假,谈起画室和各式各样的学校。从他们嘴里冒出的名字菲利普从来都没听说过,什么莫奈[1]、马奈[2]、雷诺阿[3]、毕沙罗[4],还有德加[5]。菲利普竖起耳朵认真地听,尽管自己跟不上趟,心里还是激动得不行。午餐时间很快就过去了。克拉顿站起身来说:

"今晚要是你们还来这里的话,保准能看见我。这真是拉丁区最棒的一

---

1. 克劳德·莫奈:法国印象派代表画家,是印象派的创始人之一。
2. 爱德华·马奈:法国印象派奠基人之一。
3. 皮耶尔·雷诺阿:法国印象派画家、雕刻家。以人像见长。
4. 卡米耶·毕沙罗:法国印象派大师,有印象派"米勒"之称。
5. 德加:法国印象派画家,知名的题材包括女性肖像和赛马。

家馆子了，花不了几个钱，妥妥地让你消化不良。"

第四十一章

菲利普沿着蒙帕纳斯大道散步。眼前的巴黎呈现出另一番景象，和他春天那次来处理圣乔治酒店账务时见到的截然不同（现在一想到曾经做会计的经历，他都禁不住要打两个冷战），这样的巴黎让他觉得和印象里的小城市差不多。生活在这里没有一点拘谨，只感到浑身松快，不胜自在。四周空空旷旷、阳光充足，思想不自禁地神游开来。宽阔的街道两旁绿树成荫，一栋栋房子刷得洁白干净，让人心旷神怡，像在家里一样舒服。他悠闲地迈着步子，看着街上的人。最最平凡的上班一族，扎红色的宽腰带，穿肥大的裤子；个子瘦小的士兵身上套着脏兮兮的、却挺有魅力的制服，他们原本都是普通人，这会儿在菲利普眼里却有着一种特殊的优雅气质。他走到天文台大街向远处眺望，眼前壮丽非凡的奇观美景让他兴奋得连连称赞。又到卢森堡公园[1]转了转，这里有小孩嬉戏玩闹，头发上束着长丝带的保姆成双成对地来回漫步，男人们胳膊下夹着手提包匆匆经过，穿着奇装异服的年轻人正和朋友小聚。公园里井井有条、秀丽精致，花草树木都被精心地布置一番。这样一对比，那些不加修饰的自然风光似乎都变得粗糙不堪了。菲利普醉心于迷人的景色之中。之前在书中读到过那么多关于巴黎的点滴，而现在自己正站在这片土地上，心怀敬意，激动万分，就像上了年纪的学者初次见到风景旖旎的斯巴达平原[2]一样。

菲利普正遛弯呢，恰好看见普里斯小姐一个人坐在路边的长凳上。他现在心情愉快，只想一个人散散步，而普里斯小姐大大咧咧的说话方式一定会让自己大倒胃口，要不要上去打个招呼呢？菲利普犹豫了。可她已经看见自

---

1. 卢森堡公园：位于巴黎拉丁区中心，内有博物馆和艺术展厅。
2. 斯巴达平原：指古希腊邦国，以武力著称，大小战役无数。

己了,如果不去问个好会显得太不礼貌。他觉得普里斯小姐一定会对自己无礼的行为非常介意。再三思考,还是走了过去。

"你在这干吗呢?"她看到菲利普,问了一句。

"放松放松啊。你呢?"

"哦,我每天四五点都来这儿坐坐。一整天埋头工作叫谁也吃不消。"

"我能在这坐会儿吗?"菲利普问。

"想坐就坐吧。"

"这么不热情啊?"

"我可不是那种嘴甜的人。"

菲利普心里不是个滋味,半晌没说话,点燃了一支香烟。

"克拉顿有没有跟你评论我的画?"普里斯小姐忽然问。

"没有。"菲利普回答。

"他画得烂透了。你懂的,他自以为是个天才,可事实才不是那样呢。他就是把懒骨头。真正的天才都能吃苦、能坚持。假如一个人下定决心要做某件事,那谁都阻止不了他。"

她说话时那股慷慨激昂的热情特别引人注目。她戴着顶黑色水手草帽,穿了一件不太干净的白色衬衫和棕色裙子。没戴手套,一双脏兮兮的手看上去该好好洗洗。菲利普看她这副让人大倒胃口的样子,心想要是一开始没和她搭讪就好了。他也琢磨不透她是想让自己再坐会儿还是马上离开。

"我会尽我所能帮助你的,"忽然,她没来由地冒出这样一句,"我知道一开始学画有多难。"

"非常感谢。"菲利普想了想,说,"我们要不要一起找个地方喝点茶?"

普里斯小姐飞快地瞄了他一眼,羞红了脸。那苍白的脸上多了几丝红霞,颜色斑驳,像是几颗草莓混进了变质的奶油。

"不用了,谢谢。现在干吗要喝茶呢?我才刚刚吃过午饭。"

"我就想干点什么消磨时间嘛。"菲利普说。

"你要觉得无聊的话就先走吧。我倒不介意自己一个人待着。"

说这话的当儿,正好有两个穿着棕色绒布衫和宽大裤子、戴着贝雷帽的男人经过。这两个人都很年轻,却蓄着满脸胡子。

"喂,他们也是学艺术的?"菲利普问,"他们就跟从《波希米亚人的生活》那本书里走出来的似的。"

"他俩是美国佬,"普里斯小姐不屑地说,"法国人才不会穿着打扮得和三十年前一样呢。从大西边来的美国佬一到巴黎就都会买些这种衣服,还美滋滋地穿着照相。他们的艺术品位也就到这程度了。但反正无所谓,他们有的是钱。"

菲利普挺喜欢那两个美国人的打扮,觉得这些人穿得既大胆又别致,颇有几分罗曼蒂克的气质。普里斯小姐问他现在几点了。

"我得回画室了,"她说,"你来上素描课吗?"

没人给菲利普说过素描课的事。普里斯小姐解释道每天下午五点到六点会有一个人坐在画室当模特,花上五十生丁[1]就能来给他画像。模特每天一换。这是个非常好的练习机会。

"我觉得依你现在的技术做这种练习还为时尚早。最好再学习一阵子。"

"我可以试试啊,反正晚上也没什么事做。"

他们起身往画室走去。菲利普看着普里斯小姐的脸,怎么也读不出她究竟是想自己走,还是想和他做伴一块去。一路上,他都显得局促不安,一心想撇下她先走一步,但又不知道怎么开这个口。普里斯小姐这厢也不说话,菲利普问一句,她就态度冷冷地答一句。

画室门口站了个端着大托盘的男人,每个进画室的人都得经过他,往托盘里放半法郎。这会儿,画室的人比上午多了不少,里面也不再以英国人和美国人为主,男学生和女学生各占了一半。这才是菲利普想象中的画室的样子。屋里面很暖和,空气很快就变得浑浊不堪。这次的模特是个长着一脸白胡子的老头儿。菲利普试图把上午学到的技巧运用起来,但怎么也上不了道儿。

---

1. 生丁:法国货币单位,100个生丁相当于1法郎。

他发现自己想得倒挺美好,可做起来却又是另一回事了。他转头看了看旁边两三个人的画,心里特别嫉妒:什么时候才能像别人一样熟练地使用炭笔啊。一个小时过去得很快,他不想再给普里斯小姐添麻烦,所以故意坐得离她很远。末了,等菲利普从她身边经过的时候,却忽然被她叫住了。她语气硬邦邦地问菲利普画得怎么样。

"不大好。"菲利普笑了笑。

"你要是肯降低姿态坐在我旁边的话,我就能给你点指导建议了。我想你是把自己看得太厉害了吧。"

"不是那样的。我是害怕打扰你。"

"你要真打扰到我了,我一定直截了当地给你说。"

菲利普能感到她是想帮自己,至多是说话的态度有些不礼貌罢了。

"那好。明天我可就要麻烦你啦。"

"没关系。"普里斯小姐回答。

菲利普一边往外走,一边盘算着吃晚饭前要干点什么。他迫不及待地想做点不一样的事。喝苦艾酒[1]去吧!对,应该去喝点酒。他溜达着去了车站,坐在咖啡馆外面的桌子旁点了杯苦艾酒。酒的味道让人作呕,他强忍着喝下肚,心里喜滋滋的。虽然这酒口味不佳,可给人带来的精神力量却不可小觑。酒一入口,他就觉得自己是个名副其实的艺术学生了。由于喝酒之前没吃东西,酒劲很快就返上头来。街上的人群在他眼里都跟兄弟一样亲切。他感到一阵飘飘然。等到了格拉维尔餐厅,克拉顿的那张桌子已经坐满了人,但他看菲利普一瘸一拐地走过来就立刻叫住了他。剩下的人挤一挤给他腾了点空。晚餐吃得很简单,每人只有一碗汤、一盘肉、水果、奶酪和半瓶葡萄酒。菲利普对吃的完全不在意。他细细观察着坐在桌边的人。弗拉纳根先生又来了。这是个年纪轻轻的美国人,长了一个小巧的翘鼻子,一脸笑眯眯,动不动就前仰后合,哈哈大笑。他穿一件印着醒目图案的休闲夹克,脖子上围一条蓝

1.苦艾酒:一种带有茴香味道的高度酒,芳香浓郁,口感略带苦味。

色的硬布围巾，戴了一顶样子滑稽的花呢帽。那个年代整个拉丁区的人都深受印象主义的影响，但直到最近老一代的艺术流派才真正退位。卡罗勒斯·杜兰[1]、布格罗[2]等人被频频提起，似乎能和马奈、莫奈、德加等前辈各占半壁江山。然而欣赏老一辈画家的作品却仍然是优雅品位的象征。惠斯勒[3]和他的那套别具一格的日本版画集对英国人和他同胞的影响极深。人们总是用新的标准来衡量前辈的艺术水平。几百年来人们对拉斐尔[4]的崇敬欣赏现在却沦落为自作聪明的年轻人的笑柄。他们觉得拉斐尔的所有作品加起来还不及国家美术馆里委拉斯凯兹[5]画的那幅菲利普四世的头像。菲利普发现讨论艺术问题已然成为这群人之间的流行趋势。吃午餐时遇到的那位劳森先生现在正坐在他对面。劳森是个瘦巴巴的年轻人，一脸雀斑，一头红发，绿幽幽的眼珠闪闪发光。菲利普一落座，劳森的眼神就停留在他身上：

"拉斐尔只有在临摹他人作品时才像回事。他画佩鲁吉诺和平图里奇奥[6]的画时，确实挺有魅力。可一旦他开始自己创造，那他也就是个……"说到这他轻蔑地一耸肩，"也就是个拉斐尔吧。"

劳森这样口出狂言的举动让菲利普大为吃惊，不过还用不着他上前搭话，因为弗拉纳根已经不耐烦地打断他了：

"让艺术见鬼去吧！"他大声嚷嚷，"来，咱们一醉方休！"

"你昨晚上就喝得不少吧，弗拉纳根。"劳森说。

"昨晚是昨晚，今晚是今晚，"弗拉纳根说，"想想吧，自打来了巴黎，咱们整天除了艺术什么都不往脑子里进了！"他说话有一股很浓的美国西部口音，"老天啊，活着真好。"他强打精神，一拳捶在桌子上，"让艺术见

---

1. 卡罗勒斯·杜兰：法国画家，擅长人物肖像。
2. 布格罗：法国十九世纪学院派代表人物，喜绘神话、天使和寓言。
3. 惠斯勒：美国画家，晚年追求东方趣味，常表现和服和瓷器等。
4. 拉斐尔：意大利画家，"文艺复兴后三杰"之一。
5. 委拉斯凯兹：巴洛克时期的西班牙画家，画风朴实自然。
6. 平图里奇奥：意大利文艺复兴画家，"平图里奇奥"在意大利语里是"小画匠"的意思。

鬼去吧！"

"你说一遍还不够啊，非得没完没了地重复。"克拉顿皱着眉头说。

同桌人里还有一个也来自美国。他的穿着打扮就像菲利普下午在卢森堡公园见到的那些公子哥儿一样。俊俏瘦削的脸庞带有禁欲气质，眼眸黑亮，一身奇特的衣裤让他看上去像个亡命的海盗。一头浓密的黑发经常垂到眼前，所以时不时地就要往后使劲甩甩头，把那几绺头发从眼前甩开。他开始谈论马奈的《奥林匹亚》，当时这幅画正挂在卢森堡公园里。

"我在这幅画前站了一个钟头，好好看了看。告诉你们吧，真不怎么样。"

劳森把刀叉往桌上一放，绿眼珠里似乎噌噌冒火。他气得七窍生烟，可还是强装镇定。

"听听没有教养的野蛮人说话还是很有意思的，"他说，"你能告诉我们这幅画差在哪儿吗？"

这个美国人还没吱声，就有人生硬地插嘴：

"你能看着那样栩栩如生的人体画，还大言不惭地说它不好？"

"我没说它不好。我觉得右边那侧乳房画得非常好。"

"去你妈的右乳房！"劳森大喊，"整幅画都是杰作，绘画史上的杰作。"

他开始一一列举这幅画的所有优美之处。可是在格拉维尔的餐桌上，不管是谁滔滔不绝，听众永远都只有自己一个。没人稀罕听他的长篇大论。那个美国人忽然生气地打断了他。

"你不会觉得那幅画的头部也画得很好吧？"

劳森激动得脸色发白，开始为画里的人头辩解。之前一直默不作声、笑眯眯、一脸不屑的克拉顿忽然发话了：

"让一步吧。不就是个头嘛，有什么好争的。它也没影响整幅画的美感。"

"好，那就让你一次。"劳森大声喊，"你说头不好就不好吧，快点滚蛋！"

"那人物四周的黑线怎么解释？"美国人得意洋洋地把快掉到汤里的长发往后一撩，"你可没在大自然里见过什么东西四周绕着黑线吧？"

"唉，上帝啊！快以天堂之火惩罚这无法无天的亵渎者吧。"劳森说，

"这和大自然有什么关系？谁知道大自然里有什么、没有什么？所有人都是通过艺术家的眼睛来看世界的。几个世纪以来，人们看到马在跳过篱笆时腿都是伸直的。上天有眼，先生，它们确实伸直了腿儿啊。人们之前觉得影子都是黑的，直到莫奈发现它们是五颜六色的，但是上天有眼啊，先生，影子确实是黑的啊。如果我们在万事万物周围画上一道黑线，那全世界人就都会看到这条黑线，它也就真实存在了。要是我们把草画成红色，把奶牛画成蓝色，那人们就会觉得它们应该是这个颜色。老天啊，草就真成红的，牛就真成蓝的了。"

"让艺术见鬼去吧，"弗拉纳根喃喃道，"我非把自己灌醉不行。"

劳森好像完全没听见他的话，还是自顾自地继续说：

"《奥林匹亚》在艺术中心展览的时候，一帮庸夫俗子讥笑连连，还有不少老学究和普通得不能再普通的人也来指指点点。可佐拉说：'希望有一天马奈的画能挂在卢浮宫，挂在安格尔的《大宫女》[1]旁边，甚至和这幅传世名作相比也丝毫不逊色。'这一天一定会来的。我能感到它越来越近了。不出十年，人们一定能在卢浮宫里看到《奥林匹亚》。"

"绝对不会！"美国人大喊起来，他用两只手把头发使劲一拢，气急败坏地往后甩，"不出十年，这画就完蛋了。它也就是现在能火一阵吧。任何缺少灵魂的画作都会很快被人遗忘，更别提《奥林匹亚》了，它就算离这个标准也还差十万八千里呢。"

"什么标准？"

"伟大的艺术都必须具有道德内涵。"

"天啊，"劳森气得直嚷嚷，"我就知道你要说这个。你竟然以道德作标准。"他双手合十，做出一副向上天祈祷的样子，"哦，克里斯托弗·哥伦布啊，克里斯托弗·哥伦布，你为什么要发现美洲新大陆，瞧瞧你干了什么好事！"

1.《大宫女》：法国画家安格尔的新古典主义画作，描绘土耳其宫女。

"罗斯金说……"

他还没说下一个词儿呢，克拉顿就拿着刀子柄不耐烦地咣咣砸了桌子。

"先生们，"他声音很严厉，硕大的鼻子激动得皱成一团，"刚刚我听到了一个名字，万万没想到在当今的上流社会还能再听到有人提起他。言论自由确实可贵，但是我们总该有个限度。实在没的说了，你可以谈谈布格罗。虽然这个名字的发音让人恶心，但起码也挺有意思，能惹得旁人忍俊不禁。但是咱们不能再提 J. 罗斯金、G. F. 沃茨或者 E. B. 琼斯这几个名字来玷污自己纯洁的双唇啊。"

"到底谁是罗斯金啊？"弗拉纳根问。

"他是维多利亚时期几个大名鼎鼎的人物之一。英国风格的典型代表。"

"罗斯金的风格就是文字支离破碎，语言浮夸做作，"劳森说，"还有什么维多利亚时期的伟大人物，去他妈的！每次我读报时看到这些人死了的新闻，都会谢天谢地这世上又少了一个祸害。他们这群人唯一的天赋就是活得长，可是没有一个艺术家应该活过四十岁啊。四十岁的时候艺术家都应该已经完成了一幅杰作，之后的任何创作都不过是对它的模仿重复罢了。你不觉得对他们来说最幸运的事是济慈、雪莱、波宁顿和拜伦等人死得早吗？要是斯温伯恩[1]在他《诗歌与民谣》出版的那一天就咽气了，我们绝对会把他视作天才！"

他的这番言论引得在场众人连连点头，这些人里没有一个超过二十四岁。他们一致赞同，津津有味、口若悬河地继续探讨。他们说要把四十岁以上院士写的著作都敛堆点火，再把所有过完四十岁生日的维多利亚文人往火堆里扔。这个主意一出，所有人都欢呼雀跃。他们七嘴八舌地说卡莱尔、罗斯金、丁尼生、布朗宁、G. F. 沃茨、E. B. 琼斯、狄更斯、萨克雷都应该直接扔进去；政坛的格莱斯顿、约翰·布赖特和科布登也都难逃厄运；说起乔治·梅雷迪斯时大家争论了一会儿，马修·阿诺德和爱默生则有幸得到赦免。最后提到

---

1. 斯温伯恩：英国维多利亚时期"最后一位诗人"，崇尚希腊文化。

的是沃特·佩特。"

"饶了沃特·佩特吧。"菲利普小声说。

劳森用幽绿的眼珠盯着他看了一小会儿，然后点了点头。

"你说的很对，沃特·佩特是唯一一个能够证明《蒙娜丽莎》价值的人。你知道克朗肖吗？他曾经和佩特关系不错。"

"克朗肖是谁？"菲利普问。

"一个诗人，就住这儿。咱们现在去丁香园吧。"

这些人经常在晚上吃过晚餐后去丁香园咖啡馆一坐。每天晚上九点到凌晨两点，克朗肖雷打不动地会前来光顾。但是弗拉纳根今晚已经筋疲力尽，转不动脑子了，他听到劳森提议去丁香园便转身跟菲利普说：

"天啊，咱俩找个女人多的地方消遣去。去蒙帕纳斯乐园，不醉不归！"

"我宁可去见克朗肖，让脑子清醒一点。"菲利普笑着说。

第四十二章

大家吵吵嚷嚷着分道扬镳了。弗拉纳根同另外两三个人去了杂耍剧院，菲利普则和克拉顿、劳森一起往丁香园咖啡馆走。

"你必须得去蒙帕纳斯乐园瞧瞧，"劳森对菲利普说，"那里是巴黎最有趣的地方之一。想当年我还曾经去那儿写生呢。"

菲利普受海沃德的影响，一直瞧不起杂耍剧院这种地方。但是他来巴黎的这段时间，刚好赶上人们开始挖掘这种粗俗剧院的艺术价值。这里古怪奇特的灯光设计、大片大片暗红色和晦暗的金色装饰、重重暗影和粗粗的线条为艺术创造提供了崭新的主题灵感。拉丁区里有一半的画室都会来当地的一两家剧院画素描。作家们深受画家启发，也忽然开始计划着要从杂耍演员身上寻找艺术价值。红鼻子的喜剧演员被捧上了天，大家都说他们把戏里的角色演得活灵活现；肥胖的女歌手们被窃窃嘲笑了二十多年，现在却广受称赞，说她们具有难以效仿的幽默天赋。就连舞台上的耍狗戏也被从头到脚夸了一遍：这种节目真是美不胜收，令人叹为观止。还有一些人搜肠刮肚找遍赞美之词就为了形容魔术师和飞车杂技员的精湛表演。就连看戏的观众也被捎带着成了艺术家们点头称颂的对象。菲利普跟海沃德一样，觉得全天下的人类都不入眼。他摆出一副独善其身的态度，冷眼旁观庸俗大众哗众取宠的表演。但是克拉顿和劳森却挺接地气的，喜欢乐呵呵地掺和到人群之中。他们兴奋地描述着巴黎市集上人山人海的情景，电石灯光下人们挤在一堆的脸若隐若现。喇叭声、口哨声混杂着嘈杂人声震得耳朵嗡嗡响。他们这番绘声绘色的形容把菲利普听得一愣一愣的。他们跟他说起克朗肖的事。

"你之前读过他的作品吗？"

"没有。"菲利普回答。

"都登在《黄皮季刊》[1]上呢。"

他们看着菲利普，那眼神和画家打量写书匠的神态一模一样。带着点轻视——因为他们只是区区门外汉；带着点宽容——因为作家好歹也算是艺术圈的人；还带着点敬畏——因为他们表达艺术的方式画家觉得不自然。

"克朗肖是个才华横溢的家伙。你可能一开始会觉得他不起眼，但只要一喝醉，他就能超常发挥。"

"烦人的是，"克拉顿补充道，"想要他喝醉啊，可得慢慢耗着了。"

一行人很快到了咖啡馆，劳森跟菲利普说他们必须进去坐。秋风凉爽舒适，一点都不冷，但克朗肖一挨风吹就怕得不行，即使外面再暖和他也会坐屋里头。

"所有应该认识的人里就没他不认识的，"劳森说，"他认识佩特和奥斯卡·王尔德[2]，还有马拉美[3]和他的那帮伙计们。"

他们想找的这个人就坐在咖啡馆里最隐蔽的一角，披着大外套，竖着衣领，帽檐低低地垂在额头上生怕被寒风吹着。他是个大块头男人，个子不高

1.《黄皮季刊》：一八九四年起在伦敦发行的文学季刊。
2. 王尔德：英国作家，唯美主义代表人物，颓废派运动先驱。
3. 马拉美：法国象征主义诗人、散文家。十九世纪在马拉美家里举办的诗歌沙龙享有盛名，许多著名诗人、画家、音乐家等都是沙龙的常客。

但是特别壮实。圆圆的脸盘上留着小胡子,两只滴溜溜的小眼看上去特别愚蠢。和身体一比,他的头小得奇怪。就像一粒豆儿别别扭扭地放在一颗鸡蛋上。他正和一个法国人玩多米诺骨牌,看到这三个人进门,便笑了一下以示问好。他没说话,但把桌上的杯盏一推给新来的人腾出个空。从桌上酒杯的数量不难看出他已经喝了不少。别人把他介绍给菲利普时,他稍微一点头就继续玩他的游戏了。菲利普的法语水平虽然算不上高深,但足够让他确定这位在法国待了许多年的克朗肖先生实在不怎么会说法语。

一局游戏玩完,克朗肖靠在椅背上得意地咧嘴一笑。

"你输咯,"他操着一口浓浓的法国腔说,"小伙子!"

他朝侍者打了个招呼,又转身问菲利普:

"你刚从英国来?看过板球赛了吗?"

这个没头没脑的问题把菲利普问蒙了。

"克朗肖对二十年来每个一流球手的得分了如指掌。"劳森笑着解释道。

席上的法国人回另一张桌子找自己的朋友了,克朗肖用自己标志性的慢条斯理的语气讲起肯特队和兰开夏队各自的优点来。他说起最近的一次板球锦标赛,絮叨着把每一次挥杆都讲得清清楚楚。

"来到巴黎我最惦念的就是板球赛了,"他把侍者端来的一杯黑啤酒喝得精光,说道,"在这里可看不到板球赛啊。"

菲利普之前对克朗肖的幻想全都破灭了。劳森也不耐烦起来,他急着想显摆一下这位拉丁区鼎鼎有名的人物,但无奈当事人表现得着实不尽如人意。那天晚上克朗肖迟迟没有进入状态,尽管他面前的酒杯越摆越多,暗示出他绝对是诚心诚意想把自己灌醉的。连克拉顿都觉得眼前这一出很好笑:克朗肖恨不能把自己那点微不足道的板球知识都拿出来炫耀炫耀,这番举动实在虚伪得很。克拉顿喜欢故意找个招人烦的话题弄得别人下不来台,这会儿,他抛出一个问题:

"你最近见到马拉美了吗?"

克朗肖缓缓抬起眼皮,看了他两眼,好像正在思考这个问题。他还没答话,

就先用酒杯叮叮当当地敲打着大理石桌面,对着侍者大声吼:

"把我的威士忌拿来。"

他转过身对菲利普说:"我在这儿存了瓶。要是每次喝一点都要花五十生丁,那我可喝不起。"

侍者把酒拿来,克朗肖举起酒瓶对着光看了看。

"绝对有人偷喝了。喂,是谁偷喝了我的威士忌?"

"没人喝啊,克朗肖先生。"

"我昨晚在瓶子上做了个记号,你看看!"

"先生,您确实是做了个记号,但是做完之后又一直喝个不停。照这么看,您做记号都是白费功夫。"

侍者是个快活的小伙子,和克朗肖已经很熟。克朗肖狠狠地瞪着他。

"你得像名流贵族一样用名誉跟我担保,除了我之外绝对没人喝过这瓶威士忌!要不然我才不信你的鬼话呢。"

这番话一个字一个字生硬地用法语说出来,听上去特别滑稽,惹得一个坐在柜台边上的女士忍不住地哈哈大笑。

"太逗了。"她不停嘟囔。

克朗肖听见她议论自己,怯生生地朝柜台抛了秋波。是个矮壮的女人,带着老板娘派头。克朗肖冲她飞吻,她只是耸耸肩膀,没有回应。

"别担心,夫人,"他口齿不清地说,"我不小了,对半老徐娘不感兴趣啦。"

他往杯里倒些威士忌,又兑上苏打水,慢慢喝个精光。用手背揩了揩嘴。

"他很健谈。"

劳森和克拉顿都知道这句话就是对刚才那个关于马拉美问题的回答。马拉美每周二晚上都会举办聚会招待一些作家和画家,克朗肖也常去。不管到场的客人问马拉美什么问题,他都能对答如流。显然,克朗肖最近刚去过这个聚会。

"他很健谈,但都是废话。按他的说法,艺术倒成了世界上最重要的东西。"

"如果艺术不是最重要的,那我们现在在这儿干吗呢?"菲利普问。

"你在这干吗我哪知道,又不关我事。但是艺术是奢侈的追求。人们只会保全自己,关心自身繁衍。只有这些要求得到满足的时候,他们才有心关注作家、画家和诗人创作的艺术。最多就是把艺术视作娱乐消遣吧。"

克朗肖停下来继续喝酒。有个问题二十年来一直让他百思不得其解:他究竟是爱喝酒还是爱谈天?喝酒让他口若悬河谈个不停,谈天又总能让他口干而豪饮。

过了一会儿,他说:"我昨天写了首诗。"

虽然没人感兴趣,他还是自顾自背诵起来。节奏很慢,伸出食指一下下地压着拍子。也许是首不错的诗吧,但正好赶上一个年轻女郎走进咖啡馆,所有人的注意力都被她吸引过去。两片嘴唇上涂着猩红色的唇膏,脸颊上动人的红霞也显然不是本身的气色。睫毛和眉毛都描得黑漆漆,上下眼皮上揉着亮蓝色的眼影,一直勾画到眼尾形成一个小小的三角形。这样艳丽的浓妆看上去不伦不类,招人发笑。一头黑发自耳朵上方绾了起来,这是仿照克莱奥·梅洛德[1]小姐梳成的流行发型。菲利普的眼神飘飘转转落到她身上,克朗肖背完诗,看着他呆呆地瞅着那位小姐,宠溺地微微一笑。

"你没有听我背诗。"他说。

"不,我听着呢。"

"我不怪你,因为你的行为刚好给我刚才的言论作了一番生动阐释啊!和爱情相比,艺术算什么呢?你忽视一篇上好的诗作,却被一个年轻女人艳俗的魅力吸引,我尊敬你!为你鼓掌!"

女人经过他们的桌子时,克朗肖一把拉住她的胳膊。

"过来坐这儿吧,亲爱的孩子,让我们共谱一首爱之神曲。"

"神经病,别烦我。"[2]她把克朗肖推到一边,继续在咖啡馆里踱来踱去。

---

1. 克莱奥·梅洛德:法国芭蕾舞明星,以美貌闻名。
2. 原文为法语。

"艺术啊，"克朗肖手一挥，接着说，"纯粹是天才们发明出的避难所，里面有吃有喝有女人，以此来躲避日复一日的无聊生活。"

他又把酒杯倒满，没完没了地说个不停。他的言语风格浮夸，说话声音洪亮、字正腔圆，每个词都要斟酌再三。时而妙语连珠，时而废话连篇，听得众人连连惊叹；一会儿拿别人狠狠开涮，一会儿又总能贡献几条中听的建议。艺术、文学、生活，没有他不谈的；虔诚严肃、嬉皮笑脸、喜笑颜开、颦眉哀叹，没有他做不到的。他喝得越来越醉，开始诵起诗歌来，他把自己的诗歌分别和弥尔顿、雪莱和基特·马洛[1]的混着背。

末了，劳森听累了准备起身回家。

"我也要走。"菲利普说。

克拉顿是今晚这些人里最安静的一个，他嘴唇上挂着嘲讽的浅笑，留下来继续听克朗肖唠叨。劳森陪菲利普走到旅馆，和他道了别。菲利普爬上床后却迟迟难以入眠，今晚听到的新鲜话题现在东一个西一个地塞得他满脑子都是。他兴奋得战栗不停，仿佛身体里潜伏着某种巨大的力量。他从没像现在一样自信。

"我一定会成为伟大的艺术家。"他自言自语道，"生来就是。"

新的念头一闪而过，伴着一阵悸动，他自己也不知该如何表达：

"上天啊，我多少有几分天赋吧。"

他已然酩酊大醉，可其实只喝了一瓶啤酒。真正让他飘飘然的是一种比酒精更危险的麻药。

第四十三章

周二和周五早上会有老师来阿米特拉纳学校指导，点评一下学生的画作。在法国，画家是个挣钱不多的职业，只有那些得到有钱的美国佬赞助的肖像

---

1. 弥尔顿、雪莱和基特·马洛：均为英国诗人。

画家除外。这里有无数个教人画画的画室，一些有声誉的画家也都乐意挑上一家，每周花一两个小时指导学生，以此多挣点钱来贴补生活。周二来的老师叫米歇尔·罗林。他是位老先生，胡子花白但气色不错。他给政府画过很多装饰画，而这些现在却成为手下学生的笑柄。他师承安格尔，在不断发展的艺术潮流中不为所动，对马奈、德加、莫奈和西斯利这些跳梁小丑很不耐烦，一听到他们的名字就气不打一处来。罗林先生是位不可多得的好老师，非常有礼貌，对学生帮助很大。然而，周五来的福瓦内老师可是个不好对付的人物。他又矮又干瘪，一口烂牙、一头乱发让人多一眼都不愿意看。脸上蓄着脏乎乎的灰白色胡子，目露凶光。他说话时嗓门很尖，总是带着讥讽的语调。福瓦内二十五岁时作品就被卢森堡公园买去了，当时也算是前途不可限量。但他的才华来源于他的年纪轻轻而并非个人特点。所以之后的二十年时间里他只是在不停重复当年使他一举成名的风景画罢了。有人指责他的画千篇一律、毫无新意，他反驳道：

"柯罗[1]不也只画风景嘛。我为什么不行？"

别人一成功，他就眼红。尤其是印象主义流派更是他的眼中钉、肉中刺，他把自己的失败全归咎于社会的喜新厌旧：这群人——让人作呕的畜生——都跑去一股脑地推崇印象主义了。米歇尔·罗林也看不惯印象主义，但只是温和地责备他们是"骗子"，但福瓦内的语言要激烈得多。骂个"淫棍""流氓"都算是轻的。他以谩骂诋毁印象主义画家的私生活为乐趣，极尽讽刺之能，言语下流地骂他们是私生子，说不光他们整天乱搞，连老婆都红杏出墙给他们戴绿帽子。为了让这些污言秽语更难以入耳，还用上一些东方文学里常见的比喻和强调。检查学生画作时，他也丝毫懒得隐藏自己的轻蔑之情。学生都对他又恨又怕，一些女孩子被他讽刺得呜呜直哭，他看见了反而更变本加厉地数落一通。虽然被他打击过的学生都一致反对让他继续留在画室执教，可他还是在这儿待得好好的，因为毫无疑问，他是巴黎最好的

---

1. 柯罗：法国写实主义风景画、肖像画家，师从古典派画家贝尔坦。

画师之一。有时候在学校待了好多年，一向遵规守矩的模特也会壮着胆子和他争论几句，但是在这个傲慢无礼的画家面前也都很快败下阵来，最后只能低声下气地赔礼道歉。

菲利普在画室认识的第一个老师就是福瓦内。那天他还没到画室呢，福瓦内就已经挨个检查学生的画作了。奥特夫人陪着他一个画架一个画架地仔细看过，要是学生听不懂法语，奥特夫人就会把他的话翻译成英语再说一遍。范宁·普里斯坐在菲利普旁边卖力挥舞着画笔。她小脸蜡黄，不时把紧张到发热出汗的双手往衣服上蹭一下。忽然她转过头来，严肃皱眉的表情掩饰不住脸上写满的焦虑。

"你觉得我画得好吗？"她点头示意菲利普看一下自己的画。

菲利普站起来看了看，一下子惊住了。难道普里斯小姐没长眼？这一团乱七八糟的东西也能叫画？

"我要是能画得有你一半好就好了。"他尴尬地应付道。

"你想得也太多了，毕竟才刚刚来这儿。现在就想画得和我一样还太早啦，我都在这儿学了两年了。"

范宁·普里斯这番话把菲利普都给说糊涂了。她未免太过自负。菲利普已经感觉到画室里其他人都发自内心地嫌弃她。也难怪，她为人处事太伤人感情。

"我曾经跟奥特夫人抱怨过福瓦内，"她说，"上两个礼拜他都没瞧过我的画。他每次都要在奥特夫人身边指导半个钟头，就因为她是管账的。可是我学费一分都没少交，谁的钱不是钱啊？凭什么他在我身上花的时间比别人少，对吧？"

她拾起炭笔，但很快又重新放下了，接着发出长长一声叹息。

"我现在没法继续画了。太紧张了。"

她看着福瓦内和奥特夫人一起朝这边走过来。奥特夫人看上去是个长相普普通通、脾气很好的女人，但周身带着一股自以为是的气质。福瓦内在一个邋遢的英国女人的画架旁坐了下来。这人叫露丝·查理斯，她的眼睛乌黑漂亮，乍一看好像没精打采的，细看却暗暗闪着热情的光芒。查理斯消瘦的脸上硬邦邦的，没有表情，但竟别有一番性感韵味。她的肤色像是放旧了的象牙，这正是在伯恩·琼斯[1]影响下，切尔西的年轻女子竞相追求的肤色。福瓦内似乎心情不错，没跟露丝说太多话，只是拿过她的炭笔把画上的几处错误干脆利索地圈出来。他起身的时候，查理斯一脸喜笑颜开。下一个要检查的是克拉顿，菲利普现在也感到特别紧张，但奥特夫人说老师会对他宽松一点的。福瓦内在克拉顿的画前站了一会儿，静静地咬着大拇指，然后心不在焉地把啃下来的一小块死皮吐在画布上。

"线条不错，"他用拇指在几个满意的地方上比划，说，"开始像样了。"

克拉顿没说话，用他那种一贯玩世不恭的神态看了看老师，好像对他的意见毫不在意。

"我才发觉你有那么一丁点的才华。"

一直不喜欢克拉顿的奥特夫人不满地噘起嘴唇。她一点也没从克拉顿的画里看出个所以然。这会儿福瓦内坐下来，开始指导一些技术上的细节，奥特夫人站得腿都僵了。克拉顿自始至终都没有说话，间或点一下头。福瓦内觉得他已经领会了要领和其背后的原因，心里很满意。大部分学生都会乖乖地听他说话，但显然这些人并不知道他到底在说什么。福瓦内讲完后站起来往菲利普的画架走。

"他才来两天呢，"奥特夫人忙不迭地解释，"初学者。之前从来没学过。"

"看得出来，"老师说，"看得出来啊。"[2]

他越过菲利普往前走，到了普里斯小姐的画位。奥特夫人朝他小声说：

"这就是我跟您提过的那位姑娘。"

福瓦内打量着她，像在打量一只招人讨厌的动物。他说话的声调也高了几度，变得更加刺耳。

---

1. 伯恩·琼斯：英国画家，浪漫主义流派代表人物之一。
2. 原文为法语。

"听说你觉得我对你不够重视啊。你还跟司库小姐抱怨来着。好吧,你想让我关注你哪幅画?拿出来吧。"

范宁·普里斯的脸一下变了颜色。全身的血都涌到脸上,原本病怏怏的、苍白的皮肤胀成紫红色。她没有答话,用手指了指眼前这幅画了整个礼拜的作品。福瓦内坐了下来。

"呃,你想让我说什么呢?你想让我告诉你这幅画很棒吗?还是想让我夸你画得不错?告诉你吧,这幅画烂透了。你想让我点出这幅画的优点?我看没什么优点。你想让我给你指出哪里画得不好?哪里都不好。你想让我告诉你怎么修改?撕了重画吧。你满意了吗?"

普里斯小姐脸色煞白,气得浑身发抖。福瓦内竟敢在奥特夫人面前这样羞辱自己。尽管她已经在法国待了很久,也能听懂法语,但不怎么会说。

"他没有权利这样对待我。我交的钱也是钱啊。我是花钱让他来教我的。这可不是教我!"

"她说什么呢?她说什么呢?"福瓦内一个劲儿地问。

奥特夫人犹豫着没有翻译,普里斯小姐又用磕磕巴巴的法语说了一遍。

"我是花钱让你来教我的。"[1]

福瓦内眼里喷火,提了提嗓门,挥着拳头说:

"以上帝的名义发誓[2],我教不了你。我宁愿去教一头骆驼。"

他对奥特夫人说:"问问她,她是学着玩儿还是将来想吃这口饭?"

"我将来要靠艺术养家糊口。"普里斯小姐回答。

"那我有责任告诉你,你这是在白白浪费时间。没天赋其实并不是什么大不了的事儿,现在这个社会不是人人都有天赋的。可是你压根儿连一点艺术细胞都没有。你在这儿已经待了多久了?五岁小孩上两节课都能画得比你好。我只跟你说一句话,听着:趁早拉倒吧,别做无用功。想吃艺术这口饭,还不如去当个全职女佣呢。看好了。"

---

1. 原文为法语。
2. 原文为法语。

他拿过一块炭笔,刚往纸上一放,笔就断了。他咒骂一声,用剩下的一小段示范着画了几条流畅的粗线条,下手很快,一边画一边破口大骂。

"看着,这些胳膊都不一样长。那个膝盖……都变形了。我告诉你,五岁大的孩子都画得比你强。看你画的腿,让她怎么能站住?还有那只脚!"

每说一个字,他就使劲拿铅笔在纸上画个符号。很快,范宁·普里斯好不容易完成的画就被涂画得面目全非了。整张纸上全是一条条的线和一块块的黑印。末了,福瓦内扔下炭笔站起身来。

"听我一句劝吧,小姐。去学学怎么缝裙子好了。"他看了眼手表说,"十二点了。咱们下周见吧,先生们[1]。"

普里斯小姐慢吞吞地收拾着自己的东西,菲利普有意等别人都走光了再去安慰她几句。他想了大半天:

"唉,真替你难过。他简直不是人!"

普里斯小姐转过身来恶狠狠地朝他吼道:

"你在这迟迟不走就为了给我说这些?我又不是没长嘴,需要同情的话,难道还不会跟你说吗?快别在这碍事了!"

她从他身边径直走出了画室。菲利普无奈地耸耸肩,然后自己一瘸一拐地去格拉维尔吃午饭了。

"她就是活该,"听完菲利普的复述后,劳森说,"吃了枪药的贱女人。"劳森对别人的批评很敏感,每次福瓦内来画室的时候他都刻意躲着。

"我才不想让别人对我的画说东道西呢。画得怎么样我自有分寸。"

"你只是不想让别人说你的画不好吧。"克拉顿冷冷地说。

菲利普下午想去卢森堡公园看画,他穿过公园的时候正好看见范宁·普里斯坐在她的老位子上。菲利普现在还因为上午的事气鼓鼓的呢,假装没看见她,若无其事地继续往前走。但普里斯小姐却立刻起身朝他走了过来。

"你在装没看见我?"她问。

---

1. 原文为法语。

"不，当然没有啊。我觉得也许你想一个人静静吧。"

"你这是要去哪？"

"想去看看马奈的画。常听别人说起。"

"我能和你一起去吗？卢森堡公园我熟得很。可以带你去看点好的。"

菲利普大抵能猜到她的心思。她不好意思直截了当地道歉，所以只能这样迂回着弥补上午的过失。

"你真是太好了。我很乐意和你一起去。"

"你要是想自己一个人就不要勉强。"她有点怀疑。

"不会的。"

菲利普和普里斯小姐一起往画廊走。卡耶博特[1]的画近日在展出，学生们第一次有机会能随心所欲地欣赏印象派画家的画作。之前想要看画都只能去拉菲特街杜兰·鲁埃[2]的商店（其他英国的画店老板都很傲慢，自以为比画家高一等，可这家店的老板不一样，他总是乐意把店里的画展示给穷学生看，想看哪幅看哪幅），或者去杜兰·鲁埃家。每周二他家都会办画展，展出一些世界顶级作品，想搞到门票并不是什么难事。普里斯小姐直接带菲利普去看了马奈的《奥林匹亚》。他站在这幅画前，心里惊愕不已，一个字都说不出来。

"你喜欢吗？"普里斯小姐问他。

"我不知道。"他感到很茫然。

"要我说，这间画廊里也就只有惠斯勒的《母亲》能和它相提并论了。"

她给菲利普留了点时间，让他好好欣赏一下这幅画，然后又领着他去看一幅关于火车站的油画。

"瞧，这就是莫奈，"她说，"《圣拉扎尔火车站》。"

"怎么铁轨不是平行的？"菲利普问。

---

1. 卡耶博特：法国印象派画家，绘画特色为明暗的强烈对比。
2. 杜兰·鲁埃：法国画商、收藏家，他的画廊将印象派推向了世界。

"这有什么关系？"她一脸傲慢地反问。

菲利普觉得自己好丢脸。范宁·普里斯把各个画室里争论不休的话题重新评价一番，轻而易举地就让菲利普对她广博的见识敬佩不已。她接着解读起画廊里的作品，神态虽高高在上，但确实说出了自己的不少见解。她告诉菲利普作者画画的时候是想表达什么思想，以及应该怎么欣赏这些画。她一边说，一边伸着大拇指比比划划，菲利普对她说的所有内容都觉得新鲜。他听得津津有味，既入神又困惑。他现在最崇拜沃茨和伯恩·琼斯。前者色彩明朗鲜丽，后者则情意浓浓，菲利普挑剔敏感的审美得到了极大满足。这些画作里体现出的朦胧的理想主义，和它们标题里暗含的哲学思想与菲利普正在苦读的罗斯金作品中写到的艺术功能不期而合。但有一点不同：这些人的画里均没有道德诉求。观赏这些画作也不能让人上升到更纯洁、更高尚的境地。菲利普有点不解。

最后他说："你知道吗，我的脑子已经转不动了。现在看再多也没什么用。咱们去长凳上坐会儿，休息一下吧。"

他们从画廊出来，菲利普对普里斯小姐不辞辛劳陪自己参观表达谢意。

"没什么，"普里斯小姐大大咧咧地说，"我陪你逛是因为自己也挺喜欢。要是你愿意，明天咱们可以去卢浮宫，然后我再带你去杜兰·鲁埃商店。"

"你对我太好了。"

"别人都觉得我很招人讨厌，你不这么想吗？"

"不啊。"菲利普微微一笑。

"他们都觉得能把我赶出画室，可想错了。我想待多久就待多久。上午的事是露西·奥特搞的鬼，我心里有数。她一直都不喜欢我，还以为羞辱我一顿我就会卷铺盖走人呢。我敢说她巴不得我走，是怕我比她画得好。"

普里斯小姐给菲利普讲了个故事，情节冗长又复杂，大致内容是奥特夫人这个看似古板、体面的小人儿其实干了很多伤风败俗的事。她又说起露丝·查理斯，就是那个上午被福瓦内表扬了的女学生。

"她和画室的每个人都有一腿，和站街女没什么两样。她还很窝囊，一个月都没洗澡了,这是真的。"

菲利普听了这些话心里很不得劲。他确实听了些关于查理斯小姐的流言蜚语,但是和母亲住在一起的奥特小姐怎么会到处乱来呢,这简直太可笑了。想到走在身边的姑娘竟然恶意造谣中伤别人,这让他觉得心寒。

"我不管别人怎么说,反正我会坚持下去。我知道自己有画画的天赋,是个天生的艺术家。我说什么都不会放弃的。在学校里遭到同学们嘲笑的人往往最后会脱颖而出成为天才。艺术是我唯一在乎的事,我要为它奉献出自己的生命。只要坚持不懈、永不放弃就行。"

她觉得每个质疑自己的人都有不可告人的邪恶动机。她恨死克拉顿了,还跟菲利普说他的这个朋友一点才华都没有,只会摆花架子糊弄人,一辈子也画不出一幅像样的作品。至于劳森:

"看他那头红发和一脸雀斑吧,和动物有什么区别?他害怕福瓦内,不敢让他检查自己的画。但起码我不怵他,对吧?福瓦内的话对我就是耳旁风,我知道自己是个名副其实的艺术家。"

一直走到普里斯家那条街,总算能摆脱她了,菲利普长长地出了一口气。

第四十四章

尽管上次分手时并不愉快,可礼拜天上午,普里斯小姐邀请菲利普一起去卢浮宫,他还是一口就答应下来。普里斯小姐带他看了《蒙娜丽莎》。他在画前站了一会儿,失望地轻轻叹了口气。好在他早已把沃特·佩特对《蒙娜丽莎》的赏评熟记于心,沃特优美典雅的文字给这幅世界名画增添了不少光彩。他把这些评语背给普里斯小姐听。

"这都是书本上写的,"她有点轻蔑地说,"大可不用理会。"

她领菲利普看了伦勃朗[1]的画,还作了一番恰如其分的评论。站在《以

---

1. 伦勃朗:十七世纪荷兰画家,代表作有《夜巡》等。

马忤斯的晚餐》前,她说:

"什么时候能领悟到这幅画的美,你才会真正懂得绘画。"

她向菲利普展示了安格尔的《大宫女》和《泉》。范宁·普里斯是个说一不二的向导,她不让菲利普自行游览,只把自己喜欢的东西强行灌输给他。她把画研究得非常认真透彻。当菲利普走过长长的画廊时,透过一扇窗户看到了阳光照耀下的杜伊勒里宫[1],那明媚多姿的样子好像是拉法埃利[2]笔下的景物。他情不自禁地赞叹道:

"啊,真快活!咱们在这多待一会儿吧。"

普里斯小姐冷漠地回应:"行啊。可咱到这儿来是为了看画的。"

秋意正浓,清爽的秋风拂面,让菲利普心情大好。快到正午,他们站在卢浮宫宽敞的院子里,菲利普想情不自禁地学弗拉纳根大喊:让艺术见鬼吧!

"喂,咱们去圣米歇尔大街找个馆子吃点东西吧?"菲利普提议。

"我家里都备好午饭了。"普里斯小姐说。

"这有什么。你可以明天吃啊。我请你吃一顿去!"

"搞不懂你干吗要请我。"

"请你吃饭可是我的荣幸。"菲利普微笑着说。

两人过了河在圣米歇尔大街的一个拐角找到了一家饭馆。

"我们进去吧。"

"不,等会儿。这里看起来挺贵的。"

普里斯小姐头也不回,转身就走,菲利普不得不跟在她身后。没走几步,他们就找到另一家小一点的饭馆,十来个人正在人行道的雨棚下用餐。窗户上写着几个醒目的大字:午餐一点二五法郎,包含酒水[3]。

"没有比这更便宜的了,而且这儿看起来也还不错。"

---

1. 杜伊勒里宫:曾是法国的王宫,位于巴黎塞纳河右岸。
2. 拉法埃利:法国现实主义画家、雕塑家。
3. 原文为法语。

他们坐在空桌子旁,等着菜单上的第一道菜——煎蛋卷。菲利普喜气洋洋地看着来往行人。他的心都不自觉地跑到这些人中间,虽然很累但觉得特别高兴。

"哎,看那边那个穿短外套的男人。多有意思!"

他看了看普里斯小姐,愣住了。只见她正低头看着自己的盘子,神情恍惚,旁若无人,两颗泪珠儿沿着脸颊缓缓滚落下来。

"到底怎么回事?"他急切地问。

"你要是再和我说一句话,我就立刻起身回家。"她说。

菲利普被彻底搞糊涂了,好在这时候煎蛋卷上桌了。他把蛋卷切成两份,每人一份,埋头开吃。他竭尽所能地说些不痛不痒的话题,看起来普里斯小姐也竭力地迎合着他。尽管如此,这顿午饭还是吃得很不痛快。菲利普本来就胃口很浅,而普里斯小姐一副邋遢的吃相更害得他阵阵作呕。她呼噜呼噜地大嚼大咽,像是动物园里的一头野兽,每吃完一道菜都用面包把盘子擦得能照出人影来,不舍得剩一滴肉汁在里头。吃卡门贝软奶酪的时候,她把奶酪连皮带瓤吃个精光,让菲利普倒尽胃口。即使是快饿扁的人也不会有她这样狼吞虎咽的糟糕吃相。

普里斯小姐的脾气让人难以捉摸。前天晚上可能还友善地和你告别,第二天说不定就对你横鼻子竖眼了。但是菲利普的确从她身上学到了不少知识。虽然她自己画得不怎么好,教导起别人来却头头是道。他从她的谆谆教导中进步了不少。奥特夫人也没少帮他,有时查理斯小姐也会指导一下他的画。除此之外,劳森的絮絮叨叨和克拉顿的画作里也有不少能汲取的营养。范宁·普里斯看到菲利普从其他人那里听取建议心里很是不悦。有时候如果菲利普刚和别人说完话,又来问普里斯的意见,那迎接他的一定是闭门羹。劳森、克拉顿、弗拉纳根都拿他俩起哄。

"小心点吧,伙计。她这是爱上你咯。"

"放屁。"菲利普哈哈大笑。

普里斯会爱上别人?!太荒唐了。他一想到她不修边幅的丑模样、油腻打绺的头发、脏兮兮的手和那件一年到头穿着的、污渍斑斑的棕色破裙子就不禁打个冷战。也许她太拮据，可大家都是穷学生，又有谁手头富裕呢？起码要干干净净的吧。买点针头线脑把裙子补好总不是什么过分的要求。

菲利普开始把他这段时间认识的人根据印象整理分类。在海德堡的那股天真劲儿现在已经一去不返，他开始关注起人品，喜欢把各人的特性拿出来琢磨、评价一番。克拉顿这个人嘛，尽管已经相处了三个月，但是对他的认识却并不比第一天见他的时候多。画室的人普遍觉得他挺有能力，应该能成大事，他自己也是这么想的。但所谓"大事"到底是什么事，他和其他人一样，心里没数。来阿米特拉纳之前他也曾在其他画室待过，什么朱利安画室、博扎美术学校、麦克佛森画室，等等。他在这里待的时间最长，因为这儿没人会打扰他。他不喜欢把自己的画拿出来展示，也不像其他学艺术的年轻人一样总是到处询问别人意见，或者对其他人指指点点。据说他曾经吃住、工作都在首战路的一个小画室里，在那画出了不少好作品。要是当时他愿意拿出来办展览，肯定会因此功成名就。他雇不起模特，只能画些静物。劳森总是提起克拉顿画过的一盘苹果，他断言这是一幅杰作。克拉顿为人挑剔，一味地想达到某些连自己都无从理解的目标。他常觉得自己的一整幅画不尽人意；也许整张画里只有一个部分能让他满意，比如一幅人像的前臂或者一条腿、一只脚；再或者是静态景物里的某个水杯、茶盏之类。他把满意的地方剪下来留着，剩下全部销毁。所以有人想看看他作品的时候，他总是实事求是地说自己没什么能拿出来展示。他在布列塔尼认识了个名不见经传的画家，这个奇怪的人之前是个证券商，人到中年才开始捡起画笔[1]。他的画作对克拉顿影响很深。他开始反对印象主义，兢兢业业地试图拓出一条独一无二的绘画道路，一种独特的观察万事万物的方式。菲利普觉得他确实非比寻常。

他们在格拉维尔餐厅的桌子旁用餐，或者晚上在凡尔赛或者丁香园咖啡

---

1. 证券商捡起画笔：此情节为毛姆作品《月亮和六便士》内容，以画家高更为原型。捡起画笔后，证券商去了塔希提岛（大溪地）。

馆小坐，这些时候，克拉顿总是寡言少语。他静静地坐着，干瘦的脸上挂着嘲讽的表情，只有在有机会插科打诨的情况下才偶尔开一下金口。要是有人能让他冷嘲热讽一番，他就会乐得手舞足蹈。除了绘画他基本不会谈论其他内容，只有两三个人让他感觉值得一聊。菲利普不知道克拉顿肚子里到底有几滴墨水：他的沉默寡言、没精打采的神色和辛辣的幽默似乎都暗示了他的个性。可也许这都只是掩饰自己不学无术的假面罢了。

另一方面，菲利普和劳森一天天熟络起来。劳森这人有千奇百怪的兴趣，和他做朋友永远不会觉得无聊。他比大多数学生读的书都多，尽管手头拮据、薪水微薄，但并不影响他买书的喜好。他还很乐意把书借给别人，菲利普因此拜读了福楼拜和巴尔扎克[1]的小说，以及魏尔伦、埃雷迪亚[2]和利尔亚当[3]的诗。他们一起去看戏，有时还一起买张顶层的便宜票欣赏歌剧。他们的住处旁就是奥代翁剧院[4]。菲利普受劳森影响喜欢上了路易十四时期的悲剧作品和字正腔圆、声音洪亮的亚历山大诗歌朗诵。在泰布街的红色音乐会上，花七十五生丁就能欣赏到美妙的音乐，好好讲价的话还能喝到饮品。尽管椅子不舒服，地方也挤，空气里弥漫着刺鼻的烟草味，让人喘不了气，但年轻的菲利普和劳森对这一切都毫不介意。他们有时还去布利埃舞厅，一般弗拉纳根也会结伴同行。一到舞厅里，弗拉纳根那副猴急的样儿和推杯换盏的耍酒疯惹得其他人哈哈大笑。弗拉纳根舞跳得很好，到舞厅还不出十分钟就牵着刚刚认识的女孩满场转圈了。

这伙人有一个共同的愿望：找个情妇。在巴黎学艺术，情妇是项必不可少的"标准配置"，也是能拿来吹牛皮的谈资。但这群囊中羞涩的学生自己吃饱都困难，根本没法从牙缝里挤出钱来养女人。尽管他们大言不惭地说找个精明的法国女人不见得比单身花销大，但和他们想法一致的年轻女孩绝对

---

1. 福楼拜和巴尔扎克：二者均为法国小说家，代表作分别为《包法利夫人》和《人间喜剧》。
2. 埃雷迪亚：西班牙裔著名诗人。
3. 利尔亚当：法国象征主义作家。
4. 奥代翁剧院：又译"奥德温剧院"，在巴黎第六区，近卢森堡公园。

是踏破铁鞋也找不到一个。他们看到有些女士委身于更加赫赫有名的画家,心里便妒火中烧,整天眼巴巴地看着人家,再时不时造上两句谣来找点心理安慰。在巴黎找个情人竟然这么难!说出去让谁能相信?劳森会找年轻女孩搭讪,再请她出来约会。离定好的日子还有二十四小时,他就开始坐立难安,四处跟人吹嘘,把女孩从头夸到脚,说这次真是钓到了个下凡仙女。可真到了约会的当天,女孩却总是不会露面。无奈,劳森只能深夜垂头丧气地跑到格拉维尔,一脸怒气地大骂:

"妈的,去死!我就不懂了,她们怎么就不喜欢我?因为我法语说得不好,还是因为我的红头发?来巴黎一年多了竟然一个也没勾搭上,该死!"

"你没用对方法呗。"弗拉纳根说。

弗拉纳根的情场战绩辉煌得让人叹为观止,尽管其他人对此心有疑惑,但事实证明他没有完全撒谎。他换情人像换衣服一样勤。他只在巴黎待两年,当时也是好不容易说服家人才能不去上大学,跑来学艺术。最后,他还是要回西雅图继承父亲的事业。他下定决心要在有限的时间里享无限的乐子,找情人这事嘛,不用看相处时间长不长,只要每种女人都领略一次就够了。

"你是怎么逮住她们的?"劳森气鼓鼓地问。

"这有什么难的,小家伙。"弗拉纳根说,"你就大大方方早下手为强。钓女人不难,甩女人难。这里面的道道儿可得好好学。"

菲利普现在正忙得团团转,脑子里堆满了画画的事、正在读的书、看过的戏剧和听过的谈话。分身乏术的他没空想这些花花事儿。他想等自己把法语说溜了,就有大把时间去找女人了。

他有一年多没见过威尔金森小姐了。刚离开布莱克斯塔布尔时,威尔金森小姐给他写过几封信。但是初到巴黎的几个星期里他都太忙了,迟迟没有回复。后来又收到一封,但不用打开就知道里面肯定写满了对自己的埋怨。他当时正好没有心情,就先把信搁到一边儿,想过一阵子再看。后来,也就慢慢忘了还有这出没解决的事。一个月后,他翻抽屉想找双没破洞的袜子,忽然看到了这封信。这枚还没拆开的信封让他心里一下着了慌。万一威尔金森小姐前阵子过得很糟而自己却不闻不问，那就显得他未免太薄情寡义了些。但也许现在情况已经有所好转，至少最难过的时候也熬了过来。就他而言，女人都有夸大言辞的毛病。同样的话，女人可以随便说出口，但男人就要斟酌再三。他决定不管发生什么诱惑自己的事，都坚决不再见威尔金森小姐了。他已经太久没有动笔写信了，现在似乎也不值得为此大费周章，所以，直到最后他还是没有打开这封信。

"我敢说她肯定不会再写来了。"菲利普喃喃自语，"这下她可知道我俩之间彻底完蛋了吧，毕竟她老得都能给我当妈。这些她早就该明白了。"

过了一两个小时后，他又开始觉得忐忑不安。虽然心里没有动摇，却不免觉得这一整件事都不尽人意。然而，威尔金森小姐真的再没写过信给他。起先，他害怕这个女人忽然出现在巴黎，跑到他朋友面前大闹一场，让他下不来台。但没过多久，他就把这件事彻彻底底抛到脑后了。

也大概就是在这时，菲利普态度明确地抛弃了自己往日的偶像。起先他对印象主义画家的作品只是叹为观止，但现在已经演化成崇敬之情。他发现自己也开始像其他人一样啧啧称赞马奈、莫奈和德加等人的成就。他买了两张画作的图片：安格尔的《大宫女》和马奈的《奥林匹亚》，把这两张画并排钉在自己的洗手架旁，这样刮胡子的时候就可以好好欣赏一番了。他现在深信在莫奈之前从没有人画过真正的风景画；站在伦勃朗的《以马忤斯的晚餐》和委拉斯凯兹的《被跳蚤咬了鼻子的女人》前，他身上会像过电一般战栗不止。"被跳蚤咬了鼻子"显然不是这个女人的姓名，但是在格拉维尔餐厅人们谈到这幅画的时候都会这样称呼她。尽管画中人的容貌令人不想多看，但是这幅画作的艺术造诣还是得到了大家的一致赞叹。他已经和罗斯金、伯恩·琼斯和沃茨这些人的理论划清了界限，随之一起被打入冷宫的还有他来巴黎时戴着的圆顶礼帽和干净的蓝底白点领带。现在的他会戴柔软的宽边帽，围一条飘逸的黑色围巾，再披件颇有风度的披风外套。他沿着蒙帕纳斯街信步而行，好像从小就在这儿长大。经过不断尝试之后，他现在也能喝苦艾酒了，觉得那股苦味儿还算挺爽口。他的头发越来越长，要不是因为造物主不讲情面，对古往今来年轻人的愿望不予理睬的话，到现在他也早就蓄起胡子来了。

第四十五章

菲利普很快就从身边的朋友身上看到了些许克朗肖的影子。劳森那些似是而非的观点就是来自他，一直追求特立独行的克拉顿也无意识地从这位长者身上学来了很多说法。他们围在桌子旁讨论的正是克朗肖的想法，而他们辨别是非所参考的也正是克朗肖创立的标准。有时候一不留神他们会流露出一些对克朗肖的尊敬之情，但为了挽救略带尴尬的局面，又往往立刻开始嘲笑他的缺点或者为他的种种恶习发出一声叹息。

"当然咯，可怜的老克朗肖真是一无是处，"他们摆出一副痛心状，"他这个人已经无药可救啦。"

他们觉得只有自己能慧眼识珠，对克朗肖的天赋有着赏识之恩。尽管这群年轻人对中年人的很多愚蠢言行都非常鄙视，觉得这个"老家伙"和自己相比差了十万八千里，但一旦有位杰出人士和他们共处一室，他们还是会把克朗肖的这点天赋拿出来炫耀一番。克朗肖从来没去格拉维尔吃过饭。最近四年，他和一个女人在猪窝一样的小屋里同居。只有劳森见过这个女人一面。他们的家在大奥古斯丁路一幢最破烂的楼的六层。劳森饶有兴致地形容起那间脏乱透顶、没处着脚的屋子：

"那股味儿直接能把你掀晕过去。"

"别在饭桌上说这些，劳森。"旁边有人忍不住提醒了一句。

但他并不想就此打住，非要把那天鼻子遭的罪绘声绘色地描述一遍才行。他详细地形容了一下那个给他开门的女人：黑不溜秋的皮肤、又矮又胖的身材，年纪不大，松松的发髻好像随时会散开。她没穿紧身胸衣就直接套了一件衬衫，看上去不像什么正经人家。她的脸蛋红彤彤的，嘴唇看上去充满肉欲，一双亮晶晶的眼睛风情万种，就像卢浮宫里弗兰兹·哈尔斯画的那幅《波希米亚女人》。她恶俗得不加掩饰、低级得洋洋得意，这种人真是让人又想笑又害怕。屋里有个脏兮兮的小泥孩儿正趴在地上玩耍。据说这个荡妇经常给克朗肖戴绿帽,和拉丁区好些不三不四的小流氓都有一腿。可是在那些凑到克朗肖咖啡桌前就为了拾点牙慧的天真无知的年轻人眼里,这实在是难以接受的事:像克朗肖这样嗜美如命的聪明人竟然会找这么个破鞋凑合着过日子。而他本人呢,竟好像被这个庸妇的粗言俗语迷掉了魂,时不时还要学两句从她嘴里吐出来的粗话。他调侃这个女人为"看家娘们儿"[1]。克朗肖穷得叮当响,靠着给一两家英语报纸写画展评论来勉强糊口,偶尔还会接些翻译的工作。他过去在巴黎的一家英语报社工作,后来因为酗酒贪杯丢了饭碗,但现在还赖在那里打零工,报道一下德鲁奥旅馆举办的拍卖会或者杂耍剧院上演的滑稽时事剧。他已经从骨至髓地适应了巴黎的生活,尽管在这儿过得像只阴沟老鼠一样又苦又累,四处碰壁,但他除了巴黎哪儿都不会去。一年到头,他像是在这儿生了根。即使到了夏天,所有他认识的人都去别处度假了,也不愿意离开圣米歇尔大街一步。让人不解的是,即便这样他也从来没学着把法语说利索,而且还一直穿着从"美丽园丁"商店里买的破衣烂衫,誓死不改自己英国佬的面貌。

要是在一百五十年前,克朗肖绝对是个人生赢家。那个年代只要能说会道就能结交不少体面朋友,即使是个酒鬼也不会对社交有太坏的影响。

"我应该生在十九世纪,"他自己这么说,"就缺一个筹钱的人。要是有赞助,我就能写诗出版了。可以给王公贵族献诗,给公爵夫人的狮子狗来个押韵的对子。我渴望得到有钱人家侍女的垂爱,和大主教说地谈天。"

他引用了《罗拉》[2]中的一句诗:"我来得太迟,在一个太古老的世界。"

他喜欢新鲜的面孔,对菲利普很感兴趣。因为菲利普的话不多不少,刚刚好。说得太少总是让人很难与之交谈,而说得太多又影响他一个人滔滔不绝。克朗肖在菲利普心里很快就成了神一样的存在。他没有意识到克朗肖跟自

---

1. 原文为法文。
2.《罗拉》:法国浪漫主义诗人阿尔弗雷德·缪塞的长诗作品。

己说的东西其实早让他跟别人说烂了。作为一个聊天对象,克朗肖有着充满魔力的个性。他的声音悦耳洪亮,讲故事的方式总是让年轻一代的人听得欲罢不能。他说的每句话、每个字都能让人浮想联翩。菲利普和劳森就经常在回家的路上,为了议论克朗肖无意中提到的某个词而不知不觉地在两个人的住处之间走来走去,转个好几趟。菲利普和别的年轻人一样,都热衷于追求结果。他发现克朗肖的诗词实在离期望水平差得很远。克朗肖从没出过诗集,但他的诗大都发表在了杂志上。经过一番劝说,克朗肖终于抬回了一大摞从《黄皮季刊》《星期六评论》[1]等杂志上撕下来的纸页,每页都刊着他的一首诗。菲利普惊讶地发现这些诗基本和亨利或斯温伯恩的作品如出一辙。把别人的文字东一块西一块地凑成自己的诗也需要一定的本领和造诣吧。菲利普向劳森抱怨,说自己对克朗肖很失望。而劳森又无意中把这些话捅出去,让克朗肖知道了。等到下次菲利普再去丁香园的时候,克朗肖嬉皮笑脸地朝他说:

"听说你对我的诗评价不高。"

菲利普一下窘得不知道说什么才好。

"啊?没有的事。我很喜欢读你的诗。"

"不用顾忌我,"克朗肖胖手一挥,豪爽地说,"我从来不觉得写诗作词是顶重要的事。人只要过好一辈子就够了,总不能只拿生活遣词造句吧。我的目标就是寻找生活中各种各样的体验,抒发一下在每个时刻体会到的所想所感。我把我写的东西看作一项优雅的成果,它是给生活添乐子的,可不能反过来抢了生活的风头。至于我的子孙后代怎么评价我的作品——哈哈,去他娘的子孙后代!"

菲利普笑而不语,因为是个人都能看出来眼前这位"艺术家"一生都没有贡献出什么像样的作品。克朗肖沉思着看了他一会儿,又把自己的酒杯斟满,喊来侍者要了包烟。

"我这样装腔作势地说话是不是招你笑话了?你知道我穷得叮当响,又

1.《星期六评论》: 伦敦的文学杂志,发行于一八五五年至一九三八年。

和一个总是跟别的男人鬼混的婊子住在一间小破阁楼里。更不必说,她搭上的男人还都是些剪头发的、咖啡厅端盘子的下贱货色。我把一些不三不四的书翻译成英文,还要为一些下流可鄙的画作写评论。这些画儿烂得让人连骂都懒得骂。但是,我恳求你告诉我,到底什么才是生活的意义?"

"呃,这个问题真的很难回答。你自己说不上来吗?"

"说不上来。在发现它的真正意义前,人们都会觉得生活糟透了。但是你想想,你活在这个世界上是为了什么?"

菲利普从来没有自问过这个问题,他想了一会儿才开口说:

"我不知道。我想是为了各尽其职吧,发挥所能,又不伤害其他人。"

"简单来说,就是别人怎样待你,你也怎样待人?"

"我想是吧。"

"典型的基督教徒思想。"

"不,不是,"菲利普被惹急了,"这和基督教没有关系。只是道德概念。"

"才没有什么道德概念呢。"

"你要这样说的话,那如果你喝醉了把钱包落在这儿,刚好让我捡到了。你凭什么觉得我应该把钱包还给你呢?可不是因为害怕警察吧。"

"那是因为你害怕犯了错会下地狱,希望做好事能上天堂。"

"我既不相信地狱也不相信天堂。"

"可能吧。康德在提出'绝对命令'[1]的时候也和你一样不相信这两样东西。你摒弃了一个信条,但却没有摒弃以此信条为基础的伦理观。说白了,你还是一个基督教徒,要是天堂里真的有上帝,那你一定会从他那里得到奖赏的。万能的神是不会像教会所描述的那么傻的。我想,只要你能遵守上帝的戒律,他才不会在乎你究竟信不信他呢。"

"可是如果我落下了钱包,你也一定会还给我啊。"菲利普说。

---

1. 绝对命令:德国哲学家康德用以表达普遍道德规律和最高行为原则,强调意志自律和道德原则的普遍有效性。

"我可不是因为什么道德,我就是害怕警察。"

"警察要找到你可不比大海捞针简单啊。"

"我的祖先们长年生活在文明世界,对警察权威的恐惧早就深入我心了。我家那个看家娘们儿要是看到个钱包,肯定想都不想就拿走。你说她是来自罪恶阶级,可其实她只是没有那些世俗偏见罢了。"

"那让荣誉、美德、礼貌这些东西都见鬼去好了。"菲利普说。

"你犯过错吗?"

"我不知道,也许吧。"菲利普说。

"你这口吻很像个非国教律师。我就从没犯错过。"

克朗肖穿件破大衣,竖着领子,帽檐压得很低。一对小眼在他红通通的肥脸上闪着光,看上去出奇滑稽。但此刻的菲利普听得认真,来不及笑他。

"你从来没做过让自己后悔的事吗?"

"如果我之所为都是不得不做的,那怎么会后悔呢?"克朗肖反问道。

"这是宿命论的观点。"

"人总是觉得自己的意愿是自由的。这种想法太根深蒂固,我也情愿这么想。我表现得好像自己无拘无束。只要一件事发生,那很显然是永恒的宇宙中所有力量共同促生了它,不管我做什么都不可能阻止。这就是不得不做的事。不论是好是坏,我都不接受任何奖罚。"

"你把我绕糊涂了。"菲利普说。

"来点威士忌吧。"克朗肖递过酒瓶说,"想要脑子清醒,没有什么比威士忌更管用了。你要是只喝啤酒,脑子就只会越喝越糊涂。"

菲利普看着递过来的酒瓶,摇了摇头。克朗肖接着说:

"你不是个坏小伙,就是不肯喝酒。不喝醉怎么聊天?我说的这个好事坏事啊……"菲利普知道他这是又捡起了刚才的话茬,"是传统意义上的。我没有给这些词附加什么特别的含义。我反对把人的行为分个三六九等,不能说某些行为值得做,而给另外一些行为扣上脏帽子。'罪恶'和'德行'对我来说一点也不重要。我是衡量一切的标准。我是世界的中心。"

"可世界上总还有那么两三个其他的人啊。"菲利普不同意他的观点。

"我只为自己说话。只有当他们碍着我的事了,我才会注意到他们的存在。每个人都是宇宙的中心,地球也都同样绕着他们转。我自己有多大的能力,就能向其他人要求多少的权利。我会不会做某件事看的只是我能不能做。人类是生活在社会里的群居动物。各种渠道的势力组成了社会:比如武器的力量——也就是警察;还有舆论——像是'格朗迪太太'[1]。一边是社会,一边是个人,每一边都竭力自保。这是势力与势力之间的抗争。我独自一人,势单力薄,必定要融入社会。可其实我还是挺乐意的,因为我向社会纳税,社会则保护我这个弱者不受比我强的人的压迫。我遵守法律,是因为我必须得这么做,而不是承认它的公正。哪有什么公平公正?我只知道有权力这回事。我纳的税给负责保护我的警察发了工资。如果我生活在一个法律规定必须参军的国家,我进了军队保家卫国,那么我就不欠社会什么了。至于剩下的情况,要是它还拿出自己的势力来压我,我就可以用我的聪明才智狡猾应对了。社会制定法律来自保,假如我犯罪就会被关进牢房甚至处死。社会有权力这么做,权力也就给了它权利。如果我触犯了法律,我就接受国家对我的报复。但我不觉得这是一种惩罚,也不觉得自己做错了什么。社会想通过宣扬什么名誉啦金钱啦,以及我们身边人的夸赞来使我们为它服务。但是我才不管周围的人说我好还是说我孬呢,我也看不起什么名誉,再说我现在穷成这个样,不也过得很好吗?"

"要是所有人都像你这么想,那社会就直接崩溃了。"

"别人怎么想不关我的事儿,我只管自己。大多数人都为了得到某种奖赏而去做一些事,这些事直接或间接地使我得益,我正是沾了这个光啊。"

"我觉得这种观点真是自私得可怕。"菲利普说。

"可是你觉得人做事会是出于不自私的原因吗?"

"会啊。

"不可能的。等你再成熟点就会发现要想在这世界上能活得下去就首先

---

1. 格朗迪太太:英国喜剧《加快耕耘》中人物,代指爱管闲事的人。

得承认人不为己,天诛地灭。你想让其他人无私待人,想让他们为了你的需求而自我牺牲,这种想法太荒谬了。他们凭什么这么做呢?一旦你向事实妥协,承认世界上的每个人都是为了自己而活着,等到那天你就不会再对同伴有那么多的要求了。他们也不再会让你失望,你只会以宽容之心对待他们。人啊,在生活中苦苦追求的东西不就是享乐吗?"

"不,不,不!"菲利普喊了起来。

克朗肖哈哈大笑。

"瞧你跟匹吓着了的小马似的,我不就是用了一个你们基督教徒避之不及的词儿嘛。你把万事万物的价值都按等级排好了,'享乐'这件事永远被压在最下头。只有谈起自我满足、责任、慈善和真诚的时候,你才能有点激动,而'享乐'对你来说只是一种感官享受。在那些制定了道德要求的可怜的奴隶眼中,享受和满足是可鄙的事儿,但他们本身就没有什么路子能享受啊。我要是换成'幸福'这个词儿你就不会这样害怕了吧。'幸福'这词儿听起来好像没有那么令人震惊,好像是从伊壁鸠鲁的猪圈[1]逛到了他家的后花园。但我要说的就是'享乐',因为就我的观察而言,大家都是图个享乐,没听说谁的目标是幸福。你的每一种德行中都暗藏着享乐的欲望。人人做事都是先为自己。要是做的事刚好还能使别人得益,那么我们就说这个人是个有美德的人。有人觉得施舍是种乐子,那他就叫乐善好施;有人觉得助人是种乐子,那他就叫热情善良;有人觉得做社会工作是种乐子,那他就叫热心公益。你给乞丐两个便士自己觉得很快乐,我来上一杯威士忌兑苏打水也觉得很快乐,这是一回事儿。我不跟你一样假惺惺的,我既不为自己的快乐洋洋得意,也不会去祈求你能赞同我。"

"你难道不知道有人会放弃所想,而去做些心不甘情不愿的选择吗?"

"不,你这问题问得太蠢了。其实你的意思是说人会选择即刻痛苦而不

---

[1] 伊壁鸠鲁的猪圈:伊壁鸠鲁是希腊哲学家,他认为人生的目的是享乐。信仰伊壁鸠鲁的人的信条为"让我们吃吃喝喝,因为明天就将死亡"。这种生活与猪无异,这就是"伊壁鸠鲁的猪圈"。

选择当下享乐。我要是反对这个说法,那就和你提出这个问题一样愚蠢了。的确,人会接受即刻的痛苦而非享乐,但这只是因为他们想在日后享受更大的乐子啊。快乐是飘渺虚幻的,但是就算快乐的程度难以计算也不能说这条普遍的规律有错啊。你现在想不通是因为你还觉得享乐是一种感官享受,可是,孩子,一个为国捐躯的人是因为他热爱自己的国家,这一行为其实就好比一个爱吃泡菜的人吃了很多腌白菜。这是造物主的法则。要是人真的喜欢受苦多于享乐,那人类早就灭亡了。"

"如果你说的是真的,"菲利普大声辩解,"那万事万物还有什么作用?没有了责任,没有了善与美,我们来到这个世界上又是为了什么呢?"

"喏,灿烂的东方文明给了我们答案。"克朗肖微微一笑。

他指了指正好推门而入的两个人,随他们一起进入咖啡馆的还有一阵寒冷的风。这两个人是地中海东岸的人,他们走街串巷地叫卖便宜地毯,每个人都拎着一捆毯子。现在是礼拜天的晚上,咖啡店里人满为患。他们穿过一张张桌子,在充满呛人烟味和刺鼻汗味的咖啡馆里推销着自己的地毯。他们的到来似乎给这里增添了一些神秘色彩。破旧的衣裳、磨得泛光的旧大衣、土耳其帽——打扮得很有些欧洲人的风格。屋外头的严寒天气让两人的脸都冻得苍白。其中一个已经人到中年,留着黑胡子;另外一个看上去也就是十七八岁,生过天花的脸上坑坑洼洼的,是个独眼儿。他们从克朗肖和菲利普身边经过。

"真主安拉伟大,默罕穆德是他的先知!"克朗肖扯着嗓子喊了一声。

那个年纪大点的小贩走在前面,脸上挂着谄媚的笑容,活像只挨揍挨惯了的杂种狗。他朝门口一瞥,鬼鬼祟祟地迅速掏出一幅香艳的画图。

"你是亚历山大的商人马斯埃德·迪恩吗?这是你大老远从巴格达拿来的货?哎哟,我的叔叔哎,你看那边的独眼小伙儿,像不像谢赫拉查德给萨桑王讲的三个国王故事[1]里的其中一个?"

---

[1] 国王故事:阿拉伯著名民间故事集《一千零一夜》中的情节。丞相的女儿谢赫拉查德为了保全性命,每晚都给国王讲一个故事。

尽管克朗肖的话他一句也没听懂，但这会儿笑得更巴结了。他像变戏法儿一样又掏出一个檀木盒子。

"别，还是给我瞧瞧来自东方的纺织珍宝吧，"克朗肖说，"让我开开眼界，找点灵感编个故事。"

小贩摊开了一块红黄相间的桌布，上面的图案艳俗古怪，非常难看。

"三十五法郎。"他说。

"哎哟叔叔，这布不是撒马尔罕[1]人织的吧，也不是在布哈拉[2]上色的。""那算你二十五块。"小贩谄媚地说。

"鬼知道这块布产地在哪儿啊，说不定还是从我老家伯明翰运来的呢。"

"十五块好了。"留着胡子的小贩战战兢兢地说。

"哪儿凉快哪儿待着吧，"克朗肖说，"巴不得野驴跑您姥姥坟头拉屎！"

小贩笑脸僵住，不动声色地带着东西去旁边了。克朗肖转头对菲利普说：

"你去过克鲁尼吗，那家博物馆？在那儿你能看到各种染色精美非凡、图案绚丽多姿的波斯地毯，真是让人眼花缭乱、目不暇接。从那些毯子里你能领略到东方的神秘，感受到东方的美艳，就像哈菲兹[3]笔下描绘的玫瑰或者哈亚姆[4]诗中提到的酒杯。但是现在再去，你能看到更多。你刚才问什么才是生命的意义，多看看那些波斯地毯吧，早晚有一天你会知道答案的。"

"你可真是难懂。"菲利普说。

"我醉了。"克朗肖回答。

---

1. 撒马尔罕：中亚最古老的城市之一，丝绸之路重要枢纽，连接波斯帝国、印度、中国三大国家。
2. 布哈拉：位于乌兹别克斯坦，曾经是萨曼王朝首都。
3. 哈菲兹：波斯著名诗人。
4. 哈亚姆：旧译莪默·伽亚谟，《鲁拜集》作者。（见第105页注7）

第四十六章

菲利普发现在巴黎的生活没有别人说的那么便宜。刚到二月，他就花掉了带来的大部分生活费。他好面子，不愿意去找伯伯要钱，也不想让伯母知道自己捉襟见肘的情况，因为他知道伯母一定会咬牙从腰包里再省出点钱寄给他，可她本来也没什么积蓄了。再过三个月他就到法定年龄，能自由支配父亲留下的那笔小小的遗产。为了挨过这段拮据的过渡期，他变卖了从父亲那继承的几件首饰。

就在这个节骨眼儿，劳森正好提议租一间通往拉斯帕尔大街路上的小画室。这间画室是空的，租价非常便宜。画室旁还有个小屋，可以用来当作卧室。菲利普每天早上都去学校，劳森可以利用这段时间静心作画，他去过这么多所学校，最后得出结论：一个人画画的时候才最能出成绩。他提议一周请三四天模特，自己练习。起先菲利普觉得花销有点大，不知道该不该一起租。可后来他们一合计，租间画室并不比住在旅馆里贵多少（他们都急切想有一间属于自己的画室，所以算得很仔细）。虽说房租和付给看门人的清扫费加起来是笔挺大的开销，但是他们能从早餐里省出这笔钱，以后可以自己在家做早餐。要是放在一两年前，菲利普是绝对不会和别人住一间的，因为他对自己的跛脚太敏感。但现在这种病态的心理已经慢慢改善了些。在巴黎，好像残疾并算不上什么了不起的，尽管自己还是对此介意，但已经不再疑神疑鬼，老是觉得其他人也在打量自己的脚了。

他们搬进了这间空画室，买了床、脸盆架和几把椅子。两人第一次真切感受到自己拥有了一些东西，心里非常快活，甚至第一晚躺在这个可以被称作"家"的地方时，还激动得一直聊天到凌晨三点。第二天，他们穿着睡衣生炉子、煮咖啡，一切都新鲜极了！菲利普一直到快十一点才恋恋不舍地离开画室去学校。他风风火火地到了学校，朝范宁·普里斯点了点头。

"近来可好？"他兴高采烈地和普里斯小姐打招呼。

"我好不好关你什么事呢？"

菲利普噗嗤一声笑了起来。

"别较真儿啦。我就是想表现得礼貌一点。"

"我可不稀罕你的礼貌。"

"你觉得和我拌嘴对你很有好处吗？"菲利普轻声轻语地问，"已经没有几个人愿意和你说话了。"

"有没有人愿意和我说话是我自己的事，对吧？"

"太对了。"

菲利普开始画画，心里纳闷：为什么范宁·普里斯非要表现得这么招人烦呢？他得出了一个结论：这位小姐从头到脚都让人看不顺眼。画室里的每个人都讨厌她，就算对她客气也只是因为害怕她那张尖酸刻薄的嘴；不管是当面，还是背着别人她都习惯了恶语伤人。可菲利普此刻心情大好，不想惹着她，让她又对自己怀恨在心。他使出了之前百试不爽的好法子。

"喂，我想让你来看看我的画。我画得一团糟。"

"谢谢你了，但我还有更要紧的事儿做。"

菲利普一脸吃惊地看着她，毕竟唯一能指望她痛快答应的事，也就只有请她提点意见了。她声音很低沉，听上去有点生气，态度非常蛮横，"现在劳森走了你觉得能来我身边凑和了是吧。太谢谢你了。你还是另请高明吧。我可不收拾别人的烂摊子。"

劳森骨子里就有当老师的特质；不管什么时候，只要他发现了一个道理都会急着想把它灌输到别人的脑子里。他"上课"时兴致勃勃，他的"学生"也能因此受益不少。菲利普大大咧咧地养成了习惯，总是自然而然地坐在劳森旁边。他从没想过范宁·普里斯竟会因此而妒火中烧。

"你在这儿谁也不认识的时候倒是挺喜欢将就着和我在一块儿，"她酸溜溜地说，"可自从你交了其他朋友，就不爱搭理我啦，把我像只旧手套一样甩到别处，"她把这个用滥了的比喻又强调了一遍，满脸得意洋洋，"就像只旧手套！随便你，我不在乎，但我绝对不可能再犯傻了。"

她说的话倒也不全是假的。菲利普气得不轻，他想到什么就脱口而出：

"你可省省吧,我跟你征求建议就是想讨好你罢了。"

范宁·普里斯深吸一口气,朝菲利普看了一眼,表情里写满了痛苦。两颗泪珠从她的脸颊缓缓滑下。她看上去脏兮兮的,古怪之极。菲利普不知道眼前这演的又是哪一出,只得默不作声地转身继续画画。他的心里也不好受,好像良心受到了谴责。但他不会再跑去找普里斯小姐说话,也不会因为害她伤心而道歉,唯恐她会再抓住个机会数落自己一顿。整整两三个礼拜,普里斯小姐都没和菲利普说一句话。菲利普既然已经从被她打击冷落时的沮丧中缓过劲儿来,也不禁为摆脱了这段棘手的友谊而感到宽慰。普里斯总想把他据为己有,这让他感到很困扰。她确是个与众不同的女人,每天一早八点钟就到画室,模特的姿势一摆好就提笔开画。她画画从不松懈,也不和别人交头接耳,总是一个钟头一个钟头地硬啃那些永远也解决不了的难题。直到正午十二点的钟响了,才会离开画室。她的画烂得无药可救。一般年轻人来画室学上几个月就能达到的普通水平都离她还有一定距离。每天都穿着那件又脏又丑的棕色裙子,裙角上还留着上次下雨时溅上的泥点子。菲利普第一次见到她时,那裙子上破烂的地方到现在也没补好。

一天,她忽然红着脸走到菲利普跟前,问待会儿能不能同他说几句话。

"当然了,只要你愿意就好。"菲利普微笑着说,"十二点之后我等着你。"

这天的任务画完后,菲利普走到她的画架旁边。

"你愿意和我散会步吗?"她扭扭捏捏地问,眼神不敢直视他。

"当然了。"

他们一起走了两三分钟,谁也不说话。

"还记得你那天跟我说的话吗?"普里斯小姐忽然问道。

"哦,要我说啊,咱俩就别拿那天说事儿了,"菲利普说,"不值当的。"

她慌慌张张地紧吸几口气,痛苦地皱着眉头。

"我不想和你吵架。你是我在巴黎唯一的朋友。我以为你很喜欢我呢。咱俩之间有着某种特殊的默契。你身上有特别吸引我的东西——你知道我指的是什么,你的跛脚。"

菲利普的脸一下红了，出于本能，他尽量不让自己一瘸一拐地走路。他不喜欢任何人提到自己的残疾。范宁·普里斯的意思他很明白——她是个又丑又笨的女孩，而他是个瘸腿，所以两个人理应惺惺相惜。他被这种暗示气得不行，强忍怒火，一句话都没说。

"你说你来问我的建议只是为了讨好我。难道你觉得我画得不好吗？"

"我只看过你在学校画的画，很难讲你画得好不好。"

"想不想去我家看看其他作品？从来没请别人看过，但我想让你瞧瞧。"

"谢谢你啦。我非常想看。"

"我住的地方离这儿很近，"她略带抱歉地说，"走个十分钟就能到。"

"嗯，好的。"菲利普说。

他们沿着大街走了一段，拐进一条小道，接着又拐进另一条更破烂的，沿街都是廉价商店。最后在一幢楼前停了下来，开始一层层爬楼梯。她打开门走进一间狭小的阁楼，这间屋子的顶棚是斜的，里面有个很小的紧闭的窗户。屋里有股发霉的气味，尽管天气已经很冷，可是还没有生炉子，或者说好像从来没有生过。床没铺，一片狼藉。屋里只有一把椅子，一个被用来当作脸盆架的五斗柜和一副便宜的画架。本来这里就够脏乱了，还垃圾遍地，到处都乱七八糟让人作呕。壁炉架上东一个西一个地放着颜料、刷子、茶杯、没洗的脏盘子和一把茶壶。

"你站那儿别动，我把画放在椅子上，这样你能看得更清楚些。"

她给菲利普展示了二十张小小的作品，长十八厘米宽十二厘米左右。她把画一张张放在椅子上，看着菲利普的表情。每看一张，菲利普就点点头。

"你喜欢这些画，对不对？"看过几幅后，她忍不住问。

"我想先全部看完，"菲利普说，"然后再说说我的看法。"

他此刻在强装镇定。他简直被吓傻了，不知道该如何组织语言。这些画甚至都不能简单地说有多烂，或者说这些糟糕的上色简直像是一窍不通的外行信手涂的。阴暗浓淡的诡异搭配、奇怪的透视处理让这些画看上去像是出自一个三岁小孩之手。可就算是个孩子也起码能实事求是地把见到的东西落实到画布上啊。这些画确实来自一个满脑子都是庸俗画面的庸俗之人。菲利普想起她曾经兴高采烈地讨论莫奈和印象主义者,可她自己的画却是按着皇家艺术院的那套路子来的。

"看完了,"她最后说,"这就是我所有的画啦。"

菲利普虽然不比其他人诚实多少,但是让他当面撒个弥天大谎也确实太难为他了。他的脸涨得通红,支支吾吾地说:

"我觉得这些画都非常好。"

普里斯小姐听了这话,没有血色的脸上泛起了一点红晕。她轻轻一笑:

"如果你不是这么想的那就不要骗我。你知道的,我想听真话。"

"我就是这么想的。"

"有什么不好的地方吗?总有几幅画不太满意吧。"

菲利普无可奈何地看了一圈。他看到一幅画,是业余画家最中意的那种风景小品。画面里是一座古桥,一个藤蔓缠绕的农舍和绿树成荫的河岸。

"当然啦,这么短的时间里我不可能把这幅画看个透彻,"菲利普说,"但我实在看不懂这幅画的明暗搭配。"

普里斯小姐的脸红得发紫,她一下拿起画来,转身背对着菲利普。

"你怎么偏偏挑了这幅画!这是我的得意之作,是最好的一幅作品。我敢说这画的明暗没有任何问题。明暗搭配这门学问你是教不了的,全凭感觉来。懂了就是懂了,不懂就是不懂。"

"我觉得这些画都非常好。"菲利普又重复了一遍。

她看着自己的画,露出洋洋得意的神态。

"我觉得这些画都是能拿得出手的。"

菲利普低头看了看表。

"我说,时间不早了。不妨请你吃顿饭去?"

"家里已经备好了。"

菲利普瞄了一圈也没看见午饭在哪儿,但兴许等他一走,门房就会把饭送上来吧。他现在只迫不及待地想离开这里,屋里的霉味害得他头疼。

第四十七章

三月的画室特别热闹，学生们都忙着给展览会投送画稿。一贯特立独行的克拉顿没有什么作品能投，他对劳森为参展准备的两幅人头素描很是不屑。这两幅画一看就是学生水平，完全是照着模特来画的，但线条还算有点力度，画风也挺有气魄。克拉顿事事力求完美，最看不惯有人拿着火候未到、不成熟的画作出来丢人现眼。他耸了耸肩膀跟劳森说把一些连画室大门都拿不出去的作品送去参展，真是不知道被什么冲昏了头。等知道劳森的两幅作品都被选上了以后，他这股轻蔑的劲儿也丝毫没有减弱。弗拉纳根也想试试运气，但是他的画没有入选。奥特夫人寄去了一张肖像画《母亲》。谁也说不出这画有哪里不好，事实上，它确实画得不错，但只能算是二流作品。这幅画被挂在了一个非常显眼的位置。

好久没和菲利普碰过面的海沃德也到巴黎来了。为庆祝劳森的画作入选展览会，菲利普和劳森特地在他们的画室举办了庆功宴。海沃德正是受邀来赴宴的，顺便在巴黎待几天。菲利普已经等不及要见海沃德了，但是真到了见面那天，他却觉得有点失望。海沃德的模样变了些许：一头浓密的头发稀疏了不少，面孔也不像之前那么精神，显出些颓唐的老态；蓝眼睛比往日更无神，整个人看上去都没精打采的。但从另一方面来讲，他的思想倒是一点也没变。那套关于文化的理论在菲利普十八岁的时候还能把他唬住，但是现在他已经二十一了，发现这些漏洞百出的理论实在不值一文。他变了很多，想起过去对艺术、生活、文学的种种见解，都觉得自己当初太过幼稚。他特别瞧不起那些现在还有他当初那种想法的人，甚至连他都没意识到自己有多想在海沃德面前露上两手，等带着海沃德逛画廊时，他才把自己最近刚学到的、具有革命性的观点一股脑儿倾泻而出。他把海沃德带到马奈的《奥林匹亚》前，眉飞色舞地说：

"我愿意拿除了韦拉斯奎兹、伦勃朗和维米尔[1]之外的所有老一辈艺术家

---

1. 维米尔：荷兰画家，代表作品有《戴珍珠耳环的少女》等。

的作品来换这幅画。

"维米尔是谁?"海沃德问。

"天啊,我亲爱的朋友啊,你不知道维米尔?你真是还没被开化呢。不认识维米尔的人,还在这个世界上活着干吗?他是个具有现代绘画风格的古典大师。"

菲利普刚把海沃德从卢森堡公园拽出来,又急忙推着他去了卢浮宫。

"可是这儿不是还有些别的画吗?"海沃德和其他游客一样,想把每个景点都游览个遍。

"其余没什么好看的啦。你等着自己再来吧,带着你的旅行宝典来。"

一到卢浮宫,菲利普就领着朋友往长廊走。

"我想看看《蒙娜丽莎》。"海沃德说。

"老天,我亲爱的朋友啊,那幅画就是靠鉴赏文学捧起来的。"菲利普说。

最后在一间小屋子,菲利普在维米尔《织花边的少女》前停了下来。

"喏,这就是卢浮宫里最杰出的一幅画。简直和马奈的风格如出一辙。"

菲利普伸着大拇指像模像样、口若悬河地分析着这幅杰作的精彩之处。他引了很多画室里面的行话,让人不能不叹服。

"可我没看出这幅画哪里了不起啊。"海沃德说。

"当然了,只有内行才能看出门道,"菲利普说,"我觉得一个门外汉是看不出这幅画的精妙所在的。"

"一个什么?"

"门外汉。"

就像大部分对艺术感兴趣的人一样,海沃德急着给自己正名。在那些不敢直抒胸臆的人面前他总是底气很足,但是真遇到了胸有成竹、固执己见的行家,反而谦虚谨慎不敢多言了。菲利普头头是道的言论听得海沃德连连点头。尽管菲利普没有明说,可海沃德乖乖相信了一个道理:如果画家高高在上地宣称只有自己才能评画,那无论如何都不能就此反驳他。

过了两三天,庆功宴开始了。克朗肖也破格接受邀请,答应来尝尝他们的手艺；查理斯小姐主动提议要来帮着做菜。她不喜欢和同性相处，虽然男士们提议要再找几位女士给她作伴，却被她一口回绝了。参加宴会的人里还有克拉顿、弗拉纳根、波特和另外两个朋友。屋里家具寥寥，模特的站台被用来当桌子使，宾客们要是愿意的话可以坐在皮箱上，要是不愿意的话就干脆席地而坐。当天的菜色包括查理斯小姐做的法式砂锅炖菜，从附近餐馆买来的热气腾腾、香气扑鼻的烤羊腿（配餐的土豆也是查理斯小姐做的，整个画室里都飘散着她煎的胡萝卜的香味儿；煎胡萝卜是查理斯小姐的拿手菜）；烤羊腿后配的甜点是用白兰地烧制的酒烹梨子，这道菜是克朗肖主动要求做的。结束整顿饭之前，他们还要分享一块巨大的布里干酪。此时这块干酪正放在窗边，散发出的悠悠浓香混合着各种饭菜的香气让人馋涎欲滴。克朗肖坐在上座位置的一个轻便旅行箱上，腿盘在身下，看上去像个土耳其帕夏[1]。他笑眯眯地一脸慈祥地看着围坐在身边的年轻人。尽管这间生着炉子的小画室暖烘烘的，可他还是习惯性地穿着外套，竖着领子，戴着圆顶礼帽。他看着面前排成一行的意大利基安蒂葡萄酒露出心满意足的表情，这四瓶葡萄酒中间还摆了瓶威士忌。他说这让他想到了一位身材窈窕的切尔克斯女郎和四个伺候着她的胖阉奴。为了不让在座其他英国人感到不自在，他当天特地穿了一套花呢西服，打了一条剑桥大学三一学院的领带。这身英式打扮让他看起来不伦不类。座上其他人都对他毕恭毕敬，喝汤的时候还和他讨论了一下天气和最近的政治局势。等羊腿上桌的空当里，查理斯小姐点燃了一支香烟。

"长发公主，长发公主，把你的头发快快放下。"[2] 她一边说，一边优雅地解开束发缎带，瀑布一样的秀发倾泻在肩头。她轻轻晃了下脑袋。

"我把头发放下来更舒服一些。"

棕色的眼眸、瘦削俊美的脸颊、苍白透明的皮肤和宽阔的额头——查理斯小姐仿佛是从伯恩·琼斯的画里走出的人儿。她的手纤长美丽，只可惜如

---

1. 帕夏：伊斯兰教国家高级官员的称谓，相当于英国的"勋爵"。
2. 引文：格林童话《莴苣姑娘》中的一句经典对白。

葱根一般的手指被尼古丁熏得蜡黄。她穿淡紫艳绿拼接的曳地衣裙，洋溢着一种肯辛顿高街的女郎特有的浪漫典雅气质。她美艳至极，却并非是个蛇蝎美人。相反，她待人和善有礼，便是有时候端着架子也不至于招人讨厌。此时敲门声响起，所有人都快活地大叫。查理斯小姐一跃而起跑去开门。她把羊腿高高举过头顶，好像盘子里装的是施洗约翰的头颅[1]一样，嘴里叼着香烟，脚底下迈着神圣庄严的步伐。

"欢迎你，希罗底的女儿！"克朗肖喊道。

大家津津有味地吃起羊腿来，尤其是看到一个面色苍白的女孩胃口能这么好，心里更觉得痛快。克拉顿和波特坐在查理斯小姐两侧，大家都看得出来这两个傻小子谁都没发现夹在中间的女孩很不自在。她来到画室已经六个礼拜多了，大部分人她都看不上眼，却知道应该怎么对付那些拜倒在她裙下的小伙儿。她对他们从来都没有恶意，就算是和一些爱过的旧情人，都保持着有一定距离的友谊。她不时朝劳森望一眼，眼波里尽是忧伤。当天的酒烹梨子大受欢迎，也许是里面加入的白兰地酒醇香可口，也许是因为查理斯小姐坚持让大家搭配干酪一起吃。

"我真说不清这到底是美味无比还是令人作呕。"她吃了几大口搅拌在一起的梨子和干酪后说道。

旁边的人立刻端来了咖啡和科涅克白兰地，以防查理斯小姐真的吐在桌上。吃过饭后，他们惬意地坐好开始抽烟。做什么事都讲究个艺术性的露丝·查理斯小姐这会儿姿态优雅地倚坐在克朗肖身边，把妩媚小巧的脑袋靠在他肩膀上。她似乎失了神，郁郁沉思的眼睛里一片空洞，像要望穿无尽的时间深渊。她还偶尔往劳森那里投去深长沉思的目光，伴着一声感叹。

夏天要到了，一股躁动不安的情绪在年轻人中间生根发芽。蔚蓝的天空引诱着他们往海边跑，宜人清风自大道两旁悬铃树茂密的叶间吹拂而过，

---

1. 施洗约翰的头颅：该典故与后文"希罗底的女儿"都出自《圣经》。据传希罗底的女儿同自己的母亲一起砍下了施洗约翰的头。

催促他们早早投入乡下田野的怀抱。每个人都计划着离开巴黎出去玩玩。他们讨论着应该带上多大尺寸的画布,还备足了写生用的画板。布列塔尼都有哪些地方好去呢?弗拉纳根和波特去了孔卡尔诺;奥特夫人喜欢一览无余的风光美景,所以带着母亲去了阿旺桥;菲利普和劳森决定到枫丹白露的森林去;查理斯小姐知道在枫丹白露的莫雷小镇有一家很棒的旅馆,周围有很多景色可画,况且那里离巴黎很近,菲利普和劳森手头也并不阔绰,这样一来火车票钱就能省下一些。露丝·查理斯也要到那去,劳森灵光一闪,决定给她画一幅室外的肖像。那段时间,展览会里流行一种特别的肖像画,画里的人物在阳光充沛的花园里或坐或站,眼睛一眨一眨,树叶在人的脸上投下斑驳的绿影。他们邀请克拉顿一起去枫丹白露,但克拉顿却自有安排。他刚开始发现塞尚的作品值得一瞧,急着想去一趟普罗旺斯。他喜欢凝重阴沉的天空,那炽热的蔚蓝像是自天上滴下的滚烫汗珠。宽阔的马路上扬着白色的尘土,烈日骄阳把屋顶晒褪了色,橄榄树也被热浪灼成灰蒙一片。

上完早课他们就准备出发,菲利普把东西拾掇好,朝普里斯兴高采烈地说:

"我明天就走啦!"

"走哪去?你不是要退学了吧?"她的脸沉了下来。

"我只是去外地避暑。你不去吗?"

"不,我就待在巴黎。我以为你也会留下呢。我还想着⋯⋯"

她没有继续说下去,只是耸了耸肩膀。

"可是这里夏天热得受不了啊。待在这儿太遭罪了。"

"好像你有多在乎我似的。你要去哪儿避暑?"

"莫雷镇。"

"查理斯也要去那儿。你不和她一起去吗?"

"我和劳森一起去。她也会去。至于我们能不能凑一块儿就不好说了。"

普里斯小姐的喉咙里发出咕噜一声,宽大的脸盘红得发紫。

"下流!亏我还以为你是这里唯一的正人君子。查理斯和克拉顿、波特、弗拉纳根都有一腿,还和老福瓦内不清不白的,要不他怎么会在她身上下这么大功夫。现在你和劳森也入了她的套儿。真让我恶心。"

"胡说八道!她是个很正派的女人。我们都把她当成好兄弟。"

"哦,别和我说话了,别说了。"

"再说这关你什么事?"菲利普问,"我去哪避暑和你有什么关系?"

"我一直盼着夏天快到,"她喘着粗气,像是自言自语,"我以为你没钱出去玩,画室里就会只剩下咱们两个。咱们可以一起画画,还能去不同的地方看一看。"她又把话头瞄准了查理斯小姐,"那个不要脸的婊子,她不配和别人说话!"

看着她,菲利普的心沉沉坠了下去。他不是那种总感觉别的女孩爱上自己的人。他对自己身体的残疾过分敏感,在异性身边总是表现得笨手笨脚。但是范宁·普里斯这忽然爆发的怒气却没法用别的理由来解释,面前这个穿着脏乎乎的棕裙子,头发散在脸上的女人让人提不起一点兴趣。菲利普看着画室的门,暗暗希望此时有人闯入,打破他们之间的尴尬。

"实在非常抱歉。"他说。

"你就跟别的男人没什么两样。但凡得到了你想要的,连声谢谢都不说,拔腿就走人。你知道的那点东西都是我教的。没有人愿意在你身上下功夫了。福瓦内指导过你吗?告诉你吧,你在这画上一千年也画不好的。你一点当画家的天赋都没有,一点自己的东西都没有。你的本事都是从我这学去的——别人都这么说呢。你这辈子就不用指望成个画家了。"

"这也不关你的事,对吧?"菲利普红着脸问。

"哈,你以为我是在说气话?去问问克拉顿,问问劳森,问问查理斯吧。你永远也成不了画家。永远!永远!永远!你就不是那块料。"

菲利普像没事人一样抬了抬肩膀,往门外走去。剩下普里斯在背后大喊:

"永远!永远!永远都成不了画家!"

当年的莫雷还是个古雅的小城镇,镇上的一条路沿着枫丹白露森林延伸开去,这里的金埃居旅馆还保留着旧时期的风貌,面朝蜿蜒曲折的卢万河。

站在查理斯小姐房间的小阳台上,整条河就在眼下一览无余了。桥上架着古桥和加固过的桥门。他们吃过晚饭后就坐在阳台上抽抽烟、喝喝咖啡、聊聊艺术。没隔多远,有条运河交接汇入卢万河。运河的两边种着排排白杨,他们经常在画了一天画后来河岸散步放松。这群终日都在挥舞画笔的年轻一代总是对如画美景不寒而栗,对小镇中随处可见的旖旎风光敬而远之,反倒巴不得去找些美得含蓄而内敛的风光景色。西斯利和莫奈都画过白杨夹岸的运河,他们也想试着描绘一下这种典型的法式美景,但又害怕画面之美太过正式,所以决定刻意地加以回避。查理斯小姐的头脑转得飞快,让一直对女人搞艺术这件事耿耿于怀的劳森都为之叹服。为了能不落窠臼,她特意没画树梢。劳森也想到一出妙计,在画面的前景处画了麦涅巧克力的巨幅蓝色广告以表达自己对巧克力的厌恶。

菲利普开始画油彩。初次尝试这种创作方式,心里欢欣不已。一大早他就带着自己的画箱跟劳森出门去了。他坐在劳森身边画着运河,甚至没发觉自己所做的只是在照着葫芦画瓢罢了。他受朋友的影响很深,甚至只通过劳森的眼睛来观察事物。劳森的画用色暗沉,所以他们两个人都把翠绿的草丛描画成一片深色的天鹅绒,通透蔚蓝的天空也在他们笔下显现出忧郁的靛蓝色调。七月里每一天都个顶个的明媚晴朗,炎热的天气把菲利普烤蔫了,上下眼皮一个劲儿地打架。他的脑子里塞满千万思绪,实在无心继续画下去。白天的时候,他在运河边上的白杨树下找块阴凉读书、瞎想。偶尔也会租辆吱呀作响的自行车沿着一路扬尘的小道骑到森林里去,挑片空地躺上一会儿。他有各式各样天马行空的奇思妙想。这里的女人都像华多画中的人物一样生性快活,无忧无虑。她们在茂密的森林里散步,身边各自伴着位护花使者,时不时在对方耳边轻声说些有趣的故事,或者醉人的情话。但不知为何,这些女人似乎都被某种难以名状的恐惧所困扰。

旅馆里除了他们仨之外,只有一位房客——一个肥胖臃肿的中年法国女人。她庞大的身形像拉伯雷小说里写的那样滑稽夸张,笑声震耳欲聋,放浪形骸。她每天坐在河边,优哉游哉地钓着永远也不上钩的鱼。菲利普有时过去和她聊两句。他得知这个女人之前从事的是种见不得人的行当（要说当下这个行当中最'大名鼎鼎'的人物，那绝对非华伦夫人[1]莫属）。她在这行摸爬滚打，大挣一笔后金盆洗手，过起了风平浪静的资产阶级生活。她给菲利普讲了几个黄段子。

"你得去一次塞维利亚[2]，"她用磕巴的英语说，"那儿的美人举世无双。"她挤眉弄眼地点点头，大笑震得三层肥下巴和肚皮都颤巍巍晃个不停。

天气越来越热，晚上几乎难以入眠。树下蒸腾的热气迟迟散不去，像有形的物质一样赖在这里不肯走。他们不愿辜负这星光灿烂的夏夜，于是在露丝·查理斯房间的阳台上一坐就是几个钟头。大家都太疲乏，无人有心交谈，只是安静地坐在那里享受着无言静默的撩人欢喜。窗下河流潺潺而过，直到钟声敲响了一下、两下，甚至有时候敲了三下他们才会拖着脚步恋恋不舍地回房休息。菲利普忽然发现了查理斯和劳森是对恋人。女孩向年轻画家投去的目光写满万千情愫，画家对女孩也似是有种合情合理的占有感，这些都让菲利普对自己的发现坚信不疑。他坐在两人身边，感到有种压抑的激情暗暗萌生，空气变得非常凝重，夹杂着某种让人看不透彻的东西。这个发现让菲利普大惊失色。他一直觉得查理斯小姐是位教养良好的女士，他很喜欢和她说话，但却从没想过要同她更进一步。礼拜天他们带着茶点篮子去森林喝茶。来到一片林中空地，查理斯小姐被如诗如画的田园景色吸引了，执意要脱掉鞋袜好好享受。本来这幅画面该是非常具有挑逗意味的，只可惜她长着一双大脚，而且两脚的第三个脚趾上各生了个大鸡眼。怪不得她走起路来样子有点滑稽呢，菲利普心想。他现在看她的眼光和之前不大一样了。他觉得她的大眼睛和橄榄色的皮肤女人味十足。他恨自己太不开窍，竟没有早点发现她竟是这样一位可人儿。她似乎有点看不起自己，像是在鄙视自己的迟钝，这么久了都没发觉她的存在。劳森的尾巴也要翘上天了，好像有多么了不起一样。

---

1. 华伦夫人：萧伯纳剧本《华伦夫人的职业》中经营妓院的鸨母。
2. 塞维利亚：西班牙城市，是现在的西班牙第四大都市。

他嫉妒劳森，嫉妒到眼红。倒不是他这个人有多么值得羡慕，是他所拥有的爱情惹得别人心痒难耐。菲利普想变成劳森，想和他一样享受爱情的甜蜜滋味。他忧心忡忡，生怕一不留神爱情就从自己身边偷偷溜走。他渴望一阵激情袭来将自己卷起，不管随着漂泊到何处都不在意。对他来说，查理斯和劳森现在已经和过去不一样了，他不愿再继续插足两人之间。他埋怨自己不争气，也埋怨自己总是得不到生活的赐予，好像自己的大好年华就这么白白过去了。

同旅馆的那位法国肥婆很快就看透了劳森和查理斯之间的关系，毫不避讳地把这件事拿出来大谈特谈。

"那你呢？"她的脸上挂着一个大度的微笑，这是靠别人卖身中饱私囊的鸨母所特有的表情，"你就没有个对象吗？"

"没有。"菲利普的脸一下就红了。

"怎么不找一个呢？你这个年纪正当谈情说爱。"

菲利普耸耸肩膀，拿着一卷魏尔伦的诗集悻悻走开了。他想沉下心来读会儿书，却无奈压不下胸腔里一股搅动翻腾的热情。他记起弗拉纳根提到的那段艳遇，自己当时还鬼鬼祟祟地去打探那条死胡同里的房子：客厅窗户被丝绒窗帘遮了个严实，描眉画眼的女人媚笑着勾引来来去去的男人。菲利普禁不住地发抖。他扑倒在草地上，像只刚睡醒的小兽一样伸伸胳膊腿儿。清风徐徐拂来，河面上泛起细细涟漪，白杨树的叶子随风沙沙作响，天空像块浓郁的、化不开的蓝色——这一切都美得让人呼吸急促，心跳加速。他爱上的不是人，而是爱欲本身。闭上眼，两片柔软的红唇似乎印上了他的嘴，一双温柔的手臂仿佛绕上了他的颈。他想象自己陷在露丝·查理斯的温柔乡，想象着她忽闪的大眼睛和细腻光洁的皮肤。他觉得抓狂不已：这样的尤物，这样一段浪漫刺激的恋情竟从自己指尖溜走了。既然劳森能和她缠绵一番，共浴爱河，那自己怎么就不行呢？可是这种想法只有在见不到她的时候才有。躺在床上睡不着，或者在运河边胡思乱想的时候，他的心总会跑到查理斯那里去。可但凡真见到她，这种感觉就一下变了，拥她入怀的欲望已荡然无存，亲吻她双唇的念头也不复存在。这个变化真的叫人琢磨不透。她远在天边时，就是位双眸脉脉含情、脸颊如凝脂般洁白光滑的佳人尤物；可她若近在眼前，那入眼的就只剩她不够丰满的胸脯和一口微蛀的烂牙。菲利普怎么也忘不掉她脚趾上长着的鸡眼，他也不知道自己是怎么了，难道只能爱上一个看不清摸不到的人吗？他总是会过分夸大对方身上最倒人胃口的缺陷，这种病态的敏锐眼光害得他与很多本该发生的美好缘分失之交臂。

空气里有了些凉意，漫长的暑日即将告辞。菲利普并不觉得惋惜。他们终于动身回巴黎了。

第四十八章

一回阿米特拉纳学校，菲利普就发现范宁·普里斯已经不在了，她的橱柜钥匙都交了回来。菲利普问奥特夫人知不知道普里斯小姐去哪儿了。奥特夫人抬了抬肩膀，说可能是回英国了吧。菲利普松了口气，他早就受够了普里斯小姐阴晴不定的坏脾气，更别说她还老对他的画挑三拣四了。如果不按她说的来，她就会觉得菲利普瞧不上自己。可菲利普也已经不再是那个什么都不懂的傻子了，她就是不能明白这点。菲利普很快就把普里斯小姐忘了个精光。他怀着一腔热情潜心学习油画，一门心思地想为明年的展览会创造出一幅有点分量的作品。劳森画了幅查理斯小姐的肖像画。她很上相，所有倾心于她的男士都纷纷为她画像。一副天生的慵懒样子，又喜欢在人前搔首弄姿，可谓是个绝佳的模特人选。况且她技巧知识懂得也够多，能提些颇为中肯的建议。她之所以如此热爱艺术，主要是因为想像艺术家那样生活。她不在乎自己的画有没有长进，只喜欢画室里温暖的空气和能无拘无束抽烟的权利。她用低沉而愉快的声音表达着对艺术的爱和爱的艺术。可这两者之间究竟有什么不同呢？连她也说不清楚。

劳森画起画来有使不完的劲儿，能在画架前待到腰都站不直，但最后一刻却要把一天的成果都抹掉。只有露丝·查理斯能容忍他，换作别的模特早就撒手不干了。等画布上被他涂得乱七八糟，已经无法再继续修改时，他只好说：

"现在只能换块新画布，从头开始了。不过我现在知道自己想画什么了，不会再花太长时间。"

正好赶着菲利普也在，查理斯小姐跟他说：

"你怎么不一起画呢？从劳森先生的画里你准能学到很多。"

这是查理斯的一点小心思——她通常都不喊情人的名字，只称呼姓氏。

"如果劳森先生不介意的话，我自然是很乐意啦。"

"我才不介意呢。"劳森说。

菲利普第一次给人画肖像，虽然拿笔的手不住颤抖，可心里却依然美滋滋的。他坐在劳森身边，劳森怎么画他就跟着怎么画。有这样的示范，再加上劳森和查理斯分别不时给些提点，他很快就有所进步了。劳森的画完成后，特地请克拉顿前来鉴评。克拉顿刚刚回到巴黎。他从普罗旺斯一路游玩到西班牙，想去马德里见识一下委拉斯凯兹的作品，然后又顺着一路南下到托莱多待了三个月。他给朋友们带回来了一个陌生的名字：艾尔·格列柯[1]。这个人的故事他能从早到黑讲得天花乱坠。他说要想学习他的作品，必须得去托莱多才行。

"对，我知道这个人。"劳森说，"他是位老画家了，最大特点就是画得跟现代画家一样烂。"

克拉顿比往常更沉默，不发一言，只冷冷地用讥讽的目光打量劳森。

"不给我们看看你从西班牙画的画儿吗？"菲利普问。

"我在西班牙都没动笔，太忙了。"

"忙着干吗呢？"

"忙着想事情啊。我已经彻底受够了印象主义。再过几年这个流派准会越变越肤浅，路也会越走越窄。我想和过去那些见解来个彻底了断，重新开始，

---

1. 艾尔·格列柯：原名多米尼克斯·希奥托克普洛斯，出生于希腊，是著名的画家、雕塑家、建筑家。三十六岁时移居西班牙。

所以一回学校就把之前的画都销毁了。现在画室里除了画架、油彩和几块没用过的画布外,就什么都不剩了。"

"你要做什么?"

"我还没有打算。现在只是明确了日后的方向而已。"

他慢声慢语、小心翼翼地说着,好像周围有一点动静都不想错过。他的身体里有一股自己都无法理解的神秘力量,正跌跌撞撞地试图寻找发泄的出口。神情中的笃定和坚毅让人过目难忘。劳森唯恐克拉顿把自己的作品贬得一文不值,故意装作对克拉顿的所有观点都不屑一顾,这样万一真的受到嘲笑了,也不会下不来台。但菲利普明白他其实最想被克拉顿夸奖几句。克拉顿默默地看了一会儿,忽然瞥到还在画架上的菲利普的画。

"那是什么?"他问。

"哦,我也试着画了几笔。"

"照着葫芦画瓢。"

他嘟囔了一句,又转身看劳森的画。菲利普满脸通红,什么也没说。

"你觉得画得还行吗?"劳森忍不住问。

"很立体嘛,"克拉顿说,"画得也挑不出毛病。"

"明暗处理之类的没问题吧?"

"没问题。"

劳森满意地咧开嘴,像只刚爬上岸的落水狗一样乐得浑身打颤。

"哎,你能喜欢我真是太高兴了。"

"我并不喜欢啊。这画一点价值都没有。"

劳森的脸一下拉得老长,目瞪口呆地看着克拉顿,搞不明白他葫芦里到底卖的什么药。克拉顿天生不善于表达,说句话要费好大的劲儿。他经常颠三倒四、没完没了地说些不着边的东西,可菲利普能从这堆乱七八糟的话里听出点门道。从来不读书的克拉顿最初是从克朗肖那儿听到这番言论的;尽管当时这番话没有给他留下深刻的印象,却一直弥留在他脑海。最近他忽然从这番话里得到一个新的发现,即一名出色的画家必须能画出两样东西——

人和人灵魂的诉求。印象派画家的精力都被其他问题吸引去了,他们画的人像风格独特,深受喜爱,但就像十八世纪的英国画师一样,他们也几乎从不关注画中人物的灵魂诉求。

"关心灵魂是文学作品的任务,"劳森打断他说,"我就要像马奈一样画,管他什么灵魂诉求呢,都去见鬼吧。"

"要是你真能在马奈最拿手的方面胜他一筹那当然好啦,可你离他还差十万八千里呢。你不能总满足于那些老一套的东西,况且印象主义的价值已经被人挖掘到极限了。你得走走回头路才行。其实,一直到我看见艾尔·格列柯的画时,我才意识到原来能从肖像画里领略到这么多之前从来不知道的东西。"

"你这是步入罗斯金的后尘了!"劳森大喊。

"不不不,你瞧,罗斯金强调道德,可我才不稀罕什么道德呢。我向来只动情,不说理。最伟大的画家一定是形神兼顾的,比如伦勃朗和艾尔·格列柯。只有二流画家才会单纯地只画个人形。山涧百合即使不香也很招人喜欢,但若能再带点香味,岂不是更可爱?那幅画,"他指了指劳森的肖像画,"嗯,画得很好,也很立体,就是太普通,太寻常了。你的画法和整幅画的设计本应呈现出一个遭人唾骂的放荡女人的形象。准确性固然重要,但艾尔·格列柯曾经把人画得有十八英尺[1]那么高,因为只有通过这种夸张的方式才能表现出他的心中所想。"

"该死的艾尔·格列柯,"劳森大骂,"我们根本就没机会看到他的作品,讨论他有什么狗屁用?"

克拉顿耸耸肩,没有作声。他抽支烟就离开了,留下菲利普和劳森面面相觑。

"他说的话有点道理。"菲利普说。

劳森心烦意乱地重新打量起自己的画来。

---

1. 十八英尺:约合 5.5 米。

"除了看到什么画什么外,还能怎么表达那该死的'灵魂诉求'啊?"

差不多正是这个时候,菲利普结识了一位新朋友。礼拜一早上学校的所有模特都要集合,选出一个做本周的模特。有一次大家挑中了一个年轻男人。他一看就不是专业做模特出身的。菲利普被他身上那股气质神态吸引住了。他走上台笔挺地站稳,双手握拳,头骄傲地向前伸着,这个姿态最能衬托出他健美的体形。他的身上没有一丝多余的赘肉,肌肉线条像钢铁雕刻的那样利落分明。头发剃得极短,头的形状非常完美,脸上蓄着短胡子,眼睛大且黑,眉毛浓又粗。一个姿势经常一摆就是好几个钟头,但他好像完全不会乏累。他的神态里有些羞愧,还有些决心下定的坚毅。他的满心激情和勃勃生机也传染了菲利普,让菲利普不由开始浮想联翩。等到工作一结束,菲利普看他穿好衣服,觉得他就像个衣衫褴褛但气度非凡的皇帝。他不喜欢和人打交道。一两天后还是奥特夫人跟菲利普介绍说他是个西班牙人,之前从来没有当过模特。

"估计他是因为饿肚子才干这行的吧。"菲利普说。

"你没注意到他的穿着吗?既干净又体面,对吧?"

正巧赶上阿米特拉纳里的一个美国学生波要去意大利待几个月,临走之前把画室借给菲利普用了。菲利普很高兴,他对劳森颐指气使的态度有点厌烦了,想找个清静地方自己画画。周末的时候他去拜访那位模特,假装自己的画还没有完成,请他再来为自己加一天班。

"我不是个专业模特,"这位西班牙人说,"我下周还有别的事要忙。"

"来吧,现在咱俩先去吃顿午饭,好好商量商量,"眼看对方还是有点犹豫,菲利普又笑着补充了一句,"和我吃顿午饭又不会耽误事儿。"

模特耸了耸肩膀,算是同意了。他们一起去了家小饭馆。这个西班牙人的法语虽然说得很快,但却听得人一头雾水。菲利普使出了吃奶的劲儿才能勉强跟上他的意思。他是作家,专门跑来巴黎写小说。为了混口吃的,所有穷光蛋能干的活儿他都干过;给别人上过课,只要有翻译的活儿也一概来者不拒(大部分都是生意文件),最后竟然沦落到要靠这副好身材挣钱了。做模特待遇很可观,他上个礼拜挣的钱够他撑上至少半个月了。他给一脸惊讶的菲利普说,自己每天只花两法郎就能过得很滋润。但是对于要靠出卖身体挣钱这件事,他心里一直有个过不去的坎儿,觉得抬不起头来。如果不是穷得吃不起饭,他是绝对不会做这种卑贱工作的。菲利普提议说他只想画一个头像,不需要模特摆出全身的姿势来。菲利普想画一幅他的头像拿去明年的展览会报名参展。

"可是你为什么想找我呢?"西班牙人问。

菲利普回答说他对模特的头感兴趣,觉得能完成一幅不错的肖像。

"我可没空。我要用这些时间写作,这样白白耽误时间太让人心疼了。"

"你只要抽出一下午的时间就行。我白天也要在学校画画。再怎么说给我当模特也比翻译法律文件好吧?"

拉丁区里来自各个国家的学生一度相处得非常融洽,这件事也曾经被传为一大奇事。可好景不长,现在住在这里的不同国家的学生已经互相不再走动了,他们之间就像东方国家里人和人之间的关系那样非常疏远。在朱利安画室和博扎美术学校里,一个和外国学生混在一起的法国人总会遭到同胞们的冷眼相待。所以,作为一个英国人想在他居住的城市里结交几个知心好友实在是比登天还难。事实上,好多学生在巴黎住了五年但是学到的法语也就只够他们去商店买东西或者下馆子点餐,他们虽说住在巴黎,可其实就和住在肯辛顿南部没什么两样。

菲利普一心想让生活多点激情和刺激,他很珍惜这个能认识西班牙人的机会。起先对方还有所保留,但菲利普凭着自己的三寸不烂之舌很快便将他说服了。

"告诉你我怎么打算的吧,"西班牙人终于打开了话匣子,"我给你当模特。但不是为了钱,只是因为我乐意这么做。"

菲利普劝他收下报酬,可他心意已决,坚持要把钱退回。最后他们把时间定为下周一下午一点开始。他给了菲利普一张名片,名字是米盖尔·阿胡利亚。

米盖尔定期来做模特。虽然他拒绝接受任何酬劳,但时不时地要从菲利普这里借走五十法郎——算起来比付报酬还要贵了。但米盖尔心里却很得意，因为他总算是没有通过这种自己所不齿的方式来挣钱。菲利普觉得他是西班牙人，自然应该是个天性浪漫的情种。他问了米盖尔很多塞维利亚和格拉纳达、委拉斯凯兹和卡尔德隆的事儿。米盖尔却对自己国家这些赫赫有名的城市和有头有脸的人物很不耐烦。和他的许多同胞一样，他觉得只有法国才称得上是智者贤士的国度，巴黎就是整个世界的中心。

"西班牙已经死了，"他喊道，"那里没有文学，没有艺术，什么都没有。"

米盖尔用他那西班牙人特有的浮夸言辞把自己的理想抱负向菲利普娓娓道来。他正在创作一部小说，并渴望借此一举成名。左拉对他写作的影响很大，他将小说中故事的地点设定在了巴黎。听完他详细的复述，菲利普觉得这故事情节毫无精妙之处，简直愚蠢透顶。故事里一些对情欲的幼稚描写反而只衬托出情节的庸俗老套（他对这样的评价心里很不服气，大声辩解："这就是生活啊，亲爱的朋友！这就是生活！"[1]）。这个故事他整整写了两年，中间受到了很多超乎想象的阻力。来巴黎前做出的所有美好预想一个都没有实现，虽然天天饿着肚子为艺术而奋斗，但心里却很坚定：没有什么能阻拦他赢得伟大的胜利！这番功夫下得颇有点英雄气概。

"你为什么不写点西班牙？"菲利普大声问，"那该多有意思，你最了解。"

"只有巴黎才值得一写。巴黎就是生活。"

有次他带了一些手稿来，用蹩脚的法语兴冲冲地翻译给菲利普听。他读了些什么菲利普根本就没怎么听懂，只觉得眼前的男人傻得可怜。菲利普稀里糊涂地看着自己给他画的头像：额头宽阔，下面却是一颗如此平庸的大脑，眼神炯炯，却只能看到生活里最显而易见的表象。菲利普对自己的画不太满意，最后几乎把所有成果都涂改掉了。表达人物的灵魂诉求固然是可取的，但假如模特儿本身就是个矛盾体时，谁又能判断出他的灵魂诉求是什么

---

1. 原文为法语。

呢？他挺喜欢米盖尔的，所以当他发现米盖尔的伟大奋斗最后只能竹篮打水一场空时，他的心里也很不好受：想成为一个优秀作家，米盖尔已经"万事俱备，只差天赋"了。菲利普看了看自己的作品。怎么判定一幅画究竟是可圈可点还是纯粹的浪费时间呢？显然，有志者不一定能成事，自信也帮不了你什么大忙。菲利普联想到了范宁·普里斯，她对自己的才华坚信不疑，也有着不达目标誓不罢休的意志。

"如果我觉得自己没法成为顶尖的画家，我就不会再继续画画了。"菲利普说，"做个二流画家一点意义都没有。"

第二天早上出门的时候，门房喊住他，给了一封信。除了伯母外，就只有海沃德会偶尔给他写信，可这封信的笔迹却是他从没见过的。信里这样写道：

请收到信后立刻过来。我再也忍受不了了。请亲自来一趟。我无法接受别人碰我的身子。我要把所有东西都留给你。

范宁·普里斯

我已经三天没吃过东西了。

菲利普突然感到全身一紧，立刻冲到普里斯小姐的住处。他很惊讶：她竟然待在巴黎没走。他已经几个月没有见过她，以为她早早就返回英国了。他问门房普里斯小姐是否在家。

"在啊，我看她两天都没出门。"

菲利普跑上楼使劲砸门，可里面没有任何回应。他大声喊她的名字。门是锁着的，弯腰一看便能发现钥匙正插在锁眼里。

"我的天啊，她可千万别做什么傻事。"菲利普大声喊着。

他转身跑下楼告诉门房普里斯小姐就在屋里，他收到了她写的信，怕是有什么不好的事发生，最好破开门进去看看。刚才还有些不耐烦、懒得听菲利普说话的门房这会儿也着急了，但他担不起破门而入的责任，必须得找警察来处理。他们从警局回来的路上还找了个锁匠。菲利普发现范宁·普里斯上个季度的房租还没交上,新年的时候也没有给门房送礼物——按惯例来说,他觉得自己理应收到礼物。四个人一并上了楼,又敲了敲门,里面还是没一点声音。锁匠把锁撬开,推门走了进去。眼前的一幕让菲利普吓得大喊起来,本能地用手捂着脸不敢再多看一眼。这个可怜的女人用一根绳子结束了自己的性命。绳子的一端系在之前租客用来挂床帘的钩子上。她挪开床,站在椅子上把头伸进绳圈。椅子被踢翻了,倒在一边的地板上。他们剪断绳子把普里斯小姐抱下来。她的身体已经凉透了。

第四十九章

菲利普从四面八方听来许多关于普里斯的可怕的传言。班上的女学生抱怨说普里斯从不和她们一起到饭馆吃饭,原因显而易见:她囊中羞涩,凑不出饭钱来。菲利普还记得他刚来巴黎时和普里斯一起吃的那顿午餐,她狼吞虎咽的吃相害得他胃口尽失。他现在才明白,她那时只是馋坏了。门房告诉他普里斯每天都吃些什么。除了一天一瓶的牛奶,她自己还会买块面包。中午先吃一半,晚上从学校回来后再把剩下的吃掉。日复一日,她的伙食从未变过。菲利普想到她曾经咬牙挺过来的那些苦日子,心里难受得绞成一团。她从来不让别人知道自己很穷,可显然她的钱早就已经花光,最后甚至付不起去画室的学费了。她的小屋里几乎没什么家具,除了一天到晚穿在身上的那件又脏又破的棕裙子之外,也没有其他衣裳。菲利普试着从遗物里找到和她通过信的朋友的地址。他翻出来一张写满自己名字的纸,心里既诧异又震惊。也许她是真的爱上自己了吧。想到她裹在棕裙子里瘦成一把骨头的身体,想到她吊死在房顶的惨相,菲利普就抖个不停。可既然她喜欢自己,为什么不来请求帮助呢?只要她开口,自己一定会竭尽所能帮她一把的。他觉得悔恨,因为他对她的爱慕故意视而不见,而她信上的一句话现在读起来却似乎在字字滴血:我无法接受别的人碰我的身子。她是被活活饿死的。

菲利普最后终于找到一封信，信上的署名是"爱你的哥哥，艾尔伯特"。这是两三个礼拜前从瑟比顿的某条街寄来的，信里回绝了她想借五英镑的请求。来信者说自己有家有口，做事要为妻儿着想，不能随便把钱借给别人。他建议她回伦敦找点活干。菲利普给艾尔伯特·普里斯发了电报，没一会儿就收到了回复：

深感痛心。事务繁忙。是否非去不可？普里斯。

菲利普回复一封，简短但态度坚决。第二天早上一个陌生人出现在画室。

"我是普里斯。"陌生人自我介绍说。

这是个相貌平平之人，一袭黑衣，戴宽檐礼帽，和范宁一样笨手笨脚。他留着短硬的小胡子，张嘴就是一口伦敦腔。菲利普把他请进屋，跟他讲了这件事的前因后果和自己的处理。他一边听，一边四下打量着这间画室。

"我不用非得见她一眼，对吧？"艾尔伯特·普里斯问，"我很脆弱，一点打击都受不了。"

他开始夸夸而谈，说自己是个橡胶商人，和妻子生了三个孩子。范宁以前在别人家当老师，他怎么也想不明白她为何要辞了工作来巴黎。

"我和夫人都劝她，巴黎哪是女孩子能来的？搞艺术又挣不了钱，从来都是。"

明眼人都能看出他和妹妹相处得不好，甚至抱怨她的一死了之对自己是一种伤害。他不愿意听别人说妹妹是没钱饿死的，好像这样一说整个家庭都要跟着负责似的。他忽然想到可能事情背后有些更冠冕堂皇的理由。

"可能她和哪个男人纠缠不清，是吧？你知道我是什么意思，毕竟这里是巴黎，什么乌七八糟的事都可能。说不定她干了什么不光彩的事想不开才自寻短见。"

菲利普觉得自己的脸火烧火燎，此刻，他痛恨自己为何如此懦弱敏感。普里斯机灵的贼眼转了两下，好像在怀疑他和范宁之间有什么瓜葛。

"我相信您妹妹非常自爱,"菲利普尖刻地回应,"她就是太饿了才会自杀。"

"凯利先生哟,您这样说可对她的家人很不公平。她大可以给我写信啊。我是不会让妹妹挨饿的。"

菲利普懒得和他当面对峙——想当初正是从他给普里斯小姐的回信里找到他的地址的,而他在这封信里一口回绝了妹妹借钱的请求。他讨厌这个矮个儿男人,想早点办完事儿好把他打发走。艾尔伯特·普里斯也想赶快了事,恨不得立刻就能回伦敦。他们一起去了可怜的范宁住的那间小屋。艾尔伯特·普里斯看了看屋里的画儿,又扫了一圈仅有的几件家具。

"我对艺术一窍不通,也不想装懂,"他说,"可这些画值点钱,是不是?"

"一文不值。"菲利普说。

"家具都卖了也就不到十先令吧。"

艾尔伯特·普里斯一句法语都不会,菲利普只好帮他跑前跑后。要让这具可怜的尸骨安稳入土需要没完没了地走好些程序:在一个地方领表,再跑去另个地方盖章,还要和政府官员打交道。整整三天,菲利普都是从早忙到晚。最后,他和艾尔伯特·普里斯随着灵车来到蒙帕纳斯公墓。

"我也想办得体面一点,"艾尔伯特·普里斯说,"但没必要花这冤枉钱。"

范宁的葬礼在一个寒冷、阴沉的早晨举行,整个过程加起来也没花多长时间,气氛格外凄凉。画室里来了六七个曾经和她共事过的同学。奥特夫人来了,身为学校司库,她觉得自己有义务要参加这场葬礼。心地善良的露丝·查理斯也来了,还有劳森、克拉顿和弗拉纳根,虽然在范宁活着的时候,他们都对她恨之入骨。菲利普站在石碑林立的墓园里,朝四处环望。有些墓碑非常简单寒酸,还有一些要么恶俗,要么浮夸,丑陋得不堪入目。他难以遏制地颤抖起来。这是多么悲哀啊!从公墓出来,艾尔伯特·普里斯想请菲利普一道吃午饭。菲利普打心眼里讨厌他,而且现在累得浑身都要散架了,他最近一直睡得不好,总是梦见穿着棕色裙子的范宁·普里斯吊在天花板上的样子。可他绞尽脑汁也没想到什么拒绝的理由。

"带我去个能好好吃一顿的馆子。最讨厌参加葬礼,精神都要崩溃了。"

"拉维纽是这一片最好的。"菲利普说。

艾尔伯特·普里斯的身子陷在饭馆的天鹅绒椅子里,长长叹了口气。他点了份丰盛的午餐,还要了瓶葡萄酒。

"可算把事儿办完了,真好。"

他拐弯抹角地问了几个问题,菲利普感觉出他是在迫不及待地打听巴黎画家的生活。他自以为这群人都是些可怜家伙,但又急着想知道他们平时的生活是多么放浪形骸、灯红酒绿。他狡猾地眨眨眼,别有意味地笑了笑,让菲利普不要瞒着他,他知道艺术圈里还有很多见不得人的秘密呢,毕竟自己也是混社会的,关于这行的风言风语多少也听了一些。他问菲利普去过蒙马特没有,那里不光有坦普尔酒吧还有大名鼎鼎的皇家交易所酒店。他阵阵叹息,后悔自己一直没去过红磨坊,不然也能拿出来吹嘘一番了。午餐吃得很丰盛,葡萄酒也特别可口。艾尔伯特·普里斯腆着圆滚滚的肚子,眉飞色舞地叨叨个不停。

"咱们再来点白兰地吧,"咖啡刚一上桌,他就提议,"挥霍一把!"

他的两只手兴奋地搓来搓去。

"我现在有点想在这多待一晚,明天再回去。今晚上咱们一块玩玩儿去,你意下如何呀?"

"让我带你去蒙马特?你怎么不让我带你去死呢?"菲利普说。

"我想这是无伤大雅之事吧。"

艾尔伯特说得一本正经,把菲利普都逗笑了。

"不,那地儿太乱,你脆弱的神经可受不了。"菲利普一脸严肃地用之前普里斯说过的话反过来讽刺他。

最后,艾尔伯特还是决定要坐四点的火车回伦敦,他和菲利普道了别。

"再见了,老朋友,"他说,"跟你说吧,我一有机会还会再来巴黎的,到时候再来找你啊。咱们再喝个痛快!"

菲利普送走艾尔伯特之后一直心神不宁,下午也没有回画室学习。他跳上一辆公交车，打算过河去杜兰·鲁埃那里看画。看完画，一个人沿着大街漫无目的地散步。天气很冷，寒风刺骨。来往行人都紧裹大衣，缩着脖子，生怕有一点寒气从领口钻进来。所有人都是一副眉头紧锁，忧虑重重的样子。菲利普想到蒙帕纳斯公墓密密麻麻的石碑下的世界，肯定更是滴水成冰一样的寒冷吧。自己在这世上形单影只，茕茕孑立，竟然有点莫名地思念起家乡来。他想找个人做伴儿。这个点克朗肖应该还在工作；克拉顿从来都不欢迎别人拜访；劳森又开始给露丝·查理斯画像了，一定不想受到任何打扰。想来想去，他决定去找弗拉纳根。弗拉纳根此时正在画画，一看菲利普来了，高兴地放下画笔和他聊起天来。他的画室非常舒服，也很暖和，因为这个美国人比学校的大部分学生都富裕。他开始准备茶点来招待客人。菲利普看见他送去展览会的两幅头像画。

"敢把自己的画送去参展，我也真是够大胆的啦。"弗拉纳根说，"但无所谓，我说送就送。你觉得我画得很烂吗？"

"起码比我想象的好多啦。"菲利普调侃道。

这两幅作品足以看出画家是个顶聪明的人。所有难以表现的细节都靠技巧糊弄过去，色彩极富冲击感，让人过目难忘、啧啧称道。弗拉纳根不懂画，更不会画，但是他大笔一挥的豁达态度却跟画了一辈子的大师没两样。

"要是看画的时间最多不超过三十秒，那所有人都会把你当作大师，弗拉纳根。"菲利普笑着说。

他们年轻人说话直来直去，不拘小节，谁也没有刻意恭维对方的习惯。

"正好我们美国人看画都不超过三十秒。"弗拉纳根哈哈大笑。

他虽是普天之下最没定性的人，但却有着出人意料的柔软心肠。这也是他的魅力所在。不管谁生病了，他都会献上体贴入微的照顾。对于病人来说，弗拉纳根给他们带来的欢声笑语几乎胜过了所有的灵丹妙药。他和其他美国人一样敢于表达自己内心的情感，从不把情绪憋在心里。他觉得心里想什么就说什么并不丢人，也因此很乐意向心情沮丧的朋友们表达深切的同情和安慰。朋友们因此都对他心存感激。他看出菲利普在经历了这一串打击之后情绪不佳,所以就变着法地试图让他高兴起来。他知道英国人都对美国口音忍俊不禁,所以说话的时候故意操起一口浓重的美国腔,手舞足蹈、兴高采烈地说着些奇奇怪怪的话,就为博菲利普一笑。他俩在外面吃过饭后,又决定去蒙帕纳斯乐园瞅瞅,这是他最爱去的地方。天一黑,他的兴致就变得更高。虽说酒喝了不少,但令他晕头转向、眼冒金星的不是酒精起的作用,而是他的满腔澎湃激情。酒过三巡,他又提议转战布里埃舞厅,菲利普此时也累过了劲儿,不想上床睡觉,便欣然答应一同前往。他们坐在舞厅一侧高台上的桌子旁喝着啤酒,这个高度正好可以看到人群在台子下面翩翩起舞。弗拉纳根忽然瞅见一个朋友,大喊一声越过栏杆就跳到舞池里去了。菲利普还待在原地,打量着身边的男男女女。布里埃算不上城里的时髦舞厅。周四晚上这里挤满了寻欢作乐的人。来自各个学校的学生很多,但大部分还是小职员或商店里的打杂小工。他们穿着日常便装,要么是便宜的花呢套装,要么是样子古里古怪的燕尾服。戴进来的帽子跳舞的时候也没有地儿搁,只能继续戴在头上。舞厅的女人里有几个看上去像别人家的侍女,还有一些描眉画眼、举止轻佻,其他则大多是售货员。她们穿着打扮都很寒酸,极力模仿河对岸的时髦女子。那些放荡的女人脸上化着浓妆,活像杂耍剧院里的演员或是当下名声最臭的舞者:眼皮上一层厚厚黑影,脸蛋上两坨胭脂涂得张牙舞爪。低垂的白炽灯照得舞厅一片雪亮,人们脸上的阴影愈发明显;舞厅里的线条好像更加死板僵硬,周围环绕的五颜六色此刻也愈显粗糙不堪——好一幅光怪陆离的画面。菲利普身子靠在栏杆上,盯着台子下面形形色色的人,耳边的音乐声好像戛然而止了。这些人仿佛在群魔乱舞,慢慢地绕着舞厅打转;他们很少说话,一心扑在跳舞上。屋里很热,汗津津的脸上泛着光。菲利普觉得他们已经卸下脸上虚伪的面具,放下对世俗礼节的提防,露出了自己的真实面容。此刻,他们变成一群奇怪的野兽:有些像狐狸,有些像狼,剩下的则长了一张长长的、愚蠢的羊脸。这些终日劳碌还吃不饱穿不暖的人皮肤都粗糙蜡黄,他们在对蝇头小利的追逐中日益麻木了表情,只剩一双狡猾的小眼儿还在滴溜溜地打转,举手投足之间没有丝毫气质可言。你能感到这种人的生活里只有数不清的鸡毛蒜皮和说不完的怨声载道。空气里弥漫着浓浓的汗臭味。舞池里的人仿佛被自己体内某种说不清道不明的力量控制着，疯狂地舞个不停，菲利普觉得让他们着魔的力量就是追求享乐的欲望。这些人只是在找寻一个出口，企图能就此逃离现实世界的恐怖压抑。克朗肖说过对享乐的追求是促使人类盲目前行的唯一动力，也正是这种放肆的欲望剥夺了所有快乐。我们像被大风裹挟着，无可奈何、四处飘泊，不知道这阵风从哪儿来，也不知道它要带我们到哪去。命运之神仿佛凌驾于舞池中的人群之上，而他们还在狂妄疯癫地跳着，似要将死亡的永恒黑暗踩在脚下。菲利普隐隐有些害怕：他们为何不说话呢？是生活震吓住了他们，还是夺走了他们张嘴的权利，让他们把心中腾起的尖叫呐喊全都哽在喉头？他们的眼神凶狠而冷酷。尽管可怕的兽欲让他们没了人样，尽管他们的脸上写满暴虐和卑劣，尽管除了所有的恶劣品行之外，他们还愚蠢得让人无法容忍，他们眼底的痛苦却一览无遗。如此可怕，又如此可怜。一股厌恶之情涌上菲利普的头顶，可对他们的深切怜悯又让他的心绞痛起来。

他起身去衣帽间拿了外套，走出舞厅，一头扎进这夜的严寒。

第五十章

那件不愉快的事始终在菲利普脑子里挥散不去。最让他心里放不下的，是范宁的努力全都白白付诸东流。没人比她更刻苦，也没人比她更虔诚。她全心全意地相信自己的能力，可不难看出这种坚如磐石的自信心一点作用也没起。菲利普的其他朋友也同样很自信，比如米盖尔·阿胡利亚。他奋斗起来热血满腔，但写出来的故事全是些琐碎无味的流水账，这种鲜明的差别让菲利普心惊胆战。在学校时的悲惨经历让菲利普养成了自我剖析的能力，他像吸毒上瘾一样总是固执地要把自己的所想所感拿出来分析一番。他不禁得出这样一个结论：自己对艺术的感悟和其他人截然不同。一幅佳作能让劳森登时兴奋起来——他对艺术的鉴赏力是发自本能的；就连弗拉纳根也能一眼看出其中的道道儿，可菲利普却要想半天才能明白。别人欣赏艺术靠的是直觉和本能，而他却要靠脑子。他不禁想，假如自己也有几分艺术气质（他不喜欢这个词儿，但想不出能用什么替换），便能像其他人一样借助感情，用某种难以解释的方法来感受艺术之美了。他开始自我怀疑，难道他只有依葫芦画瓢的小聪明吗？这样的雕虫小技实在算不上什么。他早就学着对技巧不屑一顾，认为真正重要的是在画面中获得独特的感受。劳森的构图用色原本就是天性使然，经过他这样一个对万事万物都异常敏感的学生的临摹，便更能体现出其画中的个性了。菲利普又看了看自己给露丝·查理斯的画像，他终于在三个月后才意识到这幅画仅仅是对劳森亦步亦趋的模仿罢了。他觉得自己很没用，画画怎么能靠脑子来呢？真正有价值的作品都该是由心而生的。

菲利普没有多少积蓄，加起来不过一千六百镑，是该省着花了。未来的十年估计没有什么挣钱的机会。一辈子卖不出去一幅画的画家在历史上数不胜数，他得早点习惯苦日子才行。要是能画出一幅举世闻名的作品倒也值了，可他害怕自己到死都只能做个二流货。如果这样，那如此虚度青春究竟有没有价值？放弃生活中的乐趣和诸多机会究竟有没有价值？他听说许多来巴黎闯荡的外国画家都过着乡巴佬一样的日子，也认识了个把人，怀揣梦想坚持二十多年却和一举成名的机会频频擦身而过，最后只能终日借酒消愁。范宁的死让他想起了过去。之前听说很多人为了逃避痛苦绝望的生活而选择了千奇百怪的出路。当时老师就轻蔑地给可怜的范宁提出过建议，要是她乖乖听话，不一条道走到黑，那该有多好啊。

菲利普给米盖尔·阿胡利亚的肖像完工了，决定要送去展览会试试运气。弗拉纳根都送了两幅画，他觉得自己怎么着也不比他画得差。他下了很大功夫，心想这幅画多少有些可圈可点之处。当他看着画的时候，虽然自己也说不上来哪里出了问题，但就是觉得怪怪的。可一旦不看它，信心就又回来了，觉得自己的作品很让人满意。他把画寄去展览会，果不其然，没有入选。好在事先已经说服自己入选的可能微乎其微，这样的结果他倒也满不在乎。直到几天后弗拉纳根飞一样地冲进他和劳森的画室，说自己有张画入选了。菲利普面无表情地恭喜了他两句,而沾沾自喜的弗拉纳根这会儿忙着欢呼雀跃呢,根本没注意到菲利普声音里透着藏都藏不住的嫉妒。劳森的脑子机灵,感觉到了不对劲儿,一脸狐疑地看着菲利普。他两三天前就知道自己的画安全入选了,所以看到菲利普这样的态度心里有点生气。弗拉纳根前脚刚走,菲利普就问了一个问题,让他大为吃惊。

"如果你是我的话,你会放弃吗?"

"什么意思?"

"我不确定做个二流画家到底有没有意义。要是其他行业,比如医生或者商人,那即使你碌碌无为也不会有什么太大不同。反正都是为了挣钱糊口,凑合着干下去得了。但是做个二流画家到底有没有意义呢?"

劳森很喜欢菲利普,当他发现画作被拒对菲利普打击巨大时,就决定要好好安慰他。展览会拒绝的作品也许日后倒成了名作,这种事时有发生,大家也都纷纷拿来调侃逗笑。这是菲利普第一次参展,他的作品几乎一定会被拒绝。弗拉纳根能有一幅画入选也是事出有因。他的画风肤浅浮夸,正好对上那些没精打采的裁判的胃口。菲利普烦躁不安,可劳森竟然觉得他之所以沮丧,只是因为遇到了这样的小挫折,对菲利普来说这本身就是一种侮辱。他闷闷不乐的真实原因是他已经发自内心地怀疑自己的能力了。

最近克拉顿不再和他们一块儿去格拉维尔吃饭,总是一个人独来独往。弗拉纳根说他一定是爱上了一个女孩,可他那张面无表情的僵硬的脸,怎么也看不出来有动情的痕迹。菲利普觉得他和朋友疏远准是因为他对自己的将来有了更清楚的打算。有天晚上,其他人吃过饭都去看戏了,只有菲利普留下来想一个人坐会儿。正巧赶上克拉顿也来吃饭,他们就凑到一起聊起天来。他发现克拉顿开朗了许多,比往常也爱说话了。他决定要趁着这个机会请克拉顿帮自己个忙。

"我想请你来看看我的画。我想知道你会怎么评价它。"

"不,我不去。"

"为什么?"菲利普红着脸问。

他们这群人经常会互相邀请着来评赏自己的作品,还没有人拒绝过这样的请求呢。克拉顿耸耸肩膀,说:

"说是要我批评指正,其实不过是想听几句夸奖罢了。再说,批评又有什么用呢?你画得好或不好有谁会在乎呢?"

"我在乎啊。"

"才不是呢。一个人之所以要画画,是因为他根本控制不了自己。画画是一项人体机能,只有少数人才有的。人要为了自己而画,不然的话,还不如死了算了。想想吧,你费了多少时间在画布上涂涂画画,那上面可是有你的汗水和灵魂啊,结果如何?十张画里有九张都要被展览会打回来,就算入选了,也只是挂在那里供来往的人群看上十秒钟。假如你撞了邪运,说不定会有个没见过世面的傻子把你的画买下来挂家里。不过,他不会多瞧这画一眼,就像他不会天天盯着饭桌看一样。批评指正对艺术一点作用都没有。人们评判的都是些客观事实,可艺术家从来都不是客观的。"

克拉顿用手搭在眼睛上,聚精会神地思考着下面要说的话。

"画家能从所见之物里获得一种奇特的感受,而且还迫不及待地想要把它表现出来。不知为何,他只能通过线条和色彩来描述心中所想。就像音乐家一样,他只要读上两行字,头脑里就会浮现出一串音符。他也不知道为什么眼前看到的字儿能让他脑海里浮现出那样的音符,但事情就是这么发生了。我再来告诉你为什么批评指正一点用处都没有吧。伟大的画家能强迫所有人透过他的眼睛看世界,可也许几十年后出现了一个视角不同的画家。大家评判他的作品时考虑的不是他的角度,还是按照老一辈的规矩来。巴比松画派[1]教导我们的父辈用某种特定方法来观察树,但后来莫奈出现了,他画的树和之前的不一样。人们都说:'树不长这样啊。'可他们从没想过,画家看到的树是什么样他画出来的就是什么样。画画是从里到外的艺术——要是能强迫所有人用我们的方式看世界,那我们就称得上是伟大的画家了。但假如做

---

1. 巴比松画派:法国十九世纪风景画派。

不到,别人就不会把我们当回事儿。可我们自始至终都是一样的。伟大或是渺小都不在乎。日后我们的作品成名也好,不成名也罢,都无所谓。因为我们已经从画画的过程中得到一切了。"

话说到一半,克拉顿胃口大开,把面前的饭菜一扫而光。菲利普抽着一支便宜的香烟,认真观察。他坑坑洼洼的脑袋像是用一块难以雕刻的石头硬凿出来的,满头黑发像马鬃毛那样又粗又密,鼻子很大,下颌骨也很宽,这些特征都显出这个男人颇有力量。可菲利普怀疑这样粗犷的表面下是否隐藏了某种奇怪的懦弱特质。克拉顿不愿把自己的画拿出来展示也许只是虚荣的表现,他无法接受外界的质疑,也不会给展览会一个拒绝自己的机会。他想被人当作大师,但又不肯把自己的作品拿出来和别人一决高下,也许比较的结果会让他信心大减吧。现在离菲利普第一次见他已经过去十八个月,菲利普觉得他变得越来越尖酸刻薄。虽然他不愿光明正大地和同伴较量,但是别人取得一点成功他都会在心里愤愤不平。他对劳森很没耐心,两个人的关系也不像菲利普刚认识他们时那般亲密。

"劳森挺不赖,"他带着轻蔑的口吻说,"他将来要回英国当个著名肖像画家,每年都能挣上一万镑。等他不到四十岁就能进皇家艺术院啦。专门给王公贵族服务的伟大肖像画家!"

菲利普也跟着展望了一下未来,他看到二十年后的克拉顿沦落成为一个言语刻薄、举止野蛮的无名小卒,身边一个朋友也没有。他还住在巴黎,因为他骨子里早就是个巴黎人了。他凭着自己泼辣的口舌成了一个小小的画家圈子的领头人物,不仅时常和自己过不去,还动不动就与世界为敌。他渴望达到自己绝对实现不了的完美水平,但实际上却鲜少有所建树。也许等待他的是酗酒成瘾的命运吧。最近,菲利普幡然醒悟:既然人只有一辈子,那一定要做成点什么事才行。他觉得成功既不是腰缠万贯,也不是声名远扬。到底是什么呢?他也没有确定的答案,也许阅尽世间百态或者把自己的潜能发挥得淋漓尽致就是一种成功吧。不难看出,克拉顿的一生注定是个烂摊子,除非日后他能创作出什么不朽佳作。菲利普想到克朗肖曾经提到的波斯地毯,他脑子里经常会想到这个奇怪的比喻。喜欢像农牧神一样卖关子的克朗肖不肯把话说明白,他一再让菲利普自己琢磨,因为光靠别人的解释便无法领会个中含义。正是这种对成功的追求渴望动摇了菲利普继续学画的决心。克拉顿又开始发表言论了。

"还记得那个我在布列塔尼遇到的伙计吗?我前两天在这儿又撞见他了。他穷得口袋比脸都干净,正打算去塔希提岛呢。他之前是个 brasseur d'affaires,用英语说好像是'股票经纪人'吧。他有老婆孩子,挣得又多,但是为了画画就把这一切都扔了。他就这么只身一人到布列塔尼安顿下来,开始画画。他身上没多少钱,饥一顿饱一顿的。"

"那他老婆孩子呢?"菲利普问。

"哦,不要他们了呗。他们就是在家饿肚子也不关他什么事了。"

"太差劲了!"

"我亲爱的朋友哎,想做正人君子,就做不了艺术家。鱼和熊掌不可兼得啊。有些人为了赡养家中老母就去胡乱画些玩意儿卖钱——嗯,他们的确是孝子,但你不能把孝顺当成挡箭牌。这种人只能算商人罢了。真正的画家会把老母亲送到救济院。我在这儿认识了一个作家,他的老婆难产死了。他很爱她,难过得要死要活的,可他老婆正在病榻上奄奄一息时,他却在一边默默构思着要用怎样的文字来形容她此时的模样、声音和自己心中的感想。这能算正人君子吗?"

"那你的朋友画得很好吗?"菲利普问。

"不,现在水平还一般。他的画和毕沙罗很像。他还没有找到自己的风格,但他色彩感不错,审美水平也很好。这些都是雕虫小技,最重要的是要有感觉,他已经有了画画的感觉了。他对待老婆孩子简直禽兽不如。对待那些帮过他的人——要不是朋友们心软可怜他,他早就饿死不知道多少次了——也禽兽不如!可他却恰恰是位伟大的艺术家。"

菲利普默默在脑海中构思出这样一个男人:牺牲一切,将舒适的生活、温暖的家庭、金钱、爱情、荣誉、责任统统撇下了,选择一意孤行,只为将

261

世界予他的万千情感用油彩呈现在画布之上。这是多么了不起的行为啊！可是菲利普却没有如此胆量。

想到克朗肖的事，菲利普才发觉自己已经又一个礼拜没见过他了。等克拉顿走了之后，他转悠着去了那家一定能找到克朗肖的咖啡馆。刚来巴黎的几个月里，他一直把克朗肖的话奉为金科玉律，可他看待事物的眼光非常现实，对克朗肖那些无法付诸实践的空泛理论渐渐失去了耐心。光有那一沓薄薄的诗稿总不能证明克朗肖这悲惨的一生收获颇丰吧。菲利普出身于中产阶级，他的性格中自然有着难以摒弃的阶级本能。他觉得克朗肖的穷困潦倒、为了混口饭吃所做的苦工、从咖啡馆到破阁楼两点一线的单调生活都与他心中"体面"的定义格格不入。克朗肖够机灵，他知道菲利普看不上自己，所以常用幽默却不失犀利的话来讽刺菲利普的世俗。

"你就是个商人，巴不得把自己这一辈子买成统一公债券[1]，这样每年就能安安稳稳地有百分之三的收益了。我是今朝有酒今朝醉，自己那点老本都让我挥霍光了。不花完最后一个子儿，我绝对不阖眼。"

克朗肖打的这个比方把菲利普惹急眼了。他把自己说得特别不食人间烟火，却掉过头来诋毁了菲利普一顿。菲利普想说点什么回击一通，但当时竟一时语塞，什么也没想出来。

这天晚上菲利普犹豫不决地想谈谈自己的事。正好时候已经不早了，克朗肖面前也堆了很多小圆碟儿（一个碟子就代表一杯酒）。看来，他已经做好准备要把这世间百态好好评点一通。

"不知你能否给我点建议？"菲利普忽然说。

"我给了你也不会听的，是吧？"

菲利普不耐烦地耸着肩说：

"我觉得自己没法成为一个杰出的画家。做个二流画家又没有任何意义。我想放弃了。"

---

1. 统一公债券：英国政府一七五一年开始发行的长期债券。

"为什么放弃？"

菲利普支支吾吾地不知道怎么开口。

"也许，我热爱生活吧。"

克朗肖神色忽变，原本平静的大圆脸上微微起了些波澜。嘴角突然沮丧地垂了下去，眼睛也深深陷到眼眶当中，神采尽失。他的背一下子驼了，整个人缩成一团，看上去好像老了几岁。

他扭着脖子在咖啡馆里看了一圈，大喊道："这样的生活吗？"他的声音都发颤了，"要是能逃出这种生活，就快逃吧！趁着还有时间。"

菲利普吃惊地看着他，很快又垂下了眼睛。这样慷慨激昂的场合总会让他特别害羞。他知道眼前这个男人的一生是一出以失败而告终的悲剧。两个人都沉默了。菲利普心想，克朗肖现在一定也在思考着自己的人生——曾几何时，他也曾有着美好的设想和无尽的希望，但挫折和打击却一点点消磨了他的锐气，让生活变得晦暗无光。日复一日地推杯换盏变成了快乐的唯一来源，未来也漆黑一片，没有光亮。菲利普的眼神落到了面前的一摞杯碟上，他知道克朗肖也在怔怔盯着它们发呆。

第五十一章

又过去了两个月。

菲利普想来想去，似乎觉得在真正的画家、作家、音乐家的身体里都有那么一股力量，在促使他们全身心地投入工作。这种力量让人无法抗拒，只得为了艺术奉献出自己的一生。他们臣服于一种无意识的影响，被占据自己身体的本能玩弄得团团打转。生活从他们的指缝中溜走，白白被荒废殆尽。菲利普认为人的一生要实打实地认真度过，而不是逢场作戏，表演给别人看。他想走出去开开眼界，从每时每刻里感受生活赐予的领悟。他终于下定决心要采取点措施，不管结果如何自己都要兜着。他一咬牙，当下就准备做点什么。恰好赶上第二天上午福瓦内来学校指导，菲利普决定直截了当地问他是否觉得自己应该留在这儿继续学画。他始终忘不了福瓦内给范宁·普里斯的残忍忠告。现在想来，那个忠告的确是言之有理的。菲利普没办法不想范宁·普里斯。少了她的画室总觉得哪里不对劲，有时画室里某个正在画画的女学生会让菲利普吓一跳。她们的一举一动、音容笑貌都会让他想起范宁·普里斯。谁能料想，她死后反倒比在世时更有存在感。有时，菲利普晚上还会梦到她，总是吓得一声惊叫从梦里挣扎醒来。每每想到她在世时所忍受的痛苦和煎熬，菲利普都会感到脊背一阵发凉。

福瓦内来学校的这天会去奥德赛街的小饭馆吃午餐。菲利普把自己的饭三口两口扒拉下肚，省出时间去福瓦内吃饭的餐馆外等他。他在熙熙攘攘的大街上绕来绕去，终于看到福瓦内低头朝自己走过来。他心里七上八下，硬逼自己迎了上去。

"您好，先生，我能和您说会儿话吗？"

福瓦内飞快地扫了一眼，认出了他，但是脸上没有丝毫友好的微笑。

"说。"

"我来巴黎学画已经有两年了。现在正跟着您学习呢。我想请您诚实地回答我，您觉得我继续画下去有意义吗？"

菲利普的声音有点发颤。福瓦内还在继续往前走，头都不抬一下。菲利普看了看他的脸，没从上面识别出任何表情。

"什么意思？"

"我很穷。如果我不是画画这块料，那我就该趁早干点别的。"

"你不知道自己是不是这块料吗？"

"我所有朋友都很清楚自己有没有天赋，但我觉得他们有些人是盲目自信。"

福瓦内尖酸刻薄的嘴角向上弯了弯，问道：

"你住得离这近吗？"

菲利普如实道来工作室的地址。福瓦内回过头说：

"咱们去你那吧？给我看看你的画。"

"现在吗?"菲利普大声问。

"现在不行吗?"

菲利普无话可说。他一声不吭地走在老师身边,紧张得胃里阵阵翻腾。他从来没想过福瓦内会当场决定来看自己的画。他本想试探着问问他有没有时间,介不介意过两天来家里做客,或者也可以直接把画拿到画室去。此刻,他害怕得浑身发抖,暗暗希望福瓦内看过画后,脸上会挤出一个难得一见的微笑,握着他的手激动地说:"真不错。加油吧,小家伙。你是块画画的料,有点真本事!"光是这样想想,菲利普就觉得心花怒放了。要真是这样该多好啊!他一定会鼓起勇气坚持下去,只要能到达胜利的终点,一路的艰难险阻、穷困潦倒又算得了什么呢?他已经付出了这么多,万一所有的努力都无疾而终,那对自己绝对是一记残忍的打击。想到这,他一下惊呆了,因为这些话正是范宁·普里斯曾经说过的啊。忐忑不安的菲利普带着福瓦内来到了画室。要是他胆子大一点的话,这会儿就会狠狠心把福瓦内赶走了。因为真相到底是什么,他其实并不想知道。进门的时候门房递给他一封信。他瞄了一眼信封,上面是伯伯的笔迹。福瓦内跟着他上了楼。楼梯上,菲利普想不出应该聊点什么,福瓦内也紧闭着嘴一声不吭。这种沉默搞得他心神不安。进了屋,他坐了下来,菲利普默默地把被展览会打回来的画拿给他看。福瓦内点点头,照旧一言不发。菲利普又给他看了两幅自己画的露丝·查理斯肖像、两三张他在莫雷画的风景画和一些素描作品。

"就这些了。"他尴尬地嘿嘿一笑。

福瓦内先生卷了支烟,点着火。

"你没有多少钱了是吧?"半晌,他开口道。

"没了。"菲利普心里一沉,"不够我养活自己了。"

"没有比为了生计发愁更丢人的事儿了。有些人大言不惭地说自己不把钱当回事儿,我最鄙视这种人。不是伪君子就是傻子。钱这玩意儿就像第六感,没有它,剩下的五感都发挥不了最佳作用。没有足够的银子进账,生活里就少了一半的可能。唯一要注意的是,你不能花两个子儿的成本来挣回一个子儿的价值。你可能会听到别人说贫穷是对艺术家的最佳鞭策。说这话的人从来都没受过穷啊。贫穷就像扎进你皮肤里的钉子，他们不知道这会让人变得多么抠门，会让你遭受多少羞辱。贫穷会砍掉你的翅膀，像癌细胞一样侵噬你的灵魂。倒不是说要有多富裕，可起码要有足够的钱来维持尊严，有足够的底气不受打扰地工作，能慷慨诚实地做事，能不靠他人独立生活。不管是画画的还是写字的，但凡一个艺术家要靠自己的作品吃饱肚子，我都深深地为他感到同情。"

菲利普蹑手蹑脚地把刚才摆出来的作品收了起来。

"恐怕您的意思是我没机会做出一番成绩了。"

福瓦内先生微微地耸了耸肩膀。

"你手挺巧的。肯下功夫的话，想成为一个一丝不苟、小有成绩的画家也不是不可能。有成百上千的人画得还不及你好，也有成百上千的人和你平起平坐。你给我看的这几幅画里没有显出任何天赋，但我看出了你下了不少功夫，脑袋也挺灵。你将来充其量也就是个二流画家吧。"

菲利普强装镇定，尽可能地克制着自己发抖的嗓音问：

"非常感谢您，麻烦您了。真不知道该怎么谢谢您才好。"

福瓦内站起身来，刚要离开，又忽然停下来把手放到菲利普的肩膀上：

"如果你问我下一步应该怎么走，我会建议你咬咬牙，下定决心干点别的试试运气吧。听上去也许很难，但我告诉你吧，我愿意拿世上所有东西去换取一个机会，一个能让我回到你这么大的年纪，遇到一个能给我这样建议的人，并且乖乖按着他的建议来的机会。"

菲利普被这番话惊呆了。福瓦内老师硬生生地挤出一丝微笑。他的眼睛还是那么严肃而惆怅。

"好不容易发现了自己的平庸，但却为时已晚，这才是最残忍的事啊。"

他说完最后几个字，哈哈干笑两声，飞也似的走出了房间。

菲利普麻木地拿过刚才收到的那封信。信上伯伯的字迹让他有点不安。一直以来写信时都是伯母执笔，可她卧病在床已经三个月了。他说过要回去看她，但伯母害怕打扰他画画，一直不肯让他回来。她不想给菲利普添麻烦，只希望菲利普八月可以回家过上两三个礼拜。如果她病情有所恶化，她会让他知道的。因为临走之前，她还想再见他一面。如果伯伯给他写信，就说明她已经病得拿不起笔来了。菲利普打开信封。信上这样写道：

亲爱的菲利普：

　　你的伯母已经于今晨离世了。很抱歉通知你如此噩耗。她走得太突然，但所幸非常安详。一切都发生得太快，来不及叫你回来。你的伯母已经准备好服从耶稣之意与这一世告辞，她坚信将在天国得到祐庇，获得重生。你的伯母一定会希望你能回来参加葬礼，我相信你会尽快赶回。诸多事宜亟待解决，我已分身乏术。希望你能回来助我操劳。

爱你的伯伯，
威廉·凯利

第五十二章

　　第二天一早菲利普就到了布莱克斯塔布尔。自他母亲走后，他还没有再失去过如此亲近之人。伯母的离世让他心头一惊，同时也莫名地害怕起来。他第一次意识到自己也将终有一死。伯父就这样失去了四十余年一直陪伴身边、嘘寒问暖的人，他的生活会变成什么样，菲利普连想都不敢想。他觉得伯伯此刻一定悲痛欲绝。他甚至对阔别已久后的第一次见面感到恐慌。该说些什么来安慰伯伯呢？他事先在脑子里想好了一套妥帖得体的场面话。

　　他从屋子的侧门进到餐厅里。威廉伯伯正在那儿读报。

　　"你的火车晚点了。"伯伯抬眼看了看他，说道。

　　菲利普本想和伯伯抱头痛哭，却被这样平平淡淡的开场白吓了一跳。伯伯情绪不高但还算稳定，他递给菲利普一份报纸。

　　"《布莱克斯塔布尔时报》上登了一篇关于她去世的讣告，写得真不错。"

菲利普机械地把它读完。

"你要上楼看看她吗?"

菲利普点点头,跟着伯伯上楼。伯母躺在大床中间,身边摆满鲜花。

"为她祈祷吧。"伯伯说。

他双膝跪地,菲利普知道他想让自己也跟着做,所以也跪了下来。看着伯母那张皱巴巴的小脸,他心里此时只有一种感受:这被虚度浪费了的一生啊!过了一会儿,伯伯咳嗽一声,站起身来,指了指伯母脚边的花圈:

"这是我们这里的地主送来的。"他的声音很低,像是在教堂做礼拜一样。此时此刻他的身份也似乎仅仅是个牧师。"我想茶点应该已经备好了。"

他们又回到餐厅。百叶窗已经合上了,屋子里有些昏暗,凄惨的气氛弥漫开来,蔓延到整个房间。牧师坐在桌子的一端,那是他妻子生前的位置。他倒茶的模样看起来非常正式。菲利普禁不住想他们理应悲痛万分,食不下咽,可看到伯伯的胃口似乎完全没有受到影响,所以自己也敞开肚皮吃了起来。他们谁也没作声。菲利普怀着沉痛的心情吞下一块非常可口的蛋糕,似乎此时此刻只有表现得忧伤一点才是得体之举。

"这世道和我做副牧师那会儿大不一样了。"牧师忽然说,"我年轻时,哀悼亡者的时候都要戴黑手套,帽子上也要别一块黑绸。可怜的路易莎以前总是拿那些绸布做裙子。她过去总说参加十二场葬礼就能换一条新裙子。"

他告诉菲利普都有谁寄来了花圈,现在已经收到二十四个了。弗尼镇牧师的老婆罗林森太太去世的时候收到了三十二个。可能明天还有不少人会来送吧。葬礼十一点在教区举行,到那时总数一定能胜过罗林森太太。路易莎一直不喜欢她。

"这场葬礼我来负责。我答应路易莎不会让其他人送她入土的。"

菲利普皱着眉头,眼睁睁看着伯伯又从盘里拿了一块蛋糕。他不禁觉得伯伯的胃口实在大得有些不分场合。

"玛丽·安烤蛋糕还真有一手。恐怕没有人能做出这么美味的蛋糕了。"

"她还不打算走吗?"菲利普惊讶地问。

从他有印象开始，玛丽·安就一直待在教区。她从来都没忘过他的生日，每次都要送上点小礼物以表心意。虽然她送的礼物总是让菲利普哭笑不得，但心里还是很感动。他对玛丽·安挺有感情的。

"她要走了。"凯利先生回答，"不然孤男寡女共处一室，这成何体统？"

"老天啊，拜托！她得四十多岁了吧！"

"嗯，我想也是。但她最近老是没事找事，总把自己当个人物。我想正好趁这个机会把她打发走得了。"

"这个机会还真是难得，估计以后再也没有了。"菲利普冷冷地说。

他取出一支香烟，但伯伯不让他点着。

"葬礼完再抽吧，菲利普。"他的声音很和气。

"好的。"菲利普说。

"你的路易莎伯母还躺在楼上，现在在屋子里抽烟总归有些不敬。"

教会执事兼银行经理乔西亚·格雷夫斯参加完教区的葬礼后随他们一起回来晚餐。餐厅的百叶窗打开了，菲利普莫名其妙地觉得松快了些，尽管他知道此刻这种感觉是不被允许的。之前楼上躺着的尸体让他心里不舒服。那个可怜的女人在世时善良体贴，但现在她的尸体躺在楼上的床上，硬邦邦、冷瑟瑟。一层晦气可怕的暗影飘飘而下，笼罩着这些还在世的人。一想到这，菲利普心里就毛毛的。

他发现餐厅就剩下自己和教堂执事两个人了。

"希望你能多留一阵子陪陪你伯伯，"执事说，"我想这段日子他最好别一个人待着。"

"我也没其他打算，"菲利普回答，"如果他想让我陪，我很乐意留下来。"

为了让刚刚丧妻的牧师打起精神，乔西亚吃晚餐的时候聊起了当地最近的一起火灾。卫斯理公会派的教堂在这场大火里毁了一部分。

"听说他们没有保险。"乔西亚笑了笑。

"那也没事儿，"牧师说，"要重建教堂的话，他们想搞到多少钱就能搞到多少钱。去小教堂的教徒都可喜欢捐钱了。"

"听说霍尔登也送花圈来了?"

霍尔登是这里的非国教牧师,看在为他们平等献身的耶稣的面子上,牧师在大街上看见他会点点头打个招呼,但是绝对不和他说一句话。

"我看他是多此一举吧。"牧师评价道,"这次一共收了四十一个花圈。你送来的那个非常美。我和菲利普都很喜欢。"

"哪儿的话。"乔西亚说。

他早就注意到自己送的花圈是最大的,不禁很得意。这个花圈看上去确实很美。他们开始讨论葬礼到场的人。葬礼期间,镇上的商店都关门了。执事从口袋里取出一张印着字的告示:因凯利夫人葬礼,本店下午一点前暂停营业。

"这是我的点子。"他说。

"这些商店能关门真是太好了,"牧师说,"可怜的路易莎在天之灵一定会很感激他们的。"

菲利普开始吃晚餐。玛丽·安在这一天准备了只有礼拜天才会做的菜肴:烤鸡和醋栗馅饼。

"你还没想好选什么样的墓碑吧?"执事问道。

"不,我想好了。选个普普通通的石头十字架。路易莎一向不喜欢铺张浪费。"

"十字架再好不过了。如果你正在考虑碑文的话,觉得这段如何呢?'情愿与耶稣同在,因这是好得无比的'。[1]"

牧师噘着嘴:这个执事真是个"俾斯麦"!什么事都想自己拿主意。他不喜欢这段话,因为听起来好像是在诋毁自己似的。

"我应该不会用它做碑文。我更喜欢这句:'赏赐的是耶和华,收取的也是耶和华'。[2]"

"哦,是吗?我一直觉得这句话不冷不热的。"

1.《圣经》引文:引自《新约:腓立比书》。译文据和合本。
2.《圣经》引文:引自《旧约:约伯记》。译文据和合本。

牧师以辛言辣语针锋相对，格雷夫斯先生回击的腔调在这个刚刚丧妻的男人听来显得格外颐指气使。如果他连自己老婆的墓碑上写些什么都做不了主，那也真是太过分了。两个人沉默了一阵，紧接着就开始恶语相向。菲利普出门到花园里抽了支烟。他坐在长凳上，忽然歇斯底里地笑起来。

过了几天，伯伯说想让他在布莱克斯塔布尔多留几个礼拜。
"好，这样安排正合适。"菲利普说。
"你九月再回巴黎也不迟。"
菲利普没吱声。把福瓦内说的话想了一遍又一遍，但始终没个主意，也不想再讨论关于未来的事了。他已经确信自己无法成为画家中的佼佼者，所以放下画笔似乎是个正确的选择。但不幸的是，这个选择好像对他来说是正确的。在别人看来，放弃画画就是承认失败。可他不想承认自己的失败。他很倔强，明明知道自己可能不是做某件事的料，却偏要逆流而上，非做不行。一想到朋友们可能会嘲笑自己，他就觉得受不了。这种对别人看法的介意让他之前一直迟迟不能下定决心放弃画画，而现在环境变了，他的想法也忽然变了。他和其他人一样，一跨过英吉利海峡就发现曾经那么重要的事现在已经变得无所谓了。在海峡那边时他曾觉得如此美好、几乎舍不得荒废一分一秒的人生，现在看来也变得愚昧又荒谬。他想起巴黎的咖啡馆、小饭店里难以下咽的饭菜和朋友们邋邋遢遢、寒酸无比的生活，一股厌恶之情油然而生。他不在乎朋友会怎么看他了。花言巧语的克朗肖、道貌岸然的奥特夫人、搔首弄姿的露丝·查理斯和斗鸡一样的劳森、克拉顿，这些人统统都变得那么讨厌！他给劳森去了封信，请他把自己的全部家当都寄回来。一个礼拜后，包裹邮到了。他整理东西的时候发现自己现在可以不带任何情感地、清醒地打量自己的画作。这整件事似乎很有意思，值得玩味。伯伯等不及想看看他的画。虽然当初他百般阻挠，不让菲利普去巴黎，但现在他的心情平静了不少，头脑也清醒了一些。他很好奇学生们的生活是个什么样，也不时跟菲利普问东问西。侄子成了个画家，这件事让他有点骄傲。只要一有外人在场，他就要把菲利普的事拿出来显摆显摆。他兴致勃勃地翻看着菲利普拿出来的肖像画。菲利普把他给米盖尔·阿胡利亚画的那张头像摆到他眼前。

"你为什么画他呀?"凯利先生问。

"哦,我想找个模特。刚好他的头长得很不错。"

"反正你在这儿也没什么事干,为什么不给我画幅画呢?"

"你坐不了那么久的。"

"没事儿,我乐意。"

"再考虑考虑吧。"

菲利普被伯伯的虚荣逗得只想乐。很明显,他非常想要一幅自己的肖像画。这种白白得来的好处他才不会放过呢!一连两三天,他天天各种暗示菲利普,比如斥责他偷懒啦,问他什么时候才画画啦,最后甚至见人就说菲利普要给自己画像。终于赶上了一个下雨天,凯利先生吃过早餐后问他:

"你说现在开始给我画像怎么样?"菲利普搁下书,身子往后一靠。

"我已经不画画了。"

"为什么?"伯伯吓了一跳。

"当个二流画家没什么意思,我知道自己最多也就是当个二流画家吧。"

"真是岂有此理。你去巴黎之前不是信誓旦旦地说自己是个天才吗?"

"我搞错了呗。"菲利普说。

"亏我还以为你好不容易选择了一项职业,一定会坚持到底呢。现在看来你只是没有毅力啊。"

菲利普有点生气,伯伯竟然意识不到下这样的决心需要好些英雄气魄。

"滚石不生苔,转业不聚财。"牧师又接了一句。菲利普最讨厌这句老话,他觉得这句话对自己没有分毫意义。当初他硬要离开会计事务所时,他的监护人伯伯就总把这句话搬出来。显然此情此景又让他想起了当年的事。

"你可不小了,心里有数,是时候安定下来了。一开始你非要去当特许会计师,后来腻歪了,又想着做画家。现在脑子一热又换主意。这说明……"

他顿了顿,思考着这样的行为究竟体现了怎样的性格缺陷。菲利普忽然

接过话茬,自己说了下去:

"说明我优柔寡断、软弱无能、没有远见、缺乏决心。"

牧师飞快地扫了一眼菲利普,想看看他是不是在笑话自己。菲利普一脸严肃,两只狡黠的眼睛闪闪发光。牧师的脸一下拉长了,他想让菲利普再严肃一点才是。看来自己必须得敲打敲打他了。

"你的钱乐意怎么花和我无关,你可以自己做主。但是我想你应该记住钱早晚有天会花光的。你又不幸身有残疾,挣钱对你来说可不太简单。"

菲利普现在发现,但凡有人生他的气了,第一个念头就是拿他的跛足说事。他觉得自己已经把人性看了个透彻,没有人能够抵抗这种戳人痛处所带来的报复的快意。他苦苦磨炼自己,终于能够在别人提及他的残疾时装出无所谓的样子。小时候他动不动就会脸红,不过现在慢慢能控制住了。

"像您说的,"菲利普回应道,"我的钱怎么花和您无关,我自己说了算。"

"当初你铁了心要去学画画,我拦着不让你去。你现在不得不承认我的决定是正确的吧。"

"这可说不准。按照自己的想法来,哪怕出了错也比规规矩矩地听别人的话强。我已经任性过了,现在让我找个工作安定下来倒也不是不行。"

"什么工作?"

菲利普没想过伯伯会问这个。其实他还没下定决心,想做的事太多了。

"最适合你的工作就是去继承你爸爸的事业,当个医生。"

"巧了,我就是这么想的。"

之所以他能在那么多选择里想到医生,主要是因为这个行业似乎有更多的私人时间。他坐过办公室,那段经历让他宁死也不想再踏进办公室一步。他顺着牧师的话脱口而出,根本就是不假思索地随机应变。可他觉得用这种偶然的方式做出一项重大决定实在有趣,所以当机立断决定秋天就去爸爸生前所在的医院学习。

"那你在巴黎待的那两年纯粹就是浪费时间咯?"

"不好说。这两年我过得特别开心,也多少学到些本事。"

"什么本事?"

菲利普思考片刻,故意想和伯伯怄气。

"我学会看手了。以前我可没看过。我还学会把房子和树放到天空的映衬下观赏,以前我都是单独看的。我还学到影子不是黑的,是彩色的。"

"你可能觉得自己很聪明吧。我倒觉得你这般牙尖嘴利实在是傻透了。"

第五十三章

凯利先生拿着报纸回书房了。菲利普挪到刚才伯伯坐的那张椅子上(这是屋里唯一一张舒服的椅子),望着窗外暴雨倾盆而下。即使是在这样的恶劣天气里,远处延伸至天际的苍翠田野看上去也极有宁静之美。菲利普从来没发现原来近在咫尺的景色里有这样一种让人倍感亲切的魅力。在巴黎生活的两年时间反倒让他感到家乡风景独好。

他想起伯伯刚才的话,不由微微一笑。这般轻率无礼、牙尖嘴利其实不失为一件好事。他已经意识到父母早逝对自己而言是一种怎样惨重的损失。之所以看事物的眼光总与别人不同,想来多少也要归咎于这件事吧。舐犊之情是这世上寥寥几种无私的情感之一。在一群陌生人照顾下长大的他,虽说也算成器,但终是没有享受过来自父母的耐心照顾和容忍关怀。他一度以富有自控力为傲,而这种能力正是在同伴的讥讽嘲笑下硬生生逼出来的。很快,他们又嫌弃他是个愤世嫉俗、冷漠麻木的人。他早就学会一举一动尽量不动声色,大多数情况下喜怒哀乐也都隐藏在面具之下。如此一来,表达感情的能力也就慢慢退化丧失了。人们总是说他是个无情无义的冷血动物,但他心里清楚,自己只是善于控制情绪罢了。偶尔遇到触动心弦的事情,他宁可闭紧嘴巴也不愿被颤抖的声音所出卖。在学校的那些日子,他曾吃过的苦、受过的羞辱至今还历历在目,当时的自己只要稍不留神就会惹来一片嘲笑,所以直到现在他做什么事都还格外小心,生怕出丑。他记得那种孤独的滋味,那种与所有人脱离开来,独自面对世界的心酸。即便世界在他丰富的想象中是一番精彩而快乐的模样，可残酷的现实却又总让他美梦破灭，失望不已。所幸他能以外人的眼光审视自己，对这一切都一笑了之。

"老天，要是我不这样没心没肺，早就上吊自杀一命呜呼了。"他很得意。

伯伯刚才问他从巴黎学到了些什么本事。他的回答很简单，可实际上他学到的要远比告诉伯伯的多。和克朗肖的某次交谈让他印象深刻。从克朗肖嘴里吐出的词儿，哪怕再普通也会让菲利普浮想联翩。

"我亲爱的朋友，"克朗肖当时是这样说的，"根本没有什么道德概念！"

当时刚刚脱离基督教的菲利普曾一度觉得满身轻松，之前做每件事时都要担惊受怕，生怕触犯了戒规害得灵魂无法永生。可这种负担终于从他肩上卸去了。他以为自己终于感受到了自由的美好，可现在却发现这不过是一种错觉。他是在宗教的熏陶下长大的，尽管放弃了心中的宗教意识，但还会无意识地小心呵护着道德观念——这正是宗教的一部分。他决定不受任何偏见左右，独立地思考问题，把善恶全都抛在脑后，也不再顾虑什么是对，什么是错。他想找到属于自己的人生规则。可规则在人生中真的是必不可少的吗？这也是他想潜心探索的问题。显然世上很多事看似顺理成章，原因不过是由于我们打小受到的教育引导罢了。他读了那么多书，可并没有从中受益许多。因为这些书中的几乎所有观点都以基督教的道德观为基础。即使有些作者口口声声说自己不信基督，但他们的书里终究还是会构建出一个与登山宝训[1]不谋而合的道德论。如果只是为了跟在别人身后亦步亦趋、随波逐流，还不如省下啃书本的时间做点别的。菲利普想确定未来的方向，他相信自己能够不受舆论的影响。但同时又不得不继续生活。在总结出一套完整的行为规范前，他给自己先立了一条临时规则。

"只要不惊动警察，做任何事都要随心所欲。"

在巴黎的那段日子里，最让他视若珍宝的就是精神上的自由，他感到自

---

[1] 登山宝训：指《新约·马太福音》第五章到第七章中，耶稣基督在山上说给门徒的话。这段话被认为是基督教徒言行的准则。

己终于从牢笼里解放了。断断续续地读了很多关于哲学的书后,他满心期望能在接下来的几个月放松一把。他漫无目地地阅读,每翻开一本书心里都小小激动,想从中猎取一些待人接物的现成法则。他觉得自己像个置身于陌生国度的游客,不断向前,那股冒险的劲头让人着迷。他像别人研读纯粹的文学作品那样动情地读着,每每从慷慨激昂的文字里读出一些朦胧的情感,心都会怦怦跳个不停。他那专于具形概念的头脑一进入抽象的世界就重重受挫。尽管跟不上书里的逻辑,但还是能随着作者曲折迂回的思想在高深莫测的概念之林中敏捷穿梭。有时读到一些哲学家的理论时,他的心里起不了太大的波澜。但有时又能在其他著作里发现些说到他心坎的话。就像在非洲腹地探索时爬上了一座山。参天大树和一望无际的原野顿时在眼前铺陈开来,仿佛自己仍身处英国的大公园里,有种亲切而熟悉的感觉。托马斯·霍布斯[1]上知天文、下通地理的才华让他兴奋非常。斯宾诺莎[2]则让他又敬又怕,他未见过如此品德高尚、超凡脱俗、严格律己之人,不禁想起了自己所热爱的罗丹[3]的雕像《青铜时代》。哲学家休谟[4]充满魅力的怀疑论也激起了他心中的共鸣。休谟头脑明晰清楚,善于用简洁的语言表达复杂的思想,他的文字如音乐、似诗歌,充满了音律之美。菲利普面带微笑地读着他的书,仿佛在阅读一部引人入胜的小说。可惜的是,看过这些书,他却依然没有找到自己真正想找的东西。有本书里说,一个人究竟是柏拉图还是亚里士多德,究竟是斯多葛[5]还是伊壁鸠鲁都是打出生就决定了的。乔治·亨利·刘易斯[6]的一生(除了告诉你哲学家都是些满口大话之人外)说明了一个道理,每个哲学家的思想都带有鲜明的个人特点。知道了这

---

1. 霍布斯:英国政治家、哲学家。创立了机械唯物主义的完整体系。
2. 斯宾诺莎:哲学史上的理性主义者,与笛卡尔、莱布尼茨齐名。
3. 罗丹:法国雕塑家,其代表作有《沉思者》《青铜时代》等。
4. 休谟:苏格兰哲学家、历史学家。著有《英国史》。
5. 斯多葛:希腊学者,建立以苦行为特色的斯多葛派,此处代指以苦为乐的禁欲主义者。稍后处的"伊壁鸠鲁"代指崇尚舒适生活的享乐主义者。
6. 乔治·亨利·刘易斯:英国文学批评家、哲学家。他的一生除了学术、工作上的成就外,最著名的莫过于与乔治·艾略特的婚姻闹剧。

一点,你就能把所有哲学家的思想猜个大概了。可以这样认为:似乎决定我们行事方式的不是我们的思维方式,而决定我们思维方式的正是我们的为人。这一切都无关乎真理。世上本没有真理。每个人都是自己的哲学家。昔日伟人精心总结的思想系统仅仅是对作家有意义罢了。

现在我们知道,只要了解了一个人,那么关于他哲学体系的所有问题也自然会迎刃而解。菲利普认为想要了解一个人必须通过三种不同联系:他与其所生存世界的联系,他与身边人的联系,以及他与自己的联系。他制定了翔实的计划,决定按照这个思路潜心研究一番。

旅居国外有一个好处,你大可从一个旁观者的视角出发,了解身边人的不同风俗习惯。因为你不像他们一样从小就对这些风俗习惯耳濡目染、深信不疑。这样一来就不用担心某些自以为不证自明的信仰在别人看来只是万分滑稽了。他在德国待了一年,又在巴黎生活了很久,学习起怀疑论的教义来自然非常从容、得心应手。世间万物无所谓善恶之分,其存在只是为适应环境使然。读了《物种起源》后,他似乎明白了许多之前一直困惑不解的道理。他就像个探险家,先推测出此地可能存在哪些自然现象,再逆着汹涌的河流一路向上,试图求证。果不其然,那里真的有一条支流。四周人烟稠密,沃野流金,远处群山峦峦,延绵不尽。说起过去的某些重大发现,世人总是震惊不已:为何当时没有人能够立即接受这条真理呢?为何那些接受了它的人也没有深受其影响呢?第一批阅读《物种起源》的读者怕是只接受了书中的道理,而没有从心底受其触动吧。可他们的情感才是行动的基础啊。菲利普这代人出生于《物种起源》出版之后的时代,经过时间的推移,那些曾经在人们之间引发轩然大波的见解现在大多已经为人所接受,所以菲利普才得以怀着轻松愉快的心情来阅读这本书。书中所描写的为了生存而做的壮烈斗争让他心神激荡,而其中提到的伦理准则也和他之前的想法不谋而合。他告诉自己力量才是王道。一边是社会——一个遵循着特有规律而自我发展、自我保护的独立有机体;另一边则是个人。凡是对社会有益的行为就被标榜为一种美德;而对社会不利的行为则要贴上罪恶的标签。善与恶无非就是这样来的。罪恶是自由的人们应该摆脱的一种偏见。社会有三把利剑专门用来对付人：法律、舆论和人们心中的道德良知。动动歪脑子，就能轻松避过前两把剑，这种诡计多端的小聪明是弱者战胜强者的唯一武器了。当公众舆论点明"纸是包不住火的"这一真理后，它也就光荣地完成了自己的使命。可道德良知是存在于每个人内心的叛徒，它身处敌营之中，逼得人不得不狼狈投降，为了社会的繁荣而牺牲自我。社会与个人的矛盾是无法调和的，两方心中也各自有数。一方面，社会利用个人的力量来达到自己的目的，企图违抗者，它将其践踏脚下。忠心侍从者，它以勋章、金钱、荣誉加以奖赏。另一方面，个人的唯一力量仅存在于其自身的独立性中，他们在社会里苟且生存，奉上人力或是财力只为给自己图个方便，毫无责任感这一说。他们不求奖赏，只求能不受打扰、不被干涉。独自行游至此的旅人，明明自己为了省事才按库克船长的地图一路远航，却不免还要善意地嘲笑那些由别人带领指路的人。自由的人是不会犯错的。他可以随心所欲地做自己想做而又能做成的事。他的力量是衡量自身道德水平的唯一标准。他知道社会上的所有条条框框，但却能毫无悔悟之心地反其道而行之，就算受到惩罚，也是平心静气，不会因此怨恨自己或他人。谁叫社会自有其势呢。

如果对个人而言没有所谓对错之分，那在菲利普看来，道德良知也就失去了效力。他痛快地大喊一声，把"良知"这个作恶多端的恶棍一把抓住，又狠狠扔了出去。然而，他对生命真谛的理解却并没有比以往更充分。世界为何存在？人类又为何存在？尽管这两个问题还是像之前一样高深莫测，难以琢磨，但一定会有答案可以解释。他想起克朗肖曾经神秘兮兮地说过生活就像波斯地毯。这个比喻只有你自己理解了，才能领略个中奥妙。

"真不知道他说的是些什么鬼话。"菲利普笑了。

九月的最后一天，菲利普等不及要把这些新的感悟用起来。他带着一千六百镑盘缠，拖着跛足第二次踏上了去伦敦的旅途，开始了人生中的第三次尝试。

第五十四章

菲利普去当会计学徒前参加的学业考试让他有足够的资格进医学院学习，选了父亲的母校圣鲁克医学院。他赶在夏季学期结束前的一天到伦敦，和教务老师碰了面。老师拿出一张表让他从里面选间宿舍，最后他住进了一个昏暗脏乱的房间。这间宿舍有个好处，从这儿走到医院花不了两分钟。

"你得选个部位学学解剖，"老师叮嘱菲利普，"最好先选腿。学生们一般都从腿开始练，他们觉得这样简单点。"

菲利普的第一节课正是上午十一点的解剖课。十点半的时候他就一瘸一拐地出门，穿过一条马路往医学院走。一进教室就看见墙上钉着各种讲座的宣传单和足球比赛的海报之类的告示。他看着满墙的通知，深深吸了几口气，竭力做出一副若无其事的样子。没一会儿，一群年轻小伙儿脚下传着球，一窝蜂似的回来了。他们一边聊天，一边从信架上翻找自己的信，然后又下楼去了地下室。学生的自习室都在那儿。菲利普一会儿怯生生地看看他们，一会儿又不知往哪里瞄，他猜这些人和自己一样都是第一次来。墙上的通知让他看了个遍。这时一扇玻璃门吸引了他的注意，门后显然是个陈列室。反正还有二十分钟才上课，干脆进去瞧瞧好了。陈列室里摆着许多病理标本。正看着呢，一个十八岁左右的男孩走了过来。

"喂，你是新来的？"

"是。"菲利普回答。

"教室在哪你知道吗？马上就十一点了。"

"咱们最好找找去。"

他们从陈列室出来到了一个又长又暗的走廊，两边的墙刷成深浅不一的红色，一些年轻的学生从他们身边匆匆经过，显然教室就在前面了。他们走到一扇写着"陈列室"的屋门外。菲利普发现屋里已经来了好多人。座位是分排摆好的，他刚一进去，就来了个助教往讲台上放了杯水，过了一会儿又拿来一具骨盆和一左一右两根大腿骨。后来的学生也纷纷按号坐好，刚到十一点教室就已经差不多坐满了。统共有大概六十个学生,大部分都比菲利普年轻,都是些脸蛋儿干干净净的不到二十岁的小伙儿,还有一些看起来比菲利普大。有个高个儿男人蓄着乱蓬蓬的红胡子,看起来像是三十岁了;一个黑头发的小矮个儿应该比他小一两岁;还有一个戴着眼镜,满脸络腮胡子的男人头发都花白了。

很快他们开始上课。老师是位鹤发飘飘、身板清瘦的老先生,名叫卡梅隆。他先挨个点名,又做了番讲话。他的声音悦耳动听,用词讲究,词与词之间搭配得小心谨慎,看来没少花心思。他推荐了一两本书让学生去买,又建议大家买具骨架标本来研究。谈起解剖学,这位老先生滔滔不绝:解剖学是外科学中的重中之重;稍微了解一点解剖知识还能帮助你欣赏艺术。菲利普竖起耳朵,全神贯注地听着。原来卡梅隆先生不光给皇家艺术院的学生上过课,还曾经是东京大学的老师,在日本住了多年。谈起自己的艺术鉴赏能力,他的言辞里透着骄傲之情。

"你们将会学到很多枯燥无味的知识,"他慈祥地笑笑,"这些知识一考完试准会被忘个精光。但是就解剖而言,学了忘也比没学过要好。"

他举起讲台上的骨盆标本讲解起来,说得头头是道、条理清晰。

那个之前在病理标本陈列室和菲利普搭话的男孩上课时坐在菲利普旁边。要下课了,他想叫菲利普一块去解剖室看看。他俩穿过走廊,碰到一位助教告诉他们解剖室怎么走。一进门,菲利普就立刻明白过来之前在过道闻到的那股刺鼻气味究竟是什么。他点上一斗烟,助教在一边嘿嘿笑了:

"很快你就习惯啦。我现在都闻不出这股味儿了。"

他问了问菲利普叫什么,从黑板的名单上找到他的名字。

"你分到了一条腿——四号。"

菲利普发现括号里除了他的名字外还有另一个。

"这是什么意思?"他问道。

"人体标本奇缺啊。没办法,只能两个人一起解剖一个部位。"

解剖室很大,粉刷得和走廊一样:墙的上半部刷成鲜艳的橙红,墙围则是红褐色。房间两侧,每隔一段就从墙上支出一块铁板,带着凹槽,像是盛肉的盘子。每块铁板上都有一具尸体,大多是男的。这些尸体一直在防腐剂里泡着,有些变黑了,皮肤看上去像革子一样。每具尸体都瘦弱干枯、皱皱巴巴。助教把菲利普带到铁板前,一个年轻人正站在那儿。

"你叫凯利?"他问。

"对。"

"哦,咱俩分到了这条腿。是个男人,真走运!"

"走什么运?"菲利普问。

"他们学生都喜欢男尸,"助教在一旁解释说,"女尸一般脂肪都很多。"

菲利普看了看眼前这具尸体。胳膊和腿精瘦得不成样子,肋骨一条条突起,把皮肤绷得紧紧的。这具尸体是个大概四十五岁的男人,脸上稀稀拉拉地长着些白胡子,脑壳上稀疏的头发颜色已经很淡了。他的眼睛紧紧闭着,下巴深深往里凹陷。菲利普简直想象不到这曾经是个活生生的人。身处排排尸体之间,一种可怖而阴森的感觉油然而生。

"我想下午两点开始。"和菲利普一起解剖的小伙子说。

"好的。我会准时到。"

菲利普前天就买好了一盒解剖用的器具,现在又分到一个小柜。他看见那个陪着自己来解剖室的男孩此刻一脸煞白。

"恶心吗?"菲利普问他。

"我还从来没见过死人呢。"

他们沿着走廊走到学校大门。菲利普忽然想起了范宁·普里斯。在她之前,他还从来没见过死人。那种面对死亡的复杂心情让他久久不能忘怀。伤者和死者之间相差甚远,似乎完全不属于同一物种。想到分秒之前他们还曾在这世上行走交谈、吃喝嬉笑,怎能不让人觉得奇怪。死去的人身上有种令人毛骨悚然的东西。可以想象,他们会给活着的人带来不祥的影响。

"咱们去吃点东西吧,你说呢?"菲利普的新朋友提议道。

他们来到地下室,餐厅就设在一间昏暗的小屋里。这里卖的吃食和外边的面包店一样。菲利普要了一块烘饼配黄油和一杯可可。他在饭桌上知道了这个新朋友名叫邓斯福。他看上去气色不错,蓝眼睛明亮清澈,深色的头发打着卷儿,手长脚长。说话的速度很慢,一举一动格外沉得住气。他刚从克里夫顿来伦敦。

"你读的是联合课程吗?"他问菲利普。

"嗯,我想尽快拿到从医资格。"

"我也读联合课程,将来想加入皇家外科医师学会。想当个外科医生。"

这里的大部分学生读的都是医学院联合会的课程,要是野心更大或者更勤奋的话,就可以再多学一段日子,拿到伦敦大学的学位。菲利普入学的时候刚好赶上学制发生了些变化。一八九二年秋天以前入学的学生只要读四年就行,可轮到他们就必须在医学院待上个五年。邓斯福早就做好学习计划了,他跟菲利普介绍了一下在这儿读书的大体情况。第一次联合考试包括生物、解剖和化学,可以选择分批考完。学生们一般都在入学后三个月才开始学生物知识,这门课刚刚列入必修学科,只要略加了解就足够了。

菲利普回解剖室晚了几分钟,他刚才出来的时候忘了买袖套。学生们解剖的时候都要戴着袖套恐怕弄脏衣服。这会儿已经有不少人开始解剖了。和他搭手的那个学生两点钟一到就准时开始了,现在正忙着解剖皮神经。

"我先开始了,你不介意吧?"

"没关系,继续干吧。"菲利普说。

他拿过书来,翻到腿部的解剖图,认真查找要求解剖的部分。

"你干得真溜儿。"菲利普说。

"我以前解剖过不少动物,先打打基础嘛。"

解剖桌上自然少不了天南海北的聊天。有讨论解剖的,有推算新的足球赛季胜况如何的,还有人在叽叽喳喳地议论着老师上课时的解剖示范。菲利普觉得自己比其他人要大不少,他们都是刚从学校毕业的毛头小子。可是划分长幼的往往不是年岁而是肚子里有多少墨水。他的搭档名叫纽森,是个非常积极热情的男孩,对解剖知识了解得很透彻。他也许不觉得卖弄学问是件招人讨厌的事,所以每做一步都要跟菲利普清清楚楚地解释一遍。而菲利普呢,只好懂也装着不懂,乖乖地在一旁听他讲完,才拿起手术刀和镊子在其他人的观摩下开始解剖。

"太好了,分了具这么瘦的尸体给我们,"纽森擦了擦手说,"这老头儿得一个月没吃饭了。"

"我想知道他是怎么死的。"菲利普喃喃道。

"不知道哎,我觉得吧,老东西们一般都是饿死的……喂!长点眼!别割了动脉。"

"说得倒轻巧,'别割了动脉',"正在解剖另外一条腿的学生说:"这个蠢老头儿动脉长错地儿啦!"

"动脉本来就该长错地儿。"纽森说,"所谓'正常',就是你永远也得不到的东西。所以我们才叫它'正常'嘛。"

"别逗我了,"菲利普说,"我都要割破手了。"

"真割了手要立刻用消毒液清洗。这件事可千万不得马虎。去年有个伙计把手划了道口子,他没当回事,结果就得上了败血症。"

"他最后好了没有?"

"唉,没好。没出一个礼拜就死翘翘了。我还去太平间看了他一眼。"

到了该用茶点的时候,菲利普的背也累得阵阵作痛了。他午饭只是随便垫了垫,所以现在迫不及待地想吃些点心。他手上有一股早晨在走廊闻到的臭味,甚至吃到嘴里的面包卷上都带着这股味。

"你早晚会习惯的,"纽森说,"到时候身上没有股解剖室的味儿还浑身不自在呢!"

"我才不要被这臭气倒了胃口。"菲利普刚咽下面包,又拿起一块蛋糕。

第五十五章

查尔斯·狄更斯曾经描写过十九世纪中期医学生的生活百态,菲利普及大多数人对医学生生活的设想都是一样以此为根据。但很快他就发现就算真有鲍勃·索耶[1]其人，那他也和如今的医学生八竿子打不着。

　　投身于这个行当的人鱼龙混杂，参差不齐，自然不乏有些爱偷懒的、没头脑的人来滥竽充数。他们把学医当成件简单差事，无所事事地混上几年，等钱都花光，或者爹妈实在忍无可忍不愿继续供他们上学了，就拍拍屁股从医院走人。还有一些觉得医学院的考试难上天了，每次测验都红灯高挂，也难怪他们变得神经兮兮。刚进医学联合会阴森森的大门没多久，他们就把之前背得滚瓜烂熟的知识忘得一干二净。只好留级，一年又一年，成为新生的笑柄。有些人勉强考出了药剂师资格，剩下的糊弄着当上了助理，这碗饭能吃多久全要看老板的眼色。等待着他们的无非是穷困潦倒、酗酒成瘾的境地，究竟命运几何也只有上天才会知道了。不过医学生大都是非常勤奋的年轻人，他们出身中产阶级，即使在校求学也不缺钱，大可继续以往的气派日子。很多人的父母本来就是大夫，因此他们的举手投足之间已经像是半个医生。这些人将来的道路早就设计好了：拿到从医资格后就去医院找份差事，干上一段时间后（也有可能做随船医生一起出访远东地区）就可以和父亲一起经营乡村诊所了。会有一两个学生表现特别出色，每年所有应该到手的奖学金或奖励他们一项都不会落下，进了医院也会有络绎不绝的病人慕名求诊，提拔为医院的正式员工后，还能在哈雷街[2]开一间自己的诊所，专门只看一两样病，最终出人头地，成为救死扶伤的一代名医。

　　恐怕只有医生这个行业是不设年龄门槛的。不管年纪多大，只要想学门挣钱糊口的手艺都可以来学。菲利普同级的人里就有两三个已经不年轻。其中一个当过海军，小道消息说，他是因为酗酒被开除的军籍。这个红脸男人三十来岁，模样凶巴巴的，嗓门很大。还有一个结了婚、生了两个孩子的男人因为律师违约，被卷走了很多钱；他驼背得厉害，好像生活的重担全都压

---

1. 鲍勃·索耶：狄更斯小说《匹克威克外传》中的角色，是名医生。
2. 哈雷街：英国伦敦以专营私人医疗服务闻名的一条街。

在他肩上似的。他学习的时候总是一声不吭。也难怪，这个年纪的人想往脑子里记点东西可不是什么简单事。他的脑子已经转不动了，那副拼命死记硬背的样子让人看了难受。

菲利普在自己的小屋里过得很是自在。他把书整理妥当，又把拿来的几幅画都挂上了墙。楼上的客厅住着位在医学院里待了五年的男人，名叫格里菲斯。菲利普和他不熟，一方面是因为自己几乎一天到头都待在医院学习，另一方面则因为格里菲斯是从牛津大学毕业的。上过大学的人都喜欢拉帮结伙凑成一群，不管年纪多大都喜欢靠着年轻人才用的幼稚手段让那些运气欠佳、天资匮乏的人深感低人一等。其他人都很难忍受他们趾高气扬，架子十足的嘴脸。格里菲斯个子挺高，长了一头浓密的红色卷发和一双蓝色的眼睛，皮肤很白，嘴唇猩红。他是那种人人都喜欢的幸运儿，因为他永远都兴高采烈、嘻嘻哈哈的。喜欢偶尔漫不经心地敲着琴键，津津有味地唱上两句滑稽歌。多少个夜晚，菲利普独自一人在屋里捧着书读，总能听到楼上他和朋友们热热闹闹、大喊大笑的动静。菲利普想起了在巴黎的那些快活夜晚，他和劳森、弗拉纳根、克拉顿坐在画室里热烈讨论艺术和道德，谈论眼下谁又撞上了桃花运，不时再展望一下功成名就的光明未来。他心里忽然一阵伤感。自己当时头也不回地说走就走似乎很有英雄气概，但空摆英雄架子并不难，真正难的是要咬牙承担由此引发的后果。最糟糕的莫过于学医对他来说非常无聊。他厌倦被老师追着提问，上课也老是开小差。解剖学本来就枯燥无味，不光有一大堆需要死记硬背的知识，还有让他觉得无比乏味的解剖实验。菲利普觉得既然从书上或从病理模型陈列室里就能找到神经血管，花这么多力气解剖标本实在是一点用都没有。

他偶然结交了几个朋友，可是没有一个足够亲密，因为他好像和同伴之间没有共同语言。有时也想对他们的话题表现得兴致勃勃，可总觉得在他们眼里，自己这样全像是在刻意屈尊俯就。他从不会说起自己感兴趣的话题就停不下来，而不在乎周围的人是否觉得无聊。曾经有次，一个学生听说他在巴黎学过艺术，自以为和他志趣相投，想一起坐下聊聊，但他对那些和自己意见不符的观点很不耐烦,没多久就发现对方的见解非常平庸,聊了一会儿就不欢而散了。他想让人人都喜欢自己,可又不会去主动接触别人。因为害怕遭到拒绝,所以不敢与人亲近,只好把害羞隐藏在冷若冰霜的面孔之下。现在的生活就跟读中学时一样,但是作为医学生总归多了不少自由的时间,借此机会也能好好地一个人待着。

他几乎没下什么功夫就和邓斯福熟络起来了。这个一脸阳光的大男孩从学期一开始就和菲利普认识了,他和菲利普做朋友也只是因为这是他在圣鲁克认识的第一个人。他在伦敦没有朋友,周六晚上时常和菲利普去音乐厅和歌剧院放松一下,但他们选的位置不是最后一排就是旁听席。他有些愚钝,可脾气很好从不动怒。总是说些没有营养、显而易见的事,就算遭到菲利普嘲笑,也只是一笑了之。他微笑起来很好看。别看菲利普经常拿他开涮,但其实挺喜欢他。他直言不讳的坦率常逗得菲利普开怀大笑,随和友好的个性也让菲利普颇为欣赏。菲利普明白得很,邓斯福身上有一种自己所欠缺的魅力。

他们经常去国会街上的一家馆子喝茶。邓斯福看上了那里的一个女侍。菲利普横看竖看也没觉得她哪有吸引人的地方:又高又瘦,贫乳窄臀,活像个男孩。

"要是在巴黎,她这样的可没人要。"菲利普不屑地说。

"她脸蛋俊着呢!"邓斯福说。

"脸蛋有什么用?"

这个女侍者的五官小巧而普通,眼珠儿蓝幽幽,额头又宽又平。受洛尔德·莱顿[1]、阿尔玛-塔德玛[2]以及很多其他维多利亚时期画家的影响,大家都觉得这是希腊美人儿的典型长相。一头厚发打理得精致,她管额前垂下的发卷叫"亚历山德拉刘海"[3]。她贫血严重,两片薄唇毫无血色,透明的皮肤

---

1. 洛尔德·莱顿:即弗雷德里克·莱顿,英国唯美主义画派的代表。
2. 阿尔玛-塔德玛:维多利亚时期的知名画家。
3. 亚历山德拉刘海:亚历山德拉是英王爱德华七世的妻子,她的妆容在当时往往能引起社会潮流的追捧。

下泛着血管的浅蓝色，即使是两颊也不见一丝红晕。牙齿整齐洁白。虽说干的是粗活，但她很宝贝自己白净细弱的纤纤玉手，做什么都格外小心翼翼。每次要她招待客人，她都摆出一副满不情愿的臭脸。

邓斯福在女人面前紧张得话都说不全，始终不敢上前和她搭讪。他急火火地求着菲利普帮他一把。

"你就给我开个头，"他说，"剩下的我自己来。"

菲利普为了应付他就去找女侍者闲扯了两句，但她的态度非常冷淡。她一眼就看出这两个乳臭未干的小伙子心里打着什么谱。她猜出他们还是学生，所以懒得在他们身上花时间。邓斯福发现有个长得像德国佬的、浅黄色头发、满脸胡子的男人只要一进门，她就会立刻凑上去问他要点什么。而要是他和菲利普想点菜了，非得叫两三次才能把她唤来。那副爱答不理、高高在上的架子把店里的客人气得够呛，如果刚好她在和朋友聊天，那就算喊破嗓子她也全装没听见。对付起那些想要盘茶点的女客，她更是自有一套技巧，每次都能用自己的傲慢无礼把她们激怒，但又把握好分寸省得她们去经理那告状。一天，邓斯福告诉菲利普这个女侍者叫米尔德里德。店里其他女孩谈论她的时候，他刚好听了一耳朵。

"什么烂名字！"菲利普说。

"怎么了？"邓斯福很不解，"我喜欢这个名字。"

"太做作了。"

刚好这天德国佬不在，米尔德里德端茶上来的时候，菲利普笑着逗弄她：

"你的朋友今天没来。"

"你在说什么？我不懂。"她冷冰冰地回答。

"我说的是那个留着一脸黄胡子的男人。他撇下你另谋新欢了？"

"某些人还是先把自己管好吧。"

她转身走了。这会儿店里没有其他客人，她坐下来翻客人落下的晚报。

"你傻啊，干吗惹她生气！"邓斯福说。

"我才不吃她那一套呢。"

表面上好像无所谓，但菲利普心里还是很不悦的。好不容易凑上热脸，却贴上了个冷屁股。付账的时候，他抱着侥幸心理又搭起腔来。

"咱们以后再也不说话了吗？"他笑着问。

"我负责给客人端盘子倒水，不是负责说话。巴不得他们也不和我说。"

她算好他们要付的饭钱，把账单往桌上一放，扭头就走，回到了刚才坐着的桌子旁。菲利普气得七窍生烟。

"你刚才真是没面子啊，凯利。"走出餐馆的时候，邓斯福说。

"那个贱女人什么态度！"菲利普说，"我再也不去那儿喝茶了。"

邓斯福乖乖顺着菲利普去了别的馆子，很快就和那里的一个年轻女人眉来眼去了。可菲利普还对之前的事耿耿于怀。要是那个女侍者当时对他彬彬有礼，他肯定不把她放在眼里。可她对他不是别的，而是明显的厌恶和嫌弃，这让他颜面尽失，尊严扫地。他想报复回来，虽说这种小肚鸡肠的想法让他很生自己的气，但就算三四天都没去那家馆子，心里的怒火还是一点也没消。反正去看她一眼也掉不了块肉，他心里想，看完了就再也不想了。一天下午，他决定去看看她，但又因为自己的软弱甚感羞耻，所以推说和别人有约，扔下邓斯福独自去了那家发誓再也不踏入一步的馆子。他一进门就瞧见了那个女侍者，挑了张她负责的桌子坐了下来，满心希望她能注意到自己已经有一个礼拜没来光顾了。可她来点餐的时候却一句话都没说。菲利普之前听她和其他客人开过玩笑。

"什么风又把您吹来了啊？我都要不认识您了。"

但她看着自己的表情却是完全陌生的，好像从来没有见过似的。为了试试她究竟是否真的忘了自己，上茶的时候，他故意问了一句：

"今晚我的朋友来过吗？"

"没有。好几天没来了。"

趁热打铁，现在是个继续聊下去的好机会。可他无缘无故地紧张起来，舌头像是打了结，什么都说不来。她没再给他多余的时间，立马就扭头走人了。一直到结账的时候，菲利普才和她说上第二句话。

"天气真糟,对吧?"

费了好大劲却憋出这样一句蹩脚的开场白实在是太丢人了。他怎么也不明白为什么这个女人能害得他这么狼狈。

"天气怎么样对我一点影响都没有,反正一天到头都待在屋里。"

她怠慢的语调让菲利普勃然大怒。挖苦的话到了嘴边,又被他生生憋了回去。

"上帝啊,她要是真能挑衅两句还好呢,"他气得咬牙切齿,"到时候看我怎么去她老板那告状,让她没饭吃。敬酒不吃吃罚酒!"

第五十六章

他脑子里全是她。他被自己的愚蠢弄得又气又笑。一个贫血女侍者说的话就能把自己搞得心神不安,这说出去简直要让人笑掉大牙。然而,他偏偏真就对此耿耿于怀,感觉自己受了奇耻大辱。除了邓斯福之外没人知道发生了什么(其实邓斯福也早把这事儿忘没影了),可他还是觉得结下的梁子一日不解,一日就不能安宁。他想了又想自己该怎么做才好,最后决定每天都要去餐馆里转一遭。他显然没有给她留下什么好印象,但有信心能使上自己的小聪明,化干戈为玉帛。他言行谨慎,稍微过分一点的话都绝对不说。就这样处处小心,使出了吃奶的劲儿奉迎,可还是没有任何效果。每晚他走进店里都要说一声"晚上好",可她回应的话从来都是那一句。有次他故意没说,想看看她是否会主动打个招呼,结果她更是阴沉着脸,一言不发。他心里虽嘀咕——用的词虽然难登大雅之堂,但形容起某些女人来确是非常合适—— 面上却还是不动声色,点了一杯茶。铁了心一句话不说,走出餐馆的时候也没有像以往那样道晚安。他发誓再也不来了,可是第二天心里又蠢蠢欲动。他尽力想些别的事,却很难控制自己的思想,最后只能无奈地自言自语:

"毕竟我要是想去的话,也没什么理由不能去啊。"

自我挣扎了半天,最后终于在七点的时候踏进了那间餐馆。

"我以为你不来了呢。"入座的时候,女孩破天荒地和他说话了。

他的心在胸膛里扑扑地跳,甚至能感觉到自己的脸已经涨红了,"有点事忙,没法早来。"

"忙着挖苦人啊?"

"我有那么坏嘛。"

"你还是个学生,对吧?"

"对。"

她好像把该问的都问完了,就这么转身走开了。晚上这个点她负责的几张桌子都空了,所以她聚精会神地捧着一本小说读了起来。那时候还没有现在市面上卖的廉价重印本[1],只有一些为满足毫无文学追求的读者而写的定期出版的蹩脚小说。菲利普现在像喝了蜜一样甜:她终于主动跟自己打招呼了,不如抓住这个机会把自己对她的看法一五一十地告诉她,把自己对她的鄙视之情一股脑地吐个痛快。她确实是个美人坯子。像她一样出身卑微的英国女孩很少会有这么完美的轮廓,只消看一眼,就会为她的美丽而震惊。可她的态度又冰冷得让人难以靠近,皮肤下透出的淡青色给人一种病怏怏的感觉。所有女侍者打扮都一样,式样简单的黑裙、白围裙、白袖口、小白帽。菲利普从口袋里掏出一张纸,给她画了半页素描。画上的她正低头读书,嘴唇微微启开,一个字一个字地默读。他走的时候把这张纸搁在桌上。这一招使得很妙,第二天他一来,女侍者冲他嫣然一笑。

"我还不知道你会画画呢。"她说。

"在巴黎学过两年。"

"我把你昨天留在桌上的画给老板看了,她特别喜欢。画的是我吗?"

"是。"菲利普说。

她端茶上来的时候,旁边跟了另外一个女孩。

---

1. 廉价重印本:英国有段时间流行发售廉价的小说重印本。称为"六便士重印本"。六便士是英国最小面值的钱币。

"我看到你给罗杰斯小姐画的画了。实在是太像了!"

这是菲利普头一次听别人喊她的名字。要结账时,他也这样称呼她。

"你现在知道我叫什么了。"她走了过来。

"你朋友跟我说起那幅画的时候提到了。"

"她想让你也给她画一张。千万别答应,一答应以后就没完没了,谁都要来让你画了。"她一停没停,接着说,"以前和你一块来的人呢?走了?"

"哟,你还记得他啊?"菲利普说。

"他长得挺不错。"

菲利普心里很不是滋味,他也说不清为什么。邓斯福漂亮的卷发、生气勃勃的外形和迷人的微笑让此刻的他心生嫉妒。

"哦,他恋爱了。"菲利普笑着说。

拖着瘸腿往家走的路上,菲利普把他俩的对话从头到尾回想了一遍。她现在终于对他友好多了。一等时机更成熟些,他就要提议给她正儿八经地画幅肖像,相信一定能赢得美人心。她的脸庞很有画头,轮廓也非常漂亮,就连那种不健康的肤色画出来都一定很值得玩味。要画成什么颜色好呢?一开始菲利普想到了豌豆汤,后来生气地把这个想法丢到一边;脑海里又浮现出含苞待放的黄玫瑰骨朵儿,还没开花呢,就被人撕个粉碎。他现在一点也不讨厌她了。

"她人不坏。"菲利普喃喃自语。

为她的话生气这么久真是太傻了,这无疑都是自己的错。她不是故意表现得不友好的。他应该早点看清自己的毛病,每次都会留给别人糟糕的第一印象。好在那幅画真是画对了,她现在肯定觉得自己是个有趣的人,还有那么几分才华。第二天,菲利普一直喜气洋洋的,思忖着中午就到那家茶馆吃饭。可他又想到中午那里一定人满为患,估计米尔德里德腾不出多少空来和自己说话。可惜在搞明白这一点之前,他就已经说好不和邓斯福一起喝茶了,四点半一到,他准时走进了小餐馆(天知道他看了多少次表)。

米尔德里德正背对他坐着,她对面就是那个德国佬。两周前,菲利普每天都能看见他，但这两个礼拜一次也没见他来过。德国佬说了些什么惹得她哈哈大笑。那俗不可耐的笑声让菲利普起了一身鸡皮疙瘩。他喊了她一声，可她没听到。他又喊了一声，又急又气，手杖把桌子敲得砰砰响。米尔德里德耷拉着脸走了过来。

"你好啊。"菲利普招呼道。

"你着什么急啊。"

她站在桌旁，眼睛朝下看着菲利普。这种盛气凌人的神态他再熟悉不过。

"喂，你怎么啦？"菲利普问。

"拜托你行行好快点点餐吧。想要什么我都给你端来。我可没工夫站这儿陪你聊一晚上。"

"我要茶和烤面包。"菲利普没再多说什么。

他对她极度不满。等她端茶上桌，他正煞有介事地读自己拿来的《星报》。

"要是现在就把账结了，待会我就不用麻烦你了。"菲利普冷冷地说。

她算好账，把账单放在桌上，找德国佬继续聊天去了。没一会儿，两个人就聊得热火朝天。德国佬不高不矮，长着德国男人特有的大脑袋，面如土色的脸上横生着一丛粗硬的大胡子。他穿件燕尾服和灰色的裤子，佩着一条粗粗的金表链。菲利普觉察出店里的其他女孩看看他，又看看那对男女，互相使起眼色。他敢说这些女孩都在暗暗嘲笑自己，气得全身血液都沸腾起来。他现在要恨死米尔德里德了。尽管知道最好的报复就是再也不来这家馆子，但他不能在这件事里白吃哑巴亏。他想出个办法，要让米尔德里德知道自己有多看不上她。第二天，他在餐馆找了张别人负责的桌子坐下，跟其他的女侍者点了餐。米尔德里德的德国朋友也在店里，两人照样相谈甚欢，她都没正眼瞧过菲利普。等她朝自己这个方向走过来的时候，菲利普准时机起身出门，若无其事地瞧她一眼，就像看到陌生人一样。一连三四天，每天如此。他以为她会找个机会和自己说话，或者问问自己为什么不来她负责的桌子坐。他甚至已经想好要怎么回答，怎么把一肚子的不满统统发泄出来。这样大费周章真是可笑，可他根本控制不住自己。可是，这次米尔德里德又赢了。那个德国佬忽然人间蒸发,而他还坐在其他人负责的桌上。她始终不曾注意到他。菲利普这才醒悟,原来自己这番折腾根本对她一点影响也没,就算折腾到天荒地老,她也不会有什么反应。

"这事还不算完。"他暗暗说。

第二天,他回到了自己的老座位。米尔德里德过来点餐时还是照常说了声晚上好,好像这一整个礼拜,他都没有故意不理她似的。菲利普一脸平静,心却紧张得要蹦出嗓子眼了。那段时间正逢音乐喜剧再次受到人们青睐,他觉得米尔德里德肯定乐意去看看。

"喂,"他忽然开口,"哪天晚上我们一起吃个饭然后去看《纽约美人》吧。我去搞几张前排票。"

他故意加上最后那句话,想以此来诱惑她。在店里工作的女孩们去看戏时,一般都买最便宜的票,就算有男人埋单,一般也就是买张上层环形观众席的票。米尔德里德苍白的脸上仍然没有一点表情。

"随便啊。"

"你什么时候有空呢?"

"我周四休班。"

两人就这样约好。米尔德里德和她姑姑住在赫恩山。音乐剧八点开始,所以他们得七点吃晚饭。她叫菲利普去维多利亚车站的二等候车区等着。她自始至终都板着张脸,明明是别人请她,倒好像是她赏脸才肯去。菲利普心里有些不悦。

第五十七章

菲利普到达维多利亚车站的时间几乎比约定的早了半个小时。他坐在二等候车室里,等来等去就是不见人影。他开始急躁,走到站台看着郊区列车一辆辆进站。约定的时间过了,米尔德里德还是没有来。他的耐心也已耗光。走进另一间候车室看了一圈在里面的人,忽然,心一下提了起来。

"你在这儿啊！我还以为你不来了呢。"

"早知道要等这么久，我就真不来了。我都想直接回家算了。"

"可是你说让我在二等候车区等你啊。"

"我可没说过。我既然能在一等候车室里等你，干吗非要去二等的呢？"

菲利普确定自己当时没听错，但他什么也没说。两个人上了一辆马车。

"我们去哪儿吃？"她问。

"我觉得阿德尔菲饭店不错。你觉得呢？"

"去哪儿吃都无所谓。"

米尔德里德语气很冲。等了这么久已经让她很烦躁，菲利普想和她说话，她也只是"嗯啊"应付两声。她穿件料子粗硬的深色大衣，头上围块钩针披肩。到饭店坐下后，她四下看看，一脸满意。桌上的蜡烛发出幽幽红光，屋里装饰得金光闪闪，墙上的镜子也擦得锃光瓦亮，看上去特别高档。

"我还从没来过这儿呢。"

她朝菲利普一笑，脱下外套，露出里面的浅蓝色方领连衣裙，头发梳理得比往日更加细致。菲利普点了瓶香槟。酒一上桌，她的眼睛都发亮了。

"你可真破费！"

"就因为点了瓶这玩意儿？"他淡淡地说，好像平时都只喝香槟似的。

"你请我来看戏，真把我吓了一跳。"气氛很尴尬，对话难以进行。米尔德里德没什么好说的，菲利普也紧张地发现自己难博美人一笑。她的心显然没有放在菲利普身上，眼睛早飘到别桌客人上去了。她对菲利普一点兴趣都没有，连装都懒得装。菲利普说了一两句俏皮话，她只满脸严肃，无动于衷。只有谈起店里的其他女孩时，她才稍微活跃一点。她觉得茶馆的经理实在让人无法忍受，把她的丑事一件件都说给菲利普听了。

"我真是受够她了，看她那个了不起的死样子！有时候我真想给她透透我知道的她的那些事儿，还真当我是个傻瓜啊。"

"什么事儿啊？"菲利普问。

"这事儿是我碰巧知道的。她经常和个男人一起去伊斯特本过周末。店里有个女孩的姐姐嫁去伊斯特本了,在那儿见过她。据说每次她都住一家旅馆,手上还戴着个结婚戒指呢!就我所知,她可还没结婚呢。"

菲利普给米尔德里德倒满酒,希望香槟能让她温柔一些,也想让今晚的约会大获成功。她拿餐刀的样子就像握笔,举起酒杯时还翘着小拇指。菲利普聊了好几个话题,可她就是不肯透露自己的一点信息。他有些懊恼,因为她和那个德国佬在一块的时候可是说笑个不停呢。饭后他们去了剧院。菲利普是个很有修养的人,对滑稽的音乐剧向来不屑。不过是些恶俗的段子和肤浅的旋律罢了,他在法国看的要比这个好不知道多少倍。米尔德里德倒是津津有味,乐得花枝乱颤,一有好笑的地方她就和菲利普互瞅一眼,使出吃奶的劲儿把手都拍红。

"这个戏我都看了七遍了。"第一幕演完的时候她跟菲利普说,"就是让我再看七遍我都乐意。"

她对剧院前排坐在他们身边的其他女人很感兴趣,还指给菲利普看哪些人涂脂抹粉了,哪些人又戴了假发。

"太可怕了,这些住在西区[1]的人啊。真不知道她们是怎么做到的。"她用手碰了碰自己的头发,"我的头发货真价实,每一根都是自己的。"

没什么人能入她眼,不管提到谁她都只会说些难听的。菲利普觉得别扭,没准第二天她就会跟店里的女侍者抱怨,说他带她出去约会,差点没把她给无聊死。其实菲利普不怎么喜欢她,就是愿意和她待在一起。回去的路上,他说道:

"希望你今天晚上过得很开心。"

"非常开心。"

"下次还愿意和我出来吗?"

"我无所谓。"

永远都是这句话。菲利普被她冷淡的态度彻底激怒了。

---

1. 西区:伦敦的一个地区,遍布剧院等场所,和纽约的百老汇相似。

"听起来好像你出不出来都行啊。"

"你不带我出来也会有别的男人带我。我从来不缺男人带我去看戏。"

菲利普一下哑口无言了。到了车站后,他径直就往售票处走。

"不用,我有季票。"

"我想如果你不介意的话,让我送你回去吧。"

"只要你乐意,我无所谓。"

他给米尔德里德买了张单程的一等车票,给自己买了往返的。

"要我说啊,你可真是够大方了。"他打开车门的时候,米尔德里德说。

车上渐渐人多了起来,不太方便说话了,菲利普不知道自己是该高兴还是该遗憾。他们在赫恩山下车,他把她送到路口。

"我们就在这儿道别吧。"她伸出手来说,"还是不要送到门口了。我可不想别人背着我嚼舌头。"

她说了晚安后就快步离开了,白色的披肩在黑暗里越行越远。菲利普以为她会转身看看,但她没有。见她走进一所房子,过了一会儿他也朝那边走了过去。这所方方正正、普普通通的黄色小楼跟街上其他的小楼没有区别。他在外面站了一会儿,看到顶层的灯忽然灭了,才慢慢跛着步子走回车站。这一晚过得实在不尽如人意,他憋了一肚子气,既烦躁又委屈。

躺在床上的时候,仿佛又看到她坐在火车一隅,头上围着那条白色的钩针披肩。见不到她的这些钟头要怎么才能熬过去。他迷迷糊糊地想起她纤瘦的脸庞、细致俏媚的眉眼和泛着淡淡青色的肌肤。他同她在一起时并不幸福,但不同她在一起时又悲伤不已。他想坐在她身边,他想看着她、抚摸她,他想……他陷入遐想停不下来,夜越深越没有睡意,他想把嘴印在那对薄薄的、苍白的娇唇上——他终于明白过来,自己已经爱上了她。这感觉真是难以言喻。

他过去常常设想坠入爱海是怎样一番滋味,把可能发生的情况想了一遍又一遍。也许在踏入舞厅的瞬间,眼神落在了几个正在聊天的男男女女身上。其中一个女人转过身来,看着他。他的呼吸急促起来,他知道这个女人也是如此。他静静站着。女人个子高挑,眼眸漆黑明亮,美得像夜空。穿一身白裙,黑色的发丝闪耀着钻石一样的光芒。他们旁若无人地注视着彼此。他向她步步走近,她也朝他缓缓走来。根本无需互相介绍,他开口说:

"我穷尽一生,只为寻找你。"

"你终于来了。"她娇羞低语。

"和我跳支舞好吗?"

她把手放在他的掌心,随他一起翩翩起舞(菲利普总是把自己想成四肢健全的人)。她的舞姿美极了。

"你是我见过跳得最好的人。"她说。

她取消了自己原有的打算,和菲利普整整跳了一夜。

"感谢上苍,幸好我一直等着,"他对她说,"就知道最后会遇见你。"

舞厅里的其他人都瞪大眼睛看着他们。可他们一点都不在乎,更不想偷偷摸摸地压抑激情的花火。他们进了公园,他往女人肩上披了一件轻薄的外套,又搀扶着她上了早就等候在此的马车。他们去赶深夜开往巴黎的火车,在这寂静良夜,伴着点点星光,驶进一片陌生的未知世界。

旧时对爱情的幻想又一次闪现眼前,可他本不应爱上米尔德里德·罗杰斯。米尔德里德,多么奇怪拗口的名字。他从不觉得她是个美人,也看不上她瘦巴巴的身材。就在今晚,他还看到穿着礼服裙的她胸口的骨头一根根突出来。他把她的五官一一想来:不喜欢那对嘴唇,对那毫无血色的苍白皮肤也提不起丝毫兴趣。她实在太普通了。话这么少,还经常不过脑子,一样的话反复说上好几遍,足以看出是个绣花枕头。看音乐剧时俗气的笑声和举起酒杯时翘着的小拇指,证明她不管是作风还是谈吐都故作斯文,做作不堪。他回忆起她高高在上的模样,气得恨不能朝着耳朵给她一巴掌。可忽然之间,也许是因为想到了打她时的样子,也许是因为想到她娇小玲珑的耳朵,浑身的血液似乎都涌到了头顶。他想要她。他想要揽她入怀,想要把这尊瘦弱的小身体紧紧抱在怀里,想要亲吻她苍白的嘴唇,想要用手指轻轻划过她淡青色的脸庞。他想要她。

他曾经想过爱情的到来必定气势汹汹。一旦坠入情网,整个世界都会春暖花开。他曾经期盼爱情能够带来如痴如醉的幸福,可现在当爱降临,品尝到的却只有灵魂的渴求和痛苦的欲望,这般苦涩是他从不曾想过的。他试图回忆究竟在何时开始有了这样的感觉,可实在记不得。只想起到那家餐馆去了两三次以后,每每踏进大门,心都会隐隐作痛;只想起她同他说话时,心就会没来由地停跳几拍,气也喘不匀;只想起若她转身离去,自己会跌入悲惨的黑洞,而等她翩翩走来,自己就又落进了绝望的深渊。

他躺在床上,狗一样伸展身体。灵魂无休止地刺痛,不知要如何挨过。

第五十八章

菲利普第二天早早就醒了,第一个想到的就是米尔德里德,说不定能在维多利亚车站碰见她,然后一起走着去餐馆。他麻利地刮完胡子,胡乱套了件衣服,坐上公交车就去了车站。到那的时候还差二十分钟才八点,他看着火车一辆辆进站,人群从车厢一拥而出。这么早就坐车过来的人差不多都是办公室的小职员或者商店里的售货员,他们把站台挤得满满当当,有些女孩三五成群结伴而行,但多数都是独自一人匆匆而过。他们大都脸色苍白,在清晨的阳光下一脸若有所思、心不在焉的样子。年轻人脚步轻快,好像做游戏一样在车站的水泥台子上迈着步子,其他人则愁云满面,像是在被什么机器推着往前走。

菲利普终于瞅见了米尔德里德。他飞也似的跑上前去。

"早上好。我想来看看你,不知道你昨晚回家以后过得怎么样。"

米尔德里德穿着一件长长的棕色旧外套,戴了顶水手帽。很明显,菲利普的到来对她来说只惊不喜。

"哦,还行。我得抓紧走了,要迟到了。"

"如果你不介意,我陪你沿维多利亚大街走一道吧。"

"我要迟到了,必须得快点走。"她低头看了看菲利普的跛足。

菲利普的脸倏地涨得通红。

"真抱歉。不耽搁你了。"

"你自个儿慢慢走吧。"

米尔德里德说完就走了。菲利普的心沉了下去，回家吃早餐了。他恨她。他知道自己一定是个傻瓜，不然怎么会被这个女人搞得心绪不宁。她压根儿没把他放在眼里，甚至还因为残疾而嫌弃他。他决定下午不去那家餐馆了，可最后还是一边怨恨着自己一边走到了门口。进门的时候，她冲他笑了笑。

"今早我对你态度不大好，"她说，"其实我没想到能遇见你。吓我一跳。"

"没关系的。"

菲利普觉得一下松快了。哪怕只是一句友好的话，都能让他感激涕零。

"怎么不坐会儿？现在店里又没什么人。"

"站着也无所谓。"

他看着她，却不知道还能说点什么。他苦苦寻找一个能让她多在自己身边停留一会儿的话题，想告诉她，她对自己有多么重要。只是感情来得太真，反而不知如何开口。

"你那个胡子很漂亮的朋友呢？我最近一直没见过他。"

"他回伯明翰去了，那儿还有一摊生意。他只是偶尔来伦敦。"

"他是不是爱上你了？"

"你最好问他，"米尔德里德咯咯地笑起来，"他爱不爱我关你什么事？"

菲利普把都到了嘴边的几句挖苦话硬咽了回去。他正在学着自我控制，只强忍着淡淡问道：

"搞不懂你为什么非要这么说话。"

她用冷漠的眼睛看着他。

"好像你一点也不在乎我的感受似的。"他接着说。

"我为什么要在乎你？"

"不为什么。"

他伸手拿过报纸。

"你变脸变得太快了,"米尔德里德看他那副样子说,"一个不小心就能惹着你。"

他看着她,露出迷人的微笑。

"能答应我件事吗?"

"那要看是什么事了。"

"今晚让我陪你去车站吧。"

"我无所谓。"

菲利普喝完茶就回家了,等八点一到,又准时等在餐馆门口。

"你真是号危险人物,"米尔德里德一出门就看见他,"真看不透你。"

"看透我可不是什么难事吧。"他心里有点苦涩。

"其他女孩看见你在这儿等我了?"

"不知道。我不在乎。"

"她们都看你笑话呢,都说你是个痴汉。"

"好像你很在意一样。"他暗暗咕噜道。

"你看,你又想吵架了。"

到了车站,他买了张票说要把她送回家。

"你是不是天天没事儿干啊。"她说。

"我只是想干什么就干什么。"

他俩之间似乎一张嘴就有股很浓的火药味。其实他只是痛恨自己不争气地爱上了她。她几乎一直在嘲笑他,每次羞辱都让他更恨她一些。可今晚她好像很友好也很健谈,谈起父母双亡,但所幸不用为生计发愁,只把工作当成消遣。

"我姑姑不愿让我去工作。在家吃得饱,穿得暖。我可不想让你以为我是不得不来给人家打工的。"菲利普知道这不是实话。她那个阶级的人都有点可怜的自尊心,认为打工营生是件很不光彩的事,宁可撒谎,也不能让人瞧不起。

"我家上头有人！"她说。

菲利普抿嘴一笑，但并没有躲过她的眼睛。

"你笑什么笑？你不相信吗？"

"我当然信啦。"

她狐疑满腹地盯他看了会儿，很快又开始吹嘘自己曾经的荣华富贵。

"我爸爸有辆轻便马车。我们有三个佣人，一个厨子、一个女仆还有一个古里古怪的男人。我家种着特别漂亮的玫瑰花，不管谁路过都要停下夸夸这些花，问问是哪家种的。我知道不和店里那些女孩打成一片显得不太友好，但我可和她们出身不同。有时候真想因为这个辞职不干了。我在乎的不是干什么活儿，而是身边的人都是什么阶级的。"

他们在火车上面对面坐着，菲利普一脸同情地听她絮叨，竟觉得很幸福。这种傻乎乎的质朴性子让他觉得有趣，甚至还有所触动。她讲到兴头上，脸颊也微微有了些颜色。若是此时能轻轻吻一下她俊俏的下巴该有多好啊。

"你第一次来店里我就知道你绝对是个绅士。你爸爸是做什么的呀？"

"他是名医生。"

"工作体面的人一眼就能被人认出来。他们身上有种不一样的东西，我也说不清是什么，但我能看出来。"

他们出了车站一路往家走。

"喂，我想请你再陪我看场戏。"菲利普说。

"无所谓啊。"米尔德里德说。

"你就不能说一句你很乐意吗？"

"为什么要那样说？"

"算了算了。定个日子吧。周六晚上可以吗？"

"就这么定吧。"

他们商量好了具体的见面时间和地点，不知不觉就到了米尔德里德家的路口。她照例伸出手，他上前一步握住。

"我很想直接叫你米尔德里德。"

"想就叫啊,我无所谓。"

"你可以叫我菲利普,好吗?"

"我想叫的话就会叫的。不过叫你凯利先生好像更自然点。"

菲利普轻轻把她往怀里拉了拉,可她却使劲往后靠。

"你要干吗?"

"不吻我一下,道个晚安吗?"他轻声说。

"不要脸!"

她猛地抽回手,头也不回地往家跑了。

菲利普买好了周六晚上的票。她这一天没法早下班,所以不能回家换衣服,可她出门的时候执意要带上件罩衫,在馆子里匆匆换上。赶上经理心情好,说不定七点就能放她走了。菲利普同意最早七点一刻在店外等她,心急如焚地期待着这次约会。也许在从剧院到火车站的马车上,他就能一亲香泽了。马车给男人提供了多大的方便!狭小的车厢让他们名正言顺地揽着美人的腰肢(这是今天出租汽车都没有的好处),就凭这一点,今晚的钱也花得值了。

到了周六下午,菲利普去米尔德里德那里喝茶,顺便确认一下晚上的安排。可他和正从店里往外走、留着漂亮胡子的男人撞了个正着。他现在已经知道了这个男人的两三事:名叫米勒,在英国住了好些年头,早入乡随俗换了英国名字。他曾经听过他说话,尽管一口英语地道流畅,可还是能从发音里听出不是英国本地人。看到他一直和米尔德里德眉来眼去,菲利普嫉妒得眼睛都绿了。不过好在米尔德里德对谁都冷冰冰的——这本是很让他惆怅的事,可再一想,这样缺少激情的个性不也让自己的情敌好受不到哪去吗——此刻他的心不由提了起来,从见到米勒的那一刻起,他就隐隐觉得今晚的约会可能有泡汤的危险了。他忧心忡忡地进了店,米尔德里德走过来给他点了餐,又很快把茶和点心端上来。

"实在对不起,"她看起来真的颇为伤感,"我今天晚上去不成了。"

"怎么了?"菲利普问。

"别板着脸,"她笑了两声,说,"都是我的错。我姑姑昨晚病了,家里的女仆今天正好休班,我得回去陪她。总不能把她一个人扔家里,是这个理,对吧?"

"好的。那我送你回家吧。"

"但是你都买了票了。不去多浪费啊。"

菲利普从口袋里掏出票子,当下撕了个粉碎。

"你这是干什么!"

"你不会真觉得我会自己去看一场傻到家的音乐剧吧?我是为了你才去的。"

"你非要送我回去是吧?没门儿!"

"你和别人约好出去了对吧?"

"不知道你这话什么意思。你们男人都是一个德行,只想着自己。姑姑身体不舒服又不是我的责任。"

她几下就写好账单,转身走了。菲利普还是不太懂女人,不然的话也不会当着她的面把如此蹩脚的谎话拆穿。他打定主意要守在店门口,倒是要看看她是不是真去约会那德国佬了。他这种不依不饶,追究到底的态度没少让他受伤。找了很久,门口不见米勒。十分钟后米尔德里德出来了,身上正是和菲利普去沙夫茨伯里剧院时穿着的外套和披肩。瞎子都能看出来她这身打扮不是要回家。菲利普还没来得及闪开就被她逮个正着,她瞪了他一眼,径直走过来。

"你在干吗?"

"随便走走。"

"你在监视我,臭不要脸的!亏我把你当个绅士看!"

"难道你觉得绅士会对你感兴趣吗?"菲利普小声问。

他性格中的阴暗一面让事情越变越糟,只想狠狠伤她一把,就像她现在正在伤害自己一样。

"我应该有改变主意的权利吧。又不是非得和你出去才行。听好了,我要回家了。你别跟着我,也不许监视我。"

"你今天见过米勒了吗?"

"不关你的事。但我还真就没见他,你又猜错了。"

"我下午去的时候看见他正从店里出来。"

"这又怎样?只要我乐意,想和他出去就和他出去。你有什么资格说三道四。"

"他一直让你等着呢,对吧?"

"告诉你吧,我宁可等着他,也不愿意被你等着。听明白了就早点走吧。死了这条心,以后该干点什么就干点什么吧。"

菲利普的一腔怒火忽然间变成了绝望。他的声音颤抖起来。

"不要这样对我,米尔德里德。你知道我有多喜欢你。我觉得自己已经无可救药地爱上你了。再想想好吗?我盼今晚盼得好苦。你看,他还没来,他根本就不在乎你。和我吃饭去吧,我可以再买两张票,你想看什么都行。"

"我不去。你说什么都没用。我心意已决,谁都劝不了我。"

他看着她,心如刀绞。路上的行人一个个经过他们身边,马车、公交车鸣着喇叭闹哄哄地开来驶往。他看着她的眼睛还在不停四下寻找,生怕米勒混在人堆里,自己没有发现。

"我不能就这样走,"菲利普哽咽着说,"太丢脸了。如果我就这样走了,那以后也不会再见你了。如果今晚你不跟我走,以后就不会再见到我了。"

"说得好像对我是多大的损失似的。告诉你吧,你这个累赘,早摆脱早好!"

"那么,再见了。"

菲利普点点头,一瘸一拐地慢慢离开了。他渴望米尔德里德能从身后喊住他。走到第二盏路灯处,他停下来,扭头往回看。也许她还在原地等他——如果这样,他愿意当这一切都没发生过,承受所有的羞耻——可她早就转身走远,把他抛在了脑后。看来,摆脱掉自己,她是真的很高兴啊,菲利普终于承认了这个现实。

第五十九章

这一晚痛苦至极。菲利普早先跟房东太太打好了招呼,说自己一天不在,所以家里也没留下什么吃的。他只好去加蒂餐馆。饭毕回家,正逢格里菲斯和朋友聚会,楼上传来的嘈杂谈笑声,衬得楼下更凄清苦冷。菲利普难以忍受,只身去杂耍剧院,可这天刚好是周六,只剩下几张站票。站了半个钟头,节目又无聊,落得头昏腿酸,只好打道回府。他拿出书复习,可怎么也集中不了精力。现在是该安下心来努力了,两个多礼拜后就是生物考试,虽然不怎么难,但他最近逃了不少课,没学到什么东西。所幸只是口头测试,两个礼拜加加班应该足可以应付了。他觉得自己很聪明,干脆扔下书开始思考那个一直困扰着他的问题。

他想起晚上的事,恨不得抽自己两耳光。为什么要逼她做选择呢?为什么把话说绝,不和他吃饭就再也别见他?她当然会拒绝,假如自己当时顾及她的面子就好了。他堵上了回头路。若是她现在也郁郁寡欢,他反而不会这样痛苦。可他太了解米尔德里德,她根本不把他当回事。若是当时自己放聪明点,就会假装信了她编的谎话。他本应把自己的失望藏得严实,或者控制好脾气。他不知自己为何爱她。虽然曾经读到过爱情会让人只看到对方的优点,但是他眼中的米尔德里德却正是她本身的模样:既不幽默也不机灵,既不温柔也不娇媚;思想平庸、爱耍小聪明,一股市井小民的习气更是让人反胃。她大言不惭地说自己为了成功可以不惜一切代价。她喜欢捉弄老实人,拿别人开涮自己反倒很得意。菲利普一想起她吃东西时候那种矫揉造作的模样就狂笑不止。她无时无刻不在强装斯文,只要能从自己会的那点词儿里寻到一个委婉的说法,她就坚决不会说些粗恶的字眼儿——比如从不会说"裤子",只说"下装"。她觉得擤鼻涕是很不雅的行为,每次做都要摆出满不情愿的样子。她患有严重的贫血,消化也不好,看起来总是病快快、没精打采。菲利普讨厌她毫无起伏的胸脯和薄薄的两片嘴唇,讨厌她把头发梳得这么俗气。他痛恨、鄙视自己爱上了她。

事实上，他已经无药可救。有时觉得这种感觉就像还在上学的时候，不慎落到了几个大块头的男生手里。他拼了命地对抗着那些比他身强力壮的对手，直到力气都使光，浑身像抽掉骨头一样散了架，那种四肢无力的感觉倒真像是瘫痪了，甚至连死都成了奢求。现在，曾经的软弱无力又卷土重来。他痴狂地爱着米尔德里德。直到遇见她，才发觉原来之前有过的那些感情都不算爱情。她远远称不上完美，可他爱她的所有瑕疵。尽管自己好像也没有很在意这件事，却像被一股神秘的力量所支配。这股力量控制着他违背自己的意愿，放弃自己的利益。可他偏偏心向自由，讨厌被枷锁束缚。他渴望体验一把这种令人难以抗拒的激情，但却又嘲笑自己，咒骂自己屈服于内心的欲望。若是一开始没有跟邓斯福走进这家馆子，那么一切就不会发生。都是自己的错，都怪自己这荒谬的虚荣心，否则怎么会被这个爱发脾气的贱人搞得茶饭不思、神魂颠倒呢？

事已至此，这段孽缘今晚算是被彻底掐断了。他是不会再去找她了，除非真的连一点颜面都不要。现在只一门心思地想着怎样才能摆脱那种让他疯狂的迷恋，可耻可憎的迷恋。不能再想着她了，过不了多久，痛苦一定会越减越少的。他开始想过去的事，不知艾米丽·威尔金森和范宁·普里斯是否曾经也承受了一样的折磨。他感到一阵悔恨。

"我当时不知道爱一个人是这么的苦啊！"他自言自语道。

一夜愁眠。第二天是礼拜天，他决定复习生物。书摊在眼前，为集中注意力嚅嚅默念，却一个字也看不进去。没有一刻不在想米尔德里德，想着和她争吵时说的每句话。他强迫自己埋头看书，可是心里乱成麻。干脆出去走走。平时上班的时候，泰晤士南岸的大街虽说又脏又乱，但熙熙攘攘的往来人群却为它注入一种并不光彩的活力。一到周日，商铺关了门，街上也不见马车经过，净是一片萧条寂静、凄凄惨惨。菲利普觉得这一天太难熬，像永远也熬不过去。可走累了，晚上竟睡得昏沉，一觉醒来他决定毅然开始新的生活。圣诞马上到了，很多学生都回乡下休短假，伯伯也叫菲利普回布莱克斯塔布尔一起过节，但被他以马上要考试的借口婉拒了。其实他只是不想离开伦敦，不想离开米尔德里德。课业已经落下了太多，别人三个月学的东西他要用两个礼拜补回来。他开始认真复习，现在整整一天不去想米尔德里德也不再那么困难了。他很庆幸自己有如此坚定的意志，之前忍受的痛苦现在已经淡了许多，就像从马背上掉下来的人，尽管没有摔断骨头，但还是跌得浑身青肿。他现在可以冷静而饶有兴趣地回首过去几个礼拜自己所陷入的情境，还能把心中品尝过的所有滋味细细整理分析一番。他不禁为自己哑然失笑。忽然意识到在那样的情形下，理智是不足以支配行为的啊。之前深以为傲的一套个人哲学体系也完全没有派上什么用场。他觉得很是不解。

有时在大街上撞到一个长得像米尔德里德的女孩，他的心就像冻住了一样，疯也似的追过去，结果看到的却是一张完全陌生的面孔。同学们都从乡下回来了，他和邓斯福一起去咖啡馆喝茶。看着女侍者身上熟悉的制服，难受得说不出话来。万一她调到了另一家茶馆工作，万一某天会和她面对面撞个正着，光是这样想想就让他觉得惊恐万分。他不敢让邓斯福有所察觉，但又实在想不到应该聊些什么，只好装着竖起耳朵听他说。这样的聊天方式让他抓狂。他攥紧拳头，狠狠咬着牙，免得自己朝邓斯福破口大骂：看在上帝的分上，闭上你的嘴吧！

终于到了考试那天。轮到菲利普，他信心十足地走到考官桌前，回答了三四个问题。考官拿出几个标本提问。他没去上过几节课，所以一遇到书本外的知识很快就露了馅。他使尽浑身解数装得什么都懂，考官也没再深究，十分钟的考试很快就结束了。他觉得自己一定能过，谁想第二天考试楼的门上就张贴出成绩单，在通过考试者的学号里找了又找，始终没有看到自己。他愕然地把成绩单从头到尾看了三遍。邓斯福站在他身边，说：

"唉，真遗憾，你没及格。"

他刚才问了菲利普的学号。菲利普回头看他容光满面，显然是通过了。

"没事儿，"菲利普说，"你过了就好。我七月再考一次。"

沿着泰晤士河往回走的路上，他急着装出对成绩毫不在意的样子，故意扯着些无关紧要的事。好心的邓斯福想问问他这次考试失利到底是因为什么，可他固执地绝口不提。他觉得很羞耻,因为邓斯福在自己眼中一直是个成天乐呵呵、脑子少根筋的蠢货,连他都能通过的考试自己却不及格,简直让人难以接受。他一直觉得自己聪明,还以此洋洋自得,可现在不禁怀疑,难道一直以来都看错自己了?上了三个月学之后,十月入校的这些学生们水平如何已经各见分晓了,谁脑袋灵光,谁有点小聪明,谁特别刻苦,谁是来滥竽充数的,一切都一目了然。菲利普发现除了自己之外,谁也没觉得他这次不及格是意料之外的事。到了喝茶的时间,他猜想要是自己去了医学院地下室的茶馆,无非能见到这么几种人:考过了的一脸得意,脑门放光;不喜欢他的看他来了便交头接耳,窃笑不停;同样不及格的则要凑上来嘘寒问暖一阵,指望着能从他这也听到些同情话儿。他本能地想躲一个礼拜,等这事风平浪静了再去学校。可他不愿就这么避开人群,所以最后还是硬着头皮走了进去。他有意要让自己受点折磨。这一刻,他似乎忘了在不惊动警察的情况下,做事要随心所欲的人生信条。或者说,如果他遵循了这一信条,那一定是因为自我折磨给他带来了某种病态的愉悦感。

稍晚一点,等逼着自己熬过了痛苦折磨,从烟雾缭绕、人声嘈杂的地下室出来,走进夜色的那一刻,他感到了彻头彻尾的孤独。自己简直像个滑稽荒唐的软蛋。他需要别人安慰,立刻就要。想见米尔德里德的欲望一点点啃噬着他的心。尽管想从米尔德里德那里听到些宽心的话,不亚于痴心妄想,但哪怕一句话都不说,他也想见见她啊。她终究是个女侍者,为客人端茶送水是她的义务。整个世界上,只有米尔德里德能让他牵肠挂肚,他没有必要自己骗自己。装作什么事都没发生一样地跑回那家馆子喝茶的确很丢脸,但他本来也没剩多少脸面能丢了。尽管不愿承认,可他没有一天不希望米尔德里德会写信给他。她知道只要往医学院写信,他就能收到,可她从来没有写过。显然,能不能再见到他对她而言一点区别都没有。菲利普一遍一遍对自己说:"我必须要见到她。我必须要见到她。"

这个愿望来得这么强烈,走路过去都嫌浪费时间。他平时很节省,不到万不得已不会坐马车,但是此刻,连想都没想就跳上了一辆。下了车,在餐馆前呆呆地站一两分钟,一个念头闪过脑子:也许她已经走了。他吓得赶紧推门进去,一眼就看见了她。他找座位坐下来。米尔德里德向他走来。

"我要一杯茶,一块松饼。"

他几乎话不成句,生怕一不小心就在她面前失声痛哭。

"我差点以为你死了呢。"

她笑了。笑!好像忘了发生过什么,那些事却在菲利普脑子里重演过无数遍。

"我以为如果你想见我的话,会写信给我呢。"

"我太忙了,哪有空写信啊。"

从她嘴里是听不到什么好话的,菲利普诅咒上天让他迷恋上这样一个女人。她去端茶了。

"我在这坐会儿行吗?"她上茶时问道。

"行啊。"

"你最近都去哪儿了?"

"我一直在伦敦。"

"我还以为你出去度假了呢。怎么这么久都不来啊?"

菲利普看着她,憔悴的眼睛炯炯发光。

"你不记得我之前说过再也不见你了吗?"

"那你现在在干吗?"

看上去她似乎不逼菲利普饮尽这杯耻辱之酒便不能罢休。可菲利普太了解她了,她只是想到什么说什么而已。即使她伤了他千千万万次,却没有一次是有意为之。他只闭口不言。

"你那天也太卑鄙了,竟然来监视我。还以为你是个不折不扣的绅士。"

"别这样对我,米尔德里德。我受不了。"

"你可真有意思。我是猜不透你了。"

"没什么猜不透的。我就是一个全心全意爱着你的傻子。我知道我对你来说什么都不是。"

309

"如果你真是位绅士的话,第二天会来找我,请求我原谅。"

她的心像石头般坚硬。他看着她的脖子,甚至想拿起切松饼的刀一下捅过去——学了这么久解剖学,他早就知道颈动脉在哪儿了。然而,与此同时,他又如此渴望用热吻一寸寸地覆盖她苍白、透明的脸庞。

"怎样才能让你知道我有多么爱你啊!"

"你还没有跟我道歉呢。"

他面如死灰,而她丝毫不觉得自己有何过错。她想让他低头认错,可他如此骄傲,有那么一瞬间,甚至想冲她大骂"下地狱去吧!",可他始终没有这个胆量。炽热的情感把他变成一个渺小可怜的男人,只要看到她的脸,让他做什么都行。

"很抱歉,米尔德里德。求你原谅我。"

他使尽了浑身力气一个字一个字地从牙缝里挤出这句话。

"既然你道歉了,那我就告诉你件事吧。我挺后悔那晚没有和你一起出去。我之前以为米勒是个绅士,但现在才发现自己错了。我把他打发走了。"

菲利普轻轻吸了口凉气。

"米尔德里德,你愿意今晚和我出去吗?我们找个地方吃顿饭好吗?"

"我去不了啊。姑姑还等着我回家呢。"

"我给她打个电报。你可以说店里有事耽搁一会儿;她不会知道的。求你了,走吧,看在上帝的分上。我已经太久没有见过你了,我想和你说说话。"

米尔德里德低头看了看自己的衣服。

"别担心。咱们去个没有人会注意到你衣服的地方,然后咱们再去杂耍剧院。答应我吧,求你了。我该有多么高兴啊!"

她犹豫了一会儿,菲利普可怜巴巴地盯着她。

"好吧,去就去,无所谓。反正我都记不清自己多久没有出去过了。"

菲利普忍了又忍才没有抓过她的手正正反反地吻个遍。

第六十章

他们去索霍街一家餐馆吃饭,菲利普高兴得像个孩子。这不是那种便宜但火爆的馆子,一些体面但拮据的人往往喜欢去那种地方吃饭,因为看上去很有格调,但是花费不多。这家餐馆很不起眼,是一个和善的鲁昂[1]男人和妻子开的。菲利普也是偶然发现这里的,他先是被店里高卢风格[2]的橱窗装饰吸引,窗户里摆了盘生牛肉,两边各放一碟蔬菜。店里雇了个懒洋洋的侍者,他住在一所全是法国人的房子里,却铁了心想要学英语。来这儿吃饭的有三五个作风放浪的女人,一两对坚持要用自己带来的餐巾的夫妻,还有个把神色可疑的男人每次进来都慌慌张张,随便吃吃就走。

菲利普和米尔德里德在这儿独占了一张桌子。菲利普叫侍者去隔壁的酒馆买瓶勃艮第。他点了蔬菜汤,要了块陈列在橱窗里的上好牛排配土豆,还有樱桃白兰地炒蛋。不论是这里的菜色还是气氛都颇有几分浪漫情调。米尔德里德最初还有些不适应——"我可不大信得过这种外国人开的小店,谁知道盘子里堆得乱七八糟的都是些什么东西"——可后来也被这种微妙的浪漫气氛所打动了。

"我喜欢这里,菲利普。"她说,"不用拘束,感觉吃饭的时候都能把胳膊肘放在桌上,对吧?"

一个高个子男人走了进来。灰色的头发粗硬油亮,稀稀拉拉的胡子乱糟糟地在脸上长成一片。他穿着一件破烂外套,戴一顶宽边软毡帽。这人朝菲利普点头示意,他们两个之前就在这儿见过。

"他看上去像个捣蛋分子。"米尔德里德说。

"千真万确,他是欧洲数一数二的危险人物。这片土地上就没有他没蹲

---

1. 鲁昂:法国城市。
2. 高卢风格:如今的法国、比利时、意大利南部、荷兰南部、德国南部等地区古时统称为高卢地区。高卢风格即此地区的传统文化样貌。

过的大牢，杀的人比所有上了绞刑架的衣冠禽兽都要多。他走南闯北，口袋里一直揣着颗炸弹，和他说话可要很小心，一句没说对就要恶狠狠地掏出炸弹往桌上一放。"

米尔德里德紧张兮兮地看了那个男人两眼，又一脸不相信地瞅瞅菲利普。她忽然发现菲利普的眼神里藏着些笑意，知道自己中了套。

"你耍我是吧。"

菲利普乐坏了，大笑起来。可米尔德里德却不喜欢被人笑话。

"编瞎话有什么可高兴的？"

"别生气嘛。"

他拉过米尔德里德放在桌上的小手，轻轻摸了两下。

"你真可爱，我真想亲吻你走过的每一方土地啊！"

她淡青色的肌肤让菲利普心神荡漾，毫无血色的薄唇对他来说也出奇地诱人。因为贫血的缘故，她总是喘不过气来，微张的双唇让美丽的脸蛋更添俏媚。

"你也是有点喜欢我的，对吗？"他问道。

"如果我不喜欢就不来了，不是吗？真的，你是个不折不扣的绅士。"

吃完饭他们喝起咖啡。菲利普也顾不得省钱了，抽了根三便士的雪茄。

"你真的无法想象，能坐在对面这样看着你，我就已经幸福得要升天了。我太想见到你了。见不到你，我都害了相思病。"

米尔德里德轻轻一笑，几丝红晕飞上脸颊。今天没有像往常一样饭后觉得肠胃不适，看着菲利普也比过去更顺眼了些。她眼波里罕见的温柔让菲利普飘飘欲仙，尽管知道完全向她臣服无异于发疯；尽管知道自己应该与她若即若离，不让心中蠢蠢欲动的激情暴露；尽管知道她会狡猾地利用自己的软弱，但这一刻，他什么也顾不上。他向她倾诉见不到她的这些日子是多么难熬，他在心里和自己打了无数次架，想要把那种难以抑制的冲动生生压下去，可尽管他打赢了，胜利了，却只发现想见她的冲动更加强烈。其实自己从未打算放弃这股冲动，因为爱她已经爱到不怕疼痛，愿意把心掏出来，赤裸裸地让她检视，把所有弱点都昂首挺胸地呈现在她面前。

尽管对他而言，没有什么比坐在这家惬意、简陋的餐馆里更幸福的了，但他知道米尔德里德喜欢寻求刺激。她是个闲不下来的姑娘，在哪儿都不愿逗留很久。而他又不敢让她觉得无聊。

"我说，去杂耍剧院看看戏怎么样？"他问道。

只要米尔德里德能有那么一点点喜欢他，就一定会说想多待一会儿吧。

"我刚才还想呢，要是想去杂耍剧院的话，现在就该走了。"她回答。

"那走吧。"

好不容易熬到演出结束，菲利普早就想好了一会儿应该怎么干。一上马车，他就假装作不经意地伸手揽住米尔德里德的腰，可不知被什么扎了一下，大叫一声又抽回手来。米尔德里德笑了起来：

"看吧，这就是你手不老实的下场。你们男人什么时候想搂我的腰，我心里明镜似的。那根别针总能扎到你们。"

"看来我以后得小心点了。"

他又把手伸过去。米尔德里德没有拒绝。

"今晚真开心。"他满足地叹了口气。

"你高兴就好。"她没好气地说。

马车沿着圣詹姆士街驶向公园，菲利普鼓足勇气，飞快地亲她一下。他有些没来由的恐慌。她没有说话，只把嘴唇转向他，好像对这个吻既不在意，也不满意。

"你知道我等这一刻等了多久吗？"他低声呢喃，想要再凑过去吻她一次，但她把头转开了。

"一次就够了。"

抱着再吻她一次的希望，他把米尔德里德一路送到了赫恩山，到了她家路口，他又问了一遍：

"我可以再吻你一次吗？"

她麻木地看着他，又四处瞧瞧路上有没有其他人。

"我无所谓。"

313

他一把将她拥入怀抱，没命地吻着她。可她一把推开了他。

"当心我的帽子，傻瓜。笨死了你。"

第六十一章

之后每一天他们都见面。菲利普中午也开始去米尔德里德店里吃饭。但她一直不同意，害怕店里的女孩说闲话。没办法，菲利普只能喝茶的时候去一次，但每晚都要等她下班，再把她送去车站。每个礼拜再约她出去吃上一两顿。他送她很多金镯子、手套、手帕之类的小礼物，在她身上花的钱早就超过了他能负担得起的标准，但他就是忍不住地要送，只有送礼物时才能从她脸上看出一点笑意。她知道所有东西的价值，收的礼物越贵重，露出的笑容才越灿烂。可菲利普不在乎这些，只要她能献上一吻，不管是用什么手段换来的都无关紧要了。他发现她礼拜天不愿闷在家里，所以每个周日早晨都早早来到赫恩山，和她在路口碰面，一道去教堂礼拜。

"我总是想去做次礼拜，"她说，"这想法挺高尚的，对吧？"

从教堂出来后她回家吃饭，菲利普就找家旅馆糊弄两口，下午再陪她去布洛威公园散步。他们之间没什么好聊的，可菲利普提心吊胆不敢让她觉得无聊（她很容易就无聊了），千方百计想找些能谈的话题。他发现这样散步对两个人来说都没什么意思，可又不愿意离开她，只能尽量多走一会儿，直到她走不动了，或者发起脾气来。他知道她不喜欢自己，却还是想尽一切办法从她那得到些事实上并不存在的爱意。她依然冷若冰霜。而他即便没有权利要求她什么，总还是忍不住埋怨她的冷漠。随着两个人关系越来越亲密，他发现自己已经不太能憋住肚子里的火气了，动不动就被激怒，说些尖酸刻薄的话。他们常常吵架，每次吵完她就要晾他一阵。总是他先忍不住低头，跑到她跟前忍气吞声赔不是。他快要被自己气死了，怎么能这样不要脸面！看到她和别的男人说话，醋意也越来越浓。只要一吃醋，他就不是他了，每次都发疯一样地跑到她面前大骂一通，气冲冲地离去，再在床上辗转反侧一整夜,时而气得发癫,时而悔得心疼。第二天再跑到店里,可怜兮兮地求她原谅。

"别生我的气,"他说,"我太喜欢你了,控制不住自己。"

"早晚有一天你会超出我底线的。"

他做梦都想去她家一次,比起那些她上班时结识的熟人,这种更为亲密的走动就能让他在情敌中间异军突起了。可她总是不让。

"姑姑会以为咱们在胡闹呢。"

他怀疑她只是不愿让自己见到她姑姑罢了。她之前一再说姑姑的丈夫是个有体面工作的男人(她觉得有份体面工作就是人上人了),可惜已经去世,但同时又不安地意识到自己的老好人姑姑一看就不像个上等人。菲利普猜她顶多嫁了个小商小贩吧。他知道米尔德里德是个势利眼,只是不知道怎么才能让她知道不管姑姑是个多庸俗的人,他都一点不介意。

两个人最激烈的一次争吵发生在一个晚上。当时米尔德里德告诉菲利普有个男人约她出去看戏。菲利普脸拉得老长,脸色也很不好看。

"你不会去的吧?"他问。

"为什么不去?那个男人很绅士。"

"你想去哪儿我都带你去。"

"这不是一回事。我不能老是跟你出去啊。再说他已经让我定好日子了,我就挑个不和你出去的晚上呗,又不会影响你。"

"只要你还要点脸,对我有点感激之情,你就不会想着要去的。"

"你说'感激'是什么意思?如果你指的是给我的那点小礼物,尽管拿回去吧。我本来也不稀罕。"

她有时候跟个骂街的泼妇一样歇斯底里。

"成天和你出去真没劲。老是'你爱我吗''你爱我吗',听得我耳朵起茧。"

(菲利普也知道这样一直问她很烦,只是把持不住自己。

"嗯,我是喜欢你的。"她每次都这样回答。

"只是喜欢吗?我已经爱你爱得无法自拔了。"

"我不是那种嘴甜的人。"

"你知道说句爱我会让我多么高兴吗?"

"我不是一直说嘛,我爱怎样就怎样,要是你不喜欢,那就忍着吧。"

有时候他又提出这个问题时,她的答案更干脆利索:

"别再问来问去了。"

他的脸一下垮了,再也不说话。他恨她。)

这时他说:

"哦,你要是这么想,我还真不知道你陪我出来是不是打发乞丐呢。"

"又不是我求你带我出去的,你应该知道这点。是你逼我的。"

菲利普的自尊心狠狠受挫,他发疯一样地大喊:

"你以为你没约的时候就能来找我带你吃饭、看戏是吧。一旦有人约你,我就可以见鬼了。好,谢谢你,我他妈受够了被你当成烂抹布,招之即来,挥之即去!"

"没有人能这样跟我说话。我这就让你看看,我有多稀罕吃你的请!"

她站起来,穿上外套,快步走出餐馆。菲利普没有动弹,打定主意不吃她这一套,可刚过十分钟就耐不住性子,跳了起来,出门坐上马车追她去了。他想她应该是搭公交车去维多利亚车站的,这样差不多能和她一起到车站。他在站台看到她,没有打招呼,偷偷摸摸和她坐上一辆车回了赫恩山。等她往家走的时候再过去和她说话,这样她就躲不开了。

她一从亮堂、喧闹的大街拐进小道,菲利普就立刻跑了上去。

"米尔德里德!"

她像听不见一样继续往前走着,没应声,也没看他。他又喊了一遍。这次她停了下来,直勾勾地看着他。

"你想怎样?我在维多利亚车站就看到你了。你为什么非要来烦我?"

"实在抱歉。我们和好吧。"

"不,我受够了你的脾气。你就是个醋坛子。我不喜欢你,从来没有喜欢过你,永远也不会喜欢你。我不再想和你纠缠下去了。"

她走得很快，菲利普只能在一旁紧赶慢赶地追。

"你从不替我着想，"他说，"如果你对一个人没感觉，那不管他做什么你都不会在乎，还能像往常一样亲密和睦。可我太爱你了，看到你和别的男人出去还忍着不发火，这对我来说太难了。可怜可怜我吧。我不在乎你是不是喜欢我。毕竟这也不是你能说了算的。只求你能允许我喜欢你。"

她一步不停，一句话也不想说。眼看还有几百码就到家，菲利普心里痛苦至极，根本顾不上面子这回事了，结结巴巴地讲着自己有多么爱她，现在有多么后悔。

"只要你原谅我这次，我保证以后再也不会让你受委屈了。你想和谁出去就和谁出去吧，实在没有更好的事做了再来找我，这样我就满足了啊。"

她又一次停下脚步，已经走到了平时道别的那个路口。

"你走吧。我不会让你把我送到门口。"

"你不原谅我，我就不走。"

"这整件事已经把我弄恶心了，够了。"

菲利普犹豫了一会儿，觉得自己能说些可心的话打动她，但是这话说出口连他自己都觉得恶心。

"太残忍了。我要忍受的痛苦太多。你知道生来残疾是什么滋味吗？你当然不会喜欢我的，我从来没有奢望过。"

"菲利普，我不是这个意思。"米尔德里德立刻说道，声音里忽然带了些同情，"你知道我不是这么想的。"

他干脆把戏演下去，把声音压得嘶哑低沉。

"可我感觉到了。"

米尔德里德拉起他的手，眼睛里噙满泪水。

"我向你发誓，我从来没有嫌弃过你的残疾。除了刚认识的那几天，我就再没想过这回事。"

他一言不发，端着一副忧郁、悲痛的神态，想让米尔德里德看出自己心里正翻涌着万千情感。

"你知道我非常非常喜欢你,菲利普。只是有时候你太过了。和好吧。"
她把唇贴到他嘴上,他如释重负地松了口气,回应着她的吻。

"你现在高兴了吧?"她问道。

"高兴得要疯了。"

她跟他说了晚安,匆匆跑开了。第二天他送了一块带着别针的小怀表给她,还帮她别在了裙子上。她一直想要一块这样的表。

三四天后,她上茶的时候问他:

"还记得你那晚跟我发过的誓吗?你不会反悔的,对吧?"

"不会。"

他已经猜出她在想什么了,只是等着她自己说出来。

"今晚我准备和上次跟你提过的那位先生出去。"

"好的。玩得开心点。"

"你不生气对吧?"

他现在的自控能力简直一流。

"我自然是不高兴的,"他笑笑,"但只要我能控制,就一定不表现出来。"

米尔德里德兴高采烈地说起今晚的约会。菲利普不知道她这样做是有意要伤他一把,还是因为她这个人太麻木迟钝。他总是习惯将她的残忍无情归咎于她的愚蠢,所以一而再再而三地选择原谅。她只是没有心眼,意识不到正在伤害他。

菲利普一边听她说,一边在心里想:爱上这么一个没有想象力又没多少幽默感的姑娘,真是无趣。

也正是因为她不具备这些特质,所以才能一次次被原谅。菲利普觉得要是自己没有意识到这点,可能就无法原谅她给自己带来的痛苦了吧。

"他买了蒂沃利剧院的票,他让我自己选的。我选了这家。我们还要去皇家咖啡馆吃饭。他说那是伦敦最贵的饭店了。"

"好一位十足的绅士。"菲利普心里默念,咬紧牙关,不让一个字冒出来。

他去了蒂沃利,看见米尔德里德和她的同伴儿也在那里。那个男人脸蛋刮得干干净净，头发梳得油光水滑，衣服穿得人模人样，像个东奔西跑的推销员。他们坐在正厅的第二排座位。米尔德里德戴了顶黑色宽边帽，还插了根鸵鸟羽毛在上面。她戴这种帽子很好看。男人正在说话，她在一边听着，脸上挂着浅浅的笑容。这个笑容菲利普很熟悉，她通常没有太多表情，想要看她一笑非要讲些恶俗的笑话不可。可菲利普能看出来，她现在分明非常快活。身边那个仪表堂堂、生性快活的小伙子配她刚刚合适，菲利普心里酸溜溜的。她本身不太爱动弹，所以更喜欢开朗活泼的人。菲利普很适合与人交谈议论，但少了些扯闲话的本领。他的朋友里有几个特别擅长穷聊打趣，比如劳森，他特别喜欢他们讲的那些小笑话。可他总觉得自己处处不如人，所以一味拘谨害羞，畏首畏尾。他感兴趣的事对米尔德里德而言都没滋没味的。米尔德里德觉得男人就该讨论足球和赛马，可菲利普对体育一窍不通。他也不知道到底有什么话能逗米尔德里德一笑。

只要是印刷出来的东西，都是他的心头好，而现在为了能让自己变得更有趣，他开始埋头苦读《体育时报》。

第六十二章

菲利普不甘心就这样向心中的激情投降，这股激情害得他夜不能寐，食不知味。他懂得人生万事终有结束那一天，即便是爱情也没有例外。他眼巴巴地盼着那一天的到来。爱情像生在他心里的寄生虫，以其血液为食，可恨而茁壮地生长着，吸食他的精气，让他无所适从，唯有从它身上才能祈求到一丝快乐。过去他曾经痴迷于圣詹姆士公园的美景，喜欢坐在那儿看蔚蓝天空下婆娑起舞的树影，美好得像一幅日本版画。泰晤士河上的驳船码头让他久久无法忘怀，就连伦敦千变万化的天色也令他心旷神怡，浮想联翩。现在，良辰美景于他已经毫无吸引力了。只要离开米尔德里德身边，他就心神不宁，坐立难安。有时他想，也许看看画就能分散注意力，让自己不那么痛苦，但等他真的到了国家美术馆，却根本无心浏览，没有一幅画能让他心里泛起波澜。

他不知道自己是否还会再对之前的爱好感兴趣。曾经嗜书如命，现在却也觉得读书毫无意义，只是闲暇时间会到学校的吸烟室翻翻期刊杂志。这样的爱情简直是种折磨，他痛恨让爱欲占了上风，仿佛自己已经成了囚犯，心心念念地渴求着自由。

有时早上醒来，心里空荡荡的什么感觉也没有。灵魂不禁欢呼雀跃，庆祝终于得救——看来，爱情已经从身上悄悄溜走了。然而，没过一会儿，随着他醒得越来越透，心里的痛苦也渐渐复苏。他知道自己的伤还没完全好。尽管他内心疯狂地渴望米尔德里德，但同时又很瞧不起她。他心想，恐怕这世上再没有哪种折磨比爱一个人又看不起她更让人难以忍受了。

习惯挖掘自己内心情感的菲利普已经在心里反复琢磨了很久，认为只有让米尔德里德做自己的情妇才能摆脱这种苟且龌龊的冲动。他想和米尔德里德上床，这种欲望犹如百爪挠心，或许一旦性欲得到了满足，束缚着他的枷锁也会随之消失吧。他知道米尔德里德对他完全没有"性趣"。每次像疯了一样地吻她时，她总是不自觉地往后退，一脸厌恶地想要躲开。她对性非常冷淡。有时为了让她吃醋，菲利普故意讲起自己在巴黎的风流韵事，可她全当耳边风；有时菲利普到了店里，故意坐在别人负责的桌旁，明目张胆地和其他女侍者调情，可她全视而不见。她是真的无所谓，绝不是装出来的。

"我今天下午没坐你那边儿，你不介意？"一次，陪米尔德里德走去车站的路上，他忍不住问了一句，"你负责的桌子好像坐满了。"

桌子明明有不少都是空的，但她却懒得争辩。尽管这种幼稚的"背叛"对她而言什么都不是，可哪怕她能装着在乎一下，也会让菲利普不胜感激啊。就算一句责怪的话此刻都胜似良药。

"我觉得你每天来都坐同一张桌子的行为特别傻。你应该时不时去别的女孩负责的桌子那儿坐坐。"

他想得越多，就越确信只有让她心甘情愿地屈服，自己才能真正重获自由。他就像个被下了咒语，变了人形的老骑士，苦苦寻找着能帮自己解除咒语的灵丹妙药。他还剩下最后一线希望。米尔德里德特别想去次巴黎。对于她，或对于大部分英国人来说，巴黎是欢乐之海、时尚之都。她听人说过卢浮宫商场[1]，在那里能买到比伦敦便宜一半的时髦货。她有个朋友去巴黎度蜜月了，在卢浮宫商场里从早逛到晚。她和她老公在巴黎那段日子，老天啊，不到凌晨六点从不上床睡觉。他们去了红磨坊和好多说不上来的地方彻夜狂欢。如果带她去次巴黎就能让她委身于自己，那菲利普也不在乎这样的手段是否高尚了。能和她上床，花多少钱都无所谓。他之前甚至有个丧心病狂的想法，打算把她灌醉。每次都不停劝酒，想让她兴奋一些。可她一点也不喜欢喝葡萄酒，倒是挺乐意让菲利普买瓶香槟摆摆阔。她喝酒从来没有超过半杯，却喜欢把酒杯斟得快要溢出来，搁在桌上一动不动。

"这才能跟侍者显示出你的身份呢。"她说。

有一次，她心情似乎很好，菲利普逮住个机会。三月底他有场解剖考试，考完试后一个礼拜就是复活节。米尔德里德能休三天假。

"喂，去巴黎玩玩吧？"他提议道，"我们准能玩个痛快。"

"怎么去？多少钱都不够花啊。"

菲利普已经算好开销了。去这一趟至少要花五百二十便士，对他来说是很大一笔钱。但是哪怕他身上只剩下最后一个子儿，也愿意花在米尔德里德身上。

"这有什么关系。只要你愿意，亲爱的。"

"去了之后呢？你不妨直接告诉我。我怎么能和一个不是我丈夫的男人一起出去玩。你压根就不该提这建议。"

"这又怎么了？"

菲利普把繁华的和平街和五光十色的女神游乐厅吹得天花乱坠，讲了卢浮宫和乐蓬马歇商场[2]，描绘了巴黎的夜总会、修道院和其他旅游胜地。就连巴黎最让他不齿的一面也被形容得绘声绘色。他甚至像在逼她同行。

---

1. 卢浮宫商场：建成于一八五五年的百货商场。
2. 乐蓬马歇商场：位于巴黎左岸，和巴黎春天齐名的商场。

"你说你爱我,但如果真爱我就会娶我的。你永远都不会向我求婚吧。"

"你知道我现在没钱结婚。这才是我第一年学医,往后的六年都不行。"

"我没怪你。就算你单膝跪下跟我求婚,我也不会嫁给你的。"

菲利普不止一次想过结婚,但他心里一直抗拒。还在巴黎时他就有了一个想法:婚姻只是市侩小民特有的滑稽行为。一辈子都绑在一个人身上会毁了他的。他骨子里还是个中产阶级,和一个餐馆女侍者结婚简直能让人笑掉大牙。娶个平庸的妻子会阻了他的仕途。再说,他的钱只够自己撑到毕业,即便婚后不要孩子也绝对养活不了妻子。想到克朗肖就是被一个粗俗的荡妇拖了后腿,他就倍感毛骨悚然。米尔德里德总是想过上层人的生活,但无奈头脑平庸、为人刻薄,简直能预见到她将来会变成个什么样子,他绝对不会娶她。然而,尽管理智上很坚决,可情感上却仍然觉得为了得到她,做什么都不足惜。如果不和她结婚就无法拥有她,那么就干脆结婚好了。未来会发生什么,就交给未来吧。也许这场婚姻会悲剧收尾,可他不在乎。但凡有个主意冒出来,就能把他的脑子占得满满当当的,赶也赶不走。他比一般人更能给自己的欲望找理由。虽然有无数理智而客观的原因表明自己不能和米尔德里德结婚,但他现在正在一一推翻。每一天他都更爱她一点,而这种得不到满足的爱情让他怒火中烧,愤愤不平。

"老天啊,等我把她娶到手,非要让她也尝尝我吃的这些苦头不可!"他默默向自己发誓。

终于,这种痛苦变得再也无法忍受。一天中午在索霍街的餐馆吃饭时(他们现在经常来这儿),他对她说:

"你那天说就算我向你求婚,你也不会答应。你是认真的吗?"

"是啊,怎么了?"

"我已经离不开你了,想让你永远陪着我。我也曾经想过要克服这种依恋,但我做不到。我永远都做不到。嫁给我吧。"

米尔德里德读了那么多小说,不可能不知道要怎么应对这样的请求。

"实在很感激,你能跟我求婚真是让我受宠若惊。"

"别说这些没用的了。你会嫁给我的,不是吗?"

"你认为我们会幸福吗?"

"不会。但这有什么关系?"

这样回答并非他本意,极不自然地从他嘴里硬挤出来。米尔德里德惊住了。

"呵,你真是有意思。那你干吗要娶我呢?之前你还说自己没钱结婚。"

"我还剩下一千四百镑。两个人过日子不见得比一个人开销大许多。等我毕了业在医院实习一段日子后,就能当个助理医生了。"

"也就是说你往后六年什么也挣不到。我们一礼拜就靠四镑活,是吧?"

"三镑多点。上学还要用钱。"

"当上助理医生能挣多少?"

"每周三镑。"

"你的意思是说拼了命地学这么长时间,省吃省喝,到头来也就每周能挣三镑吗?我看就算结了婚,我的日子也不见得比现在过得更好。"

菲利普半晌没吱声。

"你不想嫁给我吗?"他声音嘶哑,"我的爱对你来说就不值一文吗?"

"这种事里你总要想点自己,不是吗?我倒是不介意嫁人,但如果婚后还不如单身过得好,那我干脆还是自己过吧。看不出结婚有什么好。"

"你就是不喜欢我,否则是不会想到这些的。"

"可能吧。"

菲利普又陷入了沉默。喉头有些哽咽,只好咕嘟咕嘟灌下一杯葡萄酒。

"看看那个刚走出门的女孩,"米尔德里德说,"她身上的皮草是从布里克斯顿的廉价商场买的。我上次去的时候在橱窗里看着了。"

菲利普冷冷一笑。

"你笑什么?这是真的。我上次还和姑姑说呢,我可不会买那种摆在橱窗里的衣服,不然所有人都知道这衣服是花多少钱买的了。"

"我真不懂你。前一秒还害我这么伤心,一转眼就岔开话题,开始胡说八道。"

"你怎么说话呢?"她一副受了委屈的样子,"我只是忍不住看了看那件皮草,因为我跟姑姑说过……"

"我他妈才不管你和你姑姑说了什么。"菲利普不耐烦地打断她。

"你和我说话把嘴巴放干净点,菲利普。你知道我不喜欢听脏话。"

菲利普抬了抬嘴角,眼神里透出股狠劲儿。又是一阵沉默。他闷闷不乐地看着米尔德里德。他对她有痛恨,有鄙夷,还有浓浓的爱意。

"要是我能理智一点,就绝对不会再见你了。因为爱你,我有多么鄙视自己啊!如果你能知道就好了。"

"这样跟我说话很不礼貌吧。"她有点生气了。

"是不礼貌啊,"菲利普笑了起来,"咱们去公园转转吧。"

"你这人怪就怪在这儿,没想让你笑的时候你偏偏又笑了。我不是害你伤心了吗,那你干吗又要带我去公园?我已经准备回家了。"

"就因为我不在你身边会更伤心啊。"

"真想知道你到底是怎么看我的。"

菲利普放声大笑。

"亲爱的啊,要是让你知道了,以后你就再也不会搭理我了。"

第六十三章

三月底的解剖考试,菲利普还是没过。考试之前,他拿出自己买的骨架标本和邓斯福一起复习,互相提问,把所有骨骼肌和每个骨节、骨沟的功能都背得滚瓜烂熟。可一进考场,他却紧张坏了,疑心自己净背了些错误答案,什么也不敢说。他心里有数,自己答得一团糟,肯定过不了考试,所以第二天都懒得跑去学校查看成绩。又一次的考试失利让他彻底被归档为同级学生里最愚笨、无能的一类。

他脑子忙着想别的事呢,对考试反倒没怎么在乎。他安慰自己:米尔德里德也是人,一定也有七情六欲,唯一的问题就在于怎么才能勾起她的情欲来。关于女人，他有自己的一套理论。就算骨子里再浪荡，也终会有一天找个男人落下脚来。关键是要找准机会，耐住性子；要若即若离，让她欲罢不能；要嘘寒问暖，在她最疲惫不堪的时候趁虚而入，在她因工作而愁眉苦脸的时候巧言宽解。他跟米尔德里德说起在巴黎交到的朋友，以及他们一起喜欢过的那些女孩。这段经历让他说来毫无龌龊之感，反而充满魅力，妙趣横生。他把自己的生活添油加醋地和咪咪、鲁道夫、弥赛特和朋友们的传奇故事交织一体，不断给米尔德里德洗脑，告诉她即便是落魄的生活也可以快乐，即便是有瑕的爱情也可以浪漫；只要有歌声有欢笑，只要红尘作伴、青春年少，这样的爱情就称得上完美了。他从不正面攻击米尔德里德的偏见，但会拐弯抹角地暗示出只有乡巴佬才会这么看问题。他不允许自己因她的疏于关心而烦忧，也不再因她的冷漠麻木而恼火。也许她早就烦透自己了吧。他努力变得友好而幽默，不泄漏怒火，更无欲无求，从不抱怨，绝无责备。有时她约好见面，又复尔食言，但第二天他依然能以笑脸相迎；有时她借口开脱，但他总装作不以为意。既不让米尔德里德看出自己受到了伤害，也不流露一点情绪以免给她带来困扰。这种行为真算是有几分英雄气概。

菲利普的这种改变，米尔德里德根本没正眼注意过，也从没问过他什么。但这种变化还是或多或少地影响了她。她和菲利普变得愈发亲密，跟他倾诉自己的小烦恼，抱怨餐馆的老板、同事或者她的姑姑。她话说得越来越多，虽然都是些繁碎的小事，但菲利普从没因此而不耐烦过。

"你不老追着我求爱的话，我还是很喜欢你的。"她有次跟他说。

"真是受宠若惊。"菲利普尴尬地大笑。

她根本没意识到这句话让他心坠深渊，牙关咬多紧才能这样笑着作答。

"我现在不介意你偶尔吻我了。反正你喜欢，我也不会掉块肉。"

有时她甚至主动让他带自己出去吃饭。来自她的邀请总让他心花怒放。

"我才不会主动让别人带我出去，"她听上去略有歉意，"你不一样。"

"我真是太高兴了。"菲利普微笑着说。

四月底的一天晚上，她让菲利普带她去吃点东西。

"好啊,"菲利普说,"你下班后想去哪吃?"

"不,咱们哪也不用去。就在这坐会儿,聊聊天。你不介意吧?"

"一点都不介意。"

菲利普心想,她终于开始喜欢自己了。要是在三个月前,让她陪他聊一晚上天,她准保会无聊到死。这天天气很好,春日的舒爽气候让菲利普兴致颇高。现在,不消多少事就能让他心满意足了。

"喂,等夏天一到,天气可就没这么好了。"他说。此时他们正坐在开往索霍街的公交车上层——是米尔德里德自己提议以后不要总坐马车了,太奢侈。"星期天咱们去河边玩儿。自己带着午餐篮子。"

她浅浅一笑,似乎是在给菲利普勇气。他拉住她的手,她没有拒绝。

"我真的觉得你开始有点喜欢我了。"他微笑着。

"你真傻。你知道我是喜欢你的,不然我也不会在这儿了,不是吗?"

他俩已经成了索霍那家小餐馆的常客,每次走进店里,老板娘都会冲他们笑笑。侍者也围着他们转来转去。

"今晚我来点菜。"米尔德里德说。

菲利普觉得今晚的她比以往更加迷人,顺从地把菜单递了过去。她点了几道最爱吃的菜。这家餐馆能做的菜不多,他们已经吃过好几轮了。菲利普浑身冒着喜气,温柔地看着她的眼睛,把那张苍白小脸上的所有动人之处都细细打量一番。吃过饭后米尔德里德破天荒地点了一支烟。她很少抽。

"女士抽烟,是件大煞风景的事吧。"她犹豫了一会儿,继续说:

"今晚我让你带我出来吃饭,不觉得惊讶吗?"

"我很高兴。"

"我有话想跟你说,菲利普。"

他飞快地看向她,心里一冷,面上却依然不露声色。

"好,说吧。"他微笑着。

"听我说完了,你可不许做什么傻事。我想说的是,我准备结婚了。"

"什么?"菲利普吓了一跳。

他想不到该说什么。眼前的情景已经在脑子里上演了无数遍，也事先排练过自己在这种情形下应该怎么做、怎么说。他早就为还未到来的绝望愁断了肠，想过自己会陷入不能自拔的情感，甚至想过自杀。想得太多到头来只是疲倦。就像重病在床，生命渐渐流逝，对身外事已经漠不关心，只想一个人静静躺着。

"你看，我也不小了，"米尔德里德说，"已经二十四了，该安顿下来了。"

菲利普没说话。他的眼神飘到柜台后的老板娘身上，又盯着一个女顾客帽子上别着的红色羽毛看了许久。米尔德里德生气了。

"你应该跟我道喜啊！"

"我应该？有什么应该？不敢相信这是真的。之前做梦都梦到你让我带你吃饭，把我高兴得不行，到头来竟是为了告诉我这个。你要和谁结婚？"

"米勒。"她的脸涌起一阵潮红。

"米勒？"菲利普大叫起来，"你已经几个月没见过他了。"

"上个礼拜他来餐馆吃午饭呢，跟我求婚了。他可能挣了，每个礼拜都有七镑入账。以后还能挣更多。"

菲利普又沉默了。她一直对米勒念念不忘。米勒总能把她逗得花枝乱颤，身上自带的异国气息也把她迷得七荤八素。

"怪不得，"他过了好久才开腔，"你肯定会找个报价最高的嫁。你们什么时候结婚？"

"下个礼拜六。我已经下喜帖了。"

菲利普的心猛地抽成一团。

"这么快？"

"我们就在登记处结婚。埃米尔喜欢这样。"

菲利普觉得身上的力气一霎分崩离析，此刻只想赶快离开她，一头倒在床上。他喊侍者来结账。

"我给你叫辆车送你到维多利亚车站。过不了多久就能等到火车了。"

"你不送我了？"

"如果你不介意的话，我就不送了。"

"你怎么高兴怎么来吧，"她傲慢地说，"明天喝茶的时候见？"

"不，咱俩最好到此为止。我想不通干吗继续折磨自己。我已经付过车钱。"

他朝她点点头，僵硬地挤出一点笑容，跳上一辆公共汽车回家了。上床睡觉前，他抽了一斗烟，但眼皮却一直打架。他没有什么痛苦的感觉，头一挨枕头就沉沉睡了过去。

第六十四章

凌晨三点，菲利普醒了，再也无法入睡。他控制不住自己，又想起米尔德里德，一遍又一遍，直到头晕目眩。她自是要嫁人的，一个女孩靠着自己挣钱糊口是件非常艰难的事，一旦遇到了可以给她温暖家庭的人，那么以身相许似乎也不足为怪。站在她的角度想，嫁给菲利普才是发了疯：唯有爱情可以让人吃糠咽菜还心中坦然，但她又不爱他。这不是她的错，无论是谁都应该接受这样的事实。菲利普试着把自己说通。他内心的骄傲已经被虐得伤痕累累，而自己爱情的温床则正是那受了伤的虚荣。也正因此，他才会落得如此不幸的下场。他开始盘算起将来的事，但脑子一次次被回忆打乱——记得炽热的吻曾落在米尔德里德苍白柔软的脸上；记得她说话时，微微打颤的声音——今年夏天任务可不少，不光要开始学化学，还要连带着一并重考两门没及格的考试。之前在学校里疏远了所有人，但现在却非常想找个伴儿。好巧不巧，半个月前海沃德曾写信来说自己要路过伦敦，想和他一起吃顿饭。当时菲利普怕麻烦就拒绝了。现在，海沃德又要到伦敦来度假了，菲利普决定给他去封信。

八点了，菲利普心怀感激：终于能起床。他站起身，脸色灰白，神情萧索。洗过澡，穿戴妥当，吃过早饭后，才又觉得自己重新在这世上活过来些，痛苦也不再那么难以忍受。他不想上课，跑到海陆军商场给米尔德里德买结婚礼物。挑来挑去，相中了一个化妆包。这个包要二十镑，远远超出了他能承受的范围，但是看上去精美华丽、俗里俗气，想必她看一眼就能猜出价格。菲利普既满意又有些淡淡的忧伤，这件用来讨她欢心的礼物却带着对她的鄙视，多大的讽刺。

他惴惴不安地等待着米尔德里德大喜之日的到来，真等到那天，也许就能体味什么是万箭穿心的痛苦。幸运的是，礼拜六一早他接到海沃德的回信，说很快就到伦敦了，希望菲利普能来车站接他，帮他安排住处。菲利普巴不得能干点什么分散精力，查了火车时刻表，找到唯一一班海沃德可能乘坐的车次，兴冲冲地去火车站接他。老友重逢自然不胜激动。他俩把行李寄存在车站，欢天喜地地离开。海沃德还是老样子，提议先去国家美术馆一个钟头。他已经很久没赏过画了，为了和伦敦生活顺利接轨，就得先去画廊看上一看。菲利普也好几个月没找到能在一块谈谈艺术、文学的伙伴了。在巴黎的这段日子里，海沃德一直潜心研究法国当代诗人的作品。在法国，最不缺的就是诗人，他认识了几个新兴的天才诗人想和菲利普讨论一番。两个人在美术馆里一面走一面把自己喜欢的画指给对方看，可以谈的话题一个接着一个根本说不完。窗外和风拂面，阳光普照。

"我们去公园坐会儿吧，"海沃德说，"吃过午饭再去找住的地方。"

公园里春意融融。这样的日子里生活似乎都美好起来。树上新抽的枝丫在万里晴空的映衬下格外娇嫩，透明澄蓝的天空上白云点点，一湾秀水的一侧是群穿灰色制服的禁卫骑兵。美景良辰井然有序，竟像一幅十八世纪的画作。这样的景色不会使人想到华多[1]，他的画田园气息过浓，画中的幽谷林地似乎只能相见在梦中，反而是让·巴蒂斯特·帕特尔[2]平淡无奇的风格才与这样的景致契合。菲利普心里轻快许多，原来正如在书里读过的那样，艺术（他看待自然的角度本身即是一种艺术）能拯救灵魂于水火之中。

他们去一家意大利馆子吃午饭，点了瓶意大利葡萄酒。饭桌上又谈了许多，回忆之前在海德堡的那些伙伴，又聊起菲利普在巴黎结交的朋友。他们谈到

---

1. 华多：法国画家，洛可可时期的代表人物之一。
2. 让·巴蒂斯特·帕特尔：法国画家，洛可可风格代表人物。

了文学、绘画、道德、生活。钟声忽然敲响三下,米尔德里德就在这一刻出嫁了。菲利普忽然痛得喘不过气,两耳轰鸣,有那么一两分钟甚至听不到海沃德在说什么。他干了满满一杯葡萄酒。本来酒量就不大,酒劲儿一下就上头了。他觉得自己终于摆脱烦扰,彻底解放了。他敏捷的头脑已经好几个月没有派上用场了,这下终于能无拘无束地畅聊痛快。有位志趣相投的知己真是人生一大幸事。

"大好时光用来找房子也太浪费了吧。你今晚就去我那住一宿,等明天或者礼拜一再去另找住处吧。"

"好啊。我们做点什么呢?"海沃德说。

"咱们坐小汽艇去格林尼治玩玩呗。"

两人一拍即合,当下拦辆马车去了威斯敏斯特桥。正赶着一艘汽艇开动,他们跳上船,菲利普面带微笑,说道:

"还记得我刚到巴黎的时候,克拉顿,没错,应该是他,发表了一通长篇大论。说什么美是画家和诗人创造出来的。在这些人眼里,乔托设计的钟楼[1]和工厂的烟囱没什么两样。正是随后一代又一代人的热情才使这些美好的事物更添光彩。所以过去的东西总是比现在的美丽啊!《希腊古瓮颂》[2]现在读起来比刚写成的时候更美,正是因为一个世纪以来,数不清的痴男怨女朗朗诵读过它,绝望伤心的人也从它的词句间得到了慰藉。"

两岸闪过的景色能使这番话品出怎样一种滋味,菲利普只让海沃德自己去想。他发现海沃德对自己的暗示毫无察觉,心中不免暗喜。一路走来,见了、听了许多,忽然对自己的生活有所感悟。伦敦的空气清新而斑斓,给灰沉的建筑蒙了一层柔和光晕。岸边的库房、码头像日本版画一样优雅庄重。他们顺水而下,壮阔的泰晤士河道是大英帝国的标识,一路越行越宽,船只络绎不绝。菲利普想到了画家和诗人,正是多亏了他们的创作,这方秀丽的景致才得以更加动人心弦。他的心中充满了感激之情。汽艇到了伦

---

1. 乔托设计的钟楼:位于佛罗伦萨,哥特风格。乔托是位画家。
2.《希腊古瓮颂》:英国诗人约翰·济慈所作的一首浪漫主义诗歌。

敦池[1]，即便有支生花妙笔，怕是也难以形容出这里的壮丽辉煌吧！菲利普思绪飞驰，也许只有上帝才知道是什么让人们把这浩浩汤汤的河面变得平如明镜，是什么让约翰逊和鲍斯威尔[2]相伴始终，是什么让老佩皮斯[3]踏上军舰——正是大英帝国灿烂的历史，是浪漫的际遇和刺激的冒险啊！菲利普看着海沃德，眼睛闪闪发亮。

"亲爱的查尔斯·狄更斯啊！"他被自己的慷慨激昂深深打动了。

"放弃了画画，你不觉得遗憾吗？"海沃德问。

"不觉得。"

"看来你喜欢当医生？"

"不，我讨厌当医生。可也没有别的能做了。前两年学得很苦，怪我还偏偏没有点科研精神，真是倒霉。"

"是啊，你可不能再半途而废了。"

"不，不会了。这次我要坚持到底。等去医院实习就没这么无聊了。我觉得这世界上最让我感兴趣的就是人了。至少对我来说，医生是个自由的职业。只要学会了本领，带着手术工具，带着些药，走到哪儿都能营生。"

"这么说来你以后准备从医了？"

"是啊，过不了多久我就是个医生了，"菲利普说，"等我拿到行医资格我就搭船往东，去马来群岛、暹罗、中国之类的东方国家，到那边找些活干。总会有用到我的地方，比方说去印度医治霍乱。我想去各个地方走走，去看看这个世界。口袋空空又想畅游，只好当医生了。"

他们到了格林尼治。伊尼戈·琼斯所建的那幢宏伟建筑[4]屹立在泰晤士河岸，俯瞰整条河流。

---

1. 伦敦池：指伦敦大桥下的泰晤士河段。
2. 约翰逊和鲍斯威尔：约翰逊是英国作家、评论家，鲍斯威尔是苏格兰传记作家。两人友谊被传为佳话。鲍斯威尔还是《约翰逊传》的作者。
3. 老佩皮斯：指塞缪尔·佩皮斯，曾任英国海军大臣。
4. 琼斯所建的宏伟建筑：指伊尼戈·琼斯一九一六年设计的美术馆"皇后之屋"，现已成为格林尼治的标志性建筑之一。

"看！我敢说穷小子杰克[1]就是从这儿跳到泥潭里捞几便士的！"菲利普说。

他们在公园里溜达，到处都是吵闹的小孩子大喊大叫，追来跑去，还有很多老水手在这晒太阳。此情此景，大有一百多年前的韵味。

"你在巴黎浪费了两年时间，想想真可惜。"海沃德说。

"浪费？看看那边跑来跑去的孩子，看看阳光照过树丛在地上投下的影子，看看这片蓝天。哪里是浪费？如果没去过巴黎，我就不会发现蓝天是如此美丽了。"

海沃德听到菲利普抽泣了一声，说不下去了。他惊讶地抬头看着他。

"你是怎么了？"

"没事。很抱歉，我太感情用事了。但是六个月来，我一直渴望美。"

"你过去那么现实，现在听到你说这话，还真是有趣。"

"去你妈的！我才不想变得有趣，"菲利普大笑起来，"走，咱们去喝顿丰盛的下午茶。"

第六十五章

海沃德这次到访可帮了菲利普大忙。他对米尔德里德的思念逐日减少，过去的回忆令他不禁生出一股厌恶之情。想不通为何会屈服于这样一段只会给自己带来屈辱的爱情，每次想起米尔德里德，跟着便是一阵愤怒和怨恨。正是这个女人让自己深陷屈辱，难以逃脱。他简直不敢想自己曾经和这样一个一无是处、虚伪造作的人有所瓜葛。

"我真他妈是个软蛋！"菲利普自言自语道。与米尔德里德的纠缠就像在众目睽睽下犯了大错，找不到借口开脱，唯一能做的补救就是赶快忘记。好在他本来就憎恶自己过去犯下的堕落。像条刚蜕了皮的蛇，看着刚刚摆脱

---

[1] 穷小子杰克：指英国作家弗雷德里克·玛利亚特小说《穷小子杰克》的主人公。

掉的旧躯壳阵阵作呕。他觉得自己又回来了，高兴得不行。为了那被称作"爱情"的疯狂情感，对世上多少乐趣置之不理。他受够了，如果这就是爱，那宁可不要也罢。菲利普把自己的这段经历挑了一些讲给海沃德听。

"索福克勒斯[1]不就曾经祈祷自己能挣脱吞噬心灵的欲魔吗？"海沃德说。

菲利普仿佛大获重生，贪婪地呼吸着周围的空气，对世间大小事都像个孩子一样激动而好奇。他把那段时间的疯狂称之为"六个月的苦役"。

海沃德刚在伦敦待了没几天，菲利普就收到一张从布莱克斯塔布尔寄来的卡片（这张卡片一开始寄到伯伯家了），邀请他去参加某家画廊的预展。他带着海沃德一同前往，在画廊的展出目录里看到了劳森的画。

"准是他寄的卡片，"菲利普说，"咱们找他去，他肯定在自己的画前站着呢。"

劳森展出的作品是一幅露丝·查理斯的肖像，挂在画廊里一个不起眼的角落，劳森就站在不远的地方。他戴着一顶硕大的软帽，套了件松松垮垮、颜色发白的外套，在一群衣冠楚楚的宾客中间怔怔立着，怅然若失。看到菲利普，他上前热情地打个招呼，像过去一样打开话匣子：他已经在伦敦落脚；查理斯就是个臭婊子；他租了间画室；巴黎已经完蛋了；有人托他画肖像；他们最好坐下来吃顿饭好好聊。菲利普把海沃德介绍给他，说这就是自己提过的那位朋友。劳森看海沃德气度不凡、穿戴讲究，不由得敬他三分，菲利普看在眼里，心里很是得意。他俩把劳森好一通奚落，言语比在巴黎那间简陋的画室里还要刻薄几分。

吃饭的时候，劳森分享起自己这段时间的所见所闻。弗拉纳根跑回美国去了。克拉顿不见了人影。他早就发现要是和艺术、艺术家之间纠缠不清，那最后只能落下个一事无成的下场，唯一办法就是赶快逃，逃得远远的。为了这一步迈得更简单些，他把所有在巴黎的朋友得罪了个遍。他学得一手哪壶不开提哪壶的本事，等他宣布自己要离开巴黎去赫罗那定居的时候，那

---

1. 索福克勒斯：古希腊三大悲剧作家之一。

些忍了他很久的朋友们倒是大大松了口气。赫罗那是西班牙北边的小镇,有次他坐火车去巴塞罗那的时候路过那里,被风光美景深深吸引了。他现在自己一个人住在那儿。

"不知道他能有什么出息。"菲利普说。

在艺术世界中,克拉顿专爱研究那些晦涩难懂的概念,试图将人头脑中不清不楚的想法表达出来。他也因而变得病态、固执。菲利普觉得自己也有这样的特点,而让他困惑不解的则是整个的生活行为。还没来得及顺着往下想,劳森就拿他和露丝·查理斯的那点风流韵事打断了他的思路。查理斯跟着个年轻的学生跑了。那个小伙刚从英国来巴黎,作风大胆,让人咋舌。劳森还真心诚意地想过应该有个人来劝劝这个可怜的年轻人,救他于水火之中。露丝·查理斯会毁了他的。菲利普心想,劳森之所以这么伤心,大概是因为他给她的肖像还没画完呢,就先被戴上了顶绿油油的帽子。

"女人哪懂什么艺术,"劳森说,"她们顶多就是不懂装懂。"他其实心里也算得很清,"可是,我给她画了四幅肖像,不确定这最后一幅还没完成的画能不能画好。"

菲利普嫉妒劳森,因为他轻而易举就能摆平一段恋情。他和露丝·查理斯在一起快活了十八个月,相当于一点钱都没花就找了个绝佳的好模特。到头来要分手了,也没见他表现得要死要活。

"克朗肖呢,他怎么样?"菲利普问。

"他不行啦,"劳森毕竟年轻,即便是说起沉痛的话题,语气却还是没心没肺的,"不出六个月就要死了。去年冬天,他得了肺炎,在英国的医院住了七个礼拜,等出院的时候医生特地叮嘱他,想活命,就得戒酒。"

"可怜的老头儿。"菲利普微笑着说。他从来都不贪食贪杯。

"他还真戒了一段时间。他不是习惯了去丁香园嘛,现在还是会去,但是只喝热牛奶或者橘子汁了。啧啧,真是没劲透了。"

"我想你们没有对他隐瞒病情吧?"

"他自己心里可有数了。这不,没几天前,又开始喝起威士忌来了。他说自己这把年纪,改头换面为时已晚。痛痛快快在世上活六个月也好过蹑手蹑脚地多活上他五年。我这才忽然想到他最近日子实在过得窝囊,你瞧,病了之后,一个子儿没往家挣不说,那个贱婆娘还处处作践他。"

"还记得我第一次见他的时候,可崇拜他啦。"菲利普说,"我觉得他是个天才。一个平庸无奇的中产阶级最后竟然落得这副下场,让人心寒。"

"当然了,他就是个混子。早晚都要烂死在下水道里。"劳森说。

劳森的冷酷心肠让菲利普觉得很伤心。虽然可怜之人必有可恨之处,但前有因,后有果,生活的悲剧就在于这一连串的因果报应中。

"哦,差点忘了!"劳森说,"你刚走没多久,克朗肖就给你寄了份礼物。我当时以为你还会回巴黎呢,就没管它。后来觉得没必要单独给你寄,就随着我剩下的行李一起邮过来了。你要是愿意,就自己来我画室取吧。"

"你还没告诉我是什么礼物呢。"

"哦,是块破毯子。我觉得一点也不值钱。我问克朗肖为什么要送这么个破烂给你,他说这是在雷恩街一个商店买的,十五法郎。好像是波斯的。他说你问过他活着有什么意义,答案就在这块地毯里。但他说这话时已经喝了不少。"

菲利普大笑几声。

"是啊,我知道。我会去拿的。这是他的老话梗了。还说我必须得自己找到答案,否则答案就没有意义了。"

第六十六章

菲利普全心扑在学习上,一身轻松愉快。虽然七月有三门考试,都属于首次联考,其中两门还是曾经不及格的科目,可他还是觉得生活美好极了。他交了个新朋友。为了找模特而四处奔波的劳森从剧院里认识了个做候补演员的姑娘。为了让她来做模特,劳森特意在礼拜天办了场午餐会招待她。姑娘来的时候还带了个年龄稍大的伴儿。劳森则拉来了菲利普,正好凑成四个人,好言求他不要怠慢了这个女伴。对方是个友好可人、健谈机灵的女人,两人几乎一见如故。她请菲利普日后去家里拜访。她的家在文森特广场,每天下午五点习惯喝下午茶。菲利普应邀前往,受到了热情的款待,心里非常满意,后来就又去了几次。内斯比特夫人(女人的名字)还不到二十五岁,长得小巧机灵,姿色欠了几分,但模样很招人喜欢:闪闪发亮的眼睛、高高的颧骨,一张大嘴。皮肤雪白,脸颊通红,浓眉厚发乌黑油亮,强烈的色彩反差让人不由想起当代法国画家肖像画的特点,有些不自然,但也远不会让人觉得反感。她和丈夫离婚了,靠写些廉价小说养着自己和孩子。一两家出版商专门出版这样的小说,只要她想写,就能接到活。稿费并不丰厚,每三万字才能挣十五镑。但她挺满足的。

"毕竟一本书才卖两便士,"她说,"读者都喜欢把一样的东西看上好几遍。我就是把小说里的人物换换名字而已。每次写不下去了,想想还要付洗衣费、房租,还要给小孩买衣服,就只好接着写咯。"

除此以外,她还去几家剧院串场演个小角色,这样下来一个礼拜也能挣十六先令到一个基尼不等。每天晚上都累得筋疲力尽,倒头就睡。她尽可能地把这艰难的生活过得有滋有味,敏锐的幽默感也让她能从穷苦的境遇中找些乐子。有时发生意外,手头分文不剩,就只能拾掇几件不值钱的物什跑去沃克斯豪尔大桥的典当行变卖,之后的好些天都只能以面包黄油糊口,直到情况有所好转为止。即使是这样,也从未见她愁眉苦脸过。

菲利普觉得她这样懈怠地过日子倒挺有趣,听她栩栩如生地讲述自己的奋斗经历更是被逗得忍俊不禁。他问她为何不创作点更高级的文学作品。可她深知自己才疏学浅,写上几千个字凑成篇不值一看的故事,报酬差强人意是一方面,更重要的是她的水平也只能写出这样的东西。只要能凑合活着,她也没有其他什么追求。她似乎没有亲戚,朋友的日子也都不比她强。

"我从不想以后的事,"她说,"只要还能付得起三个礼拜的房租,身上留着一两镑买得起吃的,我就不愁。又操心今天,又发愁明天,那活着还有什么意义?当你过不下去的时候,自然会有出路的。"

菲利普很快就养成每天来找她喝茶的习惯，为了不让她作难，每次来都会带块蛋糕，拿上黄油或者茶叶。他们开始称呼彼此的教名（内斯比特夫人的教名为诺拉）。菲利普之前从未领略过这样富有女人味的怜悯体贴，如今有个人能乐意聆听他的苦恼，让他心头暖融融的。喝茶的时间总是过得飞快。他丝毫不掩饰对诺拉的喜欢。和诺拉在一起让人很愉快。他不自觉地把她和米尔德里德作了番比较：一个倔强而愚蠢，对一切自己无法理解的东西都提不起兴趣来；一个则冰雪聪明，对所有事物都有敏锐的鉴赏能力。他的心重重往下一沉：好险啊，差点把自己的后半辈子捆在一个庸妇身上。一天晚上，他把自己的恋爱故事从头到尾讲给诺拉听。虽然说出来算不上光荣，能得到她的安慰倒也不失为好事一桩。

　　"我想你已经解放了吧。"她听完整个故事后才说。

　　她经常喜欢把头歪到一边，像只苏格兰梗毛犬一样听人说话。她坐在一把高椅上，手头正缝缝补补，因为她没有资本让自己清闲一秒钟。菲利普舒舒服服地靠坐在她脚下。

　　"我真是太感激这一切都结束了啊，简直没法说。"他叹了口气。

　　"小可怜，你一定过得很惨。"她低声说，把手放在菲利普肩膀上以示同情。

　　菲利普拉过她的手，亲了一下，可她飞快地把手抽了回去。

　　"你为什么要这样？"她脸羞得红扑扑的。

　　"你不愿意吗？"

　　她看了他一会儿，眼底闪烁着碎光，微微颔首。

　　"没有不愿意啊。"

　　菲利普跪坐起来，把脸冲向她。她一动不动地静静看向他的眼睛，一张大嘴上挂着笑容，颤抖不止。

　　"你要干吗？"

　　"你知道吗，你是个非常好的女人。对我也好，让我太感动了。我非常喜欢你。"

　　"别傻乎乎的啦。"她说。

菲利普抓住她的胳膊肘,把她往自己怀里拉。她没有抗拒,反而把身子微微前倾。他吻上了她鲜红的嘴唇。

"你为什么要这样?"她又问了一次。

"因为我喜欢。"

她没再回话,只是眼波中揉进些温柔,抬起手轻抚菲利普的头发。

"你知道吗,你这样做真是傻到家了。我们是这样要好的朋友。要是永远都做朋友该有多好啊。"

"如果你想让我放规矩点,就别在说这话的时候还摸着我的脸啊。"

她咯咯笑起来,但手下依然没停。

"我这样很不对,是不是?"她问道。

菲利普有点吃惊又有点兴奋,看着她的眸子里像有水光波动,眼神渐渐柔软下来,令他不由动容。他的心弦被拨动,眼睛也顿时蒙上一层泪水。

"诺拉,你不喜欢我,是吗?"他不敢相信自己的判断。

"你这个精灵鬼,怎么还问这么愚蠢的问题?"

"哦,亲爱的,我从来没想过你会喜欢我啊。"

他张开双手一把抱住她吻了起来。而她又笑、又羞、又惊,最后还是温顺地靠在了他的胸膛上。

过了一会儿,他放开她,靠后坐在自己的脚跟上,不解地看着她。

"唉,我完了。"他说。

"怎么了?"

"真是想不到。"

"想不到的开心吗?"

"开心死了,"他发自肺腑地大喊出来,"骄傲死了,幸福死了,感动死了!"

他拉过她的手,激动地亲了个遍。看上去菲利普终于要开始一段踏实而长久的感情了。他们成了恋人,同时也还是朋友。诺拉对菲利普的爱恋中掺杂着母性光辉,她需要找个人来宠爱、来责备,需要为他操心费神。她本身就很顾家,以照料别人的饮食起居为乐趣。她心疼他的残疾,而这也是他最碰不得的软肋，所以她本能地以最温柔的方式来传递同情和怜悯。她年轻、强壮、健康，爱一个人似乎是最自然而然的事。永远兴高采烈，永远生气勃勃。她所喜欢的话题也总能逗得菲利普哈哈大笑，这也许就是她喜欢上他的原因吧。其实，最重要的是，她喜欢他，因为他就是他。

她把心里的想法告诉了菲利普，菲利普只笑着说：

"胡说八道。你喜欢我是因为我话很少，而且从来不插嘴。"

他一点也不爱她，可却非常非常喜欢她，愿意和她待在一起，聊天的时候也总能被她逗得乐不可支。她帮着他重新恢复了自信，给他千疮百孔的灵魂敷上药膏。她这样喜欢他，让他受宠若惊。他欣赏她的勇气，她乐观的天性和蔑视命运的潇洒不羁；她把自己的人生活得很明白，自成一套踏实而实用的处事哲学。

"我不信什么教堂、牧师那一套，"她说，"但是我信仰上帝。只要你不忘初心，看到能帮的就帮一把，他老人家是不会事事都在意的。我觉得人大体上都是好的，只是不乏个别恶人，我替他们感到惋惜。"

她有种女人特有的奉承天赋，懂得怎么变着法儿地夸人又不让人觉得突兀。她觉得菲利普很勇敢，能在知道自己成不了伟大的艺术家后，毅然决然地离开巴黎。她夸奖人的话儿听着真心真意，特别舒心。菲利普曾经一度不确定这样做究竟是勇气使然，还是意志薄弱所致。既然诺拉也觉得这种行为大有几分英雄气概，那他倒不如欣然承认了。他的其他朋友都不自觉地回避着一个话题，可诺拉却大胆地决定要和他摆出来谈一谈。

"你老是对自己的跛脚这么敏感，真是太傻了。"她看到菲利普的脸一下涨得紫红，但还是继续说了下去，"你知道吗，别人不会像你一样这么介意的。可能第一次见面的时候大家会打眼瞧瞧，之后根本就记不得了。"

菲利普没有作答。

"你不是生我的气了吧？"

"不是。"

她把他的胳膊环上自己的脖子。

"我说这些只是因为我爱你啊,我不想看你不开心。"

"你想对我说什么就说吧,"菲利普笑笑,"我真想做点什么来感谢你。"

她用另一种方式牢牢控制住了菲利普。每次一发脾气,她就会百般安慰,还会嘲笑他的丑相。她把菲利普改造得更加温文尔雅。

"你想让我做什么都行。"一次,他忽然跟她说道。

"你不介意吗?"

"不介意,我喜欢按你的心意做事。"

他觉得这一定就是幸福。凡是妻子能给的,她都给了他,而他还得以不受拘束,自由自在。她是他交过的最有魅力的朋友,那种女性特有的敏感柔情是男人身上找不到的。就连身体的交融都仅仅是他俩友谊中最有力的一条纽带而已,性让他们的友谊变得完整,却不是这段感情中最关键的要素。菲利普各方面的欲望都得到了满足,所以情绪上的波澜少了许多,相处起来也更平易温和。他觉得自己终于能够彻底控制住自己了。有时想起去年冬天自己曾一度受困于那段龌龊、羞耻的恋情,对米尔德里德的仇恨和对自己的恐惧就充满了他的内心。

诺拉和他一样对即将到来的考试非常关注。看她这么热心,菲利普觉得自己在她心中很有分量,非常感动。她让他发誓等成绩一出就立刻找她报喜。这次他没遇上什么意外,顺利通过了三门。通知她的时候,她的眼里都泛起了热泪。

"天啊,我太高兴了!可把我紧张坏了。"

"你这个小傻瓜。"菲利普笑着说,可声音里分明带着哭腔。

没有人会不为她的体贴关心所打动。

"你现在打算要做什么呢?"她问。

"我终于能痛痛快快地给自己放个假了。一直到十月份的冬季学期前,这段时间都没什么任务了。"

"我想你应该会回布莱克斯塔布尔的伯伯家吧?"

"你真是大错特错。我准备待在伦敦,和你在一起。"

"我还是想让你走。"

"为什么?你觉得我烦?"

她大笑起来,把他的胳膊放到自己肩上。

"你用功这么久,早就累坏了。你需要呼吸点新鲜空气休息一下。去度假吧!"

菲利普一下不知道说些什么好。他用充满爱意的眼睛看着她。

"你知道吗,这话只有你说我才敢相信。你一心只为我好,我都不知道你到底看上我哪一点了。"

"一个月见不着面,看你回来后嘴是不是还这么甜。"她笑得很开心。

"你真是又体贴又善良,从来不苛求别人什么。不让人担心,不给人找麻烦,一点小事就能让你开心很久。"

"这些都是废话,"她说,"我来告诉你一件事吧。能从过去吸取经验的人我见得不多,可我就是其中的一个。"

第六十七章

菲利普在布莱克斯塔布尔待了两个月,急不可待地盼着要回伦敦。诺拉经常给他写信,一写就是很长,字迹大而有力。她把每天发生的日常琐事描述得妙趣横生,有时和女房东闹了口角,有时排练演出的时候遇到些叫人哭笑不得的烦心事——她现在在伦敦某剧院的大戏里出演一个小角色——有时又要和小说的出版商斗智斗勇。菲利普这两个月过得很充实:博览群书、去海里游泳、打网球、出海航行。十月一到,他就回到伦敦,收心准备第二次联合考试,巴不得立刻通过,因为这意味着枯燥的课程就此告一段落了。学生们随后要去医院实习,当门诊大夫,不光和书本打交道,还能接触到不少人。菲利普每天都要和诺拉见面。

劳森这个夏天去了普尔,画了不少港口、沙滩的素描画。有三两个人请他画肖像,他准备在伦敦待一阵子,等到冬季前后天气阴沉下来再走。海沃德也一直待在伦敦,成天想着出国度假,但一周复一周,就是下不了决心收拾行李出发。这两三年里他发福了不少——菲利普在海德堡第一次见他时已经是五年前的事了——头顶也秃得差不多了。他对谢顶这件事还是很介意的,刻意留长几绺头发遮遮那块有碍观瞻的秃顶。唯一的安慰只是眉毛现在生得格外浓密。眼珠儿没精打采的,已经不像之前蓝得那么纯粹,嘴唇也不比年轻时候的饱满,看上去虚弱而苍白。他还是喜欢含含糊糊地谈论自己将来的打算,但是听上去似乎自己都不再相信自己,也知道朋友们早不把他的话当话听了。两三杯威士忌下肚,愁绪油然而生。

"我是个废物,"他嘟囔着,"生活太残酷了,我适应不了。我只能站在旁边,看着那些凡夫俗子为了点蝇头小利推推搡搡,一拥而上。"

海沃德能让你觉得比起成功,失败反而是一种更微妙、更高尚的事。他拐弯抹角地暗示自己之所以孤僻冷傲、不愿入世,是因为对所有平庸粗浅的事物都看不上眼。他为柏拉图美言一番。

"我还以为你早把柏拉图琢磨透了呢。"菲利普不耐烦地说。

"是吗?"海沃德抬了抬眉毛。

他不想就这个问题继续争论,最近他发现沉默的人总能不言自威。

"我真看不出把一样的东西读来读去有什么用,"菲利普说,"看起来像忙碌,其实只是闲得没事干。"

"你是不是觉得自己太聪明了,哪怕是最有思想的作家写的东西你也能一眼就看懂?"

"我看不懂,但我又不是评论家。我对他感兴趣也不是因为他的原因,而是因为自己的原因。"

"那你干吗要读书?"

"一部分是因为读书有乐趣。我已经习惯读书了,如果不看书就像不能抽烟一样浑身不自在。另一部分是想从书里认识自己。我看书的时候只用眼睛看,但有时候偶尔看到对我有特殊意义的一段话,甚至是几个字,那它就会和我融为一体,变成我的一部分。若是我已经从书里得到了所有对我有用的东西,那不管再读多少遍都不可能再学到更多了。我觉得人就像一朵花苞,读的书、做的事大都对你没有一点影响。可某些特定的东西会有非同寻常的意义,你会因为这些东西一瓣一瓣地绽放,直到完全盛开。"

菲利普对自己打的比方并不满意,但他也想不到该怎么形容自己心里隐约感受到的、还不能十分确定的东西。

"你想做了不起的事,当了不起的人!"海沃德晃晃膀子说道,"真俗。"

菲利普现在已经很了解海沃德的为人。他软弱而虚荣,身边人必须事事小心,处处谨慎,一不留神就可能伤害到他。他把游手好闲和理想主义混为一谈,分不清哪个是哪个。有次在劳森画室,他见到个记者,一顿神侃把人家说得晕晕乎乎。一个礼拜过后,这家报纸的编辑写信来建议他写几篇评论投稿。接下来的四十八个小时里,海沃德犹豫不决,痛苦不堪。他一直说想找份这样的工作,所以现在没什么脸面好拒绝。但一想要正儿八经地做事情了,心里就七上八下,迟迟做不了决定。最后,他还是回绝了编辑的邀请,自在地长出一口气。

"这会打扰我工作的。"他跟菲利普解释说。

"什么工作?"菲利普也没给他留情面。

"打理好内心世界就是我的工作。"

他接着开始说起日内瓦的教授埃米尔[1]的逸事。埃米尔才华横溢,大可成就一番事业,但做出的成绩却远不理想。直到他离世后,人们从他的文件里找到一本记录翔实、语言优美的日记,将他失败的理由娓娓道来。海沃德讲完故事后,露出了一个高深莫测的笑容。

说起读书,他还是跟以前一样兴致勃勃。对书籍的品位也是一如既往地高雅不凡。他一直对书中的观点颇感兴趣,聊天的时候也能够旁征博引,称得上是个非常有趣的伙伴。但这些观点对他起不了任何作用:就像在拍卖室看到几片瓷器碎片,总会拿起来把玩一番。看看它们的形状,欣赏一下釉面,

---

1. 亨利·弗雷德里克·埃米尔:瑞士道德哲学家。

在脑子里估个价，然后重新放回盒子里，再也不去琢磨了。

海沃德有了个重大发现。某天晚上，收拾妥当后，他领着菲利普和劳森去了一家比克街的酒馆。这家鼎鼎有名的酒馆历史悠久——它能让人想起十八世纪的光辉岁月，一走进来就不禁浮想联翩——这里的鼻烟堪称是伦敦最好的货色，当然，最重要的当数店里的鸡尾酒。海沃德把他们领进一间宽敞、狭长的屋子，昏暗的光线不掩装修摆设的富丽堂皇。墙上挂着的大幅裸女画，是海顿流派[1]的寓言画，可这屋里烟雾缭绕加上伦敦特有的晦暗阴沉，让这些画看起来似乎出自早期绘画大师的笔下。暗色的镶板、厚重黯淡的金色檐口，赤褐色的桌子给房间平添几分奢华之气。靠着墙的一排皮面椅子柔软又舒服。桌上正对大门的位置摆了颗公羊脑袋，里面装着久负盛名的鼻烟。他们点了鸡尾酒喝，热的朗姆酒里调了些果汁，入口之妙，绝非笔墨可以形容。任何文字都显得太过拘谨，寥寥辞藻又远远不足以表意，便是想起几个浮夸华丽的说法或几句带有异域情调的精妙言辞也只是在此情此景下应运而生了。酒一下肚，全身一暖，头脑清醒，连灵魂也熨帖许多。既能使人聊天时字字珠玑，又能助人领悟旁人的妙语连珠。品这味道，如闻乐声，朦胧缥缈。又似算数，至精至准。不论是味道、香气、口感都无法用语言描述，唯有一项可以斗胆一比：这酒的温度像副好心肠一般温暖。查尔斯·兰姆[2]在世时要是多努把力，凭着他冲天的才气，也许能将那个时代的世间百态痛快淋漓地描绘一通。拜伦勋爵在创作长诗《唐璜》时，若是敢于为人所不能，想必也可以成就一部卓绝的著作。奥斯卡·王尔德如果能往拜占庭的锦缎上再镶嵌几颗伊斯法罕的珠宝也注定可以结晶出更动人心魄的美[3]。此刻头晕目眩，眼前似乎模糊看到埃拉加巴卢斯[4]大宴宾客的胜景；耳畔琴键起落，

---

1. 海顿流派：英国画家海顿开辟，擅长创作宏大的历史主题画作。
2. 查尔斯·兰姆：英国散文家，代表作《伊利亚随笔》。
3. 王尔德作品：此处代指王尔德的著名戏剧《莎乐美》，这是一部拜占庭风格的戏剧。伊斯法罕是伊朗第二大城市，也是拜占庭时期的重要都会。
4. 埃拉加巴卢斯：罗马帝国塞维鲁王朝的皇帝。

德彪西[1]的乐曲清婉动人，丝丝情韵叩动心弦；一股旧衣箱的略带霉味的香气袅袅传来，仿佛闻到了不知多久以前的旧衣服、飞边领、长筒袜、紧身衣的气息[2]；与此交融杂糅的还有深谷百合的幽香与硬质干酪的醇美。

海沃德偶然在街上遇到一个剑桥大学的同学，名叫麦卡利斯特，从他那听说了这家以鸡尾酒著名的酒馆。麦卡利斯特是个股票经纪人，也是个哲学家，一周固定去一次酒馆。很快，菲利普、劳森和海沃德就养成了每周二和他在那儿碰面的习惯。社会风俗一变，人们去酒馆喝酒的次数也随之骤减，但对那些喜欢边喝酒边聊天的人来说，这也不失为一件好事。麦卡利斯特骨架粗大，矮矮的个头和宽胖的身板很不相称；满脸横肉，说起话来却细声细语。他师承康德，看待事物都从理性角度出发，最喜欢絮叨自己的那套理论。菲利普津津有味地附耳听着。他早就发现没什么比形而上学更能招他发笑了，但是究竟这套学说能不能行之有效地帮人分析日常事宜，他也不能非常确定。过去在布莱克斯塔布尔想破脑袋总结出的简洁而精妙的体系似乎并不管用。在他为米尔德里德搞得焦头烂额的时候，也没有帮上他多大的忙。他不太确定理智在生活当中是否真的重要。生活的规律无迹可寻。强烈的情感曾牢牢掌控着他，他只能听之任之，毫无反抗之力，就像被绳子紧紧捆在地上，完全动弹不得。书里倒是能读到些智言妙语，可真的到了实际生活里，他又总是只依据自身经验来判断事物（他不知道别人是不是也会这样），全不衡量利弊。有些事倘若做了对他是大大有利的，有些事置之不理则可能招致祸害，这些他都不去考虑，好像去向哪里都只靠某种无法抗拒的力量来驱使。不管所作所为是好是坏，都会全身心投入，这股控制着他的力量和理智一点关系都没有。理智的唯一作用就是为灵魂指明道路：要想实现内心的渴望，究竟该怎么做。

麦卡利斯特跟菲利普讲起康德的绝对命令。他听克朗肖提过这理论。

---

1. 德彪西：法国作曲家，印象主义音乐鼻祖。
2. 飞边领、长筒袜、紧身衣：均为伊丽莎白时期的标准服装搭配。

"谨慎行为,使你的每个行动都成为普天下所有人行动的准则。"

"要我说,这话狗屁不通。"菲利普说。

"这是伊曼努尔·康德!你竟然敢这么放肆无礼。"麦卡利斯特反驳道。

"那又怎么了?把别人的话当作金科玉律简直是愚不可及。这个世界上放眼一看,到处都是盲目崇拜的傻子。康德思考问题,不是因为这些问题都是正确的,只因为他是康德而已。"

"呵,你觉得绝对命令理论哪点不对呢?"

(两个人剑拔弩张,好像一句话说错了,自己把守的王国就会沦陷。)

"按它说的,倒像是人能根据自己的意志选择人生道路,理性则是最可靠的向导。凭什么理性就比感情可靠?它们只是不同的东西,仅此而已。"

"你这个感情的奴隶当得倒是心满意足的。"

"我承认自己是奴隶,这事儿身不由己。但我可一点都不满足。"菲利普笑了起来。

他想起自己心里曾有过的那种强烈的情感,曾驱使他像疯了一样地追求米尔德里德。这种情感让人痛恨、厌恶,简直是最卑劣和下流的存在。

"谢谢上帝,我终于摆脱掉它了。"菲利普心想。

话虽这样说,可他从不确定这是不是自己真实的想法。当他被那种感情所左右时,却感到一种从未有过的活力,头脑也变得异常敏锐。那时候,他活得无比有劲儿,似乎只要能活着就该暗自欣喜,那是灵魂中喷涌出的渴望啊。相比之下,现在的生活显得多么苍白,多么渺小。他的确吃了不少苦头,可也从那种势不可挡的冲动情感里得到了报偿。

菲利普那番垂头丧气的自嘲让麦卡利斯特的话头转到了意志自由这一话题。他肚子里的墨水多,妙语连珠,想法联翩,善于从正反两面辩证地看待问题,步步紧逼,害得菲利普自相矛盾,不得不做些让步才能挽回一点面子。他用密不透风的逻辑和权威有力的言论让菲利普败得一塌糊涂。

最后,菲利普只能悻悻地说:

"好吧,别人的事,我没什么可说的。我说的只是自己的一些见解。意志自由这个想法太强烈了,无法摆脱,但我觉得这也仅仅是种想法罢了。它是我一切行为的最强烈的动机之一。之前,不管做什么都觉得自己可以选择,这也影响了我的一举一动。可之后,等事做成了,才发现自己根本是身不由己的。要做什么,从来都是老天说了算。"

"你的意思是?"海沃德问。

"很简单,事后懊悔,一点用也没有。牛奶既然洒了,就没必要再因此哭鼻子。它之所以会洒,是因为全宇宙间所有力量的共同作用。"

第六十八章

某天早上起床后,菲利普觉得走路发飘,又一头扎回床上。他忽然意识到,自己生病了。四肢酸痛,浑身发冷,抖得像个筛子。房东太太端来早饭时,他隔着敞开的门冲她大喊,说自己不太舒服,想要一杯热茶和一片面包。没几分钟,一阵敲门声响起,格里菲斯先生走了进来。他们在同一幢房子里住了一年还多,但交情也仅仅是见面点头打个招呼而已。

"喂,听说你病了。"格里菲斯说,"我想着来找你,看看我能做点什么。"

菲利普莫名其妙地红了脸,其实他觉得自己这点小病不足挂齿,不消一两天就能好利索了。

"嗯,最好让我给你测个体温。"格里菲斯说。

"用不着。"菲利普烦躁坏了。

"来吧。"

菲利普只好把温度计含在嘴里。格里菲斯坐在床边,乐呵呵地和他说了会儿话,然后拿出温度计检查。

"喏,看,老兄,你可得在床上老实待着了。我去找老迪肯来给你看病。"

"别胡扯了,"菲利普说,"没什么大不了的。你别瞎操心。"

"没什么操心的呀。你发烧了,必须在床上休息。听话,知道吗?"

他的语气带着某种独特的魅力,既威严又温柔,非常让人着迷。

"你倒挺会照顾病人啊。"菲利普阖上眼睛,嘴角扬起一抹微笑。

格里菲斯给他抖了抖枕头,捋平床单,掖好被角。到客厅找虹吸管,没有找到,便跑回自己家拿了一个来。他把百叶窗关好。

"先睡一会儿吧,我去找老迪肯,等他查完房我就把他带来。"

格里菲斯一去就是好几个小时。菲利普头疼得快要裂开了,胳膊腿儿没一处好受,生怕自己一个忍不住就会哭出来。这时,一阵敲门声传来,格里菲斯红光满面、风风火火,一阵风似的走了进来。

"这就是迪肯大夫。"他介绍说。

大夫往前走了几步。菲利普和这个态度和蔼的老头子只算是面熟。他问了几个问题,简单检查了一下就得出了诊断结果。

"他得了什么病?"格里菲斯笑眯眯地问。

"流行性感冒。"

"好的。"

迪肯大夫在这间昏暗的小房里看了一圈,说:

"要不要去住院?他们会单独给你间病房。在医院肯定比在这好得快。"

"我宁愿在这儿待着。"菲利普说。

他不想被人打扰,况且到了新环境下总会很不自在。不喜欢护士老是来问这问那的,医院里一尘不染的环境也让他很不舒服。

"我会照顾他的,先生。"格里菲斯立刻说道。

"好极了。"

迪肯大夫开了点药,吩咐了几句就离开了。

"现在,按我说的来做。"格里菲斯说,"我兼职白班护士和夜班护士,全天候负责照顾你。"

"你真是太好了,但我什么都不需要。"菲利普说。

格里菲斯把手放在他额头上试了试温度。他的大手凉丝丝的,非常干燥,这一摸倒是让菲利普很舒服。

"我拿着处方去药店配个药,很快就回来。"

他没一会儿就回来了，给菲利普吃上药后，又上楼拿了本书。

"你不介意我今天下午在你房间工作吧？"他说，"我把门开着，需要什么东西就喊一声。"

这天稍晚的时候，菲利普迷迷糊糊地醒过来。这一觉睡得他浑身难受。客厅传来说话的声音，是格里菲斯的朋友来看他了。

"喂，你今晚最好还是别过来了。"他听见格里菲斯这样说。

一两分钟后又有人走进屋子，看到格里菲斯在这儿，大吃一惊。菲利普听他解释道：

"我在照看一个二年级的小伙子呢，他租了这间屋。这个倒霉鬼得了流行性感冒。今晚打不了牌了，老兄。"

等人都走光了，菲利普把格里菲斯叫进卧室来。

"喂，你不是把今天晚上的聚会推了吧？"

"不是因为你。我得复习外科功课。"

"你尽管去吧，我没关系的。不用担心我。"

"好，那我去了。"

菲利普病得越来越重。晚上的时候烧得有点迷糊，睡得也并不踏实，早上又头昏脑涨醒不过来。他看见格里菲斯从扶手椅上坐起身来，跑到壁炉旁，双膝跪地往炉子里一块块添煤。他只穿了睡裤和睡袍。

"你在这儿干什么？"

"我把你吵醒了？我想往炉子里添点煤，没想到弄出动静来了。"

"你怎么没睡觉？现在几点了？"

"差不多五点吧。我想还是晚上陪着你比较好。我把扶手椅搬来了，要是睡在床上的话会睡得太死。如果你喊我，我就听不见了。"

"还是希望你不要对我这么好。"菲利普叹了口气，"你明白我的意思？"

"等着换你来照顾我呗，老兄。"格里菲斯笑着说。

他打开百叶窗。一晚没怎么阖眼，这会儿他看上去脸色苍白，疲惫不堪，但兴致却一点没有消减。

349

"我给你擦擦身子。"他兴冲冲地跟菲利普说。

"我可以自己来。"菲利普觉得很不好意思。

"别废话了。要是你住院的话,也会有护士来。我不比她们做得差。"

菲利普没力气反抗,只能乖乖让格里菲斯给他洗了脸和手脚,擦了胸膛和后背。他动作很轻柔,擦得人麻酥酥的,一边擦洗还一边友好地闲聊几句。之后又像医院那样给菲利普换了新床单,重新抖抖枕头,整理好被褥。

"要是阿瑟护士长知道我这么会照顾人就好了,她保准对我刮目相看。过会儿迪肯大夫就会来看你。"

"真没想到你会对我这么好。"菲利普说。

"难得有这么好的练习!照顾病人也挺好玩儿的。"

格里菲斯喂他吃了早餐,回自己家穿戴好,弄了两口吃的。快到十点才回来,手里捧着一束花和一串葡萄。

"你真是太好了。"菲利普说。

他在床上一躺就是五天。

诺拉和格里菲斯轮班照顾他。虽说格里菲斯和菲利普一般年纪,却像母亲一样把他照顾得无微不至,还总是能惹他发笑。格里菲斯有想法,有魅力,懂得怎样振奋人心。他最大的特点就是永远都精力充沛,不论是谁和他待在一块儿,都会被这种活力所感染。很多人都喜欢被母亲或姐妹悉心照料,可菲利普却很不习惯。然而,他被这个强壮的年轻男人看护得舒舒服服,很快病就好了一多半。格里菲斯闲坐在他的卧室里,讲些自己身上的风流艳遇,哄他开心。他是个花花公子,身边总有两三个暧昧不清的女人。有时候为了摆脱纠缠,不得不使出全身解数。这些经历被他娓娓道来,听得人拍案叫绝。所有发生在他身上的事,都能被他用浪漫色彩粉饰一番。他债台高筑,稍微值点钱的东西都被当掉换钱了,可这丝毫不妨碍他继续挥霍,还是终日乐呵呵,朋友有难依然慷慨解囊。他天生是个冒险家,喜欢和那些形迹可疑、没有定性的人打交道。他认识的人里不少都是天天往酒馆跑的小混混。很多作风不检点的女人都拿他当朋友,跟他倾诉自己的烦恼、苦闷,哪怕有一点小成功也得向他吹嘘一通。牌场"老千"看他生活困难，时不时请他吃顿饭或者借他五镑。他五次三番地考试不及格，但从来也没因为这事愁眉苦脸过。在利兹当医生的父亲苦口婆心地规劝他，他也一脸乖相地频频点头，搞得老父亲都不忍心冲他发火了。

"我天生不是学习的料，"他听上去毫不沮丧，"翻开书也看不下去。"

他的生活快活极了。不用说，等他过了这段没心没肺的青春年岁，考取从医资格，一定会是个救死扶伤的良医。光是他那招人喜欢的态度就能包治百病。

菲利普像在学校崇拜那些又高又壮、精神饱满的男孩一样崇拜格里菲斯。病一好，他们就立刻交上了朋友。格里菲斯坐在菲利普的小屋里，一支接一支地抽烟，讲些让人捧腹的故事陪他消磨时间。他高兴坏了，不时带格里菲斯去摄政大街上的酒馆喝一杯。海沃德觉得格里菲斯很无趣，可劳森却发现他相貌很吸引人，急着想给他画肖像。他的样子适合入画：眼珠儿碧蓝、皮肤雪白、头发卷曲。他们经常谈论些他听不懂的话题，而他就静静坐在一边，好脾气地微笑着，似乎知道自己什么都不用说，只要往那儿一坐就能助兴了。他知道麦卡利斯特是个股票经纪人后，迫不及待想打听点买股票的门道。麦卡利斯特严肃一笑，告诉他在恰当的时候买上一只恰当的股票能赚回多少钱来。菲利普听得口水直流。他东花一点、西花一点，老是入不敷出，要是麦卡利斯特说的简便法子真能挣回几个钱来，那简直没有比这更好的事啦。

"下次我听到什么风声就来通知你，"麦卡利斯特说，"有时候行情确实不错。关键是要一直等着。"

菲利普想，如果能挣到五十镑该有多好。他就能给诺拉买件过冬穿的皮草。他去摄政大街的商店溜达了一圈，先把这笔钱能买的东西都选好了。给她买什么都是应该的。要是没有她，生活也不会像现在这么幸福。

第六十九章

一天下午，菲利普像往常样从医院回来梳洗一下，换身衣服再去找诺拉喝茶。他正准备掏钥匙呢，房东太太却在里面给他开了门。

"有位小姐在屋里等着你呢。"她说。

"我？"菲利普不敢相信。

他有点惊讶。来的人只可能是诺拉，可她为什么要来找自己呢？

"我本来不该让她进来的，可她都跑来三次了。联系不上你，看上去急火火的，所以我就让她进来等着了。"

他一把推开还在絮絮叨叨的房东太太，冲进屋里，心忽然沉了下去。竟然是米尔德里德。她看见菲利普进屋，一下子站起身来，但是并没有向他走近，也没有说一句话。菲利普惊得不知道该说些什么。

"你他妈来干吗？"

米尔德里德没吭声，一下哭了出来。两手没有抬起来抹泪儿，只是呆呆地垂在身侧，像个前来面试工作的惨兮兮的女佣，卑微得让人害怕。菲利普心里说不上是种什么滋味，竟想夺门而跑，逃得越远越好。

"没想到还能见到你。"他终于开了口。

"我还不如死了算了。"她呻吟道。

菲利普任凭她站在原地。此时此刻，他也只能保全自己，尽管膝盖一个劲儿发抖，还是咬牙站着。他看着她，绝望地哀叹一声。

"唉，怎么了？"

"他不要我了——埃米尔。"

菲利普的心快从嗓子眼儿跳出来了。他知道自己还是一如既往地深爱着她，一刻都没有停过。她站在他面前，低到尘土里，丝毫没有反抗的能力。他多么想抱住她，把那张印满泪痕的小脸吻个遍。啊，他们已经分别了这么久！自己是怎样忍下了这份相思之苦的？

"你先坐下。我给你拿点喝的。"

他把椅子拉到壁炉边让她坐下，兑了杯威士忌苏打，看她抽抽泣泣地喝下去。她满含哀伤的眼睛看着他，眼圈又黑又肿。比上次见面时瘦了不少，更加虚弱苍白。

"要是那时我答应了你的求婚该有多好。"她说。

这句话让菲利普心里痒痒的，感到些没来由的骄傲。他强迫自己和米尔德里德保持些距离，但实在难以做到，忍不住把手放到她的肩膀上。

"很遗憾看到你过得这么痛苦。"

她把头靠在他胸膛，号啕大哭。嫌帽子碍事，就一把拽下来。菲利普从没想过她能哭成这样，只好把她吻了又吻。这好似让她渐渐平静下来了。

"你总是对我这么好，菲利普，"她说，"所以我知道，我可以来找你。"

"告诉我到底发生了什么。"

"不，不能，我不能说。"她尖叫起来，从他怀抱里挣脱开。

他跪在她脚边，和她脸贴脸。

"你难道不知道你没有什么事不能给我说吗？不管怎样我都不怪你。"

她把整件事徐徐道来，有时抽噎得太厉害，他甚至听不清她在说什么。

"上个礼拜他去伯明翰了，答应我礼拜二就回来，但是没回来，一直到礼拜五都还没回来。我写信问他出了什么事，他都不给我回信。我又写了封，说如果再收不到他的回信，我就去伯明翰找他去。今天早上，律师给我回信了，说我没有权利要求他什么，如果我再缠着不放，他就要寻求法律保护了。"

"荒唐！"菲利普大喊，"怎么能这样对待妻子！你们吵架了吗？"

"吵了。礼拜天吵的。他说已经厌倦我了。他之前也这么说过，可每次都会回到我身边。我以为他只是说说吓唬我。他是真的怕了，我告诉他我怀孕了。其实我已经瞒他瞒了很久，但纸是包不住火的啊。他说这都是我的错，我早应该注意这点。你不知道他都跟我说了些什么混账话！我很快就发现他根本不是个绅士，一分钱都没留给我，拍拍屁股就走，连房租都没交。我哪有钱交啊，房东太太还那样说我——就好像我是个小偷一样。"

"我还以为你们要租上一套房子呢。"

"他当时是这么说的,可最后只是在海布里租了几间带家具的屋子。他太抠门了。说我挥霍无度,可他压根什么都没给我,我上哪挥霍去?"

她说话向来不分轻重,永远把鸡毛蒜皮和举足轻重的事混在一起。菲利普听得一头雾水,这整件事都让人难以理解。

"没有人会如此混账。"

"你不了解他。就算他现在回心转意,跪在地上求我原谅,我也不会再心软了。我真是个傻子,竟然想着跟他过。他根本挣不了那么多。跟我说的都是谎话!"

菲利普沉思片刻,为她的痛苦深深打动,脑子一热也顾不上为自己想了。

"你想让我去伯明翰找他吗?我可以去见见他,帮着解决这件事。"

"哦,别想了。他再也不会回来了。我知道他什么德行。"

"但是他必须得给你赡养费。逃不掉。我不太懂,你最好去找律师谈谈。"

"怎么找?我手上一点钱都没有。"

"我给你付律师费。我先给我的律师写张便条,他是我父亲的遗嘱执行人,特别正直,为人也大方。你跟我一起去吗?我想他应该在办公室呢。"

"不用了,你给他写封信,我自己捎过去就行。"

米尔德里德终于平静一些了。菲利普坐下来开始写便条。忽然想起她身上没有钱,不过幸好自己昨天刚兑了张支票,可以先给她五镑。

"你对我真好,菲利普。"她说。

"能为你做点事,我也很开心。"

"你还喜欢我吗?"

"一点没变。"

她噘起嘴唇。他轻轻吻了一下。她从未像现在这样百依百顺过,好像之前所有给他带来的痛苦都因为这一吻而一笔勾销了。

她走之后,菲利普发现她在这儿整整待了两个钟头,觉得非常非常幸福。

"可怜人啊,可怜人。"他喃喃说道,胸中燃烧起比过去还要剧烈的爱火。

八点左右他收到一封电报，这才想起诺拉的事。还没打开，就知道一定是她。

出了什么事？诺拉。

他不知所措，也不好回信。本可以像以前一样等她演完戏后去剧院接她，陪着她一路回家，可这天晚上一想到要见她心里就堵得慌。也想过写信，可怎么也提不起笔来像往常那样称呼她为"亲爱的诺拉"。最后，还是决定给她发封电报。

抱歉，有事缠身。菲利普。

诺拉的样子浮现在眼前。那张有点丑陋的脸让他有点反胃，颧骨这么高，猩红的大嘴配上黑漆漆的头发，俗不可耐，粗糙的皮肤让人一想就起一身鸡皮疙瘩。他觉得自己还必须得做点什么，但这封电报似乎解了燃眉之急。

第二天，他又发了封电报过去。

抱歉，不能前往。容再告。

米尔德里德上次说好下午四点要来，而他又无法跟她开口说自己那时不太方便。毕竟，她的事要放在第一位。他心急火燎地等她来，从窗户看见她的身影后，亲自跑去开了大门。

"嗨，见到尼克森了吗？"

"嗯，"她回答，"他说这事不好办，无能为力。我必须得咬牙忍着了。"

"岂有此理！"菲利普大喊。

米尔德里德虚弱地往椅子上一瘫。

"他说为什么了吗？"菲利普继续问。

她递过一封皱巴巴的信。

"这是给你的信，菲利普。我没打开过。昨天我没有跟你说，我实在说不出口。埃米尔没有娶我。他没法娶。他有老婆，还有三个孩子。"

菲利普的心狠狠抽痛着。他吃醋，他痛苦，几乎超过了能够忍耐的极限。

"所以，我没法去找姑姑。我谁也没法找，除了你。"

"你当时为什么要跟他走？"菲利普把声音压得很低，尽量保持平静。

"我也不知道。一开始，我不知道他结婚了，他告诉我的时候，我还冲他发了好一顿火。后来，好几个月没见他。他再来店里的时候，让我和他一起私奔。我也不知道当时自己是怎么了，但是我像鬼迷了心窍。我必须要跟他走。"

"当时你爱他吗？"

"不知道。听他说什么我都想笑，止不住地想笑。他身上有种吸引我的东西——当时说不会让我后悔，还答应一个礼拜给我七镑——他说自己能挣十五镑，可这些全是谎言，他根本挣不了那么多。那一阵子，我实在不愿意每天都去店里干活，和姑姑也闹得挺不愉快。她把我当个佣人使唤，根本没把我当侄女，让我打扫自己的房间，如果我不打扫，也没人能来帮我。我要是没犯傻该多好啊。可他来店里求我的时候，我真的控制不住自己。"

菲利普退几步，坐在桌旁，双手捂脸。他感觉自己受到了可怕的羞辱。

"你不生我气吧，菲利普？"米尔德里德楚楚可怜地问道。

"嗯，"他抬起头来，但却没有看她，"我只是太伤心了。"

"为什么？"

"我当时是那么那么爱你。为了让你喜欢我，做什么都在所不辞。我以为你不会爱上任何人。但现在竟然知道你能抛下一切跟着那个混账男人跑。不知道你看上他什么了。"

"真的对不起，菲利普。我事后也要后悔死了，真的，我保证。"

菲利普想起了埃米尔·米勒。病殃殃的煞白的脸、滴溜溜转的蓝色眼珠、总是穿一件鲜红的针织马甲，一看就是个庸俗不堪的精明小人。他长长叹了口气。米尔德里德起身向他走来,抱着他的脖子。

"我永远也忘不了你曾经跟我求过婚,菲利普。"

他握住她的手,看着她。她俯下身子,吻着他。

"菲利普,如果你还要我,我做什么都可以。我知道你是个不折不扣的绅士。"

他的心似乎不跳了。她的话让他有些难受。

"你真好,可我做不到。"

"难道你不再喜欢我了?"

"不,我还是全心全意爱着你。"

"那我们干吗不借此机会好好快活快活?反正也没什么了不起的。"

"不,你不懂。我对你几乎是一见钟情,可是现在——那个男人……怪我想象力太丰富,一想到这档子事就恶心。"

"你真有意思。"她说。

他又拉住她的手,向她笑了笑。

"别以为我不懂感恩。我真不知道该怎么谢谢你,但是,这种恶心的感觉太强烈了,我也没什么办法。"

"你是个很好的朋友,菲利普。"

他们继续聊,很快就像过去一样熟悉、亲密。天渐渐黑了。菲利普请她一起吃晚饭,再去杂耍剧院看戏。她扭捏作态,想让菲利普多劝劝她。因为按眼下这种情况,她不该表现得太无所谓,也不该去那种娱乐场所,甚至一副痛苦不堪的惨样才最合时宜。最后,菲利普说就当是陪他去放松一下,她大可把这当成是为菲利普所做的自我牺牲。她比以前心思细腻了许多,这让菲利普刮目相看。她请菲利普带自己去索霍街的那家他们常去的小馆子。这个提议简直让菲利普感激不已,因为她似乎还在念着旧情和曾经发生在那里的幸福回忆。餐桌上,她兴致越来越高。从街角酒馆里买来的勃艮第酒让她心里慢慢热乎起来,甚至忘了这个节骨眼儿上应该表现得愁眉苦脸才对。菲利普觉得现在不妨跟她谈谈将来。

"我想你现在手上应该连一法新[1]也没吧?"等时候差不多了,他问。

"只有你昨天给我的那点钱。我还给了房东太太三镑。"

"嗯,我最好再给你十镑。我准备去找律师,让他给米勒去封信。我们可以逼他拿钱,我保证。如果他能给我们一百镑,就够你撑到孩子出生那天了。"

"他的钱我一个子儿都不要。我宁可饿死。"

"可他把你害成这样,真是猪狗不如!"

"我毕竟还要考虑自己的颜面。"

菲利普有点不知所措。想坚持到拿下从医资格,他手上的钱都恨不能一分掰成八瓣花。将来要是去了自己现在的医院,或者去其他别的医院当住院医生[2],还要再留出一笔钱来做生活费。可米尔德里德已经跟他抱怨过埃米尔是多么抠门吝啬,他不敢再和她讲道理,害怕自己也会被扣上个不够慷慨的帽子。

"我才不会要他一分钱呢。反正我很快就要去街上要饭了。之前还想过要找点活儿干,但现在挺着个肚子干什么都不方便。你总得考虑自己的身体,对吧?"

"现在的事先别愁了,"菲利普说,"想要什么,我先借你,等你身体恢复过来能工作了再说吧。"

"我就知道你能靠得住。我跟埃米尔说,让他别以为我没有人可以投奔。我说你是个不折不扣的绅士!"

菲利普一点点了解了这两人为何会就此分手:那个家伙的老婆看他总是定期往伦敦跑,觉察出他在外面有了人,直接闹到公司总部,威胁要和他离婚。公司老板则表示一旦两个人离婚,他就可以收拾东西回家了。他非常疼爱自己的孩子,离不开他们,所以在老婆和情妇中间选择了前者。他一直很谨慎,

---

1. 法新:铜币的一种,相当于四分之一便士。
2. 住院医生:医生职称的一种,主治医生之下,负责基本医疗工作。

不敢让米尔德里德怀孕,生怕把事情越搞越糟。可等米尔德里德的肚子一天天凸起来,再也瞒不下去,只好跟他坦白自己就要生了。他吓坏了,找碴儿大吵一架,逃回家去了。

"你预产期在什么时候?"菲利普问道。

"三月初吧。"

"还剩三个月。"

当务之急是讨论下一步的计划。米尔德里德说自己不准备再续租海布里的房子了,菲利普也觉得应该让她住得离自己更近,这样一切都方便一些。他答应第二天帮着找房子。米尔德里德提议住在沃克斯豪尔桥大街上。

"为了以后考虑,住在那儿很近便。"

"什么意思?"

"我只能在这儿待两三个月,然后就该去找个私人产院住了。我知道一个非常好的地方,那里的人都很上档次,一个礼拜只收四基尼房租,没有其他费用了。当然请医生的钱还是要另付的。我的一个朋友就去了那儿,那里的房东太太才是个真正的淑女呢。我打算跟她说我丈夫是个驻印度的官员,我回伦敦就是为了生孩子,因为这里的条件更利于康复。"

菲利普简直不能相信自己的耳朵。精致小巧的五官和白皙、不带血色的面庞让她看上去如同处子一般冰冷沉着。在她胸膛里却燃烧着一把出人意料的激情之火,这让菲利普没来由地烦躁。他的脉搏突突的,跳得很快。

第七十章

菲利普满以为能收到诺拉寄来的信,但回家却什么也没找到。直到第二天早上也没有音信。他有点生气,也有些发慌。从去年六月开始,只要人在伦敦,没有一天不是和诺拉一起度过的。这次两天没去找她,也没有解释自己消失的原因,她一定会觉得事情有点不对劲吧。也许自己和米尔德里德在一起的时候不幸被她撞见了?菲利普于心不忍,不想她因此而伤心难过。最后定下这天下午要到她那儿去。他一想到曾放任自己和她如胶似漆地好过一阵儿,就忍不住想把火都出到她身上。而继续和她纠缠下去的想法,则让他感到阵阵作呕,厌恶不已。

他给米尔德里德找了两间住处,在沃克斯豪尔桥大街上一幢房子的二楼。这里环境嘈杂,可他知道米尔德里德喜欢听窗外车流涌动,人声喧闹。

"我不喜欢那种一整天都不见一个人影的房子,死气沉沉的,"她说,"给我找个有生气的地方。"

安置好米尔德里德后,他逼着自己去了文森特广场。摁响诺拉家门铃的那一刻,心里的厌烦到了极点。他知道自己对诺拉不够好,也因此而不安,又害怕被劈头盖脸大骂一顿。诺拉的脾气说来就来,而菲利普最讨厌和别人大吵大闹。也许,最好的处理方式就是老老实实地承认米尔德里德回来了,自己还是一成不变地深爱着她;承认非常对不起诺拉,但实在不能再同她交往下去了。她一定会痛苦万分,因为她也爱着自己啊。这曾经是多么让他骄傲的事,也让他一度对她不胜感激,可现在却只觉得恐怖又可怕。她对他那么好,他有什么资格伤她的心呢?猜想着诺拉见到自己时会怎么说、怎么做,他一步步走上楼梯,脑子里飞快地闪过一切她可能做出的举动。敲敲门,他深知自己脸色苍白,却想不到任何办法来掩饰心里的慌张。

诺拉正坐在屋里埋头写作,菲利普刚抬脚进来,她就从椅子上一跃而起。

"我听出你的脚步了!"她激动地大喊,"这几天躲哪里去啦,小淘气!"

她欢天喜地地朝菲利普扑过来,抱住他的脖子。能见到他,她简直太高兴了。菲利普吻了吻她,为了给自己点时间镇静下来,便借口说快渴死了,想喝点茶。诺拉一溜小跑去厨房烧水了。

"我最近真是忙得脱不了身。"这个借口着实蹩脚。

她开始兴奋不已地说起这两天发生的事。过去没相中她的一家公司最近刚委托她写一部小说,写成后能挣十五基尼。

"简直是天上掉馅饼。给你说吧,等着拿了钱咱们去干什么。咱们可以出去玩儿。去牛津玩上一天,怎么样?我想去看看那些学院。"

菲利普紧紧盯着她，使劲打量着她的眼睛，想看看里面是否带着一丝责备的阴云。可那双眸子里净是坦诚和欢乐，和以前一模一样。只要能看到他，她就高兴得忘乎所以了。菲利普顿时陷入了沮丧，开不了口让她知道那个残忍的事实。她给他拿了些面包片，切成一小块、一小块的，拿他当个孩子一样疼爱。

"小鬼头吃饱了吗？"她宠溺地问道。

菲利普点点头，笑笑。她给他点了一支烟，像过去那样，走过来坐在他的膝盖上。她很轻很轻，后背倚靠着他的胳膊，发出一声无比幸福的长叹。

"我想听点甜言蜜语嘛。"她呢喃着。

"说点什么呢？"

"你可以动用你的想象力，说说有多么喜欢我。"

"你不是都知道了嘛。"

他无心说些柔情蜜语。不管怎样，今天都不能害她伤心。米尔德里德的事可以之后再写信告诉她，况且这样做还能容易一些。他不忍心看她哭泣。她让他吻她，可他的嘴唇凑上去，脑子里想到的却全是米尔德里德，那张苍白的、薄薄的嘴唇。他一刻都忘不了米尔德里德，好像她的人已经揉进了自己的身体，好像她的影子一步不离地紧跟着他。可她又不像影子那样飘渺无形，她是实实在在存在着的，让他此刻根本无法集中注意力。

"你今天好安静。"诺拉说。

两个人里，开心果的角色一般是由爱说爱笑的诺拉来承担。

"你一直说个不停，我都没法插话。"

"可是你没在听啊，这态度可不好。"

他有点脸红，心想诺拉会不会觉察到了自己的秘密，不自然地移开眼神。这天下午坐在他腿上的诺拉好像特别沉。他心烦意乱，不想让她碰自己。

"我的脚麻了。"他说。

"抱歉，"她叫了一声，猛地跳起来，"要是我改不了这个老爱往男人腿上坐的习惯，那非得减肥不可。"

他煞有介事地踩踩脚,走了两步,靠壁炉旁站着,恐怕诺拉又要坐上来。看着还在侃侃而谈的诺拉,他心里琢磨,这个女人抵得上十个米尔德里德了。她总是能逗笑他,是个非常有趣的聊天伙伴;聪明伶俐,人还善良,是个优秀、勇敢、诚实的女人。而米尔德里德呢——他苦涩地思考——这些优点一个都谈不上。只要他还有点脑子,就一定会选择和诺拉在一起。她会给他米尔德里德永远也给不了的幸福。毕竟,诺拉深爱着他,而米尔德里德只是有求于他,心怀感激罢了。尽管道理大家都懂,但爱却比被爱更重要。他愿意为米尔德里德献出自己的生命,哪怕只能在她身边待个十分钟,也好过与诺拉度过一整个下午。她冰凉的一吻胜过诺拉对自己所有的付出。

"实在没有办法啊,"他心想,"我已经爱她爱到骨子里了。"

他不在乎米尔德里德的硬心肠,不在乎她的恶毒、俗气、愚蠢和贪婪。他爱她。宁愿在她身边忍受痛苦,也不愿意去找另一个人享受欢乐。

起身要走时,诺拉漫不经心地问了一句:

"喂,明天还能见到你,是吗?"

"是啊。"他回答。

他明知第二天要去帮米尔德里德搬家,不可能再来找她了,但没有勇气道出实情。他决定要给诺拉发电报,把事情讲清楚。第二天,米尔德里德一早就看了房间,很是满意。吃过午饭后,菲利普跟着她回了海布里。她有一箱子衣服,一箱子坐垫、灯罩、相框之类的小零碎。她打算用这些东西营造一种家的感觉。除此之外,还有两三个大纸箱,不过全都放到一辆四轮马车顶上也还是绰绰有余。马车沿着维多利亚大街行驶,菲利普坐在车里使劲往后靠,唯恐诺拉刚好经过瞅见自己。今天早些时候,他一直没腾出空来给她去电报。等到了沃克斯豪尔桥大街,也不方便在那里的邮局发电报了,因为她一定会纳闷:他在附近做些什么?既然都来了,怎么不到旁边的文森特广场找她?他决定了,过一会儿就去看她,和她在一起待半个钟头。可这种不得不做的压迫感让他心里窝火:正是诺拉害得他变成了一个庸俗不堪的可耻小人!和米尔德里德在一起,他觉得很幸福。帮着整理整理行李,心里就跟喝了蜜似的甜。把她安置在这间自己找的、付了房租的屋子里,好像就对她有了种占有感,这微妙的感觉让人颇为着迷。他不能把她累坏了,心甘情愿地给她帮这忙那。而只要是别人愿意给她干的事,米尔德里德就绝对不会抢来做。他把衣服从箱子里取出来放好,看她不打算出门了,就给她拿出拖鞋,脱了靴子。像个奴隶一样地为她忙碌,反倒让他觉得心花怒放。

"你会把我给宠坏的。"菲利普跪在地上给她脱靴子,她一面娇嗔,一面用手指温柔地摸着他的头发。

他拉过她的手,轻轻吻了吻。

"只要你在这儿,就够了。"

他把坐垫和相框都摆好。米尔德里德还有几个绿色的陶土花瓶。

"我去给你买些花,插在这里面。"

他看了一圈,对自己收拾一通的结果很满意。

"我反正也不出门了,干脆换上件喝茶时穿的便袍吧。"她说,"帮我解开后面的扣子,好吗?"

她非常自然地扭过身子,好像没把菲利普当个男人,不在乎他的性别。可菲利普却对这样亲密的要求恨不能感激涕零。他笨手笨脚地给她解开了钩扣。

"第一次走进你工作的那家馆子时,可从不敢想能有今天啊。"他心里美得想仰脖大笑,好在还是尽力忍住了。

"反正总要有个人来帮我解开。"

她淡淡应了一句,走进卧室,换上浅蓝色的便袍。袍子上缝满廉价的镂空花边。菲利普让她安安稳稳坐好,给她倒上茶。

"恐怕我没法陪你一起喝了,"他像做错什么似的,"我和别人有事约好了,真可恶!但我去去就回,最多半个钟头。"

他心里忐忑极了,要是米尔德里德问起自己约了件什么事,还真不好作答。可她似乎满不在乎。收拾屋子的时候,他已经跟房东太太订好了晚餐,准备和她惬意地窝在家里吃顿饭。他火急火燎地出了门,为了能早去早回,还特意坐了辆电车走沃克斯豪尔桥大街。他盘算着一到那儿就跟诺拉摊牌,说自

363

己不能久留。

"喂,我时间不多,只能和你打个招呼,"他一进屋就嚷开,"忙死我了。"

诺拉的脸一下垮了。

"为什么,出什么事了?"

她竟然逼迫着自己撒谎,他的怒火腾地一下蹿了起来,只好推说要去医院参加一次手术指导。他感觉到自己的脸变得通红通红。看着她的表情,好像对这个谎话并不买账,他更生她气了。

"哦,好,没事儿。"她说,"反正明天我可以和你待一整天。"

他面无表情地看着她。明天是礼拜天,他一早就期待着能和米尔德里德在一起。这只是出于礼节考虑,绝不能把她一个人扔在那个陌生的房子里。

"实在抱歉,我明天有事。"

话一出口,接下来准是一场避之不及的争吵。诺拉又急又气,脸红得发紫。

"我已经请戈登夫妇来吃饭了啊!"——戈登是个演员,和妻子一起全国各地巡演,礼拜天刚好来伦敦——"一个礼拜前我就跟你说好了!"

"实在对不起,我忘了。"菲利普顿了一顿,"恐怕我真的不能来。你不能再邀请其他人吗?"

"那你明天到底有什么事?"

"你难道是在审问我?"

"不想告诉我吗?"

"是,非常不想。我最讨厌被人逼着汇报行踪了!"

诺拉态度忽然大变。她强忍着怒火,走到他身边,拉住他的手。

"明天别让我失望好吗,菲利普?我盼了好久,就想和你一起过周末。戈登夫妇也想见你,我们一定会玩得很愉快。"

"我也想去啊,可实在去不了。"

"我平时不太麻烦你,对吧?也不会经常让你作难。你就不能先推了那个可恶的约会吗?就这一次。"

"实在对不起,我看是不行。"他绷着脸说。

"那就告诉我你要去干什么吧。"她撒着娇问。

刚才已经编好了的谎话,这下张口就来:"格里菲斯家的两个姐妹这周末来伦敦,我们要带她们出去逛逛。"

"就这事儿?"她一脸放光,说道,"格里菲斯很容易就能找别人代劳。"

菲利普心想,要是一开始编个更紧迫的事就好了。这借口确实站不住脚。

"不行啊,实在抱歉,我总不能……我已经答应他了,总不能反悔啊。"

"可你也答应我了啊。肯定要先考虑我嘛。"

"求你别再犟了。"他说。

诺拉勃然大怒。

"不想来就别来!这几天你干了什么,我一点也不知道。你完全变了。"

他看了看手表。

"抱歉,我得走了。"

"明天真不来了?"

"不来了。"

"要是这样的话,你以后也不用再来了。"她彻底发了脾气,大喊大叫道。

"你说怎么着就怎么着吧。"

"快别在我身上浪费时间了。"她酸溜溜地说。

菲利普耸耸肩膀,走出门去。他松了口气,觉得这事处理得还不算太糟,起码没害她又哭又闹。他迈着步子,暗暗侥幸不费吹灰之力就摆平了件如此棘手的大麻烦。走进维多利亚大街,特地给米尔德里德买了束花。

晚饭吃得很愉快。菲利普知道她喜欢鱼子酱,提前送来了一罐。房东太太给他们准备了炸肉排配蔬菜,还有一道甜点。他还定了瓶勃艮第葡萄酒,这是她最爱的酒了。窗帘一拉,炉子烧得正旺,灯光幽幽地从米尔德里德带来的灯罩下照耀出来,整个屋子舒服极了。

"真像是个家啊。"菲利普笑着说。

"说不准我会越来越不幸呢,对吧?"米尔德里德说。

吃过饭后,菲利普把两把扶手椅拉到壁炉前,他们舒舒服服地坐下了。

他抽起烟斗，优哉游哉，快活极了。

"明天干点什么呢？"他问。

"我要去趟图尔斯山。还记得那个餐馆的女经理吗？她结婚了，让我去找她玩一天。她以为我也结婚了呢。"

菲利普的笑一下子僵在脸上。

"可是我为了和你过周末，推掉了一个约会啊。"

如果她爱自己的话，这种情况下就一定会留下来陪他。他心里清楚，如果换作诺拉，她不会有一丁点的犹豫。

"哈哈，你可真傻。三个多礼拜前，我就答应去找她了，一直没去呢。"

"可是你自己怎么去？"

"我就说埃米尔出差了呗。她老公是做手套生意的，绝对是个上等人。"

菲利普一言不发，心里一阵阵地苦涩。她斜眼瞅瞅他。

"你连这点乐子都不让我找，菲利普？你看，这可是我最后一次出去放风的机会了。之后不知道要在家里待多久，再说，我真都和她说好了。"

菲利普拉过她的手，微笑着：

"不，亲爱的，我想让你玩得高高兴兴的，只要你开心就好。"

一本翻开的蓝皮小书倒扣着放在沙发上，菲利普随手把它拾起来。这是那种只卖两便士的廉价小说，作者叫科特奈·佩吉特，正是诺拉写小说用的笔名。

"我可喜欢这个作家啦，"米尔德里德说，"所有书我都读过，写得真美。"

菲利普想起诺拉曾经给自己说过：

"女仆厨娘都喜欢看我的书。她们还觉得我是个文质彬彬的男人呢。"

第七十一章

菲利普为了回报格里菲斯的悉心照料，把自己感情的发展始终都向他倾诉一番。礼拜天上午，吃过早饭后，他们穿着便袍、抽着烟、靠壁炉而坐。

菲利普把昨天发生的事从头到尾讲了一遍。格里菲斯大加道贺，恭喜他如此轻而易举就甩掉了一个女人。

"没有什么比勾搭个女人更简单的了，但是要甩掉她们可是比登天都难。"他草草作了评价。

菲利普也觉得这事儿办得很见水平，甚至有点想拍拍自己的肩膀以资鼓励。毕竟他算是彻底解放了。现在米尔德里德一定在图尔斯山玩得痛快，想到她能高兴，自己心里也觉得特别满足。这是种自我奉献的精神，即使她的愉快是用自己的失望换来的，却还是以她为主，只要她快乐就好。菲利普好像浑身上下淌过了一阵暖流，欣慰而喜悦。

礼拜一早上，他看到桌上竟有一封来自诺拉的信。信里这样写道：

亲爱的：

　　抱歉周六那天冲你发火。请原谅我，下午还像往常一样来找我喝茶吧。我爱你。

诺拉

他心头一沉，不知所措，只好拿了这封信去找格里菲斯，让他瞧了瞧。

"最好别回信了。"格里菲斯说。

"不行！"菲利普叫道，"一想到她眼巴巴地盼着我回信，我就怪难受的。你不知道苦等着邮递员敲门是种怎样的煎熬啊。可是我知道，我不想任何人因为我这么痛苦。"

"我的老兄啊，分手不就是这样嘛，总有一个人会受伤。咬咬牙就过去啦。关键是，这个过程不会太耗时间。"

菲利普感觉诺拉不应该受到这样的对待，格里菲斯哪里知道她能承受多大的痛苦呢？他记得米尔德里德向自己宣布婚讯时，那种撕心裂肺的疼痛。他不想再让任何人遭那样的罪了。

"既然你这么不愿叫她伤心，那回她身边得了。"格里菲斯说。

"我做不到。"

他起身在屋里走来走去，神经绷得紧紧的。他怨恨诺拉，如果不是她写信来，这件事儿也许就这么过去了。她应该能看出自己已经不再爱她了啊——人家都说女人最擅长看这种事了——可她竟然毫无察觉。

"你得帮帮我。"他向格里菲斯求救。

"我的朋友啊，别大惊小怪了。这些事早晚会过去的。她可能根本就不像你想的一样对你那么着迷。咱们都容易夸大别人对自己的情感呀。"

格里菲斯停顿了一下，饶有兴趣地看着菲利普，"听着，你现在只能做一件事。给她写信告诉她一切结束。就这么写，出不了错。这封信确实会伤害她，但狠下心来快刀斩乱麻总比一直敷衍着、没有个明确态度要强。"

菲利普坐下来，开始写信：

亲爱的诺拉：

很抱歉害你伤心了，我想我们还是到周六那天为止吧。既然在一起已经不再快乐了，也不必再勉强什么。你那天让我走，我就走了，也不再打算回去。再见了。

菲利普

他把信拿给格里菲斯，问问看他的意见如何。格里菲斯读过后，眨巴眨巴眼，看了看菲利普。他没有发表自己的感受，只是说：

"我觉得有这封信就万事大吉了。"

菲利普出门寄了信。整个上午都郁郁不欢，想象着诺拉收到信时该有多么心痛，想到她哭得梨花带雨的样子，自己也觉得如坐针毡。可同时，他的确是解放了，虚构出来的惨象总比亲眼见到的更好承受。他终于能没有羁绊、全心全意地爱米尔德里德了。一想到下午从医院学习回来就能见她，心就激动得直跳。

他跟平日一样先回到家好好拾掇一下自己，钥匙刚插进锁孔，一个声音

就从脑后传来:

"我能进去吗?在这儿等你等了半个钟头啦。"

是诺拉。他觉得自己的脸一直红到脖子根。诺拉的声音听起来很欢快,一点没有怨恨他的意思,好像他们之间从未发生过争吵。他简直想找个地缝钻进去,心里的恐惧害得他阵阵发冷,强挤出一丝笑容。

"能,进来吧。"他说。

他打开门,诺拉跟在身后走进客厅。他紧张得不知如何是好,递给她一支烟,自己也顺手点了一根。她看着他,眉眼里全是笑意。

"干吗给我写那么一封可怕的信啊,你这个捣蛋鬼?我要是当真了,可得被你折磨死啦。"

"我是认真的。"菲利普严肃地说。

"别傻了。那天我发脾气是我不对,可后来给你写信道歉了。你还不原谅我,所以我亲自上门再道歉一次。毕竟,你的事还是自己说了算,我也没权利要求你什么。我不想叫你做自己不愿意做的事。"

诺拉从椅子上站起来,动情地张开双臂,向他走来:

"我们和好吧,菲利普。实在对不起,让你生气了。"

他无法不握住那双伸过来的手,可眼睛却怯怯地不敢看她。

"恐怕为时已晚了。"他说。

她靠着他,慢慢坐下来,紧紧抱着他的膝盖。

"菲利普,别傻了。我脾气来得也快,知道自己伤害了你,但是真的犯不上一直生气呀。咱们都不开心,何必呢?我们的感情多好,多快乐。"她慢慢抚摸着他的手,说:"我爱你,菲利普。"

他从她的怀抱里挣开,站起身来,走到房间的另一边。

"真的对不起,我无能为力。一切都到此为止吧。"

"你的意思是,你不爱我了?"

"抱歉,不爱了。"

"你是不是一直在找机会甩了我,去找那个女人?"

菲利普没有回答。她还坐在刚才那块地板上，靠着椅子，死死盯着他，一动不动，时间似乎都凝固住了。她开始小声抽泣，就那样绝望而沉默地仰着头，任凭泪珠大颗大颗连成线一样地从脸上滚下来。没有哭出声。她真的太痛了。菲利普扭过脸去，不忍看她。

"我不想伤害你，真的真的对不起。可你这么爱我，毕竟不是我的错。"

她没回话，还是静静坐在那儿。痛苦已经把她压垮，决堤的泪水在她的脸上肆虐横流。如果是一通大骂，事情反而不会如这般棘手。原以为她会歇斯底里地大闹，也做好了相应准备。甚至觉得天翻地覆地大吵一顿，互相骂几句恶狠狠的话也是好的，起码容得下自己辩解几句。时间一点点过去，她依然这样默默流着泪，菲利普越来越害怕了，回身进了卧室，端了杯水，弯腰递给她。

"喝点水吧，缓一缓。"

她凑到杯沿，抬抬嘴唇，木然地喝了两三大口。然后有气无力地向菲利普要块手帕，把泪汪汪的眼睛擦干。

"我知道，你从没像我爱你这样爱过我。"她痛苦地呻吟着。

"恐怕事情都是这样来的，"菲利普说，"爱情里总有一个人主动去爱，另一个则享受被爱。"

他想起了米尔德里德，心里一阵酸楚。诺拉好长时间又是一言不发。

"我的生活曾经一片黑暗，所有人都讨厌我。"

这话不是对菲利普说的，而是对自己。菲利普从没听她抱怨过和丈夫在一起的日子，还有一贫如洗的生活。他一直仰慕她那种闯荡世界面无惧色的勇气。

"后来，你出现了，对我那么好。我喜欢你，因为你很聪明。能信任一个人的感觉太美妙了。我爱你。从没想过我们会分开，而且我一点都没有做错。"

泪水复又涌出，好在她已经冷静一些，把脸埋在菲利普的手帕里，极力克制着。

"再给我点水喝。"她说。

她揩了揩眼睛。

"抱歉,我跟个傻瓜似的。我只是没想到事情会这样。"

"真的对不起,诺拉。我想让你知道,你为我做的一切我很感激。"

他不知道诺拉究竟看上自己哪点了。

"男人都一样,"她叹了口气,"想让男人对你好一点,你就不能把他当回事。如果你对他好,那就有的受了。"

她从地板上爬起来,说自己得走了,结结实实地给了菲利普一个长长的拥抱。

"这让人猜不透。到底为什么会这样?"

菲利普忽然下定了决心。

"我想最好还是告诉你吧,别把我想得太坏。希望你能知道我也是身不由己啊。米尔德里德回来了。"

诺拉脸色一变。

"你为什么当时没告诉我?我有资格知道这件事。"

"我不敢告诉你。"

她看着镜中的自己,戴上帽子。

"给我叫辆马车吧,"她说,"我不想走回去。"

菲利普先出门拦了辆双轮小马车,又回去随她到了大街,吃惊地发现她的脸竟白得像张纸。她步子沉重,好像这一会儿老了好几岁,满脸病容。他不忍心叫她一个人回去。

"如果你不介意的话,我陪你回去吧。"

她没回话,他便跟着上了马车。车子驶过大桥,驶过脏乱的小街,孩子们在路上跑来跑去,扯着嗓子大叫。这一路,他们一句话也没说。到了诺拉家,她一时没有起身,似乎连迈腿的劲儿都没有了。

"希望你能原谅我,诺拉。"菲利普哀求道。

她转过脸来,溢满泪水的眼睛一闪一闪的,嘴角硬是挤出一丝微笑。

"可怜人啊,你可真为我操心。不用担心,我不怪你,很快就没事了。"

她抚摸了一下他的脸颊，动作又轻又快，想证明自己心里没有埋怨。只可惜这抚摸却只是走走样子，连手都没有碰上去。她跳下马车，回了家。

菲利普给车夫付了钱，走着往米尔德里德的住处去。心里有些莫名沉重，想痛骂自己一顿。可是有什么好骂的呢？关于诺拉，他不知道自己还能再做些什么。路过一家水果店，忽然想起米尔德里德喜欢吃葡萄。她所有心血来潮的想法他都如数家珍，能这样向她表达爱意，已经足够了。

第七十二章

之后三个月，菲利普每天都要去找米尔德里德。他带着书去，喝完茶后就温习功课，米尔德里德则躺在沙发上读小说。有时，他抬头看看她，嘴角掠过幸福的微笑。她能感觉到他在看自己。

"别看我啦。快点学习吧。"

"真是个暴君。"他嘴上抱怨，脸上却堆满了笑。

房东太太进来铺桌布，准备上菜。菲利普把书放到一边，兴冲冲地和她拉起家常。房东太太是个小个子的伦敦女人，已到中年，牙尖嘴利、为人幽默，特别招人喜欢。米尔德里德和她交情很好，把自己沦落到这般境地的原因和她讲了个透彻，只是没几句是真话罢了。这个好心肠的小老太婆被她信口开河编的故事深深触动，只要能让米尔德里德过得舒服些，甘愿自己苦点累点。米尔德里德顾虑面子问题，让菲利普说自己是她的娘家兄弟。他们一起吃饭，只要看到点的菜合上了她变幻莫测的胃口，他就欢喜若狂。坐在对面的她，身上好像有种勾人的魔力。一阵兴起，他就想拉起她的手，轻轻抚摸。吃完饭，她坐在壁炉旁的扶手椅上，他坐在她脚边，靠着她的膝盖，慢慢抽烟。他们经常一句话都不说，有时候菲利普看她打起盹来，一动都不敢动，生怕吵醒她。只安静地坐着，眯眼看壁炉里的火苗，沉浸在幸福中。

"小睡可安慰？"他看她醒了，温柔地问道。

"我没睡着，"她说，"只是阖了阖眼。"

她绝不承认自己睡过去了。她气质冷漠,情绪浮动很少,挺着肚子也觉不出生活比起往常有任何不便。她对自己的健康问题非常在意,不管是谁给出些建议,她都一概言听计从。每天早上只要天气不错,都要出去"锻炼身体",在外面待一段时间。天不太冷的时候,她会跑去圣詹姆斯公园闲坐。剩下的时间就舒舒服服地窝在沙发上一本一本读她的小说,或者和房东太太东拉西扯。她聊起家长里短的闲话总是觉不出累,还把房东太太、住在客厅那层的房客和左邻右舍的点滴历史全说给菲利普听。有时,她也会忽然一阵恐慌,害怕分娩会很痛,说不好就死在产床上了。她把房东太太和住在客厅的女房客分娩时的情况详尽描述了一番(米尔德里德其实不认识那个女房客,用她自己的话解释:"我可是个独来独往的人,不会随便跟别人搭讪。"),那个既害怕又兴奋的样子真是有几分古怪。除了这些时候,她通常还是能镇定自若地等待预产期的到来。

"毕竟我不是第一个生孩子的人,是吧?医生说我不会有问题的。你瞧,我身体也没什么毛病。"

欧文太太(米尔德里德分娩时要去的那家私人产院的房主)给她推荐了一个医生,米尔德里德一周去检查一次。每次要花十五基尼。

"当然了,我本来能去找个便宜点的医生,可是欧文太太极力推荐他,我觉得因小失大就不值当了。"

"只要你高高兴兴、舒舒服服的,花多少钱我都不在乎。"菲利普说。

他的一切付出米尔德里德都坦然接受,仿佛这再自然不过,而他也乐意给她花钱。每递给她一张五镑钞票,他的心都兴奋而自豪地一颤。在她身上已经花了不少,毕竟她不是个会过日子的女人。

"我也不知道钱都花哪儿去了,"她自言自语道,"水一样从指缝漏走。"

"不要紧,"菲利普说,"能为你做点什么我也很高兴。"

她不擅长针线活,到现在也没给孩子准备必须的襁褓被褥,还跟菲利普解释说买现成的反而更便宜。菲利普把所有钱都换成了抵押契据,前不久,他变卖了其中的一张。现在银行账户里一共有五百镑,准备投资到更容易获利的地方去。这阵子,他觉得自己富足极了。他们经常讨论未来的事。菲利普磨破了嘴皮想让米尔德里德留下这个孩子,可她说什么也不同意:她还要养活自己,拉扯着个孩子总归不怎么方便。她想到原来那个公司下面的其他店面工作,至于孩子嘛,可以在乡下找个正经点的女人来带。

"我能找到人带孩子,一礼拜大概六七便士就够。这对孩子和我都好。"

菲利普觉得这样做太过残忍,一心想劝她回转心意,可她故意把菲利普的关心当作是他在计较花钱。

"你不用担心这个,"她说,"我不会让你掏钱的。"

"你明明知道我花多少钱都不在乎。"

其实,她心底暗暗希望这个孩子生下来就是个死婴。尽管她只是暗示过,可菲利普却看出她确实是这么想的。他被这个恶毒的想法吓得毛骨悚然。他事后说服自己,就目前种种因素来看,这个结果也算是非常理想了。

"让我这么做、那么做,说得倒容易,"米尔德里德愤愤不平地说,"但是一个女人挣钱养活自己要多难啊。再带着个孩子,事情只能越变越糟。"

"幸好你还有我接着呢。"菲利普轻轻一笑,拉起她的手。

"你对我一直都这么好,菲利普。"

"别说这些没用的了。"

"你可不能赖我没说过要报答你啊。"

"天啊,我才不想要你报答我。如果说我为你做了些什么,那也是因为我爱你。你什么都不欠我。在你爱上我之前,我不想让你做任何事。"

他有点紧张,好像米尔德里德觉得自己的身体是件商品,可以将之麻木地献给帮她做事的人,仅仅当作报酬。

"可是我想为你做点什么,菲利普。你对我太好了。"

"嗯,那咱们等等吧。等你身体恢复了,咱俩可以去度个蜜月啊。"

"你真坏。"她娇笑着说。

米尔德里德的预产期在三月初,待恢复得差不多,就要去海边休养两周,菲利普则刚好趁此机会全心复习功课,准备考试。随后就是复活节假期了,他们之前就计划好要一起去巴黎。菲利普兴高采烈地憧憬着到了巴黎要做的事，那个时节的巴黎正是美不胜收之际。在拉丁区一家菲利普熟悉的小旅馆里订个房间，把所有美味的小餐馆吃个遍，还要去看戏，带她去见识见识巴黎的杂耍剧院。见到他那些朋友们，她保准很高兴。菲利普跟她提起过克朗肖，这下她能见到他了。还有已经在巴黎待了几个月的劳森。他们可以一起去布里埃舞厅，去远足，去凡尔赛、沙特尔、枫丹白露。

"这可要花很多钱呢。"她说。

"什么钱不钱。想想我有多期待能和你一起去巴黎吧。你难道不知道这对我来说有多重要？除了你，我这辈子没爱过谁，也不会再爱上谁。"

她眼含笑意地听菲利普激情地表白。他从那双眼睛里感受到柔情似水的温存，并视作无上的恩赐。她比过去温柔得多，也不那么傲慢自大，惹他生气。她已经完全习惯了菲利普的陪伴，在他面前也终于不用煞费苦心地伪装自己。不再把头发梳成过去那种精致的式样，只是松松绾成髻，厚重的刘海也剪掉了。这样随意的发型倒是更适合她些。她脸庞多么消瘦，显得眼睛特别大。和惨白的面容一比，黑眼圈也格外严重。看上去好像心事很多，整日忧虑重重、可怜楚楚。菲利普觉得她身上有些圣母玛利亚的影子。多想两个人就这样一辈子，他的人生还没有像现在这样幸福过。

他习惯每晚十点和她道别，因为她喜欢早点上床休息。回到家后，他还要复习几个钟头的功课，把晚上浪费的时间补回来。每天从她那儿离开之前，总要帮她梳梳头，和她说晚安的时候要吻她好几遍：先是掌心（她的手指那么瘦长，指甲也生得精致好看，她费了不少时间修整它们）；再是她紧闭的双眼，从右眼亲到左眼；最后再吻上她的嘴唇。爱意降临，气势汹汹。回家的路上，一颗心洋溢着甜蜜的幸福。他渴望能得到一个机会，能满足那个长久以来折磨着他的欲望——他想成为爱情的祭奠。

一转眼，米尔德里德分娩的日子就要到了，她搬到了私人产房。菲利普只能下午去看看她。到了新的环境，她又换了套说法，跟这里的房东太太说自己是军人的妻子，丈夫去印度服兵役了。菲利普则是自己的姐夫。

"我说话可得加些小心，"她告诉菲利普，"这里有个女人的丈夫真的在英国驻印度政府工作呢。"

"我要是你的话，才不管呢，"菲利普说，"你俩的丈夫一定同船去的印度。"

"什么船？"她没有听懂，天真地问道。

"鬼船[1]呗。"

米尔德里德顺利地产下一女，菲利普进去探视的时候，婴儿正躺在她的身边。她看起来非常虚弱，但因为事情总算告一段落，所以面带轻松，似乎心情不错。她给菲利普看了看孩子，自己也好奇地打量着这个小生命。

"这小家伙还挺好看呢，真好玩儿，是吧？不敢相信这是我的孩子。"

婴儿浑身红彤彤、皱巴巴的，样子很奇怪。菲利普看着她，咧嘴笑了。他不知道该说些什么，负责照顾产房病人的护士站在他旁边，他感到很尴尬。护士看他的眼神好像是不相信米尔德里德编的那套鬼话，怀疑他才是孩子真正的父亲。

"准备给她起什么名字呢？"菲利普问。

"玛德琳或者塞西莉亚，我也拿不准主意。"

护士走开了一会儿，房间里只剩下他们两个。菲利普弯下腰来在米尔德里德的嘴唇上吻了一下。

"一切都结束了，太好了，亲爱的。"

她抱住他的脖子。

"你总是对我这么好，我亲爱的菲利普。"

"现在我终于觉得你彻底属于我了。我等你等了好久，我的爱人啊。"

门口传来了一阵脚步声，菲利普慌慌张张地直起腰来。护士走进来，唇上挂着别有深意的一笑。

---

1. 鬼船：传说中在海上漂流，无人驾乘的船只。

第七十三章

三个礼拜后,菲利普送米尔德里德和孩子去了布莱顿。她恢复得很快,气色比之前都红润。她要去的休养所,正是之前和埃米尔度周末时来过几次的那家,之前已经和他们通过信,说自己的丈夫去德国出差,她和孩子先到这里过一阵。她对自己杜撰的故事洋洋得意,编造起谎话的细节,想象力也特别丰富。她提议在布莱顿找个愿意带孩子的女人。菲利普觉得很吃惊,一个母亲竟然能如此心狠,急着想把孩子尽快送走。她狡辩说现在送出去最好,要是等孩子黏上自己了,事情反而会更糟。这才叫人之常情呢。菲利普本以为生下孩子两三个礼拜后,那种自然而生的母性会让她心软下来,舍不得放弃这个孩子。可白白期待一场,她的主意一点也没动摇。事实上,她对孩子谈不上不好,所有身为母亲要做的事一样都没落下。小家伙有时把她逗得开心,她也总是和别人谈起孩子。可打从心底,她对这孩子却没动什么感情,总也不能将这个小生命视作自己的一部分。怀里的孩子眉目出落得已经有些像她的父亲了,她琢磨着等她长得更大一些自己该怎么办。她怒火满腔,后悔自己生下这个孩子,没想到自己聪明一世却糊涂一时。

"要是能有后悔药就好了。"她说。

菲利普天天为了孩子忙前忙后,魂不守舍,她嘲笑他:

"你要是孩子她爹,肯定就不跟现在似的这么大惊小怪了。我倒是想想看埃米尔忙得焦头烂额是个什么样儿。"

菲利普满脑子都是自己听来的可怕故事:一些自私、残忍的家长把孩子托付给育儿所和保姆,可这些丧尽天良的恶魔竟心狠手辣地虐待孩子。

"别犯傻了,"米尔德里德说,"只有钱给得少才会那样呢。只要每周给的钱够多了,她们为了挣钱也会好好照顾孩子的。"

菲利普坚持让米尔德里德把孩子托付给本身没有小孩,也保证不再代看其他孩子的人家照顾。

"别计较花多少钱,"他说,"哪怕一周花半个基尼找保姆,也好过让孩子挨饿、挨打。"

"你这家伙真逗,菲利普。"她看着他哈哈大笑。

这个孩子在世上无依无靠,菲利普觉得很是心疼。她那么小,那么丑,那么吵闹。她的出生本就伴随着羞辱和痛苦。没有人想要她。除了菲利普,一个和她没有关系的陌生人,愿意供她吃喝,给她寻个挡风避雨的住处,买些衣服包裹住她赤裸裸的小身体。

火车要开动了,菲利普吻了吻米尔德里德。他还想亲亲孩子,可是担心她会嘲笑自己。

"亲爱的,你会给我写信,对吗?我在这等着你回来,真叫人难熬啊。"

"当心考试别不及格啊。"

这些日子他一直在刻苦复习,还剩最后十天能冲刺一把。他迫不及待地想通过考试,不光是为了给自己省钱、省时间——这四个月来花钱真是如流水一般,一眨眼自己的积蓄就空了好多——更重要的是,这次考试象征着在学校的苦日子要告一段落了。考试结束后,学生们要去内科、产科、外科实习,这比他一直打交道的解剖学、生理学有趣多了。菲利普兴致勃勃地期待着剩下的课程。另外,他不愿意到时候跟米尔德里德承认自己没及格,就算考试确实很难,很多人第一次都过不了,但他知道米尔德里德才不会在乎这些,只会因此而看轻他。她在抒发内心的想法时,向来不给别人留一点情面。

米尔德里德寄来明信片,说自己已经平安抵达。菲利普每天都挤出半个小时给她写封长长的信。有些感情用嘴说出来总是令人害羞,但所有怯于张嘴表白的话通过手中的笔一写,好像就容易了许多。他发现这件事后,恨不得把自己的整颗心都倾泻到纸上。他从未告诉米尔德里德,对她的爱占据着自己身体的角角落落,支配着他的所有思想、所有行动。他写信向她憧憬未来,盼望近在眼前的幸福,感激她在自己的生命里的出现。他扪心自问(过去虽然常常问自己,但从未让她知道过),到底为什么会爱上米尔德里德,爱得如此疯狂炽热。这个问题没有答案,只是当她在自己身边时,他感到幸福。世界在她转身离去的一刹那灰暗、阴冷下来;只是当他想起她时,心在胸腔里膨胀了几倍，甚至无法呼吸（像是心脏压迫到了肺），剧烈的悸动让见到她时的那种欣喜变得痛苦不堪。膝盖颤抖着，如此虚弱，好似许久没有进食的饿鬼，浑身打颤，盼一口吃食。他翘首等着米尔德里德的回信，不指望信有多长，因为写信对她来说不是易事，四封饱含深情的表白能换来一张字迹东倒西歪、内容简短马虎的便条，他就非常满足了。米尔德里德来信讲了自己住的休养所、那边的天气和孩子的事，她和在这儿认识的一个朋友在房前散步，这位女士一直非常喜欢孩子。周六晚上她准备去戏院，布莱顿现在到处是人。这样流水账一样的叙述让菲利普心里一动。潦草的笔记、做作敷衍的语言让他莫名其妙地想放声大笑，再把米尔德里德搂到怀里，深深吻下去。

　　菲利普满怀信心地参加了考试。两张试卷都没有难住他的地方。他知道自己考得很好，即使在第二部分的口头测试里表现得很紧张，可还是把问题答得头头是道。成绩下来，他给米尔德里德发了封报喜的电报。

　　回到屋子，菲利普发现她寄了封信来，说想在布莱顿再待上一礼拜。她找到一个带孩子的人，一周只收七先令，不过她想再打听打听这个女人的情况。海边的空气对身体很好，再待几天最好不过。虽然最讨厌跟菲利普伸手要钱，可他能否再寄些钱来，因为她必须要买一顶新帽子。在这儿交的那个女朋友打扮很讲究，她不能总戴着一样的帽子和女友出门。菲利普难受了好一会儿，心里头失望而苦涩，考试通过的喜悦瞬间一扫而光。

　　"如果她爱我有我爱她的四分之一，就不会想多在那边待一天的。"

　　这个想法很快被他从脑海里驱赶出去：太自私了，米尔德里德的健康比什么都重要才对。不过这礼拜实在没什么好做，为什么不去布莱顿过一周，这样就能整天和她待在一起。想到这他的心怦怦跳了起来。要是事先在那家休养所订好房间，再忽然出现在她眼前，该是多么有趣啊。他查了查到布莱顿的火车班次。忽然，他一下停住了。他不确定米尔德里德是否想看到自己。他是个少言寡语的人，可米尔德里德喜欢喧嚣热闹。她在布莱顿交了些朋友，不管和谁在一起都比和他要开心。要是他在那儿觉得自己碍了事，那种身为局外人的感觉一定会把他折磨得死去活来。可他也不敢贸然去信，告之自己在城里没什么事做，想去找她，每天都想见她。米尔德里德心里清楚他无事可做，但凡她想见他，就一定会主动请他来布莱顿。他如坐针毡，惶恐不安，万一米尔德里德找借口不让他去找她，那他该多么难过啊！

第二天，他寄给她一张五镑钞票，在回信的最后说如果她周末想见个面，那他非常乐意过去找她。可如果她已经别有安排，就万万不要为了他推掉之前的约会。信寄出去了，他苦苦等着她的答复。回信里，她说要是早点知道他要来就好了，那样就能早些安排，可之前已经和别人约好周六晚上去杂耍剧院看戏。另外，如果他在休养所过夜，那里的房客会说闲话的，礼拜天早上怎么样？他们可以在那儿待一天。去大都会酒店吃午饭，她再带他去见那个很像贵妇人的、准备替他们带孩子的女人。

周日到了——谢天谢地——天气非常晴朗。火车快到布莱顿的时候，车窗外的朝晖倾泻而入，又暖又亮。米尔德里德正在站台等他。

"你来接我啦，太好了！"菲利普激动得不行，一把抓住她的手。

"你知道我会来的，不是吗？"

"我是希望你能来。你看起来气色真不错啊。"

"在这儿待着对我大有好处，应该尽可能地多待一阵子。休养所里有好些上流社会的人。这几个月一直没怎么瞧见人影，我也想好好快活快活去。有时候在这儿也是很无聊的。"

她戴的新帽子是顶很大的黑色草帽，缀满了不值钱的装饰花，脖子上围了条长长的假天鹅绒围巾。她看上去很时髦。整个人瘦得不成人形，走起路来有些驼背（她过去也常这样），眼睛似乎不像以前那么大了。皮肤虽然还是毫无血色，但细致白嫩了不少。他们一起往海边走。菲利普忽然记起已经好几个月没和她并肩走路，心里有些紧张，步子不自然地僵硬起来，企图掩饰自己的跛足。

"见到我开心吗？"爱意跳跃在他心头。

"当然开心了。这还用问吗？"

"哦,对了。格里菲斯托我跟你问好。"

"没脸没皮!"

菲利普和她说了不少格里菲斯的事,说他生性风流,把之前跟他保证过绝不外泄的香艳情史一并抖搂出来,逗得米尔德里德笑个不停。她一边听,一边皱着鼻子,摆出副嫌弃的表情。但大多时候都听得兴趣十足、津津有味。菲利普酸溜溜地吹嘘着自己的这位朋友是多么的一表人才。

"我保证你会像我一样喜欢他。他太有意思了,人品也没得挑。"

菲利普告诉她,当初他们还素不相识,格里菲斯就在他生病的时候体贴入微地照顾他。他的奉献精神被菲利普从头到尾形容得一点不漏。

"根本没有办法不喜欢这个人!"菲利普说。

"我不喜欢英俊的男人,"米尔德里德说,"他们都太自以为是了。"

"他想认识你。我可跟他说了不少你的事。"

"我的什么事?"米尔德里德问。

菲利普对米尔德里德的深切爱意只能倾诉给格里菲斯听,除了他之外,再也找不到其他的聊天对象了。他把和米尔德里德之间的点滴都讲给格里菲斯听。她究竟是个怎样的人,菲利普反反复复讲了五十遍,痴情地把她穿着长相的每个细节都絮叨着讲了好久。最后连格里菲斯都知道她那双瘦骨嶙峋的小手长成什么样,脸庞有多么白皙。说起她苍白的薄嘴唇时,格里菲斯笑了菲利普两句。

"老天,幸好我可没对什么事这么痴狂过,不然活着还有什么意思。"

菲利普笑了。格里菲斯不懂得陷入情网的喜悦。爱情就像酒肉,就像呼吸的空气,是生命里一件必不可少的东西。格里菲斯知道菲利普在这个姑娘生孩子的时候一直陪在她左右,这会儿又去乡下找她去了。

"唉,不得不说,她可真该报答你了。"他评论道,"这得花了你不少钱。好在你还付得起。"

"其实我付不起,"菲利普说,"但是我不在乎!"

吃午饭还太早,菲利普和米尔德里德在海滨找了个歇脚的地方晒太阳,看着眼前过往的行人。布莱顿商店里打工的男孩们三三两两走过来,手里晃着一根手杖,女孩们则成群结队、嘻嘻哈哈。菲利普和米尔德里德一眼就能看出哪些是从伦敦过来度礼拜的人,海边刺骨的冷风让这些人疲倦的身躯为之一振。犹太女人矮矮壮壮,穿着紧身缎子裙,佩着钻石首饰;犹太男人个子也不高,身材臃肿,说话的时候手一直在空中比划。还有些四五十岁的绅士来这里最大的几家酒店过周末,他们的穿着打扮非常气派,过于丰盛的早餐后,要溜达很久才能有胃口再来一顿同样丰盛的午餐。他们白天和朋友待在一块,聊聊"布莱顿博士"、夸夸海边的美景。有时走过眼前的是个颇有名气的演员,他们装作对别人的注视毫不在意,有时蹬着时髦的皮靴,穿件羊羔皮领子的外套,拄着银柄手杖;有时看上去像是刚刚拍完戏,穿着喇叭裤和粗花呢的宽松外套,头上戴顶花呢帽子。不远的地方,阳光璀璨,斑斑点点地落在碧蓝的海面上,大海平静而清洁。

午饭后,他们去霍夫拜访那位负责看孩子的女人。她住的小房子虽然在后街,但是收拾得一尘不染,特别干净。这个女人姓哈丁,是个上了年纪的矮胖老太太,头发花白,脸上肉嘟嘟、红扑扑的。她戴顶便帽,看上去就像个当妈妈的人,菲利普推测她应该为人非常善良。

"你不觉得带孩子是件麻烦事吗?"他问她。

哈丁太太说自己的丈夫比她大好多,是个副牧师,而教堂的牧师有什么活都喜欢找年轻人帮忙,所以他一直没有份稳定的差事,挣不了多少钱。偶尔有人出去度假或是生病了,他就去给人家代班,除此之外,还有一个慈善组织给他笔小小的津贴。而她总是独守空房,有个孩子作伴反而挺好,何况一礼拜挣的几先令也能贴补家用。她保证一定把孩子喂得饱饱的。

"她是个有教养的女人,对吧?"从哈丁太太家回来的路上,米尔德里德问。

他们去大都市酒店进下午茶。米尔德里德喜欢这里熙攘的环境和乐队。菲利普累了,不太想说话,静静看她的眼睛到处乱瞟,把每个来这儿的女人都看个遍,打量她们都是怎么打扮的。她有种特殊的天赋,一眼就能把看到东西的价格估量出个大概来，不时凑过来小声告诉菲利普自己的猜价。

"看到那根帽子上插的白鹭羽毛了吗？至少得值个七基尼呢！"

"看那身皮草，菲利普！那是兔子皮，绝对不是貂。"她仰着头哈哈大笑，说，"我从一英里外都能看出是兔子皮。"

菲利普笑得很欢，看到她开心，自己也跟着傻乐。米尔德里德不假思索、脱口而出的言语让他有些莫名地感动，也觉得好生滑稽。这时，乐队奏起了一首悲伤的曲子。

吃完晚饭，他们一起走回车站，菲利普挽着她的手臂，告诉她自己为两人的法国之行所做的打算。她本该这周末就回伦敦，但却又说自己下周六之前走不了。菲利普已经在巴黎定好旅馆，等不及要去买车票了。

"你不介意我们坐二等车去，对吧？我们花钱不能太大手大脚，只要一路的旅程不太劳累就行。"

拉丁区是个什么样子，他已经给她讲了成百上千遍。他们要一起沿着优美古朴的老街散步，坐在风景如画的卢森堡公园消磨时间。如果天气晴朗，他们把巴黎游遍后还能去枫丹白露看看。那里的树一定都抽了新叶，春日里郁郁葱葱的绿林是这世上最美的景色，美得像首歌，像爱情里让人喜悦的痛苦。米尔德里德静静地听他说。他转过头来，直勾勾地看着她的眼睛。

"你是想去的，对吧？"

"当然想去啦。"她笑着说。

"你不知道我有多期待这次旅行。现在又要等一个礼拜，我实在不知道要怎么熬过去了。我天天提心吊胆，就害怕有什么事耽误我们。有时候，我怕自己不能告诉你我有多爱你，怕得都要发疯。终于有机会了，终于……"

菲利普激动得说不下去了。走到车站，因为刚才在路上耽误了太多时间，现在已经来不及道晚安。他飞快地吻了她一下，使出吃奶的劲儿拼命往售票处跑。米尔德里德站在原地没有动。他跑起来的时候，样子又丑又怪。

第七十四章

一周过去了。米尔德里德周六回到伦敦，那天晚上菲利普一直守在她身边。他早就订好了戏院的座位，晚饭时还喝了香槟。这么久以来，这还是她第一次在伦敦过得这么快乐，像孩子一样看见所有东西都兴高采烈。菲利普给她在皮姆利科酒店租了间房子，在往那儿去的马车上，她偎在菲利普怀里，蜷着身子。

"我真的信了，你见到我很高兴吧。"他说。

米尔德里德没回话，轻轻摸着他的手。她几乎从不向他表达爱意，这一摸，把菲利普摸得神魂颠倒。

"我请了格里菲斯明天来共进晚餐。"

"哦，太好了。我挺想见见他的。"

礼拜天晚上没什么地方可以带她去，又怕她一整天都和自己待在一起会觉得无聊。格里菲斯是个有趣的人，准能帮他度过这个晚上，况且菲利普喜欢他，也喜欢米尔德里德，这两个人要是能互相认识、互相欣赏就再好不过了。临走时，他给米尔德里德留了一句话：

"只剩六天啦。"

他们定好在罗马诺露天餐厅吃饭，那里的菜肴很是可口，看上去比实际花费要高档许多。菲利普和米尔德里德先到了，在那儿等了格里菲斯片刻。

"他这家伙从不守时，"菲利普说，"指不定和哪个女人勾搭着呢，他身边的女人啊，数都数不清。"

话音刚落，格里菲斯就出现了。他长得好看，又高又瘦，英俊的脑袋配上他宽阔的肩膀，看上去神气极了。卷卷的头发、大而温柔的蓝色眼睛、鲜红的嘴唇，怎么看都觉得迷人。菲利普发现米尔德里德正用欣赏的表情看着他，竟有种莫名的自豪感。格里菲斯笑了笑，算是和他们打了招呼。

"关于你的事儿，我已经听了很多了。"他和米尔德里德握了握手。

"关于你，我听得更多。"

"还都是些坏事呢。"菲利普补充了一句。

"他是不是净给我抹黑了?"

格里菲斯朗声大笑,菲利普看见米尔德里德打量着他那口洁白整齐的牙齿。他笑起来魅力十足。

"你们应该觉得彼此都是老朋友啦,"菲利普说,"我把你们的事都给对方说了个遍。"

格里菲斯终于通过了考试,拿到了从医资格,还被任命为伦敦北边一家医院的住院医生。他心情大好,准备五月初开始工作,还打算回家度个假。这是他在伦敦待的最后一周了,打定主意要尽情地玩个痛快。他开始插科打诨,满嘴放炮,菲利普很崇拜他,因为自己恰恰就没有这本事。他的话根本没有内容,只是说话时手舞足蹈的样子最能吸引人。那股从他身上洋溢而出的活力感染了每一个认识他的人,就像一股暖流麻酥酥地从头顶传递到脚下。米尔德里德当晚显得格外活泼,菲利普从来都没见她这么开心过。他也很高兴,这个小聚算是成功了。米尔德里德乐不可支,笑声一阵比一阵大,连那种假装斯文的后天养成的"天性"都叫她忘到脑后了。

格里菲斯忽然说:

"喂,让我叫你米勒夫人,我是真的张不开口啊。菲利普除了叫你米尔德里德之外,也没说还能怎么称呼你。"

"我敢说就算你喊她米尔德里德,她也不会把你眼珠子挖出来吧。"菲利普大笑起来。

"好,那她也得叫我哈里才行。"

他们两个相谈甚欢,菲利普静静坐在一旁,心想看到别人开心是件多好的事啊。看他被孤零零地晾在一旁,格里菲斯时不时好意逗他一句。

"我相信他是真的很喜欢你啊,菲利普。"米尔德里德说。

"他人还不赖。"格里菲斯抓起菲利普的手胡乱晃了几下。

承认自己挺喜欢菲利普的格里菲斯好像更多了几分魅力。他们都不会喝酒,这会儿都有些醉了。格里菲斯变得更健谈、更活跃,惹得菲利普捧腹大笑,向他连声求饶,让他快别说了。他很会讲故事,自己的那点事让他讲出来就好像发生在眼前,一点刺激都不减,叫人笑得止不住。他在自己的故事里,扮演的永远是个勇敢、幽默的角色。米尔德里德兴奋得两眼冒光,催着他赶快往下讲。他就这么一个故事一个故事地大讲特讲,直到餐馆开始灭灯,米尔德里德吓了一跳。

"我的天啊,今晚竟然过得这么快。我还以为现在不到九点半呢。"

他们起身离开,米尔德里德道晚安时,多说了一句:

"我明天去菲利普家。你要是有空的话也去吧。"

"好的。"格里菲斯微笑着说。

回酒店的时候,米尔德里德一路都在谈论格里菲斯。他潇洒英俊的长相、剪裁得当的衣服、深沉悦耳的声音和嘻嘻哈哈的性格都让她着迷。

"你能喜欢他,我真高兴。"菲利普说,"还记得我让你见他的时候,你那副不屑的样子吗?"

"看到他这么喜欢你,我觉得他人真不错。他是个值得一交的好朋友。"

米尔德里德抬起脸来让菲利普吻她。她很少会这样做。

"我今晚好开心,菲利普。谢谢你。"

"别说些可笑的话了。"他因她的道谢而感动,眼眶都有点湿润了。

米尔德里德打开房门,进去之前又回身跟菲利普说:

"告诉哈里,我爱他爱疯啦。"

"好的,"他笑了几声,"晚安吧。"

第二天,菲利普和米尔德里德正喝着茶呢,格里菲斯进来了。他懒洋洋地瘫在扶手椅上,壮实的四肢慢悠悠地伸展开来,散发着莫名的性感风情。菲利普一句话都没说,可另外两个人早就热火朝天地聊了起来。他觉得心里也挺快活。毕竟他们都是自己喜欢的人,因此两人之间的互相喜欢也像是顺理成章的事。他不介意格里菲斯把米尔德里德的注意力都吸引走了,反正到了晚上,她是自己一个人的就行。他很像一个温柔的丈夫,对妻子万分信任,颇有兴致地看着她和别的男人无伤大雅地调情逗笑。七点半的时候,他看了看自己的表，说：

"差不多该去外面吃晚饭了，米尔德里德。"

半晌，屋子里一片安静，格里菲斯好像在琢磨些什么。

"嗯，我该回去了，"最后他说，"没想到都这么晚了。"

"你今晚有事吗？"米尔德里德问。

"没事。"

又是一阵沉默。菲利普觉得怒火暗涌。

"我要去洗洗手，"他说。又看看米尔德里德，问："你要洗手吗？"

米尔德里德没有回答。

"为什么不留下和我们一起吃晚餐呢？"她问格里菲斯。

格里菲斯转过头来看了菲利普一眼，发现他正在冷冷地盯着自己。

"昨晚就是和你们一起吃的啊，"他笑着说，"我太碍事了。"

"哪有的事，"米尔德里德坚持想让他也去，"让他来吧，菲利普。他不碍事，对吧？"

"他要是想来，就让他来。"

"那么好吧，"格里菲斯脱口道，"我先上楼换身衣服。"

他前脚刚出门，菲利普就朝米尔德里德发起火来。

"你到底是怎么想的？为什么要请他和我们一起吃晚饭？"

"我也是没办法嘛。他都说了晚上没事，要是我什么也不表示，那多不好。"

"屁话！那你干吗要问他晚上有没有事呢？"

米尔德里德两片薄薄的嘴唇轻轻一抿。

"我有时候也想找点乐子啊。光和你待在一起，也会腻的。"

这时，他们听到格里菲斯重重的脚步声从楼梯传来，菲利普转身回卧室洗手去了。晚饭就选在隔壁的意大利餐厅吃。饭桌上，菲利普耷拉着脸，一声不吭。他很快就明白过来，自己在格里菲斯身边就像个不起眼的小喽啰。他极力想隐藏自己的怒火，眼下已经喝了不少酒，企图借酒消愁，强迫自己和他们谈笑风生。米尔德里德好像为她之前所说的话有点后悔，现在正使尽浑身解数想讨好他。她装得友善而温柔。菲利普开始觉得自己这样吃醋实在是傻透了。吃过晚饭后他们坐上一辆小马车去杂耍剧院,米尔德里德坐在两个男人中间,主动向菲利普伸过手去让他握住。他的怒火渐渐消了下去。可忽地一下,不知道为什么,他感觉格里菲斯正拉着她的另一只手。他又开始痛苦起来,一种真切的、生理上的痛苦,他惊慌失措地暗暗问自己(这个问题他可能早就已经问过自己了),米尔德里德和格里菲斯是不是爱上对方了?疑虑、愤怒、失望、悲伤幻化成一层迷雾笼在他眼前,台上的演出一点也看不清楚。他强作出没事儿人的样子,依旧大说大笑。一股折磨人的欲望却忽然攫住了他,他站起来说自己要去喝点东西。米尔德里德和格里菲斯还从没有单独相处过,眼下他想让他们单独待一会儿。

"我也去,"格里菲斯说,"我快渴死了。"

"少来了,你留下陪米尔德里德说话吧。"

菲利普也搞不懂自己为何要这样说。他故意让他们单独相处,似乎只为了让自己忍受的痛苦来得剧烈。他没有去吧台,悄悄上了剧院的楼厅,在那儿能看到他们,又不会被发现。眼见两个人都不看戏了,微笑着彼此对视。格里菲斯和平常一样眉飞色舞地侃侃而谈,米尔德里德则似乎在盯着他的嘴唇看。菲利普觉得头痛欲裂。他呆呆站在原地,如果现在回去,反倒是碍了他们的事。他不在,那两个人显得更高兴,只剩他一人在苦海中翻腾着,翻腾着。时间一点点过去,此刻,他更不好意思回去了。他们一定都把自己忘了,可晚饭和戏院的座位钱都是他掏的啊,一想到这,他真是有苦说不出。他们把他当傻瓜了吗?羞辱烧得他浑身冒火,眼睁睁地看着那两个人没有他的打扰,谈天说地,喜笑颜开。他本能地想就此逃走,留他们两人在这儿,自己先回家。但帽子和外套还在座上,而且这样不告而别,将来还要大费周章地解释一番才行。他只得又折身回去。米尔德里德看见他的时候眼神里似乎闪过一些不耐烦。他的心沉沉坠下来。

"你走了这么久啊。"格里菲斯微笑着欢迎他回来。

"碰见个熟人,和他说话呢,脱不了身。我想你们聊得还好吧。"

"我是很开心啦,"格里菲斯说,"不知道米尔德里德怎么样。"

她爽朗地大笑两声,笑声粗俗而刺耳。菲利普起了一身鸡皮疙瘩。他提议说该是时候回去了。

"走吧,"格里菲斯说,"我们一起送你回家。"

菲利普怀疑这是不是她事先想好的主意,这样一来就不用和他自己单独待在一起了。坐在马车上,他没有拉米尔德里德的手,她也没有主动把手伸过来,这一路——菲利普都很清楚——她一直握着格里菲斯的手呢。真是恬不知耻。马车往前开着,他暗暗猜测着这两个人趁他不在的时候都计划了些什么。他咒骂自己怎么会傻到让他们独处,给窃窃私通提供机会。

"继续坐马车吧,"到了米尔德里德住处时,菲利普说,"我太累了,不想走。"

返程时,格里菲斯一路滔滔不绝地大侃特侃,尽管菲利普每次只是挤出几个字来应答,他似乎也并不在意。在菲利普看来,对方至少也该察觉到有些不对劲才是。终于,他的沉默变得让人无法忍受,格里菲斯突然感到一阵紧张,也闭紧嘴巴,不再出声。菲利普想找些话说,但又不好意思开口。时间一分一秒过去,眼看机会就要错过,事不宜迟,开门见山是最好的选择。想到这,他强迫自己开了口。"你爱上米尔德里德了吗?"他忽然问道。

"我?"格里菲斯大笑起来,"你今天一晚上都怪怪的,就是因为这个?我当然没有爱上她了,亲爱的老兄啊。"

他试图用手挽过菲利普的胳膊,可菲利普却往后退了退。他知道格里菲斯在撒谎,但总不能逼着自己让他承认没有在车上拉米尔德里德的手吧。他忽然觉得自己心力交瘁,疲惫不堪。

"可能对你来说,这不算什么,哈里。"他说,"你身边有那么多女人——请别把她从我身边抢走啊。她是我的命根子。我之前过得已经够惨了。"

他泣不成声,控制不住地啜泣着。觉得自己实在太丢脸。

"亲爱的老兄啊,你知道我绝不会做任何伤害你的事。我喜欢你,所以不会伤害你。我只是和她闹着玩呢,要是知道你因为这事这么伤心,我就收敛点了。"

"真的吗？"菲利普还不敢相信。

"我一丁点也不喜欢她，以名誉担保。"

菲利普长长舒了口气。马车停在了他们的楼下。

第七十五章

第二天，菲利普心情不错。他不敢往米尔德里德那儿去得太勤，唯恐会惹她厌烦，特地约好吃晚饭的时候再见面。他去接她的时候，她已经穿好衣服随时准备出发了。这样守时，实属罕见，菲利普拿这事儿开了两句玩笑。她穿着菲利普给她买的新连衣裙，他夸赞说这裙子很时髦。

"得送回店里改改，"她说，"裙子都缝歪了。"

"要是想去巴黎的时候穿，得让裁缝赶个急活。"

"来得及。"

"只剩三天了。我们得七点前到巴黎，对吧？"

"随你高兴。"

未来的一个月，米尔德里德都将只属于他一个人。他用饥渴贪婪又满含爱意的眼睛看着她，这股痴情劲儿让他自己都觉得好笑。

"不知道我到底看上你哪一点了。"他微笑着说。

"哼，这话可怪好听的。"米尔德里德说道。

她的身子瘦得单薄，几乎能隔着一层皮看到整具骨架。胸脯像个男孩子一样毫无起伏。两片窄窄的薄唇不算好看，皮肤还是淡淡的青色。

"出去旅行的时候，我得让你多吃些布洛丸[1]，"菲利普笑着说，"等你回来要变得胖乎乎的、满脸红光才行。"

"我不想变胖。"

---

1. 布洛丸：法国医生彼得·布洛发明的补铁药丸，用于治疗贫血症。

她没有再提起格里菲斯。经历了这么多事，菲利普自信对她多少有了些掌控，于是在吃晚饭的时候，故意有些恶狠狠地说：

"看起来昨晚你和格里菲斯可是好一通暧昧啊。"

"我告诉过你，我爱上他了啊。"她笑起来。

"幸好他没有爱上你。"

"你怎么知道？"

"我问他了。"

她犹豫片刻，看着菲利普，眼睛里闪过一丝古怪的光。

"要不要给你看看他今天早上写来的信？"

她递给菲利普一个信封，上面正是格里菲斯苍劲、清晰的笔迹。信一共八页，句句动情、字字感人，一看就是周旋于女人中的情场老手。他告诉米尔德里德自己多么爱她，几乎对她一见钟情，也知道菲利普对她一往情深，所以不想让自己爱上她，可是控制不住。菲利普是那么好的人，又常自卑，但这不是他的错，他不过是一个坠入爱河的可怜人。格里菲斯甜言蜜语地夸了她好几句。最后，他感谢米尔德里德答应自己共赴明天的午餐，说已经等不及要见她。菲利普注意到这封信的日期是昨晚，也就是说这是格里菲斯在和菲利普道别后才写的信，又不怕麻烦地大晚上跑出来寄走。菲利普还傻乎乎地觉得他那时已经上床休息了呢。

他手里拿着信纸，心跳快得像擂鼓，顿时生起一阵反胃的感觉，害得他头晕目眩。可他脸上丝毫没露出一点惊讶的神色，依然面带微笑，平静地把信还给米尔德里德。

"午饭吃得愉快吗？"

"非常愉快！"她脱口而出。

菲利普觉得手有点打哆嗦，赶快把手藏到了桌子下边。

"你可别和格里菲斯来真的。他是个花花公子，你知道的呀。"

米尔德里德接过信来，又看了一遍。

"我也管不住自己啊，"她刻意装出冷漠的语气，"也不知道自己这是怎么了。"

"这可让我有点难堪啊,你觉得呢?"菲利普说。

她飞快瞄了他一眼。

"不得不说,你表现得真够镇定。"

"你想让我怎么表现呢?非得大把大把薅头发不成?"

"我知道你会生我气的。"

"奇怪的是,我一点也不生气啊。我本来就该猜到会发生这样的事。真是脑子被门挤了才会介绍你俩认识。我知道自己处处不如他,他开朗有趣,长得又一表人才,会逗人开心,说的话又对你胃口。"

"我不知道你这是什么意思。我是不聪明,这也不是我能决定的。我不像你认为的那么傻,比那聪明多了。告诉你吧!你对我有点太盛气凌人了,小伙子。"

"你这是想和我吵架?"菲利普平静地问道。

"不,我就是不明白你干吗这样对我?真不知道你把我当什么了!"

"对不起,我不是有意冒犯。我只是想平静地谈一谈,如果能把事情处理好,我们也没必要闹得这么僵。我看到你被格里菲斯迷住了,这再自然不过。唯一让我伤心的是,他居然还怂恿你这么干。他知道我有多喜欢你。在写那封信之前的五分钟,他刚刚跟我保证了自己对你一点意思都没有。真是个卑鄙小人!"

"如果你觉得在我面前诽谤就能让我不喜欢他,那就大错特错了!"

菲利普静了一会儿。不知道怎么说才能让她明白自己的意思。他想把话说得冷静、沉着一些,但无奈思绪纷乱如麻,连他自己也理不清楚。

"这段感情维持不了多久,你是知道这一点的。为了它牺牲一切真的不值得。毕竟,他对所有女人的热情都只能维持十天,何况你还冷冰冰的。本来爱情这档子事儿对你就不算什么。"

"这只是你的想法。"

她口气挑衅,故意要让菲利普更难堪。

"如果你真爱上他了，那我也没办法，只能尽力接受现实。我们相处得这么好，你和我。我从来没对你不好过，对吧？虽然一直知道你不爱我，但是你总归是喜欢我的，等我们到了巴黎，你就会把格里菲斯忘了。如果你下定决心忘掉他，就会发现其实这也不是多难的事。我为你做了不少，你也该为我做点什么了。"

米尔德里德没说话，两人继续埋头吃饭。沉默的气氛尴尬到了极点，菲利普忍不住开始闲扯些无关紧要的话。米尔德里德明显心不在焉，除了偶尔敷衍应付地应答两声，一句话不肯多说。这一切他看在眼里，却假装没有注意到。最后，她忽然打断他的话：

"菲利普，恐怕周六我没法走了。医生说我不该出远门。"

他心里很清楚，这是她胡编乱造的借口。

"那你什么时候能去呢？"

她瞥了他一眼，只见他一脸严肃，面色惨白，便吓得慌慌张张地把眼神移开了。有那么一小会儿，她有点怕他。

"我最好还是跟你直说了吧，也算给你个交待。我不能和你出去了。"

"我猜你也是这么打算的。可现在改主意已经来不及了，我票都买好了，什么都准备好了。"

"你说如果我不想去的话，你是不会让我去的。我就是不想去。"

"我反悔了。我不想被当个傻瓜耍了。你必须去。"

"我很喜欢你，菲利普，但是是对朋友那种喜欢。我不想和你有进一步的发展，真的不想那样。我做不到，菲利普。"

"一个礼拜前你还很乐意呢。"

"那时和现在不一样。"

"因为还没见过格里菲斯？"

"你不是也说嘛，如果我爱上他了，那也不是我能控制的。"

菲利普的脸上阴云密布，米尔德里德不敢抬眼，一直垂头看着自己的盘子。菲利普气得脸色苍白，真想攥紧拳头朝她脸上狠狠来一拳，想看看她被揍得眼圈乌黑是个什么样子。有两个十八岁的家伙坐在他们旁边，时不时扫米尔德里德一眼。菲利普猜想他们是不是嫉妒自己能和这漂亮的女人一起吃饭，也许还巴不得变成他呢。米尔德里德最后打破了沉默。

"我们一起出去有什么好？这一路我脑子里都会想着他。你也玩不痛快。"

"这是我的事，不用你管。"菲利普回答。

她想了想菲利普的话外之音，脸腾地红了。

"这太可怕了。"

"什么太可怕？"

"我以为你是个不折不扣的绅士呢。"

"你以为错了。"

他觉得自己的回答很滑稽，说着说着就笑了起来。

"看在上帝的分上，别笑！"她大叫道，"我不能和你去，菲利普。实在对不起，我知道自己一直对你不够好，但也没法勉强自己啊。"

"你忘了你有难的时候，什么都是我帮你张罗的啊？我自掏腰包养着你，一直到你把孩子生下来。请医生、养身子的钱都是我出的。我供你去布莱顿，供你请保姆，供你买衣服，你吃喝玩乐都是我买单。"

"如果你是个绅士的话，是不会把给我做的这些事说到我脸上的！"

"哦，老天，快闭上嘴吧。你觉得我会在乎自己是不是个绅士？如果我是绅士，怎么会在你这个俗不可耐的贱女人身上浪费时间？我他妈才不在乎你喜不喜欢我。我受够被你当个傻子耍了！乖乖跟我去巴黎，一切都没事儿；要是不去，让你吃不了兜着走。"

她脸蛋气得发红，平时说话总是故意轻声细语，可这会儿也顾不上端着架子了。她破口大骂。

"我从来都没喜欢过你，从一开始就没有过，但是你非要往我身边凑。每次你吻我的时候，我都觉得恶心。就算活活饿死，也不想让你碰我一根手指头！"

菲利普嘴里的一口食物嚼了又嚼，怎么也咽不下嗓子眼儿去。他咕咚咕咚灌了些喝的，点上一支烟，浑身都在发抖。他没说话，等着米尔德里德起身而去，可她只静静坐着，盯着眼前雪白的桌布。如果周围没有其他人，他一定会伸出胳膊把她搂到怀里，忘情地亲吻她，再把唇贴到她的嘴上，她纤长白皙的脖颈往后仰着，一道优美而流畅的曲线。可是整整一个钟头，一句话都没有。最后菲利普感觉餐馆的侍者已经开始好奇地打量他们了，于是把他喊过来准备结账。

"我们走吧？"他问米尔德里德，声音平静。

她没有回答，拿起包和手套，穿上了外套。

"你什么时候再去见格里菲斯？"

"明天。"她若无其事地说。

"你最好把话和他说明白。"

她面无表情地打开包，看见里面有张纸，把它拿了出来。

"这是连衣裙的账单。"她支支吾吾地说。

"什么？"

"我答应店主明天给她付钱。"

"是吗？"

"你答应给我买这条裙子的，现在是不打算付钱了吗？"

"是。"

"好，我去找哈里付吧。"她的脸一下就红了。

"他肯定很乐意帮你买单。他现在还欠着我七镑呢，上个礼拜刚把显微镜当了，他现在身无分文。"

"别想说这些来吓唬我！我挣钱养活自己一点问题也没有。"

"你最好养活好你自己吧。我是不打算再给你一个子儿了。"

她想了想下周六要交的房租，还有孩子保姆的费用，可什么也没说。他们离开餐馆，到了大街上，菲利普问她：

"给你叫辆马车？我想溜达溜达。"

"我没有钱付车费。下午还有欠着的账要付。"

"走走也挺好的。如果你明天想见我的话,下午茶的时候我在家等你。"

他摘下帽子,迈开大步走了。没几步,回头看了看,米尔德里德还无助地站在原地,看着街上车来车往。他又回去,笑着把一枚钱币塞到她手里。

"这是两先令,够你坐车到家了。"

她还没来得及张口说话,他就匆匆走开了。

第七十六章

第二天下午,菲利普坐在家里,心想米尔德里德会不会来找他。昨晚睡得不好,早上在医学院地下室的小餐馆里翻了好几沓报纸打发时间。正逢放假,他认识的几个同学都离开伦敦了,可他还是找了一两个能聊天的人下了几局棋,不知不觉地就把这无聊的时间给打发了。吃完午饭他特别疲惫,头痛欲裂,回家躺在床上想着读本小说。他一直没见到格里菲斯。昨晚回来的时候他不在家,等到家的时候,菲利普其实听到了,可他并没有像往常一样探头进来看看菲利普睡了没。今天一早又听到他早早就走了。显然,他是想躲着菲利普。这时,一阵轻轻的叩门声传来,菲利普从床上弹起来,冲去开门。米尔德里德站在门口,一动不动。

"进来吧。"菲利普说。

他请她进屋,关上门。她坐了下来,犹豫着不知怎么开口。

"谢谢你昨晚给了我那两先令。"

"噢,没事儿。"

她的嘴角微微向上一翘。菲利普看着她,想起一条小狗淘气闯了祸后,为了讨主人开心,脸上露出的那种胆小、奉承的表情。

"我和哈里一起吃的午餐。"她说。

"是吗?"

"如果你还想我周六陪你一起去巴黎,菲利普,那我就去。"

一种打了胜仗的满足感从他心上掠过,只不过这种感觉稍纵即逝,片刻后就被猜疑所取代。

"因为钱吗？"他问。

"一部分吧，"她说得很不在意，"哈里什么也做不了。他在这儿欠了五个礼拜的房租，还欠着你七镑，裁缝一直催着他还账。能当的东西，都已经当了。给我做这件新裙子的裁缝上门讨账，我花了好大工夫才把她打发走，礼拜六还要续缴房租。我也不能立马找到工作啊，总要等一阵子才能有职位空下来吧。"

她说这番话时语调平静，略带抱怨，好像在细数命运的不公，而又不得不逆来顺受。菲利普没作声，她说的这些情况，他早就心里一清二楚了。

"你说这是一部分原因？"

"嗯，哈里说你对我们两个太好了。他把你视为知己。而且你为我做的事，恐怕不会再有第二个男人愿意为我做了。哈里说，我们俩做事必须光明磊落。你给我说过他是个什么样的人，他自己也是那样说自己的。他是个用情不专的人，和你不一样，傻子才会为了他而抛弃你。他不会一直陪在我身边，可你会。这些都是他自己说的。"

"那你想和我去巴黎吗？"菲利普问。

"我不介意。"

菲利普看着她，嘴角痛苦地往下弯着。他的确打了场胜仗，很快就能随心所欲、为所欲为。但想起自己蒙受的耻辱，又自嘲地笑了笑。米尔德里德飞快地看了他一眼，没有讲话。

"我曾经是那么想和你一起去巴黎。想着历经千辛万苦，咱俩终于能幸福地在一起……"

他没有继续往下说。米尔德里德忽然哇地一声哭了起来，泪如泉涌。诺拉也曾经坐在同样的椅子上啜泣不止，她们也一样都把脸埋进椅子的靠背。靠背两边微微突起，中间凹陷下去，刚好坐下的时候可以把头靠在这里。

"我一和女人打交道就倒霉。"菲利普想。

米尔德里德哭得很凶，单薄的身子颤抖不停。菲利普从没见过一个女人哭得这般忘情、这般歇斯底里。他心疼她，心疼得好像要把自己的身体撕裂开来。他不由自主地站起来，走到她身旁，抱着她。米尔德里德没有拒绝，此刻的悲恸入骨让她屈服于他给的慰藉。他俯在耳边轻轻安慰了几句，自己都听不清自己在说些什么，只是弯下腰去一而再，再而三地亲吻着她。

"你是不是很不开心？"他问道。

"还不如死了呢，还不如让我在生孩子的时候死了呢。"

她的帽子碍了事，菲利普顺手摘下来，让她的头安安稳稳地靠在椅背上，回身坐在桌子旁边，看着她。

"这太糟糕了，亲爱的，难道不是吗？"他说，"想想吧，我只是一个想要得到爱情的人啊。"

这会儿，她哭得不那么撕心裂肺了，颓然坐在椅子上，头向后昂着，两手垂在身侧。这古怪的模样活像画家用来搭衣服的假人模型。

"我不知道你有这么爱他。"菲利普说。

他太了解格里菲斯的爱情了，因为他处在格里菲斯的位置上，用他的眼睛看，用他的双手抚摸。他能想象自己进入了格里菲斯的躯体，用他的嘴唇吻着她，用他爱笑的蓝眼睛笑眯眯地看着她。唯一让菲利普不解的是米尔德里德的感情。他从没想过这个女人也会有激情，而此刻她显露出来的，毫无疑问，正是一股激情啊。菲利普心里的防线似乎要崩溃了，身体中有些东西窸窸窣窣地碎了一地，整个人都失去了力气。

"我不想让你不开心。如果你不想和我去巴黎，那就别去了。我还是会照常给你钱。"

她摇了摇头。

"不，我说了会去的，我一定去。"

"何必呢？你爱他爱得要死要活的。"

"是，就是这样，真是爱得要死要活啊。我知道这段感情维持不了多久，他没什么定性，可现在……"

她止了声，阖上眼，好像要晕过去一样。菲利普心里冒出个奇怪的念头，他不加考虑,照实说了出来。

"你为什么不和他一起去呢?"

"怎么去?你知道我们没钱啊。"

"我给你钱。"

"你?"

她直起身子,定定地看着他,眼睛里有了些光芒,脸上也恢复了点颜色。

"也许最好的办法就是你赶快断了这个念想,再回到我身边。"

话已说出口,他心里痛苦万分,同时又暗暗萌生一种奇怪而微妙的感觉。米尔德里德瞪大眼睛看着他。

"哦,我们怎么能用你的钱呢?哈里是不会同意的。"

"不,你好好劝劝他,他会同意的。"

她不愿意用他的钱,倒是让他更坚持了。可发自内心,却希望米尔德里德能坚定地拒绝他。

"我给你五镑,你可以周六去,周一回。这些钱足够了。星期一他就要回家。一直到去伦敦北边的医院实习前,他都会待在家里。"

"哦,菲利普,你是认真的?"她拍着手叫了起来,"如果你真能让我们去的话,我保证以后会特别爱你,为你做什么都可以。我保证会和他做个了断。你真能给我们钱吗?"

"能。"他说。

她现在像完全换了副面孔,喜笑颜开。菲利普能看出来她高兴得都要疯了。她走过来,跪在他身边,握住他的手。

"你真好,菲利普。你是我认识的人里最好的一个。以后你还会生我的气吗?"

他摇了摇头,微笑着,却心疼得要背过气去。

"我能不能现在就去告诉哈里呀?能不能就跟他说,你不介意呢?除非你保证不介意,不然他不会同意去的。哦,你不知道我有多么爱他啊!回来以后,你让我做什么都行。礼拜一你让我陪你去巴黎或者去别的哪儿都没问题。"

她站起来，戴上帽子。

"你要去哪儿？"

"我去找他，问他愿不愿意带我去。"

"现在就去？"

"你想让我再待一会儿？那我就留下好了。"

她转身又坐下来，菲利普笑了一声。

"不，没关系，你最好立刻走。记住：我现在不想见到格里菲斯，我受不了。你跟他说我不恨他或者之类的，想怎么说都行。只是让他一定离我远点。"

"好的。"她从椅子上站起来，戴上手套，"我会跟你转达他的话。"

"你最好今晚陪我吃晚饭。"

"好的。"

她把脸凑过去让他吻，菲利普嘴唇贴上来的时候，她一把抱住他的脖子。

"你真是个小乖乖，菲利普。"

几个钟头以后，她托人送来张便条，说自己头疼，没法陪他吃晚饭。菲利普几乎事先就猜到她会这么做，知道她一定在陪格里菲斯。他心里妒火中烧，这两人之间腾起的情欲像是从天边飞来，似乎冥冥之中有神灵相撮合，他无可奈何。他们爱上彼此再自然不过。他看到所有格里菲斯长于他的优点，也承认如果自己是米尔德里德，同样会选择和格里菲斯在一起。真正使他受到伤害的，其实是格里菲斯的背叛。他们是那么要好的朋友，他知道自己对米尔德里德的一往情深：他本该把她让给他才对。

直到礼拜五，他才又见到米尔德里德；这段时间里，他有多想见她一面，可当她真的出现在眼前，才明白过来，她的心里一点也没想着他。她被格里菲斯迷得魂不守舍，而他竟突然对她生了恨意。现在才知道为什么这两个人能互相看对眼，格里菲斯真是个傻子，傻透了！其实他一直都晓得这点，只不过对此视而不见罢了。他愚蠢透顶，头脑空空，只凭自己的几分魅力隐藏了性格中彻彻底底的自私：为了满足自己的欲望，谁都可以不管不顾。他的生活过得空虚无趣，日日流连于酒馆剧院、觥筹交错之间，身边的女人像走马灯一样换来换去。他从不读书，只关注些轻浮恶俗的东西，向来没有一点高尚的思想；最常挂在嘴边的词儿就是"机灵"，这就是他对一个人的最高评价了，别管是男是女，一律都"机灵"！怪不得他喜欢米尔德里德呢。两个人真是气味相投啊。

菲利普和她扯着闲天，说些对两个人都无关紧要的事。他知道她一心想谈谈格里菲斯，可一点机会也不给她。两天前，她随便找了个借口就推掉了和自己的晚餐，可对这件事菲利普一直闭口不谈。他心不在焉地聊着天，想让她觉得自己变得越来越冷漠。他用一种特殊的技巧对付她，漫无边际地胡侃些微不足道的小事，还句句话里藏针，专门用来折磨她。这些话含糊不清，伤人于无形之中，但她又不好翻脸走人。最后，她站起来说：

"我想我必须得走了。"

"我敢说你肯定还有很多事要做呢。"菲利普说。

她伸出手来和他握了握，道声再会。他替她打开门，心里明白她心里还窝着些话没有说出口。他知道自己冷冰冰、硬邦邦的态度让她有点胆怯了。通常他只要一害羞就会板着脸，看上去非常冷淡，总是能无意之中把人吓上一跳。发现了这件事后，每次一有需要，他都会刻意摆出一脸严肃的样子来吓唬人。

"你没忘记答应过我的事吧？"他在门口顶着门，米尔德里德终于开口。

"什么事？"

"钱的事。"

"你要多少？"

他的语气慎重而冷漠，听来特别挑衅。米尔德里德羞红了脸。他知道此刻她一定恨死他了，该是忍得多苦才能不朝他破口大骂。他就想看着她受点苦。

"明天要交裙子钱和房租。就这些。哈里不去巴黎，我们不需要那笔钱。"

菲利普的心在胸腔里猛撞一下，手一松，门"啪"地合上了。

"为什么不去了？"

401

"他说他不能用你的钱去巴黎。"

一刹那,菲利普像是着了魔,在他身体里久久潜伏的、自我折磨的心魔。尽管他全心希望米尔德里德不会同格里菲斯一起去巴黎,但他竟无法控制自己,非要让她劝服格里菲斯不行。

"为什么不能,我又不是不愿意。"他说。

"我也是这么跟他说的啊。"

"只能这么想了,要是他真想去的话,一定不会犹豫的。"

"不,不是这样的,他很想去。等我们有钱了就去。"

"他非要这么固执的话,我干脆把钱给你好了。"

"我跟他说就当是你借给我们的,等着我们有了钱马上就还你。"

"你真是变了不少啊,现在竟然要跪着求个男人带你度周末去了。"

"真是变了不少,对吧?"她恬不知耻地嘿嘿笑了起来。菲利普觉得后脊梁一阵发冷。

"那你们到底打算做什么呢?"

"什么也做不了啊。他明天回家,必须得回去。"

菲利普的转机眼看就来了。只要格里菲斯不在两人中间碍事,他就能把米尔德里德赢回来。她在伦敦人生地不熟,只能和他待在一块儿。一旦只有他们两个在一起了,他就能很快让她不再迷恋格里菲斯。眼下,只要他乖乖闭上嘴就能平安无事。可他偏有一种邪恶的欲念,要打破这对狗男女的顾虑,想知道他们能在他眼皮底下干出怎样肮脏下流的勾当。如果他再多拿出点东西来当诱饵,怕是这两人就会乖乖上钩,一想到他们马上就要尊严扫地、为人不齿,他就觉得快活得紧。尽管从嘴里说出的每一个字对自己来说都是一种折磨,可同时,也带来一种诡异而变态的快感。

"过了这个村可就没这个店了。"

"我也是这么跟他说的啊。"米尔德里德说。

她声音里的急切和无奈给了菲利普重重一击。他一时手足无措,只顾紧张地啃着指甲。

"你们本来打算去哪儿?"

"哦,牛津!他在那儿上的大学,你知道的。说要带我去各个学院转转。"

菲利普记得自己也有一次说要带她去牛津,可她一口咬定那儿太无聊了,想想都觉得没什么好看。

"看起来这个周末天气会很好。你们要是去了牛津,一定能玩得开心。"

"我为了劝他把嘴皮都磨破了啊。"

"你怎么不试试其他方法呢?"

"说你想让我们去吗?"

"我觉得你们可以不去那么远的地方嘛。"菲利普说。

她沉思了一会儿,望着他。菲利普也逼着自己用和善的眼光回望过去。他痛恨她,鄙视她,却又爱她爱到骨子里。

"告诉你我打算怎么做吧!我先去问问他,看他能不能安排出时间来,要是他同意了,我明天再来找你拿钱。你什么时候在家?"

"吃完午饭就回家,在家等你。"

"好的。"

"我先给你裙子和房租的钱。"

他打开抽屉找出钱来。裙子是六基尼,除了房租,还有一个礼拜的饭钱和付给孩子保姆的工钱。总共给了她八镑十先令。

"非常谢谢你。"

说完,她离开他,走了。

第七十七章

在医学院的地下餐馆吃过饭后,菲利普回到自己家。这天刚好是礼拜六,房东太太正在打扫楼梯。

"格里菲斯先生在吗?"他问道。

"不在,先生。今天早上你走了没多久,他也走了。"

"他不回来了吗?"

"我想应该是不回来了,先生。他把行李都拿走了。"

菲利普想不通他这是什么意思,只好拿起一本书读了起来。这是他刚从威斯敏斯特公共图书馆借来的伯顿[1]作品《麦加游记》,读完前几页,却一个字都看不明白。他的心压根儿就没放在书页上,还竖着耳朵听门铃有没有响。他不敢奢望格里菲斯会撇下米尔德里德,自个儿跑回坎伯兰郡的老家。过不了一会儿,米尔德里德就会来要钱了吧。他咬咬牙,继续往下读,拼命想让自己集中注意力,费了好大的劲儿才勉强看进去几个句子,但心里的郁郁苦痛却让书里的话读来怎么也不是滋味。他悔得肠子都青了,要是当时没答应米尔德里德给他们钱该有多好啊,可既然已经答应她了,就只能硬着头皮照做,倒不是因为米尔德里德,只是因为自己的原因。他固执得几近病态,之前决定过的事,不管怎样为难都要继续做下去。读了三页书,竟一点都没在脑子里留下印象,干脆从头开始再读一遍,一个句子反复念上好几次,自然而然地和他的思绪纠葛在了一起,像是噩梦中见到的可怕图案。他现在可以做一件事:马上离开,在外面待到晚上十二点再回来,这样他们就走不成了。他仿佛看到这两个人每隔一个钟头就往家里打个电话,问问房东他在不在家。想到他们那副失望至极的样子,他觉得特别高兴,不知不觉又把书上的句子念了一遍。可他做不出这样的事。就让他们拿上钱走吧,倒是要看看人能堕落下作到什么地步。他再也看不下去了,书上的字变得一片模糊。向后靠在椅子上,阖上眼睛,悲彻心扉,浑身麻木,就这样静静等着米尔德里德。

过了一会儿,房东太太进来了。

"你要见米勒太太吗,先生?"

"让她进来吧。"

菲利普强打精神,不让米尔德里德看出自己内心正在经受着煎熬。他甚

---

1. 伯顿:英国军官、探险家。曾去麦加朝圣,写成《麦加游记》。

至有股冲动的想法，想扑通一声跪在她面前，拉着她的手，求她不要走，可没有什么能打动她的那颗石头心，她只会把他说的话、做的事全都告诉格里菲斯。他觉得这太丢人了。

"喂，旅行的事谈得怎么样啦？"一见到她，他就硬打起精神来。

"我们要去啦。哈里就在外面呢。我告诉他你不想见他，所以他没进门。但他想来和你道个别，不知道你愿不愿意。"

"不，我不想见他。"菲利普说。

他能从米尔德里德的脸上看出，她一点都不在乎他见不见格里菲斯。现在她站在眼前，可菲利普却只想让她赶快走。

"拿着，这是五镑。你现在就走吧。"

她接过钱来，谢了谢他，转身就要出门。

"你什么时候回来呢？"菲利普问。

"哦，礼拜一。哈里必须在那之前回家。"

他知道自己接下来要说的这句话会让他羞耻万分，可心中犹如醋海翻波，欲火又熊熊燃烧，扑不灭、压不住。

"等你回来，我就能见你了，对吧？"

他一时难以自控，声音里夹带着恳求的腔调。

"当然咯。等我一回来就通知你。"

他挥挥手跟她道别。从窗帘缝里往外看，能看到她跳进一辆停在门口的四轮马车，渐渐走远了。他扑倒在床上，脸埋在手心里，眼眶里盈满热泪。他气自己这般软弱，攥紧拳头，绷直身体，不想让眼泪滑落出来，可这一切都是徒劳，最后还是不争气地号啕恸哭起来。

最后他从床上站起身，哭得精疲力竭，羞愧不已。他洗洗脸，用威士忌和苏打水调了杯烈酒。酒一下肚，心情就好了些。忽然看见壁炉架上还放着两张去巴黎的火车票，怒气猛地上头，便一把抓过来扔到了火炉里。他明知可以退了票换钱，但似乎看着它们一点点烧成灰才更能解恨。他想出门找个伴儿，可酒馆里空无一人。要是现在身边没个能说话的人，那他非得发疯不可。劳森不在英国，他只好去海沃德家，可给他开门的女仆告诉他说海沃德去布莱顿过周末。兜兜转转，又到了美术馆，却发现那里大门紧闭。他心烦意乱，不知道还能做什么，闭上眼睛，仿佛看到此时格里菲斯和米尔德里德可能正坐在去牛津的火车上，面对面地傻笑着。无奈，他打道回府，可家里的一切都令他不寒而栗。他在这度过了太多心酸痛苦的时光。想再拾起伯顿的书往下读，读着读着脑海里却一直有个声音在责骂自己是个傻子。正是他主动建议让他们出去玩玩，也正是他自掏腰包把他们送走：是他逼着他们去的！他在介绍格里菲斯给米尔德里德认识的时候，就该清楚会有什么后果。他这么热心地张罗，迫不及待地让两人见面，他们之间不擦出点火花来倒才奇怪。这个点，他们应该已经到了牛津了吧。肯定住在约翰大街的公寓。虽然菲利普从没去过牛津，但格里菲斯却和他说了不少那里的事，所以，他们到了那儿要住在哪家旅馆、要去哪里游玩，菲利普心里都一清二楚。他们会去卡拉伦登吃饭，每当格里菲斯想要狂欢作乐，总是会跑去这家餐馆。菲利普在查令十字街旁边的馆子吃了点东西，决意要去剧院看场戏，于是买了张票，从人群里一路挤到最后一排。这家剧院上演的正是王尔德的一出戏。不知道格里菲斯和米尔德里德今晚会不会也去，他们晚上总得找点事做打发时间吧，这愚不可耐的两个人，光是聊天肯定一会儿就觉得无聊了。想起他俩庸俗透顶的头脑，菲利普忽然感到一阵愉快——真是臭味相投，看对眼儿了。他心不在焉地看着表演，每到一幕结束就去吧台点杯威士忌喝。他酒量很小，没几口就喝得醉醺醺的了，一会儿骂骂咧咧，一会儿闷闷不乐。戏刚演完，就又去喝了一杯。他知道自己肯定睡不着，所以压根也不上床了，生怕躺在床上就会想到那对狗男女，想到两人交欢作乐的龌龊画面。他知道自己喝多了，失去了理智。此刻只求无止境地堕落下去，肮脏的兽欲吞噬了他。他想蜷缩在阴沟，想扑倒在地，匍匐尘中。

愤怒和悲伤撕扯着心脏。他昏昏沉沉，拖着自己的跛足一步三晃地往皮卡迪里大街走去。一个化着浓妆的妓女伸手抓住他的胳膊，他破口大骂，狠狠把她推开。走了几步，忽然停下来：她好歹也是个女人啊。他为刚才的粗言粗语感到内疚，又走回到她身边。

"喂！"

"滚一边儿去！"妓女说。

菲利普大笑起来。

"我只是想请问你是否愿意赏脸和我吃顿晚餐。"

她惊愕地看着他，迟疑了一会儿。能看出他已经酩酊大醉了。

"我无所谓。"

她竟说了一句米尔德里德最常挂在嘴边的话，菲利普觉得命运真是神奇。他带她去了一间总和米尔德里德光顾的餐馆，在路上走着的时候，发现她低头看了看自己的腿。

"我有只跛足，"他说，"你有意见？"

"你真逗！"她哈哈大笑起来。

吃过饭，回到家，全身上下每一根骨头都酸痛难忍，好像有人拿着把锤子叮叮地敲打他的脑袋，疼得他想放声尖叫。他又灌下一杯威士忌兑苏打，想压压这股痛劲儿。爬上床，一夜无梦，再睁眼已经是第二天中午了。

第七十八章

礼拜一终于到了，菲利普心想，这水深火热的日子也总该回归平静了。他看了看火车时刻表，发现格里菲斯可能搭乘的最晚一班回家的车一点以后从牛津出发，所以米尔德里德应该坐几分钟之后的车赶回伦敦。他想去车站接她，但又想到米尔德里德说不定想一个人静一天呢。她可能晚上回家后，会给自己写封便条寄来，万一没听到她的信儿，就第二天一早去她住的地方瞧瞧。他不敢轻举妄动。他恨格里菲斯，恨得咬牙切齿，可是对米尔德里德，尽管经历了这么多事，却还是有种发自内心的渴望。他很庆幸海沃德前天下午不在伦敦，因为当时他正心烦意乱，急着想找个人来安慰自己，若是海沃德在身边，便会一时失控把所有事儿都说给他听。海沃德肯定会震惊于他的懦弱。米尔德里德已经把身子给了别的男人,可菲利普却还巴望着让她做情妇,要是让海沃德知道了这事儿,一定会鄙视他,甚至会大惊失色,觉得他既窝囊又恶心。然而,不管是窝囊还是恶心,他有什么好在乎呢?他已经把底线放到最低,愿意接受任何形式的妥协,也愿意承担更为堕落的耻辱,只求自己的情欲能够得到满足。

快到傍晚,他的腿像是不受控制一样往米尔德里德的住处迈。到了楼下,抬头看她的窗户,里面漆黑一片。他不敢冒险去看看她回来了没有。他对她的承诺坚信不疑。可第二天早上仍然没有她的来信,到了中午又忍不住去了她住的地方,听女仆说她一直都没回来。他傻眼了。格里菲斯昨天就该回家了,他要给朋友的婚礼当伴郎。米尔德里德身上又没有钱,不回伦敦能去哪儿呢?菲利普把所有可能发生的情况都在脑子里过了一遍。下午又去找了米尔德里德一趟,还留了张便条问她晚上要不要一起吃饭,语气平静得像这两个礼拜什么都没发生过一样。他告知了晚上碰面的时间和地点,心里抱着一线希望等待她的到来。可他足足等了四个钟头,始终没见她现身。礼拜三早晨,他不好意思再去她那儿打听了,于是差一个送信的男孩捎了封信去,还专程嘱咐务必回信。一个小时以后,男孩带着未拆封的信回来了,说那位女士还没有从乡下回来。菲利普气得发狂。他实在受不了这一而再、再而三的欺骗了。他反反复复地麻痹自己,说他恨死米尔德里德了。还把整件事都怪罪在格里菲斯身上,恨不得杀了他才能一雪前耻、快人心意。他走来走去,盘算着在一个伸手不见五指的黑夜向他扑过去,拿把刀子直插喉咙,不偏不倚地戳进颈动脉,让他像条癞皮狗一样惨死在大街上。悲伤和愤怒害他失去了理智。他不喜欢威士忌的味道,却痛饮数杯只为麻木自己。礼拜二三连着两天晚上,他都是喝得酩酊大醉才爬上床的。

周四早上他醒得很晚,睡眼惺忪,脸色蜡黄,拖着脚步去客厅看有没有自己的信。当他认出纸上格里菲斯的笔迹时,心里莫名一动,一股奇怪的感觉升腾而来。

亲爱的老兄：

实在不知道该怎么动笔，但我觉得必须要给你写封信。希望你不要太生我的气。我知道自己不该和米莉[1]就这么一走了之，但我真的控制不住自己。她让我神魂颠倒，为了得到她，我什么都愿意干。当她告诉我你愿意出钱让我们出去玩的时候，我真的难以抗拒。现在一切都结束了，我真替自己害臊，悔不当初。我希望你能回信，不要生我的气，希望你能同意我去见见你。米莉跟我说你不想见我的时候，我真的特别伤心。请务必回信吧，好朋友，告诉我你已经原谅我了。这样我的良心才能安宁。我想你应该不介意，不然也不会给我们钱。但是我知道自己不该拿你的钱。我礼拜一就回家了，米莉想自己在牛津多待几天。她礼拜三回伦敦，等你收到这封信的时候应该已经见过她了。希望一切都顺利解决。请务必回信，告诉我你已经原谅我了。请务必立刻回信。

你的朋友，

哈里

一股怒火涌上脑门，菲利普把信撕了个稀巴烂。他根本不打算回信。格里菲斯的道歉反而让菲利普更瞧不起他。还说什么自己良心不安，简直让人忍无可忍。但凡自己乐意，大可为所欲为，做些卑鄙的事。可真正让人瞧不起的，是事后又幡然醒悟，表现得后悔不已。菲利普觉得这封信写得怯弱又虚伪。信里那种矫揉造作的情感害得他直犯恶心。

"你要真是干了件伤天害理的事，干完之后以为说句对不起就能万事大吉，那未免也太轻松了吧。"他喃喃自语道。

他巴不得哪一天能好好报复格里菲斯一顿，给他点颜色瞧瞧。

不管怎样，现在他总算知道米尔德里德已经回城了。菲利普急匆匆地套上衣裳，来不及刮胡子，喝了杯茶就冲出门坐上马车赶去她住的地方。马车

---

1. 米莉：米尔德里德的爱称。

速度比爬过去快不了多少。他迫不及待想见到她，还无意识地向自己并不相信的上帝做了个祈祷，希望她见到自己的时候能和颜悦色一点。他只是希望能把过去都忘个干净。摁响门铃的那一刻，心好像要从嗓子眼里跳出来。他激动得不能自已，巴不得再一次把她踏踏实实搂在怀里，这几天的煎熬和这般强烈的情欲比起来实在算不上什么。

"米勒夫人在家吗？"他的声音里都带着笑。

"她走了。"侍女回答。

菲利普怔怔地看着她，一脸茫然。

"她一个钟头前来过一次，把东西都收拾走了。"

一刹那，菲利普不知道该说些什么好。

"你把我的信给她了吗？她说要去哪儿了吗？"

他忽然明白过来，米尔德里德又一次把自己给骗了。她压根没想着再回来找他。为了给自己设个台阶，他只好说：

"哦，我敢说一定会收到她的回信的。她可能把地址写错了。"

他转身回了家，颓然失措，郁郁寡欢。早该猜到她会这么做。她从来就不喜欢他，打一开始就拿他当傻瓜耍。她没有丝毫同情心，心肠比石头还要硬，做事心狠手辣，全无慈悲之情。眼下，只能忍气吞声，接受这不可避免的结果。他忍受着难以忍受的痛苦，也许就连死亡都会比现在好受一些。他脑子里忽然冒出一个想法：干脆了结这一切吧，去投河或者卧轨。可还没等他把这想法理清楚，就已经先在头脑中一一否决了。理智告诉他，破碎的心早晚有天会得到治愈。只要拼上全力，不愁忘不掉她。要是为了这个粗俗不堪的贱人了结生命，那才会让人笑掉大牙。生命只有一次，只有疯子才会自寻短见。他预感自己心里烧着的这把火可能永远也压不下去，但又知道时间会治愈所有问题。

不能在伦敦继续待下去了。这里的万事万物无一不让他想起自己的不幸。他发了封电报给伯伯，说自己准备回布莱克斯塔布尔。然后匆匆收拾好行李，跳上最早一班火车离开了。他想离自己的那几间屋子远一点，因为在那里，他承受的痛苦太多太多。他想呼吸几口清新的空气。他憎恶自己，觉得自己脑子都有点不太正常了。

自从菲利普长大成人,牧师家最好的一间客房就留给他住了。这间房子在屋角上,其中一扇窗户前是棵挡住视线的老树,从其他窗户往外看,除了花园和教区的田地外,尽是广阔无际的草原。墙上贴的壁纸还是菲利普小时候的样子,挂着的几幅奇奇怪怪的、早期维多利亚风格的水彩画是出自牧师年轻时候认识的一个朋友之手。现在这些画颜色褪得极淡,别有一番魅力。梳妆台上铺着硬邦邦的平纹棉布,还有一个放衣服的旧式高衣橱。菲利普满意地长舒一口气,他之前从没发现这些东西对自己有什么意义可言。教区的生活每一天都是前一天的重复,连家具的位置都没有变动过。牧师吃的饭和以前一样,说的话和以前一样,散步的习惯也和以前一样。他只是身子胖了些、沉默了些、肚量更小了些。他已经习惯了没有妻子陪伴的生活,也鲜少会思念她。和乔西亚·格雷夫斯的拌嘴倒是照常不变。菲利普回来后也去拜访了这位教堂执事。他身子瘦了些、苍白了些,神色更严厉了些,还像以前一样特立独行、说一不二,还是坚决不同意往神坛上摆蜡烛。小镇上的商店依然是旧旧的样子,让人看一眼就心里喜欢。菲利普站在一家卖水手用具的商店门前,这里有水手靴、油布雨衣和船上用的轱辘、绳索。他记得小时候曾在这里的大海中感受过海水的颤栗和未知世界的惊险刺激。

邮差每每叩响大门,菲利普的心都怦怦地跳乱了节拍:说不定是伦敦的房东太太把米尔德里德给自己的信转寄过来了。可他心里清楚,根本不会有什么信。脑子冷静下来后,他终于能比较清醒地思考问题了。逼着米尔德里德爱上自己不亚于缘木求鱼、煎水作冰。男人到女人、女人到男人之间互相传递的究竟是一种怎样的化学物质,能让一方沦作另一方的奴隶?也许可以图省事儿,将它称作一种性欲的本能。可假设只是这样的话,那为什么会对某个人有强烈的冲动,而对另外的人毫无兴趣呢?这种情感是不可抵抗的,理智无法与之抗衡。友情、感激、利益在它面前都失去了效力。他既不能在性这方面吸引米尔德里德,所做的一切也就根本无法影响到她。这个念头令他作呕,令人之天性显得肮脏不堪;他忽然意识到男人的心里尽是阴暗面。

米尔德里德对他冷若冰霜,他就以为她天生就是性冷淡,她贫血病弱的外表、薄薄的嘴唇、干瘦的身子、贫乳窄臀和没精打采的样子更证实了他的猜想。可忽然之间,她竟爆发出如此强烈的情欲,愿意为了春宵一夜而放弃所有。菲利普一直想不通她为什么会跟埃米尔·米勒鬼混在一起,这太不像她的作风了,她也根本不可能解释清楚。但现在看到她和格里菲斯的风流韵事,菲利普明白了这只是旧事重现:一股放纵难抑的欲望让她如醉如痴,神魂颠倒。她为什么会为这两个男人所吸引呢?他们天性猥琐粗鄙,都会说些恶俗肤浅的玩笑话来迎合她的低级趣味,可最能拿住她的恐怕还是他俩身上那种赤裸裸的、充满肉欲的魅力。她假装风雅斯文,削尖了脑袋想往上流社会挤,却无奈在现实生活中饱受打击,瑟瑟发抖。肉体的官能于她而言是肮脏而不体面的,普通的事物她也非要找个委婉的词儿来形容,似乎只有这样才能更贴切地表达语意。比如这两段风流情史要是让她自己来形容,就会这么说:那两个男人的残忍兽性犹如一根鞭子,抽打在她白嫩瘦弱的肩膀上,她因耽迷情欲而浑身抽搐。

有一件事菲利普可以确定。他不会再回到伦敦的寓所了,因为在那里承受了太多的痛苦。他写信给房东太太通知退房,打算再租一间不带家具的房子,身边所有东西都要用自己的。这样不仅能让人心里愉快,还能更便宜一些。这样做实为应急之举。过去的这一年半里他花了将近七百镑,剩下的日子必须节衣缩食才能把这个大窟窿填上。有时一想起以后的日子,他就不由战战兢兢。他竟像个傻子一样在米尔德里德身上花了那么多钱。可他心里清楚,如果再让他重新选择一次,结果还是不会有任何改变。由于他天生表情不丰富,不太擅长把情绪生动地写在脸上,一举一动也慢吞吞的,所以朋友们总以为他是个意志坚定、深思熟虑、个性冷漠的人。这一切被他看在眼里,觉得特别滑稽。他们说他理智,夸他精通事理,可他知道自己波澜不惊的外表只是张不经意间戴起的面具罢了,就像蝴蝶的保护色。相反,他意志的软弱让自己都大吃一惊。每阵微小的情绪起伏都能让他摇摆不定,好似零落在风中的一片枯叶。每每激情涌来时,周身力气竟仿佛都被抽走了一般。他根本无法控制自己,只因为对别人趋之若鹜的事情表现得无动于衷,所以显得很有自制力罢了。

他想起自己研究出的哲学理论,感到讽刺至极。因为真到了关键时候,这套大道理却好像并没有起多大作用,也不知道思想是否真能在危急时刻给人提供帮助。在他看来,左右自己的力量似乎生根于内,又仿佛来自于外,就像驱赶着保罗和弗朗切斯科[1]的地狱飓风。他想过将来应该怎么做,可不知为何,真等到需要行动了,反而在本能和情感的支配下败下阵来,活像一架由内外两股力量共同作用的机器。理智充其量只是个旁观者,事实鲜血淋漓地暴露在眼皮底下,他却无力干预:像伊壁鸠鲁所描述的诸神,踞于九天之上看着人们的所作所为,可对既成之事无分毫改变之力。

第七十九章

离开学还有几天,菲利普提前到了伦敦,准备另找房子容身。他在威斯敏斯特桥大街附近走街串巷,但实在容忍不了这里邋遢肮脏的环境。最后,他在肯宁顿相中了一间,周遭环境清幽,带着点脱离现代社会的古旧气息。这里有点萨克雷[2]所熟悉的河岸另一边伦敦的影子,纽科姆一家正是坐着四轮大马车从肯宁顿街经过,一路返回西伦敦的家。在这里,道路两侧的悬铃木已经吐了新叶。这条街上的房子都是二层小楼,窗户上大都贴着房子的租赁广告。菲利普找到一幢不带家具出租的小楼,敲了敲门,一个不苟言笑的女人领他看了看里面的四间房子,都很小,其中有一间带着厨房炉灶和洗手池,房租每周九先令。菲利普不想租这么多房间,不过好在房租很低,况且他想立刻就安定下来。他问房东太太能不能替他打扫屋子、做早餐,可她说她手下的事已经忙不过来了。菲利普听了这话,倒是挺高兴的。这意味着新房东

---

1. 保罗和弗朗切斯科:此处指的是但丁在《神曲》中所描写的情节。弗朗切斯科是拉文纳贵族的女儿,被父亲许配给里米尼领主的儿子乔凡尼。由于机缘巧合,弗兰切斯科与乔凡尼的弟弟保罗相恋。乔凡尼得知后将保罗与弗朗切斯科杀害。
2. 威廉·萨克雷:英国作家,文中提到的纽科姆出自《纽科姆一家》。

除了来收收租外，不会和他的生活有任何瓜葛。她让菲利普问问街角上那个杂货铺（同时也是个邮局）老板，他应该能联系上几个愿意帮佣的女人。

菲利普的几件家具都是他这些年东奔西跑慢慢集起来的，从巴黎买的扶手椅、一张桌子、几幅画和克朗肖给他的一块波斯地毯。伯伯已经在八月的时候把房子赁出去了，家里的折叠床没了用处，干脆送给了他。又另花了十英镑，把其他该置办的东西都买齐了。他用十先令把一间房子贴上了淡黄色的墙纸，预备用它做客厅，还在墙上挂了劳森给他的素描画《大奥古斯丁码头》、安格尔的《大宫女》和马奈的《奥林匹亚》的画片。当时在巴黎的时候，他曾把这两幅画贴在洗手架旁，边刮胡子边看着它们沉思一番。为了不忘自己曾一度投身艺海的经历，他把给那个叫米盖尔·阿胡利亚的西班牙人画的炭笔肖像也挂了起来。这是他最好的作品，画面里一个赤裸的男人握拳而站，双脚好像被一种神奇的力量牢牢钉在地上，脸上的表情坚毅，让人过目难忘。尽管过了这么久，他已经能很清楚地看出画上的缺陷瑕疵，但它所带来的回忆和联想还是让他能以宽容之心看待这幅作品。他想知道米盖尔现在过得怎么样了。没有天赋可言，却偏偏固执地要吃艺术这碗饭，没有什么比这更可怕的了。也许在饱尝了风吹日晒、饥寒交迫、病痛缠身的滋味后，他已经在医院了结了自己悲惨的一生。或者一时想不开，绝望过头，跳进了浊浪翻涌的塞纳河。但也有另一种可能：这个来自欧洲南部的小伙子像那个地区的人一样，天生没有长性，早早放弃了奋斗，已经回马德里成了当地一家事务所的小职员，把他谈论艺术的那条三寸不烂之舌用在滔滔不绝地大侃政治和斗牛比赛上了。

菲利普邀请劳森和海沃德来他的新家做客，他们如约前往，一个带了瓶威士忌，一个拿来了鹅肝酱。他们把菲利普的品位好一顿夸，夸得他心花怒放。他本来还想邀请那位苏格兰股票经纪人，但无奈家中只有三把椅子，只能招待有限数量的客人。劳森听说上次那次聚会之后，菲利普和诺拉·内比斯特变成了非常要好的朋友，便顺口提起几天前还见了她一面。

"她还打听你的事呢。"

菲利普一听到她的大名，脸唰地就红了（他到现在还是改不了一尴尬就脸红的毛病），劳森好奇地打量着他，一脸疑惑。劳森现在一年到头基本都待在伦敦，早就入乡随俗了。他喜欢把头发理得很短，穿一身整洁的哔叽套装，戴着圆顶高帽。

"我猜你俩的事儿已经吹了吧。"他说。

"我好几个月没见她了。"

"她看上去挺漂亮的，戴了顶时髦的帽子，上面插着好多白色的鸵鸟毛。最近应该过得不错。"

菲利普换了个话题，可脑子里还是一直想着她。过了一会儿，三个人已经谈起了别的事儿，他却忽然插嘴说：

"你觉得诺拉生我的气吗？"

"一点也没有啊。她还说你好话呢。"

"我想去看看她。"

"去呗，她还能吃了你不成。"

过去的一段时间里，菲利普常常想起诺拉。米尔德里德离开的时候，他第一个想到的人就是她，心里酸酸的：诺拉是绝对不会这样对待自己的。他脑子一热，真想立马跑到她跟前，偎着她取个暖愈合心伤，可又苦于抹不开面子，思来想去只好作罢。诺拉一直都待他很好，他却在她面前表现得像只畜生一样。

"我要是能放聪明点，一直守在她身边该多好啊！"劳森和海沃德走了之后，他一个人自言自语道。上床之前，又抽了一斗烟。

往事历历在目：他们相依在文森特广场那间舒适惬意的客厅里；一起去画廊和剧院；多少个夜晚耳鬓厮磨、情话绵绵。她盼望着他健康快乐，为他的大事小事牵肠挂肚。对他的爱善良而绵长，其中不仅包含了情欲，还有种近似母性的关爱。菲利普一直知道自己能得到这份情谊，实在是三生有幸，非要虔诚地感谢上天才行。他决心向她忏悔，任凭她的处置。想必她吃了不少苦吧。可他觉得她心肠宽宏豁达，从不记仇，一定能原谅他。是不是该给她写封信呢？不，应该忽然出现在她面前，扑到她脚下——其实若真到了那时，他一定害羞得紧，不敢表现得这么夸张，可他喜欢幻想这样的情节——只要她还肯回头，自己就愿意一辈子守护着她。那困扰着他的顽疾已经得以痊愈，他终于知道诺拉对自己有多么重要。这一次，希望她能相信自己。他的想象跃入未来：周日的泰晤士河静谧安详，他和她泛舟河上，一路驶往格林尼治。和海沃德的那次意外之旅让他久久难忘，回忆里，伦敦港的恢弘壮丽也熠熠生辉，精彩非常。夏季午后，暑气未消，他们坐在公园忘情畅谈。诺拉欢快的声音如同一条晶莹的溪流，流淌在小小的碎石上，时而激起几朵水花，自由自在、痛快淋漓、个性盎然。想到这，菲利普不由笑了起来，淤积心头的痛苦也似噩梦般消散在昼光之中。

第二天到了喝下午茶的时候，他知道诺拉这个点一定在家。敲响门的那一刻，他忽然紧张起来。她会原谅自己吗？这样不先问一声就冒冒失失地上门似乎有点过分。一个新来的女佣开了门，他以前天天往这跑的时候从没见过她。他问她内斯比特夫人在不在家。

"麻烦你问问她愿不愿意见一个姓凯利的人？"他说，"我在这等着。"

女仆上了楼，没一会儿，又啪嗒啪嗒跑下来。

"请上楼吧，先生。二楼前面的那个房间。"

"我知道。"菲利普浅浅一笑，说道。

他上了楼梯，心里如小鹿乱撞，敲了敲那扇门。

"进来吧。"一个熟悉、欢快的声音传来。

这声"进来吧"似乎是邀请他进入安宁幸福的新生活。他走进去，诺拉迎上来接待，和他握了握手，好像昨天刚刚见过一样。一个男人看他进门也站了起来。

"凯利先生——金斯福德先生。"

菲利普心里涩涩的，看见诺拉不是一个人在家，不由感到有点失望。他坐下来，和那个陌生的男人握了握手。之前从没听诺拉提起过他的名字，但菲利普觉得他坐在曾经那把属于自己的椅子上倒是很自在随意。男人大概四十岁，脸刮得溜光干净，长发打理得整整齐齐，皮肤红扑扑的，像所有不再年轻的美男子一样，眼珠颜色暗淡、倦怠不堪。鼻子和嘴都生得很大，脸上的骨架又宽又凸,颧骨高高立起来,看上去粗犷不羁。个儿比一般人要高,肩膀也比一般人宽厚。

"我还一直在想你过得怎么样呢。"诺拉用她活泼跳跃的口吻说,"那天见着劳森先生了,他跟你说了吗?我告诉他说你也该来看看我了。"

菲利普从她脸上看不出一丝尴尬的阴云。再见面,他觉得窘迫难安,可她却轻轻松松就应付过去了,真是令人佩服。她给他倒了杯茶,正要往里搁糖呢,他赶紧制止住她。

"我怎么这么蠢!"她叫起来,"我把这事儿忘了。"

菲利普才不信这鬼话。她肯定还记得他喝茶从来不加糖。从这件事足以看出,她表面一副满不在乎的样子都是故意而为的伪装。

诺拉和那个男人继续聊起刚才被菲利普的到来所打断的话题,过了一会儿,菲利普觉得自己有点像个电灯泡。金斯福德旁若无人,侃侃而谈,只当他不在场。他的话挺有意思,但语气有些武断。看来他是个新闻记者,不管说到什么话题,都没他不知道的料。菲利普渐渐地插不上话了,心里又急又气,决心奉陪到底,非要先把这位客人磨走。不知道他是不是看上诺拉了。曾经他经常和诺拉一起嘲笑那些和她搭讪调情的男人。菲利普想聊些只有他和诺拉知道的话题,可那位记者每每都能搭上话,顺利地把话茬引开,让菲利普不得不闭嘴了事。他有点生诺拉的气,她肯定能看出他受到冷落,处境尴尬,可说不定也把这当作对他的惩罚呢。这么一想,他的火气就消了不少。最后,时钟敲响了六点,金斯福德站起身来。

"我得走了。"他说。

诺拉和他握了握手,送他走到楼梯口。她出门的时候把门带上了,在外面站了一会儿。菲利普猜测他们在外面说些什么。

"金斯福德先生是谁啊?"等她一回来,他就兴高采烈地问道。

"哦,他是一家哈姆沃斯杂志社的编辑。最近刊登了我不少作品呢。"

"我还以为他今天不打算走了。"

"你能留下来,我很高兴。我想和你谈谈。"她瘦小的身子窝进一把宽大的扶手椅，双腿蜷在身子下面，点了一支烟。菲利普过去一直觉得她这个姿势非常可爱，这会儿只看着她，温柔地笑笑。

"你看上去像只小猫。"

她黑亮有神的眸子闪了一下。

"我真该改掉这个习惯。都这把年纪了，还像个小孩一样，真是可笑。但我喜欢坐下的时候蜷着腿。"

"又坐到这间屋子里了，真好。"菲利普高兴地说，"你不知道我有多想念这种感觉。"

"那你干吗之前不来呢？"她欢快地问。

"我害怕。"菲利普羞红了脸。

她看了他一眼，眼神里全是善意和包容，嘴角绽出一抹迷人的微笑。

"你用不着害怕。"

他迟疑了一会儿，心剧烈地跳动着。

"还记得我们最后那次见面吗？我简直是个混蛋，真替自己害臊！"

她沉沉看着他，没有说话。菲利普觉得自己像是到这儿来完成一件任务，只是到了现在才忽然意识到这事的荒谬。诺拉迟迟不说话，他只好硬着头皮直截了当地问出了那句话：

"你能原谅我吗？"

他迫不及待地告诉她，米尔德里德扔下他跑了，他差点没熬过来，一死了之。他把所有事儿一五一十地跟诺拉道来：孩子的出生，和格里菲斯的会面，他有多傻多相信他们，又受到了多大的欺骗。他常常想到她的好、她的爱，而自己竟然抛弃了这一切，实在追悔莫及。只有在她身边时，他才会感到幸福，她对自己是多么重要啊。他的声音激动得有点嘶哑。不时，他为自己说出的话深感羞耻，不敢看向她的眼睛，只好低头盯着地板。他的表情因痛苦而扭曲，可把这些话都说完，心里倒像是落下一块大石头。说完，他往椅背一靠，口干舌燥，等着诺拉的反应。他一点也没有遮掩，甚至把自己说得比实际更可鄙、更下作。诺拉依然不作声，这让他有点发毛。她甚至没有看他，只是脸色惨白，好像陷入了沉思。

"你没有什么想对我说的吗？"

她终于开了口，脸蛋红通通的。

"恐怕前阵子你吃了不少苦吧，"她说，"实在很替你伤心。"

话好像没说完，可她就停在这儿了。菲利普仰着头等她继续说。过了好久，她好像逼着自己把话说出来。

"我和金斯福德先生订婚了。"

"你为什么刚才不告诉我？"菲利普大喊出来，"本来不必让我这么大出洋相！"

"对不起，我没法叫你停下来……我认识他的时候，是你刚刚……"——她似乎在找一个不会伤害到他的说法——"刚刚告诉我你朋友回来找你了。我那阵子非常难过，他对我很好。他知道有人伤了我的心，可不知道那个人就是你。要是当时没有他，我都不知道自己怎么能撑下来。就在那时，我感觉自己不能再这样工作、工作、工作下去了，我太累了，一点力气都没有了。我跟他说了我和丈夫的事。他给我出了笔钱，让我离婚，早点嫁给他。他有份很好的工作，婚后如果我不想继续工作了，他也养得起我。他很喜欢我，也很想好好照顾我。我很感动。现在，我也非常非常喜欢他。"

"离婚的事办妥了吗？"菲利普问。

"我已经拿到判决书了。七月就能办下来，到时候，我和金斯福德马上结婚。"

沉默了很久，菲利普才又开口。

"我要是当时不犯傻该多好啊。"他自言自语道。

他正想着自己刚才那番又长又羞耻的忏悔，诺拉忽然不解地看他，说道：

"你从来没有真正爱过我。"

"爱一个人不是什么快乐的事。"

他的情绪一向恢复得很快，站起来，伸出手，说道：

"希望你能过得很幸福。毕竟，这对你来说再好不过了。"

419

诺拉握住他的手，眼神有些恋恋不舍。

"你还会来看我的，对吧？"

"不，"他摇了摇头，"看到你们相亲相爱，我会吃醋的。"

他慢慢从诺拉家走出来。她说得对，他从来都没有爱过她。可他还是心里空落落的，甚至有点生气，因为他的虚荣心比其他任何感情都来得重要。他太了解自己了。也开始觉得上天把他踏踏实实地耍了一顿，只好暗自苦笑。他素来擅长嘲笑自己的荒唐行为，这种天赋真害得人不舒坦。

第八十章

接下来三个月，菲利普学习的都是之前从未接触过的内容。差不多在两年前进入医学院学习的笨头笨脑的学生，现在已经走了不少。有人发现这里的考试比想象的要难，所以半途而废离开了医院；有些人的父母低估了伦敦的生活费，眼见钱花得差不多，就把孩子召回去了；还有些人则飘飘荡荡投奔了别的行当。菲利普认识一个年轻人，想了个生财的歪点子：在打折的时候囤货，然后典当出去，挣得中间的差价。后来变本加厉，竟然赊账买东西再变卖出去。直到有人在法庭上供出了他的名字，整个医学院一片唏嘘。他先是被关押候审，后来他提心吊胆、安宁不得的父亲出面担保，送他去海外承担"白种人的担子"了。还有一个学生，从来没在大城市里生活过，刚一来就被灯红酒绿、五光十色的杂耍剧院和酒馆迷住了，整天混迹于马场，和赛马迷、专门提供比赛小道消息的人以及驯马师混在一起。他赌博欠了不少账，现在正在赛马场的押注处工作，挣钱还债。菲利普在皮卡迪利马戏团旁边的酒馆撞见过他，他穿了件腰身很紧的外套，戴了顶帽檐宽平的棕色帽子。还有一个人嗓子不错，模仿起别人来惟妙惟肖。他曾在医学院的"吸烟音乐会"[1]

---

1. 吸烟音乐会：维多利亚时期尤为流行的一种非正式的娱乐形式，主要为音乐、歌唱表演，台下观众均为男性。

上露了一手，凭着模仿一个臭名昭著的喜剧演员而大获称赞。后来，他从医学院退学转去参加歌舞喜剧合唱团了。最后要说的这个人，菲利普对他挺感兴趣的。别看他举止粗鲁无礼，说话咋咋呼呼，看起来好像没心没肺，但他却总感觉在伦敦排排幢幢的房子里透不过气，时刻要窒息过去。他把自己关在屋里，越来越奄奄一息，尽管知道自己是个没有灵魂的人，却还是觉得那个并不存在的灵魂像只被人攥在手里的麻雀，翅膀拼命扑腾，心脏扑扑乱跳。他渴望飞向广阔的天空，想念童年时那片一望无际的荒凉。忽然一天，他走了，没和一个人说一句话，就在课间默默走掉了。朋友们后来听说他放弃学医，跑到农场干活了。

菲利普现在内外科兼修。每周有几个早晨要坐诊，给病人包扎伤口。能挣点外快，日子也算开心。别人教会他听诊，怎么用听诊器。他还学了配药。七月有场药理学考试，他觉得鼓捣各种药品、调配药剂、搓药丸、制药膏都是很有意思的工作。凡是可以从中取乐的事情，他向来不放过。

有一次，他隔得老远看见格里菲斯。为了不一时冲动闹出人命，便转头走开了。格里菲斯的一些朋友现在也和他关系不错，他在这些人面前说话办事很拘谨。得知他们已经对两人反目成仇的故事有所耳闻，他推测他们应该也知道事情的原委了。其中有个长着小脑袋的高个子小伙，天天无精打采的，名叫拉姆斯登。他是格里菲斯最狂热的崇拜者之一。打什么领带、穿什么靴子、举手投足、张嘴闭嘴都是按着他的套路来。他告诉菲利普，因为他迟迟不回信，格里菲斯很受伤。他想和他言归于好。

"是他让你跟我说的？"菲利普问道。

"不，不。是我自己想来找你谈谈。"拉姆斯登说，"他觉得特别对不起你。还说你一直对他好得没话说。我知道他一定想同你和好。他之所以不来医院，只是因为害怕见到你，怕你不理他。"

"我本来就不该搭理他。"

"他可伤心坏了，你知道吗？"

"我想，他难受也是自找的吧。"菲利普淡淡地说。

"只要你能原谅，让他做什么都行。"

"幼稚！虚伪！他有什么好在乎呢？我对他来说无关紧要，有我没我他都能过得很好。我对他早就没兴趣了。"

拉姆斯登感觉菲利普是个不好对付的冷酷的人。沉默一会儿，他忽然满脸狐疑地看着他，说："哈里真希望从来没和那个女人发生过关系。"

"是吗？"菲利普反问一句。

他对自己这种仿佛事不关己的冷漠语气感到很是满意，没人能知道他的一颗心现在跳得有多快。他急切地想从拉姆斯登那里听到下文。

"我想你现在是彻底从那件事里缓过来了吧？"

"我吗？"菲利普说，"当然了。"

拉姆斯登把整件事娓娓道来，菲利普慢慢了解了米尔德里德和格里菲斯恋情的来龙去脉。他嘴角挂着笑，镇定自若的样子让面前那个迟钝的小伙子真以为他一点都不在乎呢。原来，在牛津和格里菲斯相处了一个周末后，米尔德里德的欲火一点也没消下去，反而愈烧愈烈了。等到格里菲斯准备回家的时候，她突发奇想说要在牛津多留几天，因为在这儿的日子过得太开心了。没有什么能引诱她乖乖回到菲利普身边。他让她反胃。格里菲斯做梦也没想到自己把她勾出了这么大的火儿。和她待在乡下的这两天着实无聊透了，他只当这是段风流韵事，可不愿意和她纠缠个没完没了。她逼着他发誓一定会写信寄来，而他是个言而有信的正派人，做事追求礼节周全，还一心想让所有人都喜欢自己，所以刚到家就给她写了封情真意切的长信。她的回信笔迹凌乱，激情四溢，鉴于她本就没有多少文字天赋，整封信写得颠三倒四，俗不可耐，让格里菲斯大倒胃口。第二天，紧接着又收到了一封，过了一天又来了第三封。他开始觉得她的爱情不是蜜糖，而胜似砒霜。他没有回信，她就用电报一封封地轮番轰炸，问他是不是生病了，是否收到她的信；说总是听不到他的消息，害得她担心死了。格里菲斯没别的办法，只能写信过去，绞尽脑汁把话说得随意而不唐突：求她别再发电报纠缠了，他实在很难跟母亲解释为什么会收到这么多电报。他母亲还是个老古董，一看有电报发来就吓得浑身哆嗦，生怕出了什么大事。她又转而写信，说非见到他不可，还要去典当些东西（菲利普送给她的那个化妆包还能卖个八镑），跑到离格里菲斯父亲行医的村庄四英里远的地方住下来。这个主意可吓坏了格里菲斯，他赶紧发回电报告诉她这么做万万不可。他说等自己一回伦敦就联系她，可真等回来了，却发现她已经去他准备就职的医院找过他了。他不喜欢被人逼得这么紧，再见到她的时候，便直截了当地说不论发生什么情况都不允许她再找去医院了。一别三周，再见到她的时候反而觉得她更烦人。他想不通自己怎么会看上她，下定决心要趁早做个了结。他是那种不喜欢吵架的人，也不希望给别人带来痛苦，可这时他还有要事在身，更不想让她缠着自己。再碰面时，他满面春风，笑容可掬，解释了半天为什么最近一直没来见她，态度诚恳，令人不得不信服。可同时，他又想尽各种手段躲着不见她。每次她逼着要见面，他都在最后一刻发来电报说自己脱不开身。她上门来找他，房东太太（他工作的前三个月还住在公寓里）也受命骗她说他不在。后来她又换了策略，开始在路上堵他，好几次听她抱怨说已经在医院门口等了好几个钟头了，他就来几句甜言蜜语，然后推说自己还有工作，溜之大吉。他已经学会了一手从医院悄悄溜走的技巧。有次，三更半夜刚到家门口，看见栅栏那里站了个女人——不用猜都知道那是谁——于是又悄悄摸到拉姆斯登那里借宿了一宿。第二天，房东告诉他米尔德里德坐在门前台阶上哭了好久，最后不得不吓唬她，说要是再不走就要喊警察来了。

"告诉你吧，伙计，"拉姆斯登说，"你早脱身是对的。哈里说要是当时知道日后她会这么纠缠不休，还和她勾勾搭搭的话，自己就不得好死。"

在菲利普的脑袋里，出现了这样的一幅画面：米尔德里德坐在台阶上，哭哭啼啼一整晚。房东太太来赶人，她就抬起头不知所措地呆呆看着她。

"不知道她现在过得怎么样。"

"哦，她在什么地方找了个活儿干。谢天谢地，总算不至于天天闲着没事了。"

他俩之间发生的最后一件事，是夏季学期快要结束的时候，格里菲斯实在受够了米尔德里德频繁的骚扰,终于决意要撕破脸皮。他告诉米尔德里德,自己很讨厌被人缠着,让她最好滚远点,别再来烦他。

"这也是无奈之举,"拉姆斯登说,"毕竟米尔德里德这事儿做得太过火了。"

"事情就这么完了?"菲利普问。

"嗯,他有十天没见着她了。你还不知道嘛,哈里甩人可有一套了。这次这个算是最难缠的,可他还是摆平了。"

关于米尔德里德的事,菲利普再没听过什么。她像一滴水,消失在伦敦的茫茫人海中。

第八十一章

冬季学期一开始,菲利普成了门诊医师的助理。门诊部一共有三个助理医师,每人每周负责坐诊两天,菲利普跟在蒂勒尔医生下面学习。蒂勒尔医生很受学生欢迎,想做他的学徒还得经过一番竞争才行。他时年四十五岁,个子高高瘦瘦,脑袋很小,满头红发剪得极短,蓝色的眼珠往外凸着,脸色酡红。说话时语调活泼轻巧,喜欢讲笑话,对人情世事豁达宽恕。他是个事业有成的男人,从医多年,救死扶伤无数,有望受封骑士头衔。由于经常和穷人、学生打交道,他自然养成一种高高在上却体贴和善的态度。病人见得多了,他一个身强体壮的人深谙知足常乐之理,愿意屈尊俯就,为病人着想。这种态度常被一些医生视作专业的标识。他使病人觉得自己好像是闯了祸的学生,正站在笑眯眯的校长面前,而疾病不过是因为调皮捣蛋犯下的错,有趣却不致人发怒。

学生必须每天都来门诊观摩学习,看看病例,尽可能多地掌握知识。等轮到值勤的那两天,会有更具体、明确的任务分配下来。那时候,圣鲁克医院的门诊一共有三间相连的诊室和一个宽敞、阴暗的候诊间。候诊间里有几根大石柱和长条凳。每天中午,病人领了挂号证后就先在这儿排队等候,好几条长长的队伍里，有人拎着药瓶药罐，有人衣衫褴褛、满身尘土，还有几个穿着体面的人在黑黢黢的角落里正襟危坐。男男女女、老老少少挤在一起，好一幅怪异恐怖的画面，让人喘不过气来。他们让人想起杜米埃[1]笔下冷酷无情的人物形象。所有房间都刷成一个色，墙是橙红的，墙围子则是深一些的栗色。这里弥漫着一股消毒剂的刺鼻气味，到了下午，混着病人身上的汗味、体味，简直臭气熏天。第一间诊室是最大的，中间给医生放了桌子和办公椅，两边各有一张略小、略矮的桌子，其中一张属于住院医师，另一张则是当天负责登录病历簿的医师助手专用。病历簿是本大册子，上面记着病人的姓名、年龄、性别、职业和病情。

住院医师下午一点半来，先摇铃让护工把老病号唤进来。数量还真不少，要赶在两点蒂勒尔医生上班前尽量多打发走几个。和菲利普共事的住院医师是个干净利落的矮个小伙，自视甚高，总对助理摆出居高临下的臭架子。几个和他年纪相仿的大龄学生喜欢套近乎，并没有因为他是医师而表示出应有的尊敬。他则对这些人的埋怨统统写在脸上。开始看病了，助手在一旁帮着医师诊断。病人络绎不绝。最先进来的是男病号，他们得的都是慢性支气管炎，"剧烈、持续的咳嗽"是主要症状。每次进来两个人，分别把挂号证递给住院医师和医师助手。要是他们的病情有所好转，就在病历上写下"14"，让他们拿着药瓶药罐再去领十四天的药。有些老油子拼命往后挤，想过一会儿等蒂勒尔医生给他们看病，但是这种做法很少奏效，只有三四个人的病情值得让医生亲自上阵瞧瞧。

蒂勒尔医生来了。他步履轻快，脚下生风，让人隐约想起马戏团里一边跳上台，一边喊着"好戏开演啦"的小丑。这种风风火火的劲头好像在暗示大家：生病有什么要紧？看我药到病除，轻松解决。他坐下来，先问问有没有需要瞧瞧的老病号，再一一轮番给他们复诊。他一边听着病人们描述自己的病情，一边用敏锐的眼睛盯着他们不放，时不时还和住院医师开个玩笑

---

1. 奥诺雷·杜米埃：法国十七世纪画家、讽刺漫画作者。

（他的话把所有助手都逗得乐不可支）。虽说住院医师也笑得前仰后合，可还是心里窝火：助手们竟然也敢和他一起哈哈大笑，这可成何体统！最后，蒂勒尔把老病号都看过一遍，再把天气评论一番，就摇铃招呼护工叫新病号进来。

他们一个一个按顺序走进诊室，坐在蒂勒尔医生的桌前。这些人里有年轻的，也有老的，还有中等年纪的，大多是些干体力活的，码头小工啦、马车车夫啦、工厂工人啦、酒馆侍者啦等等，还有一些穿戴整齐的人，显然等级更高一些，像什么商场店员和办公室职员之类。蒂勒尔总是一脸狐疑地打量着这些人。有时候他们故意穿得破破烂烂装成穷人，可蒂勒尔天生目光敏锐，一眼就能识出骗子。有时他觉得一些人应该能支付得起医疗费，就干脆拒绝给他们看病。女人是最可恶的惯犯，又天生愚不可及，总是要露出些狐狸尾巴。她们刻意穿上打满补丁的外套和裙子，却忘了把手指上的戒指摘下来。

"你既然买得起珠宝首饰，肯定也请得起大夫。医院是个只给穷人看病的慈善机构。"蒂勒尔医生说。

他把挂号证递回去，喊下一个病人进来。

"可是我都挂上号了啊！"

"我不管你挂没挂上号，快出去。你没有权利来这儿，占用穷人看病的时间。"

病人一脸不悦，皱着眉头走了出去。

"她说不定还会给报社写信抱怨伦敦医院管理不善呢。"蒂勒尔医生一边调侃着，一边接过下一个病号的挂号证，狡黠地在病人身上扫过一眼。

大多数来这看病的人都觉得医院是国家机构，既然已经上了税，享受医疗服务自然是他们的权利，还想当然地觉得坐诊的医生能挣个盆满钵满。

蒂勒尔医生给每位助理分配了一个病号检查。他们把病号领进里边的小屋子，每间屋子里都有一张铺了黑色马尾衬布的沙发。助理在这问病号几个问题，检查一下心、肺、肝脏功能，在病历上做做记录，心里面大概有个诊断意见，再等着蒂勒尔医生进来确诊。过了一小会儿，等医生把那几个男病人都看完，就也进到里面的屋子来，身后跟着一小撮学生。助理先把病人的检查结果公布出来，医生问他一两个问题，再亲自检查一遍。要是病人的情况特殊，学生们就都纷纷拿出听诊器围上来，两三个趴着听前胸，一两个围着听后背，剩下的则急不可耐地等着轮到他们。病人站在中间，看上去有点尴尬，但好歹也成了万众瞩目的焦点，所以倒也不算不痛快。蒂勒尔医生滔滔不绝地讲着病人的情况，他在中间听得一头雾水。两三个学生为了辨别出医生刚才说的心脏杂音或胸腔内部的噼啪声，又戴起听诊器听了一遍。最后，才让病人穿上衣服。

等这几个病例都诊断完，蒂勒尔医生又回到那间大屋，坐回到自己的椅子上。他随口提问站在身边的学生，应该给刚才那个病人开些什么药。学生给出了一个处方，提出一两种药的名字来。

"是吗？"蒂勒尔说，"这新处方可闻所未闻。还是别这么别具一格。"

学生们哄堂大笑，医生调皮地眨眨眼睛，给出了和学生意见全然不同的几味药。有时候两个病人的病情一模一样，学生照着他之前的处方给药，可他偏要别出心裁，想个不一样的方子。医院的药剂师经常忙得叫苦连天，想优先采用之前已经配好的药方，最好是医院用了好几年，一直疗效不错的那种。蒂勒尔医生明知这一点，还经常写些复杂难配的处方来自娱自乐。

"我们得给药剂师找点事干啊。如果总是开'白蛋白喷剂'这么简单的处方，他们的脑子老不转，恐怕就要锈掉了。"

学生又大笑起来，医生环视一圈，对自己的幽默机智很是满意。他摇响诊铃，护工探头进来，他说：

"请把那些之前来过的女病号叫进来吧。"

护工出去唤人了，蒂勒尔就靠在椅背上和住院医师闲扯。长期女病号分成几队进来，一队是患贫血的。这些人额头上都盖着厚厚的刘海，嘴唇惨白，没有一点血色；一队是消化不好的，她们本来就吃不好，还总是吃不饱。胖瘦不一的老女人专门站成一队，她们因为频繁生育所以过早地衰老了，一到冬天就咳个不止；还有一队女人嚷着自己这不舒服，那不得劲，浑身都是毛病。蒂勒尔医生嘱咐住院医师尽快把她们打发走。时间一点点过去，小屋里的空气越来越凝固，气味也更让人作呕。医生看了看表。

"还有新来的女病号吗？"他问道。

"我看还有不少呢。"住院医师说。

"最好把她们也叫进来吧。你们继续看老病号。"

男人的常见病都是饮酒过度引起的，女人则是由于营养不良。快到六点，他们终于把所有病人都看完了。菲利普站得腿酸腰软，加上屋里空气不新鲜，精神又一直高度集中，这会儿已经精疲力竭。他和几个助理同事一起走回医学院喝茶。

他觉得这份工作有趣极了。艺术家手里的原料或毛坯往往富有生命力，饱含人情味。他也忽然惊喜地意识到自己正像个艺术家，病人正是他手中等待塑造的胶泥。想起在巴黎的那段日子，他兴奋不已，心头一颤。那时，他整天想着的都是色彩搭配、色调平衡、画面明暗和一些乱七八糟谁也说不明白的事儿，一心想画出几幅美丽绝伦的作品。而现在，每当面对面地接触陌生的男男女女时，一种前所未有的力量就猛然向他袭来。他发现，看着他们的脸、听着他们的声音是那么有趣。这些人走进医院，神态千奇百怪，有些笨拙地拖着步子，有些轻快地一溜小跑，有些步履沉重，还有些腼腆害羞。通常一眼看过去就能猜出他们的职业身份。时间一长，也就学会了怎么提问才能让他们听懂你的问题，也了解了在哪些问题上几乎所有病人都会撒谎，并且知道应该怎么拐弯抹角地逼问出几句真话。你会看到他们对待同一件事物有什么不同的态度。同样是严重的病情，有些人能一笑置之，有些却深陷绝望迟迟走不出来。菲利普在其他人身边常常会感到害羞，处在病人堆里反而不会觉得拘谨。并不是说对生病的人怀有同情心，因为同情心本身就是一种居高临下的感情，而是因为他在这些人身边觉得更自在。他能舒缓病人紧张的情绪，每当医生让他给病人检查的时候，他都觉得那位病人似乎对自己有一种特殊的信任感。

"也许，"他微笑着心里琢磨，"也许我天生就是当大夫的料吧。要是我就这么稀里糊涂地找着了最适合自己的职业，那才有意思呢。"

菲利普觉得下午在医院值班非常有趣，可似乎自己是所有助理里唯一一个这么觉得的。对其他人来说，来看病的男人女人不过只是病号罢了，如果他们得了疑难杂症，就刚好可以研究一番。如果病情很普通，那诊断过程则会很无聊。他们听听心脏有没有杂音，偶尔发现肝脏不正常或者肺部有奇怪的声音就会大惊小怪地议论不休。可菲利普却能看到更多。他喜欢认真观察每个病人：头和手的形状、眼睛的样子、鼻子的长度。在诊室里经常能看到人在受到惊吓时的第一反应，那些常规的面具被残忍地撕扯下来，灵魂赤裸裸地暴露眼前。有时，本能的隐忍才是最为动人的一幕。菲利普接诊过一个大字不识的糙汉子，告诉他病情已经无药可救了。菲利普尽量把结果平静地传达出来，眼前这个男人在一群陌生人面前咬紧牙关，其坚强而伟大的本能反应让菲利普都惊讶不已。然而，当他独处一室，直面内心时，是否还能坚强如此？还是会向绝望投降？有时，这里会有悲剧上演。一个年轻女人带着妹妹来看病。女孩才十八岁，面孔精致，湛蓝的眼睛目光灼灼，浓密的秀发在秋日的阳光下闪耀着星星点点的金辉，皮肤白皙细腻，毫无瑕疵。所有学生的眼光都被她吸引过去，毕竟在这几间阴暗的小诊室里难得见到这样姿色不凡的姑娘。她姐姐讲了讲家里的事：父母都死于肺结核，还有一个哥哥和姐姐也都难逃厄运，最后只剩下她俩相依为命了。妹妹最近咳得厉害，体重一个劲儿往下掉。医生让小女孩脱下上衣，只见她颈子上的皮肤像牛奶一样洁白光亮。蒂勒尔医生默默地给她做检查，手法快而熟练，他指了指几个部位让助理拿听诊器听一下，然后让女孩穿上衣服。姐姐站在稍远的地方，压低声音询问医生，以免让妹妹听到什么动静。她害怕得声音都发抖了。

"她没有得上那病吧，医生，对不对？"

"恐怕没什么意外，就是那病了。"

"她是我最后一个亲人。她走了，我就什么人都没有了。"

她开始抽泣起来，医生看着她，表情也格外沉重。他想她大概也有这类的病，怕是活不了很久。妹妹转头看见姐姐在哭，一下就明白了这意味着什么。

她的脸唰地一下失掉了所有颜色，泪珠儿顺着脸蛋颗颗滚落。两个女孩对立片刻，一句话也不说，静静掉泪。姐姐好像忘了身边还站了一群看着她们的人，径直走到妹妹身边，把她搂到怀里，像婴儿一样轻轻晃着。

她们走了之后，一个学生问：

"您觉得她还剩多少日子，先生？"

蒂勒尔医生耸耸肩膀。

"她哥哥姐姐发病之后没三个月就去世了，她也差不多。要是家里有钱的话没准还能撑一阵，可你不能叫这些穷人去圣莫利兹住院啊。已经无能为力。"

还有一次，一个年轻力壮的男人因为长期不断地身体疼痛来这儿就医，看来他们工厂的医生也拿他的病没辙了。最后的诊断结果给他判了死刑。他的死不是因为科学在其面前无可作为（那样无可避免的死亡虽然可怕，但终归可以原谅），而是因为他只是推动文明进程的复杂机器上，一颗毫不起眼的渺小齿轮，就如同一部被设定好的、自动操作的机器，根本无力改变身处的环境。只有彻底停工休息才是他活下来的唯一机会。但是，医生从不要求病人做些不可能的事情。

"你必须得换份轻松许多的工作。"

"我这行里就没有什么轻松的工作。"

"那么，如果你再这样继续卖命，就相当于自杀。你病得太重了。"

"你的意思是，我要死了？"

"我不该说这样的话，但你的确不适合继续干重活了。"

"我要是不干，老婆孩子谁养活？"

蒂勒尔医生耸耸肩膀。这样进退两难的情况他目睹了不下一百次。时间很紧，后面还有很多病人等着检查。

"好吧，给你开点药，你一周内就能回去工作。到时候告诉我你恢复得如何。"

男人接过自己的病历走了出去，那上面写着些一点用处都没有的药方。医生只是拣着他爱听的说。他现在觉得身体舒服了一些，不至于非要停工休养。

他觉得自己的工作不算太糟，放弃了未免太可惜。

"他，也就最多再活一年吧。"蒂勒尔医生说道。

有时，诊室里又会来出喜剧。时而是个操着伦敦口音的人闹笑话，时而是几个老太太，像狄更斯笔下的人物一样，喋喋不休地嚼舌头，搞得人哭笑不得。有次来了个女人，曾经是一家名剧院的芭蕾舞演员。看上去好像五十多岁，实际上只有二十八。她脸上的粉糊得跟墙皮一样厚，涂得黝黑的眼睛时不时朝诊室里的学生送枚秋波，一颦一笑都诱惑极了，让人想入非非。她对自己的魅力特别有信心，在蒂勒尔医生面前满脸堆笑，那股亲热劲儿就像在对待一个拜倒在她石榴裙下的爱慕者。她有慢性支气管炎，正跟医生抱怨说这个病很影响她的职业。

"不晓得我怎么会得上这么个病哎，真是想不明白。我这辈子还没生过一天病呢。你看看我的样子就知道了。"

她把屋里的年轻男人打量一遍，眨着涂了睫毛膏的大眼睛，朝他们呲出一口黄牙。她说话也带伦敦音，故意拿腔拿调，每个词听上去都出奇滑稽。

"所谓的'冬季咳'，"蒂勒尔医生不苟言笑地说，"很多中年女人都得这病。"

"哦，我才不会！跟淑女这样说话真是中听。还没谁说过我是中年女人呢！"

她眼睛睁得溜圆，头往一边歪着，样子古灵精怪，不好形容。

"干我们这一行就是有这点不好，"医生说，"有时候说话总是得罪人。"

她拿起处方单子，最后朝他抛个媚眼。

"你会来看我跳舞的，亲爱的，对不对？"

"一定会。"

他摇了摇铃，叫下一个病号进来。

"还好有你们这群绅士在这保护我。"她出门前还不忘留下最后一句。

大多数情况下，这里最多的不是悲剧，也不是喜剧，总之没有语言可以准确形容。世间百态，人情炎凉，每日都在此上演。泪水和欢笑，幸福与痛苦，或无味之至，或趣意盎然，或冷若冰霜，一切皆如同所见，吵吵嚷嚷，热烈喧嚣；是严肃，是悲伤，是滑稽，是琐屑，简单亦复杂，欣喜亦绝望。这里目睹了母亲对孩子的宠，男人对女人的爱。欲望的沉重脚步踱过一间间诊室，惩罚所有罪恶或无辜的人：绝望的妻子，可怜的小孩，嗜酒如命的男男女女在此都逃不过命运的追债。死神在这几间屋子上方沉沉叹息，而发现新生命的一纸诊断带来的也不总是欢笑，或许只是让一个可怜女孩恐惧失措，羞愧难言。这里，不好不坏。这里只有事实，是生命的本来面目。

第八十二章

临近年尾，菲利普眼看就要结束三个月的实习，忽然收到劳森从巴黎来的信。

亲爱的菲利普：

克朗肖现在人在伦敦，很想见你一面。他住在索霍区海德街43号。我不太清楚这个地址，但相信你能找到的。行行好，去看看他吧。他最近诸事不顺。具体的情况，等见到你，他会告诉你的。我这边和往常一样，你走后什么也没变。克拉顿回来了，整个人变得不可理喻，逮谁都要争吵一番。依我看，他现在已经身无分文，吃住都在植物园附近的小画室里，不让任何人看他的作品。哪都见不到他，没人知道他在忙什么。也许他算个天才吧，但是就另一面来讲，他也是个疯子。另，我有天在街上撞见了弗拉纳根。他带着老婆在拉丁区到处逛呢。他已经不画画了，做了爆米花生意，好像挣了不少。他太太很美，我现在正为她画肖像。如果你是我，该管他们要多少钱合适？我不想报价太高吓坏他们，可万一他们乐意出价三百，我只要了一百五，那可就太傻了。

你的朋友，
弗雷德里克·劳森

菲利普给克朗肖写了封信，很快就收到回复。信纸是一张撕去一半的普通便条纸，信封又薄又脏，送到邮局都恨不能被退回来。

亲爱的凯利：

  我当然还记得你啦。我想你能从"绝望的深渊"[1]中安然脱身，我也贡献了一臂之力吧。若是能再见到你，必定会很开心。我是这座陌生城市里的一个陌生人，被庸俗市侩搅扰得心神难安。谈谈巴黎确是极好的。我不准备请你来家里做客，因为我住的地方实在不适合接待一位令人尊敬的"比尔乔先生"[2]。每晚七点到八点之间，我都在迪恩大街一家叫"乐园"的餐馆简单吃顿饭，你准能在那儿找到我。

你的朋友，
J. 克朗肖

菲利普收到信当天就去找他。那餐馆只有一间小屋，只有社会最下等阶级才会光顾，克朗肖是那里唯一一个客人。他坐在餐厅一隅，离风口远远的，还是戴着那顶旧礼帽，裹着那件破烂大衣。打菲利普见到他那天起，就没见他脱过。

  "我在这儿吃饭是图个清静，"他说，"这里的东西烂透了；只有个把妓女和丢了工作的餐馆侍者才会到这来。他们也早就破罐子破摔，做的饭简直难以下咽。不过他们倒霉对我反倒挺有利的。"

  克朗肖面前摆着杯苦艾酒。三年没见，他现在的样子惊得菲利普连连咋舌。过去胖乎乎的身材已经干巴巴地抽成一条，说是面黄肌瘦也不为过，脖子上的皮松垮垮，布满皱纹，衣服晃晃悠悠地挂在身上，像是偷了别人的。领子足足大了三四号，让他看上去显得更邋遢。他的手一个劲儿地颤个不停。

---

1. 绝望的深渊：引自班扬小说《天路历程》中的表达"Slough of Despond"。
2. 比尔乔先生：法国戏剧家莫里哀代表作《无病呻吟》中的医生。

433

菲利普想起他来信上的字迹,歪七扭八、奇形怪状的草草一片。无疑,克朗肖已经病入膏肓。

"这些天我几乎没怎么吃东西,"他说,"早上害恶心。中午只是喝点汤,然后吃一小片奶酪。"

菲利普的眼神无意识地溜到了桌上那杯苦艾酒。克朗肖发现他正盯着酒杯看,露出一个古怪讥讽的表情,像是在预先警告他不要跟自己讲大道理。

"你已经诊断出我的病情了,觉得我不该再喝苦艾酒了?"

"很明显,你得了肝硬化。"菲利普说。

"很明显啊。"

克朗肖看着菲利普,那个熟悉的眼神曾一度让菲利普觉得偏激狭隘得难以置信。好像在对他说:你心里在想些什么我一清二楚,弄得我也心里犯堵。既然彼此心照不宣,何必还要开口呢?菲利普赶快换了下一话题。

"你什么时候回巴黎?"

"不回去了。我要死了。"

说起死亡,他这样自然而然的态度让菲利普大吃一惊。菲利普之前想了很多安慰的话,现在似乎一句也派不上用场。他知道,克朗肖一只脚已经迈进了鬼门关。

"那你就住在伦敦了吗?"他木然问道。

"伦敦对我来说又算什么?我是离水的鱼。走在人山人海的街道,被身边人推来搡去,像走在一座行尸走肉的城池。我知道自己不能死在巴黎。我要死在自己同胞身边。我也不知道最后是身体里一种怎样的本能力量把我拉回到这里。"

菲利普想起和他同居的女人,还有那两个脏兮兮的小孩,可克朗肖却对他们只字不提。他想知道他们过得怎么样。

"干吗要提到死呢?"

"前几年的冬天,我得了肺炎。他们跟我说,除非发生奇迹,不然我是挺不过去了。我身子太弱,很容易感染肺炎。再发病一次,小命都会玩完。"

"胡说八道！你病得没那么严重。多加小心就成。为什么不戒酒呢？"

"因为我不想戒。但凡有了承担一切后果的准备，那不管做什么又有何关系呢？我已经准备好了。你劝我戒酒，说得倒容易。可这是我现在唯一能干的事儿了，要是连酒都喝不成，我活着还有什么意思？你知道苦艾酒给我带来多少乐子？我想喝，想一滴滴地咂摸着喝，几杯下肚，我就神游仙境，不亦乐乎了。你看不起喝酒这件事。你是个清教徒一样的人，打心底地厌恶肉体的愉悦。可这种愉悦来得最猛烈、最细腻。所幸上天怜我，予我丰富而敏锐的官能，我才得以沉迷于享乐之中。现在要我为之付出代价，欠债还账，本就天经地义。"

菲利普定定看了他一会儿。

"你不怕吗？"

克朗肖半晌没作声，仿佛在思考要怎么作答。

"有时候吧，我一个人的时候。"他看看菲利普，"你以为这是谴责吗？你错了。我不恐惧自己的恐惧，它本身就是件愚蠢的事。基督教徒说，人生在世，必须时时想到死。可想要活着，就得忘了自己必死的命运。死亡没什么大不了。智者不该因为害怕死亡，而改变自己的行为轨迹。我知道自己到死也会挣扎着想再喘口气，我会非常非常惊恐。也知道自己必定会后悔。想到这一生，想到最后落得这番境地，心里不能不苦涩。但我不承认自己的后悔。我现在啊，虚弱、衰老、又病又穷，马上就要死了。可灵魂还攥在手里呢，我什么也不后悔。"

"你还记得给我的那块波斯地毯吗？"菲利普问。

克朗肖像往日一样慢慢咧嘴笑了。

"你当时问我活着有什么意义，我跟你说，这块毯子会告诉你答案的。嗯，你找到答案了吗？"

"没有，"菲利普笑笑，"你不准备告诉我吗？"

"不，不，我不能告诉你。如果不是你自己领悟到的，答案便没有意义。"

第八十三章

克朗肖正着手出版自己的诗集。朋友好多年前就开始这样鼓励他了，但他太懒，迟迟没有迈出关键一步。别人好言相劝，他只搪塞说对诗歌的热爱在英国早就不复存在了。倾注几年的心血和思想到一本书里，换来的不过是湮没在一堆类似的诗集里的命运，和寥寥几句轻蔑的评论；卖出二三十本，剩下的重又捣碎做成纸浆。他早就懒得追名逐利了，名声这玩意儿只是过眼云烟，是芸芸众生的幻想罢了。可他的一个朋友却把这事大包大揽过去。这个朋友是搞文学的，名叫莱昂纳多·厄普约翰。菲利普在拉丁区的咖啡馆里见过他和克朗肖一两次。他在英国享有盛名，是公认的当代法国文学领域的权威评论家，久居法国，身边的朋友都为《法兰西信使报》效力，誓要将其搞成时下最活跃的评论刊物。他只把这些朋友的观点简单地用英文表达一遍，就在英国以独具见地而名声大震了。菲利普读过几篇他的文章，其风格的建立是通过亦步亦趋地模仿托马斯·布朗[1]爵士：语句精雕细琢，行文妥帖对仗，好用过时、浮夸的词汇，非常具备个人特色。厄普约翰劝克朗肖把写的诗都给了他，发现数量足可以编成一本规模相当的诗集册。他允诺要动用自己在出版商中间的影响力，帮克朗肖出版诗集。而克朗肖这边儿也急着要用钱。自打生病，他就更难找到稳定的工作了，手上的钱勉强只够买酒喝。厄普约翰写信告之，虽有好几个出版商都颇欣赏这些诗，却觉得还达不到值得出版的标准。克朗肖开始在意起来。他回信说自己的愿望极为迫切，请厄普约翰务必再努把力。现在生命已经岌岌可危，想要在身后留下本出版了的著作，况且内心深处，他还是觉得自己写出了不少伟大诗篇。他想借此作品像颗新星一样出现在世人眼前。把这样瑰丽的文学珍宝默守一生，却在与世长辞之际，将已百无一用的收藏轻蔑地甩给世界，这种做法似乎大有使人啧啧称道之处。

忽然有天，莱昂纳多·厄普约翰宣布找到了对这些诗非常满意的出版商，

---

1. 托马斯·布朗：英国十七世纪的著名医师和作家。

答应为他出版一本诗集。听了这个消息，克朗肖才打定主意来伦敦。厄普约翰奇迹般地劝服出版商预先支付了十镑版税。

"预付版税，注意，"克朗肖跟菲利普说，"弥尔顿[1]也不过拿了这么多。"

厄普约翰答应要亲自挂帅为这些诗写评论，让其他做文学评论的朋友也大力相助。克朗肖装作不以为意，但不难看出他对自己即将激起的文坛波澜甚是满意。

一天，菲利普和克朗肖约好去那家破馆子吃饭，克朗肖一直坚持只在那用餐不可。等到了那儿，却迟迟不见他露面。店里的人说他已经三天没来过了。菲利普随便吃了两口，便匆匆赶去克朗肖第一次来信时提到过的他家的地址。海德大街不怎么好找。这里挤满了密密麻麻、简陋斑驳的破房子，楼上的窗户破了好几扇，用撕成条儿的法语报纸横七竖八地封起来。房门好些年没粉刷过了，临街的一层有不少脏乱的小商铺，洗衣服啦、补鞋啦、卖文具啦等等。衣衫褴褛的小孩四处乱跑，一把老旧的手摇风琴正吱吱呀呀地奏着庸俗的乐曲。菲利普敲敲克朗肖的房门（这座房子的一楼是家廉价的糖果店），开门的是个上了年纪的法国老太太，扎着块脏围裙。菲利普问她克朗肖是不是住在这儿。

"啊，对，顶楼是住了个英国人，住在阴面。我不知道他在不在家。你想找他的话，最好自己爬上去看看。"

楼梯上点着一盏汽灯用来照明。屋子里有股让人作呕的臭气。一个从一楼房间里出来的女人和菲利普擦身而过，狐疑地打量他两眼，什么也没说。顶层一共有三扇门。菲利普敲了敲其中一扇，没人应声，又敲了敲，还是没动静，扭扭门把手，发现已经上了锁。他又试着敲了第二扇，依旧没有回应，再一扭把手，门开了。屋里一片漆黑。

"谁啊？"

他听出这正是克朗肖的声音。

---

[1] 约翰·弥尔顿：英国文学史上的重要诗人，代表作《失乐园》。

"我是凯利。能进来吗?"

克朗肖没说话,菲利普自个儿走了进去。窗户紧紧闭着,一股恶臭迎面扑来,差点把人熏个跟头。大街上的弧光灯照了些光进来,菲利普才看清屋里有两张床,首尾相接地摆着。还有一个洗手架、一把椅子,把这狭小的空间挤得满满当当,几乎进不来人。克朗肖躺在靠窗户的床上,一动不动,低沉地嘿嘿一笑。

"你怎么不点上蜡烛呢?"他说。

菲利普划着根火柴,看见床边地板上有盏烛台。他点亮蜡烛,把它放在洗手架上。穿着睡衣的克朗肖直挺挺地躺着,纹丝不动,样子异常古怪,光秃秃的头顶特别显眼,满脸土色,活脱脱一副死人相。

"我说,老家伙啊,你看上去病得太严重了。这里没人照顾你吗?"

"乔治每天早上上班之前,会给我送瓶牛奶。"

"乔治是谁?"

"他叫阿道夫,所以我管他叫乔治。我俩合住这间富丽堂皇的屋子。"

菲利普看见另一张床上铺盖凌乱,睡醒之后就没有整理。枕头上被脑袋蹭出一块黑印。

"你的意思不会是你和别人合住这间屋吧?"菲利普大叫起来。

"为什么不会是呢?在索霍区租房子多费钱啊。乔治在饭馆打杂,每天一早八点就走,一直到饭馆关门才回来,所以他一点也不碍事。我俩晚上都睡不好,他就给我讲讲他的故事,打发时间。他是瑞士人,而我本来就对餐馆的侍者很感兴趣。他们看待生活的角度挺有意思的。"

"你在床上躺了多久?"

"三天。"

"你是说这三天除了一天一瓶牛奶之外什么都没吃吗?为什么不给我捎个信儿呢?我是不会让你一天到晚躺在床上没人照顾的。"

克朗肖笑了一声。

"瞧瞧你的样儿吧,朋友。我知道你很过意不去,你是个好人。"

菲利普的脸一下就红了。这间破烂不堪的屋子，和可怜的诗人的悲惨境地让他觉得心里很不安，但他没想到自己内心的情感竟不知不觉地流露到脸上。克朗肖看着菲利普，轻轻微笑起来。

"我真的很幸福。看，这些是我诗集的审校稿。还记得吗？放在别人身上能让他们愁坏的事，我可一点都不在乎。只要你的梦想能让你不拘于时间和空间的束缚，现在过得糟糕一点又能怎么样呢？"

稿子就放在床上，而他虽然躺在一片漆黑里，却还能一下就摸到书稿。他把它拿给菲利普看，眼睛灼灼生辉。来回翻着纸页，兴奋地扫过一行行印刷清晰的文字，还读了一小节诗。

"看着真不赖，对吧？"

菲利普心生一计。虽说他现在也是捉襟见肘，多一笔钱都舍不得花，但此情此景之下，也实在不愿多考虑经济问题了。

"喂，我不能把你一个人留在这里。我那儿有多余的一间房，现在空着，找人借张床想来也不是难事。你不来和我住一阵子吗？还能替你省下这边的房租。"

"哦，亲爱的朋友，你保准会逼着我把屋里的窗户都打开的。"

"只要你乐意，全都封死也没问题。"

"明天我就好了。本来今天就能起床呢，只是我太懒了。"

"那正好可以搬家。等到了我那，一不舒服你就躺下，我会在身边伺候你。"

"既然你想让我去，那我去就是了。"克朗肖慢慢悠悠地笑了，那模样倒也称不上招人讨厌。

"太好啦！"

菲利普和克朗肖约好明天来接他，又特地从自己上午忙碌的日程表里挤出一小时来帮忙搬家。他来的时候，克朗肖已经穿好外套、戴好帽子坐在床沿等着了，脚边的地上放着个破旧的小旅行箱，里面是些收拾好了的衣服和书。他像坐在候车室等车的人。菲利普见他这样，"噗"一声笑了出来。他们坐上四轮马车往肯宁顿去，车厢窗户都关得严实。到了之后，菲利普把客人安置在自己的房间。他一早就去买了套二手床架，一个便宜的五斗柜和一面镜子，准备自己住在那个空房间里。克朗肖坐下来，立刻开始校对书稿。他看上去气色好多了。

菲利普发现克朗肖除了易怒这个"症状"外，还算是个随和的房客。他每天九点要去上课，所以一直到晚上回家才能见到他。有一两次，他好说歹说让克朗肖一起凑合着吃点自己准备的简单晚餐，但克朗肖总是在家待不住，执意要去索霍找几家便宜的馆子。菲利普让他去见见蒂勒尔医生，却被他严词拒绝。他知道只要是医生，一定会劝他戒酒，可他铁了心就是不想遵从医嘱。每天早上他都很不好受，中午喝杯苦艾酒又能缓回来不少，等三更半夜从酒馆回家以后，他就又能像第一次见面那样对着菲利普上天入地，侃侃而谈。书稿校对完成，预计初春就会出版成册，到那时候，圣诞书籍[1]的轮番轰炸应该能告一段落，估计大家也都能松口气了。

第八十四章

新的一年，菲利普成了外科门诊部的包扎员。这活儿和他之前做的大相径庭，只是外科工作比内科的更为直观。不论是内科疾病还是外科疾病，真正让多数患者痛苦的，是病情隐私被泄露，甚至当众传播。而道貌岸然的社会大众，却对此无动于衷。菲利普在一个叫雅各布的外科助理医师手下做包扎员。他个子很矮，浑身肥肉，成天嘻嘻哈哈，一颗秃脑袋，一把尖嗓子，带着伦敦口音，学生都喊他叫"大老粗"。可不管是作为外科医生还是老师，他的智慧都让一些学生注意不到他的这些缺点。他是个十足滑稽的人，经常跟学生和病人开玩笑。有时候故意让包扎员难堪，并以此为极大的乐子。包扎员通常都一无所知、唯唯诺诺，再加上和他的身份地位有高低之分，不能

---

1. 圣诞书籍：欧美传统于每年圣诞节前开列书单集中推广宣传，供读者选择一年中质量最高的好书购买阅读。

平等地出言回敬,所以想要捉弄他们简直易如反掌。他很喜欢下午来医院坐诊,在这儿胡乱开些玩笑,惹人不悦。学生却只好赔着笑脸,硬着头皮往下听。一次,医院里来了个跛足男孩,他的父母想知道有没有办法能治好孩子的脚。雅各布先生回头跟菲利普说:

"这个病号最好你来看,凯利,我猜你肯定对这个课题多少有些研究。"

菲利普羞得面红耳赤,不仅仅是因为自己的残疾,更是因为医生说话时那种嘲弄调侃的语气。其他包扎员缓过神来,也开始附上谄媚的大笑。事实上,从进医院学习开始,他就对这个课题格外上心,把图书馆里关于各种形态畸形足的书都读了一遍。他让男孩把靴袜脱下来。男孩十四岁,小鼻子翘翘的,蓝眼珠,脸上有星星雀斑。他父亲解释说如果有可能的话,希望能给他治一治,这只跛脚对孩子以后谋个好的生计影响太大了。菲利普好奇地看着男孩。他是个活泼的孩子,一点也不怕生,很爱说话,腆着脸和谁都能聊起来,父亲因此一直在呵斥他。他对自己的跛足很感兴趣。

"不就是长得有点怪嘛,你瞧,"他对菲利普说,"我没觉得有啥不好使的。"

"住嘴,厄尼!你废话有点太多了。"父亲说。

菲利普检查了这只脚,用手慢慢触摸着变形的部位。他不知道为什么男孩没有感受到那种一直压迫着他的屈辱,也不明白他怎么就不能以一种通达淡漠的态度对待残疾。雅各布先生朝他走过来。男孩坐在沙发边上,医生和菲利普各站一侧,其他学生纷纷挤过来,围成一个半圆。雅各布医生谈吐机智,一如往常,生动形象地把这只跛足描述了一遍:讲了各种跛足的类型和不同畸形的解剖特征。

"我想你有只马蹄足吧?"他忽然对菲利普说。

"是。"

菲利普感觉所有学生的眼睛都齐刷刷看向自己,不由难以控制地红了脸,还在心里暗暗咒骂自己没出息。他的掌心紧张地渗出层薄汗。雅各布医生从医多年,各种病状特征脱口而出,头头是道。正是这种独具慧眼的洞察力让他从同行之中脱颖而出。他对自己的职业有特别的兴趣,可他说的话,菲利普这会儿却一点也没听进去，只希望快点给这个小家伙看完病。忽然，他发现雅各布正跟他说话呢。

"你不介意把袜子脱下来给我们看看吧，凯利？"

菲利普浑身过电般的一阵颤栗。他简直想对他大骂一声"去死吧"，可他实在没有胆量闹出笑话。他害怕雅各布会残忍地挖苦自己，然而这会儿却只能硬着头皮做出无所谓的样子。

"一点也不介意。"他说。

他坐下来，开始解鞋带。手指抖得厉害，一瞬间还担心自己永远也解不开这个扣了。他记得上学的时候，其他男孩逼迫他把脚伸出来，那种屈辱的痛苦曾小口小口噬嚼着他的灵魂。

"他的脚倒是挺干净，是吧？"雅各布操着他那刺耳的伦敦腔说道。

在场的学生都咯咯笑起来。菲利普注意到他们都迫不及待地凑过脑袋来观察自己的脚。雅各布用手掂起这只跛足，说：

"嗯，和我想的一样。我猜你小时候做过手术，对吧？"

他继续滔滔不绝地讲解起来。学生们弯着腰，盯着这只脚看。还有两三个人等雅各布把脚放下后，又轻轻拿起来，左右翻看一下。

"不急，等你们都看完。"菲利普微笑着说，口气里带着讥讽。

他想把这些人都杀了。拿把凿子（他也不明白为什么脑子里想到的会是这样一件凶器）捅进他们脖子该有多大快人心啊。这些人连猪狗都不如！他甚至想，要是自己还相信有地狱就好了，这样的话，想想他们将来都要被打入地狱受尽折磨，心里就能好受许多。雅各布医生专心给孩子看病，一边给孩子的父亲讲解，一边嘱咐自己的学生。菲利普穿上袜子，系好靴子。最后，医生看完病，好像又想起什么似的，转身对菲利普说："你知道吗？我觉得你应该做个手术。我不敢保证能还你一只正常的脚，但起码能做点什么。你好好想想吧，如果需要请假，来医院说一声就行。"

菲利普过去常问自己，难道对于他的跛脚，真的没有什么能做的了？可他不愿谈起自己的残疾，所以迟迟没有找院里的医生问询。他通过读书才知道，就算小时候做了什么治疗估计也不会有太大改善。因为那个时候治疗畸形足的技术还不如现在发达。可是能让他穿上正常的靴子，走路不要一瘸一拐，做场手术也还是值得的。他还记得自己曾经多么虔诚地向上帝祈祷，恳求奇迹降临，只因伯父跟自己保证只要诚心诚意，就能感动上天。他苦涩地一笑，心想：

"我那时候真的很天真啊。"

二月接近尾声，克朗肖显然病得更重了。他已经起不了床，只能躺着，还要求窗户必须关得严丝合缝。坚决不看医生，也不吃好的补身体，反而威士忌、香烟从不离身。菲利普知道他不该抽烟也不该喝酒，但克朗肖的理由让人难以反驳。

"我敢说这两样东西会要了我的命。但我不在乎。你已经警告过我了，能做的也都做了。只是我不听罢了。给我来杯酒喝，去你妈的！"

莱昂纳多·厄普约翰一周来个两三次，他的相貌本就有几分神似枯叶，每次造访又正如片"枯叶"似的飘然而至。他今年三十有五，骨瘦如柴，一头浅色的头发留得挺长，脸色苍白，一看就很少外出活动。戴着一顶非国教牧师式样的帽子。菲利普不喜欢他总是以一副恩人形象自居，话匣子一开就停不下来，听得别人哈欠连连。会聊天的人往往很在意听众的表现，可莱昂纳多·厄普约翰喜欢自说自话，根本注意不到身边的人对他的话题是否感兴趣。他从来意识不到自己在说些别人早就知道的事。经常拿腔拿调地跟菲利普谈起罗丹、阿尔贝·萨曼[1]、赛萨尔·弗兰克[2]。菲利普雇的女佣每天早晨只来一个钟头，而他又不得不一整天都待在医院里，所以克朗肖总是单独在家没人看管。厄普约翰跟菲利普说，应该有人留在家里陪着他，可却从没提议过想承担这个责任。

"想想吧，伟大的诗人孤零零的，这多可怕啊。唉，保不准他死的时候

---

1. 阿尔贝·萨曼：法国诗人。
2. 赛萨尔·弗兰克：法国音乐家。

443

身边连一个人都没有。"

"我觉得这个可能性很大。"菲利普说。

"你怎么这么残忍呀!"

"为什么你不能把工作拿到这儿来做,顺便陪着他呢?他要是需要人的话,也有你在身边了。"菲利普冷冰冰地试探他。

"我?亲爱的朋友啊,我只能在熟悉的环境工作,况且还经常要外出。"

厄普约翰看到菲利普把克朗肖安置在自己的屋子,心里有点不高兴。

"你本应该让他留在索霍,"他挥了挥那双瘦长的手,说道,"那间脏兮兮的阁楼才真叫个罗曼蒂克呢。哪怕是沃平或者肖尔迪奇[1]我也能勉强容忍,可你竟然把他带到这么气派的肯宁顿大街了!这哪是一个诗人与世长辞的地方!"

克朗肖经常乱发火,菲利普只能强忍怒气,安慰自己说这也算是他得病的症状之一。有时,菲利普还没回家,厄普约翰就先到了,克朗肖便朝他抱怨菲利普这不好那不好,言语极其刻薄。厄普约翰心满意足地听着。

"其实凯利根本就没有美的意识,"他微笑着说,"只有中产阶级的死脑筋。"

他对菲利普极尽讽刺之能事,菲利普和他相处时也是使劲儿控制着自己不发火。可是一天晚上,他实在忍不住了。那天白天,医院的工作特别繁忙,回到家早就累坏了。他在厨房泡茶,莱昂纳多·厄普约翰靠过来,说克朗肖埋怨他老是要给自己找医生。

"你难道没意识到你享有一种非常罕见、非常高尚的特权?你该尽可能地多照顾照顾他,这样才能表现出崇高的责任感啊。"

"我可没钱行使什么非常罕见、非常高尚的特权。"菲利普说。

不管什么时候一提到钱,厄普约翰就要摆出一副鄙夷的表情。这个话题总能触犯到他敏感的神经。

"克朗肖看问题的态度里大有值得欣赏之处,可你老是胡搅蛮缠打搅他。

---

1. 沃平和肖尔迪奇:均为伦敦的两个区名,与肯宁顿相比不甚繁华。

虽说你本身没有什么精妙的想象力,但起码要理解别人啊。"

菲利普的脸一下阴了。

"走,我们去找克朗肖评评理。"他冷冷地说。

诗人正平躺在床上读书,嘴里叼着一只烟斗。屋里的空气有股霉味,菲利普经常进来收拾,但整间房子还是乱七八糟的。克朗肖走到哪里就跟着脏乱起来。他看见菲利普和厄普约翰走进来,摘下眼镜看着他们。菲利普已经是火冒三丈了。

"厄普约翰给我说你一直埋怨我呢,就因为我让你去看医生,"他说,"我想让你看医生,是怕你不知道哪天就一命呜呼了,要是之前没看过医生,到时候我上哪去给你弄张死亡证明?等验尸官来了,准得怪我没叫大夫给你看病。"

"我没想到这些。我以为你想让我看医生是为了我好,没想到你是出于自己的原因。好,随你的方便,我什么时候都能去看病。"

菲利普没回话,肩膀微耸,不细瞧根本察觉不到。克朗肖看着他,低声笑起来。

"别这么生气啊,亲爱的。我知道你想为我做些事。我们去看你的医生吧,也许他能做点什么呢,而且你心里也能好受些。"他又看向厄普约翰,"你是不是脑子不转悠啊,莱昂纳多。干吗要招惹这个男孩?他为我做的已经够多了。你最多也就是在我死之后写篇美文纪念我吧。我太了解你了。"

第二天,菲利普去找蒂勒尔医生,他想他应该会对克朗肖的经历感兴趣。结束了医院的工作,蒂勒尔就随菲利普一起回了肯宁顿。他的意见和菲利普一致,这病已经治不好了。

"如果你乐意的话,我会劝他住院治疗,"他说,"给他分间小病房。"

菲利普点点头。蒂勒尔医生叮嘱几句,答应有需要会再上门问诊。他留下了自己的地址。等菲利普送走他回来的时候,发现克朗肖正躺在床上静静地看书。医生说的话似乎对他一点影响都没有。

"你现在满意了,亲爱的小伙?"他问。

"我想蒂勒尔医生叮嘱的事你是一件都不会照做吧?"

"一件都不会。"克朗肖笑笑。

第八十五章

大概两个礼拜之后的一天,菲利普从医院下班回家,敲了敲克朗肖的门。没人应声,他打开门直接进去。克朗肖蜷着身体侧卧在床上,菲利普走到床边,不知道他是在睡觉还是又莫名其妙地生闷气了。看见他张着嘴,菲利普吃了一惊,碰碰他的肩膀,吓得大叫起来。他把手伸到衬衫下面,试了试他的心跳,顿时惶然不知所措。一阵绝望中,他掏出一面小镜子放到克朗肖嘴唇上——过去听说别人都是这么做的。他的外套和帽子还都没脱,拔腿跑下楼冲到大街上,拦下辆马车去了哈雷街。好在蒂勒尔医生正在家。

"喂,能不能现在来一趟?我想克朗肖是死了。"

"他要是死了,我去也没啥用啊,对吧?"

"你要能来,我一定感激不尽!马车正等在门口呢,半个钟头就到。"

蒂勒尔戴上帽子,上了马车后又跟菲利普问了几个问题。

"我今早走的时候,他看起来不比往常严重啊。"菲利普说,"刚才我进去看他,真是吓了一跳。一想他就这么孤零零地走了……你说他知道自己要死了吗?"

菲利普还记得克朗肖曾说过的话。不知道他咽气那一瞬间,是不是被死亡的恐惧紧紧攫住。明知该来的无法避免,却依然在痛苦中垂死挣扎。他那么害怕,身边却没有人,没有一个人,能给他一句鼓励。

"你看上去很不开心。"蒂勒尔忽然说。

他用那双明亮的蓝眼珠瞅着菲利普,眼底没有丝毫同情和怜悯。见到克朗肖的遗体时,他说:

"他肯定已经死了好几个小时。我想他是睡过去的。有些人是会这样。"

克朗肖的尸体萎萎皱皱,不成人形,让人看一眼便心生厌意。蒂勒尔抬抬眼皮,面无表情地查看了一下,又掏出怀表来瞅了眼时间。

"呃,我得走了。等着再把死亡证明书送过来。我想你该通知一下他的亲戚。"

"我觉得他没有什么亲戚。"菲利普说。

"那葬礼怎么办?"

"我负责来办吧。"

蒂勒尔医生瞟了瞟他,心里琢磨着要不要给葬礼捐出几个金镑。他不清楚菲利普的经济状况,兴许办场葬礼的花销对他来说只是九牛一毛呢。若是冒昧地掏钱出来,菲利普说不定会觉得他很没礼貌。

"好吧,有什么我能做的,再来找我吧。"他说。

菲利普和他一道出门,然后独自去了电报局给莱昂纳多·厄普约翰发了封信。往医院走的路上,又去了每天都会经过的一家送葬者开的殡仪用品店。这家店橱窗里摆了两口棺材,还挂着块黑布,上面有几个银色的大字:经济、便捷、得体。菲利普早就注意到这几个字了,去医院的路上时常看着它们走神。送葬者是个矮矮胖胖的犹太人,黑色鬈发蓄得很长,油腻腻的,一身黑衣,粗短的手指上套了个鸽子蛋一样的大钻石戒指。他本来天性活泼,却不得不由于职业的关系装出一副哀默沉痛的样子,接待菲利普的时候,表现得也有些不自然。他一眼就识出菲利普不知所措的窘态,答应派个妇人过去帮着打点些必要的事务。按他的几点建议,这场葬礼应该大操大办。菲利普不想让他觉得自己不同意这些建议是因为舍不得花钱,而且在这件事上讨价还价着实说不过去,所以最后他还是妥协了,同意办一场几乎负担不起的隆重葬礼。

"我很理解,先生,"送葬人说,"你不想太招摇——我本人也很反对铺张浪费,乱摆排场——只是想办一场体面的葬礼。交给我吧,我肯定尽量给您省钱,保证又得体又妥当。我也只能给您说这些了,对吧?"

菲利普回到家吃晚餐,正吃着呢,送葬店里派来的妇人就到了,准备把遗体装棺。这时,莱昂纳多·厄普约翰的电报也寄来了。

> 震惊万分，悲痛难抑。抱歉今晚无法前往。外出用餐。明天一早前往拜访。深切同情。厄普约翰。

没过一会儿，那个妇人就敲敲客厅门。

"收拾好了，先生。你进来看看满意不？"

菲利普跟她走进屋，看到克朗肖平躺着，双目紧闭，两手虔诚地交叉放在心口。

"按理说你该买点鲜花来，先生。"

"我明天就去买。"

妇人满意地看了一眼克朗肖的遗容。她的工作完成了，把袖子撸下来，摘了围裙，戴上便帽。菲利普问要给她多少工钱。

"是这样，先生，有人给我两镑六便士，也有人只给我五先令。"

菲利普抹不开脸面，只好也给了她两镑六便士。她猜想着菲利普此时应该很难过，所以压抑着心里的激动，不动声色地道了谢。菲利普回到客厅，把吃剩的晚餐收拾干净，坐下来，翻开沃尔沙姆写的《外科医学》[1]。他觉得这本书很难懂。此刻，他的神经紧紧绷着。楼梯上稍有动静，就吓得从椅子上弹起来，心怦怦跳个不停。隔壁屋子里的那个东西让他提心吊胆，那曾经是个活生生的人，现在却什么也不是了。四周的静谧像是有生命的，无法揣测的神秘事物正在其中暗自酝酿，悄悄进行。死亡的阴影沉沉笼罩了整个房间，气氛诡异，让人汗毛倒竖。菲利普想到这具冰冷的尸骨曾经是他的朋友，顿时觉得后背一阵发冷。他竭力想定下心来阅读，最终却只能绝望地把书扔到一边。真正让他不安的是这条刚刚结束的生命在世上活过一遭，却没有留下丝毫价值。就好像不管克朗肖是生是死，都没有任何区别；就好像他从没来过这个世界。菲利普想，克朗肖年轻的时候该是什么样子。很难想象他也曾经又瘦又高，头发浓密油亮，走起路来大步生风，朝气蓬勃，好像未来有

1.《外科医学》：全名《外科医学：理论与实践》，出版于一八八五年。

无限的希望。菲利普的人生信条——在不惊动警察的情况下，做什么事都随心而来——似乎并没起到什么好作用。克朗肖就是这么做的，可他这一生却是彻头彻尾的失败。看起来，人的本能是不可信的。菲利普又困惑了。他扪心自问，若是自己总结的信条并不准确，那么人这一生究竟是不是按规则来的呢？为什么人和人之间行事的方式都不相同呢？人的一举一动都是按着自己的情绪来，可情绪也分好赖，到底是把你引向胜利之巅还是推进灾难之渊都在一念之间。生活，是逃不脱的谜。人在天地间疲于奔命，冥冥之中，为心底的欲望所驱赶，早已忘却初心，只为忙累而忙累。

第二天一早，莱昂纳多·厄普约翰带着一个小小的月桂花环[1]上门了。他想把花环戴在诗人头顶，还对自己这个想法洋洋得意。菲利普一言不发，脸上写满不悦，可厄普约翰完全没有察觉。克朗肖的秃头上顶着一圈花环，样子非常古怪，好像杂耍剧院里某个猥琐下作的演员头上的帽檐。

"我还是把它放在他心口吧。"厄普约翰说。

"你已经放他肚子上了啊。"菲利普调侃道。

厄普约翰浅浅一笑。

"只有诗人才知道诗人的心长在哪里。"

他们回到起居室，菲利普把葬礼的安排情况告诉给他。

"你可千万别怕花钱。最好灵车后面跟着一长排空马车，每匹马都系白羽，再请好些送葬人，头上戴飘带帽子。想想那一大排车，多气派。"

"反正到头来办葬礼的费用还是要落在我头上，我手头又不宽裕，所以还是量力而行，节俭为先吧。"

"那样的话，亲爱的朋友，你干吗不办场乞丐一样的葬礼呢？反倒让人觉得别有诗意。你这个人一向平庸俗气，按你想的来肯定出不了差错。"

菲利普被说得有些脸红，当下没有答话。第二天，他和厄普约翰坐在他雇来的马车里，跟着灵车一路往墓地去。劳森有事来不了，只寄来了一只花

---

1. 月桂花环：月桂枝条或桂冠是给诗人或比赛优胜者的奖励，更有"桂冠诗人"之说。

圈；菲利普觉得棺材旁冷冷清清的太不好看，所以也带了一对花圈来。回来的路上，马车夫一路策马挥鞭。菲利普在车里又累又困，合眼打了个盹儿，却被厄普约翰说话的声音吵醒了。

"真够走运的，幸好诗集还没出版。我最好再稍等片刻，写个序言。去公墓的路上我就已经开始构思啦，肯定能写出篇像样的。先在《星期六》周报上发吧。"

菲利普没搭话，车里又恢复了一片寂静。最后，厄普约翰说：

"我得放聪明点，要让这篇文章一炮而红。最好先给一家评论杂志写稿，然后再拿来当作诗集的序言。"

菲利普留心注意着那几家评论月刊，几个礼拜之后，厄普约翰的文章刊登出来了。这篇文章激起了不小轰动，很多报纸都刊登了其节选。写得确实不错，因为没人知道克朗肖早年的生活，所以传记性并不是非常明显，文字精致动人，描写生动形象。厄普约翰用他精雕细琢的语言风格把生活在拉丁区的克朗肖描绘成一个高谈阔论、笔耕不辍的形象，一个"英国魏尔伦"跃然纸上。在写到他辞世时的凄楚，和索霍区那件寒酸破烂的小屋时，厄普约翰用华丽甚至夸张的词句写出一种动人心魄的豪迈气势。他把自己写成一个隐忍镇定、魄力十足的男人，还厚着脸皮吹嘘自己慷慨大度，大费一番周折才把诗人搬到那所小房子里——别看房子破，但却繁花簇拥，诗意翩跹。可竟然有人好心办坏事，不懂得体谅诗人的心情，非要让他住在喧嚣尘俗的肯宁顿大街！莱昂纳多·厄普约翰描写肯宁顿大街的时候，笔墨里带着某种有所节制的幽默感，所用的辞藻表达都按着托马斯·布朗的风格来。他用微妙的讽刺笔调讲述了克朗肖生前最后几周的经历：热心的年轻医学生非要承担照顾他的任务，而他也只好耐着性子，忍受这种笨手笨脚的照顾；他虽无家可归，却有着神圣的人格，可惜最后身不由己，只能在这个中产阶级的环境中绝望地与世长辞。他引用了《以赛亚书》[1]里的"美自灰烬出"。流浪的诗

1.《以赛亚书》：《圣经·旧约》的一章。以赛亚是希伯来预言家。

人死在庸俗体面的环境，堪称讽刺的胜利。莱昂纳多·厄普约翰联想起身处法利赛人[1]包围之下的耶稣基督，这般相似的情景让他灵感大发、下笔有神，洋洋洒洒写下一大段。再往下，他提到一位朋友（他文笔精妙不凡，没有点明这位格调高雅的朋友究竟是谁，只是稍微做了暗示）把月桂花环放在已故诗人的心口；他失去生命的冰冷美丽的双手搁在阿波罗的叶子[2]上，似是摆出一种撩人情欲的姿态。花叶幽幽，散发艺术的醇香，颜色比水手从地大物博、神秘莫测的中国带回的翡翠还要碧绿欲滴。文章以读者喜闻乐见的对比描写作为结尾——一场中产阶级的、平庸无趣、繁琐乏味的葬礼。克朗肖的葬礼若是不能媲美王公贵族的档次，就该将他像个乞丐一样草草下葬。这是最后的致命一击，是凡夫俗子将艺术、美和所有精神财富碾轧脚下的胜利。

莱昂纳多·厄普约翰从没写过比这篇更精彩的文章。它奇迹般地将文字的魅力优雅同怜悯之情结合在一起。他在这篇文章中提前公开了克朗肖所有精妙的诗句。这样一来，日后出版的诗集也就没有多大价值了。可他却因此大大提升了自己的地位。自文章发表后，他就成为一名广受重视的评论家。过去他的语言稍嫌冷淡，可这篇文章却人情味十足，读来满口余香。

第八十六章

春天，菲利普结束了门诊部包扎员的实习工作，成了住院部的医生助理。他要在这儿连干六个月。助理每天早上都要跟着住院医师查房，先是男病房，再是女病房，要给病人记录病历、检查身体，和病房护士一起工作。每个礼拜有两个下午的时间，由当天负责的住院医师带着一帮学生检查病人的情况，

---

1. 法利赛人：古犹太教的一个派别，耶稣曾在《马太福音》说过："你们这假冒为善的文士和法利赛人有祸了！因为你们好像粉饰的坟墓，外面好看，里面却装满了死人的骨头和一切的污秽。你们也是如此，在人前，外面显出公义来，里面却装满了假善和不法的事。"现常指言行不一的伪善者。
2. 阿波罗的叶子：希腊神话里，阿波罗苦苦追求达芙妮，而达芙妮却最终化身月桂树。"阿波罗的叶子"即指月桂树叶。

讲解临床知识。这份工作可不比门诊部的差事，没有多大意思，枯燥无味、千篇一律，也很难深入现实世界，和病人亲密接触。可菲利普却学到了不少知识。他和病人相处融洽，每次来查房护理的时候，他们一看见他就喜笑颜开，让他都觉得有些受宠若惊。倒不是对病人的遭遇有多么深切的同情体悟，只是发自内心挺喜欢他们的。再加上他性格开朗、乐观积极、待人体贴，从不端着架子，所以在病人中间最受欢迎。和所有医院工作者一样，他也发现女病人比男病人难缠许多。女人总爱吵吵闹闹，脾气还不好，总是言语刻薄地抱怨那些勤恳工作的护士，就因为觉得她们没把自己照顾到位。这些女病人就是毛病多。不知感激，还粗鲁无礼。

菲利普运气够好，又交到个朋友。一天早上，住院医师让他负责照顾一位新来的男病号。他坐在床边，把病人的具体情况记录在挂号证上。从证上看到，这个病人是位记者，四十八岁，叫索普·阿西尔尼。在这儿住院的病人里很少有这样的人。他害了急性黄疸，又因为症状发作不明显，所以要住院观察。菲利普作为助理医生，照常问了他几个问题，声音温柔悦耳，显得很有教养。他把这些问题一一回答上来。因为是躺在床上的，所以很难估测出他是高是矮，但那个小脑袋和一双小手却能显示出他应该比一般人矮小一些。菲利普习惯看人先看手，阿西尔尼的手让他特别惊讶：这双手非常之小，十指尖尖，纤长好看，指甲是淡淡粉红色，皮肤细滑，看得出来要不是得了黄疸病，肯定白得出奇。病人把手伸出被子外，一只微微张开，食指中指靠在一起，和菲利普说话的时候，他得意地看着自己的手。菲利普眨眨眼睛，瞟瞟病人的脸。尽管生病让他的脸色发黄，眼珠子还是幽蓝幽蓝的。鹰钩鼻生得高挺，显眼但不笨拙，留着一簇尖尖的花白小胡子，头顶秃得差不多了，但不难想象曾经也有一头浓密、卷曲的长发。

"我看单子上写着你是个记者，"菲利普说，"哪家报社的啊？"

"我给所有报纸写稿。你随便翻一份，都能看到点我写的东西。"床边刚好有份报纸，他拿过来，指着上面的一则广告。几个大字标出一家菲利普非常熟悉的企业的名字，林恩·塞德里公司，伦敦摄政街。下面一行字号略小，但也足够醒目,语气非常武断:拖延是偷时间的贼。紧跟着的是一个非常合理的问题:为什么不立刻订购呢?再往下,用硕大的字体又重复了一遍。这问题就像是良心的重锤敲击着凶犯的心:为什么不呢?几句广告词用黑体写着:本公司以惊人的价格从世界顶级市场购进千双手套。世界上最靠谱的生产厂家制造的长筒袜正削价甩卖。最下方,那个问题又重复了一遍,但这次却像是决斗场上丢出的手套[1]:为什么不立刻订购呢?

"我是林恩·塞德里的新闻代理,"他挥挥那只好看的手,"凑合干呗。"

菲利普又问了他几个常规问题,有些只是例行公事,有些却是精心设计好的,旨在让病人透露出一些有意隐藏的事实。

"你在国外生活过吗?"菲利普问。

"在西班牙待了十一年。"

"在那儿做什么?"

"我是托莱多一家英国水厂的助理秘书。"

菲利普记得克拉顿曾经在托莱多生活过几个月,他对记者的这个回答很有兴趣,却觉得作为医生,不该再继续问下去。医院里的医生护士应当和病人保持一定距离。给他检查完身体后,菲利普就去了别的床铺。

索普·阿西尔尼病情不算严重,虽然皮肤黄得厉害,但很快就觉得没那么难受了。他之所以卧床,只是因为住院医师坚持让他留院观察,直到情况恢复正常。一天,菲利普刚走进病房就看见阿西尔尼手握铅笔,正在读书。他走到床前,阿西尔尼放下了手里的笔。

"能看看你在读些什么吗?"菲利普从来不放过任何一本看到的书。

这是一本西班牙诗集,作者是圣胡安·德拉·克鲁兹[2],菲利普拿起来刚一翻,一页纸掉了出来。他捡起来,看到上面写了一首诗。

"别告诉我平时你都靠写诗来打发时间。这可是住院病人最不该干的

---

1. 决斗场上丢出的手套:在骑士决斗中扔下一只手套是发出挑战的标志。
2. 圣胡安·德拉·克鲁兹:十六世纪西班牙神话作家、抒情诗人。

453

事了。"

"我想试着做些翻译。你懂西班牙语吗?"

"不懂。"

"但你肯定知道圣胡安·德拉·克鲁兹,对吧?"

"我不知道。"

"他是西班牙的一位神秘主义者。是西班牙历史上最杰出的诗人之一。我觉得把他的诗翻译成英文挺有意义的。"

"我能看看你的翻译吗?"

"译得一塌糊涂。"阿西尔尼嘴上说着,手里却忙不迭地把诗递过去,显然是想让菲利普赶快品读一番。

诗是用铅笔写的,字迹工整却有点古怪,很难辨认,像是打印的黑体。

"这样写字很费时间吧?太厉害了。"

"为什么不把字写得漂亮点呢?"

菲利普开始读第一节。

> 朦胧的夜,
> 燃起忐忑的爱的火焰,
> 哦,快乐之地!
> 我悄然前往,无人望见
> 我的小屋已睡得安然
> ……

他好奇地看着阿西尔尼。不知为何,竟有点害羞,或是为他所吸引。他知道自己之前的态度一直有些高高在上,想到在阿西尔尼眼里,他也许一直像个滑稽的小丑,脸就唰地红了半边。

"你的姓氏很少见啊。"他只好没话找话说。

"这是约克郡一个很古老的姓氏。我们家族曾经风光一时,有次家族首领视察土地，骑着马跑了整整一天才看过一圈。后来就没落了。都怪'相中的女人换得快，押中的马儿跑得慢'。"

他眼睛近视，和别人说话的时候要使劲眯着眼睛。他拿起手边那本诗集。

"你该读读西班牙语，"他说，"绝对是种高雅的语言。不像意大利语那么流畅悦耳，意大利语是男高音和街头音乐家的语言，但也有些气势在里头。它不是花园里潺潺流过的小溪，倒像波涛汹涌，洪声震天的激流。"

这番豪言壮语逗得菲利普直想笑，可他天生对这种夸张华丽的修辞表达非常敏感，津津有味地听阿西尔尼一腔激情，生动形象地讲述着他在读原版《堂吉诃德》时的激动心情，和卡尔德隆[1]令人着迷的诗歌所具有的优美平缓的音律、热烈奔放的情感以及罗曼蒂克的气息。

"我得继续工作了。"菲利普说。

"哦，真抱歉，瞧我这记性。我要让夫人寄来几张托莱多的照片，等着给你看看。有空来找我聊聊吧。你不知道这让我有多高兴！"

之后的几天，菲利普只要一有机会就来找记者闲聊，两个人的交情慢慢升温。索普·阿西尔尼很能聊，也很会聊。他从不显摆，又特别会鼓舞人心，寥寥几句就能让人聚精会神，想象飞驰。菲利普在尔虞我诈的虚伪世界里生活惯了，发现阿西尔尼的奇思妙想里充满了自己从未见过的新奇画面。阿西尔尼与人和善，彬彬有礼，见识比菲利普广，读的书比菲利普多，年纪也比菲利普大不少。不管什么话题，张口就能聊，着实让人高看一眼。可在医院里，他不过是个受人恩惠的病人，一举一动都有严格的规定限制。他在记者和病人两个角色之间转换自如，还时常打趣。一次，菲利普问他为什么会来医院。

"哦，我的原则就是要享受社会提供的一切福利。既然生活在这个时代，就要好好利用这些条件嘛。生病就凑合着住个院，没什么好害臊的。孩子要上学了，就送他们去寄宿学校。"

"真的吗？"菲利普简直不敢相信。

---

1. 卡尔德隆：西班牙文学黄金时期的代表人物。

"寄宿学校的教育绝对一流,比我在温彻斯特上的学校好多了。不然你以为我会送他们去什么学校呢?我有九个孩子。等我出院了,你一定要来家里看看他们。好吗?"

"非常乐意!"菲利普说。

第八十七章

十天后,索普·阿西尔尼痊愈出院了。他给了菲利普家里的地址,菲利普答应下个礼拜天上午十点一定登门拜访,一起吃午餐。阿西尔尼跟菲利普说过,他住的房子是伊尼戈·琼斯[1]建的。他喜欢把什么都胡吹一顿,曾经跟菲利普显摆说,自己家的栏杆都是用老橡木料子做的。刚给菲利普打开门,就非让他把门梁上的雕刻夸赞一番不行。这房子又老又破,墙漆掉了一层,可隐约还能看出往日的气派威严。这座房子坐落在法院大道和霍尔本之间的一条小街,曾经一度时髦繁华,现在却比贫民窟好不了多少。政府打算把这里的房子都拆了重建几幢办公楼。这里的房租很便宜,阿西尔尼能用一个合适的价格租到整整两层楼。菲利普从没见过他站起来的样子,此刻正吃惊于他竟如此矮小。他最高不过五英尺五英寸[2],穿着法国工人穿的那种蓝色麻布裤子,套着棕色的旧天鹅绒外套,腰上一条鲜艳的红腰带,矮矮的衣领上系着条蝴蝶结——就是讽刺漫画里法国人戴的那种——走起路来一飘一荡。这身打扮让人大跌眼镜。他看见菲利普别提有多兴奋了,立刻聊起自己住的这幢房子,用手不住地爱抚着每一根栏杆。

"瞧瞧,感受一下,简直像绸缎一样光滑。多么优雅,简直是个奇迹!可不出五年,拆房子的人就会把它当柴火卖咯。"

他执意要把菲利普领进一层的一间屋,里面有个穿短袖衬衫的男人、邋

---

1. 伊尼戈·琼斯:英国古典主义建筑家。(见第331页注4)
2. 五英尺五英寸:约合1.65米。

里邋遢的女人和三个小孩正在享用礼拜天的正餐。

"我带这位先生来看看你们家的天花板——你见过这么美的东西吗——最近怎么样，霍奇森夫人？这是凯利先生，我在医院的时候一直是他照顾我呢。"

"快进来吧，先生，"男人说，"阿西尔尼先生的朋友要来，我们当然欢迎啦。不管谁来，他都要带着看看这块天花板。有时候我们已经上床休息了，或者正在洗澡呢，不管到底在干吗，他都大摇大摆地直接走进来。"

菲利普能看出他们把阿西尔尼先生当成怪人，可打心里还是喜欢他，听他滔滔不绝地讲十七世纪天花板多么美轮美奂，一个个都半张着嘴，佩服得五体投地。

"要把这些房子拆了实在是罪过，对吧，霍奇森？你在社会上挺有声望，干吗不给报社写信抗议呢？"

穿着短袖的男人大笑起来，扭头跟菲利普说：

"阿西尔尼先生真爱开玩笑。他们说这些房子卫生不达标，住里面不安全。"

"什么卫生条件，通通见鬼去吧，我只要艺术！"阿西尔尼大吼起来，"都说这楼里的排水系统糟糕透了，可我那九个孩子不也活蹦乱跳地长大了吗？不，不，我可不冒险。我可不吃你那套时兴的观点。除非确定这里的排水管坏得不能用了，不然我是绝不会搬走的。"

忽然，外面有人敲门，一个满头金发的小女孩从外面把门推开。

"爸爸，妈妈说让你别聊天啦，快点回家吃饭。"

"这是我们家三女儿，"阿西尔尼用食指指着她，煞有介事地介绍说，"她叫玛丽亚·德皮拉尔，但是你叫她简，她反而更乐意。简，快擤擤鼻涕去！"

"我没拿手帕，爸爸。"

"哎哟，这孩子！"他一边说，一边掏出块印花大手绢，"上帝给你一双手是让你干什么的呀？"

他们一起走上楼，菲利普被带进一间铺着深色橡木护墙的屋子。中间是张窄窄的桌子,柚木桌面,搁在支架上,用两根铁条固定。这种桌子在西班牙被称为"mesa de hieraje"。他们围坐下来开始吃饭,桌边有两把宽敞的大椅子,扶手的位置是又宽又平的橡木板,后背座椅都是皮面的。这椅子模样庄严典雅,可坐上去一点也不舒服。除了这些家具以外,房间里就只剩一个精致的立式衣橱,上面还有镀金的铁艺装饰,摆放在一个略带教会风格、雕刻精细的小几上。旁边还有两三个上了釉的盘子,布满裂纹,色彩鲜艳。墙面挂着西班牙画派的大师作品,画框虽有了些年头,但不失精致美丽。画中的形象略显怪异,画纸疏于保护,年久褪色,且不消说,其试图表现的思想也并非高尚。即便如此,这几张画却闪耀着热情的光辉。放眼整个房间,找不到几件值钱的玩意儿,但自有一种宜人的气氛,既宏伟又庄严。菲利普心想,这也许就是西班牙的精魂所在吧。正当阿西尔尼给菲利普展示衣橱里面的装饰和暗屉时,一个高个儿女孩走了进来。她棕色的头发扎成两股小辫,在脑后垂着。

"妈妈说饭已经准备好了,等你们一坐下我就端上来。"

"过来和凯利先生握握手,萨莉。"他把女孩唤过来,又转身对菲利普说,"看她多高的个子啊!这是我最大的女儿。萨莉,你多大了?"

"到六月份就十五岁啦,爸爸。"

"我给她起名玛利亚·德尔·索尔[1]。她是我第一个孩子,所以我想谨以她的名字献给卡斯提尔王国[2]光芒四射的太阳。孩子妈叫她萨莉,弟弟喊她嘟嘟脸。"

女孩腼腆地笑了笑。一口牙齿平整洁白,脸蛋儿红红的。身条儿很顺,在她这个年纪算是相当高挑。她还生就一双灰色的眼珠,额头宽宽的。

"叫你妈妈进来和凯利先生打招呼,快去,趁凯利先生还没坐下。"

"妈妈说等吃完晚饭再进来。她还没洗澡呢。"

"那我们干脆自己进去找她啦。凯利先生必须得先和她握握手,才能吃

---

1. 原文为西班牙语。
2. 卡斯提尔王国:十一世纪至十五世纪伊比利亚半岛中部的封建王国。

她亲手做出的约克郡布丁[1]。"

菲利普随男主人进了厨房。里面狭小而拥挤,塞满了乱七八糟的东西,充斥着刺耳的噪音。可他们一踏进去,声音便戛然而止。厨房中间放了张大桌子,四周围坐着阿西尔尼的孩子们。他们的肚子都已经饿得咕咕叫了。一个女人站在烤箱边上,正把烤好的土豆一个一个拿出来。

"这是凯利先生,贝蒂。"阿西尔尼介绍说。

"你怎么把他带到这儿来了,让人家客人怎么想啊!"

贝蒂穿件脏围裙,棉布裙的袖子卷到胳膊肘,头发上别着卷发夹。她身材高大,足足比丈夫高了三尺,眼睛是浅蓝色的,和眉善目。本来健美的体形因为年岁的增长和生儿育女的影响变得臃肿笨拙。眼珠的颜色浅了,头发的光泽没了,皮肤也通红通红的,粗糙了不少。她站直身子,在围裙上蹭蹭手,朝菲利普伸过来。

"欢迎你来做客,先生。"她说话的声音很低,口音让菲利普觉得莫名熟悉,"阿西尔尼说你在医院对他照料有加。"

"来,现在得让你瞧瞧这些小崽儿了。"阿西尔尼说,"这是索普,大儿子,将来要继承名号、财产,还得负责照顾整个家。这是阿瑟尔斯坦、哈罗德、爱德华。"他用食指指着三个小点的男孩说。男孩们都有红扑扑的脸蛋,一脸笑眯眯,看见菲利普眼含笑意的眼神从自己身上扫过,便害羞得垂下头看面前的盘子。"这些是我家的女孩儿,玛利亚·德尔·索尔……"

"嘟嘟脸!"一个小男孩大喊一声。

"我的儿子哟,你离真正的幽默还差了老远呢。玛利亚·德罗斯·梅赛德斯、玛利亚·德尔·皮拉尔、玛利亚·德拉·康塞普西翁、玛利亚·德尔·罗莎利奥。"

"我也叫她们萨莉、莫莉、康妮、罗茜和简。"阿西尔尼夫人说,"好了,阿西尔尼,回你自己的屋去吧。我给你把菜端上去。过一会儿,我先给孩子

---

1. 约克郡布丁:英国传统食品,常与烤牛肉一起食用。

洗洗脸，再让他们去找你。"

"亲爱的，要是让我给你取个名字，绝对是'玛利亚·肥皂沫'。你老是用肥皂沫折磨这些可怜的小家伙。"

"凯利先生，您先出去吧，不然的话他是不会老老实实地坐下吃饭的。"

阿西尔尼和菲利普在那两张隆重的扶手椅上坐好，椅子硬邦邦的，坐上去并不舒服，跟受刑一样。萨莉端上两盘烤牛肉配约克郡布丁、烤土豆和卷心菜。阿西尔尼从口袋里捏出一枚六便士银币，打发她去买壶啤酒。

"我希望你不是为了我特意摆上这张桌子的。"菲利普说，"我很乐意和孩子们一起吃饭啊。"

"哦，不，我一直都自个儿在这吃。我喜欢过去那些老掉牙的规矩。女人不该和男人在一个桌上吃饭。男女同桌就没法好好聊天的，况且也对她们有害。她们听进去那么多主意，只会胡思乱想，反而没有安生日子过了。"

饭菜很合口味，主人和客人吃得都很开心。

"你之前吃过这样的约克郡布丁吗？谁也做不出我老婆的手艺。这就是不娶大家闺秀的好处。你能看出她是个粗人，是吧？"

这个问题实在尴尬，菲利普不知该如何开口。

"我没注意。"他悻悻地说。

阿西尔尼大笑起来。不知为何，他一笑，别人也想跟着乐。

"不，她可不是大家闺秀，边儿都不沾。她父亲是个农民，她这辈子都没像个上等人一样讲过话。我们一共生了十二个孩子，九个活了下来。我跟她说该是时候消停了，可她脾气倔，把这都当成习惯了，不生满二十个是不会满意的。"

这时，萨莉拿着啤酒进屋了。她给菲利普倒了一杯，又到桌子另一边儿给父亲倒了些。阿西尔尼用手搂着女儿的腰。

"你见过个子这么高、生得这么俊的女孩吗？她才十五岁，看起来就像二十岁的大姑娘了。瞧瞧这脸蛋儿！长这么大，她可一天病都没生过。能娶她的小伙子可太有福气了，是不是啊，萨莉？"

女孩脸上挂着一抹浅笑,静静地听父亲说话。她早就习惯了这种不加遮拦的说话方式,所以并不觉得很难为情,反倒露出一种非常迷人可爱的谦虚样子。

"快吃饭吧,爸爸,饭菜一会就凉了。"她一边说,一边从父亲的臂弯里抽出身子,"等你要吃布丁了再喊我,好吗?"

萨莉走了,房间里又只剩下他们两人。阿西尔尼端起一大杯啤酒,咕嘟咕嘟仰脖喝了不少。

"老天,还有什么东西比英国的啤酒更好?"他说,"感谢上帝赐予我们如此简单的快乐吧!烤牛肉、香米布丁[1]、一副好胃口、一杯好啤酒!我曾经娶过一位大家闺秀。上帝啊,千万别娶那样的女人!"

菲利普哈哈大笑。眼前这一幕多么不和谐,多么滑稽:可笑的小个儿男人打扮得奇奇怪怪,镶着墙板的房间里满是西班牙式的家具,桌子上摆着的却是地道的英式美食。

"笑什么,小伙子,你不知道娶一个不如你的老婆是什么滋味。你肯定想娶一位和你一样有文化、知书达理的女人吧,肯定满脑子想的都是要找个有共同追求的另一半吧。告诉你,这些全是扯淡!男人不会和自己的老婆谈论政治,你说我会在乎贝蒂懂不懂微分学吗?男人就想要个能给他做饭、带孩子的老婆。两种女人,我可都娶过呀。现在让她把布丁端上来吧。"

他拍拍手,萨莉进屋了。她收拾桌上的盘子时,菲利普想起身搭把手,可阿西尔尼喊住了他。

"让她自己来,小伙子。她不想让你跟着操心。是吧,萨莉?你就老实坐着,让她伺候,没关系的。萨莉才他妈的不在乎你对女士有没有礼貌呢,是吧,萨莉?"

"是,爸爸。"萨莉乖乖地说。

"你知道我说的是什么意思吗?"

---

1. 香米布丁:英国传统甜点,由大米、牛奶、糖混合制成。

"不知道,爸爸。可妈妈不喜欢你说脏话。"

阿西尔尼被逗得抚掌大笑。没一会儿,萨莉端来两碟香气扑鼻、软润嫩滑的香米布丁。阿西尔尼像只饿狼一样大嚼起来。

"我们家有个规矩,礼拜天的菜单从来不变。这是一种仪式。一年当中的五十个周末都要吃烤牛肉和米布丁。除了复活节要吃羊肉和豌豆,圣米迦勒节[1]要吃烤鹅和苹果酱。我们得把自己民族的传统沿袭下来。等萨莉嫁人了,她会把我教给她的好多事儿忘掉大半,但一定会记得,要想幸福安康就必须在礼拜天吃上一顿烤牛肉和米布丁。"

"想吃乳酪了就叫我一声啊。"萨莉冷冷地插了一句。

"你知道神翠鸟[2]的故事吗?"阿西尔尼忽然冒出一句。菲利普已经慢慢习惯了他说话东一句西一句的毛病。"雄鸟飞越大海,筋疲力尽,雌鸟就飞到他身下,用强壮的翅膀驮着他。男人就该娶个神翠鸟这样的老婆。我和前妻一起生活了三年。她可是个优雅的淑女,一年能挣一千五百镑。我俩以前住在肯辛顿的一幢红色小砖楼里,经常举办宴会招待朋友。来我们家做客的人里有律师和律师太太、博览群书的股票经纪人、新上台的政客等等,人人都夸她是个魅力十足的女人。她让我戴绸缎帽、披着礼服外套去做礼拜;带我去听古典音乐会。她还喜欢每周末下午教堂的讲道。她每天早上八点半准时坐下吃早餐,只要我起晚了,饭菜就凉在桌上。不管是对书籍、绘画、音乐,她的品位都没得挑。可是,上帝啊,这个女人真是无趣极了!她还是那么迷人,还是住在肯辛顿的红色砖楼。家里的墙上贴着莫里斯设计的墙纸,挂着惠斯勒的铜版画,还是会不时地举办小型宴会,从岗特餐厅买来奶酪小牛肉和冰块。一切都像二十年前一样。"[3]

菲利普没问这对貌合神离的夫妻如何分手,阿西尔尼还是主动说了。

"贝蒂还不是我老婆,你知道吗?我老婆不肯和我离婚。我的孩子都是

---

1. 圣米迦勒节:基督教传统节日,时间为每年的九月二十九日。
2. 神翠鸟:神话中的神鸟,飞过海洋时暴风雨就会平静。象征安宁。
3. 莫里斯、惠斯勒、岗特餐厅:均为当时象征品位的品牌、出处。

私生子,每一个都是。但他们不都还是好好的吗?贝蒂曾经是肯辛顿那栋红色砖楼里的女仆。四五年前我实在走投无路了,回去找我老婆帮忙。她答应说只要我抛弃贝蒂出国去,她就借我笔钱。可我怎么会抛弃贝蒂呢?于是,我们一家人只能一起饿肚子。我老婆说我堕落了,穷苦日子过上了瘾,一点出息都没有。我现在给一家布商做新闻代理,每周挣三镑。可我天天都要感谢上帝,终于能够逃离那栋红色的小砖楼了!"

萨莉把软奶酪端上桌,阿西尔尼继续口若悬河地大聊特聊:

"世人犯下的最大错误就是觉得必须得先有钱,才能成家。要把孩子养成一个个先生小姐确实要花钱,但我可不想让他们变成那样。萨莉明年就要出去挣钱了。她要去给一个裁缝当学徒——是不是,萨莉?——男孩都要去当兵。我想让他们当海军。军队里的日子又快活又健康,吃得好、待遇好,退伍还能有补助。"

菲利普点起烟斗。阿西尔尼抽起了自己卷的哈瓦那雪茄。萨莉把桌上的杯碟收拾干净。菲利普沉默不语,阿西尔尼不把他当外人,一股脑儿跟他说了这么多掏心窝子的话,让他很不适应。阿西尔尼块头不大,嗓门不小,配上他夸张的语气、外国佬的相貌和说话时奇怪的重音,让人不得不侧目。菲利普觉得他很像克朗肖。两人都有独立的思维,都一样的玩世不恭,可阿西尔尼的性格活泼开朗,大大咧咧,不像克朗肖对抽象的概念那么着迷。可正是因此,克朗肖的谈吐才会引人入胜。阿西尔尼来自乡下某个声名显赫的家族。他对自己的出身非常自豪,还给菲利普看了看自己家的照片,那是一所伊丽莎白时代的宅子。

"阿西尔尼家族在这房子里住了七个世纪。伙计啊,你要是能亲眼看看我们家的壁炉架和天花板就好了。"

屋里的护墙板上支出一个小橱,他从里面拿出族谱来,像个小孩一样得意洋洋地给菲利普显摆。这本族谱确实让人印象深刻。

"你看,我们家族的名字都是怎么重复的。索普、阿瑟尔斯坦、哈罗德、爱德华;我用这些名字给儿子起名。女孩们,你看,也都起了西班牙名字。"

一种不自在的感觉忽然向菲利普袭来,他觉得也许阿西尔尼说的话从头到尾都是精心设计的谎言。之所以这样坦白,也许只是想给他留下些印象,甚至是想把他唬住罢了。阿西尔尼说自己是温彻斯特人,但菲利普熟知各地风俗的差异,完全没从这个男人身上看出一点在知名的公学受过教育的影子。阿西尔尼正在胡吹海侃,说自己的祖上曾经和一些鼎鼎有名的家族联姻。菲利普这厢却暗暗偷乐,猜想他也许只是温彻斯特某个拍卖商或者煤炭贩的儿子。说不定他和家族的共同点不单单只是这一串名字呢。

第八十八章

敲门声响起,一排小孩走了进来。他们现在看着都干干净净的,小脸用肥皂水抹得白嫩嫩,头发也梳理整齐。萨莉准备领着他们去主日学校。阿西尔尼用他夸张、欢快的方式和孩子们逗着趣儿,看得出来,这些孩子都是他的心肝宝贝。孩子们健康漂亮,他心里骄傲极了,让旁人都不禁动情。菲利普觉得因为自己在这儿的缘故,孩子们多少有些害羞,等爸爸叫他们出去的时候,都如释重负一样飞也似的逃开了。过了几分钟,阿西尔尼夫人来了。她头发上的卷发夹都拆下来了,精心梳了个刘海。身着一件素黑的裙子,帽子上插着便宜的花。她正使劲儿把手往黑色的羊皮手套里塞,那双手由于整日操劳早就变得红肿而粗糙。

"我要去教堂了,阿西尔尼,"她说,"你还有什么吩咐吗?"

"只要记得给我祈祷就好,亲爱的贝蒂。"

"对你可没什么用,你有点过分呐。"她笑笑,转头看着菲利普,慢声说,"就是劝不动他跟我去教堂做礼拜。他比个无神论者好不到哪里去。"

"她看着难道不像鲁本斯的第二任妻子[1]?"阿西尔尼大喊道,"她要是穿上一身十七世纪的服装肯定美艳绝伦!要娶就娶这样的女人啊,我的朋

---

1. 鲁本斯:荷兰画家。他在五十三岁时娶了第二任妻子海伦娜·福尔曼,当时她只有十六岁。

友。看看她有多美!"

"你就唠叨个没完吧,阿西尔尼。"贝蒂淡淡地说。

她扣上手套的扣子,出门前朝菲利普友好、礼貌、害羞地一笑。

"你会留下喝茶的,对吧?阿西尔尼喜欢和人聊天,又老是找不到聪明人。"

"他肯定会留下喝茶啦,"阿西尔尼说道。等贝蒂一走,他接着说:"我坚持让孩子去主日学校,贝蒂也应该去做礼拜。女人都应该信宗教。我自己是不信的,但我想让女人和小孩信。"

菲利普对待真理一向严肃,阿西尔尼这种轻率的态度让他有点吃惊。

"你怎么能眼睁睁看着自己的孩子学些你不相信的东西呢?"

"只要这些东西是美的,就无所谓真假了。想让什么都既有道理又能符合审美,这要求得有点过分了吧。我想让贝蒂信仰罗马天主教,想看着她头戴纸花冠皈依天主教。但她是个无药可救的新教徒。其实,信不信教全看性格,只要你有虔诚的品性,那么不管什么宗教你都会笃信不疑。可要是没有的话,那硬生生塞到你脑子里的信仰没多久就会消失啦。宗教也许是最好的道德学校,就像你们给病人开的某种用作溶剂的药。它可能本身没有效果,却能使别的药物更好地吸收。你建立起自己的道德观,因为它本身就是和宗教相结合的;你放弃了宗教信仰,可是道德观还是不变的。比起熟读赫伯特·斯宾塞[1]的人来,通过敬爱上帝而学会为善的人是更有可能成为好人的。"

阿西尔尼的观点和菲利普的想法全然相悖。基督教在他眼中依旧是一副不堪的枷锁,应该不惜任何代价抛弃之。他潜意识里把宗教和特坎伯雷及布莱克斯塔布尔教堂里的冗繁无趣的仪式联系起来。阿西尔尼口中的道德观对他来说也莫过于宗教的一部分。道德的合理性是建立在信仰的基础上。犹豫不定的人可能会抛弃信仰,但道德会留存下来。菲利普正想着要怎么回话呢,阿西尔尼已经自顾自地继续大谈起罗马天主教来了。他喜欢把自己的想法一吐为快,对别人的参与讨论并不怎么感兴趣。在他看来,罗马天主教是西班

---

1. 赫伯特·斯宾塞:英国学者。人称"社会达尔文主义之父"。

牙相当重要的一部分。西班牙又对他相当重要。当年他来到这里，是为了逃避婚后那种令人生厌、一成不变的生活。只见他的双手在空中划着大圈，说话一字一顿，形容着西班牙大教堂里黑黢黢的厅廊，祭坛装饰画上泼洒的大片金色颜料，奢侈华丽的镀金铁艺颜色已褪得斑驳，空气里弥漫着香火的味道，四下一片静谧；菲利普似乎看到穿着白色法衣的牧师和身边一袭红衣的助手从圣器室朝唱诗班走来；听到他们一遍一遍吟唱着晚祷诗。阿维拉、塔拉戈约、塞戈维亚、科尔多瓦，阿西尔尼每提到一个地名就会在他心里激起一阵回响。他的眼前似乎浮现出古老的西班牙城镇来，灰色的花岗岩石壁掩映在一片昏黄之中，极目萧索，风沙遍野。

阿西尔尼刚刚说完一段话，戏剧化地抬起一只手在空中比了个暂停的手势，菲利普随口提了一句："我一直想去塞维利亚看看。"

"塞维利亚？"阿西尔尼大叫起来，"别，别，别去那儿！一说起塞维利亚，想到的都是和着响板跳舞的女孩，瓜达基维尔河畔公园里的歌声，斗牛比赛，橙花鸡尾酒[1]，女人的头纱和披巾。塞维利亚是出活生生的杂耍喜剧，是西班牙的蒙马特[2]。它肤浅的魅力只能给最肤浅的头脑带来无穷的乐子。泰奥菲尔·戈蒂耶[3]已经把对塞维利亚的感受表达得淋漓尽致了，我们最多只能步其后尘，感其所感、叹其所叹。凡是打眼能看见的，都被他长篇大论地描述过了。再说，除去这些表面的东西，也没什么可看的了。牟利罗[4]是它的画家。"

阿西尔尼从椅子上站起来，走到那件西班牙柜子跟前，把镀金的铰链取下来，打开柜门上精巧华丽的锁，露出里面一排小抽屉。他取出一摞相片。

"你知道艾尔·格列柯吗？"他问道。

"哦，我记得我在巴黎的一个朋友对他印象很深。"

"艾尔·格列柯是托莱多的画家。贝蒂没找到我想给你看的那张照片。

---

1. 橙花鸡尾酒：杜松子酒和橙汁调配的鸡尾酒，常见于结婚仪式。
2. 蒙马特：巴黎北部的一个地区，是艺术家汇集之地。
3. 戈蒂耶：法国诗人、作家。唯美主义者，倡导"为艺术而艺术"。
4. 牟利罗：十七世纪西班牙画家，出生于塞维利亚。

那是格列柯画的他爱的那座城市，比照片还要真实。来，坐到桌子这边来。"

菲利普往前拉了拉椅子，阿西尔尼把照片放他面前。他好奇地看看，没做评价，又伸手要看看其他的，阿西尔尼把剩下的都递过来。他之前从没看过这位杰出大师的作品，初见，先是被画面上随意、古怪的形象困惑住了。画中的人高瘦得出奇，脑袋非常小，摆着夸张做作的姿势。这显然不是写实的作品，可即便是透过照片也能感受到一种古怪的真实感。阿西尔尼迫不及待地解说着，用了不少生动形象的形容，可菲利普只是模糊地听了个大概。他不懂，可他却莫名其妙地被这些画触动了。好像这几幅画对他而言有某种特殊的意义，尽管究竟是什么他也说不清道不明。肖像画里的男人瞪着硕大的、满是忧伤的眼睛，似乎在诉说着那些你不知道的事情。穿着方济各会或多明我会[1]修道服的修士一脸焦虑，做着不知道是何含义的手势。还有一张圣母升天图，一张耶稣受难图，画家在这幅画里笔触奇特，传达出的神秘情感使人觉得耶稣死后的身体不是人的肉体，而是神圣之躯。再往后翻，看到一张耶稣升天图，画里的救世主腾空而起，升上天堂，脚下的空气仿佛化为结实的土地。使徒们高举的手臂、挥舞的衣袖、激动的模样，给人留下一种神圣而喜悦的印象。背景里近乎满幅都是夜空，漆黑得如灵魂的夜；来自地狱的阴风肆虐，怒云翻腾，映着妖异的月轮，呈现出斑斓的色彩。

"这样的天空，我在托莱多见过一次又一次。"阿西尔尼说，"我想艾尔·格列柯刚到这座城市的时候，一定就看到了这样的天空，给他的印象太深刻了，之后再也忘不掉了。"

菲利普想起克拉顿曾一度被这个陌生的画坛大师迷倒，直到今天他才第一次看到他的画作。克拉顿是他在巴黎结识的人里最有趣的一个。他冷嘲热讽的态度和充满敌意的冷漠总是拒人于千里之外，但菲利普事后再想，却发现在他身上有种可悲的力量，企图通过画笔表现，可无奈一切都是徒劳。他

1.方济各会或多明我会：天主教托钵修会的两大派别。方济各会会士披灰色会服，称为"灰衣修士"，多明我会会士披黑色斗篷，称为"黑衣修士"。

的个性和一般人不同,明明身处一个毫不崇尚神秘主义的时代,却偏要表现得神秘兮兮。他对自己的生活很不耐烦,因为他发现自己无法表达出那些心中朦胧的冲动。他的头脑总是跟不上精神的步伐。难怪他能与艾尔·格列柯感同身受,是因为这个希腊人发现了一种表达灵魂诉求的新途径啊。菲利普重又看了一遍他给几个西班牙男人画的肖像。画中的人都长着乱蓬蓬、尖刺刺的胡子,在暗色背景和朴素的黑衣的映衬下,脸色苍白得如同死灰。艾尔·格列柯描绘出的是人的灵魂:这些男人或忧郁或颓废,并不是因为身体的劳累,只是由于精神的自我克制;他们的思想深受磨难,对这大千世界中的种种美好恍若未觉。他们的眼睛只注视着自己的内心,因为那些看不见的光芒让他们眼花目眩。还没有一个画家能像艾尔·格列柯一样如此冷漠,如此无情,将这世界的样子呈为一段艰难困苦的旅程。画中人的眼睛诉说出他们千奇百怪的渴望,他们的感觉敏锐得令人难以置信,不仅是对声音、气味或是颜色,甚至对灵魂每次微弱的颤动都大有体会。这位伟大的画家有一颗虔诚的、修道士一样的心脏。他的眼睛能看到密室中的圣徒所看到的东西,可他并不吃惊,嘴唇上也没有笑容。

菲利普还是一言不发,又看了看那张托莱多[1]的风景画。他觉得这是所有画里最吸引人的一幅。他的眼睛都移不开了,只莫名觉得自己竟像是站在一道门槛上,离生命的新发现只有一步之遥。这种冒险的快感让他激动不已,不由想起那曾令他牵肠挂肚的爱情。与他现在体会到的兴奋相比,爱情似乎微不足道。这幅画很长,画面里一座山,山顶盖满了房子,一角是个拿着地图的男孩,另一角则是典型的塔霍河[2]轮廓,天空上是天使簇拥的圣母。这幅画让菲利普感到陌生诡异,他生活在一个崇拜绝对现实的环境之中,可这幅画里的情景却让他觉得比之前追崇模仿的大师笔下的作品更加真实。阿西尔尼说这幅画描绘得如此精确,以至于托莱多的市民都能从画里找到自己的房

---

1. 托莱多:西班牙中部的古城。
2. 塔霍河:发源于西班牙阿尔瓦拉辛附近的山脉,在葡萄牙里斯本汇入大西洋,是伊比利亚半岛第二大流域的河流。

子。画家把自己看到的事物一五一十地描画出来，可他不是用肉眼所见，而是用精神。这座灰白的城镇里有些超自然的神秘因素。一束既非黑夜也非白昼的光照亮了这座荒芜暗淡的灵魂之城。它坐落在绿色的山岗上，可那般绿色却并不属于这个世界。四周是坚实的城墙和巨大的堡垒，人类发明的所有武器都不能摧毁它，唯有被祈祷、斋戒、悔叹和苦修的力量攻破。这里是上帝之心。用来搭建这些灰色房子的石料连泥瓦匠都没有见过。样子阴森森，不知道什么人会住在里面。若是走过这里的街道，便会惊讶地发现这些房子虽已废弃，却空而不寂。这里有一种无形的存在，虽然看不见，却能被清晰地感知。这是一座神秘之城，便是纵情想象也无法名状，像从光亮忽然步入黑暗，赤裸的灵魂信步徘徊，似冥冥又似昭昭。这绝对的体验，只可感知意会，无法用语言加以表述。果不其然，蓝色的天空中是身着红袍蓝篷的圣母，身旁一群挥动翅膀的天使环绕。笔触中透出的真实仿佛是灵魂的忏悔，这是肉眼所不能见。阵阵怪风吹拂几缕轻云，仿佛是迷失的灵魂在呼喊、叹息。就菲利普看来，他们即便见到鬼怪，也只会怀着虔诚与感恩各自上路。

阿西尔尼讲起西班牙的神秘主义作家：阿维拉的大德兰修女[1]、圣胡安·德拉·科鲁兹和路易斯·德·莱昂[2]。这些人的作品里都有着对不可见事物的热忱，就像菲利普从艾尔·格列柯的画中感受到的一样。他们似乎有着能够触及无形的能力。他们是生活在那个年代的西班牙人，见证了伟大祖国的丰功伟绩；他们的奇思遐想中闪耀美洲大陆的光辉和加勒比海小岛上的盈盈绿意；他们的血管里流淌着与非洲摩尔人长期战斗的勇敢力量；他们的身体内仿佛能感受到卡斯提尔广袤的疆土、茶褐色的荒芜地表和大雪封顶的山头，能感受到安达卢西亚[3]金灿灿的阳光、蓝澄澄的天空和鲜花盛放的平原。他们是世界的主人，他们以自己为骄傲。生命充满激情，灿烂丰富，它

---

1. 大德兰修女：出生于西班牙阿维拉，教会学者。其著作《圆满之路》等为神秘主义做了最高程度的表达，被誉为西班牙鼎盛时期抒情作品的巅峰之作。
2. 路易斯·德·莱昂：西班牙文艺复兴时期的代表作家。
3. 安达卢西亚：西班牙最南的地区，塞维利亚即在此地。

给人带来了许多,也叫人有了不尽的欲望,试图追求更多。人类的特性就是不知满足,他们把孜孜不倦的活力化作对某种无可言喻的实体的追求。阿西尔尼闲暇时爱翻译些西班牙诗歌,现在找到了能一起诵读品赏的对象,不能说是不愉快的。他用动听、颤动的嗓音朗读着颂歌《灵魂与基督之爱》和路易斯·德·莱昂的以"一个昏黑的夜"或"静谧夜中"[1]为开头的优美诗歌。他翻译起这些诗来并不费劲,也用不着什么技巧。他早就知道怎样的辞藻能在任何情形下形容出原语里粗糙而壮丽的含义。艾尔·格列柯的画阐释了这些诗歌,而诗歌又反过来给画作做下注解。

如今的菲利普以一种不屑的眼光看待理想主义。他一直以来都对生活充满激情,而他接触到的大部分理想主义却只是教人胆怯地逃避生活。理想主义者无法忍受人世间的冲撞骚动,所以总是离群索居。他没有力量奋起反抗,只能将这种反抗诋毁为恶俗。每当同伴对他的评价与他的自我评价不符,就诋毁蔑视他们来聊以自慰。在菲利普看来,理想主义者的典型代表就是像海沃德那样的人,曾经衣冠楚楚、性格散漫,现在又肥又秃,可对自己相貌仅存的亮眼处非常在意,还时不时地精心计划,试图在未知的将来成就大业。可他生活的另一面却是终日的饮酒狂欢、拈花惹草。正是因为看到了海沃德的这番境地,菲利普才决意振臂高呼,坚持要让生活维持其原本的样子。肮脏、罪恶、缺陷,统统只是过眼云烟;他想看到最真实、赤裸的人。每当遇到卑鄙残暴、自私贪欲的行为,他都兴奋地不停搓手;唯有这些才是真实啊!他在巴黎学到,世上本无美丑,有的只是真相。对美的追求不过是感情用事罢了。当初他为了不陷入"美"之桎梏,不也学着在风景画前头添了个巧克力的广告牌吗?

现在,他似乎又觉察到些新的东西。长久以来,他对自己的感觉都犹豫不决,一直到现在才终于确定这一事实,原来自己与新的发现仅有一步之隔。他模糊觉得似乎有比自己一直崇拜的现实主义更好的思想,而且那显然不是

---

1. 原文为西班牙语。

只能让人消极避世的、软弱而苍白的理想主义。它强劲有力，充满气魄；它能坦然接受生命中的活力与懈怠，丑陋与美丽，懦弱与勇敢。它其实还是一种现实主义，只是被推到了更高的层度；事实在这里得以大见天日，暴露于一道耀眼的明光之下。他透过已逝的卡斯提尔贵族们的眼睛看到了万事万物更深层的内涵。圣徒摆出的姿势打眼看去非常古怪扭曲，可深藏其中的含义现在却慢慢显露。只是他也参不透这些含义究竟该作何讲。像是一封向他发来的急函，打开后却发现纸上尽是看不懂的文字。生命的意义究竟为何？他一直在寻寻觅觅，答案仿佛早已找到，只是晦涩难懂，不可解读。他的内心深深迷惑着。真相总是稍纵即逝，就像在漆黑的暴雨夜中，倏忽打亮的闪电让你看清一眼山的轮廓。他似乎认识到，人不能拿生活碰运气，自身的意志非常强大。他似乎认识到自我控制是一种同屈服于激情一样热烈积极的行为；他似乎认识到和那些征服疆土、发现大陆的人的生活相比，内在的精神生活也一样多种多样、体验丰富。

第八十九章

菲利普和阿西尔尼的谈话被楼梯传来的一阵脚步声打断了。孩子们从主日学校回来了，阿西尔尼打开门，他们便大笑大叫着拥进来。阿西尔尼笑眯眯地问他们从学校里都学了些什么。萨莉在客厅待了一小会儿，帮母亲传话说让阿西尔尼陪孩子玩会儿，她先准备茶点。阿西尔尼开始给孩子讲起安徒生童话。这些小孩不算很害羞，很快就发现菲利普不是坏人。简走到他身边，自顾自地爬到他膝盖上坐好。菲利普孤独的人生中第一次感受到家庭的温暖，他眼含笑意地看着这些可爱的孩子被奇妙的童话世界所吸引，心里暖融融的。这位新朋友的生活乍看之下有些古怪离奇，可现在竟似乎有了种合乎自然之美。萨莉又进屋来了，说：

"听着，小家伙儿，茶点准备好了。"

简从菲利普的膝盖上溜下来，和其他孩子一起跑回厨房。萨莉在客厅长长的西班牙桌子上铺好桌布。

"妈妈问她能不能和你们一起喝茶?我可以替她照顾小孩。"

"跟你妈说,她能来陪我们喝茶是我们的骄傲和荣幸。"阿西尔尼说道。

菲利普觉得他好像没有一句话不说得这么花哨。

"那我也给她摆好餐具吧。"萨莉说。

过了一小会儿,她端着托盘回来,上面是一块农家面包[1],一大片黄油和一罐草莓果酱,把东西一一摆上桌的时候,阿西尔尼拿她开起玩笑,说是时候给她找个好人家了,还和菲利普说这丫头特别傲气,追求者能在主日学校门口排两排,争先恐后想送她回家,可她根本不想和这些人纠缠。

"你净乱说,爸爸。"萨莉不紧不慢地笑嗔一句,脸上挂着好脾气的微笑。

"看看她,你肯定想不到一个裁缝小工就因为萨莉不愿意和他打招呼,一赌气跑去参军了。还有一个电机工程师,注意,是个工程师,在教堂里想和萨莉看一本圣歌集,萨莉一口拒绝,结果他打那以后就变成了个酒鬼。我真担心,等这丫头把头发束起来以后[2],还指不定能发生什么呢。"

"妈妈说她自己端茶来。"

"萨莉从来不搭理我的话。"阿西尔尼大笑起来,用骄傲、疼爱的眼神看着女儿,"不管外面世界发生战争、改革还是大变动,她都满不在乎,只顾干好自己的。等找到一个靠得住的男人嫁了,她会是个多好的妻子!"

阿西尔尼夫人端茶进来了,刚一坐下就开始负责切面包和黄油。她把丈夫当成小孩一样照顾,看得一旁的菲利普直想笑。她先在面包上涂好果酱,又把面包和黄油切成一块块刚好入口的大小。她早就把帽子摘了,穿了一条自己最好的裙子,发福的身体被裹得紧紧的。菲利普觉得她看着像个农民的

---

1. 农家面包:英国传统的家常面包,由上小下大两块面团叠在一起烤制,形似草帽,又称为"草帽面包"。
2. 束发:代指女孩成年,英国女孩成年后会将头发束起。

老婆，就像自己小时候经常和伯伯拜访的那些。难怪她的口音这么熟悉，原来她说起话来和布莱克斯塔布尔的人如此相像啊。

"您是哪里人呢？"菲利普问她。

"我是肯特郡的。从弗内来的。"

"和我猜的差不多。我伯伯是布莱克斯塔布尔的牧师。"

"这可有意思啦，"她说，"我刚才做礼拜的时候还想呢，你会不会是凯利先生的亲戚。我以前老能看见他。我的一个表妹就嫁给了维克斯利农场的巴克先生，那个农场就在布莱克斯塔布尔教堂旁边。我还是个小女孩的时候，就总是去那个教堂。是不是很有意思呀。"

她似乎对菲利普有了新的兴趣，原本黯淡的眸子忽地亮了起来。她问他知不知道弗内。那是个风景宜人的小村庄，离布莱克斯塔布尔大概有十英里远，中间隔着一大片田野。有时村上的牧师也会去布莱克斯塔布尔过感恩节。她谈起几个住在附近的农夫和村庄里的趣事儿，心里特别激动。乡下的风土人情被她如数家珍般娓娓道来，这副好记性对于一个从小在农村长大的女孩来说，可谓非常罕见。菲利普也觉得莫名心动。一阵来自乡下的和风暖流徐徐吹进这间位于伦敦市中心、镶着墙板的小屋。眼前仿佛看见肯特郡肥沃无际的田野，排排榆木立在四周，直指天空。空气清新宜人，弥漫着花草的清香，又掺杂着自北海吹来的淡淡咸味，冰冷刺骨，却让人不由大口大口贪婪地呼吸。

菲利普从阿西尔尼家告辞的时候，已经是晚上十点钟了。孩子们八点就来跟大人道过晚安，特别自然地把小脸凑上来让菲利普亲亲。他可疼坏这些孩子了。萨莉只是向他伸出手来。

"萨莉从来不和初次见面的先生亲吻告别。"她的父亲在一边解释。

"那你可得再邀请我来做客啊！"菲利普说。

"我爸爸说的话，你可别往心里去。"萨莉微笑着说。

"她是个特别守规矩的女孩。"阿西尔尼又补充了一句。

阿西尔尼夫人哄孩子上床的当儿，两个男人吃了些面包、黄油、啤酒当作晚餐。菲利普去厨房和她道别的时候（她一直在厨房坐着，翻翻周报，休息一会儿），她热情邀请菲利普一定再来做客。

"只要阿西尔尼还有活儿干，我们礼拜天就会吃顿好饭，"她说，"你能过来和他聊聊天，我们都不知道要怎么谢你啦。"

到了下个礼拜六，菲利普收到阿西尔尼寄来的明信片，上面写到希望他明天能一起过来吃顿饭。菲利普害怕这样的盛情款待会让阿西尔尼在经济上吃不消，所以回信说他只过去喝点茶就好。第二天，他去的时候带上了一个大大的葡萄干蛋糕，这样一来招待他喝茶就花不了阿西尔尼什么钱了。他欣喜地发现这一家人见到他都很高兴，而带去的大蛋糕也立刻就征服了那帮小孩子。他坚持要在厨房和大家伙一起喝茶，所有人吵吵闹闹，其乐融融，气氛好得不得了。

没多久，菲利普就养成了在阿西尔尼家过周末的习惯。他为人诚恳、单纯，很快就成了小孩儿最喜欢的人，而他也自然格外喜欢这些孩子。只要他一摁门铃，就有一颗小脑袋从窗户钻出来看看是不是他到了，一经确认，所有孩子都会冲下楼梯抢着给他开门。他们一股脑儿地扑到他怀里，喝茶的时候争着要坐他旁边。很快，小家伙们就管他叫菲利普叔叔了。

阿西尔尼是个非常健谈的人，通过聊天，菲利普逐渐听说了他人生中各个阶段的故事。他尝试过很多职业，菲利普忽然想到他不管做什么，最后肯定都是留下一堆烂摊子。他曾经在斯里兰卡的茶庄干过，还在美国到处推销意大利红酒；在托莱多水厂的那份工作已经是干得最久的了；他还当过新闻记者，有一阵子专门给一家晚报报道治安法庭的消息。还在英国中部的一家报社当过副编辑，在里维埃拉[1]的另一家报社做编辑。他从这些工作里搜集了各种招人发笑的奇闻逸事，兴致勃勃地讲给客人听。他书也读了不少，尤其喜欢读些不常见的书。把书里难以理解的知识拿出来侃侃而谈，看着自己的听众一脸惊讶，就不由沾沾自喜，乐得像个小孩。有那么三四年的时间，

---

1. 里维埃拉：地中海沿岸区域。包括意大利和法国的部分地区。

他实在是穷得走投无路,只好做了一家布商的新闻代理。虽然这份工作屈了他的才气(他总把自己说得才华横溢),可由于老婆的一再坚持,还有一家人等着他养活,也只能继续干下去了。

第九十章

菲利普从阿西尔尼家告辞后,顺着法院街走到斯特兰德街,在国会大街的尽头坐上一辆公交车。转眼已经离第一次去阿西尔尼家做客过去六周了。一个礼拜天,他像往常一样去坐公交,但发现去往肯宁顿的车已经坐满人了。虽然是六月,但白天刚下过雨,晚上还是有些凉飕飕的。他走着去了皮卡迪利马戏团,从那儿上车应该能有位子坐。公交车停在喷泉边上,到马戏团的时候上面也只有寥寥两三个人。这趟车每一刻钟发车一次,所以菲利普不紧不慢地等着。他无所事事地打眼看着过往的人群。酒馆马上就打烊了,可门口还是挤满了人。此刻,他满脑子想的都是听了阿西尔尼的侃侃而谈后冒出来的想法。

忽然,他的一颗心猛地提了起来。他看到了米尔德里德。有好几个礼拜的时间他都没有想过她了。米尔德里德正从沙夫茨伯里大道的一角准备过马路,她站在避雨棚下,等着马车驶过。她准备一有机会就跑过马路,完全没注意别的。她戴着一顶宽大的黑色草帽,插着很多羽毛;穿了件黑色丝裙(带裙摆的裙子很是时髦)。路上没车了,米尔德里德裙摆曳地,缓缓而过,往皮卡迪利走去。菲利普的心怦怦乱跳,紧跟在她身后。他并不想上前搭话,只是想再看一眼她的脸,想看看都这么晚了,她究竟要到哪里去。她沿着道边慢慢地走,拐进艾尔街,又一路走到摄政街,继续朝马戏团的方向前进。菲利普有点迷糊了,搞不懂她这是在做什么。也许她在等着什么人吧。他很好奇这个人究竟是谁。前头有个个子矮矮的男人,戴了顶圆顶礼帽,走得很慢。她赶上他,从他身边经过的时候侧头看了看他。又走了几步,到了斯旺德加商店[1]的大门口,面朝大街等了片刻,一有男人经过就抛出个媚笑。有个男人盯着她看了一会儿，然后把脸转过去，慢悠悠地走开了。菲利普忽然明白了这是怎么一回事。

恐惧之情扼住他的喉咙，双腿一软，差点溜到地上。他跟着她快走了几步，碰了碰她的手臂。

"米尔德里德。"

她吃了一惊，猛地转过身。菲利普觉得她似是有些脸红，但周围一片黑暗，并不能看得太真切。他们呆呆地站了一会儿，对视着，什么也没说。最后，米尔德里德先开口了：

"真没想到能在这儿见到你。"

菲利普不知道该回句什么。他还没从震惊中缓过神来，即便心中有千言万语，却嫌太过矫情，难以启齿。

"太可怕了。"他喘着粗气，像是自言自语。

米尔德里德没再说什么，只是回过身去，低头看着路面。他觉得自己的脸都痛苦得有些扭曲。

"能不能找个地方，我们聊聊天？"

"我不想聊天。"她的语气很低沉，"别来烦我，行不行？"

菲利普忽然想到她可能急着用钱，这会儿脱不了身。

"我身上有几个金镑，如果你手头拮据的话……"他急得脱口而出。

"我不懂你这是什么意思。我正往住处走呢，想着说不定能碰见同事。"

"看在上帝的分上，别撒谎了。"

他看见米尔德里德哭了起来，又问了一遍刚才的问题。

"能不能找个地方，我们聊聊天？我能去你家吗？"

"不，不能。"她抽抽噎噎地小声说，"我不能带男人回去。如果你愿意的话，我明天去找你。"

他很清楚，米尔德里德从来不会守约。眼下，他不能放她走。

---

1. 斯旺德加商店：创办于十八世纪的商场。创始人为德加和斯旺。

"不。我们现在就找个地方谈。"

"好,去我知道的一个地方吧。但是那里要收费六先令。"

"无所谓。在哪儿?"

米尔德里德说了一个地址,他拦下辆马车,一起去了国家博物馆前头一条破破烂烂的街道。旁边就是格雷酒店街。米尔德里德让车停在路口。

"他们不让车停到门口。"她说。

上了马车,两个人就再没说过一句。走了几步路,到一扇门前,米尔德里德重重敲了三下。菲利普看见房子的气窗上有块写着招租启事的板子。门静静打开,一个上了年纪的高个儿女人请他们进屋。她瞅了菲利普一眼,压低声音和米尔德里德嘀咕两句。米尔德里德带着菲利普穿过走廊,来到一间朝阴的房间。屋里伸手不见五指,她跟菲利普要了根火柴,点着汽灯。灯上没有玻璃罩,火光烧得很旺。菲利普四下看了看。这是间脏兮兮的小卧室,里面有一套家具,刷成松木的颜色,和狭小的房间比起来未免有点太大。带花边的窗帘脏得要命,一把大纸扇子堵着壁炉口。米尔德里德往壁炉架旁边的扶手椅上一坐,身子整个儿陷了进去。菲利普坐在床沿,尴尬得手都不知道往哪搁。他现在能清楚地看到米尔德里德的脸:两颊涂了厚厚的胭脂,眉毛描得乌黑,看上去干瘦干瘦,像生过一场重病。胭脂的红反倒衬得皮肤更加发青。她没精打采地看着那把纸扇子。菲利普想不出说些什么,嗓子好像被哽住了,眼泪随时都要夺眶而出。他拿手捂住眼睛。

"上帝啊,这太可怕了。"他呻吟一声。

"搞不懂你在烦什么。我本以为你看到我落得这般下场,会很高兴呢。"

菲利普没说话,忽然啜泣起来。

"你不会以为我干这个是因为自己乐意吧?"

"亲爱的,"菲利普哭着说,"对不起,真的对不起。"

"哦,这些屁话可真有用呢!"

菲利普又不知道该说什么了。他胆战心惊地害怕一句说错,米尔德里德就觉得自己在谴责或讥笑她。

"孩子在哪儿呢？"他问道。

"带到伦敦来了。我又没钱让她继续留在布莱顿，只好带她走咯。我在海布里路租了间房子，告诉他们说我是个演员。每天跑很远的路回西区是挺麻烦，但找到个愿意租给女人的房子可太难了。"

"原先茶馆那些人不愿继续雇你了？"

"哪也找不到活儿干。为了找工作，我走得腿都要断了。有一次，好不容易找到个活儿，结果因为我身体不舒服请了一个礼拜的假。再回去的时候，人家已经不愿要我了。这也不能怪他们，对吧？那是人家的地盘，他们也不愿意找个病秧子来工作啊。"

"你看上去气色不太好。"菲利普说。

"我今晚不该出门，但是没办法，我要用钱。我给埃米尔写信，说自己实在没钱了。但是他从来不给我回信。"

"你应该给我写信啊。"

"我不想这么做，特别是发生了这么多事后，我不想让你觉得我走投无路了。如果你说我这一切都是罪有应得，我也不惊讶。"

"你还是不了解我，是不是？即使是现在这时候。"

一霎之间，所有心碎痛苦的回忆重新袭来，菲利普觉得天旋地转，胃里翻腾。可这只是回忆罢了。他看着她的脸庞，知道自己已经不再爱她了。他替她觉得心痛，同时却为摆脱了她而暗自庆幸。看着面前的她愁眉不展，他自问道，为何过去曾被这个女人迷得神魂颠倒？

"你是个不折不扣的绅士，"她说，"是我见过的所有男人里，唯一一个绅士。"她停顿一会儿，羞红了脸，"我实在不想求你做，但菲利普，你能给我点钱吗？"

"你真是走运了，我身上有些钱。但是不多，恐怕只有两镑。"

他把口袋里的金镑掏出来递给她。

"我会还你的，菲利普。"

"哦，没事儿，"他微笑着说，"别担心。"

想说的话，他一句也没说。两个人装作很自然地聊着天。过了一会儿，米尔德里德好像准备离开了，回到她那可怕的生活中去。对此，菲利普也束手无策。她手里拿着钱，站起身来。菲利普也跟着站起来。

"我是不是耽误你事儿了？"她问，"我想你应该要回家了吧。"

"不，我不着急。"他答道。

"能坐下休息一会儿，真好啊！"

这句话背后隐含的意思像一把尖利的匕首，将菲利普的心割成了碎片。看着她的身子疲惫不堪地滑进椅子里，菲利普觉得痛苦得难以呼吸。他们久久地沉默着，菲利普在一片尴尬中点起一支烟。

"菲利普，你真好，没跟我说不好听的。我还以为你会数落我一顿。"

他看她又哭起来，忽然想起埃米尔扔下她的时候，她是怎么跑到自己跟前哭哭啼啼的。想到她遭的那些罪，想到他为她咽下的屈辱，此情此景之下，他对她的同情似乎更深了一些，让人无法抗拒。

"要是能摆脱这一切该多好！"她呻吟着，"我恨死这样的日子了。我不是这种人，不是该过这种日子的姑娘。可我逃脱不了。就算能当个女仆也行啊。天啊，还不如让我死了算了。"

她越说越觉得自己惨，情绪整个儿地崩溃了。疯了一样地号啕大哭，瘦弱的身子颤个不停。

"哦，你不知道这是什么滋味。除非你真的干这行，不然永远也想不到。"

菲利普最受不了看她哭泣。她的日子不好过，害得他也心如刀绞。

"可怜人儿，"他喃喃道，"可怜人儿。"

他被深深触动了，忽然心生一计，顿时感到一阵狂喜。

"喂，如果你想摆脱这一切，我倒有个办法。我现在手头也很紧，每笔钱都得精打细算，但我在肯宁顿租了套小套间，有个空着的房间。要是你愿意的话可以带孩子搬过来。我每礼拜花三先令六便士雇了个女人来打扫屋子，给我做点吃的。这活儿干脆让你来干吧。剩下的这笔钱咱俩吃饭足够了。两个人吃饭比一个人多不了多少钱，我想孩子也吃不了多少吧。"

米尔德里德的哭声戛然而止，抬头看着他。

"你是说在发生了这么多事后，还愿意让我回来？"

菲利普对自己要说的话有点害羞，脸颊泛红。

"我不想让你误会。我只是给你间空房子住，又不花钱，再给你口饭吃罢了。你就像之前我雇的女人一样干点活儿，除此之外，什么也不用你做。我敢说你肯定能把饭菜烧好的吧。"

米尔德里德一下从椅子上蹦起来，朝菲利普跑过来。

"你对我真好，菲利普！"

"不，停，停。"他急急忙忙地说，伸出一只手来，似乎想把她推开。

不知为何，一想她会碰到自己，菲利普就觉得无法接受。

"我只想和你做朋友。"

"你对我真好，"她又说了一遍，"你对我真好。"

"这么说，你会搬来咯？"

"嗯，是，只要能逃避现在的日子，让我做什么都行。你绝对不会因为今天的决定而后悔的，菲利普，绝对不会。我什么时候搬呢，菲利普？"

"最好明天吧。"

她的眼泪一下又涌出来。

"怎么又哭了啊？"他笑着说。

"我太感激你了。不知道该做些什么报答你。"

"哦，没事儿。现在该回家了。"

他把地址写在一张条子上，嘱咐她要是五点半能来，到时他就把事情都打点好了。时间太晚了，他只能步行走回家，但这段路程却显得并不遥远。他心里满满的都是喜悦，整个人飘飘然，连步伐都轻快了不少。

第九十一章

第二天，他早早就起床给米尔德里德收拾房间。他把那个每周来打扫卫生、做饭的女人给辞了。大概六点钟,米尔德里德到了。菲利普从窗户看到她,下楼给她开了门,还帮着把行李都搬进来。她现在的全部家当不过三个用棕色纸包着的大包裹,所有非必需的东西都被她变卖了换钱。她还是穿着昨晚那件黑色裙子,脸上没涂胭脂,早上草草洗了把脸,眼眶的黑色眼影还残留在那儿,像个大病未愈之人。她抱着孩子从马车上下来,那副模样显得特别可怜。她似乎很害羞,只和菲利普说了些客套寒暄的话。

"不错,你还能自己找过来嘛。"

"我还从没在伦敦这一区住过呢。"

菲利普带她去看了房间。克朗肖就是在这里去世的。菲利普从来没想过再搬回来住,尽管知道这个想法很可笑。之前他为了让克朗肖过得舒服,才搬到了小屋。克朗肖过世之后,他还是继续睡在小屋的折叠床上,一直没搬回来。米尔德里德把孩子抱到屋里,孩子在她怀里睡得很香。

"我猜你都不认识她了吧。"

"我最后一次见她还是带她去布莱顿呢。"

"把她放哪儿好呢?她太沉了,我可没法一直抱着。"

"我家可没有摇篮呀。"菲利普拘谨地笑了笑。

"哦,她就睡在我旁边。一直都这样。"

米尔德里德把孩子放在扶手椅上,四下看了看这间屋子。屋里摆的大都是之前她见过的旧东西,这会儿也都能认识个差不多。只有一件物品是新的。那就是劳森前年夏末的时候给菲利普画的半身像,菲利普把它挂在了壁炉架上方的墙上。米尔德里德一脸嫌弃地看着这幅画。

"我挺喜欢这幅画,但也挺不喜欢。你本人比这画好看多啦。"

"世道真是变了啊,"菲利普大笑起来,"你可从来没说过我好看。"

"我本来就对男人外貌不太在意。我不喜欢好看的男人,他们总是高高在上。"

她的眼睛骨碌碌地转了一圈,本能地想找面镜子。可这屋里没有镜子。她只好抬起手来,轻轻拍了拍额前厚厚的刘海儿。

"我住在这儿,房子里其他住客会怎么说呢?"她忽然问。

"哦,这里只住了一个老头和他老婆。老头整天不在家,那个老太太我也只在每个礼拜六交房租的时候才见一次。他们喜欢关起门来过日子。自打我来,还没和他们说上句话呢。"

米尔德里德走进卧室,把带来的包裹打开,东西一样样拿出来。菲利普想看会儿书,但怎么也平静不下来。他靠在椅背上,抽着烟,笑盈盈地看着熟睡的孩子。他觉得幸福。他非常确定自己已经完全不爱米尔德里德了。甚至连他也没想到,自己竟能把过去对她的感情忘得干干净净。一想到她的样子只觉得有点反胃,一想到触碰她的身体,就浑身起鸡皮疙瘩。他也不知道这是怎么了。正纳闷,米尔德里德敲了敲客厅的门,走了进来。

"你用不着敲门,"他说,"怎么样?看过一圈了吧?"

"我从来没见过比你家更小的厨房了。"

"到时候给咱俩做顿大餐,你就知道这厨房够大了。"菲利普笑着反驳。

"厨房里什么也没有啊。我最好出门买点东西去。"

"确实没什么东西。容我冒昧提醒一句,我们得非常非常节省才行啊。"

"晚饭准备什么呢?"

"你会做什么就买点什么吧。"菲利普大笑起来。

他给了米尔德里德一些钱。半个小时后,她回来了,把买的东西搁在桌上。爬了几层楼梯,她累得上气不接下气。

"喂,你贫血太严重了,"菲利普说,"我得给你开点布洛丸。"

"我找商店找了半天。买了点肝。肝挺好吃的,是吧?而且吃几块就饱了,比吃肉划算多了。"

厨房有个煤炉,米尔德里德把肝收拾好,放进锅里,回客厅把餐巾铺好。

"为什么只铺了一块餐巾?"菲利普问道,"你不吃东西吗?"

米尔德里德脸红了。

"我以为你不愿意和我一起吃饭呢。"

"有什么不愿意的?"

"呃，我只是个仆人，不是吗？"

"别犯傻了。你怎么能说这样的傻话？"

他轻轻一笑。米尔德里德谦卑的样子让他觉得莫名揪心。这个可怜的女人啊！他还记得第一次见面时，她那副趾高气扬的神态。忽然，他有些犹豫，支支吾吾不知怎么开口。

"别觉得我对你有恩，"他说，"我只是雇你来工作的，管你吃住全当付报酬了。你不欠我什么，不用表现得低三下四的。"

米尔德里德没说话，大颗泪水顺着脸颊重重砸下来。菲利普通过在医院和病人的接触，了解到她这个阶级的女人都觉得给别人帮佣是件很丢脸的事。他看她又哭起来，心里有些不耐烦。但再一打量，那副弱不禁风的疲惫样子让他又莫名自责。他站起来帮着把另一块餐巾铺好。孩子醒了，米尔德里德早就给她准备好了辅食。猪肝和咸肉一做好，他们就坐下来准备吃饭。为了省钱，菲利普已经戒酒只喝凉白开。他家倒是还有半瓶威士忌，也许喝点酒对米尔德里德有好处。他尽可能地让这顿饭愉快一些，可米尔德里德却一直阴沉着脸，好像已经累坏了。吃过饭后，她先把孩子抱上床。

"我想你也该早点睡，"菲利普说，"你脸色差得要命。"

"我刷完盘子就上床。"

菲利普点上烟斗，翻开一本书。米尔德里德走来走去的声音从隔壁房间传来，让他心里非常快活。之前一个人在家时，孤独时常压得他喘不过气。米尔德里德走进来收拾桌子。他听见她洗盘子时，杯盏乒乒乓乓碰在一起的响声，想到她穿着黑色的丝裙做家务，真是别有一番独特风情。他还想再学会儿，于是拿着书坐到桌边。他正在研读奥斯勒的《内科学》，这本书已经取代泰勒编的教科书，成了学生们的新宠。在它之前，医学生的教科书一直是泰勒编的。米尔德里德干完活儿进屋来了，她把袖子卷下来。菲利普朝她瞥了一眼，一动没动。这样的情况很是古怪，他不由得紧张起来。米尔德里德也许会以为自己想要纠缠她不放，可他也不知道如何让她把心放回肚子里。

"对了，我明天上午九点上课，想八点一刻吃早餐。你能做好吗？"

"哦，没问题。这有什么不行的，我在国会街工作那会儿，每天八点二十就要从赫恩山坐上车啊。"

"好，希望你能在这儿住得舒心。今晚好好睡，明天就能歇过来了。"

"我想你要学习到很晚吧？"

"我一般学到十一点或者十点半左右吧。"

"好，那我先道晚安啦。"

"晚安。"

一张桌子隔在中间，菲利普没有伸出手来和她握手告别。她静静地回屋，关上门。他能听到她在卧室走动的声音，过了一会儿，她应该是躺下准备休息了，床架"吱呀"响了一声。

第九十二章

第二天是周二。菲利普像往日一样匆匆扒口早饭，赶着去上九点的课。时间很紧，他只和米尔德里德说了几句。傍晚回来，他看见她正坐在窗边给他补袜子。

"喂，你可真勤快啊，"他微笑着说，"今天一天都干什么了？"

"哦，我把家里好好打扫了一通，又带着孩子出去转了转。"

她穿着一件黑色的旧裙子。那是之前在餐馆打工时的制服裙，虽然已经很破旧了，但却比前两天那件黑色的丝绸裙更衬她。孩子正坐在地上玩耍，菲利普就地坐在她旁边，玩弄着她的小脚趾。米尔德里德抬起她那神秘深邃的大眼睛，静静看着菲利普。夕阳透过窗子洒下几缕光，照得屋里一片温柔安宁。

"下班回来看到家里有个人真幸福。女人和孩子是'家'顶好的装饰。"

他回家前去药房买了瓶布洛丸，把药给米尔德里德，嘱咐她每顿饭后都要吃几粒。这是她过去经常吃的药，从十六岁就断断续续开始服用了。

"我敢说劳森一定喜欢你皮肤透出来的青色，"菲利普说，"他说这种颜色画出来最好看。可我现在不像过去那么不切实际了,非要看到你像个挤奶女工一样,皮肤白里透红,不然我是不会满足的。"

"我已经觉得好受多了。"

一顿简单的晚餐后,菲利普往烟袋里装满烟草,戴好帽子。礼拜二的晚上,他一般会到比克街的酒馆坐坐。他挺庆幸,米尔德里德来了没多久就碰上这么个日子,刚好可以趁此机会和她划清关系。

"你要出门吗?"她问。

"对,周二晚上我会出去放松放松。明早见吧,晚安。"

菲利普每次到酒馆去都觉得一身轻松。那个张口闭口净是哲学理论的股票经纪人麦卡利斯特通常也在那儿,普天之下的东西没有他不喜欢讨论的。海沃德只要在伦敦也会定期去那儿碰面。尽管他和麦卡利斯特互相瞧不上,可还是习惯每周在这儿聚一次。麦卡利斯特觉得海沃德是个很可怜的人,总要拿他多愁善感的性格挖苦一通。他故意酸溜溜地问海沃德写过什么文学作品,当海沃德含糊其词地说将来准备创作几部杰作时,他便轻蔑地笑着点点头。他俩经常争得面红耳赤,言辞激烈,可这家酒馆的鸡尾酒着实可口,他们都很喜欢喝,所以每次酒过三巡,该回家了,他俩都能握手言和,觉得对方怎么看怎么顺眼。这天晚上,两个活宝都来酒馆了,劳森竟然也在。他最近和在伦敦认识的人交往频繁,经常一块出去吃饭,来酒馆的次数少之又少。这些人今晚表现得特别亲热,大概是因为麦卡利斯特在证券交易所上给他们寻了笔好买卖吧,海沃德和劳森都各挣了五十英镑。这笔收入对劳森来说可真算雪中送炭了,他花钱大手大脚,可惜挣得又不多。作为一个肖像画师,他的职业生涯到达了这样一个阶段:评论家都非常关注他的作品,很多贵族太太都愿意让他给画肖像,可是一分钱报酬都没有(这种行为对双方都有益,显得贵夫人们对艺术行为很慷慨)。有些荷包满满、头脑空空的人愿意出大钱请人来给自己的夫人画像,可他又很少能逮住这种机会。跟着麦卡利斯特挣了点钱后,他乐得下巴都合不拢了。

"我还没见过比这更痛快的挣钱门路呢!"他大嚷大叫着,"再也不用掏遍口袋就为找枚六便士了。"

"你上个礼拜二没来真是太可惜了,年轻人。"麦卡利斯特对菲利普说。

"上帝啊,为什么不写信告诉我呢?"菲利普说,"你们知道对我来说多挣个一百镑有多重要吗?"

"哎呀,来不及了嘛。人得在场才行。上个礼拜我听说有支能赚钱的股,问他们愿不愿意试把运气。周三早上给他们买了一千股,当天下午就看涨,我就抛出去了。他们两个一人分了五十镑,我自己挣了两三百吧。"

菲利普嫉妒得眼都红了。他最近刚把最后一张抵押契据卖出去,现在手头上只剩了六百镑。有时一想起以后的事,他就有点心慌。还得两年才能取得从医资格,之后还要在医院任职一段时间,这么看来,未来至少三年内都别指望能挣到什么钱。即使把一分钱掰成八瓣花,他也很难在三年之后剩下一百多镑的积蓄。万一到时候生个病,或者没能及时找到工作,这点钱都不一定够用。一场幸运的赌博可是能帮上他大忙。

"好吧,没事儿,"麦卡利斯特说,"很快就有新的机会了。南非那边的国家说不定哪天就行情暴涨,等那时我看看能不能给你找笔好买卖。"

麦卡利斯特在卡菲尔交易所买了几只股票,经常跟他们吹嘘一些人从一两年一次的股市大涨中一夜暴富。

"好,下次别忘了捎带上我。"

他们一直聊天聊到将近午夜,菲利普家住得最远,所以走得最早。如果没赶上最后一辆有轨电车,就只能步行回去,到家就该很晚了。等他走到家门口,已经快十二点半了。他上了楼梯,惊讶地发现米尔德里德正坐在他的那把扶手椅上。

"你怎么还不上床睡觉?"菲利普大喊道。

"我不困。"

"那也得上床躺着啊。休息一下嘛。"

她还是没有起身。菲利普发现吃过晚饭后,她又换上那条黑色丝裙。

"我想等你回来,万一你有什么需要呢?"

她看着菲利普,苍白的薄唇上浅浅挂着一丝笑影。菲利普不确定自己是不是真的理解她这话的含义,只觉得尴尬,硬着头皮嘻嘻哈哈,装出什么也不懂的样子。

"你可真好,但也太不听话!快上床睡觉去,不然明天早上起不来了。"

"我还不想睡。"

"胡说八道些什么!"他语气很冷酷。

米尔德里德站起来,似乎有点生气,悻悻回了房间,上锁的时候也故意闹出很大动静。菲利普轻轻地笑了。

之后的几天都过得波澜不惊。米尔德里德已经习惯了这里的新环境。菲利普吃过早餐急急慌慌地出门后,她便有一整个上午的时间能做家务。虽然他们吃得简单,可她喜欢为了买几样需要的东西,在外面兜兜转转很长时间。她自己懒得做饭,随便喝点可可饮料,吃块面包黄油就顶一顿饭了。之后,她会用小车推着孩子出去晒会儿太阳,剩下的时间就在家里无所事事地发呆度过。她已经累坏了,所以现在少做点事对她是有好处的。她和菲利普那位不苟言笑的房东太太交上了朋友,菲利普让她负责找房东太太交房租。不出一个礼拜,她打听到的事儿就比菲利普一年知道的还要多了。

"挺不错的女人,"米尔德里德说,"非常体面。我跟她说我们结婚了。"

"你觉得这有必要吗?"

"哎呀,我总得说些什么吧。如果我没嫁给你,却还和你住在一起,这传出去多可笑啊。还不知道她会怎么想我呢。"

"我才不信她能信你说的话呢。"

"肯定信,跟你打赌!我跟她说我们结婚两年了——你懂的,我必须这么说,毕竟孩子在那儿呢——只是你家人不知道罢了,因为你还是个湆生(她把'学生'念成'湆生')。咱俩是偷偷摸摸结婚的,谁也没跟谁说。不过现在你家人已经同意这门婚事了,所以夏天我们要一起回你家度假。"

"你可真是个吹牛皮的行家。"菲利普说。

米尔德里德这个喜欢撒谎的老毛病惹得菲利普有点生气。过去这两年里,她真是一点都没有吸取教训。无奈,他只好耸耸肩膀。

"说到底,也怪她的命苦吧。"他心想。

这是个很美的傍晚,外头暖融融的,天上一朵云也没有。伦敦南区的人纷纷走出家门,跑到街上散步兜圈。温度一上升,空气里就多了种躁动的气息,引得大家都想到户外活动活动。吃过晚饭,米尔德里德收拾好桌子,然后走到窗边站着。街上喧嚣嚷闹的声音传了上来,有人们打招呼的声音,有车辆驶过时的鸣笛,还有远处手摇风琴演奏的乐曲声。

"我想你今晚必须要学习吧,菲利普?"她眼巴巴地望着他。

"是该学习,倒算不上个'必须'。怎么了,你想让我做点什么?"

"我想出去逛逛。我们能不能坐在有轨电车上层兜兜风?"

"只要你愿意就行。"

"我去戴帽子咯!"她高兴地一下蹦起来。

这样美好的晚上在家里还真待不住。孩子睡着了,把她留在家里很安全。米尔德里德说之前晚上出门,也是这样把她自己放在家里的,她从来也不醒。米尔德里德戴好帽子,兴致高涨,还特意搽了些胭脂在脸上。菲利普还以为她是激动得脸有点泛红呢。她兴高采烈的样子带着点孩子气,让菲利普不禁心动,想起自己前几天对她太过苛刻,实在是不应该。她一走出门就忍不住大笑起来。驶来的第一辆电车是开往威斯敏斯特大桥的,他们上了车,看着街上熙熙攘攘的人群,菲利普抽起烟斗来。大道两边的商店灯火通明,大家都在采购第二天需要的东西。车子路过一家叫"特坎伯雷"的杂耍剧院时,米尔德里德大喊一声:

"哦,菲利普,我们去那儿吧!我好几个月没去过杂耍剧院了。"

"我们可买不起前排的票。"

"我不介意,坐在顶层也可以!"

于是他们下了车,走了大概一百码,到了剧院门口。他们以每张六便士的价格买了楼上的座位,虽然位置很高但是不属于顶层。这天晚上天气很好,大家都出门活动了,所以剧院里还空出不少位子。米尔德里德的眼睛闪闪发光,浅薄单纯的头脑让菲利普不由心动。她对于他就像谜一样，甚至身上的某种特点还是很吸引他。他觉得她身上有些很好的品质：由于从小经历坎坷，日子一直过得很苦。他过去还因为一些她力所不能及的事而责备她，可有些品质她是无力拥有的，把这些都怪罪于她其实是他的不对啊。如果换一种成长环境，她说不定会长成一个非常有魅力的女人。她确实不适合为了生活而苦苦斗争。他看着她的侧影，樱唇微启，脸颊泛着淡淡红晕——竟觉得如纯洁的处子一般。他心里充满对她的同情，甚至彻底原谅了她曾经给自己带来的痛苦。剧院里腾腾的烟雾熏得菲利普眼睛生疼，他说想早点走，可她一脸的楚楚可怜，求他看完再离开。他轻轻一笑，点了点头。她握着他的手，一直到演出结束。等他们随着大波观众出了剧院，走到人头攒动的大街时，她还是不想回家。他们沿着威斯敏斯特桥大街慢慢散步，看着身边经过的人群。

"我已经有好几个月都没像今晚这么快活了。"她说。

菲利普心里很满足，他感谢命运的安排，让自己能突发奇想要米尔德里德和孩子搬过来一起住。看她过得开开心心的，还心怀感激，莫不是件值得高兴的事？最后，她终于走累了，坐上回家的电车。天色已经很晚，等下了车拐到他们住的那条街时，外面早就看不到什么人了。米尔德里德挽着菲利普的手臂，说：

"还像以前一样呢，菲尔。"

她从来没这样叫过他，只有格里菲斯会这么喊他。即使到现在，听到这个称呼，他还是觉得心里像莫名遭了一击。他记得那时他难过得想结束性命，那阵心痛来得太过猛烈，他甚至认真地考虑过要寻死。事情好像发生在很久以前。想起曾经的自己，现在的他终于可以一笑而过。他对米尔德里德除了同情之外，再没有其他情感。走到家门，进了客厅，菲利普点亮了汽灯。

"孩子还好吗？"他问。

"我这就进屋看看。"

过了一会儿，她出来说，他们走了这么久，孩子睡得很熟，连个身都没翻。这个孩子的确很乖。菲利普伸出手来。

"好的,晚安了。"

"你这就想睡了?"

"快一点了。我最近不习惯熬夜了。"菲利普说。

米尔德里德握住他的手,盯着他的眼睛,脸上挂起一抹微笑。

"菲尔,那天在我那儿,你说让我来和你一起住,除了做饭打扫屋子外,什么都不叫我干了。可我不这么想呢。"

"是吗?"菲利普把手抽回来,说,"但我就是那么想的。"

"快别犯傻了。"她笑起来。

菲利普摇了摇头。

"我很认真。我叫你来确实没有别的企图。"

"为什么呢?"

"我觉得自己做不到。不知道为什么,但如果咱俩发生了什么,一切就糟了。"

米尔德里德耸了耸肩膀。

"哦,好吧,就按你说的来吧。真巧了,我也不是那种为了这档子事低三下四求你的人。"

她转身走出客厅,"砰"地一声摔上了门。

第九十三章

第二天早上,米尔德里德阴沉着脸,一句话也不说。直到要准备午饭的点才从屋里走出来。她厨艺糟糕透顶,只会烧排骨和肉排,切肉切菜剩下的一些边角料随手就扔掉了。因此,伙食开销比菲利普预想的多了不少。她把菜端上桌,一屁股坐在菲利普对面,什么也不肯吃。菲利普问她怎么了。她只说头疼得要命,肚子不饿。菲利普饭后要去阿西尔尼那儿,能不在家里看她的脸色,还挺庆幸的。阿西尔尼是个生性快活友好的人,全家上下都盼着菲利普去做客,这让他喜出望外且受宠若惊。回家的时候,米尔德里德已经睡下了。第二天，她还是这副沉默寡言的样子。吃晚饭时，她脸上挂着傲慢的神情，微微皱着眉头。菲利普看她这样，也开始不耐烦起来，可他告诉自己一定要对她体贴一些，凡事多让几步。

"你可真安静。"他友好地笑了笑。

"你叫我来是做饭和打扫屋子的，难道我还要负责聊天啊。"

他觉得这个回答非常无礼，即便要住在同一个屋檐下，还是要把事情处理好。

"恐怕你是因为那晚的事生我的气了吧？"

这话实在让人难以启齿，但现在显然必须得谈一谈了。

"我不懂你什么意思。"她说。

"请别生我的气。如果我不是想和你保持纯洁的朋友关系，一开始就压根不会叫你来这住。我觉得你想有个家，所以才请你搬进来。你得先安顿下来，才能出去找份工作啊。"

"哼，别以为我稀罕。"

"我可没这么以为过，"他脱口而出，"你也千万别觉得我是个忘恩负义的白眼狼。你那晚是看在我面子上才提出那个建议的，这我心里有数。可我实在接受不了，心里很抵触，这会把整件事都弄得又恶心又可怕的。"

"你真有意思，"米尔德里德好奇地打量着他，"我可看不透你。"

她现在不生他气了，但还是禁不住犯嘀咕。她不懂他话的意思，虽然已经接受了眼下的情况，也能模糊地感觉到他表现得非常高尚，她应该很欣赏这样的做法，却还是情不自禁地想嘲笑他一番，甚至有点暗暗鄙视。

"这人可真难对付。"她默默地想。

之后一段时间过得挺顺。菲利普整个白天在医院学习，晚上回家也埋头温书，偶尔去阿西尔尼家做客或者去比克街的酒馆小坐。有一次，他负责给做记录的大夫正式邀请他吃了顿饭，还有那么两三次，他参加了同学办的聚会。米尔德里德已经接受了现在单调重复的生活。就算她因为菲利普偶尔晚上把她一个人留在家里而心存芥蒂，也再不提出来了。他有时也会带她去杂耍剧院，但是说到做到,两人之间唯一的关系就是他提供吃的住的,而她则负责做家务活。她决定夏天先不出去找活干了。在得到菲利普的允许后,她准备等到秋天再出去找工作。想必到了那时一定能找到份差事做。

"要是方便的话,我想等你找到工作也可以继续住在这儿。反正房间空着,之前来帮佣的女人也能帮你照顾孩子。"

他越来越喜欢米尔德里德的孩子了。他本来就重感情,只是过去没有机会表现出来。米尔德里德对孩子也不能说是不好,她很仔细地照料她。有次孩子患了重感冒,她忙前忙后,寸步不离。但这孩子有时很吵闹,每次她心里一烦就要大声朝她嚷嚷。她喜欢孩子,只是这种喜欢还没能到忘我的境界而已。米尔德里德不喜欢把感情表露出来,总觉得这是件特别滑稽可笑的事。每次菲利普把孩子抱到膝盖上,一边逗她玩儿,一边亲她的小脸蛋,米尔德里德就要在旁边风言风语:

"你要是孩子她爹,就不会对她这么上心了。你可真是个孩子迷。"

菲利普的脸一下红了,他最受不了别人的嘲笑,尤其是自己这么喜欢一个别的男人的孩子,的确可笑。他对心里涌过的阵阵暖流感到羞耻。可怀里的孩子却能感受到菲利普对自己的疼爱,愈发地把小脸往他脸上凑,安稳地偎在他怀里。

"你当然省心,"米尔德里德说,"招人烦的时候你又看不见。如果让你深更半夜花一个钟头哄这位不睡觉的大小姐,到时候看你还喜不喜欢。"

菲利普想起了自己小时候各种各样的事,之前还以为自己早就忘了。他抚弄着孩子的脚趾头,念起儿歌:

"一只小猪去买菜,一只小猪家中待。"

菲利普晚上回家一进客厅就看见孩子在地上笨手笨脚地爬。她一看到菲利普就乐得大叫,这让菲利普心里也激动不已。米尔德里德教她叫菲利普爸爸,当这孩子第一次主动开口喊他时,米尔德里德在一旁狂笑不止。

"真不知道你这么喜欢她是因为她是我女儿,还是所有孩子你都喜欢。"

"我也不认识其他人的孩子啊,这还真不好说。"菲利普回答。

他成为住院部医生助理之后的第二个学期,快到学期末的时候,一笔意外之财降临了。当时是七月中旬,他像往常一样,礼拜二的晚上去比克街的酒馆喝酒,当晚除了麦卡利斯特之外,其他人都没来。他们坐在一起,谈论着没有到场的几个朋友,忽然,麦卡利斯特跟他说:

"哦,对了,我今天听说了一笔不错的生意。是罗德西亚[1]一个叫新克兰方丹的金矿。你要是想赌一把,说不定能发笔小财。"

菲利普苦苦等这个机会等了好久,可真的等到了,他反而犹豫了。他实在害怕赔钱,根本没有几分赌棍的天性。

"我想赌一次,但又害怕冒险。要是出了问题,我会赔多少钱?"

"早知道我就不告诉你了,要不是看你那么急切,我才不说呢。"麦卡利斯特冷冷地回答。

菲利普觉得他一定把自己当头蠢驴看待了。

"不,不,我确实急着要挣钱啊。"他笑着说。

"除非你做好赔钱的准备,不然是挣不到钱的。"

麦卡利斯特开始扯起其他的事来,菲利普嘴上应和着,心里则盘算着要是股票赚了一笔,等下次见面时,这个股票经纪人非要好好讽刺他一通不行。麦卡利斯特可长着副尖嘴薄舌。

"如果你不介意的话,我想赌一把。"菲利普迫不及待地说。

"好的。我给你买二百五十股,只要涨了半克朗就抛掉。"

菲利普在脑子里飞快地计算着自己能赚回多少钱,哈喇子都流了一地。整整三十镑啊,简直是上帝送来的礼物。他早就知道命运欠了自己点什么。第二天吃早饭的时候,他把这事给米尔德里德说了。她觉得他就是个大蠢蛋。

"我还没听说过谁炒股能挣钱。"她说,"埃米尔说过,你不能指望在股市里大赚一笔。"

菲利普下班回家的时候顺道买了份晚报,立刻翻到股票行情栏。他对炒

---

1. 罗德西亚:位于非洲南部的英国殖民地,即今天的津巴布韦。

股一窍不通，费了好大劲才找到麦卡利斯特给他说的那只股票。看到这只股已经涨了四分之一克朗，他的心都要从嗓子眼里蹦出来了。忽然，他想到麦卡利斯特万一忘了这事，或者出于其他什么原因没有给他买上，紧张得好像五脏六腑都搅在一块。麦卡利斯特之前答应了给他发电报。这会儿，他不想再等电车了，拦下辆马车，跳上去就走。平时他很少这样奢侈。

"有我的电报吗？"他冲进屋里，问道。

"没有啊。"米尔德里德说。

他的脸一下垮了，绝望地瘫在椅子上。

"他根本就没给我买。去他妈的！"他恶狠狠地又骂了一句，"真他妈倒霉！我这一天都在想要用这笔钱做点什么。"

"为什么，你要拿这钱做什么呀？"

"现在说还有什么屁用？我太需要这钱了啊！"

米尔德里德咯咯笑起来，递给他一份电报。

"逗你玩儿呢。我已经打开看过了。"

菲利普一把从她手里抢过电报。麦卡利斯特当真给他买了二百五十股，按原先说的，涨半克朗就抛了。佣金单明天送到。菲利普有那么一瞬间因为米尔德里德残忍的玩笑而勃然大怒，不过现在已经只剩下傻乐了。

"这对我来说有多么重要啊！"他大声感叹道，"你乐意的话，我可以给你买件新裙子。"

"我太想要件新裙子啦。"

"告诉你我准备干什么吧。我打算七月底做手术。"

"啊，你身体出了什么问题？"她打断他的话。

她忽然想到菲利普可能是有些她不知道的毛病，怪不得会莫名其妙地拒绝她。菲利普的脸涨得通红，他痛恨提到自己的残疾。

"没什么问题，是医院里的人说可以治治我的脚。之前一直没空，不过现在无所谓了。本来下个月就要去医院当包扎工，这样一来，我就可以十月份再去了。手术完在医院里住几个礼拜，咱们就能去海边度夏。这对大家都好，你、我和孩子。"

"哦,我们去布莱顿[1]吧,菲利普,我好喜欢布莱顿啊。那里的人都可上档次了。"菲利普之前有点想去康沃尔的小渔村度假,可经米尔德里德这么一说,他才忽然想到要是真去了那里,她会无聊死的。

"只要附近有海,去哪儿我倒不介意。"

不知为何,他忽然特别渴望大海的怀抱。他想在海里游,在咸咸的海水里肆意扑腾。他特别会游泳,没有什么比风大浪疾的海面更能让他兴奋。

"唉,肯定很快乐啊!"他说。

"像度蜜月似的,对吧?"米尔德里德说,"你能出多少钱给我买裙子,菲尔?"

第九十四章

菲利普请他负责给做包扎助理的医生雅各布先生主刀这场手术。雅各布这时正在研究没接受过治疗的畸形足病例,同时收集资料打算写篇论文,所以欣然答应了。他提醒菲利普说,他也没法让畸形脚完全康复,但应该能改善不少。尽管菲利普走路还是会一瘸一拐,但至少能穿上正常的鞋子,不再那么引人注目了。菲利普苦涩地笑了,他想到自己曾经向上帝祈祷,而上帝愿意为信念坚定的人挪开一座大山,却不能治好自己的瘸脚。

"我不期待能有奇迹发生。"他对雅各布医生说。

"我觉得让我给你动手术是个挺明智的决定。将来等你行医就知道了,这只畸形足会给你带来特别大的影响。外行人满脑子都是些怪念头,他们可不愿意让个有毛病的医生来给他们看病。"

菲利普住进了"小病房",这间屋在楼梯口上,和别的病房不一样,是

---

[1] 布莱顿:英格兰南部海滨城市。康沃尔在英格兰西南、布莱顿西。布莱顿亦见于第七十三章等处。

专门给特殊病号准备的。他在里面住了一个月，大夫说要他等到能下地走路后才可以出院。手术很成功，在这段休养的日子里，他每天都过得很愉快。劳森和阿西尔尼都来看他，阿西尔尼的夫人还带着两个孩子探望过一次。他认识的其他医学生时不时探头进来瞧瞧他，一起聊聊天。米尔德里德一周来看望两次。每次看到有人费心费力地照顾自己，都让他都觉得不敢相信。可这段时间里所有人都待他很好，他既感动又感激。躺在病床上，他觉得一身轻松。在这里不用担心未卜的前途，不用担心钱够不够花，也不用担心是否能通过期末考试。他可以尽情看书了，这些日子他都没有怎么读书，因为米尔德里德总是打扰他。每次他想集中精力，她都会跟他拉东扯西，喋喋不休，一直要等他开口搭话才行。有时候他刚刚安稳地坐下来，翻开一本书，她准会过来麻烦他，让他打开软木塞啦，或者往墙里钉钉子。

他们决定八月去布莱顿。菲利普想租个短期的房子，可米尔德里德抱怨说这样的话她又要做家务了，只有住在包管食宿的旅馆才叫度假呢。

"我在家每天都得做饭，早就受够了。我想要彻底放松放松。"

菲利普点头同意了。碰巧米尔德里德知道肯普敦区有家旅馆，每周房费不会超过二十五先令。她和菲利普说好要写信过去订房间，可等他从医院回到肯宁顿却发现她还什么都没干呢。他的火气腾地一下冒了起来。

"还真没想到你是个大忙人啊。"他说。

"好吧，我没法什么事儿都记着啊。就算忘了，也不是我的错，对吧？"

菲利普迫不及待地想奔去海边，没工夫事先联系那家旅馆的女主人。

"我们到了那儿先把行李存在车站，去旅馆看看还有没有房间。如果有的话，再雇个脚夫去取行李。"

"你爱怎么来就怎么来。"米尔德里德硬邦邦地说。

她不喜欢遭人责怪，气急败坏地做出副傲慢样子，一声不吭。菲利普把要带走的行李收拾起来，她就没精打采地坐在一边。八月的烈阳下，这间小公寓又热又闷，楼下马路蒸腾出一股灼人热浪，掺杂着扑鼻恶臭袭窗而来。当他躺在病房的小床上，面对着涂了红漆的墙，满心想的都是溅起的海浪扑到胸膛上。他觉得自己哪怕再在伦敦多待一天都能发疯。米尔德里德看着大街上挤满了准备去度假的人，脾气已经消了大半，他们坐上去肯普敦的车，心情都格外明媚。菲利普疼爱地摸着孩子的小脸。

"在海边多待几天，这俩小脸蛋准会变得红扑扑的。"他微笑着说。

他们赶到旅馆，下了马车。一个衣衫不洁的女仆开了门，菲利普问她这里还有没有房间，她说容她去打听一下。过了一会儿，这所房子的女主人被叫来了。这是个矮胖的中年女人，很有种女商人的派头。出于职业习惯，她先审视了菲利普和米尔德里德一眼，接着问他们要住什么样的房间。

"两间单人房，如果你们有小床的话，再在其中一个房间里加张小床。"

"恐怕现在已经没有单人房了。还剩一间很不错的双人房，里面可以给你们搁张小床。"

"这可不行。"菲利普说。

"等到下周就能腾出另一个房间了。布莱顿这个季节到处都是人，有什么房间就要什么房间吧。"

"反正就那么几天，菲利普，我觉得凑合一下也能住。"米尔德里德说。

"两间房更方便些。你能给我们推荐家其他旅馆吗？"

"行，但我觉得他们那儿的房间不会比我这儿的多。"

"如果不介意的话，把地址给我吧。"

她推荐的旅馆就在旁边的大街上，菲利普和米尔德里德准备走着过去。菲利普现在走得相当好，虽然还是要拄拐，身体也很虚弱。米尔德里德怀里抱着孩子。他们静静走了一会儿，忽然，菲利普看见她正在淌泪呢。他心里很烦，装着没看见，可她偏要吸引他的注意力才行。

"给我块手帕好吗？我抱着孩子不好拿。"她抽泣着说，还把脸扭一边。

菲利普递给她，还是什么也没说。她擦干眼泪，看他不吱声，继续说：

"我快难过死了。"

"别在大街上胡闹了。"

"你干吗非得要两间房啊！别人会怎么看我们？"

"他们要是知道咱俩的情况,一定会觉得我们很守规矩。"菲利普说。

她斜眼瞥了瞥他,张口就问:

"你就不能不说我们没结婚吗?"

"不能。"

"为什么不能像已婚夫妇一样和我一起住?"

"亲爱的,我也解释不来。我不想羞辱你,但我真的做不到。我知道这样很傻,很没道理,可我自己控制不了心里的想法啊。我过去那么爱你,可现在……"他突然停住不说了,"反正,这种事没法解释。"

"你根本就没爱过我!"米尔德里德大嚷。

他们要找的这间寄宿旅馆的女主人是个性格泼辣的老姑娘,一双小眼尖得很,说起话来口若悬河、滔滔不绝。他们要么住双人间,每周每人二十五先令,孩子另收五先令,要么住两个单人间,可一周要花一镑。

"我不得不多收点,"房东太太略带抱歉地解释道,"其实逼急了,我都能在单人间里塞两张床呢。"

"我觉得这价钱还勉强能接受。你说呢,米尔德里德?"

"哦,无所谓,我怎么着都行。"她说。

菲利普淡淡一笑,只当对她的冷漠做了回应。房东太太已经派人去取行李,他们先坐下休息。菲利普脚有点疼,正好可以架在椅子上歇一歇。

"我想你不介意我和你坐在同一间屋子里吧。"米尔德里德挑衅地问。

"我不想和你吵架,米尔德里德。"他好声好气地说。

"我还真不知道你这么有钱,一周一镑也付得起。"

"别生我的气。我敢说,只有分房住,咱俩才能和平相处。"

"我觉得你就是看不起我。一定是这样。"

"当然不会了。我怎么会看不起你呢?"

"那这也太奇怪了吧。"

"怎么奇怪了?你又不爱我,难道不是吗?"

"我?那你倒是把我当什么人呢?"

"恐怕过去你并不是个很热情的女人吧？现在也不是。"

"这话太侮辱人了。"她生气地说。

"哦，我要是你的话，才不会为这点事儿大惊小怪呢。"

这家寄宿旅馆里大概住着十来个人。大家在一间窄小昏暗的屋子里围着长桌吃饭，桌子一头坐着房东太太，负责给住客们切面包和肉。伙食糟糕透了，房东太太管这叫法式烹饪，意思就是把黏糊糊的酱汁往各种各样劣质食材上一浇：拿鲽鱼肉冒充鳗鱼，拿新西兰老羊肉代替羔羊肉。厨房也是小小的一间，做什么都不方便，端上来的菜都已经不够热乎了。房客们愚不可及，狂妄自大；有几个老太太带着一把年纪还没嫁出去的女儿住在这儿，还有个把喜欢装腔作势的滑稽的老光棍；脸色苍白的中年职员和妻子喜欢拿自己已经嫁出去的女儿和儿子来吹牛，说他们在殖民地过的是人上人的日子。这些人围着桌子讨论科雷利小姐[1]最新的作品，有些喜欢莱顿勋爵超过阿尔玛-塔德玛[2]，有些则刚好相反。米尔德里德很快就跟这里的女房客讲了她和菲利普浪漫甜蜜的婚姻，而菲利普也发现自己成了众人注目的焦点，因为在米尔德里德口中，他出身郡中名门，却因为还是"滑生"才早早结了婚而被剥夺了继承权。米尔德里德的父亲在德文郡有好大一片家产，但也不肯给他们什么东西，他生气自己的女儿嫁给了菲利普。正因如此，小两口才不得不住在寄宿旅馆，也没有给孩子请保姆。但是他们大房子住惯了，不习惯在小屋子里憋着，所以一气儿在这租了两间房。其他房客也纷纷解释了来这儿住下的原因：有位单身男士一般都去"大都会"酒店度假，但他喜欢和别人作伴，在那种豪华酒店里可找不到志同道合的有趣伙伴。老妇人带着一把年纪还待字闺中的女儿，说她们在伦敦的房子正在修建中，还嘱咐女儿："格温妮，亲爱的，咱们今年度假可得去个便宜的地方。"所以，尽管她们以前从不会到这种地方度假，但今年还是勉强来了。米尔德里德觉得这些人都很上

---

1. 科雷利：英国小说家，代表作《爱情与复仇》等。
2. 莱顿勋爵和劳伦斯·阿尔玛-塔德玛：分别为十九世纪唯美主义画派代表人物和英国维多利亚时期画家。（见第286页注1和注2）

档次,她痛恨粗俗平庸的人。她喜欢的男人都是"不折不扣的绅士"。

"凡是绅士和淑女,"她说,"就该表现得像绅士和淑女才行。"

这话菲利普听来颇有些神秘。可当他发现她把同样的话说给两三个不同的人听,并且听者都能报以衷心的认同,才意识到原来只有他自己不能理解这话的意思。这还是头一次米尔德里德和菲利普单独在一起生活。虽然在伦敦两人也住在一起,可他白天要上班,晚上回家聊聊家务事、孩子和街坊邻居,接着就能埋头工作。现在,他整天都要和她在一起。早饭后一起去海边,上午在游个泳,沿着沙滩散散步,晚上把孩子哄睡了就去码头听听音乐,看看来往的人群,也算挺开心(菲利普自娱自乐地猜想着眼前经过的都是怎样的人,他们身上会发生什么故事。他已经养成习惯,当米尔德里德问他话的时候,他只开口应和,思维却毫不受打扰)。唯一难忍的是漫长枯燥的下午时光。他们坐在沙滩上,米尔德里德说他们一定要好好享受"布莱顿博士"[1]说的恩泽。菲利普要看书,可她一个劲儿拿看到的肤浅无趣的东西来打扰他。如果菲利普不理她,她就抱怨连连:

"哎呀,快把那本蠢书扔下吧。老看书对你不好,会把脑袋看坏的。你迟早要把脑袋看坏啦,菲利普!"

"胡说八道!"

"再说了,你这样别人怎么和你交往呀。"

菲利普发现和米尔德里德聊天是件很难的差事。甚至在她自己说话的时候,她都没法集中精力,有时面前跑过去一只狗,或者经过一个穿着亮色外套的男人,她都要品头论足一番,然后把刚才断下的话头忘个精光。她老是记不得人的名字,想不起来心里又着急,所以经常故事讲到一半就停下来开始绞尽脑汁地想名字。有时候她干脆放弃,但是过后忽然想到了,不管菲利普在说什么都会当即打断他。

---

[1] "布莱顿博士":即威廉·萨克雷,因为他曾经赞誉布莱顿为"世界上最好的医生",意指这里环境优雅舒适,对人身心健康极有好处。

"柯林斯,那个人叫柯林斯。我就说我能想起来吧。柯林斯,我刚才忘了的那个名字就是柯林斯。"

菲利普每每都被惹毛,很明显,她刚才根本没在听他说话。然而,若是他不说话了,她又会怪他太冷漠。对于抽象的概念,她那个脑袋瓜一点也听不进去,不出五分钟就烦了。有时,菲利普刚刚谈起某种一般的规律,她就表现得不耐烦起来。她夜晚多梦,白天起来也都记得真切,非要啰哩啰嗦地复述一遍不行。

一天早上,菲利普收到索普·阿西尔尼的来信。他的假期极富戏剧色彩,不管是去哪儿还是干什么,都安排得合理妥善,充分体现了他特有的缜密心思。连续十年,每年他都这样度假:带着全家老小到肯特郡的啤酒花田,这里离阿西尔尼夫人的娘家不远。他们就在这儿待三个星期,每天都跑到地里采啤酒花,既能在室外呼吸新鲜空气,又能挣些外快,既遂了阿西尔尼夫人的心意,还可以和土地母亲来次亲密接触。阿西尔尼所强调的也正是这点。站在蓝天之下、土地之上,整个人似乎都充满新的力量。就像一场神秘的仪式,他们借此机会重获青春,四肢复而有力,思想又见活跃。菲利普听他唠叨过很多假期发生的事,他用尽各种华丽辞藻,把在田里干农活的经历描绘得天花乱坠。他写信来邀菲利普过去待一天。他说自己最近对莎士比亚和玻璃琴[1]做了些研究,想要和菲利普交流一番。另外,孩子们都吵着闹着要见菲利普叔叔呢。下午,菲利普和米尔德里德在沙滩闲坐,他掏出信来又读了一遍。他想到阿西尔尼夫人。那是个生养了好多小孩的母亲,性格快活、待人友善、脾气温和。还有萨莉,小小年纪却成熟稳重,带着点滑稽的、慈母般的气质和不怒自威的神气,浓密的头发绑成长长的辫子,露着又宽又平的额头。除了她之外,家里还有一群欢天喜地、吵闹顽皮、健康漂亮的孩子。菲利普很喜欢他们。阿西尔尼一家身上有种特质,他之前还从没在其他人身上寻到过,那特质就是善良。一直到现在他才发现这一点,可毫无

---

1. 玻璃琴:富兰克林发明的乐器,被帕格尼尼誉为"天堂之声"。

疑问，从一开始吸引菲利普的就是他们美好而善良的心。这从理论上似乎说不通：若道德只是件行方便的事，那么善恶就都失去了意义。他不想失掉逻辑，把脑子搅成一锅粥，但确实存在这一种单纯的善良，不加矫饰，不经修缮，而他觉得这种善良美极了。沉思片刻，他慢慢把这封信撕得粉碎。他不知道怎么甩掉米尔德里德独自前往，更不愿带着她一同登门。

天热得很，抬头是明晃晃的一片天，一丝云彩都没有。他们只好找片阴凉地避暑。孩子坐在沙滩上煞有介事地玩着几块小石头，不时爬过来往菲利普掌心放一块，然后又夺回去，小心翼翼地放在地上摆好。她正在玩的一种神秘而复杂的游戏，显然只有她自己才能明白。米尔德里德睡着了。她平躺着，头往后仰，嘴微微张开；两条腿伸直了，靴子露出衬裙，摆了个古怪的姿势。菲利普迷迷糊糊地打量着她，精力全都集中在她身上。他记起自己曾经疯狂地爱着她，却不知为何现在对她毫无感觉。这种转变让他心里又苦又痛，仿佛经历过的所有辛酸苦楚都成了白白浪费。过去摸一下她的手都要兴奋得久久难以平静，想走进她的灵魂，想分享她一点一滴的情绪和感想。爱情让他痛彻心扉，因为每每两人之间只余沉默，她随便一句话就会让他知道原来他和她只是分向而行，愈行愈远。人和人之间似乎隔着一面不可逾越的墙，而他竟傻得试图越过这堵墙。昔日疯狂的爱如今已如烟云散尽，他从中品出莫名的悲伤滋味。她是个不知悔改的人，以往的生活经历也没让她学到些什么，还是跟以前一样粗野无礼。有时她对餐馆里辛勤工作的女侍者横眉竖眼，菲利普看在眼里，觉得非常反感。

这会儿，他开始计划自己将来的打算。学医第四年快结束的时候，他会参加产科医生考试，再过一年就能拿到行医资格。那之后，他想去西班牙旅行一趟。他想看看之前只见过照片的那些画，艾尔·格列柯的作品对他来说有些神秘的含义，也许只有身处托莱多才能明白。他没有什么宏伟的计划，大概一百镑就能在西班牙生活半年。如果麦卡利斯特再给他推荐笔好买卖，那这笔钱很容易就能赚到。想到优雅美丽的古城和卡斯提尔昏黄的平原，他的心就暖融融的。在西班牙的日子一定比现在更有意思，到那儿之后生活也会跟着充实起来，说不定还能去那里的某个古城当大夫呢。那边有很多外国人，有来往经过此地的，还有定居下来的，总之想谋个生计肯定不难。但是这都是以后的事了，他还是要先在一两个医院任职，等有了经验之后才能方便找到工作。他想在不定期的货船上当个随船医生。这种船只出行时间比较随意，刚好够他去某个陌生的地方走走看看。他想去东方瞧一瞧，幻想过许多曼谷、上海和日本港口的画面；他坐在棕榈树下，头顶是蔚蓝炽热的天空，周围是深色皮肤的东方人和神秘古老的寺庙；来自东方的幽幽香气让他沉醉不已。他满心希望去世界上所有陌生而美丽的地方走一遭。

米尔德里德醒了。

"我刚才肯定睡过去了。"她说，"哎哟，你这个不省心的丫头，这是怎么弄的？裙子昨天还干干净净，你看看现在脏成什么样，菲利普！"

第九十五章

假期结束，回到伦敦，菲利普开始在外科病房做包扎员。他对外科的兴趣赶不上内科。内科是一门经验科学，可以给想象提供更广阔的空间。在外科做包扎员比在内科要难一点。上午九点到十点要上课，之后再到病房去，那里还有病人等着他包扎伤口、拆线、换绷带。菲利普对自己纯熟的包扎技术颇为得意，偶尔护士夸他两句，就能让他偷着乐上半天。一周里面有几个下午医生要做手术，他就穿着白大褂站在手术室的示范区，随时准备给主刀医生递上手术器材或者拿着海绵块吸血，让医生能更清楚地看见伤口。一旦有罕见的病例需要手术，手术室里就会挤满前来观摩的学生，但一般情况下是不会超过六个人的，所以整台手术做下来，过程非常从容，菲利普也乐在其中。那阵子，似乎人人都热衷于得个阑尾炎，所以医院要做好些台阑尾手术。带着菲利普的那位外科医生和同事来了场"友谊赛"，比比看谁能用时最短、创口最小地切除阑尾。

菲利普还要和其他做包扎员的同学轮流去急诊室值班，一值就是三天，在医院里住，在公共休息室吃饭。一楼的急诊病房边上有间给他们准备的屋子，里面的床白天收起来做橱柜用。值班的包扎员一早一晚都要随叫随到，负责照顾入院的急症病人。他们要一直到处走动，晚上不到一两个小时头顶的铃就要嗡嗡震一次，惊得人从床上一跃而起。周六晚上自然是最忙的一晚，而酒馆关门之后的那几个小时则是最忙的时刻。警察架着几个烂醉如泥的男人进了医院，这时候就要抓紧给他们上胃泵了；来医院的女人情况比醉汉还要严重，她们不是被丈夫打破了脑袋，就是被揍得一脸鼻血。有些人口口声声发誓要告到法院去，还有些羞于承认，只吞声咽气地说是自己不小心磕了碰了。包扎员自己能处理的就自己处理，情况太严重的话，只好派人去找住院科医生来：这种情况下必须考虑再三，住院科医生可不愿意大老远从五楼跑下来，结果发现只是些小病小伤。来医院的病人里从割了手指到割了喉咙，什么情况都有。男孩手卡在机器里拔不出来了、男人被马车撞倒了、孩子玩耍的时候摔了胳膊腿儿，偶尔还有警察抬着自杀的人送来急诊。菲利普亲眼见过一个怒目圆睁，表情狰狞的男人，脸上裂开一道大口子，从一只耳朵划到另一只。他在巡警的监护下在病房待了几个礼拜，一言不发，满脸阴郁，只因自己竟被人救下来了。他一点没隐瞒，大大方方地承认只要一出院就要再自杀一次。病房里永远都人满为患，警察带进来的病人怎么处理是个棘手问题，住院科医生对此左右为难：若是他们被送去警察局，结果死在那里，报纸上就会说些不好听的，而且，很难判断一个人到底是酩酊烂醉还是翘了辫子。菲利普一直工作到筋疲力尽才上床睡觉，这样他就不必在一个钟头之内又被吵起来。他坐在急诊病房里趁着工作间隙和夜班护士聊天。这个一头灰发的女人外貌有点像男人，已经在急诊科做了二十年的夜班护士。她很喜欢这份工作，因为这里她说了算，没有其他护士来找麻烦。她虽动作慢吞吞的，但工作能力没的说，碰到紧急情况从来不会出乱子。包扎员往往没有经验，容易紧张，都视她为自己的精神支柱。她前前后后见过上千个这样的包扎员了，对他们毫无印象，她总是称呼包扎员为"布朗先生"。每次他们向她抗议，告诉她自己的真名时，她都点点头，然后继续称呼"布朗先生"。菲利普觉得和她坐在空荡荡的房间里挺有意思，四周只有两张铺着马尾衬布的长沙发和一盏火苗闪烁不定的汽灯。他静静听着她说话。她早就不把来医院的人当成人看了，他们不是大醉就是摔断了胳膊、割断了喉咙。这世上一切罪恶、不幸和残忍在她看来，不过尔尔。人的所作所为大多无须嘉奖或惩罚，只照单全收便好。她身上有种冷酷的幽默感。

"我记得一起自杀案，"她对菲利普说，"那个人跳泰晤士河了。别人把他捞上来，送到医院，十天之后，因为吞了太多泰晤士河的水患了伤寒。"

"他死了吗？"

"死了，到底是死了。我不确定这究竟是自杀，还是……自杀的人很多。我还记得有这么个男人，找不着活干，老婆又死了。他把衣服都典当了，买了把左轮手枪。可一枪下去，人没死成，只把眼睛射瞎了。之后你猜怎么着，他少了一只眼，脸也没了一块，却发现世界没有他想象的那么糟糕，小日子反倒过得快活起来了。我发现啊，人才不会为了爱情自杀呢。你可能会这么想，但这只是小说家杜撰出来的。自杀的人无非是因为太穷了。不知道这是怎么回事。"

"我想金钱比爱情更重要。"菲利普说。

如今，他想了很多关于钱的事。他发现自己大话说早了，两个人过日子的花销远远多于一个人，这段时间的支出让他很是发愁。米尔德里德不是个好管家，在家做饭的费用几乎和下馆子一样多；孩子要买衣服，她要买靴子、雨伞和其他没了活不了的小物件。从布莱顿回来以后，她嘴上说着想找份工作，却一直迟迟没有动静。后来得了重感冒，又耽误了两个礼拜。等身体康复了，她去面试了一两个工作，可要不就是到得太晚，职位被别人抢先，要不就是工作强度太大，她觉得自己干不了。有次，好不容易找到一个活，但一周的工钱只有十四先令，她想自己不该只挣这么一点。

"被人占便宜可不是什么好事，"她说，"你把自己放得太低，别人就更不会尊重你了。"

505

"我觉得十四先令不算少了。"菲利普干巴巴地回了一句。

他禁不住想到这笔钱对他们用处有多大,米尔德里德开始旁敲侧击地说她之所以找不到工作就是因为面试的时候没有一条得体的裙子穿。菲利普给她买了裙子,她又想要其他东西,但菲利普说那些都不是必需的。她只是不想工作罢了。再说菲利普,他知道的唯一的生财之道就是炒股,迫不及待地想再像夏天那样来次幸运的赌博,发笔意外之财。可正逢德兰士瓦[1]爆发战争,南非经济陷入一片困顿。麦卡利斯特告诉他不出一个月雷德福斯·布勒[2]上将就会行军至比勒陀利亚[3],到那时行情便会大涨。现在能做的只有耐心等待了。他们想要英国打场败仗,这样物价就会下跌,正好合适买进股票。为了了解行情,菲利普开始认真研究起他最喜欢的报纸上的"市井趣谈"板块,心里又急又气,还冲米尔德里德大嚷过一两次,说了些不好听的话。而米尔德里德既不圆滑又没耐心,也气急败坏地顶嘴回去,两个人便开始吵架。过后,菲利普总会为自己说过的话道歉,但米尔德里德有个得理不饶人的性格,每次都要阴着脸,闷闷不乐好几天。她的一举一动都能激怒菲利普;不管是吃饭的样子,还是在客厅把衣服丢得乱七八糟的作风。菲利普近来很关注战争新闻,一早一晚只要报纸一到就如饥似渴地阅读起来。米尔德里德则是一副两耳不闻窗外事的态度。她认识了两三个住在这条街上的人,其中一个还问她需不需要副牧师上门[4]。她只好戴上结婚戒指,自称是凯利夫人。菲利普家的墙上挂着两三幅他在巴黎画的画,分别是两三个男人的赤裸肖像,其中一个就是米盖尔·阿胡利亚。画中的他笔直地站立,双拳紧握。菲利普觉得这些是自己最好的作品,所以一直留着,每次看到就会想起在巴黎的快乐日子。米尔德里德早就看它们不顺眼了。

"我希望你能把这些画拿下来,菲利普,"她对他说,"住在十三号的

---

1. 德兰士瓦:一九一〇年至一九九四年南非东部的省级行政区。
2. 雷德福斯·布勒:英国上将,一九〇〇年出任南非英军司令官。
3. 比勒陀利亚:南非城市,现在的政治决策中心兼行政首都。
4. 牧师上门:西方人结婚须牧师在场,这是邻居的考量。

福尔曼太太昨天下午来家里了,我看见她直勾勾地盯着这些画看呢,真是把我尴尬得眼睛都不知道往哪瞅。"

"这些画怎么了?"

"不成体统!把这种裸体肖像画挂得满墙都是多恶心啊。况且这对孩子也不好。她现在已经开始会看事儿了。"

"你怎么能这么恶俗?"

"我恶俗?这叫庄重好不好?我嘴上不说什么,但你以为我喜欢天天看着这些赤身裸体的男人画像吗?"

"你到底有没有点幽默感啊,米尔德里德?"菲利普冷冷地发问。

"这和幽默感有什么干系?我真想自己把这些画取下来。你想知道我有什么看法?我觉得这些画恶心死了。"

"我才不想知道你的看法呢,不准你碰这些画。"

米尔德里德一生菲利普的气就要拿孩子来撒气。这个小丫头很喜欢菲利普,就像菲利普也非常疼爱她一样。她最喜欢每天早上爬到菲利普屋里(她自己站起来过一两次,但是走路还不稳),再被他抱上床。米尔德里德把她抱出来的时候,她总会号啕大哭。菲利普不愿意,她就会说:

"我可不想惯着她。"

倘若菲利普再说些什么,她就说:

"我管我的孩子,你插什么嘴?听你说的话,别人还以为你是孩子她爹呢。我是她妈妈,我知道怎样才是对她好,难道不是吗?"

菲利普被她的愚蠢搞得勃然大怒。但他现在已经不把她放在心上了,所以生气也只是偶尔。他习惯了和她生活在一起。圣诞节到了,医院里放假几天。他折回些冬青树枝把家里装饰一番,过节那天还给米尔德里德和孩子送了小礼物。他们只有两个人,所以没法吃火鸡。米尔德里德烤了只鸡,蒸了一个在当地商店买来的圣诞布丁。他们还开了瓶葡萄酒。吃过饭,菲利普坐在壁炉边的扶手椅上,抽着烟斗。他喝不惯葡萄酒,几杯下肚后,醉醺醺地暂时忘了一直挂念着的钱的问题,感到美滋滋的,飘飘欲仙。这时,米尔德里德进来说孩子睡前要和他亲亲。他微笑着走进卧室,让孩子乖乖睡觉,灭了汽灯,把门留着缝,省得孩子哭起来他们听不见。他又回到客厅。

"你坐哪儿?"他问米尔德里德。

"你坐你的椅子就行。我可以坐在地板上。"

菲利普坐下来,她也坐在壁炉旁边,靠着他的膝盖。他不禁想到,当年他们在沃克斯豪尔桥大街上她的房子里,也是这样坐在一起。只是两个人的位置调换了,曾经是他坐在地板上靠着她的膝盖。那时候他有多么爱她!他忽然觉得她身上有种自己从未觉察到的温柔,好像孩子柔软稚嫩的小手臂搂住他的脖子。

"你舒服吗?"他问道。

米尔德里德抬头看看他,浅浅一笑,点了点头。他们睡眼蒙眬地盯着壁炉里的火苗,一言不发。最后米尔德里德转过身来,好奇地看着他,忽然说:

"你可知道我来了你家以后,你一次都没吻过我?"

"想让我吻你?"菲利普微笑着。

"我猜你不再像以前那样喜欢我了吧?"

"我很喜欢你。"

"你更喜欢孩子。"

菲利普没有作答,她背靠着他的手。

"你不生我的气了吧?"她垂下眼帘,忽然问了一句。

"我为什么要生气?"

"我从没像现在这样喜欢你,直到经过大风大浪才学着来爱你。"菲利普起了一身鸡皮疙瘩。他知道这句话不过是她从廉价小说里照搬过来的,心里很失望。她在说这些话时到底是怎么想的,无从得知。也许除了从《家庭先驱报》上读来的生硬情话,她还真不知道怎么表达自己内心的感情呢。

"我们这样住在一起真可笑。"

菲利普好半天没说话,两个人又陷入一片沉默。最后,他终于开了口,一口气说了下来。

"你千万不要生我的气。这事谁都没办法的。我记得自己曾经因为你的所作所为而觉得你是个恶毒残忍的女人。但我太傻了。你只是不爱我罢了,我不能因为这点就怪罪于你。我以为能让你爱上我,但是我现在知道了,这根本就不可能。我不知道怎么才能让一个人爱上自己。不管用什么法子,爱才是最重要的。如果没有爱,再善良、再慷慨、为他们付出再多,都无济于事。"

"我还以为如果你过去真的爱过我,现在还会爱着我呢。"

"我本来也该这么想。我也以为对你的爱会一直不变,宁愿去死也不想失去你。我曾经期盼着有一天你老了,满脸皱纹,别人都不喜欢你了,这样你就只属于我一个人了。"

米尔德里德没说话,默默站起来,走回卧室。她羞怯地笑了笑。

"今天是圣诞节,菲利普,你不亲我一下道晚安吗?"

菲利普笑了起来,脸颊有些泛红,走过去亲了亲她。她进了卧室,他坐在客厅,开始读书。

第九十六章

大概一两个礼拜后,两人之间的战争终于爆发。菲利普的言行举止惹得米尔德里德莫名火大。她脑子里全是千奇百怪的情绪,阴晴不定、喜怒随心。她花了不少时间一个人独处,把当下的处境想了又想。她并没有把心里的想法都说出来,甚至不清楚自己到底在纠结什么,只知道心里一定有些放不下的事儿,只得翻来覆去不停思考。她从来都不懂菲利普,也没有喜欢过他,但她喜欢他陪着自己,因为他毕竟是个不折不扣的"绅士"。她印象很深:菲利普的父亲是医生,大伯是牧师。一想自己曾把他耍得团团转,她就打心底看不起他,可有他在身边,她又特别自在。她不忍心就此拍拍屁股走人,但能感到他对她的态度颇为不满。

起初她来到肯宁顿大街这套小小的公寓时,整个人身心俱疲,倍感羞耻。没人搭理她,她反倒挺高兴。何况不用付房租,就相当于少了一桩心事,不用再顶着暴雨烈日出去工作,身体不舒服也可以静静在床上躺一会儿。她痛恨自己的生活。强装笑脸、寄人篱下的日子实在可怕,直到今天,每次想起男人有多么心狠手辣、言语下流,她都要为自己的悲惨境遇落下几滴泪。可她其实很少想这些事。她很感激菲利普救了自己。记得他爱她的心曾经是那么真诚炽热,而她却待他恶劣不堪。悔恨之情每每如大锤凿心。想要补偿他似乎很简单,陪个男人上床对她来说不过家常便饭。可她提出这个建议时,却惊讶地发现遭到了他的拒绝。不过,她满不在乎:就让他摆架子好了,反正都是无所谓的事儿,过不了多久他就要猴急着来求自己了,等到那时候,反该轮到她不答应了呢。如果他觉得这是她的损失,那可真是大错特错了。她从不怀疑自己早已吃定他了。他虽个性古怪,可绝对逃不出自己的手掌心。过去他时常和她争吵,每次都发誓再也不来找她,可没多久就又惨兮兮地伏在地上求她原谅了。看到他在自己面前点头哈腰、百依百顺,她的心里就掠过一阵兴奋。他巴不得躺在地上让她随便践踏呢。她见过他哭,对他的那点小心思了如指掌,知道该怎么故意对他视而不见,装着没注意到他发脾气,撇下他就走。不出一刻,他必定会像条狗一样摇尾乞怜。一想到他在自己面前含垢忍耻的傻样儿,她就偷偷笑了起来。反正已经放纵过一次,也知道男人都是什么德行,所以不指望再和他们有什么瓜葛。她准备要跟着菲利普过日子。毕竟他是个不折不扣的绅士,这可不是闹着玩儿的,对不对?再说她也不急着迈出那关键一步。她看见菲利普越来越喜欢自己的孩子,虽说这有点可笑,但心里还是很高兴:这个呆子竟然对别的男人的种疼爱万分,真是脑子有问题,妥妥是这样。

后来发生的一两件事让她大为吃惊。她早就习惯了菲利普在自己面前的一脸奴才相:曾经只要能为她做点什么,他都会乐得不行;骂他一句,他就沮丧半天;给个笑脸,他就喜不自胜。可现在的他和过去判若两人。她曾经自言自语,心想他这一年毫无长进,有时故意假装不在乎她发脾气,可那都是装出来的。对于她来说,一刻都没想过他的感觉也是会变的。有时候,他只想静静读会儿书,让她闭上嘴,这时她不知该大发雷霆还是该闷闷不乐,最后只能晕头晕脑地愣在那里。后来他说只想跟她维持柏拉图式的关系,她联想到之前发生的事,觉得他只是害怕会搞大她的肚子。她好说歹说地打消他的疑虑,可情况还是没有改观。她根本意识不到不是所有男人都像她一样对男女之事这么饥渴,她之所以和男人搞到一起,为的也就是这点生理需求。她无法理解,其他人会有些别的兴趣爱好。难道是他爱上别人了?她观察着他的一举一动,怀疑他和医院里的护士看对了眼,又拐弯抹角地问了好些问题,确定他看上的不是阿西尔尼家里的女人。后来,她不得不承认,正像所有医学生一样,他并不把一起工作的护士当成女人看待。这些护士只能让他联想起碘酒的味道。也没有人给他写信,他的柜子抽屉里也都没有女孩的照片。若是真爱上了一个人,他一定会把照片都藏起来的。她问他问题,他就老老实实地回答,一点也没觉得这里面大有猫腻。

"我才不信他爱上别人了呢。"最后,她这么跟自己说道。

好歹算松了口气,这样看来,他一定还是爱着她的,可这也使他的行为变得异常古怪。如果他执意要和她保持距离,又为何请她搬来一起住呢?这也太不能理解了。她不相信这世上有同情、慷慨和善良的存在。折腾一番,得出结论:菲利普就是个怪人。她坚信他这么做是为了向自己献殷勤,她脑子里充满了数不清的从廉价小说里读来的情节,幻想他矜持的背后有各种各样罗曼蒂克的解释。她的想象就此发散开来,也许是因为两人之间存在着痛苦的误会,或是不洁的欲望正在为火所净化涤荡。她还想到灵魂的本色如雪花一般洁白无瑕,想到苦寒的平安夜里死去的人们。她决计一到布莱顿就给这段荒谬的关系来个了结。他们要在那儿共处一室。在别人眼里,他俩就是一对夫妻,况且还有码头和乐队能给他们助助兴。然而,当她发现他怎么也不肯和她同住一屋、听他以一种她从没听过的低嗓门和她说话时,才猛然醒悟,原来他真的不想要她。这个发现无异于晴天霹雳。她还记得过去那些绵绵情话,记得他曾如痴如狂地爱着自己。可现在恼羞成怒的她也只好借着自己天生的傲慢性子,咬牙与他的冷漠相对峙。他不需要再惦念她是否还爱他,因为她确是不爱的。她有时恨他入骨,想让他在自己面前低下头来,却苦于无能为力，不知道该拿他怎么办。和他在一起的时候，她开始有点紧张了。有那么一两次，她在他面前掉泪，还有一两次，她使尽浑身解数，百般示好。当他们一起散步，她小鸟依人地挽着他，可没走几步他就要找法子把她甩开，好像不愿意被她碰到。她搞不明白他脑子里在想些什么。唯一能牵绊住他的就是孩子了。眼看他对这个孩子的感情越来越深：有时候打她一巴掌或者推她一把，都能让他气得脸色煞白。只有在她怀里抱着孩子的时候，才能从他的眼神里看到昔日那种温柔宠溺的笑意。有一次，她抱着孩子站在海滩上让一个男人给照相，忽然发现了这件事，之后便经常怀抱小孩让菲利普用那样的眼神看她。

　　回到伦敦，她开始找工作了。之前曾信誓旦旦地说自己不愁找不着活。她想脱离菲利普一个人生活，想到将来能挺直腰板儿站在他面前，宣布自己要带着孩子搬出去住，她就觉得格外心满意足。但离这种可能性越近，她反而越退缩。她已经不习惯长时间工作，也不想再听经理的使唤，更因为自尊心作祟，一想到要再穿上那身工作制服就感到一阵作呕。她已经让相熟的邻居们都相信了她和菲利普日子过得很富裕，这会儿再跑出去工作岂不是自相矛盾、丢人现眼？更何况她本来就是把懒骨头。只要菲利普还愿给她一口吃喝，她就不想离开他。为什么非要离开呢？现在这日子过得是不够宽绰，但起码有地方住，肚子也饿不着，而且他说不定还能越过越富裕呢。他的大伯是个老头子了，没准哪天就一命呜呼，到时候他可能会继承一小笔遗产。再者说，哪怕就是现在这样的日子也比早出晚归地卖命工作，一周挣个几先令要强啊。她一下子就松懈了，虽然每天还是看着报纸上的招工启事，但只是摆摆样子，装得好像有好活儿了她就会去干一样。她有时也会陷入恐慌，害怕菲利普哪天不再养着她了。她的手里已经没有了筹码，也许之所以还能赖在这儿，只是因为菲利普喜欢这个孩子。她把所有事儿摆出来想了一遍，暗暗发誓有朝一日定要让他为这些日子表现出的冷漠而付出代价。她不能接受他已经不再喜欢自己了这个事实，非要逼他重燃爱火才行。她气得紧，偶尔竟莫名其妙地想要得到他。她因他的冷漠而怒火中烧，却又不停地想着他。

512

她到底做了什么，让他对她这样恶劣？她不断地自言自语，絮叨着孤男寡女这样住在一起太不通人情。如果情况能有些不同，她又即将要生产，想必到那时他一定会娶她的。虽然他为人愚蠢可笑，可好歹是个不折不扣的绅士啊，没有人能否认这一点。最后，她像魔怔了一样，决心要改变两人之间的关系。他现在再也不吻她了，可她却开始想得到他的吻；他曾是那么动情，紧紧吻在她的唇上。回首当初，心头腾起莫名的情感。她总是不由自主地盯着他的嘴唇看。

二月初的一天晚上，菲利普跟她说自己要和劳森一起吃晚饭，可能要很晚才回来。劳森准备在画室庆生，还从比克街的酒馆里买了好几瓶他们都喜欢的鸡尾酒。他们说好当晚一定要喝个痛快。米尔德里德问他有没有女人在场。菲利普回答说到场的客人都是男人，他们打算坐在一起抽烟聊天。米尔德里德一听就觉得很无聊。假如她是个画家，一定会找上五六个模特来陪酒呢。当晚，她上了床，可翻来覆去，迟迟睡不着。忽然心生一计，从床上爬起来，把朝着楼梯的屋门闩上，这样菲利普就进不来了。等他回家的时候，已经快一点了，米尔德里德在屋里听到他大骂了一句。她起床给他开了门。

"你干吗把自己锁在屋里？抱歉把你吵起来了。"

"我特意给你留了门啊，不知道它怎么就锁死了。"

"快回屋睡觉吧，不然会感冒的。"

菲利普走进客厅，拧开煤气灯。米尔德里德跟在他身后，走到壁炉边。

"我要烤烤脚。我的脚冻得像两坨冰。"

菲利普坐下，开始脱鞋。他眼睛发亮、两颊发红。米尔德里德猜他一定喝酒了。

"玩得开心吗？"她微笑着问。

"嗯，特别开心。"

菲利普很清醒，但今晚一直大侃大笑，兴奋劲还没完全消下去。这样的夜晚让他想起在巴黎的日子。他兴致很高，从口袋里掏出烟斗，填满烟丝。

"你不睡觉啊？"米尔德里德问道。

513

"还不想睡,我一点也不困。劳森今晚状态很好啊,从我进门一直滔滔不绝地说到我走。"

"你们都说些什么呢?"

"鬼知道!上天入地,什么都说。你真该看看我们扯着嗓子大喊大叫的样儿,所有人都只顾着说,没人愿意听。"

菲利普一边回味着今晚的快活时光,一边开心地大笑,米尔德里德也跟着一块笑。她很有把握,菲利普这是喝多了,正合心意。她对男人了如指掌。

"我能坐下吗?"她问。

菲利普还没回话,她就顺着坐到他的膝盖上。

"要是你不打算睡觉,最好回屋披件睡袍去。"

"没事,我这样挺好的。"她抬起胳膊,环上菲利普的脖子,把脸贴过去,伏在耳边轻声说,"你为什么对我这么狠心呀,菲尔?"

菲利普试图站起来,可她紧紧抱住他。

"我是爱你的,菲利普。"

"别他妈胡说八道了。"

"不,是真的。我不能没有你,我想要你。"

菲利普把她的两只手甩开。

"请起来吧。你这样弄得自己像个傻瓜,也弄得我像个傻瓜。"

"我爱你,菲利普。我过去伤害了你,现在就让我补偿吧。我不能再和你这样冷战下去了,这哪是人过的日子呀。"

菲利普从椅子一边溜开,剩她一个人坐在那。

"对不起,可惜已经太晚了。"

她歇斯底里地哭起来。

"为什么!你怎么可以这么残忍?"

"我猜是因为过去太爱你了吧。那股激情都已经耗尽了。再回忆起对你的感情,我就觉得害怕。一看到你,我就想起埃米尔和格里菲斯。我也控制不住自己,可能是我太敏感了。"

米尔德里德拉过菲利普的手,上上下下吻了个遍。

"别这样。"他大叫出来。

她瘫坐在椅子上。

"我不能再这样下去了。如果你不会再爱我,那我还不如一走了之。"

"别犯傻了,你又没地方去。你想在这儿待多久都行,可你必须明白,我们是朋友,也仅仅只是朋友。"

她激动的情绪忽然冷却下来,轻轻地、妩媚地笑了笑,凑到菲利普身边,抱着他的脖子,压低声音哄着他说:

"快别傻了。我知道你很紧张。你还不知道我能有多温柔呢。"

她贴上来,用脸颊慢慢蹭着菲利普的胡茬。在菲利普眼中,她的媚笑是瘆人的仇视,她眼里闪动着的挑逗目光让他后背发凉。他本能地后退几步。

"别这样。"

她哪肯放他走。她的红唇在他脸上游弋,慢慢靠近他的嘴。可他一把抓住她的手,使劲甩开,将她推得远远的。

"你让我恶心。"

"我?"

她一只手撑着壁炉架,勉强站稳。盯着他看了一会儿,脸上忽然飞起两团红晕,爆发出一阵刺耳愤怒的大笑。

"我,倒让你恶心了?"

她顿了顿,狠狠抽了几口气,缓过神来便开始破口大骂。她扯着嗓子,用尽了所有能想到的难听的词。从她嘴里吐出来的话竟能那样下流肮脏,菲利普吓了一跳:过去她一直强装文雅,还真想不到她肚子里藏着这么多的污言秽语。骂着骂着,她走过来,近乎把脸都贴到他面前了。她的脸气愤到扭曲,嘴角堆满了唾沫星子。

"我从来没喜欢过你,一秒钟都没喜欢过!我也就是把你当个傻子,耍着玩呗!我烦你,我恨你!要不是想从你这坑点钱,我才不让你碰我一根手指头呢!你每次亲我,我都恶心得想吐。我们都把你当个傻子看,我和格里菲斯都笑话你呢。你这个傻子,蠢驴!"

她又开始大骂,把这段时间发生过的所有微不足道的错误都归罪于他,说他抠门,骂他愚蠢,嫌他虚荣自私,在他最脆弱敏感的伤口上狠狠地撒盐。最后,她准备要进屋了,嘴里还是不干不净地骂骂咧咧,像个疯子一样宣泄着怒火。她拧开门把手,推开门,转身来了最致命的一击。只有这句话才能一刀命中,捅到他心里。她恶狠狠地吐出这几个字,像一个脆生生的耳光"啪"地甩在他脸上:

"瘸子!"

第九十七章

第二天早上,菲利普从梦中惊醒,感觉自己起晚了,一看表,果然已经九点了。他跳下床,去厨房接了点热水准备刮胡子。米尔德里德好像还没起床,昨天吃晚餐用的餐具还放在水池里没洗,他敲了敲她的房门。

"起床了,米尔德里德。已经很晚了。"

屋里没有声音,他又使劲敲了两下,还是没人应声。大概她还在生闷气吧。他急着走,没时间操心哄她。他把水烧上,跳进澡盆子里。澡盆的水是昨晚就打好的,经过一晚上已经不太凉了。他心想,等自己洗完澡穿上衣服,米尔德里德就应该把饭烧好,摆在客厅了。之前两人闹别扭的时候,她就是这么做的。可这次他竖着耳朵却怎么也听不到她起床的动静,看来要想吃上早饭就必须得自己做了吧。他很生气,本来早上就起晚了,她还非要这么捉弄他。等他收拾停当,还是没见她出屋,但能听到她在卧室里走来走去的声音。她肯定起床了。他泡了点茶,切了块面包和黄油,一边穿靴子一边大口塞到肚里,然后飞奔下楼,冲到街上赶去医院的电车。他的眼睛扫读着报纸上刊登的战争新闻,心里却不由想起昨晚和米尔德里德的争吵。事情已经过去,他也不再继续惦念了,可不禁觉得这场争吵实在太荒唐。他知道自己的行为特别可笑,但没办法,如果他就是不想做,总没法子强迫自己。昨晚的确是火气上头,没法控制了。他恨米尔德里德，因为正是她把他逼到了如此滑稽可笑的境地，那些从她嘴里吐出的污言秽语让他大跌眼镜，连做梦也想不到她会说出这样难听的话。当他回忆起她进屋之前最后的那句嘲讽时，脸不由烧红了，轻蔑地耸了耸肩膀。他早就习惯了别人和他吵架时总是奚落他的残疾，还曾经见过医院里的同事模仿他走路。过去在学校，同学都是当面嘲笑他，现在工作了，身边人又都背着他模仿他一瘸一拐的样子。他现在知道这些人可能并无恶意。人本来就是一种爱模仿的动物，况且想逗人发笑，这是个非常简便的法子。他什么道理都懂，可身在其中终究不能泰然处之。

来医院上班对他来说是件挺高兴的事。走进病房的时候，觉得里面暖融融的，心情不禁愉快了些。护士看他进门，脸上露出职业的微笑。

"来得这么晚呀，凯利先生。"

"我昨晚出去找乐子了。"

"一看就是。"

"哈哈，谢谢啦。"

他大笑几声，开始看今天的第一个病例。这是个得了结核性溃疡的小男孩，菲利普把他伤口上包扎的绷带解开来。男孩看见他很高兴，菲利普一边给他换上新的纱布，一边和他聊着天。所有医生里，就属菲利普最受病人喜欢。他对病人非常友善热情，他的手温柔而敏感，不会弄疼病人的伤口，不像有些包扎员干起活来毛毛躁躁、大大咧咧。中午，菲利普和一些朋友在休息室用餐，午饭很简单，只有一块司康饼[1]、一点黄油和一杯可可。他们凑在一起聊着战争的新闻。有几个学生去支援战场了。当局把门卡得很死，没在医院任职过的人不允许到战场上去。虽然有人预测说如果战火继续燃下去，那么只要有从医资格的人便都会被征去当军医，但大家普遍觉得这场战争不出一个月就能结束。罗伯茨司令[1]都去了，没多久战火就会平息。麦卡利斯特也这么说，他告诉菲利普要瞅准机会，赶在停战之前把股票买到手。到时候行情

---

1. 司康饼：又称为英式快速面包。

肯定看涨,他们就能赚上一笔。菲利普吩咐麦卡利斯特只要机会一来就立马出手。夏天挣到的三十镑吊起了他的胃口,他盼望着这次一下就能赚回一两百镑。

一天的工作结束后,他搭电车回到了肯宁顿。不知道米尔德里德今晚又会闹哪一出。不出意外,迎接他的恐怕还是那张冷冰冰的臭脸和爱答不理的态度。在一年中的这个季节,今晚的天气算是相当暖和了。即使在伦敦南区灰色的街道也弥漫着二月天里懒洋洋的气氛。漫长的寒冬过去了,大自然开始蠢蠢欲动,躁动不安。沉睡着的万物被纷纷唤醒,泥土中传来的"沙沙"声是春日降临的前奏。春天,永恒的春天,终于来到了。菲利普想一直坐在电车上,随它驶到远方去。他不想回家,只想多呼吸几口这清新沁凉的空气。忽然,他的心弦猛地一叩:他想那孩子了。想到她一步三晃,朝自己慢慢走来,他就幸福地绽开笑脸。等快到家门口,他看见窗户黑洞洞的没有一星灯光,心里便咯噔一下。快步上楼,敲了敲门,里面没有声音。米尔德里德外出的时候总会把钥匙放在门垫下,果不其然,钥匙就在那里。他自己开了门,走进客厅,划着一根火柴。当真有事发生,可这会儿他还不清楚发生了什么。他把汽灯开关拧到最大,点上火,屋里一下被照亮了。他四下看了一圈,倒吸一口凉气。只见屋子一片乱七八糟,所有东西都被砸得稀巴烂。他火冒三丈,七窍冒烟,冲进米尔德里德的房间,却发现里面空无一人,漆黑一片。点上灯,才发现她早卷着自己和孩子的行李逃跑了(进门的时候他看楼梯口那里没有婴儿车了,还以为是米尔德里德带孩子出去散步)。脸盆架上的东西被摔得稀碎,椅子的皮座被刀横竖划了几道大口子,枕头扯破了,床单被罩都撕成好几块,梳妆镜被锤子敲成一地碎片。菲利普觉得一阵头晕目眩,又去自己房间看了看,那里是一副惨不忍睹的情况。脸盆和水壶砸在地上,镜子成了一堆碎玻璃,床单扯成一条条的。米尔德里德把枕头捅开个大洞,把羽毛掏出来撒得满屋都是。毯子也被小刀戳破了,梳妆台上摆

---

1. 罗伯茨:英国元帅,在第二次布尔战争中任南非英军总司令。

着的菲利普母亲的照片,也被摔烂了镜框,砸碎了玻璃。菲利普去厨房查看,酒杯、布丁碟、盘子碗儿,只要是能摔的全都被摔得一干二净。

菲利普又惊又气,差点一口气没喘上来。除了烂摊子,米尔德里德连一封信都没留下。他简直能想象到她又砸又摔的时候那副咬牙切齿的表情。走回客厅,又环顾一番,惊讶地发现自己一肚子的怒火已经消了下去。他好奇地看着她搁在桌上的菜刀和敲煤用的锤头,又看到壁炉里扔着一把已经折断的刻刀。搞了这么大一场破坏,想必也花了她不少时间。劳森给他画的肖像被横七竖八地划开了,咧着骇人的大口子。他的几幅作品也撕成碎片。马奈的《奥林匹亚》、安格尔的《大宫女》和菲利普四世肖像画的照片都被锤头捣得粉碎。甚至连桌布、窗帘和两把扶手椅也都难逃毒手,布满累累刀痕。所有东西都破得不能再用了。书桌上方的墙上挂着克朗肖给他的那块小地毯。米尔德里德一直很讨厌这块毯子。

"既然是地毯就该在地上,"她说,"脏兮兮、臭烘烘的,有什么了不起。"

菲利普跟她解释说,在这块毯子里藏着一个伟大谜语的谜底。她却以为说这话是为了故意耍她,气得头顶冒烟。她用刀子在地毯上狠狠划了三道,看来像是使上了吃奶的劲儿,而这条毯子现在就如同几条破布一样挂在墙上。菲利普有两三件蓝白相间的摆盘,虽然不值什么钱,但却是他用牙缝里挤出的钱一件一件买回来的。他经常盯着这几个盘子出神。而现在,它们变成一摊碎片散了满地。他的书的背面也全是大口子,米尔德里德竟然还不嫌麻烦把没有装订的法文书一页页扯下来。壁炉架上的小摆设都被扔到地上,丢进炉膛。所有能用刀子、斧子破坏掉的东西没有一件还是好的。

菲利普的全部家当本来也卖不了三十镑,但是大部分都是老朋友留给他的纪念。他是个恋家的人,但凡是自己的东西,哪怕只是些小零碎也都爱不释手。他曾经很喜欢这间小屋,尽管手头拮据,还是把它装点得漂漂亮亮,带有自己的风格。当下,他面对着一屋废墟,深深陷入绝望。米尔德里德怎么能够如此心狠手辣?忽然,他心里一凉,猛地站起来,跑到走廊上打开放

519

着他衣服的橱柜，长长地松了口气。显然，米尔德里德忘了这个柜子，没有碰里面的东西。

他回到客厅，打量身边的一堆破烂，不知道下一步怎么办。他无心收拾，只觉得饥肠辘辘，家里又没有吃的。他出门找了家餐馆吃饭。回来的时候身上更冷了些，想到那可怜的孩子，心都揪到了一起。不知道她会不会想他，可能头几天会想吧，之后便会把他忘了的。此刻，他因为终于甩掉了米尔德里德而心怀感激。他的心里再没有怒火。只有厌恶，厌恶到了极点。

"请求上帝再也别让我看见她了。"他大声说道。

现在唯一能做的事只有赶快搬家,他决定明天一早就去找房东太太商量。他已经没钱修理弄坏的东西了，况且本来手头就不富裕，不得不找间更便宜的房子住。他早就想搬出这套公寓了，这里的房租一直让他犯愁，更别提现在一回到这儿就会想到米尔德里德。他一旦拿定主意，就耐不住性子，恨不能立刻就行动起来。第二天下午他便请来一位二手家具商。屋里的这堆东西连好带坏加在一起，一共换来了三镑现金。两天之后，他搬进医院对面的一幢小楼。刚来医院学习的时候，他就曾经在这儿租过房子。房东太太是个非常正派体面的女人。他在顶层租了间卧室，房租六先令一周。屋子很小，脏兮兮的，窗户正对着楼下的后院，环境不怎么安静。可他除了几件衣服和一箱书之外便一无所有，低廉的房租已经让他心满意足了。

第九十八章

眼下，似乎菲利普·凯利的那点积蓄正深受国家命运的影响。除了他自己之外，怕是没有第二个人会在乎他的钱是多了还是少了。历史正在被书写，其进程如此宏伟浩大，想到它竟与一介平庸无奇的医学生息息相关，不由让人觉得可笑。战争一场接一场，马赫斯方丹、科伦索和斯皮恩山[1]战役的相继败北，整个国家颜面扫地，更给王公贵族们来了致命一击。他们过去一直断言由自己来管理政府是天经地义的事，如有异议，纯属胡扯。大英帝国这个巨人再一次攒足了劲儿,企图反败为胜,却不料捅了个大娄子,最后只营造出一个"即将胜利"的假象。克龙耶[2]将军在帕尔伯格摇旗投降,雷帝史密斯获得解放,三月初,罗伯茨司令发兵向布隆方丹[3]大举进攻。

消息传到伦敦两三天后,麦卡利斯特有天忽然喜气洋洋地走进比克街的酒馆,宣布股市行情有所好转。和平已经在望,用不了几周,罗伯茨将军就会进军比勒陀利亚,现在股价已经看涨,未来一定会有大幅上升。

"是时候入手了,"他跟菲利普说,"别等大家都出手了你才买,到那时已经晚啦。机不可失,把握现在!"

麦卡利斯特知道些内部消息。南非一家矿主给他们公司的高级合伙人打来电报,说自己矿上的车间并未受战争影响,准备尽快开工。这可不是投机,这是投资啊。为了证明公司的高级合伙人有多看好这笔买卖,麦卡利斯特还告诉菲利普他给自己的两个妹妹各买了五百股;要不是这次投资机会安全得像把钱存到英格兰银行,他才不会把妹妹也拉进来呢。

"我准备把自己全部家底都押上。"他说。

这只股票现售二又八分之一到二又四分之一镑。他劝菲利普不要太贪,上涨十先令就抓紧抛出去。他自己买了三百股,建议菲利普也买上三百股。他准备等时候一到就立刻出手。菲利普非常信任他,一方面因为他是苏格兰人,天生性格谨慎;另一方面因为他曾经帮自己赚过一笔钱。菲利普想也没想,满口答应。

"我敢说到期之前就能全都卖掉,"麦卡利斯特说,"就算卖不掉,我也想办法给你把股权转出去。"

菲利普觉得,资本系统似乎就是这样运作。你手里握着股票,等到股价上涨就把它抛掉,好像整个过程都用不着花钱一样。他开始怀着新的兴致关

---

1. 马赫斯方丹、科伦索、斯皮恩山:三者均为南非地名,二十世纪初的布尔战役中,英军在这三个战场均遭到大败。
2. 克龙耶:布尔战争中的领袖人物,被困后率领一千人无奈投降。
3. 雷帝史密斯、布隆方丹:地名,分别为德兰士瓦和奥兰治城市。

注起报纸的股票交易栏。第二天早晨，所有股票都涨了一点，麦卡利斯特写信来说他只能以二又四分之一的价格买下三百股，不过市场很稳健，放心就是了。可是，一两天后，股价又下滑了，从南非传来的消息也不太乐观，菲利普看见自己的股票价格跌到两镑，心急如焚。麦卡利斯特倒还是一副胸有成竹的样子，他说布尔这仗打不了多久了，他敢打包票不到四月中旬，罗伯茨司令就会进军约翰内斯堡[1]。可依照现在的形势，菲利普已经赔进去四十镑了。他焦灼不安，可现在唯一的出路就是继续等。就他现在的情况，这笔损失简直是无法承受的。两三个礼拜过去了，什么都没有发生。布尔人没有认识到他们必败的现实，也并不准备无条件投降。事实上，他们还打了两三场胜仗，而菲利普的股票也随之跌了半克朗还多。很明显，这场战役还没有结束。好多人都把股票抛出去了。再见麦卡利斯特的时候，他也像是泄气的皮球，再提不起精神。

"我拿不准现在该不该把股票都抛了。到现在亏的钱和想赚的一样多。"

菲利普紧张得五脏六腑都搅在一起，晚上辗转反侧睡不着觉，早上醒了就胡乱吃几口饭。他的早餐已经缩减到只剩黄油面包和一杯茶了。他急急忙忙地跑到医院休息区的阅览室读报，消息时好时坏，有时甚至一点信儿都没有，但只要股价有变动，就一定是下跌的。他失掉了主意。如果现在抛了，前后加起来要损失三百五十镑，这样他身上就仅剩下八十镑了。他悔得肠子都青了，心想要是自己一开始没有蹚这趟浑水该多好。可现在别无他法，只能继续按兵不动。也许哪天发生件大事儿，所有股票又上涨了呢。他现在已经不指望能挣钱了，只要不赔就行。这是他完成医学院课程的唯一机会了。夏季学期五月份就开始，等学期结束还要参加产科考试。之后就只剩一年时间了。他翻来覆去地算计了一遍，觉得学费、生活费加起来一百五十镑就差不多，可这个数字绝对是底线了。

四月初的一天，他心急火燎地去比克街的酒馆找麦卡利斯特。和他一起

---

1. 约翰内斯堡：南非最大的城市，金矿资源丰富。

议论当下局势能让菲利普心里平静一点，知道还有不计其数的人也在为赔钱而捶胸顿足，菲利普就觉得心里的痛苦不再难忍。等他到了酒馆，却发现只有海沃德一个人在那儿。他一落座，海沃德就说：

"我礼拜天要坐船去开普敦[1]啦！"

"真的假的！"菲利普大叫出来。

在他认识的所有人里，他唯独没想到海沃德能跑去非洲。医院里不少大夫都过去了，政府也大力欢迎有从医资格的人过去支援前线。有些人以骑兵的身份去了非洲，却写信回来说别人一发现他们是医学生，就让他们都去医院帮忙了。举国上下，每个人都为爱国主义所深深感染，社会各个阶层的人都愿为国家献上自己的一臂之力。

"你去那儿做什么？"菲利普问。

"我是骑兵，跟着多塞特骑兵队一起去。"

菲利普认识海沃德已经八年之久，曾经年少的他满心崇拜海沃德对艺术和文学的侃侃而谈，而这也是他们友情开始的原因。如今，两人已经不似当年那么亲密，但还是习惯性地经常在一起聚聚。只要海沃德在伦敦，他们就要隔三岔五见上一面。海沃德的口味还是一如既往的刁钻奇特，当他说起自己对一些书的看法时，菲利普却不再像之前那样宽容，时常被他愚蠢的见解搞得火冒三丈。菲利普已经不相信这世上除了艺术之外，其他事情都没有意义。他厌恶海沃德谈到行动和成就时，那副嗤之以鼻的样子。他搅了搅面前的鸡尾酒，想起曾经和海沃德亲密无间的关系和盼着他成就一番大事业的由衷希望。其实，他的这些幻想早就破灭了，海沃德只是个一无是处却满嘴跑火车的人罢了。他发现，三十五岁的海沃德靠着一年三百镑的收入活得远不如年轻时候自在，虽然衣服还是出自上等裁缝之手，但一件总要穿上好久。这放在过去是根本不可能的事。他个头矮小，块头却挺大；金色的头发不管梳成什么发型都再也掩盖不住光秃秃的头顶，蓝色的眼珠有些呆滞无神，颜色也

---

1. 开普敦：南非西南港口，位于印度洋和大西洋交汇处，风光秀美。

变浅不少。此刻,不难看出他已经喝醉了。

"你吃错什么药了,为什么要跑到开普敦去?"菲利普问道。

"哦,不知道,就是觉得该去。"

菲利普缄口无言。他觉得自己就像个傻子。他能够理解,是灵魂深处的不安使海沃德做出了这个决定,尽管连他自己都不知道该如何解释这一切。他身体中的某种力量让他觉得必须要站出来为国而战。这件事来得如此诡异,因为海沃德只将爱国主义视为一种偏见。他追求的是"世界大同",并以此自鸣得意。英格兰在他眼里不过区区一块流放地罢了,而且祖国的同胞也大多伤害过他脆弱敏感的心灵。菲利普想不透,究竟是什么会让一个人做出与其人生信条如此背道而驰的事来。按理说,在这群野蛮人大开杀戒时,海沃德应该微笑着在一旁观战才对。看来,在某种未知的力量面前,人类只能甘拜下风,沦为软弱无力的傀儡。这股力量驱使他忙东忙西、做这做那。有时能用理智为自己的行为找到原因,即使找不到,也会撇下理智,埋头行动。

"人可真是种奇怪的动物,"菲利普说,"我从没想到你会去做骑兵。"

海沃德笑了,有点尴尬,什么都没说。过了好久才终于开口道:

"我昨天去体检了。虽然过程费事儿[1],总归能测出一个人够不够强壮。"

海沃德还是老样子,明明能用英文表达的地方,偏偏要做作显摆地插上个法语词。这时,麦卡利斯特走了进来。

"我正想见你呢,凯利。"他说,"我们那伙人都想把股票抛了,现在市场行情糟透了,他们还想找你接手呢。"

菲利普心里一沉。他肯定不会这么做。但这就意味着自己必须接受一个残酷的现实:所有钱都白白打了水漂。他强装镇定,说道:

"我不知道这么做值不值。你最好把股票都卖了吧。"

"说得简单,我还拿不准能不能卖掉呢。现在来看,应该是没人愿意买了。"

---

1. 原文为法语。

"可这只股票已经跌到一又八分之一磅了啊。"

"对啊,可那也没用。还是卖不掉。"

菲利普一时不知该说些什么。他尽量稳住自己。

"你的意思是,这些股一点也不值钱了?"

"不,不是这个意思。肯定能值些钱,但你也看到了,现在没人愿意买。"

"不管能卖多少钱,赶快卖出去吧。"

麦卡利斯特仔细地打量着菲利普,想看看他是不是被打击坏了。

"实在对不起啦,老兄,咱都是一条绳上的蚂蚱。谁能想到这场仗就是打不完了呀。是我让你入了伙不假,但我自己也陷在里面了呢。"

"没事儿,"菲利普说,"都是碰运气的事。"

他站起来,走回刚才那张桌子。脑子里嗡嗡直响,一阵剧烈的头痛忽然袭来,可他不想让人看自己笑话,又强撑着坐了一个钟头。不管别人说什么,他都要没心没肺地狂笑一通。最后,他站起来准备离开。

"你可真冷静,"麦卡利斯特和他握了握手,说道,"我想,赔了三四百镑,谁心里都不是滋味儿吧。"

菲利普回到自己寒酸的小屋,一头扑在床上,万念俱灰。他对自己这个错误的决定悔恨交加。尽管他不断试图说服自己,事情既然已经发生就无法再做改变,后悔也全无用处。可他还是难以自控,懊悔不已。他痛心切骨,心如刀绞,久久无法入眠,回想着过去这几年自己的挥霍无度,头疼得像是要从中间裂开两半。

第二天晚上,邮差给他送来了最新的一期账单。他核对了存折,发现付清账单后,身上就只剩七镑了。七镑呵!谢天谢地,总算能把账都付清。要是让他跟麦卡利斯特坦白自己没钱了,那该是件多么可怕的事。他要在马上到来的夏季学期里去眼科做包扎员,之前已经跟一个同学说好要买他的眼底镜,现在哪还有脸面食言反悔?他还要买书。手里只剩五镑,最多还够六个礼拜的花销。他给伯伯写了封信,自认为写得非常严肃正式。信里写到,由于战争的原因,他蒙受了巨大损失,恐怕无法继续学业,希望伯伯能慷慨相助,

525

借他一百五十镑，分十八个月给他。等他开始挣钱，保证连本带利一并还清。最迟不过一年半他就能拿到行医资格，到时候一定能做个医师助理，每周挣三镑。没成想伯伯竟然回信说他也无能为力。现在所有东西都不值钱了，让他趁这个节骨眼典当物品很不公平。况且他手头那点钱还要留着以防自己有个头疼脑热。他在这封信的最后还训了菲利普几句，之前警告过那么多次，但他从来都不听，到了这个地步，说他很惊讶倒成撒谎了。他早就知道菲利普花钱没个节制，不知道收支平衡，早晚会落得这个下场。菲利普读着这封信，身上冷一阵，热一阵。他压根没想过会遭到伯伯的拒绝，这会儿读起信，气不打一处来。冷静下来后，头脑一片空白。如果伯伯不愿借钱，他就不能再去医院学习了。他一下子惊慌失措，不得不放下身架，又给那位牧师写了封信，把目前的情况说了个一清二楚，形容得万分紧急。可也许是因为他解释得还不够清楚，伯伯仍然没有意识到形势有多紧张，丝毫不肯松口。他回信说菲利普已经二十五岁了，本来就该自给自足。等他过世，菲利普就能继承他的遗产，不过在此之前，别想从他这讨到一个子儿。菲利普读着这封信，眼前似乎浮现出伯伯得意洋洋的样子：他从来就看不惯菲利普的所作所为，这次看他栽了跟头，心里可算满意了。

第九十九章

菲利普开始变卖自己的衣服。为了省钱，一天除了早饭之外就只在下午四点吃上一顿饭，这样能勉强撑到明天早上。所谓吃饭，其实也只能吃点面包黄油，喝杯热可可。晚上九点他就饿得前胸贴后背了，不得不早早爬上床。他想跟劳森借点钱，又怕被拒绝，最后还是咬着牙借了五镑。劳森很痛快地借给了他，但还不忘叮嘱：

"你一个礼拜后就能还我，对吧？我做了几个画框还没付钱呢，现在真是穷得揭不开锅盖儿了。"

菲利普知道自己还不上这钱，脸上火辣辣的，到时候劳森还说不定怎么想他呢。两三天后,他把这钱原封不动地又还回去了。劳森叫他一起出去吃饭,他这些日子都没好好吃过东西,有机会跟着蹭口饭吃就够他乐上半天了。只有周日去阿西尔尼家的时候才能饱餐一顿。他踌躇着,不知道该不该告诉阿西尔尼发生在自己身上的事。阿西尔尼一家人都觉得他生活殷实,一旦他们知道他破产了,也许会瞧不起他呢。

虽然他的日子一直不富裕,可也没曾想过有朝一日会落到吃不饱肚子的下场。他身边也没有会为了一口吃的而发愁的人。贫穷就像一种难以启齿的疾病,害他羞愧得抬不起头来。他从没经历过这样的事,现在又惊又怕,想不出除了继续留在医院学习外,还能做些什么。他模模糊糊地希望未来能有所转机,甚至不愿相信现在经历的一切都是真实的。记得刚刚上学的时候,他就一直觉得生活是一场梦,梦醒之后才发现自己还好好躺在家里呢。然而没出多久,他就知道不出一个礼拜身上的钱就都会花光。他必须试着去挣点钱。现在战场急需医生,如果有了从医资格,即使有只跛足也可以随军队去开普敦。要不是因为残疾,他就能加入义勇骑兵队,现在这些部队正陆陆续续地派到国外战场去。他跑去问医学院的教务能否让他来辅导那些落后的学生,挣些外快,可教务老师说恐怕没有这样的工作机会。他从医药报纸的广告栏读到一则招工启事,一个在富勒姆街开药店的男人需要一名助理,没拿到从医资格的也可以。菲利普前去面试,那个医生瞥了眼他的跛足,又听说他才在医院待了四年,便立刻说他经验太少,不够格。菲利普听出这只是个借口,他肯定想找一个腿脚更灵便的助手。菲利普又瞄准其他挣钱的门道。他懂法语和德语,也许能找到份文书的工作,专门负责处理信件。尽管他心里沮丧,可除此之外,再没有别的工作可以做了,所以只能咬紧牙关,硬着头皮。尽管他不好意思回复那些需要投简历的岗位,但也试着给一些企业写过几封求职信。他没有相关经验,也没人为他引荐。商业术语他一窍不通,懂的那些德语和法语都不是做生意能用上的,更不会速记和打字。他不得不面对这样一个事实:没人能救得了他了。原本想给父亲遗嘱的执行人写信,却无论如何也下不了笔。当时他想卖掉自己的抵押契据时,那位律师曾明确阻拦,却只被他当成耳旁风。他从伯伯那里知道，尼克松先生对他很不满意。菲利普在他的律师事务所实习了一年，这段时间的表现让他觉得菲利普不过是个懒散无能的废人。

"我就要饿死了。"菲利普喃喃自语道。

有那么一两次，他脑子里甚至冒出了自杀的念头：想从医院药房弄点药实在太简单了，如果日子迟迟不见起色，手边有个能轻松了结生命的法子倒不是什么坏事。可这终究只是个念头，他从没认真考虑过。米尔德里德跟着格里菲斯跑了之后，他曾经一度痛苦不堪，试图一死了之。可现在的难受劲儿却不像当时那么无法忍受。他想起那位急诊室的护士曾经说过，自杀的人大多不是因为没有爱，只是因为没有钱。他嘿嘿笑起来，觉得自己真是个例外。此刻，他只想把满腔愁绪说给别人听，但又羞于向他人坦白自己的境况。他还在继续找工作。房租已经拖欠了三个礼拜，只好一再跟房东太太解释月底一定筹到钱。房东太太噘着嘴唇，一脸不悦，但什么都没说。到了月底，她问菲利普方不方便先付一部分钱。而菲利普一分钱都拿不出来，手足无措地站在她面前，尴尬得想找个地缝钻进去。他跟房东保证要再给伯伯写信求助，下个礼拜六一定能把房租交上。

"哦，但愿能交上吧，凯利先生。因为我也是要交房租的呀，可不能把这账一直拖下去。"她的语气里听不出怒火，倒像有种说一不二的坚定。她顿了顿，接着说："下周六要是再交不上，我只能去找医院主任说说这事儿了。"

"好的，没问题。"

她抬起眼皮看看菲利普，又四处打量了一下这间空荡荡的小破屋，故意装作若无其事地说：

"哦，我在楼下炖了个肘子，热腾腾的，你要想下到厨房来，我们可以一起吃点。"

菲利普觉得自己的脸红到了脖子根，甚至再往下，一直红到脚趾头。他的嗓子里传来一声哽咽：

"太谢谢您啦，希金斯太太，可我一点也不饿。"

"好吧，先生。"

她说完就转身走了。菲利普倒头扑在床上，紧紧握着拳头，咬牙不让自己放声大哭出来。

第一百章

礼拜六到了。这是菲利普之前说好付房租的日子。整个礼拜，他都苦苦盼着能有好事发生，可直到最后也没能找到工作。他还从没有像现在这样走投无路过，只觉得当下脑子发慌，一筹莫展。他隐隐觉得这一切都是上天跟他开的荒谬玩笑。他手上只剩几枚铜币，除了身上这件衣服外，其余的几乎都卖光了。仅有的几本书和些零碎物什加起来差不多能换一两个先令，可他现在进进出出都要受房东太太的监视，恐怕再从房间里拿东西出去卖的话，她就要出面制止了。唯一能做的就是老实告诉她自己付不起房租了，但他实在没有这份勇气。转眼到了六月中旬，夜晚的天气晴朗而温暖，他决定到外面待着去。他沿切尔西堤坝缓缓走着，河水静静的、平平的，走了一会儿就感到一阵困意袭来，便坐在河岸上打了个盹。他不知道自己睡了多久，在梦里，有个警察把他晃醒，让他赶快滚，可他睁开眼却发现身边一个人都没有。他站起来继续走，不知不觉竟到了奇西克[1]，在路边的长凳上又睡了一觉。没多久，他硌得浑身难受，惊醒过来。这一晚似乎格外漫长，他在深夜中瑟瑟发抖，悲伤像只无形的大手牢牢抓住他，不知该何去何从。露宿在大坝上似乎是件特别丢人的事——何止丢人，简直是奇耻大辱。他觉得自己的脸在暗夜中烧得发烫。想起自己曾经听说过好些露宿街头的人的故事，这些人里有军官、牧师，还有上过大学的人。他不知道自己会否变成其中的一个，排在长长的队伍里等着从施粥处领口吃的。这样比来，倒是自杀反而更好一些。他不能这样活着。劳森要是知道他过得这么惨，一定会接济他。似乎碍于面子而不

---

1. 奇西克：地名，伦敦西部的一个区。

向朋友请求帮助是种极其可笑的做法。他想不通为何自己会跌这么个大跟头。一直以来，他所做的都是自认为最正确的事，可最终却适得其反，没有一件行得通。过去有能力的时候他向不少人伸出了援手，他觉得相比其他人，自己并不算太自私，结果却落得这番下场，实在是上天不公。

光想这些有什么用呢？他起身继续往前走。天已经发亮，泰晤士河在微薄的晨光中安静美丽，天色微微泛白，透着某种神秘气息。天空朗而无云，看来会是晴天。他觉得非常疲累，肚肠空荡荡的，饿得咕咕直响，可又不敢在一个地儿坐太久，要时时提防警察过来问话，他唯恐受到这种侮辱。他觉得身上很脏，想洗个澡，兜兜转转就到了汉普顿宫。要是再不吃点东西怕是要饿得涕泪横流，于是便选了一家便宜的小饭馆，走进去。店里升腾起食物的热气，让他有点恶心。他本想吃些有营养的，这样就能撑过一整天，但一看到眼前的食物，胃里竟阵阵作呕。他要了茶和面包黄油，忽然想起今天是礼拜天，可以去阿西尔尼家做客，能吃到那香喷喷的烤牛肉和约克郡布丁。但他现在身心俱疲，无脸面对阿西尔尼幸福、热闹的一家人。他心里郁闷，有苦难言，只想一个人静静，最后决计去汉普顿宫前面的花园找个地方躺会儿。他浑身的骨头又酸又疼，兴许能找到个消防栓弄点水洗把脸，再喝个饱。他口干舌燥，但已经不觉得饿了。想起公园里茂盛的鲜花草坪、郁郁葱葱的参天大树，就不由觉得放松了些。到了那儿一定能更好地想想自己的出路吧。他挑了片凉荫，躺在草坪上，点燃了烟斗。现在为了省钱，一天只能抽两斗烟，就这样忍了好久。不过谢天谢地，烟草袋还是满的。没钱的日子要怎么过啊！他的眼皮开始打架，渐渐沉睡过去。等再睁眼日头已经升到当空，必须马上动身往伦敦市区赶了，这样才能在明天一早赶去那些有望雇用他的地方问问看。他想起伯伯说的等他死后会留下一小笔遗产，现在还不知道能有多少钱，但最多也就几百镑。不知道能不能提前把这些钱取出来，但没有那个老东西的允许，估计这事是办不成的。想要他松口，比登天还难。

"我只能等着他早点咽气了。"

菲利普算了算他的年纪。这位布莱克斯塔布尔的老牧师已经年过古稀，还得了慢性支气管炎。不过好多得了这种病的老头子都能活一大把年纪。而且，这段时间肯定还会有别的转机发生，菲利普总觉得自己现在的境地很不寻常，和他一样处境的人至少不会饿死。他不肯相信眼下正在经历的是现实，也正因此才没有完全陷入绝望。他下定决心，要找劳森借半英镑。在公园待了一天，饿得实在受不了就抽几口烟，想等到要动身回伦敦了再吃饭，这样的话走着回去才能有力气。天气渐渐凉下来，他出发了，路上走累了就在长凳上小睡一会儿。没人吵醒他。他在维多利亚车站洗脸梳头还刮了刮胡子，买了点面包黄油和一杯茶，一边吃一边读着晨报上的广告栏。他的眼睛往下扫着，目光忽然落到一则招聘启事上。这是一家著名百货公司的装饰织品部招聘售货员。他的心莫名一坠，以中产阶级固有的偏见来看，去百货公司工作是莫大的耻辱。但他耸耸肩膀，这又有什么了不起的呢？干脆做下决定，大胆去试一把。他有种奇怪的感觉，似乎在一次次地接受屈辱，甚至大胆地直面屈辱的过程中，他正逼迫着命运之神向自己低头。上午九点，他红着脸跑到了百货公司，看见前面已经排了长长一队人，有四十多岁的中年男人也有十来岁的小男孩，有些人在压低声音交头接耳，大多数则一声不吭。他站到队伍最后，身旁几个人充满敌意地看了他一眼，其中一个说道：

"我只想赶快被拒绝，这样就有时间去其他地方看看了。"

菲利普旁边的男人瞥了瞥他，问：

"有工作经验吗？"

"没有。"菲利普说。

那个男人想了想，说道："没有预约的话，等过了午饭时间，即使是小公司也不会再面试你了。"

菲利普看着商场的店员。他们正忙着把印花的窗帘布、沙发巾挂起来，旁边的人给菲利普说，还有一些在准备乡下寄来的布匹订单。等到九点一刻，店里的主管到了。菲利普听一个等着面试的人跟另一个说这就是吉布森先生。他是个中年人，身材矮胖，留着黑胡子和深色的、油腻腻的头发；长了张精明脸孔，一举一动干脆利索，绝不拖泥带水；戴了顶丝绸帽子，穿双排扣的大衣，衣领上配了一朵绿叶环绕的白色天竺葵。他快步走进办公室，把门敞开着。能看到屋子非常狭小，只有角落里的一张翻盖写字桌、一架书橱和一个柜子。等在屋外的人呆滞地看着吉布森先生把衣领上的天竺葵取下来，插在盛满清水的墨水瓶里。上班时间衣服上是不允许戴花的。

在商场工作的人想和主管套近乎，都纷纷来恭维这朵花。

"我还没见过这么美的花呢，"他们说道，"不会是您自己种的吧？"

"是我种的。"主管微微一笑，精明的小眼里闪过一道骄傲的光。

他摘下帽子，换了外套，看了看桌上的信件，又看了看等着面试的人，竖起一根手指微微示意，队伍里排第一的男人就走进了屋。他们一个接一个地进去面试，回答他提出的各种问题。整个过程进行得很快，他的眼睛盯在面试者的脸上。

"年龄？工作经验？上一份工作为何离职？"

他面无表情地听着千奇百怪的回答。轮到菲利普进屋了，他觉得吉布森先生似乎在好奇地看着自己。菲利普的衣着很整洁，剪裁也妥帖合身，看起来和其他面试者有些不同。

"工作经验？"

"抱歉，我没有工作经验。"菲利普说。

"差劲儿。"

菲利普走出办公室。这场折磨来得并没有他设想的那么痛苦，心里的失望也轻了几分。他不能奢望第一次面试就找到工作，所以还留着那张报纸，又翻到招工启事那栏研究起来。霍尔本街上有家商店也要招售货员，他接着跑去那里面试，等到了才发现人家已经聘到人了。今天要想混到口吃的，就必须赶在劳森去吃午饭前跑去画室找他。菲利普沿着布朗普顿路往自由民大街走。

"喂，我到月底手头就一分钱都没了，"一逮住机会，菲利普就急匆匆地说，"你先借我半镑呗！"

他发现开口提钱竟然那么困难。原先医院那些人找他借钱的时候，态度都非常自然。尽管数目不大，只有三五个子儿，但他们一点也没表现出要还的意思。

"这就给你，拿好！"劳森痛快地一口答应。

他把手往兜里一揣，才发现身上只有八先令。菲利普一下泄了气。

"好吧，给我五先令行吗？"

"给你。"

菲利普去威斯敏斯特的公共澡堂，花六便士洗了个澡，然后买了些吃的。他不知道下午要做什么。不能回医院，生怕别人会来问东问西，再说他现在和医院也再没什么干系了。他之前待过的几个科室里可能有人会纳闷，但这些人一定能各自揣测出答案，并对此深信不疑。至于他们的答案到底是什么，菲利普已经满不在乎了，反正他不是第一个没事先报备就退学的人。他去公共图书馆看了会儿报纸，一直看到昏昏欲睡。拿起一本史蒂文森的《新一千零一夜》[1]，可怎么也读不下去。书里的字干巴巴的，似乎没有任何深意。他不禁又想起自己绝望无助的处境，脑子里翻来覆去只有那么几件事，而其中的一多半又害得他头疼不已。最后，他想呼吸点新鲜空气，便起身走去格林公园，躺在那里的草地上。他想到自己的残疾，苦涩难言。如果不是因为这个，他早就去战场上为国效力了。渐渐地，他迷迷糊糊地睡了过去，梦中自己的脚变得完好无缺，跟着义勇骑兵队进军开普敦。从报纸图片上看到的战场实景给他的想象提供了丰富素材，他穿着一身卡其军装，在夜晚的南非的大草原上与战友围着篝火，席地而坐。睁开眼睛，天还没有黑透，耳畔飘来大本钟敲响的七点的钟声。他依然没有什么事情可做，只得这样无聊地打发掉接下来的十二个钟头。夜晚冗长无尽，让他毛骨悚然。天上阴云沉沉，恐怕有一场大雨要降临。一旦下雨，就不得不去旅馆找个床位住下。他曾在朗伯斯区户外的灯柱上见到过小旅馆的广告：绝佳床位。只要六便士。他从没进过

---

1. 史蒂文森的《新一千零一夜》：史蒂文森是英国小说家，代表作有《金银岛》《化身博士》等。《新一千零一夜》是史蒂文森的短篇小说集，初版于一八八二年，集结了他在《伦敦杂志》的作品。

533

这种旅馆,那刺鼻的臭气、恼人的蚊虫让他打怵。他打定主意,只要天气允许,宁可待在外面也不住旅馆。他一直待到公园关门,然后又漫无目的地在马路上逛荡。他累得浑身都要散架了,巴不得发生点什么事故,就能被送到医院躺着了。那里的床铺起码干干净净,一躺几个礼拜也是好的。午夜时分,他饿得再也走不动了,便跑到海德公园角上的一家咖啡馆,吃了几块烤土豆,喝了杯咖啡。有了点力气后又站起来继续走。他心里焦灼不安,难以入睡,也怕睡在大街上会被警察带走。他发现自己现在看待巡警的角度和以前全然不同了。这是他露宿街头的第三个晚上。他不时坐在皮卡迪利大街旁的长凳休息一会儿,快到天亮的时候慢慢往河堤走去。每过一刻钟,都能听到大本钟敲响一下,默默计算还有多久才能等到这座城市黎明破晓。终于熬到早上,花几个铜币把自己梳洗干净,又买了份报纸浏览广告栏的信息,继续奔波求职。

一连好几天,情况没有任何改观。他吃得极少,身上开始一点点没了力气,就像要生一场大病。工作本来就极难找,对一个没有力气四处问询的人来说,更是难上加难。他已经习惯了在商店门口等上半天只为谋个店员的工作,也习惯了被三言两语草草打发走。按着招工启事上的地址,他走遍了伦敦的各个角落,练就了一项特殊的本事:一眼就能看出身旁等待面试的人会不会也像他似的白跑一趟。有一两个人想和他交朋友,但他身体疲倦,内心沮丧,实在不愿接受这样的好意。他还欠着劳森五先令,所以没法再去找他。他饿得头晕眼花,脑子里乱成一锅粥,也顾不上将来会发生什么了。这些日子里,他哭了好几场。一开始他还因此生自己的气,觉得特别丢脸,但哭过之后似乎很多情绪都得以释放,而且竟然不觉得肚中饥饿难耐了。天刚刚放亮那阵是一日中最冷的时候,他在寒冷的街头冻得浑身发抖。一天晚上,他偷偷摸摸回家换内衣。到家的时候大概是半夜三点钟,那时所有人都睡下了。五点钟时,他又悄悄溜了出来。他在自己的床上躺了一会儿,那柔软的被褥像磁石一样紧紧吸住他。身上的每根骨头都酸痛不堪,他沉浸在这张简陋的单人床所带来的舒适幸福之中,滋味之美妙,甚至让人不忍心睡着。饿的时间一久反倒习惯了肚里空空的感觉,此刻只是觉得周身上下没有力气。也想过干脆一了百了，但他竭力不让这个念头在头脑中逗留，怕万一哪天脑子一热禁不住诱惑，可能就真的做了傻事。他不断告诉自己，自杀是最愚蠢的行为。不管遇上什么事，很快就都会有所转机。他依然觉得自己现在的处境荒谬得让人难以严肃对待。就像得了一场病，虽然疼痛难忍，但他知道一定会有痊愈的那天。每个绝望而难熬的夜晚他都暗自发誓再也不能这样苟活下去了，明天一早就要跟伯伯或者尼克松先生、劳森写信求助。但真等天亮了，他又狠不下心来承认自己就是个彻头彻尾的失败者。不知道劳森会怎么看待这件事。在他们两个人里，劳森扮演的是那个糊里糊涂、不长脑子的角色，而他则一直为自己通晓事理的智慧而自豪。如果要向劳森请求帮助，就不得不原原本本地坦白自己干的所有蠢事。他心里很不自在，虽然劳森这次一定会伸出援手，但恐怕从此以后就会离自己远远的了。伯伯和律师当然能为他做些事情，但他又害怕受到责骂。他不想让任何人对自己加以斥责。他咬紧牙关，在心里一遍一遍地说着：但凡发生了的事情，都是无法避免的。后悔才是荒唐的行为。

这日子像是看不到头，从劳森那借的五先令支撑不了多久了。菲利普盼着礼拜天快点到来，这样就能去阿西尔尼家吃顿饱饭了。他明明可以提前几天过去，可不知道是什么力量在暗中阻拦着他，也许是因为他只想独自一人熬过这痛苦的日子吧。曾经一度走投无路的阿西尔尼似乎是唯一能帮他做点什么的人了。也许吃过饭后，他能鼓起勇气告诉阿西尔尼自己所面临的难处。他一遍遍排练着到时要讲的话，感到惴惴不安，担心阿西尔尼会摆出副怠慢的态度来。这个时候，不过几句风凉话就能彻底摧垮他。他尽可能地把这项"挑战"往后延期。他对自己的朋友失掉了所有信心。

周六晚上天气阴冷，菲利普受了不少罪。他拖着脚步往阿西尔尼家走，打从中午开始，他就一直没有吃东西。等到了周日上午，他花掉了身上的最后两便士，在查林十字街梳洗拾掇了一通。

第一百零一章

菲利普摁响门铃，一个小脑瓜从窗户伸出来看了看，很快，随着楼梯传来的一阵噼里啪啦的噪音，孩子们一拥而下给他开了门。他弯下腰去，让他们亲亲那张惨白、焦虑、瘦削的脸。孩子们的热情欢迎让他大为感动，为了平静内心激动的情绪，找借口在楼梯上磨蹭了片刻。现在的他心情特别容易大起大落，随便什么事都能让他大哭一通。孩子们问他上个礼拜天怎么没来，他只好说自己生病了。他们想知道他生的什么病，为了逗他们，他故作神秘，说了一个听起来怪里怪气的病名，分两部分组成，一半是希腊语，一半是拉丁语（好多疾病术语都是这样的）。孩子们笑成一团，拉着菲利普进了客厅，让他再给爸爸说一遍。阿西尔尼站起来和他握了握手。他似乎在瞪着菲利普，但那双向外凸着的眼睛又大又圆，不管什么时候都像在怒目而视。菲利普莫名觉得有点尴尬。

"我们上个礼拜天可想你啦。"阿西尔尼说。

菲利普每次一撒谎都浑身不自在，他的脸烧得通红，支支吾吾地编了个借口出来。过了一会儿，阿西尔尼夫人走进客厅和他打招呼。

"希望您身体好点了，凯利先生。"她说。

他想不通阿西尔尼夫人怎么知道他抱恙在身，孩子们出来迎他的时候，厨房门是紧闭着的，而且他们一直和他粘在一起，谁也没有进去通风报信。

"午饭得等十几分钟，"她慢条斯理地说，"要不要先来杯牛奶冲鸡蛋？"

她写满关切的脸让菲利普感到很别扭，只好硬生生地干笑几下，推说自己一点也不饿。萨莉走进屋摆好餐具，菲利普和她打趣起来。他们一家常开玩笑说萨莉将来会变得像阿西尔尼夫人的姑姑一样胖。孩子们从来没见过这位传说中的伊丽莎白姑婆，只把她当成个肥头大耳的胖女人。

"喂，两个礼拜不见，你这是怎么了，萨莉？"菲利普说。

"不知道。"

"你可长了不少肉。"

"我敢说你可一点都没胖,"她反驳道,"瘦得只剩个骨头架子了。"

菲利普的脸一下红透了。

"我看你也是一样,萨莉,"阿西尔尼大喊道,"得罚你一根金发,简,给我拿把剪刀过来!"

"他就是很瘦嘛,爸爸,"萨莉抗议说,"瘦得皮包骨头了。"

"这不是关键所在,孩子。他多瘦是他自己说了算,可你要是长得太胖,就不合规矩了。"

阿西尔尼一边说着,一边搂过闺女的腰,宠溺地看着她。

"我得继续铺桌子了,爸爸。只要活得自在,总会有人不介意我是胖是瘦。"

"这个野丫头!"阿西尔尼笑骂一句,夸张地摆了摆手,"霍尔本街上有个珠宝商叫利瓦伊,他的儿子跟萨莉求婚,闹得风风雨雨。她正拿这事儿揶揄我呢。"

"你答应他了吗,萨莉?"菲利普问道。

"你到现在还不了解我爸爸呀?他嘴里没一句实话。"

"好吧,我对天发誓,要是他没跟你求婚的话,我就把那小子揪过来,问问他到底是什么意思!"

"快坐下吧,爸爸,饭已经准备好了。你们这些小孩,快点准备准备,把手洗干净!别想糊弄,我要一个个检查,洗得不干净就没有饭吃哦。"

菲利普本以为饭一上桌,自己必会像头饿狼似的大嚼大咽,可真等吃起来,才发现自己早已没了胃口,什么都咽不下去。他的脑子很累,甚至没注意到身旁的阿西尔尼一反常态,在饭桌上出奇地安静。坐在舒舒服服的屋子里,菲利普整个人都放松下来,却总忍不住要往窗外瞅瞅。只见外面风狂雨骤,冷意森森。好天气到了头。阵阵冷风袭来,忽而挟着雨水劈头盖脸地砸在窗子上。他不知道晚上能去哪儿住。阿西尔尼一家睡觉很早,他最晚待到十点就要离开。一想要走进那漆黑的夜晚,他的心就深深沉了下去。一人在外漂泊似乎还可以忍受,反倒是和朋友相聚的温暖让他觉得酸楚不堪。他不断麻痹自己：除了他以外，还有不少人都得在外面过夜呢。他企图通过大侃特侃的方式让自己分散精力，但有时话说到一半，忽然就被一阵砸到窗上的雨点吓得大惊失色。

"像三月天似的，"阿西尔尼说，"这种天气可不适合航海啊。"

他们吃完饭，萨莉进来收拾桌子。

"要不要来根便宜雪茄？"阿西尔尼递过一支烟来。

菲利普接过来，狠狠吸了一口，觉得美极了。这支烟让他心里平静了许多。等萨莉收拾好饭桌，阿西尔尼嘱咐她别在客厅待着，出去把门关好。

"现在没人打扰我们啦，"他转头对菲利普说，"我告诉贝蒂除非我叫他们，不然别让孩子们进来捣乱。"

菲利普脸色一变，惊讶地看着他，还没闹清楚这话是什么意思呢，阿西尔尼就跟往常一样把酒杯举到嘴边儿，继续往下说道：

"我上周末给你写信，想问问是不是出了什么事。你一直没回信，所以我礼拜三去找了你一趟。"

菲利普把头扭到一边，心跳得特别快，说不出话来。阿西尔尼也沉默了。忽然之间，客厅一片寂静。菲利普觉得如坐针毡，却实在不知该说些什么。

"房东太太告诉我，你从周六晚上就再也没回去过。她说你还欠着她上个月的房租没给。这一周你去哪儿睡的觉呢？"

菲利普的眼睛定定看着窗户，心里翻江倒海，吐出了几个字：

"哪儿也没去。"

"我到处找你。"

"找我干吗？"

"虽然我和贝蒂的日子过得也不富裕，还有孩子要养活，但你为什么不来投靠我们？"

"我做不到。"

菲利普害怕自己一时忍不住，大哭起来。他觉得非常虚弱，缓缓闭上眼睛，皱紧眉头，试图平静自己。他甚至忽然对阿西尔尼升起一股怒火，就因为他穷追不舍地问,不肯让他一个人静静待着。他的内心已经崩溃,紧闭着眼睛,尽量用平稳的声音把过去几个星期里发生的故事缓缓道来。这些事让他难以启齿,他一边回忆着,一边觉得自己愚不可及。阿西尔尼一定会把他当成彻头彻尾的傻子。

"你搬来和我们一起住。一直到找到工作为止。"阿西尔尼静静地听完整个故事,然后开口说道。

菲利普忽地脸红了,他也不知道这是为什么。

"哦,你太善良了。但我觉得自己不能这么做。"

"为什么不能?"

菲利普没有作答。他害怕给别人添麻烦,所以下意识地一口回绝。每次接受他人的好意时,他都显得格外害羞。再说,阿西尔尼家里的情况也不算乐观,只是能勉强糊口罢了。他们这一大家子都等着吃饭,哪有闲钱再招待个陌生人,况且地方也不够住。

"你一定要来,"阿西尔尼说,"索普和他哥哥挤一张床,你就睡他床上吧。别担心,多你一张嘴吃饭,对我们没什么影响。"

菲利普不敢再吱声了。阿西尔尼走到门边叫妻子进来。

"贝蒂!"等她进了屋,他继续说道,"凯利先生要来和我们一起住。"

"太好啦,"她说,"我这就去收拾床铺!"

她的语气亲热友好,似乎这一切都是理所当然。菲利普感动坏了,他从没想过有人会对自己这样好。此刻,他惊讶万分,很受触动,再也把持不住,任由两行热泪从脸上滚滚而下。阿西尔尼又给妻子嘱咐了些事,装着对菲利普的软弱视而不见。待阿西尔尼夫人一走,菲利普靠在椅背上,望向窗外,笑了起来。

"这样的天儿,待在外面的滋味可不好受,是不是?"

第一百零二章

阿西尔尼告诉菲利普,在他所供职的亚麻布公司找份差事不是什么难事。

好些售货员都提枪上了战场，林恩·赛德里公司怀着一颗爱国之心，决定为英雄们保留职位，等待他们凯旋。公司把空出来的职位分摊给没有离开的员工，这样做不用涨工资，省下钱不说，还能等战争一结束立马就显示出自己热衷公益的一面。战火还未平息，经济已经有所起色。假期将至，店里很多员工要放两周假，这时候急需聘用新店员。菲利普之前屡屡受挫，怀疑这次能不能应聘上。阿西尔尼装得像是公司里某个举足轻重的人物，坚持说只要他出面相求，经理是不会拒绝的。菲利普在巴黎进修过艺术，一定是个有用的人才。只要耐心等一等，早晚会找到一份薪水丰厚的工作，可能是设计服装或者画招贴画等等。菲利普为夏季促销设计了一幅招贴画，阿西尔尼带到公司给经理看了。两天后，他把画拿回来，说经理非常欣赏，可实在太可惜，目前没有空缺。菲利普问他，是不是没有别的岗位了。

"恐怕是这样的。"

"你确定吗？"

"呃，公司明天倒是要登广告招聘个店面巡视员。"阿西尔尼从眼镜上方看看菲利普，满眼怀疑。

"你觉得我没机会？"

阿西尔尼被这话问蒙了。一开始，是他让菲利普觉得自己能给他找到更上档次的工作，可从另一方面来说，家里就快揭不开锅了，不能一直供着他白吃白住。

"不然你先干着，再等等看还有什么更好的机会。先进公司再说，到时候换份好工作就简单多啦。"

"我可不是个自视甚高的人，这你是知道的。"菲利普笑了。

"如果你决定好了，明早九点一刻可要准时到公司。"

即使正处战乱，工作却依旧不好找。菲利普到店的时候，前面已经有不少等待面试的人了。他认出几个之前见过的难兄难弟，其中一个还是某天下午在公园见到的，当时那人正在草坪上躺着呢。菲利普觉得他一定跟自己一样，都是无家可归、露宿街头的流浪汉。来面试的人形形色色，千奇百怪：有年轻的也有老头子，有大高个儿也有小矮子。每个人都试图在经理面前表现得机灵一点，头发是精心梳理过的，手也洗得干干净净。他们在过道里排队等候。片刻之后，菲利普才知道这条过道是通往商店大厅和办公室的。每走几码就要上五六个台阶。商店里有电灯，可这里只有笼着钢丝尘罩的汽灯在呲呲燃烧。菲利普准时赶来，一直等到十点才正式面试。办公室是间三角形的小屋，像是从一角切下来的奶酪块。墙上贴着穿紧身胸衣女人的照片，还有两幅广告宣传画，一幅画着穿绿白宽条睡裤的男人，另一幅是蔚蓝大海上全速行驶的帆船，帆上印着几个大字"织物大促销"。办公室里最大的一面墙背后就是商店橱窗，正赶着有人来装饰布置，面试店员的时候一个助理在屋里走来走去，忙忙碌碌。经理正在读一封信。他看上去气色很好，留着浅黄色的头发和同样颜色的大胡子。他的怀表链子上挂了一大串足球奖章。他坐在一张大桌旁，没有穿外套，手边摆了台电话，前面堆着商场近日要发出的广告单、阿西尔尼的稿件和贴在卡片上的新闻剪报。他看了菲利普一眼，没有说话。他正给打字员读信。打字员是个女孩，坐在角落的小桌子旁。信打好了，他才开始面试菲利普，问了他的姓名、年龄和之前的工作经验。他说话带着伦敦腔，鼻音很浓，非常有磁性，稍微控制不住，嗓门就高了八度。菲利普发现他上牙长得特别大，还向外凸着，好像已经松动了，使劲一拔就能拔出来。

"我想阿西尔尼先生跟您提到过我吧？"菲利普问。

"哦，你就是那个画招贴画的小伙子？"

"是的，先生。"

"画得一点也不好，你知道吗？我们觉得你画得烂透了。"

他把菲利普从头到脚打量一番。似乎发现他和之前的面试者大不相同。

"你该去买件礼服外套，知道吗？我想你应该没有那样的衣服吧？你看上去像是个挺体面的小伙儿。是不是发现搞艺术填不饱肚子了？"

菲利普搞不懂经理到底想不想要他。他以一种非常不友好的方式问了菲利普几个问题。

"你家住哪儿？"

"在我还是个孩子的时候,父母就都不在了。"

"我喜欢给年轻人一个机会。好多之前聘用的小伙子现在都做到部门经理了。他们都可感激我了,我心里有数。他们知道这都是我的功劳。从梯子底儿开始往上一步步爬吧,只有这样才能学习经商门道。只要你坚持干下去,将来一定前途不可限量啊。如果你是这块料,日后准能晋升到我现在这个地位。记住我的话,小伙子。"

"我很想好好使把劲儿,先生。"菲利普说。

他知道自己必须找准机会,尽可能多叫几声"先生"。但这个称呼听起来太不自然了,他怕说得太多反而招人讨厌。经理是个很爱聊天的人,似乎侃侃而谈的时候更能显出他重要的地位。说了不少乱七八糟的废话,直到最后他才给出自己的决定。

"嗯,我觉得你能胜任,"他盛气凌人地宣布,"反正我不介意让你试试。"

"太感谢了,先生!"

"你这就开始工作吧。一周六先令,包食宿,一切齐全。这六先令只是零花钱,你爱怎么花就怎么花。我们会按月付给你。周一就来上班吧,我觉得你应该没什么意见吧?"

"没有,先生。"

"哈灵顿街——你知道在哪吧?——沙夫茨伯里大道,你的宿舍在那儿。十号楼,对,就在那儿。你要乐意的话,礼拜天晚上就搬过去吧,等到周一再寄行李。"经理说完点了点头,"周一见。"

第一百零三章

阿西尔尼借给菲利普一笔钱,让他把房租结了,好把行李都搬出来。菲利普花了五先令,再加上手头一套西装的当票,给自己从当铺换回一件礼服外套,穿着特别合身。他还把其他衣服赎了回来。周一早上,他雇帕特森货运公司把行李都送到哈灵顿街,跟着阿西尔尼去了商店。阿西尔尼把他介绍给服装部主管后就离开了。主管是个活泼开朗、喜欢大惊小怪的矮个儿男人，大概三十多岁，叫桑普森。他和菲利普握了握手，为了显示出自己引以为傲的高超学识，故意问菲利普会不会说法语。没成想，竟得到了肯定的回答，把他吓了一跳。

"那其他语言呢？"

"我还会德语。"

"啊！我偶尔会去巴黎几天。您说法语？[1]去过马克西姆百货公司吗？"

他把菲利普带到服装部的顶层。菲利普的工作就是给顾客指路，领他们到各个营业部去。桑普森如数家珍似的唠叨着，好像这里的营业部还不少呢。忽然，他发现菲利普走路一瘸一拐的。

"你的腿怎么了？"他问。

"我有只跛足，"菲利普说，"但是能走路，不碍事。"

主管似乎有点不相信，盯着他的脚看了一会儿。菲利普猜想他一定是纳闷为什么经理会找个这样的人来干活。菲利普知道面试的时候，经理并没有发现他腿脚不灵便。

"我不指望你第一天来就能不出差错。如果有什么问题的话，可以请教这里的年轻姑娘。"

桑普森先生说完便转身走了。菲利普使劲回忆每个营业部的位置，惴惴不安地看着想问路的顾客。中午一点他休息吃午餐。餐厅在大楼顶层，非常宽敞，长长的、灯火通明。所有窗户都紧闭着，防止大风刮进灰尘来。餐厅里充斥着刺鼻的油烟味，长桌上铺着桌布，放了几个装满水的大玻璃瓶，中间还有盐罐、醋壶。店员成群结队、叽叽喳喳地进来坐到桌子边上。十二点半来吃饭的那批店员才刚刚离开，椅子还热乎着呢。

"没有腌菜啊。"坐在菲利普旁边的男人抱怨了一句。

他年纪轻轻，个子高瘦，苍白的脸上长着鹰钩鼻，脑袋很长，这边凸出

---

1. 原文为法语。

来，那边陷进去，形状特别古怪。额头和脖子上生着粉刺，发了炎，红通通的一大片。他叫哈里斯。菲利普日后才知道，餐厅有时会供应各式各样的腌菜，满满当当地装好几盘，摆在桌子上。员工们都喜欢吃腌菜。桌子上没有放刀叉，过了几分钟，一个穿着白色上衣的大胖子拿了一大把餐具走过来，咣啷啷地扔到桌子中间。每个人都把自己要用的拿过来。这些刀叉刚从脏水里洗过一遍，还油腻腻的带着温度。穿着白色上衣的服务生给每个人分了一盘飘了几片肉的汤。他们动作飞快，像变戏法似的把盘子往桌上一扔，溅出来的肉汁把桌布弄得脏兮兮的。分完肉汤，又端来几盘卷心菜和土豆，菲利普看了一眼，顿时没了胃口。他看见其他人都往菜上倒了好多醋。餐桌上人声喧天，又说又笑，还有几个尖着嗓子嚎了几声；刀叉碰在一起叮叮当当，夹杂着吧唧吧唧的咀嚼声吵得人心生烦躁。回到营业部，菲利普好歹松了口气。他开始熟悉每个营业区的位置，有顾客来问路，也不用像之前那样总是要跑去问营业员了。

"先往右走，再左拐，太太。"

客人不多的时候，有一两个卖货的女孩和他搭过讪，他能感觉到这些女孩在打量着自己。下午五点，轮到他去餐厅喝茶。他好不容易能坐下休息一会儿，心里很是高兴。茶点是抹了厚厚黄油的大片面包，不少店员自己带来果酱放到柜子里存着，罐上贴着他们的名字。

等到六点半下班，菲利普已经累得浑身散架。吃饭时和他坐一块的小伙子哈里斯主动说要和他一起回哈灵顿街，带他看看睡觉的地方。他说其他屋子都已经住满了，自己房间还剩个空床位，希望菲利普可以搬过来一起。位于哈灵顿街的员工宿舍原本是一个靴匠的房子，过去的店铺被改造成卧室，窗玻璃被木板封了三扇，光线特别不好，又没法敞开，只能靠屋后一个小小的天窗通风透气。这里弥漫着一股发霉的味道，菲利普暗自庆幸，好歹自己不用非得在这儿住下。哈里斯带他去一楼客厅看了看，里面有架旧钢琴，泛黄的琴键看着像一排蛀了的烂牙。桌上有个没盖儿的雪茄盒子，装着一套多米诺骨牌。房间里到处都是扔得乱七八糟的《海滨杂志》和《图画报》。剩下几间房都改成了宿舍，菲利普要住的那间在最顶层，里面有六张床，每张床边都摆了旅行箱或者大木箱，壁炉架上还有面镜子。唯一的家具就是衣橱，带有四大两小，六个抽屉。菲利普是新来的，也分了一个抽屉。每个抽屉都配着锁，但钥匙是一样的，所以这锁也没什么用处。哈里斯建议菲利普把贵重物品放到箱子里，然后又带他去盥洗室转了一圈。盥洗室相当宽敞，八个脸盆并排摆着，所有在这儿的员工都来这里洗漱。另一间屋里有两个褪了色的木制澡盆，上面还粘着干了的肥皂泡和一圈圈高低不一的黑渍。

等哈里斯和菲利普回到卧室，正赶上里面有个大高个男人在换衣服。一个十来岁的男孩一边梳头一边大声吹着口哨。过了一两分钟，高个男人一声不吭走出去了。哈里斯朝那男孩眨了眨眼，男孩吹着口哨，也朝他眨眨眼。哈里斯跟菲利普说，那个男人叫普莱尔，当过兵，现在在丝绸部工作。他从不和别人打交道，每天晚上都像刚才那样一个人跑出去找他对象，连声再见都不说。过了一会儿，哈里斯也出门了，菲利普开始收拾行李，屋里只剩那个吹口哨的男孩在好奇地打量着他。男孩名叫贝尔，在日用百货区帮手，不拿薪水。他对菲利普的晚礼服特别感兴趣，把室友的情况向菲利普介绍一番，又问了各种各样、千奇百怪的问题。他性格开朗活泼，聊上两句就要扯着破锣嗓子唱段从杂耍剧院听来的歌。菲利普收拾好东西便上街溜达了，眼前人群来来往往。他不时停在餐馆门口，眼巴巴地看着别人进去吃饭。他饿极了，买了块果脯面包，三口两口吃下去，继续往前走。宿舍管理员每晚十一点一刻准时熄掉汽灯。他给了菲利普一把弹簧钥匙，但菲利普怕被锁在门外，还是趁早赶回去了。他已经清楚宿舍的罚款制度了，十一点后回来罚一先令，再迟一刻就罚半克朗，还要通报警告。晚归三次就会被赶出去了。

等他回去的时候，屋子里除了那个当过兵的大高个儿，剩下的人都在。有两个人已经上了床。他一进门，就听到一声大喊：

"哎唷！克拉伦斯，别闹啦！"

只见贝尔把菲利普的长礼服套在枕头上，得意地看着自己的"杰作"。

"克拉伦斯，你一定要穿着这身晚礼服参加联谊会。"

"小心一不留神，勾搭上林恩公司的美人儿啊！"

关于联谊会，菲利普也有所听闻。举办这场聚会的花费是从他们的工资里扣的，为此，商店的员工一肚子不情愿。虽然一个月只收两先令，而且这里面还包含了医疗费、一个只有几本旧小说的破烂图书馆的使用费，但是除此之外还要另付四先令的洗衣费。菲利普发现每周挣的六先令里总有四分之一到不了他手上。

宿舍里的人几乎都捧着夹了厚厚咸肉的面包大嚼特嚼，这种售货员常吃的晚餐是从隔了几扇门远的小商店买的，每个两便士。当过兵的大个儿回来睡觉了，他一声不吭，三两下脱掉衣服，一头倒在床上。十一点十分，汽灯闪了一下，又过了五分钟就准时熄灭了。除了那个当兵的已经蒙头大睡，剩下的人都穿着睡衣挤在大窗户旁，把吃剩的三明治往楼下经过的女人身上扔，还大声和她们开着玩笑。宿舍对面的六层楼房是个犹太裁缝开的工厂，每天晚上都灯火通明，一直工作到十一点。那里的窗户没安百叶窗。老板的女儿——老板一家人包括他和妻子、两个小儿子和一个二十岁的女儿——负责等工人们下班后过来关上楼里的灯。工厂里有不少裁缝都暗恋她，偶尔会趁晚上跟她表白示爱。菲利普的新舍友最爱看这西洋景。他们观察着哪几个小伙子下了班还磨磨叽叽地不走，打赌看到底哪个能获得姑娘的芳心。快到午夜时分，街头上那家哈灵顿·埃姆斯餐馆开始往外赶人，准备打烊了，宿舍里的人也都上床睡觉了。贝尔的床位最靠门，他从舍友们的床上来回跳，一直跳到自己床上嘴里还在说个不停。最后，屋里终于安静下来，除了那个大个子沉稳有力的鼾声外，再没有一点声音了。菲利普沉沉睡去。

第二天七点，一阵响铃把他吵醒，到了七点四十五，所有人都衣着整齐，穿好袜子，下楼蹬上靴子就走。他们一边手忙脚乱地扎着外套上的衣带，一边往牛津大街跑，好去公司吃顿早饭。如果八点还没到那里，哪怕就晚了一分钟，也什么都吃不上了。而且只要进了公司，就不能再跑出来自己吃东西。有时候，如果他们已经稳稳地要迟到了，就干脆在附近的小商店买几个小圆面包，但是这要另花钱，所以大多数人就一直饿着肚子等吃午饭。菲利普吃了点黄油面包,喝了一杯茶。八点半,一天的工作正式开始了。

"先往右走,再左拐,太太。"

他机械而麻木地回答着顾客的提问。这样千篇一律的工作让人倦怠。几天过后,他的脚疼痛难忍,几乎站不住了。商店里又厚又软的地毯让脚掌火辣辣地疼,晚上甚至疼得脱不了袜子。店员们都对此怨声载道,商场的招待员也说靴袜天天泡在脚汗里,很快就穿烂了。菲利普的舍友都有同样的烦恼,他们晚上睡觉的时候把脚晾在被子外面来缓解疼痛。一开始,菲利普根本走不了路,几乎每天晚上都要坐在哈灵顿员工宿舍的客厅用凉水泡脚。这时,客厅里总能看见那个在日用百货区工作的小伙子贝尔。只见他把自己收藏的邮票一张张理好,用纸带捆起来,手头忙活着,嘴上还不断重复单调的口哨声。

第一百零四章

联谊晚会定在周一晚上,每两周举办一次。菲利普来林恩公司的第二周,正好赶上一次。他想请和他在同一个营业部的姑娘参加。

"迁就着她们点,"一个女人说道,"我就一直迁就她们呢。"

说这话的是霍奇斯夫人。她是个四十五岁的小老太太,头发染得乱七八糟,脸色蜡黄,透过皮肤能看到下面密密麻麻的红色血管。眼珠是淡蓝色的,眼白则有些发黄。她很喜欢菲利普,两人认识还不到一个星期,就已经开始喊他的教名了。

"什么才叫触了霉头,咱俩都心知肚明啊。"她说。

她告诉菲利普,自己其实不叫霍奇斯,只因为她老是提到"我丈夫米斯特霍奇斯"[1],久而久之,大家就都这么叫她了。她的丈夫是个在高等法庭做辩护的律师,但待她很不好,所以她干脆离开丈夫一个人生活。她曾经是个

---

1. 我丈夫米斯特霍奇斯:英语中,发音与"我丈夫霍奇斯先生"类似。

衣食无忧的阔太太,出行都坐着自己家的马车,那滋味儿可别提了,亲爱的哟——她管谁都叫亲爱的。他们过去在家都很晚才吃饭,饭毕,总要拈起一枚大大的银胸针,用后面的别针剔牙。这枚胸针是马鞭和猎鞭交叉的形状,中间还有两个提马刺。

菲利普很不适应现在的新环境,这里的姑娘们都说他"不合群"。有一次,一个姑娘叫他"菲尔",可菲利普没意识到这是在喊他,所以没有答应,气得姑娘头一仰,说菲利普真是个"不识好歹的玩意儿"。后来又遇见这个姑娘,她就故意酸溜溜地叫菲利普"凯利先生"。她管自己叫"朱厄尔小姐",还说自己马上就要嫁给一位医生了。其他女孩都没见过她的未婚夫,只知道他对她很好,买了很多讨人喜欢的小礼物送她。

"千万别把她们的话当真,亲爱的,"霍奇斯夫人说,"我过去也没少受人指指点点。是她们没见识,那群可怜人儿啊。你记住我的话,只要能像我这样坚持下来,她们早晚会喜欢你的。"

联谊会在商场地下室的餐馆举行。桌子都搬到房间一边儿,腾出地方好跳舞。剩下几张小桌打牌用,每局下来,输了的人要轮番换桌。

"头头儿们必须得早到。"霍奇斯夫人说。

她把菲利普介绍给班内特小姐。班内特是女士衬裙部的主管、林恩百货公司出了名的美人儿。可菲利普一进门就碰上了男袜部主管,一直被他缠着聊天。班内特小姐长得人高马大,宽宽的脸盘儿红彤彤的,搽了不少脂粉,身材玲珑有致,肥臀丰乳,亚麻色的头发梳理得很精致。她穿着高领外套,一袭黑衣,黑色的皮手套油亮亮的,打牌的时候也一直戴在手上。虽然这身打扮有点太过隆重,但好在还不算难看。脖子上戴了几条粗粗的金链,手腕上套着好几个镯子,还有画着图案的圆形吊坠,其中一个画的是亚历山德拉王后[1]。她背着一个黑色的丝绸小包,嘴里嚼着糖。

"很高兴见到你,凯利先生,"她说,"这是你第一次来联谊舞会,对吧?

---

1. 亚历山德拉王后:英国国王爱德华七世的妻子。(见第286页注3)

我猜你应该有点害羞，但是完全没必要，我跟你保证，没什么好害羞的。"

她拍了拍菲利普的肩膀，大笑几声，尽可能地想让他放松下来。

"瞧我，真没个正型儿！"她大笑着对菲利普说，"真不知道你会怎么想我呢，我就是控制不住自己呀！"

来参加舞会的人渐渐到齐了。这些人里大多是年轻的店员，小伙子还没找着对象，小姑娘也没找着能一起散步遛弯儿的人。几个穿休闲西装的年轻小伙打了白色的晚礼服领带，衣兜里还别着红色丝绸手帕。他们今晚要上台表演，此刻正手忙脚乱，心神不安。有些人一脸自信，有些则紧张得直冒冷汗，忐忑不安地看着台下的观众。这时，一个头发浓密的女孩走到钢琴边坐下，手指在琴键上胡乱敲了几下，等观众渐渐安静下来，她朝台下看了一圈，报出演奏曲名：

"《俄罗斯之旅》。"

观众爆发出热烈的掌声，她趁大家都在鼓掌，熟练地往手腕上系了几个铃铛，微微一笑，激烈的音符便随之奏响。一曲终了，台下的掌声更响了些。待安静下来，她又返场弹了一首依照大海浪声改编而成的曲子。细微的颤音代表浪花轻拍海面，雷鸣般的和弦配合重重踩下的踏板，让人仿佛听到暴风雨的降临。接下来出场的是位男士，演唱了一曲《向我道别》，之后又返场唱了首《哄我入眠》。该表现出什么程度的热情，观众心里自有分寸。每个人演出完他们都要不停鼓掌，一直到演员返场为止。这样所有演员都能表演两次，谁也用不着嫉妒谁。班内特小姐朝菲利普翩翩走来。

"我敢说你一定会弹琴唱歌，凯利先生。"她调皮地说，"从你脸上就看出来啦。"

"不好意思，我不会。"

"那你会诵诗吗？"

"我没什么能拿来展示的本事。"

男袜部的主管特别擅长诵诗，他部里的员工纷纷起哄，大喊着让他表演一段。他痛痛快快地走上台子，吟诵了一首悲戚万分的长诗。他的眼珠转来转去,手捂住胸口,做出一副痛苦不堪的表情。一直念到诗的最后一句,大家才知道原来诗人之所以这么悲伤,都是因为晚饭只吃了根黄瓜。虽然这首诗已经被表演了无数遍,可大家还是非常配合地在最后爆发出热烈的笑声,久久不停。班内特小姐既不弹琴唱歌,也不表演朗诵。

"她呀,她自己准备了小节目哩。"霍奇斯夫人说道。

"好啦好啦,你别拿我开心了。其实我很会看手相,还能预言未来的事。"

"快给我看看,班内特小姐。"衬裙部的姑娘们都哭着喊着把手伸给她。

"我不喜欢给人看手相,真心不喜欢。我把可能发生的厄运都告诉人家,后来还成了真,这让人想不迷信都不行。"

"哦,班内特小姐,就看一次嘛。"

姑娘们都围了过来,班内特小姐在人堆中间神神秘秘地预言有人会遇见英俊的黑人,有人能收到一个装着钱的信封,还有人会出去旅行。她的语言惹得小姑娘或尴尬地大喊大叫,或害羞地红了脸庞,或悲哀地一声嚎叫,或喜悦地咯咯直笑。过了一会儿,她搽满脂粉的脸上就沁出了豆大的汗珠。

"瞧瞧我累得,"她说,"都出汗了。"

晚饭九点开始。蛋糕、小圆面包、三明治、茶和饮料等都是免费供应。如果想喝矿泉水的话就要另外花钱了。男士为了向姑娘献殷勤,经常会请她们喝姜汁啤酒。不过出于礼节,姑娘一般都会婉言谢绝。班内特小姐很喜欢喝姜汁啤酒,一晚能喝光两瓶,甚至三瓶。但她执意要自己买单,男士们就喜欢她这一点。

"她古里古怪的,"几个小伙说道,"可人倒是不坏。不像有些人那样。"

吃过晚饭,大家开始打牌。输了的人和赢了的人都要换桌子,所有人都有说有笑,噪音快把房顶都掀翻了。班内特小姐觉得越来越热。

"快看,我出了一身的汗!"

又过了一会儿,一个打扮英俊时髦的年轻人提议说,要想跳舞的话最好现在就开始。负责伴奏的女孩坐到钢琴前,把脚放到踏板上,弹了一曲流畅动人的华尔兹舞曲。她用低音打着拍子,右手轮换弹着八度音阶,偶尔还换个法子，两手交叉在低音区弹上一段。

"弹得真好，是不是？"霍奇斯夫人跟菲利普说，"她可一天钢琴课都没上过，全靠耳朵听。"

班内特小姐最爱的就是舞蹈和诗歌。她跳得很好，但舞步极慢，放空的眼神显出她的思绪已经飘到很远很远的地方。她上气不接下气地谈论着房间的地板、晚餐，抱怨这里热得叫人透不过气。她说波特曼酒店铺着全伦敦最好的地板，她最喜欢那里举办的舞会。到场宾客都是经过精挑细选的。她不能随便拉过一个完全不了解的男人当舞伴。为什么呢？因为谁也不知道你会给自己招来什么麻烦呢！那里几乎所有人都很会跳舞，他们在舞池里尽情享受着，汗流浃背，高高竖起的衣领都被汗浸透，软塌塌地倒下来。

菲利普看着眼前尽兴狂欢的人群，一种似曾相识的绝望感劈头盖脸袭来。他觉得好孤独，又害怕表现得太孤傲，所以不敢先行离开，只好和身边的姑娘强颜欢笑，心里却苦涩得紧。班内特小姐问他有没有女朋友。

"没有。"菲利普微笑着回答。

"那太好啦，这里有好多姑娘，选一个吧。有些还是非常正经的好姑娘呢。希望你在公司过了多久就能找到意中人呀。"

她看着菲利普，眼里闪着狡黠的光。

"迁就着她们点，"霍奇斯夫人说，"我是这么跟他说的。"

快十一点了，舞会也散了。菲利普回到宿舍，躺在床上，可怎么也睡不着。他学其他人把酸痛的双脚伸到被子外面，想想这日子该怎么过下去。就在这时，同屋那个退役士兵的鼾声轻轻响起了。

第一百零五章

工资每月一发，由商场秘书交到员工手里。发工资的那天，店员们从茶水间成群结队下楼领钱，他们跑到过道，站在长队的末尾，像画廊门口等着进场的观众。他们一个接一个走进办公室。秘书坐在桌子后面，面前摆了个装钱的木碗。他先问问员工的姓名,飞快在账本上核对一下,再疑惑地打量一番,大声说出应付的金额,把钱从木碗里拿出来,放在手里数数。

"谢谢,"他说,"来,下一个!"

"谢谢。"领到钱的员工回应道。

他们走到第二个秘书跟前,把四先令的洗衣费结了,再支付两先令的舞会费用和其他乱七八糟的花销,最后拿着剩下的钱回营业部等下班。和菲利普同宿舍的人大都欠着晚餐那顿咸肉三明治的钱。卖三明治的是个挺有意思的胖老太太,一张大脸满面红光,头发从额前中分,抹了油膏,梳得服服帖帖,纹丝不乱,像维多利亚女王早期画像里的模样。她总戴顶软帽,扎白色围裙,袖子卷到胳膊肘上方,用脏兮兮、油腻腻的大手切开三明治。她的上衣、围裙、裙子都是油渍斑斑。她说自己是弗莱彻太太,可大家都喊她"妈"。她很喜欢这些打工的小伙子,亲切地称呼他们为"我的孩子",从不计较他们总是拖着三明治的钱,月底才能结清。据说,有谁遇上困难了,她偶尔还会借出几先令帮他们救急。她是个心地善良的女人。有些店员要搬走,或者离开一阵子去度假,走之前都要在她肥肥的大脸上亲一口。不止一个被商场开除又找不着其他工作的小伙子是靠她施舍的两口饭才能勉强活下来。他们知道她心肠大度,也对之报以最真诚的感情。有个故事已经被传为佳话:某个前任店员在布拉德福德[1]发迹,开了五家商铺。十五年后故地重游,前来探望弗莱彻太太,还送了她一只金表。

菲利普结完各种费用后身上还剩下十八先令。这是他这辈子靠自己挣的第一笔钱。然而,他没像预想的那样自豪,相反只有一阵忧伤袭上心头。这仅有的几枚钱币让他窘迫凄凉的生活显得毫无希望。他拿出十五先令想先还给阿西尔尼夫人,可她坚持只要半个金镑(十先令)。

"你知道吗?照这么还钱的话,我得花八个礼拜才能把账还清。"

"只要阿西尔尼还有活干,我们就不急着用钱。谁知道呢,说不定他们

---

1. 布拉德福德:英国西约克郡城市,毗邻利兹。

会给你加薪呀。"

阿西尔尼总说要找经理谈谈，不能白白浪费菲利普的才华。但他却一直迟迟没有动静。菲利普很快就发现这个新闻代理在公司经理眼中的重要性远远没有他自己想的大。有时在商场里见到他，只觉得他平日嚣张的气焰荡然无存，穿着一身整洁、普通、破旧的衣服匆匆而过，好似在刻意逃避着别人的眼光，充其量只能算个普普通通、顺从懦弱的小人儿。

"一想到在公司荒废的时光，我就恨不能递上辞职信。"他回到家里说，"那里没有我该干的活儿。我在那儿谈不上发展，连肚子都填不饱。"

阿西尔尼太太安静地做着针线活，没理睬丈夫的连连抱怨。她抿了抿嘴唇。

"现在找份工作多难！好歹你有个饭碗，只要人家愿意用，就在那儿待着吧。"

毫无疑问，阿西尔尼是不会辞职的。看着这样一个大字不识，甚至在法律上和阿西尔尼一点关系都没有的女人能把个聪明绝顶、不甘安顿的男人管得服服帖帖，倒真叫人觉得有点意思。菲利普坠入谷底后，阿西尔尼太太像慈母一般照顾着他，总想给他做顿好饭吃，这让他心里很感动。他已经习惯了现在的日子，最怕的就是那日复一日的单调。每个礼拜天去那所热情友好的房子里做客已经成了他生活中的慰藉和依靠。坐在宽大的西班牙椅子上和阿西尔尼天南海北地胡侃一通是多么快乐的事。虽然他近来过得很苦，可没有一次离开那所房子时心里不是欣喜若狂的。一开始，菲利普害怕忘了自己在医院学到的知识，每天下班回家后还要继续温习课本。可他很快就发现这只是无用功。一天的辛苦过后，他的精力根本无法集中到课本上。况且在还不知道何时能重回医院的情况下，继续学习也没什么用。他时常做梦，梦到自己又回到病房巡视。醒来的那一刻，一切如旧，最是痛苦。他能感受到屋里还有别人在沉沉睡着，这种感觉让人心烦意乱，无法言喻。他已经孤独惯了，像这样二十四小时老有别人在身边，有时会让他觉得非常可怕。他现在才发现，对抗自己的绝望是最困难的事。未来的日子会怎样，现在已一目了然：他将一遍遍重复着那句"先往右走，再左拐，太太"，永无结束之日。

不过，能有份这样的工作也要谢天谢地了。那些奔赴战场的男人马上就要回来，公司承诺给他们保留职位，到时候一定会裁下一批人。就算要保住这口破饭碗，他还得咬牙努力才行。

时下只剩一件事能让他获得解放，那就是伯伯的死。到那时，菲利普就能继承几百英镑，足够他从医学院毕业。菲利普开始全心全意地盼着伯伯早点死。他计算着还要多久这个老东西才能咽气。他已经七十多岁，虽然不确定到底多大，但至少应该是七十五了。他有严重的慢性支气管炎，每年冬天都咳嗽得厉害。尽管菲利普早把关于支气管炎的知识背熟了，可还是反复翻看课本，研究得了这个病的老年人会出现什么症状。一个严寒的冬天想必就够这老东西受的了。菲利普希望天气更冷一点，多下几场雨。他天天想，日日盼，到头来竟变得有些偏执。天气太热对伯伯的身体也不好。每年八月，布莱克斯塔布尔的天气都闷热难耐。菲利普想象着哪天一封电报打来，说牧师已经忽然离世了，那种轻松痛快的感觉真是无法用语言来形容！他站在商场的楼梯口给顾客指着路，满脑子想的都是得到遗产后要做些什么。他不知道这笔遗产能有多少，也许不过五百英镑，但就算这样也足够了。他要立刻离开这家商场，连辞职信都不交，回去收拾好行李，一言不发，拔腿就走。首先要做的，就是回医院继续学习。之前的知识忘了多少？最多六个月肯定都能补回来。然后就要尽快完成那三次考试，先考产科学，再来内科和外科。忽然，他后背一阵发凉：万一伯伯违背诺言，把所有东西都捐给教区或者教堂怎么办？这个念头让菲利普毛骨悚然。他不会这么铁石心肠的。如果事情真到了这一步，菲利普也自有主意，知道自己下一步该怎么安排。他绝不这样苟且活下去。没有个乐观的前景，活着还有什么意义？一旦希望尽失，恐惧也会随之消逝。到那时，唯一勇敢的做法就是自杀。菲利普左思右想，谨慎思考哪种药吃下去痛苦最少，以及怎么才能把药搞到手。就算最坏的情况发生，他也已经想好了出路。想到这点，心里便宽慰了许多。

"往右拐，太太，然后下楼往左一直走就到。菲利普斯先生，请往前走。"

每个月有一整周的时间由菲利普负责"值勤"。早上七点就要到商场，盯着清洁工打扫卫生。等他们干完活，把柜台和模特身上罩着的防尘布揭下来。晚上等所有店员走了之后，再负责全都蒙起来，还要和清洁工"合伙"清扫地板。这活儿又脏又累，干活的时候还不能抽空看书或者抽烟，只能不停走来走去。时间在他手上沉甸甸坠着，明明闲得发慌，却又累得不行。等晚上九点半工作结束后，他能再吃一顿晚餐，这算是唯一的犒劳了。下午五点那顿茶点使他胃口大开，等不及要享用公司提供的晚餐：面包、干酪和足够喝到饱的热可可。

菲利普入职林恩公司三个月后的一天，主管桑普森先生忽然怒气冲冲地冲进了营业部。原来，经理来的时候觉得服饰橱窗布置得不满意，便叫人找来主管，冷嘲热讽地把橱窗的颜色搭配批评了一番。主管不敢跟上级还嘴，只好选择忍气吞声，又把一肚子火都发到店员身上，把负责布置橱窗的可怜鬼骂得狗血淋头。

"要想做好一件事，必须自己亲自来，"桑普森先生咆哮着，"我过去总是这么说，以后也会一直说。交给你们这群蠢货什么都干不好！你们还觉得自己聪明呢，是不是？真是绝顶聪明！"

他把这个词狠狠掷在店员身上，好像这才是最刻薄的批评。

"你们难道不知道在橱窗里挂上铁蓝色会把其他蓝色都压下去吗？"

他气急败坏地看了一圈，眼光落在菲利普身上。

"你，下周五负责布置橱窗！凯利，让他们看看你能布置成什么样。"

他嘴里骂骂嚷嚷地走回办公室去了。菲利普心里一沉。周五早上他满腹羞辱，忐忑不安地走进橱窗，脸上火辣辣的。他不想让自己暴露在众目睽睽之下，接受来往行人的注目。尽管他告诉自己，向这种感觉屈服是件很愚蠢的事，但还是不由自主地转过身来，背对着窗户。医学院的学生基本不会在这个时候从牛津街路过，除了他们，菲利普在伦敦也不认识几个人了，可他还是觉得心跳到了嗓子眼儿，生怕一转身就碰见个把认识的人。他手底下尽可能麻利起来。一眼看去，橱窗里红色的衣服都摆到了一起。他只是把衣服之间的距离稍稍拉大，就取得了很好的视觉效果。主管到街上看了看，显得非常满意。

"我就知道选你来布置不会出错!其实,你和我都是有档次的人,注意,在营业部里我是不会这么说的,但咱俩才是真正的绅士。这一点不用多说,都能看出来。你说看不出来是假的,事实就是这样呀。"

在这之后,菲利普就负责定期布置橱窗了。可他干活的时候还是不习惯面朝窗户。每周五都成了噩梦,因为这天是更换橱窗装饰的日子。他早上五点就猛然惊醒,心里七上八下,躺在床上难以入睡。营业部的姑娘都注意到他羞耻的模样,很快就猜到为什么他布置橱窗的时候总是背对窗户。她们笑话他,说他"不合群"。

"我猜你是怕你伯母从外面经过看见了,把你从遗嘱上踢出去吧。"

总的来说,他现在和这些姑娘相处得不错。她们觉得他有点怪,和别人不一样,但这八成是因为他的跛脚。时间一长,她们发现菲利普性格随和,人也不坏。他从不吝啬伸出援手,待人接物彬彬有礼,不急不躁。

"能看出来,他是个绅士!"她们这样说。

"就是太闷了,对吧?"一个年轻姑娘补充道。她特别喜欢去剧院看戏,每次谈起来都热情高涨。可菲利普只是板着脸听,一副无动于衷的样子。

她们中的大多数都有个"相好儿",那些说没有的人也不过是不想让别人知道有人在追求她们罢了。有一两个姑娘明显表现出想勾搭菲利普的意思。而菲利普就不动声色地看她们搔首弄姿,全当成在看笑话。他已经好一阵子不愿理会男欢女爱之事,况且眼下他只觉得腰酸背痛,肚中空空。

第一百零六章

菲利普有意避着那些过去快活日子里常去的地方。他们早就不在比克街的酒馆里小聚了。麦卡利斯特辜负了朋友的期望,再也没脸去那儿。海沃德参军去了开普敦。只有劳森还会过去,可菲利普觉得现在的自己和这位画家没有什么共同语言,所以也不想见他。一个周六下午,吃过午餐后,他换了衣服沿着摄政街到圣马丁大道的公共图书馆去,原本想在那儿待一下午,谁知道走到半路忽然撞见了劳森。他第一反应就是悄悄溜走,可劳森没给他这个机会,大声喊住他:

"你这段时间到底去哪儿了?"

"我?"菲利普回答。

"我写信给你,请你来画室热闹热闹,可你压根没回信。"

"我没收到你的信。"

"我知道。我去医院找你,看见我的信还搁在病历架上呢。不学医了?"

菲利普犹豫片刻,羞于向他坦承事实。但他支支吾吾的样子让劳森大发怒火,逼问他到底出了什么事。菲利普羞得面红耳赤。

"嗯,我把全部身家都赔进去了。没钱继续学习了。"

"啊,实在太遗憾了。那你现在做什么呢?"

"商场引导员。"

这五个字在他喉头哽住,怎么也吐不出来。可他决计要直面事实,不再退缩。他看着劳森,竟发现他也有些尴尬,反而轮到菲利普哈哈大笑起来。

"如果你来林恩·赛德里百货,走到成衣部,就能看见我穿着件礼服外套,潇洒地走来走去,给来这儿买衬裙或者长筒袜的太太小姐指路。'先往右走,再左拐,太太'。"

劳森看菲利普开起玩笑来,也咧开嘴嘿嘿笑了两声。他不知道该说些什么。菲利普描述的这幅画面让他不敢想象,也不敢表现出自己的同情。

"这可是……挺不一般的啊。"他说。

这句话似乎特别可笑,话一出口他就开始后悔了。菲利普的脸红得发紫。

"有点吧,"他说,"哦对了,我还欠你五先令呢。"

他从兜里掏出五个银币。

"不,不要紧。我都把这事儿忘了。"

"来,拿着吧。"

劳森默默接过钱。他们站在人行道中间,被经过身边的人不时推搡。菲利普的眼睛讽刺地眨眨，让画家心里很不是滋味。他不知道的是，菲利普已经深陷绝望之中。他迫切想做点什么，可又不知道怎么做。

"喂，要不要去画室聊聊天？"

"不要。"菲利普回答。

"为什么？"

"没什么好聊的。"

菲利普能看出这话伤了劳森。他不想这么做，甚至为自己的冷血感到抱歉。只是在这个节骨眼儿上，他必须为自己考虑。一想到要讨论目前的处境，他心里就接受不了。现在还能勉强撑着，全因为自己牙关咬紧，不去想这些事。倘若敞开心门，怕是伪装出的坚强便会功亏一篑。况且，他难以抑制地厌恶所有带着悲伤回忆的地方。他还记得自己坐在那间画室，强忍屈辱，肚子饿得咕咕叫，盼着劳森能施舍他一顿饭。上次去画室，还朝他借了五先令。他不想见到劳森，因为这让他不由自主地想起那段不得不看人脸色、低三下四的时光。

"那这样吧，哪天你来找我，咱俩一起吃顿饭。你选个日子。"

菲利普被画家的好意感动了，只觉得所有人都莫名地非常照顾自己。

"你真是太好了，老朋友。可还是算了吧。"他伸出手来说，"再见。"

劳森被这没头没脑的举动搞糊涂了，只好同他握手。菲利普一瘸一拐地匆匆离开了。他心里沉甸甸的，习惯性地开始为刚才的做法斥责自己：不知道是哪门子来的骄傲让自己拒绝了朋友送上门的善意。忽然，他听到身后有人追来，是劳森在喊着他的名字。他停下脚步，不由克制地又摆出一副冷漠、僵硬的脸孔。

"干吗？"

"我想你知道海沃德的事了，对吧？"

"我知道他去了开普敦。"

"他死了，你知道吗？刚到那儿不久就死了。"

菲利普一时沉默了，不敢相信自己的耳朵。

"怎么会这样?"

"唉,伤寒。真倒霉,是吧?你可能不知道,我刚听说的时候,简直吓一跳。"

劳森说完,点点头,转身走开了。菲利普心头微微一颤。他还从没像这样失去过同龄的朋友。克朗肖比他大许多,他的死似乎是非常自然的事。海沃德的死讯却让他莫名震惊。他想到早晚有一天自己也会离开人世。和所有人一样,菲利普也清楚人固有一死,可从没感觉死亡离得如此之近,甚至说不准哪天自己就会一命呜呼。尽管他和海沃德的友情早已不似当初,但听闻他的死讯,心里还是伤恸不已。过去两人之间的愉快交谈还历历在目,可今后却再也没有机会能跟他说上一句话了。他还记得第一次见面时的场景,记得在海德堡共度的快乐时光。然而那段日子一去不返了,他的心也随之沉沉下垂。他机械地迈着步子,不知要走到哪儿去。猛然间,他惊怒交集地意识到,自己竟走过秣市街,拐到沙夫茨伯里大道来了。他不想再掉头往回走,况且听到这个消息也无心继续读书了。只想静静地找个地方坐一坐,想一想。他决定去不列颠博物馆。孤独成了他现在唯一的奢侈享受。到林恩百货工作以来,他时常到博物馆去,一个人坐在帕特农神庙[1]的群像雕塑前,放空思想,让这些带着灵性的圣物抚慰他不安的灵魂。可这天下午,神灵好似没有什么教诲要传达给他,过了几分钟,他心浮气躁地从展厅转了转,然后便离开了。博物馆里人山人海,从小地方赶来参观的人腆着一张痴痴呆呆的脸;外国佬在潜心研究游客指南。他们的粗野无知是对这些不朽杰作的侮辱,那躁动不安的心绪惊扰了诸神永恒的沉眠。菲利普去了另一间展厅,那里几乎没有什么人。他的身子疲倦地滑到地上,神经紧紧绷着,没法不去想外面那群聒噪的游人。有时在林恩商场,来来去去的人群同样使他特别烦躁。他恐惧万分地看着他们在眼前缓缓经过:这些人面目丑陋,神态刻薄;琐屑贪婪的欲望扭曲着他们的五官,你能感到他们对任何形态的美都毫无意识。鬼鬼祟祟的

---

1. 帕特农神庙:雅典卫城的主体建筑,为纪念战争胜利而建。

眼神、单薄窄小的下巴，他们确实不是作恶之人，只是斤斤计较、俗不可耐，就连幽默感里都带着肤浅的低级趣味。菲利普有时会看着他们，暗自把这些丑陋的面孔和某种动物匹配起来（他尽量不让自己这么做，因为没过多久，他竟着迷于此，不能自拔）。在这些人的脸上，他看到了绵羊、马、狐狸或山羊。菲利普的心里充满了对人类的厌恶之情。

忽然，他似乎受到这神圣之地的感召，心里沉静了许多。他开始漫不经心地看着展厅里排成一排的墓碑。这是公元前四五世纪雅典石匠的作品，设计、雕刻均朴实无华，却被赋以雅典人独特的精致气息。随着时间流逝，大理石的边角变得柔和圆润，被蚀成蜜色，让人无意间想起伊米托斯山[1]的蜜蜂。有些墓碑刻成坐在沙滩上的裸体人像，有些描绘了死者与至亲好友离别的场景，还有一些则是将死之人紧紧地握着生者的手。每尊墓碑上都有一段悲戚的悼词，也只有这样一段悲戚的悼词，寥寥几字，让人无限唏嘘。这是朋友之间、母子之间的生死离别啊！这痛苦越是压抑克制反而越是心酸。日月变换，斗转星移，转眼已经过去几个世纪。两千年来，那些在坟前垂泪的人已经同他们哀悼的对象一起化为尘土，空余悲伤弥留人世。菲利普的心里涌起一阵哀怜，他喁喁感叹：

"可怜的人啊，可怜的人！"

他又想到那些张着大嘴、举着游客手册的人，还有那些刻薄、庸俗，挤在商场里的顾客。这些有着俗欲杂念的人也不过凡人而已，迟早都会死去。他们也在爱着，也要被迫和所爱之人撒手离别，儿子与母亲、妻子与丈夫；也许正是因为他们的生命丑陋黯淡，所以死亡才更富有悲剧色彩。他们所熟悉的事物中，没有一件可以为这个世界增添美感。有一块墓碑异常美丽，石面上浅浅雕刻着两个并肩携手的年轻男人，细腻的线条、朴素的风格，让人觉得这石碑的雕塑者准是被这种真挚的情感深深打动。它是这世上的无上珍宝，不是为友谊而建，而是为庆祝这世上又多了一件珍贵不凡的宝物。菲利

---

1. 伊米托斯山：位于希腊雅典东南面。

普看着这座丰碑,眼角湿润了。他想起了海沃德。初次见面,他就立刻喜欢上了他,但后来,初见时的光辉形象一点点破灭,两人的友情也越来越淡,最终只剩下习惯和回忆将他们勉强束在一起。这种经历可谓古怪之极:一个连续数月朝夕相处的人,一个同你亲密无间,甚至令你不敢想象生命里没有他的人,竟会在忽然一天与你永别。然而地球没有停止转动,一切依旧,曾经不可或缺的陪伴原来并没有想象的那么重要。日子照常过下去,甚至不曾想念过他。他记得早先在海德堡的那些日子,彼时的海沃德心怀志向,对未来充满美好憧憬,可他的锐气被一点点挫去,最终一事无成,放任自己坦然接受了这失败的命运。现在,他已经死去。他的死亡像他的生活一样毫无意义。窝窝囊囊地病死,算不上什么光彩的死因,他在人生的最后一步再次重重地跌倒,从生到死,一无是处。他白白活了一场,似乎从没在这世上存在过。

菲利普绝望地自问,活着究竟有什么意义?人生在世,所作所为皆是徒劳。就像克朗肖的一生,没有任何价值可言。尸骨未寒之际就已经为世人所遗忘。他的诗集被二手书商廉价出售,似乎除了成全一个咄咄逼人的记者写成一篇评论稿外,他的人生再没有任何价值。菲利普内心呐喊道:

"究竟为什么而活着?"

付出与回报如此不相称。年少时的灿烂希冀只落得破灭殆尽的下场。如果生命是一座天平,那么伤痛、顽疾与不幸已经把一端压得倾斜不平。究竟为什么而活?菲利普想到自己的一生,他希望能成就一番大事,却遭受身体残疾的屡屡打击,便是在他最美好的青春岁月里也鲜见好友,总是形单影只。他的选择似乎永远是最正确的那个,可到头来竟混得最惨。那些优势未必赶得上他的人,功成名就;那些比他优势多得多的人,毫无建树。说到底,这都是命运在作祟吧。好比从天而降的大雨,落在正直的人身上,也落在邪恶的人身上。这世上一切事情都没有道理可言。

想到克朗肖,菲利普就记起他给自己的那块波斯地毯。克朗肖说这里面隐含了关于人生意义的谜底。忽然,这个谜底出现在菲利普眼前,他哑然失笑。它像一个让人苦苦思索的谜题,可一旦找到答案,就会纳闷自己当时为何会百思而不得其解。答案很明显：生命没有意义。苍茫宇宙中，地球只是一颗飞速运转的行星。生命发源于此，产生在一片混沌之中。而这只是这颗星球的一段历史。如同生命在此孕育而生，同样地，在其他条件之下，也会在此毁灭而终。人类，并不比其他生命形式更加重要，也从不是造物主的巅峰杰作，只是在环境变迁下应时而生的自然反应罢了。菲利普想起一个东方国王的故事。国王想知道人这一辈子是怎样度过的，宫中贤士便给他拿来五百卷书，可他国事缠身，只好令贤士将这些书拿回去，概括一番。二十年后，贤士带着五十卷书回来了，但是国王年事已高，读不了这么大部头的书，便差他再回去精简概括。又过了二十年，垂垂老矣、满头白发的贤士带着一本书来找国王，这里面有他苦苦求索的答案。可国王已经长卧病榻，连这一本书都读不完了。贤士用一句话把人的一辈子概括给他听：生而受难，久难而终。生命没有意义。人活着没有目的。一个人是否降生在这世上，是否还活着或已经死去，这些都是无关紧要的事。生命微不足道，死亡更无足轻重。菲利普欢喜若狂，就像小时候刚刚摆脱对上帝的信仰时的感觉一样：似乎人生中最后一重枷锁已经从他身上卸掉，他第一次感受到了彻底的自由。他的卑微成为他的力量，他忽然觉得自己可以和迫害他许久的残酷命运来场勇敢的对峙。如果生命没有意义，这世间也就没有什么残忍可言了。他做过什么、还没有做什么，都已经无所谓了。失败不重要，成功也一文不值。他是这群占据地球表面很小一部分的人里最微小的一个。而他又无所不能，因为他从世间的纷乱混沌中参透了一个秘密：生命毫无意义。数不清的想法一个接一个在菲利普急切的想象中翻滚袭来，他深吸一口长气，喜悦而满足。他乐得想跳起来，想放声歌唱。几个月的时间以来，他从没有像今天这样开心过。

"哦，生命！"他在心里呼喊，"哦，生命，你的悲惨与不幸去了哪里？"

迸发的想象缜密精确地向菲利普展示了"生命没有意义"这一事实，他又忽然想到，这也许就是为什么克朗肖会给他那块波斯地毯吧。织毯子的人在编织花纹时也许仅仅凭借着一种审美的感觉，并不是出于什么"目的"。人生在世也是如此。或者说，如果一个人不得不相信自己的行为是不由自主的，那么他就可以这样看待生活，视生命为编织地毯上的花纹，既无意义，也无用处，只图一乐罢了。人们以生命中的一举一动、所感所想作为灵感，也许能设计出或规律、或精致、或复杂、或美丽的图案。尽管最终这只是一场幻觉，是妄想自己在这天地之间竟能拥有选择的权利；尽管这只是一出障眼戏法，是现实与幻想交织而成的迷梦，但这些都无关紧要了。起码看上去并不重要，或对菲利普而言并不重要。当你的手里握着生命厚重的经纱时（就像一条不知从何而起，也不知流往何处的大河），一旦清楚这世上本无意义可言，就能颇为自足地选择几根纬纱，编成想要的图案。有一种图案最为醒目、完整、美丽，它描绘了一从降生到成人，从婚恋到育子，为了一口果腹的干粮疲于奔命，最终在床榻上与世长辞。除此之外，生命还呈现出一些别的格局，错综复杂而精彩纷呈，只是其中寻不到幸福和成功的踪迹。相反，你能在这些图案里找到令人困扰和忧虑的雅致。有些人的生活，就像海沃德那样，图案还没有织完，就被盲目无情的命运一刀切断，等到那时，即使献上再温暖的安慰都已然无济于事。还有一些人，比如克朗肖，他们的生活轨迹让人难以效仿，要想理解这样的人生本身就是合理的，我们就必须要提前转换思维，重塑标准。菲利普觉得放弃对幸福的追求就是放弃自己最后的一丝幻想。之前，他总以过得是否幸福来衡量生命的价值，可最终却只能发现自己的生活过得一塌糊涂，而现在，他意识到也许衡量生命价值的标准并不在于此。幸福和痛苦都无关紧要。它们就像其他琐碎的细节，一同被设计到生活的图案之中。这一刹那，菲利普似乎凌驾于生活里的种种意外之上，而它们仿佛再不能像之前那样影响到他了。生命中的每首插曲都使复杂的图案更加精密，当日子终了那天，我们会因这幅图案的完成而欣慰不已。这将是艺术品，是最最美丽的杰作，因为只有设计者本人知道它的存在，随着他的死去，图案也将散如云烟。

此刻，菲利普觉得幸福。

第一百零七章

　　营业部主管桑普森先生开始喜欢上菲利普了。桑普森先生天天打扮得英俊时髦，永远是一副精神抖擞的样子，营业部里的姑娘都说要是哪天他娶了一个有钱的顾客，她们一点也不会惊讶。他住在城镇外面，上班的时候经常穿一身隆重的晚礼服，让店员们印象深刻。有时负责早上打扫卫生的清洁工会看见桑普森先生一大早穿着前一天的衣服来到商场，他们总是煞有介事地互相使个眼色，看着他走进办公室，换上长外套。他溜出去抓紧吃点早餐，回来的时候在楼梯上看见菲利普，就一边搓手一边靠上去，说：

　　"昨晚上真带劲儿！昨晚上真带劲儿！老天啊！"

　　他告诉菲利普，自己是这个商场里唯一的绅士，只有他和菲利普才懂得什么是生活。说完这话，他态度来了个一百八十度的大转弯，装模作样地称呼菲利普为"凯利先生"，而不是"老伙计"。他又摆出主管应有的架子，而菲利普只是个区区的商场引导员。

　　林恩·赛德里每周都会收到一份从巴黎寄来的时尚报纸，再根据顾客需求把报纸上服装的式样进行调整改动。他们的顾客都很挑剔，尤其是来自那些以制造业为主的小城镇的女人。她们自视甚高，不愿在当地的店铺做衣服，但是又对伦敦不够熟悉，没法找到像样的裁缝。除了这些人，还有一大群与商店格调很不相符的主顾——杂耍剧院的演员。正是桑普森先生和这些人搭上伙的，他自己还很沾沾自喜呢。他们早就开始在林恩商场订制演出服，桑普森还极力推销，让他们其他衣服也都从这儿买。

　　"和帕奎因商场的一样好，价格才只有那儿的一半哦！"

　　他凭着自己的三寸不烂之舌和热情友好的态度，把吃他这一套的顾客哄得心花怒放。他们之间互相说道：

　　"既然从林恩公司买的外套和巴黎的没啥区别，干吗还要花冤枉钱？"

　　桑普森先生认识几个很有人气的社会名流，他们都穿他做的衣服，这让他特别骄傲。礼拜天下午两点，他去维多利亚·弗戈小姐位于图尔斯山的豪宅里用餐，第二天来到公司把筵席的细节从头到尾细数一遍："她穿着咱们给她做的那件灰蓝外套，我敢说她肯定没告诉别人这衣服是从咱们店买的。要不是这件衣服是我亲手设计的，我肯定也觉得是从帕奎因买来的呢！"菲利普过去对女士服装从来不感兴趣，可在这儿时间一长，也开始关注起来。他觉得自己有点可笑，竟然试图从技术层面上打量这些衣服。他训练有素的眼睛对色彩的鉴赏水平极高，比营业部里其他人都更加敏锐。在巴黎学习艺术的那段日子也让他对线条设计略懂一二。桑普森先生对这些一无所知。他很清楚自己能力不够，但能投机取巧地借用别人的建议，所以他在设计衣服的时候总是来征求店员的看法。他很快就发现菲利普的意见大有可取之处。可他心里嫉妒，从来不愿承认自己采纳了外人的建议。每次他按菲利普说的把设计稿调整一番后，总要梗着脖子说：

"嗯，最后还是按我的想法来的嘛！"

菲利普来这工作五个月后的一天，著名的正剧演员爱丽丝·安东尼娅小姐来到店里找桑普森先生。她个子高大、虎背熊腰，卷曲的头发下是一张描眉画眼、厚脂浓粉的大脸，说起话来嗓音粗哑。她和那些来自地方剧院的小伙子打成一片，说话办事也自然带有一股轻浮活泼的态度。她最近要发表一支新歌，特地来找桑普森先生为她设计演出服。

"我想要显眼一点的。"她吩咐说，"不要那些老式样。我要做一件和其他人截然不同的衣服。"

桑普森先生点头哈腰地答应着，发誓一定会让她满意。他把设计草图拿给爱丽丝小姐看。

"我知道这里的衣服您不喜欢，但看看这个吧，我觉得这样式适合您。"

"不不不，一点也不适合。"她不耐烦地瞥了一眼，说道，"我想要一件能震惊四座的衣服，让他们见了下巴都合不拢！"

"好的，我明白了，安东尼娅小姐。"主管嘿嘿笑着，满口答应，可他的眼里明明写满了茫然和困惑。

"唉，搞不好最后还得去巴黎订做呀。"

"不，一定包您满意，安东尼娅小姐。巴黎有的，我们这儿全都有。"

等爱丽丝·安东尼娅从商场款款离去，桑普森先生急慌慌地找霍奇斯夫人商讨起这件事来。

"她真是个难伺候的主儿，实打实的。"霍奇斯夫人说道。

"爱丽丝，你有啥了不起。"主管狠狠地骂了句，好像这样就扳回了一筹。

说到杂耍剧院的演出服，桑普森先生想到的无非是绣着一圈圈花边、钉着亮片的短裙。可爱丽丝·安东尼娅想要什么，她心里有数得很。

"哎哟喂，我的妈呀！"

她看见寻常而不出彩的设计时，总要尖着嗓子大叫一句，虽然她从没说过对衣服上的亮片很反感，可那嫌弃的样子已经明摆在脸上了。桑普森先生琢磨出的一两个主意，都被霍奇斯夫人一口否决了。最后，正是她跑去找菲利普帮忙。

"你会画画吧，菲尔？为什么不试试，看你能设计出什么样的衣服？"

菲利普买了一盒便宜的水彩，用晚上的时间画了两张草图。在他画画的时候，那个静不下来的十六岁小伙儿贝尔一边单调地吹着口哨，一边摆弄着自己的邮票。菲利普还记着自己在巴黎见过的几身衣服，他把其中一套稍稍改动，大胆用上了鲜艳、独特的颜色，让衣服的整体感觉焕然一新。他自己挺满意的，第二天一早就拿给霍奇斯夫人看。她大吃一惊，立刻把草图拿到主管那儿。

"不可否认，"主管说，"这设计别具一格。"

这份草图把他搞糊涂了，可同时，他那双老练的眼睛一下就看出按这设计做出的衣服一定很不错。为了保全面子，他开始挑毛病，说这里那里都要改改。霍奇斯夫人则更加理智一些，劝他把原稿拿去给安东尼娅小姐看。

"甭管三七二十一啦，她说不定很喜欢呢。"

"这可真是冒险啊，"桑普森先生看着这条坦胸露背的裙子说，"这家伙还挺会画画的，是吧？我竟然一直没发现呢。"

主管差人请来安东尼娅小姐，把菲利普的设计稿摆在桌上最醒目的位置，让她一走进屋就能立刻看到。果然，她一眼就发现了这张草图。

"这是什么？"她说，"为什么我不能穿这个？"

"这正是我们给您设计的,"桑普森先生装作不经意地说,"您喜欢吗?"

"什么叫'您喜欢吗'?简直爱死啦!"她大叫道,"给我半品脱水,里面加几滴杜松子酒!"

"哈,看吧,您不用去巴黎了。您想要的,我们这儿应有尽有呐!"

店里的裁缝立刻照图制作。待菲利普看到成品后,心里得意极了。主管和霍奇斯夫人把功劳全揽到自己身上,菲利普对此并不以为意。他跟着他们去蒂沃利剧场看安东尼娅小姐试装,感到万分满足。霍奇斯夫人缠着他问东问西,最后他只好把自己学画的经历坦诚相告——之前害怕室友觉得他傲慢、不好相处,所以一直小心隐瞒着自己过去的职业经历——霍奇斯夫人又把这话传给了桑普森先生。主管什么也没说,但对待他的态度有了丁点变化,还让他负责给两个乡下来的顾客设计衣服,并且也得到了他们的满意。再之后,桑普森先生就开始跟客人宣传他手下有个"在巴黎学过艺术的机灵小伙儿"。很快,菲利普就开始每天窝在幕后,只穿件衬衫,从早画到晚。有时手头的活儿太多,他不得不忙到下午三点和那些没赶上吃午饭的人一起凑合一顿。他倒挺喜欢这样,因为同桌的人都累坏了,谁也没有心情说话,况且那时的饭比正点时候的还要好些,因为有些主管没吃完的小灶也剩了下来。菲利普从商场引导员一下升职为服装设计师,引起了整个商场的轰动。他知道自己已经成为众人嫉妒的对象。菲利普在商场认识的第一个人,那个头上坑坑洼洼的哈里斯,原本很喜欢他,现在也难掩满满妒意。

"有些人把这天下所有运气都给占了,"他说,"过不了多久你就变成主管了,到时候我们都得叫你'先生'。"

他让菲利普跟上头要求加薪,因为现在做的活难了,可挣的工资还是只有那么一点。这可是件棘手差事,经理对待申请者向来没什么好态度。

"觉得自己能耐了,是吧?你觉得现在该给你多少工资合适呢,嗯?"

申请加薪的店员心都提到嗓子眼了,战战兢兢地想要一周多加两先令。

"哦,很好,只要你觉得自己值这么多钱,我们就给你。"说完,他的眼神忽然变得犀利,"顺道再把解雇通知给你吧。"

等到这个时候,想收回申请也没用了,只能卷铺盖走人。经理觉得心怀不满的人一定不会好好工作。既然他们不配涨工资,还是早点打发走为好。这样一来,只要还想待在这儿工作的人就都不敢再去要求加薪。菲利普犹豫了。同屋的人说主管现在不能没有他,可他心里还是犯嘀咕。这些人都很正直,可他们太喜欢看人笑话了,要是菲利普被怂恿着去找经理加薪,结果却被解雇,他们一定会觉得特别可笑。菲利普还记得自己找工作的那段屈辱,不想再让自己冒着这样的风险赌博,而且他知道自己几乎不可能得到加薪,外面有几百号人画得像他一样好呢。可另一方面,他又急着用钱:衣服都破了,厚厚的毯子也磨烂了他的靴袜。就在他几乎要说服自己走进经理办公室时,一天早上,他从地下餐厅吃完早饭,在过道里看到等着面试的人排成长长一队,大概有一百来个。不管最后选中哪个,他的待遇都会像菲利普一样:每周六先令,管吃住。他看到有些人向他投来嫉妒的眼光,仅仅因为他已经正式入职。这番情景让他不寒而栗。他胆怯地退缩了。

第一百零八章

冬天过去了。菲利普偶尔趁天黑没人的时候,溜进医院查看有没有自己的信。复活节那天他收到一封伯伯的来信。这可真是千载难逢的事,布莱克斯塔布尔的牧师活了一辈子,给菲利普写的信加起来也不超过六七封,还都是为了谈正事。

亲爱的菲利普:

如果你准备度假,想回家看看,我将十分欢迎。今冬,我的支气管炎日益严重,威格拉姆医生已经下了病危通知。好在我体格健壮,感谢上帝,竟奇迹般地康复过来了。

爱你的,

威廉·凯利

这封信让菲利普气不打一处来。在伯伯眼里,他过的是怎样的日子呢?他根本懒得过问了,就算自己饿死街头,那个老家伙也不会在乎。当他往家走的时候,似乎一下想到些什么,停在路灯下又掏出信来读了一遍。信上的笔迹已经不再像往日那样清晰整齐、刚劲有力,只见字大如斗,歪歪斜斜。也许他的病情远比自己所说的更为严重,而他只想以这封客套严肃的短信,向这世上仅剩的唯一亲人表达思念之情。菲利普回信说自己七月要回布莱克斯塔布尔待两周。实际上,这封邀请来得正是时候,他还不知道自己能去哪儿呢。阿西尔尼一家九月去采啤酒花,菲利普那时候刚好没空,因为商场要在十月之前布置好秋季的模特。林恩公司的传统是不管愿不愿意,每个人必须休两周的假。有些员工无处可去,就躺在宿舍里睡大觉,可这两周公司是不管饭的。好多人的朋友都离伦敦很远,对于他们来说,这假还不如不放。他们要从那点微薄的工资里抠出几个子儿来填饱肚子,整整两周,天天都无所事事,百无聊赖。菲利普最后一回离开伦敦还是和米尔德里德一起去布莱顿那次,转眼已经过去两年了,他想出去呼吸一点新鲜空气,渴望感受海边宁静而安逸的气息。五月、六月,整整两个月的时间,他都在热烈地期盼着,可等离开的时间终于到了,倒提不起精神来。

伦敦的最后一夜,他把手头上的工作交接给主管。忽然桑普森先生说:

"你工资是多少来着?"

"六先令。"

"这可不够。等你回来后,给你加到十二先令吧。"

"太感谢了。"菲利普笑起来,"我急着要买件新衣裳呢。"

"只要你好好干,不像其他小伙子一样和这里的姑娘闹得不清不楚,我一定会关照你的,凯利。注意,你要学的还有很多。你前途无量啊,我敢把话放这儿,你前途无量。我保证用不了多久,你一周就能挣一镑了。"

菲利普想知道这个'用不了多久'是多久呢?两年?

再次见到伯伯,菲利普吃了一惊。上次见面时,他还是个又矮又胖的小老头,腰板笔直,一张充满肉欲的大脸刮得干干净净。但这次见他,他像是变了个人：皮肤蜡黄、眼袋很重、弯腰驼背、垂垂老矣。从他上次生病开始，他就懒得再刮胡子了，走起路来腿脚也不再灵便。

菲利普刚刚到家，屁股一挨着餐厅的椅子，牧师就解释说："我今天状态不大好。天太热了，有点烦躁。"

菲利普问了问教区的情况，看着伯伯的脸，心想不知这个老头儿还能再撑多久。炎热的夏天恐怕就够他受了。菲利普注意到他的手一直打颤，这可是个好兆头。如果伯伯撑不过这个夏天，那他就能在冬季学期开始之前回到医院。一想到自己再也不用回林恩公司上班了，他的心就激动地怦怦直跳。午饭时，牧师坐在椅子上，身子佝偻得厉害。家里的管家自伯母死后就一直在这儿干了，她问道：

"让菲利普先生来切肉吗？"

牧师唯恐暴露自己身体的虚弱，原本想硬着头皮来切，听到管家这样提议，他心里一喜，立刻放下了刀叉。

"你胃口真不错。"菲利普说。

"是啊，我一直吃得很多。但我比上次见你时要瘦了些。瘦点好，花钱难买老来瘦。威格拉姆医生说我瘦下来反而比以前更健康了。"

吃完饭后，管家给他送来药片。

"给菲利普少爷看看处方，"他对管家说，"他也是个医生。我想让他看看这药吃得对不对。"他又转头朝菲利普嘟囔开了，"我跟威格拉姆医生说啦，既然你现在也在学医，他可要少收我点钱才行。为了买药，我花了多少钱啊！一连两个月，他每天都来出诊，每次要收五先令。真是不少钱呢，对吧？现在他每个礼拜还要来两次。我准备让他别再来了。有什么需要我再去叫他。"

菲利普读着处方单，牧师在旁边急切地看着他。这方子是两味麻醉药。牧师说其中一种他只有在犯了神经炎，疼得实在受不了的时候才会吃。

"我是很小心的，"他说，"我可不想对麻醉剂上瘾。"

对自己侄子的事，牧师绝口不提。菲利普想这也许是一种提前预防吧，以防自己又跟他借钱。伯伯絮叨着最近花钱的地方太多了。看医生已经花了不少，买药又要花一大笔，而且生病之后卧室每天都要生炉子，礼拜天一早一晚去教堂礼拜都要叫辆马车才行。菲利普气得想脱口而出："不用怕，我不从你这借钱！"可话到嘴边还是咽回去了。他觉得这个老头儿的生活里只剩下两样东西：吃喝带来的乐趣和手里紧攥的那点钱。人到晚年，其恶自现啊！

下午时分，威格拉姆医生来了。和菲利普打了个招呼后，随他一起走到花园门口。

"你觉得他情况如何？"菲利普问。

威格拉姆不求有功但求无过，只要还有可能，他就绝不冒险把话说死。他在布莱克斯塔布尔行医已经有二十五个年头了，素来以行事安全谨慎闻名，很多他的病人都觉得，医生宁可求稳，也不要耍机灵。镇上又来了一个新的医生——他在这里待了十年，可身边的人还视他为外来户——据说特别机灵，可但凡是个有头有脸的人物就都不愿找他看病，因为没有人知道他的水平到底如何。

"哦，他挺好的，和我们所期待的一样。"威格拉姆这样回答说。

"没有特别严重的毛病吗？"

"嗯，菲利普，你伯伯已经不年轻啦。"医生谨慎地笑了笑，那意思似乎是说这位布莱克斯塔布尔的牧师先生也还不算太老呢。

"他觉得自己的心脏不好。"

"我也有点担心这个，"医生犹犹豫豫地说，"我想他必须非常小心，非常非常小心才行。"

一个问题已经冒到菲利普的嘴边：他还能活多久？可菲利普怕这话说出来未免太过唐突。因为在这些事情上，按照礼节要求，应当说话隐晦委婉一些。但是他在问另一个问题的时候却忽然想到，每个病人都有个心急难耐的家属，而医生一定已经见怪不怪了。他肯定能透过家属心疼的表情看懂他们的心。菲利普对自己的伪善轻轻一笑，垂下眼睛：

"我想，他眼下不会有什么危险吧？"

当医生的最痛恨听到这种问题。如果你说病人撑不过一个月，那他的家人就会提前准备好即将到来的丧亲之痛,可万一这个病人好好活下去了,他的家属就会火冒三丈地来找医护人员,斥责他们让自己过早地接受精神折磨。还有一种截然相反的情况,即如果你说病人还能活一年,可他还不出一周就去世了,到时候家属又会痛骂你医术不精。要是知道病人这么快就咽气,他们原本可以对他更好一些啊。威格拉姆医生不安地搓着双手。

"只要他……保持现在这个情况,我觉得不会有什么大问题。"他最后还是冒险说道,"但是可不能忘了他毕竟年事已高,嗯,身体里的零件都磨损坏啦。要是他撑过这个炎热的夏天,那一直平安活到冬天应该不成问题。如果到了冬天身体也没有不舒服,嗯,那我觉得就不会有什么事了。"

菲利普回到餐厅,伯伯正坐在那里。他戴着顶无沿便帽,肩膀上披着针织披肩,看上去模样古怪。他的眼睛一直看着房门,等菲利普一进屋,便紧紧盯在了他身上。菲利普知道,伯伯一定在焦急地等他回来呢。

"那个,医生怎么说?"

菲利普忽然明白过来,原来这个老东西也怕死啊。这个发现让他有些惭愧,只好不自觉地把眼睛看向别处。他因为人性的懦弱而深感尴尬。

"医生说你好多了。"

伯伯的眼里闪过一丝喜悦的光。

"我体格一直很好。"他说完,又狐疑地追问一句,"医生还说什么了?"

菲利普笑了笑。

"还说只要你好好养身体,说不准就活到一百岁了呢。"

"我倒没想过能活到一百岁,但活到八十还是有可能的嘛。我母亲就一直活到了八十四岁呢。"

凯利先生的椅子旁有张小桌,上面放着圣经和一本大部头的国教祈祷书,这么多年来他一直跟家里人诵读书里的祷文。他把颤巍巍的手伸过去,拿起圣经。

"这些老教士都活了一大把年纪,对不对?"他尴尬地扯了扯嘴角,菲利普从他的表情中能看出他其实在怯弱地请求一个肯定的答案。

这个老头子渴望弥留人世。然而在内心深处，他深信宗教传授给自己的每条信条，坚定不移地认为灵魂得以永生。他自信这一辈子表现得足够虔诚，凡是在能力范围内的，他都做到了。他是一定能去天堂的。在这漫长的一生中，他作为牧师，借主之名，为多少离世之人献上了最后的安慰！也许他就像个医生，无法从自己开具的处方里获得痊愈。这种对生的热忱渴望让菲利普震撼而不解，他不知道这个老头儿心里有着怎样一种不可名状的恐惧，甚至想要探入他的灵魂，看看他对那令人生疑的未知世界所怀有的赤裸的、令人胆寒的失望之情。

两周很快过去，菲利普回到了伦敦。他在服装部的隔墙后面度过了一整个骄阳似火的八月，整日只穿一件衬衫，不停地涂涂画画。又一批店员轮替度假去了。下了班后，菲利普通常会去海德公园听乐队演奏。他对这份工作越来越适应，也不再觉得生活像最初那样乏味难捱。他的思想沉寂已久，试图寻找新鲜的刺激。现在，他全身心地盼着伯伯能早点咽气。几乎每晚都重复同样的梦境：某天早上，一封电报发来，说牧师已驾鹤归西。而他终于获得了解放。等他美梦醒来，发现一切都是假的，便郁郁而怒。不过，伯伯的死讯随时都可能传来，所以他干脆着手制定未来的详尽计划。这一年本该是他为最后取得从医资格而冲刺的一年，可他却在策划心心念念的西班牙之旅中很快度过了。他从公共图书馆借了很多描写西班牙的书，通过阅览书中的图片，几乎认得那里的每个城市了。他想象自己徜徉在哥多华[1]的小桥上，脚下就是蜿蜒流淌的瓜达尔基维尔河[2]。他在托莱多曲曲折折的巷弄里悠闲信步，坐在庄严的教堂中，领略到艾尔·格列柯向他传达的未解之谜。阿西尔尼也同他一起想入非非。两人花了好几个下午制定出一套周密详细的旅行计划，恐怕漏掉一处值得赏玩的景色。为了让自己躁动不安的心安稳下来，菲利普开始自学西班牙语。每晚在哈灵顿街宿舍那个空荡荡的客厅里花一个小

---

1. 哥多华：又名科尔多瓦，位于西班牙南部瓜达尔基维尔河畔。
2. 瓜达尔基维尔河：伊比利亚半岛南部河流，西班牙第三长河。

时练习，苦苦琢磨手边的一本英译《堂吉诃德》，研读里面宏伟美妙的语言。阿西尔尼每周给他上一节西语课，他学了几句旅行能用到的句子。阿西尔尼夫人在一旁嘲笑他俩：

"你俩竟学开西班牙语了！干吗不找点有用的事做？"

阿西尔尼家的大女儿萨莉即将成年，等到圣诞节就该把头发束起来了。她时而站在一边，静静听着父亲和菲利普用她听不懂的语言交谈。她觉得父亲是世上最棒的男人，而她对菲利普的看法都是转借父亲之口来传达。

"爸爸可想你们的菲利普叔叔啦。"她这样跟弟弟妹妹说道。

家里最大的男孩索普已经到了能去当海军的年纪，阿西尔尼滔滔不绝地跟家人描述着儿子一身戎装、回家探亲时该有多么的气派。等萨莉满十七岁，就要给裁缝做学徒。阿西尔尼打着比方说，巢里的小鸟羽翼都丰满了，能出去飞翔一番了，可它们的老窝还在原地不动——说到这儿，他的眼里泪汪汪的——只要想回来，这里会永远欢迎它们。家里会一直给孩子留着一张能够临时歇息的床和一顿饱饭，而他这个做父亲的也永远会在孩子遇到麻烦时伸出援手。

"净胡说，阿西尔尼，"他的妻子说道，"只要孩子们踏踏实实做人，我不信他们能遇上什么麻烦。只要诚实、不怕苦、不怕累，总有活儿干，我是这么觉得。等最后一个孩子也能自食其力，就算他们都离开我身边，我也不难过。"

从阿西尔尼夫人身上能看到生儿育女、操劳持家和没完没了的焦虑发愁所留下的痕迹。有时晚上她背疼得没法继续干活，只能坐下来稍微放松一会儿。她心目中的幸福生活就是能有个女仆替她干点重活，这样她就不用每天七点之前起床了。阿西尔尼挥了挥他纤长白皙的手。

"唉，我的贝蒂哟，国家该给咱俩点奖励才行。咱们养育了九个健康的孩子，男孩要去为国王效力，女孩做饭缝衣，将来也要养育后代。"他转头看了看萨莉，为了让她心里舒服点，故意来了个大转弯，揶揄道，"还得负责伺候我们这些衣来伸手，饭来张口的人。"

阿西尔尼一直坚定不移地信奉某些自相矛盾的理论，最近又加了点社会主义。

"在社会主义国家，我们可要领丰厚的养老金呢，就咱俩，贝蒂。"

"别扯什么社会主义，我都听烦了。"阿西尔尼夫人大喊道，"我的原则就是，谁也别来烦我。我不想让任何人掺和我的事，再苦的差事我也会咬牙干好，谁落后谁遭殃。"

"你说生活是个苦差事？"阿西尔尼反驳道，"绝对不是！我们经历过大起大落，在苦海里转了一圈，日子也总不见起色，但这一切都值得。啊，看看我的孩子们，这样的人生再过一百遍都值得！"

"你说得倒简单，阿西尔尼。"她看着丈夫，脸上不见愠色，只带着淡淡轻蔑的神情，"你光知道有孩子的好，可我是生他们、养他们的人，还得受他们的气。我不是说不喜欢这些孩子，只是要是能重来，我宁愿一个人过。为什么呢？要是我只有一个人，说不定早开起一家小店了，银行里有四五百镑的积蓄，再雇个干重活儿的女仆。唉，如果没有什么好处的话，我可不愿再过一遍这样的日子。"

这天地之间有不可计数的人，对于他们来说生活只是无休止的劳作，既谈不上美好，又称不得丑陋。春花秋月，夏蝉冬雪，四季更替似乎不过轮回一瞥。他们就是如此在生活中木然老去。人生是没有意义的，这让菲利普胸中怒火骤起。他不能接受这个事实，可自己的所见所想偏偏让他不得不信。好在这怒火也是喜悦的。人生既已如此颠簸可怖，知道它没有意义反而使人鼓足勇气、大胆面对。

第一百零九章

秋尽冬来。菲利普给伯伯的管家福斯特夫人留了自己现在的地址，方便通信联系。可他还是每周去医院查收一次信件，唯恐漏下。一天晚上，他找到一封写着自己名字的信，那笔迹是他这辈子都不想再见到的。一阵莫名古怪的感觉从心头升起。他犹豫着，不想拿起这个信封，可最后还是耐不住气，三两下把它扯开。

于威廉街七号
菲茨罗伊广场

亲爱的菲利普：

  我们能尽快碰个面吗？我遇上大麻烦了，不知道该怎么办。不是钱的事。

爱你的，
米尔德里德

  菲利普把信撕得稀巴烂，走到大街上，一把撒开，扔进一片黑暗之中。

  "去他妈的！"他骂了一句。

  一想到要再看见米尔德里德，他就觉得胃里隐隐作呕。他才不管她遇到了什么天大的麻烦，那都是她自找的。他恨她，也恨自己爱过她。关于那段疯狂感情的回忆让他特别恶心。他沿泰晤士河慢慢走着，试图克制自己，不去想她。他躺到自己的小床上，却怎么也睡不着。米尔德里德到底怎么了？他不可控制地替她担心。是生病了，还是饿着肚子？如果不是走投无路，她是不会写信来的。菲利普气自己如此软弱，但他知道不见她一面，悬着的心就无从落下。第二天早上，他在去商场的路上给她寄了张明信片。语言尽量冷酷，只简单写到听闻她遇上麻烦，感到很遗憾，今晚七点会去她告知的地址找她。

  菲利普来到一条肮脏的巷子，看到一家破破烂烂的小旅馆。他不想见到米尔德里德，甚至敲门询问的时候还暗自希望她已经离开了。这个地方看上去像是经常有人搬进搬出。昨天看信的时候也忘了瞧一眼信封上的时间，不知道它在医院的架子上待了几天。赶来开门的女人没有搭理他的问题，只静静带他进了屋子，穿过走廊，敲了敲尽头的一扇房门。

"米勒夫人,有位先生来找您。"

门轻轻打开了,米尔德里德疑神疑鬼地朝外望了一眼。

"啊,是你!"她说,"快进来。"

菲利普走进屋,她在身后关上屋门。这是间小小的卧室,和她之前住过的地方一样满眼脏乱。地上扔着一双鞋,脏兮兮的,东一只西一只。帽子搁在橱柜上,旁边是一顶卷卷的假发,桌子上还放了一件罩衫。菲利普想找个地方放帽子,可门后的挂钩挂着好几件裙子,裙摆上全是泥点子。

"坐下吧,好吗?"米尔德里德说完,尴尬地笑了,"我想你收到我的信一定怪吃惊的。"

"你嗓子怎么这么哑?"菲利普问道,"感冒了吗?"

"嗯,有一段时间了。"

菲利普沉默了。他倒想听听看,米尔德里德到底为什么要见自己。当年他救她于水深火热之中,可现在这间卧室的邋遢样子已经说明她的日子又回到了那阵黑暗的时候。他想知道孩子现在过得如何。壁炉架上有张她的照片,但是屋里似乎没有小孩的玩具衣物。米尔德里德掏出手帕,揉成一个小球,在两只手里倒来倒去。菲利普能看出她好像非常紧张。她盯着炉子里的火看了半天,菲利普仔细打量着她,她也一直没有回头。她比上次见面时消瘦很多,皮肤干黄粗糙,紧绷绷地附在突起的颧骨上。头发染成亚麻色,整体看起来和以前很不相同,更加俗气。

"收到你的信,我可松了口气。"过了好久,她终于开口,"我还以为你不在那家医院了呢。"

菲利普没有应答。

"我想你现在该拿到从医资格了,对吧?"

"没拿到。"

"怎么会呢?"

"我不在医院学习了。十八个月前就退学了。"

"你就是没个定性。从来都不能一件事干到底。"

菲利普又陷入一阵沉默，再开口时，语气凉了半截。

"我炒股把最后一点钱也赔进去，上不起学了。只能先找工作养活自己。"

"那你在做什么？"

"我在商场工作。"

"啊！"

她朝菲利普飞快地瞥了一眼，又立刻把眼光转到别处。菲利普好像看到她的脸红了。她紧张地用手绢不停揩着手掌，莫名其妙地脱口问道：

"那从医院学的东西你都忘了，是吗？"

"也没全忘。"

"我就是为这个来找你的。"她哑着嗓子低声说，"不知道是出了什么毛病。"

"你怎么不去医院看看呢？"

"我不想去，不想让那些'渣生'盯着我看。再说，我怕他们要留我住院。"

"你哪儿不舒服？"菲利普冷冷地问。这句话是他在门诊最常用的套话。

"呃，我出了疹子，老是好不了。"

菲利普有种不好的预感，额头上一下冒出了汗珠。

"我看看你的嗓子？"

他把她拉到窗边，借着微弱的光勉强检查了一番。忽然，他看到了她的眼睛，那里面藏着深深的恐惧之情，让人心里发毛。她竟然害怕了。她迫切想从他嘴里听到些宽心的话，却只敢眼巴巴地望着他，没有勇气开口询问。而菲利普这儿，却没有能安慰她的结果。

"恐怕你已经病得很重了。"他说。

"你说我得了什么病？"

菲利普抓住她的胳膊，她脸色像死人一样苍白，连嘴唇都变得焦黄。她开始掉泪，那么绝望，一开始还是静静啜泣，后来渐渐变成了恸哭。

"真的很遗憾，"菲利普说，"可我必须要告诉你。"

"还不如死了算了……还不如死了算了。"

菲利普早就对她的威胁无动于衷了。

"你身上有钱吗?"他问。

"六七镑吧。"

"你不能再这样过下去了。你难道不觉得应该找点活干吗?恐怕现在我也帮不了你了。我一周才挣十二先令。"

"我现在能找什么活!"她不耐烦地大叫。

"别来这一套!你必须找份工作。"

菲利普把话说得很重,告诉她她现在的病情有多么严重,一不小心就会传染给其他人。她默默听着,脸上阴云密布。菲利普只好耐心安慰了几句。最后,虽然她还是心头郁闷,却终于同意一切照菲利普说的来。他给她写了一张处方,说要拿到最近的药房去,再三叮嘱她必须要按时用药。末了,在准备离开之前,他伸出手来,说:

"别灰心丧气,你的嗓子很快就会好。"

他站起身朝门口走。米尔德里德的脸痛苦地扭曲成一团,她抓住他的外套,撕心裂肺地大哭起来:

"别,别离开我。我好害怕,别留我一个人在这儿。菲尔,求你了。我没有其他人可以找,你是我这辈子唯一交过的朋友。"

他能感受到她灵魂的惊惧,这种感觉和他从伯伯眼睛里看到的,那种对死亡的畏怯莫名相似。菲利普垂下了眼睛。两次。这个女人曾经两次走进他的生命,又两次害得他遍体鳞伤。她无权要求他什么,而他也不清楚为何心底还会作痛。正是这种隐痛让他从看到她来信的那一刻起,心里就不得安宁,一直等到他听从了她的召唤,才觉得一切平静下来。

"我想,我该是永远摆脱不掉了啊。"他对自己说。

让他感到困惑的是和米尔德里德在一起时那种生理上的厌恶。这种感觉让他不愿靠她太近。

"你想让我做什么?"他问她。

"咱们一起去吃顿饭吧。我请客。"

菲利普犹豫了。正当他觉得已经完全摆脱了米尔德里德时,她似又化成一条蛇,准备再次钻进自己的生命里。她紧张兮兮地看着他。

"我知道自己之前太过分了,但是请不要把我一个人扔下。你的仇已经报了。如果你就这么走了,我真的不知道自己该做什么。"

"好吧,我不介意一起吃顿饭。"菲利普说,"但我们找家便宜的馆子吧。我现在可没多少钱能挥霍。"

她坐下来穿鞋,换了条裙子,戴上帽子。他们一路走着,直到在托特纳姆法院路上找到一家小餐馆。菲利普已经不习惯这个点吃晚餐了,而米尔德里德嗓子又肿又痛,不好下咽,所以他们只点了一块冷火腿,菲利普又另要了一杯啤酒。他们面对面坐着,像过去一样。他不知道她是否还记得之前的事:两人曾经也是这样相对无言,直到他先逼着自己开口说些什么。餐馆的灯亮晃晃的,四面墙上的镜子里重重叠叠地映着层层倒影,米尔德里德的脸孔苍老而疲倦。菲利普迫不及待地想打听孩子的事,但他提不起勇气问她。最后,还是她先说了。

"你知道吗,孩子去年夏天死了。"

"你说什么!"菲利普大喊道。

"你应该会说你很伤心吧。"

"不,"他回答,"我高兴极了。"

她瞥了他一眼,猜出他话里的意思,把头扭开了。

"你过去不是很喜欢她吗?我还觉得你可笑,竟然疼爱别的男人的孩子。"

他们吃完饭去药房拿了菲利普给她开的药。回到那间破破烂烂的小屋后,菲利普盯着她吃了一剂。他们又坐了一会儿,直到菲利普起身回哈灵顿街。他在这房子里待得烦躁透了。

之后,他每天都来看望她。她按他的方子拿药,按时服用,病情很快见好。她对菲利普的医术很满意,心情一点点晴朗起来,话也开始变多了。

"只要我能找到工作,一切就都会好起来了。"她说,"我可吸取教训了,以后一定乖乖的。就算是为了你,也不会再胡来了。"

菲利普每次见面时都要问问她找到工作了没有。她让菲利普别着急，等自己想找了，肯定立刻就能找到。她还留了好几手呢，现在休息一两周反倒更好。这话倒是没错，可两个礼拜转眼就结束了，菲利普变得越来越着急，而她却越来越高兴，还嘲笑他像个大惊小怪的老头儿。她想在餐馆找个活儿干，跟他长篇大论地讲着面试时遇到的几个女经理，以及她们问了些什么，她又答了些什么。人家还没给准信，她就拍着胸脯说等到下周事情一定能有眉目，着急也没用，那些不合适自己的工作，宁可不要做。

"这么说太荒唐了，"菲利普不耐烦地说，"别管找着什么活，你就先接下来吧。我不能接济你了，你那点钱撑不了多久的。"

"哎唷，知道了，我的钱还没花光呢，再等等看。"

菲利普忽然想到什么似的，飞快地向她扫了一眼。已经过去三周了，她一开始身上只有不到七镑。菲利普觉得这事很蹊跷，想到她之前说的话，顺着推理了一番。他不确定她是否真有找工作的意思，也许她一直在撒谎。那点钱竟然到现在还没花完，真是太让人生疑了。

"你在这儿房租多少？"

"哦，房东太太人很好，和其他房东不一样。她说等我有钱了再交。"

菲利普沉默了。他越想越怕，不敢把自己怀疑的事拿出来问她。况且问了也没用，她一定会百般抵赖。要想得知真相，只能靠他亲自找到。他习惯每晚八点从她家离开，等钟声一响就起身出门。可他没回哈灵顿街，而是偷偷躲在菲茨罗伊广场一角，盯着所有从威廉街经过的人。他觉得自己已经等了好久，心想可能是自己搞错了，可正准备放弃时，七号房的大门忽然打开，米尔德里德从里面走了出来。他又躲进黑暗里，看着她朝自己的方向走来。菲利普认出她戴的帽子正是房间里插满羽毛的那一顶。那身不合季节、华丽浮夸的裙子，让她走在街上显得格格不入。他跟着她慢慢走到托特纳姆法院路，她忽然放慢步子，停在牛津街的拐角处，四下看了看，穿过街道往杂耍剧院走去。他跑了几步，过去碰了碰她的胳膊。她转过身来，绛红色的胭脂搽了厚厚一层，嘴唇也涂上了口红。

"你要去哪儿,米尔德里德?"

她被菲利普的声音吓了一大跳,像以往谎言被戳穿时那样,顿时羞红了脸。她的眼底闪过一丝愤怒。菲利普太了解她了,每次要为自己辩解时,她都要靠大吼大叫来攒足底气。可她最终还是把到嘴边上的话咽了下去。

"哦,我就是来看看戏。每晚都一个人待着,太无聊了。"

菲利普压根不想装着听信这些鬼话。

"你绝对不能再做这档子事了。老天啊,我跟你说了多少遍,这太危险了。你不能这么作践自己。"

"闭上你的嘴!"她一嗓子吼出来,"不做这个我靠什么活着?"

菲利普想也没想,拉着胳膊就想把她拖走。

"看在上帝的分上,走吧!我带你回去。你不知道自己在干吗。这是犯罪啊。"

"我有什么好在乎的?让那些贱男人试试运气吧。反正他们一向待我不好,我又何苦替他们着想。"

她把菲利普推开,走到卖票口把钱拍在桌上。菲利普的口袋里只有三便士,没法跟着她进剧院。他转过身,沿着牛津街缓缓往家走。

"我只能做到这了。"他自言自语道。

米尔德里德和菲利普的故事到此结束。他再也没有见过她。

第一百一十章

周四就是圣诞节,商场停业休息四天。菲利普给伯伯写信,问他放假回教区是否方便。福斯特夫人回了一封信,说凯利先生已经病得无法提笔写信了。他想见自己的侄儿一面,如果菲利普能回家过圣诞,他会非常开心。待菲利普来到伯伯家门口,福斯特夫人开了门,同他握手问好,说道:

"他比上次和你见面时变了不少,先生。你得装着什么都看不出来,好吗,先生?他自己也很害怕,神经兮兮的。"

菲利普点点头，福斯特夫人把他领到餐厅。

"菲利普先生来了，先生。"

当你看到这位布莱克斯塔布尔的老牧师凹陷的双腮、佝偻的身体，就知道他一只脚已经迈到了棺材里。他蜷在扶手椅里，头向后仰着，肩上披着一条披肩。他走路已经离不开拐杖了，手抖得厉害，吃饭都很困难。

"他活不了多久了，"菲利普看着他，心想。

"你看我怎么样？"牧师问道，"你觉得我比咱俩上次见面时变了吗？"

"我看你比去年夏天气色好多了。"

"都怪夏天太热。一热我就烦躁。"

凯利先生这几个月是这样度过的：有一半时间在卧室躺着，剩下的一半时间在楼下坐着。他手边放着摇铃，和菲利普谈话的档儿，摇了摇铃铛把福斯特夫人唤了过来。福斯特夫人一直在隔壁房间等着差遣。他问她自己上一次离开房间是什么时候。

"十一月七号，先生。"

凯利先生的眼睛盯着菲利普，想看看他有什么反应。

"我吃得很多，是吧，福斯特夫人？"

"是啊，先生，您胃口特别好。"

"可怎么不见长肉呢。"

现在，他除了身体其他什么也顾不上了。他只一门心思地扑在一件事上，那就是活着。尽管他的生活千篇一律，无聊透顶，还时常遭受病痛的折磨，不吃止痛药就睡不踏实，可他活下去的欲望还是如此强烈，不可撼动。

"我请医生花了好多钱。太可怕了。"牧师又摇了摇铃，"福斯特夫人，给菲利普少爷看看药房的账单。"

管家不急不慌地从壁炉架上拿起一张纸，递给菲利普。

"这还只是一个月的呢。我想如果你亲自来给我看病，能不能开点便宜的药？我本想直接从药商那里买，可还要另付邮费呐。"

尽管牧师对菲利普的生活漠不在乎，甚至都懒得装着关心一下，可他还是很愿意让菲利普陪在自己身边。他问他这趟来能待多久,菲利普说周二一早必须走,他却希望菲利普能在家多留几天。他把自己的症状详细说给菲利普听,还把医生说的话原样传达了一遍,忽然,他又摇了摇铃,福斯特夫人走进来了。

"哦,我不知道你在不在身边,就想摇铃确认一下。"

福斯特夫人离开后,他跟菲利普解释说如果管家不在旁边他就放不下心来。万一他出了什么状况,她知道怎么紧急处理。菲利普注意到福斯特夫人眼里净是疲惫,困得提不起神。他向伯伯暗示说她肩上的担子太重了。

"胡说八道,"牧师说,"她壮得像头牛。"过了一会儿,福斯特夫人把药拿进屋,牧师对她说:

"少爷说你干的活儿太多,福斯特夫人。你挺乐意照顾我的,不是吗?"

"嗯,我确实不介意,先生。只要能帮上忙,我什么都肯做。"

没一会儿,药效上来了,凯利先生睡着了。菲利普走进厨房,问福斯特夫人这工作是否能吃得消。他知道这几个月伯伯一直没消停过。

"唉,先生,我能怎么办呢?"她回答说,"那位可怜的老先生太依赖我了。虽然有时候他事儿挺多,但是你还是会不由自主地喜欢他,对吧?我来这儿待了这么多年,万一哪天他走了,我都不知道该怎么办了。"

菲利普看出她是真的喜欢那老头子。她给他洗澡,帮他穿衣,喂他吃饭,每天晚上有一半的时间都阖不了眼。她睡在他隔壁,只要一听见摇铃就得立刻跑过去看看。他可能很快就撒手人间,也可能再活好几个月。她能如此无微不至地照料一个陌生人,这种做法实在高尚。可再一想,她竟是这世上唯一一个真心关怀他的人,真是心酸之至。

菲利普眼里,伯伯这一辈子都在传教布道,可到了临死之际他所信仰的宗教却似乎只沦为形式。每周日牧师上门送来圣餐。他虽常诵圣经,可显然还是对死亡充满恐惧。他虽相信死亡只是通向永生的一道关卡,却并不想进入那样一方天地。尽管病痛缠身,尽管只能终日缚在椅子上站不起身,尽管像孩子一样吃喝拉撒都要靠请来的帮佣,他依然对这个世界恋恋不舍。

菲利普心里有个问不出口的问题。其实问了也是白问，因为他知道伯伯除了那些老一套的答案，其他什么也不会说。他想知道的是，在生命的最后阶段，当身体的所有器官已经损坏大半，伯伯是否还相信灵魂可以永生？也许在他灵魂深处，有些不到万不得已绝不会轻易吐露的想法：上帝是不存在的，人死之后一切都将化为虚无。

节礼日[1]那晚，菲利普和伯伯闲坐在客厅。菲利普第二天一早就要出发，赶在九点之前到商场上班。他准备提前和伯伯道别。这位布莱克斯塔布尔的牧师正在打盹，菲利普躺在窗户旁的沙发上，把书盖在膝盖，百无聊赖地环视整个屋子，盘算着屋里的家具能卖多少钱。他在房子里走来走去，看着那些从小就熟悉不过的东西：有几件可能值个好价钱的瓷器，菲利普在想要不要把它们带回伦敦；家具是用桃花心木打的，全都是维多利亚时期的式样，方方正正，样式丑陋，怕是拿去拍卖也卖不了几个钱。书房里还有三四千本书，可大家都知道旧书不值钱，全部加起来也就不过一百镑。菲利普不知道伯伯最后能留下多少钱。他在脑子里算了上百遍，至少要多少钱才够他从医学院毕业拿到学位、再在医院任职一段日子。他看着眼前这个睡得并不安稳的老头儿：那皱巴巴的脸已经没了人形，像某种样子怪异的动物。他心想，用不着费多少力气就能轻而易举地结束这个窝囊的生命。每天晚上，当福斯特夫人给伯伯拿来帮助入眠的药时，他脑子里都会冒出这个念头。家里有两个药瓶，一瓶是伯伯每天定时吃的药，另一瓶是疼得忍不了时才会服用的麻醉剂。福斯特夫人把药倒出来搁在他床边。他每天凌晨三四点服用。把这药剂加倍是再简单不过的事了，这样一来他傍晚就能咽气，也不会有人怀疑什么。因为威格拉姆医生早就预料到他会这样死去，没有丝毫痛苦。菲利普想到自己急需的那笔遗产，握紧了拳头。对这个老东西来说，再苟延残喘地活上几个月是没有任何意义的，而对他来说，这几个月可太重要了。他已经快忍不下

---

1. 节礼日：每年的十二月二十六日，即圣诞节次日，为英国法定假日。按照传统，这一天要向服务业工人赠送圣诞礼物。

去了,每次一想到早上要回林恩公司上班,他就又惊又恐,连连发抖。盘踞在他心头的邪恶想法让他心跳加速,尽管他逼着自己不去多想,可思绪像脱缰的野马怎么也控制不住。仅仅是不费吹灰之力的一个小花招,仅此而已。他对这老东西一点感情都没有,他从不曾喜欢过他。伯伯这一辈子除了自己之外再没考虑过其他人,对深爱自己的妻子冷酷自私,对交由自己抚养的侄儿漠然置之。他有一副铁石心肠,是个愚蠢透顶、不近人情、耽于声色的男人。只需一个不费吹灰之力的小花招啊,仅此而已。可菲利普没有勇气,他怕受到悔恨的追责。如果剩下的大半辈子都要在悔恨中度过,那即便拿到遗产又有什么用呢?尽管他对自己说过成千上万次"后悔是没有用的",但有些事情无疑会不时浮出脑海,扰得他安宁不得。他不想让自己良心不安。

伯伯这会儿睡醒睁开眼,看上去状态好了不少。菲利普挺高兴的,他为刚刚的想法感到惊恐,那可是要取一条人命啊!不知道其他人是否也有这样阴暗的想法,还是只有他如此邪恶扭曲?他想等真到了那时候,自己一定下不去手。但是他时常有这样一种感觉:之所以还没动手,只是因他感到害怕。这时,伯伯说话了。

"你不是在盼着我早点死吧,菲利普?"

菲利普觉得自己的心顶着胸膛,一下一下几乎要跳出来了。

"天啊,当然没有了。"

"这才是我的好孩子。我不该这么想你的。等我去世之后,你能得到一小笔钱。可你千万不能盼着它啊。这对你没什么好处。"

伯伯的声音很低,语调里掺杂着莫名焦虑。菲利普心里又一猛震,他想不通是怎样敏锐的洞察力才能让这老头子猜到他心里的古怪念头。

"我希望你能再活二十年。"他说。

"唉,我可不敢想那么远。但只要我好好养着身体,再活个三四年应该没什么问题吧。"

他说完这话就闭上了嘴,菲利普也不知该如何应答。忽然,牧师像想通了什么似的,说道:

"每个人都有权利尽量活得长一点啊。"

菲利普试图岔开话题，让他想点别的。

"哦对了，我想威尔金森小姐一直没有写信来吧？"

"不啊，今年早些时候还收到一封呢。她结婚了，你知道吗？"

"是吗？"

"嗯，她嫁了个鳏夫。我想两人应该过得不错。"

第一百一十一章

菲利普回去的第二天就开始上班。他原本以为这样的日子过不了几周就要到头，可结束的那天却迟迟没有来到。几周变成了几个月。冬尽春来，公园的大树吐了新芽，长出嫩叶。菲利普身上渐渐生出一种可怕的懈怠。时间匆匆而过，尽管它步履沉重，可菲利普还是觉得自己的青春一去不返。他尚还一事无成，平庸如初，就已混混沌沌地告别了韶光年华。而他既已下定决心早晚离开这里，工作起来也就似乎更无目的。然而，他设计服装的技术却越来越熟练了，虽然不懂创作，但他能很快把法国的时尚风格改造得适合英国人的口味。有时，他对自己的画本就不怎么满意，再经过裁缝加工制作，更显得粗制滥造。他发现一个颇有意思的现象：看到自己的设计不能被完全落实，他总会莫名其妙地生气。他行事谨慎，步步小心。无论何时，只要提出原创的点子，总会被桑普森先生一口回绝：他们的顾客才不需要那样款式出格的衣服。这家商场是个很上档次的地方，不值得去冒险制作那种不伦不类的衣服，万一有损商店的脸面，后果不堪设想。有几次他对菲利普撂下狠话。他觉得这个年轻人有点太自以为是了，因为他的主意老是和自己的不一样。"你最好给我老实点，年轻人啊，省得哪天就流落街头。"

菲利普特别想朝他鼻子狠揍一拳，但他竭力克制着自己。反正这样的日子马上就要到头，到那时他和这些人就没有一点瓜葛了。有时候，他被自己的绝望搞得哭笑不得，仰天大喊：难道伯伯是个铁人不成？这身板也太硬朗了吧!一般人要是得了他那病,准保一年前就一命呜呼了。慢慢地,菲利普的心思开始转到了别的事情上,这时却收到牧师病危的通知,吓了一大跳。那是七月的一天,他正准备休班度假,忽然收到福斯特夫人寄来的信。信里写到,医生说凯利先生活不了多久了,如果菲利普还想最后见他一面,必须立刻赶回家。菲利普干脆找到主管辞职。桑普森先生是个极通情理的人,了解了菲利普的情况后便痛快地接受了他的辞职申请。菲利普和营业部的人道别。他们知道了菲利普离开的原因后,一时传言四起,添油加醋地说他能继承到一大笔遗产。霍奇斯夫人和菲利普握手道别时,眼里含着泪。

"我想今后怕是不能经常看到你了。"她说。

"能离开林恩,我太高兴了。"菲利普说。

古怪的是,他以为自己已经对商场里的人恨之入骨,可真到了离别之际心里竟有些遗憾,从哈灵顿街的宿舍里搬走时也没有预想的那般兴高采烈。他本以为自己会欣喜若狂,到头来却发现心里空落落的,什么感觉都没有。他一副没事人的样子,就像只是出去度几天假。

"我的个性糟透了,"他自言自语道,"之前那么期盼的东西,等真的得到了又总觉得失望透顶。"

菲利普在某天下午回到布莱克斯塔布尔。福斯特夫人给他开了门,从她脸上的表情能看出伯伯尚留着一口气。

"他今天好了一点,"福斯特夫人说,"身体底子好。"

她把菲利普带到卧室。凯利先生正平躺在床上,见菲利普进屋,勉强挤出一点微笑,那狡黠、满足的模样好像是把菲利普看成了自己的手下败将。

"我还以为昨天就是我的死期了呢,"他的声音里满是疲倦,"他们都觉得我撑不下去了,是吧,福斯特夫人?"

"您身板儿太硬朗了,这点真是没的说。"

"我这匹老马还留着口气哩!"

福斯特夫人嘱咐不让牧师说太多话,这会让他耗费体力。她对牧师就像对孩子,既温柔慈爱又说一不二。尽管所有人都觉得这个老头儿活不了多久了,可他却迟迟不愿撒手人世，在这世上多活一秒，都像个幼稚的小孩儿一样自鸣得意。他知道菲利普是收到他的病危通知才赶回家的，可这次估计又是白跑一趟。想到这里，他不禁觉得特别滑稽。只要不犯心脏病，一两个星期内他是死不了的。他之前犯过几次病，每次都觉得自己要死了，可最后总能挺过来。所有人都在谈论他的身体状况，但他们才不知道他这身子骨有多硬实呢。

"要在这待吗？"他装着以为菲利普此次是来度假，故意这样问。

"是这么打算的。"菲利普似乎没听出他的言外之意，兴高采烈地回答。

"海边的空气对你身体有好处。"

就在这时，威格拉姆医生上门问诊了。他给牧师做完检查，和菲利普谈了几句。他把说话的语气态度都拿捏得恰到好处。

"恐怕这要到头了，菲利普。"他说，"这对我们来说，都是很大的损失啊。我和他认识了有三十五个年头了。"

"他看上去状态很好啊。"菲利普说。

"就靠吃药留着一口气儿呢，维持不了多久的。最近这几天过得真是太可怕了，有好几次我都以为他没救了。"

医生沉默了半晌，随着菲利普走到大门，忽然开口说：

"福斯特夫人有没有跟你说什么？"

"什么意思？"

"这些人……他们很迷信。她觉得牧师心里还有些牵绊，就是因为放不下那些事，所以才迟迟不肯合眼。可你伯伯怎么也不肯承认。"

菲利普没接话，医生便继续说下去。

"当然啦，这些都是无稽之谈。他一辈子行善积德，履行义务，称得上是个非常称职虔诚的牧师。我敢说等他去世后，所有人都会想念他。他没有什么好自责的。下一任牧师能不能赶上他的一半都难说。"

几天过去了，凯利先生还是那般状况，不好不坏。他的胃口一度很好，可现在却吃不下什么东西了。威格拉姆医生为了给他镇痛，毫不犹豫地加大了止痛药的剂量，而由此引发的四肢抽搐让他很快就筋疲力尽。他的头脑还算清醒。菲利普和福斯特太太轮番看护着他。几个月下来,福斯特夫人对牧师有求必应,这会儿已经累得整个人都要散架了。为了让她能睡上安稳觉,菲利普坚持负责晚上陪床。整整一夜的时间,他都坐在扶手椅上,以防自己睡得太熟。他借着昏暗的烛光翻阅起《一千零一夜》来。长大以后,他就再也没看过这本书了,然而再次翻开时,竟发现书页里满是童年的回忆。有时他合上书,静静坐在那儿,谛听黑夜中的安静之声。麻醉药的药效一过,凯利先生就会在疼痛中惊醒过来。而菲利普又要手忙脚乱地伺候一阵。

终于,一天早晨,小鸟停歇在窗外的大树上,叽叽喳喳,啁啾不止。菲利普听到有人在喊他的名字。他走到床跟前。凯利先生平躺在床上,眼睛直勾勾地看着天花板。他没有朝菲利普转过身来。菲利普看见他额头汗涔涔的,便拿过一条毛巾替他擦拭。

"是你吗,菲利普?"老先生问道。

菲利普吓了一跳。这声音低沉而嘶哑,听起来竟是如此陌生。只有深陷恐惧的人才会发出这样的声音。

"是我,你想要什么?"

伯伯片刻没出声,盯着天花板,眼神空洞茫然。忽然,脸上一阵抽搐。

"我觉得自己要死了。"

"胡说八道!"菲利普大喊一声,"你还能再活好些年呢!"

两滴眼泪夺眶而出。菲利普看见伯伯流泪,心里百感交集。他是个从不把生活中的情绪表露出来的人,所以这两滴眼泪才格外让人心惊胆寒。他心中的恐惧之情怕是已经到了无法言说的程度。

"叫人去找西蒙斯先生。"伯伯说,"我要吃圣餐。"

西蒙斯先生就是布莱克斯塔布尔的副牧师。

"现在吗?"菲利普问。

"尽快,不然就太迟了。"

菲利普打算叫醒福斯特夫人,却发现她早已经起床了。他让她派花匠去给西蒙斯先生捎个口信,然后又回到了伯伯卧室。

"找人去叫西蒙斯先生了吗?"

"嗯。"

又是一阵沉默。菲利普坐在床沿,不时用毛巾揩着伯伯额头的汗珠。

"让我拉着你的手吧,菲利普。"老先生说道。

菲利普把手伸过去,他紧紧握住,像握紧最后一丝生的希望,在最后关头求得一线慰藉。或许他这一辈子从来没有爱过谁,而现在却本能地将全部希望寄予在一人身上。他的手心潮湿冰凉,无力而又绝望地攥着菲利普的手,不肯放松。他是在与死亡的恐惧做对抗。菲利普想,也许所有人都要经历这一刻。多么残忍!怎敢相信仁慈的主竟会眼睁睁地看着他的子民忍受这样的折磨?菲利普从没喜欢过自己的伯伯,甚至这两年中的每一天都盼着他早点咽气。可现在他无法克制心中的怜悯与同情。做个有血有肉的好人要付出怎样的代价啊!

良久,叔侄两人相对无言。最后,凯利先生有气无力地问了一句,打破了这骇人的沉默。

"他来了没?"

终于,管家小声通报西蒙斯先生到了。他拎着一个装了法衣和头巾的提包。福斯特夫人把圣餐盘拿来。西蒙斯先生静静和菲利普握了握手,严肃庄重地走到病人床前。这种事他经历得太多,已经驾轻就熟了。菲利普和管家默默退出了房间。

菲利普在花园散步,晨露尚未蒸干,一切都正待苏醒。鸟儿在欢快鸣叫,天空蔚蓝,空气带着海水的淡淡盐味,沁人心脾,凉爽舒适。玫瑰花打着朵儿,大树小草,相映成绿,蓬勃盎然。菲利普走着走着,禁不住想起此时此刻那间卧室里正在进行的神秘活动。福斯特夫人出来叫他,说牧师想见见他。待他进屋,只见副牧师正把自己的东西收拾到一个黑袋子里。重病在床的牧师稍稍转了下头,朝菲利普笑了笑。菲利普惊讶地发现他的模样又是一番大变:眼睛里不再透出惊恐的神色,脸上的痛苦扭曲也消失一空。他看上去幸福而安详。

"我准备好了,"牧师说道,他的声音也和之前全不一样,"主等时候到了,自会召唤我。我时刻准备好将灵魂奉献给主。"

菲利普没作声。他能看出伯伯的一脸真诚,这简直像是奇迹。他从救世主那里获得血肉皮囊,也正是这些给他力量,让他步入那逃避不开的漆黑暗夜。他知道自己将要死去;而他依然安之若素。只留下最后一句话:

"我就要和亲爱的妻子重聚。"

菲利普惊呆了。他想起伯伯曾经的铁石心肠、自私自利,对妻子卑微、深沉的爱意熟视无睹。副牧师也深受感动,默默退出房间。福斯特夫人则哭哭啼啼地把他送到门口。凯利先生经过刚才一番折腾早就精疲力竭,浅浅地睡了过去。菲利普坐在床边,等着最后一刻的来临。一个上午就这样过去了,伯伯的呼吸声越来越重,渐渐变成鼾声。医生来看过后,说他很快就要走了。他已经没了意识,轻轻咬着被角,不时抽搐一下,发出痛苦的呻吟。威格拉姆医生给他打了一针。

"现在打针也不管用了,他随时都可能咽气。"

医生看了看表,又看了看床上的病人。菲利普发现现在已经是下午一点钟了,威格拉姆医生想必正打算去吃午餐。

"您在这儿等着也没用,先回去吧。"菲利普说。

"我也无能为力了。"医生说。

他走了之后,福斯特夫人问菲利普是否要到木匠那去一趟,让他派个妇人来整理遗容。镇上的木匠也负责承办葬礼仪式。

"您需要呼吸点新鲜空气,"她说,"出去走走对您也有好处。"

葬礼承办人住在一英里外。菲利普找到他时,他说:

"老人家什么时候走的啊?"

菲利普犹豫了。他忽然想到,在伯伯还活着的时候就请人来擦洗身子未免显得太残忍,不知道福斯特夫人怎么会建议他这样做。别人肯定会觉得他巴不得早点折腾死自己的伯伯呢。菲利普觉得葬礼承办人看自己的眼神很古怪,他又把问题重复了一遍。菲利普气不打一处来:这关他什么事?

"牧师什么时候走的啊?"

菲利普差点脱口而出,说伯伯刚刚过世。但万一回家发现他还留着一口气,到时候就解释不清了。他的脸红通通的,觉得怪尴尬。

"哦,确切来说,他还没去世呢。"

葬礼承办人看着他,一脸狐疑。他急匆匆地辩解道:

"福斯特夫人一个人在家忙不过来,想找个妇人来帮忙。你明白,对吧?他可能在我来的路上就过世了。"

承办人点了点头。

"嗯,我懂。我这就派个人去。"

菲利普回到教区的房子,径直进了卧室。福斯特夫人从椅子上站起来。

"他还和你走时一个样儿。"

她说完便去厨房吃东西了。菲利普好奇地看着伯伯,想知道死亡究竟如何进行。眼前这个失去意识的人已经没有任何生气可言,松弛的嘴唇不时嘟囔着什么。炎热的太阳缓缓落下,天空澄净无云,园内树下投映出一片绿荫,看着仍旧宜人而凉爽。天气真心不错。一只绿头苍蝇嗡嗡撞在窗玻璃上。忽然,菲利普听到一阵可怕的咕噜声,惊讶地转头看着伯伯。只见他四肢猛地一抽,彻底告别了人世。这部机器终于停止了运转。绿头苍蝇还在一下一下撞着窗玻璃,嗡嗡、嗡嗡。

第一百一十二章

乔西亚·格雷夫斯一个人挑大梁,把牧师的葬礼办得体面又经济。葬礼结束后,他跟菲利普回教区的家。牧师的遗嘱由他负责执行,出于某种对常理的直觉,他在喝下午茶的时候当着菲利普的面,把遗嘱读了一遍。凯利先生把留给侄儿的东西列在了半张纸上:屋里的家具,银行里八十镑的存款,一些股票,ABC 公司里有二十只,欧硕啤酒厂、牛津剧院和伦敦餐馆还有几支。这些都是格雷夫斯让他买下的。格雷夫斯得意洋洋地跟菲利普吹嘘:

"你知道，人必须得有一口吃的，必须要喝饮料、要出去放松娱乐。把钱投在这些大家认为必不可少的公司里是绝对安全的。"

格雷夫斯对世俗的需求既嗤之以鼻又欣然接受，他的这番话体现出自己作为一个上等市民的高雅品位，泾渭分明地和所谓下等人划清界限。牧师的所有股票加起来大概有五百镑，还得加上银行里的存款和变卖家具的收入。这对菲利普来说算是一大笔钱。他虽称不上开心，却也算获得了解放。

格雷夫斯先生和菲利普商量好拍卖会应尽早举办，随后便告辞了。菲利普坐下来开始整理逝者留下的书信文件。威廉·凯利牧师向来以从不销毁自己的东西为傲，五十多年来的信件他都保存着，一捆捆扎好，还有好几摞齐齐整整的单据。这些信件里不光有别人写给他的，甚至还包括了他写给别人的。其中有一小叠发黄的，那是四十年代他在牛津读书时，有次去德国度假，与父亲的通信。菲利普随手翻看，信里的威廉·凯利和他所认识的大伯判若两人。如果你有敏锐的观察力，想来也能在当年的男孩身上寻到些如今的威廉·凯利的影子。这些信都写得非常正式，甚至有点做作而不自然。他写到自己为了把值得一看的景色都走一遍，可谓费尽了心力。他兴高采烈地跟父亲描述莱茵城堡之旅。莱茵瀑布[1]壮丽的景色让他"对宇宙中无所不能的造物主所创下的奇迹叹为观止，诚心敬服"。他不禁想到"所有生活在敬爱的造物主创造的奇绝壮绝之景中的人，一定能感受到神迹，从而过上圣洁虔诚的生活"。菲利普从几张账单里扒翻出一张威廉·凯利刚刚就任神职后画的小画儿。画中是一个清瘦、年轻的副牧师形象，长发披肩，微微打卷，深黑的眸子大而迷茫，脸孔苍白，神色肃穆。菲利普想起伯伯曾经津津乐道地吹嘘，年轻的时候有好多可爱的小姐给他做了几十双拖鞋呢。

整个下午加上傍晚的时间，菲利普被这些数不清的书信搞得焦头烂额。他看看信封上的地址和签名，然后把信撕成两半儿，扔到手边的洗衣篮里。忽然，一封来自"海伦"的信吸引了他的注意。信上的笔迹是他不曾见过

---

1. 莱茵瀑布：莱茵河上游的一个瀑布，位于波登湖下。

的。字体瘦长，棱角分明，字样老旧。开头是"亲爱的威廉"，落款为"爱你的弟媳"。菲利普猛地意识到，这个"海伦"就是自己的母亲啊！他从没见过母亲写的信，所以她的字迹对自己是完全陌生的模样。而这封信里写的正是关于他的事。

亲爱的威廉：

斯蒂芬已经给你写了信。感谢你为我们孩子出生发来的道贺，也感谢你对我的美好祝福。感谢上帝让我们母子平安，这是多么伟大的恩赐。现在我既可以亲自动笔，一定要向你和亲爱的路易莎表达感激之情。自从我和斯蒂芬结婚以来，你们一直待我很好。现在，我想请求你们帮我一个大忙。我和斯蒂芬都想让你来做孩子的教父，希望你能够同意。我清楚这不是件小事，但我确信假如你答应给孩子做教父，就一定会严肃承担起这份责任。我非常希望你能帮我们这个忙，不仅因为你是孩子的伯父，还因为你是一位牧师。我很为孩子担心，日夜向上帝祈祷，盼望他能成为一个善良、诚实的基督教徒。有了你的指引，他一定会成为主的教徒，愿他一生都将敬畏上帝，谦虚、虔诚。

爱你的弟媳，
海伦

菲利普把信一推，向前靠了靠，将脸埋在手心里。这封信让他深为感动，同时又大为吃惊。他想不到母亲竟是个对宗教如此虔诚的人。她的语言那么真诚，全无做作或矫情的痕迹。母亲过世已经有将近二十年了，他对她一无所知。可像她这样美丽的女人，却这般单纯而虔诚，简直令人感到奇怪。菲利普从不知道母亲还有这样的一面。他把信中提及自己的部分又重读一遍：她对他的期望、对他的担忧之情一览无遗。然而，菲利普却成了一个与她期望的截然不同的人。片刻，他审视着自己：也许母亲的死是件好事吧。一股莫名冲动让他把这封信撕成了碎片。他心里有种奇怪的感觉，仿佛窥见了母亲敏感稚柔的灵魂、一个隐藏很深的秘密——这样朴素的柔情啊。他继续开始整理那堆枯燥乏味的信件。

几天之后，菲利普回到伦敦。这是两年来他第一次走进圣鲁克医院的大堂。他找到医学院的教务老师，老师看到菲利普吓了一跳，忙问他这段时间干什么去了。这两年的经历让菲利普自信了许多，他看待不少问题的角度也发生了变化。这样的问题若是放在两年前，必定会让他羞耻得无地自容，可现在他能冷静应答，解释说自己遇到点私事，必须休学一段时间。他的答案简短干脆，让人不好继续追问。他又说希望能尽快回校学习，拿到从医资格。他能赶上的第一场考试是产科和妇科考试。所以，他提前报名去妇科诊室做医师助理。当时正逢假期，妇科助理这一职位很缺人，他很快就开始收到了入职面试，打算从八月的最后一周干到九月中旬。面试完后，他漫无目的地从医学院横穿走过。夏季学期的期末考试已经结束了，他手上没有事做，便沿着河岸高台一路闲逛。他的心里满满当当，格外充实。既然已经可以重新开始，那过去的错误、愚蠢和伤痛就让它们永远地留在过去吧。奔涌不停的泰晤士河昭示着一切都已逝去：不再回头、无关轻重。而眼前的未来，充满着一切可能。

他回到布莱克斯塔布尔，忙着处理伯伯的房产。拍卖会定在八月中旬，届时来此消夏的游客应该会把价格抬到一个令人满意的水平。拍卖目录也已经提前印好，发给特坎伯雷、梅德斯通和阿什福德的几个二手书商了。

一天下午，菲利普惦记着去特坎伯雷，回母校看看。他还记着从学校离开时那种如释重负的感觉，好像从此之后他就能成为自己的主人。打从那一天起，他再也没有回去过了。再一次漫步在曾经如此熟悉的街道上，感觉非常奇怪。他看到过去那些商店依然开门营业，卖着和十几年前相同的东西：书店的一扇橱窗里摆满学校课本、宗教读物、最新的小说，另一扇则是城镇和大教堂的照片；体育器材店里出售板球棍、钓鱼竿、网球拍和足球。他小时候穿的衣服都来自镇上的裁缝铺。那爿鱼店也还开着门，过去伯伯每次来特坎伯雷都要来这儿买几尾鱼带回家。菲利普沿着脏兮兮的小道往前走，这条道在一堵高墙后面，而另一边就是预备学校的红砖楼。再往远处能看到皇家学院的大门，他站在一片四方形的空地中间，周围是各式各样的楼房。此时刚到下午四点，学生们争先恐后地从学校里往外跑。菲利普看到几个穿长袍、戴学士帽的老师，可他一个也不认识。他离校已经有十多年了，这里发生了太多变化。忽然，菲利普看到了校长。他正和一个年纪挺大的男孩（菲利普猜他大概是六年级的学生）说着话，从教学楼慢慢往自己办公室走。校长没怎么变模样，依旧像菲利普记忆中的那般个子高瘦、面色苍白、神态古怪。他的眼睛依然奕奕有神，只不过黑色的胡子像染了层白霜，蜡黄的脸上沟壑也比过去更多。菲利普有种想走上前去同他打招呼的冲动，可又怕他已经忘了自己。他不愿跟别人解释自己是谁。

男孩叽叽喳喳地聊着天，几个刚才跑去换衣服的学生这会儿已经出来准备打墙手球[1]了。还有一些三三两两、成群结队地跑出校门。菲利普知道他们要去板球场。剩下的又跑回操场对着球网练习。菲利普站在这群学生中间，像个陌生人。学校里诺曼风格[2]的楼梯吸引了不少慕名前来的游客，所以男孩们早已对校园里的陌生面孔见怪不怪，只偶尔有一两个男孩朝菲利普冷冷扫过一眼。菲利普好奇地打量他们。他想到自己和这些男孩之间的距离，心中不免悲伤。曾经的他也想做成一番大事，最终却落得一事无成。他觉得那段被记忆尘封的少年时光似乎白白浪费了。而眼前的男孩生气勃勃、青春洋溢，正做着和他当年一模一样的事。恍惚间，他仿佛从没离开过这所学校。当年这里所有人的名字他都记得清清楚楚，可现在却一个都不认识。再过几年，学校的学生又会重换一批，而这些男孩若是重回母校，便也会发现自己像个格格不入的异乡之客。这样想来，菲利普却依然不觉安慰，只让他更加感叹人这一生庸庸碌碌、岁月虚度，一代又一代周而复始，在繁琐无味的生活中轮回。他不知道过去的同窗好友如今都过得怎样。他们应该快到而立之年，

---

1. 墙手球：以手对墙击球的一种运动。起源于十六世纪的爱尔兰。
2. 诺曼风格：公元一〇六六年到十二世纪末的建筑风格，以厚实的石墙、窄小的窗户和方形楼梯为特征，给人庄严之感。

有些可能早就死了；有些成家立业，娶妻生子；还有的也许成了士兵、牧师、医生、律师。岁月早就挫平他们的锐气，青春也已经一去不返。是否有人的处境同菲利普一样糟糕呢？他想起自己过去最喜欢的男孩，可笑的是，他竟然记不起男孩的名字了。菲利普还清楚记得他的样子，记得他是自己最好的朋友，却怎么也想不起他的名字来。当年菲利普一个人暗暗生闷气，看着他和别的男孩打成一片心里就嫉妒不已，现在再想起这些事，不禁哑然失笑，而想不起他的名字则令人更加恼火。菲利普想重新做个小男孩，就像这些在操场上走来走去的男孩一样，绝不再犯同样的错误，从头开始崭新的、有所成就的人生。此刻，孤独无孔不入，难以忍受。过去的两年里，他靦颜苟活，受遍屈辱，将绝望而痛苦的挣扎一一做尽。也正因为此，他在想起这两年的贫困处境时，深感后悔不已。一分耕耘一分收获——这不是强加于人的诅咒，反而是抚慰心灵的妙药。

菲利普的心安静不下来，他回想起自己所理解的生命的图案：所有遇到的不幸充其量只是生命中精美的装饰吧。他一遍遍地告诉自己必须笑对人生，不管是忧郁还是喜悦，是快乐还是痛苦，正是它们让生命的图案更加丰富多彩。他有意识地去寻找美。当他还是个孩子的时候，就喜欢站在学校操场眺望远方的哥特式大教堂。他知道，那就是一种美。他循迹前往，看着那宏伟的建筑群在满天乌云下显出灰暗的颜色，中间的塔楼耸然高立，像人类对上帝的赞颂。学校里孩子们正在打球，他们动作敏捷，年轻的身体充满了力量。阵阵笑声、喊叫声钻到菲利普的耳朵里，青春的声音响亮而刺耳。这般美好，对他来说不过眼前一景罢了。

第一百一十三章

八月末的最后一周开始了，菲利普也准备就位，开始了他在负责区的工作。这份差事可不轻松，平均每天要负责为三名产妇助产。病人提前从医院领回家一张"分娩卡"，等准备生了就叫人把卡给医院的门房送来。通常跑去找门房的都是个小姑娘,她把卡送到后还要去菲利普住的地方叫他过来。要是晚上的话,就由门房亲自去叫菲利普。门房身上带着钥匙,能直接开门叫醒他。大半夜的爬起床,穿过伦敦南区空荡荡的街道是件很瘆人的事。晚上找门房送"分娩卡"的一般都是产妇的丈夫。如果他已经是好几个孩子的爹了,那么大多数情况下,来送卡的时候都一脸气定神闲。可如果这是他的第一个孩子,那他往往会紧张得浑身打颤,有时候为了缓解紧张情绪还会把自己灌得酩酊大醉。送信的人找到菲利普后,两人再一起往产妇家里走,趁这时候他们会聊聊近来的工作情况和生活花销等。一来二去,住在河对岸的人靠什么谋生,菲利普也了解了不少。有时,这些人聊着聊着就垂头丧气,打不起精神来,菲利普就会鼓励他们一番。产妇躺在大床上等待分娩,本来就不大的房间让这张床占去一半,屋又闷又热。菲利普在这儿一等就是好几个钟头,产妇的母亲和接生婆都喜欢和他聊天,似乎没把他当成男人。前两年的生活环境让菲利普知道囊中羞涩是种什么滋味,而她们发现菲利普竟然如此了解穷人的生活,也觉得颇有趣味。最让她们印象深刻的,莫过于他们的一些小把戏根本瞒不过菲利普的眼睛。菲利普人很善良,有双温柔的手,从不乱发脾气。病人们很喜欢他,因为他从不摆出高高在上的架子,愿意同他们一起喝杯茶。一夜过去了,产妇还没分娩,家属切片面包,抹上烤肉油给菲利普吃。他现在已不像当初那样胃口清淡、饮食挑剔了,什么东西都能津津有味地吃下去。有些产妇住的房子在一条肮脏小巷尽头的破院子里,一幢一幢破破烂烂的小楼紧挨着,既不通风,又不透光。而有些产妇的家则截然不同,虽然地板被虫蛀了,房顶上滴滴答答漏着水,可精心雕刻的楼梯栏杆、镶了护板的墙壁都显出一种出乎意料的豪华感。这种小楼一般都挤满了人。每间房里各住了一家人,白天的时候小孩在院子里嬉戏玩耍,大喊大叫,没有片刻的安静。四面屋墙早就成了害虫的老窝,房子里臭气熏天,害得菲利普连连作呕,不得不点起烟斗。住在这的人经常吃了上顿没下顿。这里的人从不欢迎新生命的诞生,婴儿的父亲永远怒气冲冲,而母亲则一脸绝望:又多了一张嗷嗷待哺的嘴,可家里的口粮还不够那些大点的孩子吃呢。菲利普经常有所察觉，也许这些人盼着孩子生下来就是死胎，或者巴不得他们早点夭折。有次他给一个产妇助产，诞下了一对双胞胎（对于爱看热闹的人来说，这简直太滑稽）。婴儿的母亲悲戚地尖叫一声，号啕大哭起来。产妇的母亲直言直语地说：

"真不知道小两口儿怎么养活他们。"

"说不定上帝会把这俩娃娃收回去呢。"接生婆说道。

孩子的爸爸看看这对并排躺着的小生命，凶巴巴的脸上带着一种愤怒的神情，把菲利普吓了一跳。这两个不受欢迎的可怜小东西引起了全家人的憎恶。菲利普觉得如果自己不把话说得狠一些，说不定没过几天就会有一场"意外"发生了。这样的"意外"屡见不鲜：母亲"一不小心"压死孩子，或者喂错东西，都往往不是因为粗心大意造成的。

"我每天都要来看一次，"他说，"我先警告你们，要是孩子有什么三长两短，医院的人会来验尸。"

婴儿父亲狠狠瞪了菲利普一眼，没有说话。他心里盘算着如何结果这双胞胎。

"主保佑这小小的生命，"孩子的祖母说，"他们能有什么三长两短？！"

最困难的事是保证新生儿的母亲能卧床休息十天，这是医院按惯例规定的最少期限了。可操持家务哪里是件轻巧活儿？想找人看孩子就必须支付工资，况且要是在丈夫工作一天，又饿又累地回到家之前没准备好茶点，那他一定会雷霆大发。菲利普听说这些穷人家的女人经常会互相帮忙，但实际上，她们总是挨个跟菲利普大吐苦水，抱怨没人愿意帮着收拾屋子、拉扯孩子，又请不起帮佣。从这些女人说出口和没有说出口的话里，菲利普发现他们的生活和社会上等阶级堪称天差地别。他们从不嫉妒那些富裕人家，因为清楚自己和别人没有可比性。他们有种特别的阿Q精神，中产阶级的生活在他们眼里只能是刻板、枯燥，毫无幸福可言。甚至他们还同情中产阶级，觉得那些人软弱无能，无法自食其力。这些人中，骨头硬些的只想独善其身，不愿别人来打搅自己。可大多数都想从有钱人那里揩点油。他们深知说些什么才能把乐善好施之人哄得妥妥帖帖，一旦获得施舍还觉得这是天经地义，谁让有钱人都是傻子，而他们却好生精明呢！副牧师上门拜访时，他们总是爱答不理。教区的探访员一来，他们又没个好脸色。探访员是个娘们儿，一进屋就把窗户打开，连句"劳驾""打扰了"都不说。她一边嚷着"我有气管炎，这天气要冻死人了"，一边在屋里走来走去，东摸西瞧，连犄角旮旯也不放过。就算她不明说这房子很脏，你也能大概猜出她心里在想些什么了。"哎唷，她们雇得起佣人，当然能把家拾掇得干干净净了。要是她们也养着四个孩子，还得负责做饭、缝洗衣服，我倒要看看能把家收拾成什么样。"

菲利普发现，对于这些人来说，生命中最惨重的悲剧并非生离死别，而是丢了饭碗。生与死乃人之常情，寥寥几滴眼泪便能洗忧涤虑。有天下午，菲利普正陪着一个刚刚分娩三天的产妇，却忽然看到她丈夫回家来了。他说自己被解雇了。他是个建筑工人，当时经济萧条，工作很难找。他说完后就坐下喝茶了。

"哦，吉姆。"妻子叹了口气。

男人木木怔怔地扒了几口吃的。为了让他回家能有口热乎饭，小锅一直放在炉子上加热。他呆呆看着眼前的盘子，妻子诧异地瞥了他三两眼，默默地掉下泪来。男人个子不高，是条粗野汉子，常年的风吹日晒让他的脸皮都皴裂了，额头上有道长长的白疤。他用一双生满茧子的大手把盘子往旁边一推，似乎是不想再逼着自己勉强吃东西了。他开始盯着窗户出神。这间房子在楼顶层，朝向阴面，窗外除了郁郁乌云再无其他景色。四下安静无声，绝望的气息弥漫开来。菲利普知道，此时此刻，言语是无力的，只好先行告辞。他几乎一夜没睡，脚步格外沉重，心里装满了对这残酷世界的怒气。他清楚在现在这样的情况下，找份工作无异于大海捞针，而这种无依无靠的荒凉感觉甚至比饥饿更难忍受。所幸他早已放弃了宗教信仰，因为若是现在还相信上帝的话，就更无法容忍这样的生活了。一个人之所以还能在世上苟活，只是因为生活本身毫无意义罢了。

菲利普觉得那些为了帮助贫困阶级而费心费力的人全都犯了大错。他们总想试图解决那些困扰着他们自己的问题，却从未想过对这些问题习以为常的人早就不会因此而烦恼了。穷人不奢求住进宽敞通风的大房子，他们饮食不够营养，血液循环又不好，所以大都身寒体弱，住到大房子里反而觉得更冷。他们舍不得点炉子，几口人挤在一间屋里也觉不出有多艰苦，相反，还觉得这才叫热闹呢。从生到死，他们一刻都不曾独自度过。孤单让人难以忍受，他们喜欢男女老少混住在一起，甚至已经注意不到身边吵个不停的噪声人声。他们觉得不必经常洗澡。菲利普经常听这些人愤愤抱怨：不就是去个医院嘛，还非要洗个澡才行，真是又麻烦又让人心里不舒服。他们巴不得能不受打扰地闭上门过日子。家里的男人如果能有份稳定工作，那家中光景就敞亮多了，日子也过得有滋有味。每天都能和三五好友聊聊天，晚上喝杯啤酒解乏，再看看大街小巷随时上演的人情百态。要是想看书了还有《雷诺兹报》和《世界新闻》[1]，"你都不知道时间是怎么溜走的。可它确实就是这样有去无回。你还是个小女孩的时候喜欢读书，别人都觉得古怪。但现在不是有这事就是有那事，想看看报纸都腾不出点时间咯。"

一般来说，菲利普还要在每位产妇分娩之后去看望三次。有次周日，他在吃午饭的时候到了产妇家里。那位产妇分娩后第一次下床走动。

"我不能再在床上躺着了，真的。我不是那种能闲下来的人。天天躺床上什么也不干，闲得我难受。我跟丈夫说，'厄尔布，我给你做点吃的吧'。"

厄尔布正坐在桌边，手拿刀叉，准备开动。这个年轻人面目坦荡，有对湛蓝的眼珠儿。他挣钱不少，眼下小两口的日子也过得宽绰。他们刚结婚几个月，对自己刚刚来到世上的大胖儿子喜欢得不得了。那个脸蛋儿红扑扑的婴儿正躺在床脚的摇篮里。一股煎牛排的香味飘散出来，菲利普的眼神停在了炉灶上。

"我这就把菜盛出来。"女人说道。

1.《雷诺兹报》和《世界新闻》：均为英国十九世纪报纸，属于娱乐性畅销小报，和《泰晤士报》等严肃报纸不同。

"你们吃你们的，"菲利普说，"我来瞧瞧你们的宝贝儿子，看看那个将来继承你俩家产的小子长得怎么样了。我马上就走。"

年轻夫妻被菲利普的话逗笑了，厄尔布随菲利普走到摇篮前看了眼孩子，那股初为人父的骄傲劲就别提了。

"孩子看起来没什么问题，对吧？"菲利普说完便拿起帽子，准备离开。厄尔布的妻子已经把牛排盛好，端着一盘青豆上桌了。

"你们吃得很丰盛嘛。"菲利普说。

"厄尔布只有礼拜天会在家吃午饭，我想给他做点好吃的，这样等他外出工作就知道想着家的好啦。"

"你恐怕不屑坐下来和我们一块儿吃饭吧？"厄尔布先生开起玩笑。

"哦，厄尔布！"妻子颤声叫了一句。

"如果你执意请我，也许我就留下了。"菲利普微笑着说。

"哈哈，这才是真朋友。我就知道他不会推辞。波莉，再拿个盘子来，亲爱的。"

波莉一阵手忙脚乱。厄尔布就是这样想一出是一出，让人永远也猜不到他下一秒准备做什么。波莉取来一个盘子，用围裙飞快地抹了抹，又从五斗柜里拿出副新刀叉。她一向把最好的餐具用最好的衣服裹得严严实实，藏在柜子里。桌上放了一壶烈性啤酒，厄尔布给菲利普倒了一杯。他想多给菲利普切点牛排，可菲利普坚持要一人一半。阳光透过两扇落地窗暖暖地照进来，这间客厅的装潢在过去即使算不上时髦，起码也是非常体面的了。也许五十年前这里的房客是位商业大亨，或是哪个军官以半价租了下来。厄尔布婚前曾是个足球运动员，客厅墙上挂着他在不同球队效力时的照片。球员们一个个头发梳得齐整，满脸青涩。队长手拿奖杯大模大样地坐在中间。房间里还有一些小摆设，这个小康家庭的富足程度从中可窥见一斑。有几张厄尔布的亲戚和夫人穿着节日盛装的照片，壁炉架上还有一块做工精致、沾满贝壳装饰的观赏石，石头两边是一对杯子，上面印着码头和军队的图片，还有用哥特式字体写的"索森德赠"。厄尔布这人有点个性，他坚决不入工会，谁逼着他参加，他就对谁翻脸。工会对他来说没什么用处，他从来不愁找不着工作。凡是脖子上长着颗脑袋，干活不挑，什么都肯做，就肯定能挣到大钱。而波莉是个胆小的女人，换作她是厄尔布的话，肯定早就进工会了。上次工人们闹罢工，每次厄尔布出门，波莉都提心吊胆地害怕他下一刻就被急救车送回来。她转身对菲利普说：

"这家伙真倔，我可拿他没办法。"

"好了，我想说的是，咱们生在一个自由的国家，谁说了也不算。"

"你就是再说它自由也没用，"波莉说，"只要那些人逮着机会，照样会把你的头给锤瘪。"

吃完饭，菲利普把自己的烟袋递给厄尔布，他俩一起点燃烟斗。随后，菲利普起身要走，他担心又有产妇要分娩，已经派人到家里等着接他。他和厄尔布握了握手。这对夫妻看到菲利普愿意留下来吃饭，而且津津有味，心里都很高兴。

"好啦，再见了，先生。"厄尔布说，"希望下次我妻子再'出丑'时还能遇到您这么好的大夫。"

"你倒挺会说，厄尔布。"波莉反驳道，"你怎么知道会有下一次呢？"

第一百一十四章

为期三周的实习工作已经进入尾声。菲利普总共帮着六十二个产妇娩下了婴儿，累得身子软塌塌的，活像一摊烂泥。最后一天，等他半夜十点回到家的时候，他全心希望今晚不用再出诊了。他已经连续十天没有睡过囫囵觉，这会儿才刚刚从产妇家里回来。这次出诊的经历非常糟糕。当时来找他的是一个身材粗壮、结实，喝得醉醺醺的男人。菲利普随他来到一个臭气熏天的院子，这里比他之前见过的所有地方都要脏。产妇正躺在阁楼里，一张木床占去了房间的大半，床上挂着满是污垢的红色帷幔。这屋子很矮，菲利普一抬手就能碰到天花板。屋里只有一根蜡烛发着幽暗的光，烛台上爬满了死虫子，尸体已经被烤得卷曲起来。菲利普迎着光走上前去。产妇是个中年女人,衣冠不整、发丝凌乱。她此前小产过很多次,给出的借口是丈夫到印度当兵去了。这样的谎话菲利普早就听腻歪了:丈夫去印度当兵了;道貌岸然的英国人将本国法律强加到印度头上,害得这最令人头疼不耻的"疾病"肆意流行。到最后,遭罪的还是无辜的人。回到家后,菲利普打了个哈欠,脱光衣服钻到澡盆里,他在水面上抖抖外套,看着几只抖落下来的小虫子在水面上挣扎蠕动。他洗完澡刚准备上床,便听到一阵敲门声传来。是医院的门房给他送"分娩卡"来了。

"妈的,"菲利普说,"今晚我最不想见到的人就是你。谁送来的卡啊?"

"我想是产妇的丈夫,先生。需要我叫他等着您吗?"

菲利普看了看卡上的地址,刚好这条街他很熟悉,就告诉门房等他收拾一下自己过去。他用不到五分钟的时间穿好衣服,提着黑色的医师包匆匆赶到病人住的那条街。尽头的黑暗里站了一个男人,看见菲利普便朝他迎了过来,说自己就是产妇的丈夫。

"我刚才想到,还是应该等等您,先生。"他说,"这里很不安全,经常有人闹事,他们也都不认识你。"

菲利普大笑起来。

"谢谢你的好心啦。他们都认得出谁是医生。我之前还去过比维弗尔大街更乱的地方呢。"

这话不假。黑色的医师包就像一张通行证,能让人平平安安地通过最脏乱的巷子,走到连警察都不敢凑近的、散发出一股腐烂味道的院子里去。有时,巷子里的一伙男人好奇地打量着从远处走来的菲利普,他们小声嘀咕片刻,然后其中一个说道:

"这是医院来的大夫。"

菲利普经过他们的时候,还有人跟他打招呼:"晚上好啊,先生。"

"您不介意的话,我们就快点走吧,先生。"男人在他身旁说道,"他们告诉我时间快来不及了。"

"那你怎么这么迟才来医院?"菲利普一边加快脚步,一边问他。

经过路灯下的亮光时,他看了一眼身边的男人。

"你看上去真年轻啊。"

"我已经满十八岁了,先生。"

这个小伙子长得蛮英俊,脸蛋光滑,一根胡子也没有。他看上去就是个小男孩,个子虽说不高,身材倒算得上壮实。

"你这么年轻就结婚了啊。"菲利普说。

"我们也没啥办法。"

"你能挣多少钱?"

"十六先令,先生。"

要养活老婆孩子,一周十六先令实在算不上多。从他们住的屋子不难看出这对小两口已经快穷得走投无路了。明明是一间小屋,看上去却特别宽敞,只因为屋里几乎没有什么家具。地板上没铺毯子,墙上也光秃秃的一幅画都没有。大多数人的家里要么挂着几张照片,要么是镶在廉价画框里的,从画报上剪下的圣诞节专页。产妇正躺在一张窄窄的铁床上,这床是商场里最便宜的一张。菲利普惊讶地发现她竟然如此年轻。

"天啊,她绝对不到十六岁!"菲利普对那位负责来"照应她"的女人说。

她在分娩卡上登记的年龄是十八岁。年纪小的产妇都要故意把自己说大一两岁。她长得很美,这一点在她这个阶层的女孩里并不多见,因为她们吃得不好,呼吸着污浊的空气,从事的工作也都对健康不利。可这个女孩的五官精致秀美,水汪汪的蓝眼睛又大又亮,像个在道旁卖东西的小贩一样,把一头乌黑浓密的头发仔细盘好。她和丈夫此刻都非常紧张。

"你最好在外面等着,需要你的时候会喊你。"菲利普跟她丈夫嘱咐道。

他现在能更清楚地看见男孩的脸,为这张脸上流露出的稚气而深感惊讶。他似乎更应该和其他男孩混在一起,在街上嬉笑打闹,而不是像这样紧张兮兮地等着自己孩子的降生。几个小时过去了,一直到快凌晨两点,孩子才出生。一切都进行得顺利。菲利普把她的丈夫叫进来,看到他颤颤巍巍,满面通红地俯身亲吻妻子,菲利普也觉得心里怦然一动。他把东西收拾好,临走前又把了把产妇的脉搏。

"我的天啊!"

他大喊一声,立刻看了看产妇的脸,心里暗道一声大事不妙。遇到这样的紧急情况,必须去找医院里的高级产科医师。他们是已经取得从医资格的医生,负责管理整个片区。菲利普草草写了张纸条,让丈夫拿上它快些跑去医院。他千叮咛万嘱咐,产妇现在危在旦夕,一定要尽快赶到医院。丈夫一溜烟跑走了,留下菲利普急得像热锅上的蚂蚁。产妇正在大出血,也许就此再也醒不过来了。菲利普害怕她在高级医师来到之前就咽了气。他把能做的急救手段都做了一遍,盼着高级医师正在医院,没去别地出诊。几分钟的时间像是过了几年。医师终于到了,给病人做了检查,低声问了菲利普几个问题。菲利普从他的表情里就能看出情况确实非常严重。医师名叫钱德勒,是个沉默寡言的大个子,鼻子很长,瘦削的脸盘上爬满皱纹,比他实际年龄看上去要老得多。他摇了摇头。

"从一开始就没什么希望了。她丈夫呢?"

"我让他在楼梯上等着呢。"菲利普说。

"最好叫他进来吧。"

菲利普开门把他叫进屋。他坐在通往上层的第一蹬楼梯上,身子蜷缩进黑暗里。听到菲利普的声音,他起身跑到床边,急匆匆地问:

"怎么样?"

"是体内出血,止不住。"医师犹豫片刻,不知怎么开口。待他平稳心情,用冷冷的声音道出这残酷的事实,"她死了。"

丈夫什么也没说,一动不动地立在原地,呆呆看着床上面如白纸、不省人事的妻子。接生婆在一旁说:

"这两位先生已经尽力了,哈里,我从一开始就料到会这样。"

"别说了。"钱德勒打断她。

屋里的窗上没遮帘子,窗外的天色已经渐渐发亮了。此时还不到破晓之际,然而黎明已经近在眼前。钱德勒不惜一切手段想让她活下来,可生的气息还是从她身上一点点溜走。霎时,她的心跳停止了。年轻的丈夫站在床脚,用手撑着床栏杆,一声不吭。他的脸上毫无血色,钱德勒不安地瞟了他两眼,恐怕他两腿一软,栽倒下去。他的嘴唇都变成灰白色。接生婆在一边哭天抢地,可他好像完全没听见一样。他直勾勾地盯着妻子,眼中充满了困惑。他就像一条狗,被人狠狠鞭打一顿却还不知道自己到底做错了什么。钱德勒和菲利普分别把自己的东西收拾好,转过身对他说:

"你最好躺下休息一会儿,我看你快撑不住了。"

"我没有地方能躺下啊,先生。"他声音里的自卑让人觉得很不是滋味。

"这栋楼里没有你认识的人了吗?他们不能让你临时住一宿?"

"没有,先生。"

"他俩上个礼拜才搬进来,"接生婆说,"邻里之间还没来得及走动呢。"

钱德勒尴尬得不知怎么是好,他走到男孩身边。

"发生了这样的事,我感到特别遗憾。"

说完他伸出手。男孩下意识地看自己的手是否干净,和钱德勒握了握。

"谢谢您,先生。"

菲利普也和他握手告别。钱德勒临走之前叮嘱接生婆第二天上午去医院领死亡证明。他俩从那房子里出来,并肩走了一段,谁也没同谁说话。

"一开始做医生遇到这种事儿总有些心烦,对吧?"钱德勒终于说道。

"有一些。"菲利普回答。

"如果你愿意的话,我让门房今晚不再去打扰你了。"

"到明天早上八点,我的实习就结束了。"

"你看了几例病人?"

"六十三。"

"很好。肯定能拿到实习证明了。"

他们路过医院,钱德勒医师准备进去看看是否有人在等他,菲利普就一个人继续往前走。前一天天气炎热,现在虽然到了日出之际,空气里还是暖烘烘的。大街上悄无一人。他还不想回家,既然工作已经结束,就没必要急着休息了。他沿着马路慢悠悠地散步，享受着这空气新鲜、万物寂静的清晨。他想跑去桥上，看着太阳从河面升起。街角的警察向他问了句早上好，他看到那个黑包，猜出菲利普是位医生。

"今天夜里出诊可够晚的呀，先生。"

菲利普点点头，从警察的身边走过。他靠在桥栏上静等日出。此时此刻，这座伟大的城市死气沉沉。天上不见云彩，星星在将亮未亮的空中显得黯淡无光。河面上薄雾轻笼，河流中段停泊了几艘驳船，北岸那些高大宏伟的楼房好似矗立在魔幻岛屿上的神秘宫殿。这景致是仙境般的紫罗兰色，莫名骚动，令人敬畏。很快，万物都变为清浅的灰色，冷冷的调子，苍白而淡漠。太阳自河面升起，一道金黄色的带子漂在天边，整片天空五彩斑斓。菲利普的眼前总是闪过那个惨死在床上的女孩，那冰冷的身体和苍白的皮肤；还有站在床脚，像个受了伤的野兽一样的男孩。他们寒酸的小屋里空空荡荡，衬得这死亡之痛更加剧烈。女孩的生命才刚刚开始，她还站在门槛，就因为命运之神的愚蠢而告别人世。多么残忍啊！就在他唏嘘不已之时，却忽然想到，就算女孩活下来了，将来面对的人生也无非是这般样子：生育儿女、对抗贫穷；在劳碌中度过青春，人到中年才觉察到自己芳华尽失，变为一个不修边幅的邋遢妇人。菲利普似乎看到那张俏丽的面庞一点点消瘦、苍白，茂密的头发脱得稀稀拉拉，白皙修长的双手因为劳作变得粗糙丑陋，活像两只老兽的爪子。而男孩也不再年轻，找不到称心的工作，只能勉强挣回微薄的工资。他们最终所面临的也将是那无从回避的赤贫。也许女孩是个精力满满、省吃俭用、吃苦耐劳的人，可这也无法改变她既定的命运。最终她无非是要一路沦落到济贫院，在那里结束残生，或者依靠儿女的施舍，苟延残喘。如果生命不能给予她什么，又何必怜悯她的离开？

怜悯是没有意义的。菲利普觉得这些人并不需要他人的怜悯之情。他们甚至都不会怜悯自己。他们坦然接受命运的安排，深谙"天行有常"之道。再者说，如果不这样坦然接受……老天啊！如果不能坦然接受的话，他们也许就会成群成群地扎进河里，跑到对岸那些高楼大厦里面纵火抢劫了。纤弱而苍白的清晨终于到了，晨雾愈发稀薄，沐浴在细密露珠下的一切看上去都散发着淡淡光辉。泰晤士河是清冷的灰色，是娇艳的红，是翠嫩的绿。灰如珍珠母的贝壳，绿如黄玫瑰的花心。萨里郡那边的码头库房凌乱地挤在一起，竟让人觉得别有一种美丽。眼前的景色如此美妙，让菲利普心跳加速。他甘愿为这世上的美折腰臣服。与之相比，一切都不那么重要了。

第一百一十五章

冬季学期开始前，菲利普在门诊部待了几周。等到十月份开始步入正轨，继续学业。他离开医学院太久了，再回来后发现身边的同学早已经换了大半。不同年级的学生之间鲜有交往，而和菲利普同级的那些人大都拿到了从医资格。他们有些离开伦敦去乡村的医院、诊所当助理或医生；有些继续留在圣鲁克医院任职。菲利普觉得自己的脑子休息了两年，一回来反而感到神清气爽，正好可以精力满满地继续学习了。

阿西尔尼一家看见菲利普走了财运，心里都替他高兴。他从伯伯的遗物里挑了几件留下，送给阿西尔尼家每人一件礼物。他把伯母的金链子送给萨莉。萨莉已经长成亭亭玉立的大姑娘了。她跟着裁缝做学徒，每天一早八点就到摄政街的店铺里工作。她有一双蓝幽幽的、诚恳的大眼睛，两道宽宽的眉毛，浓密的秀发光泽柔顺。她出落得玲珑有致，屁股、胸脯都丰满健美。她的父亲最喜欢谈论女儿的相貌，还不时警告她不能再长胖了。萨莉是个迷人的女孩，健康红润，带着种诱人的气质，女人味十足。追她的小伙子很多，可没有一个能打动她，只好悻悻离去。她给人留下一种印象，即她能把追求者的绵绵情话看成是胡说八道。不难想象，年轻的男士们都会觉得她难以接近。萨莉比她实际的年龄要更成熟，她从很早就开始帮着母亲操持家务、拉扯孩子，所以在她的身上能看到管家婆的影子。她母亲常说，萨莉做什么事都要大包大揽，非得按着自己的想法来。她说话不多，随着年龄的增长，为人越来越幽默，尽管只是三言两语，可是能看出在她冷漠的外表下，充满了对同龄人的好奇与兴趣。菲利普发现,虽然他和阿西尔尼家其他成员相处亲密,但和萨莉之间似乎总隔着一段距离。有时萨莉的冷漠会令他生气。在她身上,有种让人看不透的东西。

菲利普给她项链的时候,阿西尔尼就在一旁起哄,非要让萨莉亲他一口才行。但萨莉面红耳赤地后退几步。

"不,我才不亲呢。"她说。

"没礼貌的丫头!"阿西尔尼大喊道,"为什么不亲呀?"

"我不喜欢被男人亲。"她说。

菲利普看出她很尴尬,心里暗暗偷笑,随即把阿西尔尼的注意力带到别的话题上了。这对他来说从不是什么难事。可显然,萨莉的妈妈事后又跟她聊过了,等菲利普再来做客的时候,萨莉趁旁边没人,跟菲利普提到了这件事。

"上次你来的时候,我不肯亲你,你不会觉得我不礼貌吧?"

"一点也不会。"菲利普笑起来。

"不是我不知感激,"她说出这样一个事先准备好的正式的字眼,羞得脸上红了一片,"我一定好好宝贝那条项链,你可真好,能把它送给我。"

菲利普总觉得和她聊天有点困难。她做起其他工作来都是一把好手,可总觉得没必要和别人交谈。即便这样,你也不会感觉她是个不善交往的孤僻的人。一个周日的下午,阿西尔尼和妻子一起外出了,菲利普像自家人一样坐在阳台上读书。萨莉走进来,坐到窗前缝衣服。女孩子的衣服都是家里给做的,萨莉可不能白白浪费了周日的时间,她想趁这时候把衣服做好。菲利普觉得她想和别人聊聊,于是便把手里的书放下了。

"你读你的,"她说,"我看你一个人在这儿坐着,就想来陪陪你。"

"你可真是我能想到的人里最安静的一个了。"菲利普说。

"这个家里有一个能说会道的就够了。"

她的语气里完全没有讽刺的意味,她只是在陈述一个事实罢了。可菲利普知道这话里指的正是她的父亲。她已经不像小时候那样把父亲当作大英雄。在她心里,父亲一面是夸夸其谈,招人发笑的活泼形象,一面又大手大脚,不知节俭，经常让全家人作难。她把父亲的花言巧语和母亲朴实无华的言辞作对比，尽管父亲的活泼开朗让她忍俊不禁，可偶尔却也对这种不正经的行为有些不耐烦。菲利普看着她手底忙忙碌碌。她是个健康强壮，平凡无奇的姑娘，但在商店里那群胸前平平、苍白贫血的女孩里，她这样的姑娘一定让人过目难忘。想当初，米尔德里德就有严重的贫血病。

过了一段时间，又有人来追求萨莉了。她偶尔会和店里的朋友出去聚会。有一次，遇到了一个男孩。他在一家生意很好的公司里做电气工程师，条件非常不错。一天，萨莉跟母亲说男孩向她求婚了。

"你咋说的？"母亲问道。

"哦，我告诉他我这会儿还不急着嫁人呢。"她停下来，习惯性地沉思了一会儿，"我看他很沮丧，就喊他周日下午来家里喝茶了。"

这可是阿西尔尼做梦都盼着的事儿啊。为了在那位年轻人面前演好一个不怒自威的老岳父，他整整排练了一个下午，把一群看热闹的孩子逗得捧腹大笑。等见面的时间快到了，阿西尔尼又翻箱倒柜地找出一个埃及塔布什帽[1]，执意要把它戴在脑袋上。

"你可行了吧，阿西尔尼。"阿西尔尼夫人穿着一件黑色的天鹅绒裙子，这是她最好的衣服。她每年都会长胖一点，这裙子已经变得很紧了。"你会把咱姑娘的事儿搞砸了的。"

她想把那帽子摘下来，可这小个儿男人一下就闪开了。

"别动我，老娘们儿。我说什么都不会摘的。我就要让那个年轻人一眼看出咱们家可不是一般人家，不能说进就进呐。"

"让他戴着吧，妈妈。"萨莉冷冷地说，"如果唐纳森先生接受不了的话，他就可以起身走人了。正好少了桩麻烦事。"

菲利普心想，那年轻人可真是要倒大霉了。一个无辜的电气工程师看到穿棕色天鹅绒外套、打黑色飘带、戴红色塔布什帽的阿西尔尼，保准惊得下

---

1. 塔布什帽：穆斯林男子的平顶圆帽，多见红色，饰缨子或流苏。

巴颏都掉到地上。很快，小伙子到了。阿西尔尼以西班牙大公[1]一样趾高气扬又彬彬有礼的态度接待了他，而他身边的阿西尔尼夫人却表现得亲切、自然。他们在熨衣台旁的椅子上坐下来。椅子的靠背很高，坐上去很不舒服。阿西尔尼夫人用亮闪闪的茶壶给他们倒茶，这茶壶给他们带来一些英国乡村独有的喜庆气氛。她亲手做了小蛋糕，桌上还摆着一罐自制果酱。在这样一间詹姆斯一世风格[2]的房间里喝顿乡村式下午茶，让菲利普觉得别有一番雅趣。阿西尔尼不知哪根筋搭错，忽然开始长篇大论地聊起拜占庭的历史来，他刚刚读完《罗马帝国衰亡史》[3]的最后几章。他夸张地竖着食指，滔滔不绝地讲着狄奥多拉和艾琳的秘闻艳史，把跟前的小伙子听得一愣一愣的。他吹得天花乱坠，唾沫星子乱飞，而那位年轻的小伙子一言不发，满脸通红，不时点点头以表自己很感兴趣。阿西尔尼夫人才不管他说了些什么呢，她时而打断他，给小伙子倒满茶，或者催他再吃一块果酱蛋糕。菲利普看着萨莉，她坐在一旁，眼帘低垂，轻悄悄、静幽幽，一副若有所思的样子，长长的睫毛在脸上投下浅浅的暗影。你看不出这个女孩究竟是觉得此情此景非常可笑，还是在心里偷偷喜欢那个年轻小伙。她像是一个谜。但有一件事可以确定：这位电气工程师相貌英俊，一表人才，胡子刮得干净，五官端正老实。他个子很高，身材壮实。菲利普不禁觉得他配萨莉真是太合适了。想到这两人将来会有的幸福生活，他心里好生嫉妒。

过了一会儿，这位求婚的小伙子说差不多是时候告辞了。萨莉默默站起来，陪他走到门口。一等她回来，阿西尔尼就大嚷道：

"哎呀，萨莉，我们觉得这个小伙子非常优秀呀。欢迎他成为咱家的女婿。赶快宣布结婚公告[1]，我来给你们写首婚礼上要唱的歌。"

---

1. 大公：旧时西班牙的最高爵位。
2. 詹姆斯一世风格：詹姆士一世是苏格兰斯图亚特王朝第一任真正意义上的君主，詹姆斯一世风格的建筑装潢以华丽复杂的线条感为标志。
3. 《罗马帝国衰亡史》：英国历史学家爱德华·吉本的一部巨作，记录了罗马帝国由盛而衰上下一千多年的历史。狄奥多拉和艾琳均为书中人物。

萨莉挽起袖子收拾桌上的茶具，没有作答。忽然，她飞快地朝菲利普看了一眼。

"你觉得他怎么样，菲利普先生？"

她从来不像其他孩子一样叫他"菲尔叔叔"，也不肯直接喊他"菲利普"。

"我觉得你俩简直是金童玉女啊。"

她又看了他一眼，脸颊微微泛红，继续收拾起桌子来。

"我觉得那家伙很不错，很有教养，"阿西尔尼夫人说，"所有女孩跟了这样的男人都会很幸福的。"

萨莉半晌没回话，菲利普好奇地看着她。她此刻可能正在思考母亲说的话，也可能在想刚才那个年轻男人。

"和你说话你怎么没反应呢，萨莉？"她的母亲好像有点生气了。

"我觉得他傻乎乎的。"

"你难道不准备接受他？"

"嗯，不准备。"

"我可真不知道你想找个多好的。"阿西尔尼夫人显然被惹恼了，"这小伙多体面啊，嫁给他肯定能衣食无忧。等你嫁出去了，我们养活剩下的几个孩子就容易多了。这么好的男人你都不要，简直说不过去。我敢说你要是嫁给他，将来肯定能雇个女佣给你干粗活。"

菲利普从没听过阿西尔尼夫人如此直接地抱怨生活之艰辛。他现在才发现，把每个孩子拉扯养大竟是个如此沉重的担子。

"你再劝也没用，妈妈，"萨莉静静地说，"我不会嫁给他的。"

"你就是个硬心肠的丫头，从来不替别人着想。"

"如果你想让我挣钱养活自己，妈妈，我可以去工作啊。"

"别傻了，你爸爸是不会让你这么做的，你自己心里清楚得很。"

菲利普忽然看见萨莉的眼睛，他觉得那双眸子里仿佛带着笑意。不知道

1.结婚公告：英国人传统中由牧师或执事在教堂宣布的结婚公告。

刚才这段对话有什么好招她发笑的。真是个奇怪的女孩。

第一百一十六章

在圣鲁克的最后一年,菲利普不得不埋头苦学。他对现在的生活很满意,心里没什么惦记,钱也足够花,真是舒服极了。他曾听别人谈起钱来非常不屑,不知道这些人有没有经历过没钱的日子。若是一个人口袋空空,就会变得斤斤计较、吝啬小气、贪得无厌。贫穷会扭曲人的心理,让他不得不以一种恶俗的视角来看待世界。当你每花一分钱都必须要精打细算的时候,钱就会变得离奇的重要。你需要培养一种能力,使自己可以正确衡量金钱的价值。菲利普现在一个人生活,除了阿西尔尼一家之外也鲜少和别人来往,但是他并不感到孤单。他忙于为未来制定计划,有时也会想想过去发生的事。他时常忆起旧友,却并不打算重聚。不知道诺拉现在过得怎么样,她肯定已经不姓内斯比特了吧,但他却不记得当时她准备要嫁的男人究竟姓什么了。菲利普觉得自己很幸运,能够认识诺拉这样善良、勇敢的女人。某天晚上大概十一点半的时候,他忽然在皮卡迪利大街撞见劳森。劳森穿着晚礼服,看样子是刚从剧院回来。菲利普忽生冲动,急忙拐到了旁边的小道里。他已经两年没见劳森了,现在也无法拾起这中断了的友谊。他和劳森之间已经没什么好说的了。他不再对艺术感兴趣,尽管在他看来,自己对美的品赏能力比过去强了许多,可现在的他却觉得艺术已经不重要。他正忙着把繁琐复杂的生活百事绘制成一幅图案,和现在用到的材料相比,过去所使用的颜料和文字就显得格外微不足道。劳森在自己生命中的演出已经落幕。菲利普和劳森的友情不过是一项催促他设计人生图案的动力。如果说他刻意忽略一个事实——他已经对这位画家不再感兴趣了——那也只是因为看在了过去的情分。

有时菲利普会想起米尔德里德。凡是能遇到她的街道,他都有意避而不走。可偶尔一种奇怪的心理——也许是好奇,也许是某种他不愿承认的更深层的感情——让他大半夜地跑到皮卡迪利街和摄政街去，因为米尔德里德这个时候很有可能出现在大街上。他不知道自己究竟是想见她或是怕见她。有次他看到一个似曾相识的背影，一度觉得那就是米尔德里德。他的心头涌上万般滋味：剧烈的疼痛、无名的恐惧和令人厌恶的沮丧。等他追上前去，却发现自己认错了。刹那间，他也搞不清楚自己此刻感受到的是解脱还是失望。

八月初，菲利普通过了外科测试。这是他的最后一项测试，他终于拿到了学位。自他进入圣鲁克学习以来，转眼已过去了七年。当年的毛头小伙已经快到而立之年了。他沿着皇家外科学院的楼梯慢慢往下走，手里是那张卷成一卷的行医资格证。他的心骄傲地怦怦直跳。

"我终于要开始真正的生活了。"他心想。

第二天，菲利普去医院办公室登记，准备在这里任职。医院干事是个很招人喜欢的矮个男人，蓄着黑黑的胡子。菲利普一直都觉得他特别和蔼可亲。他先是恭喜菲利普几句，然后说：

"南岸的医院需要一个临时助理，我想你应该不乐意去吧？一周三基尼，管吃管住。"

"我倒不介意。"菲利普说。

"那医院在多塞特郡的法恩利镇。你跟在索斯医生手下。他之前的助手得了腮腺炎，恐怕你得马上出发。我觉得那地方很不错。"

菲利普觉得干事的态度怪怪的。这事看来有些蹊跷。

"到底怎么回事？"他问道。

干事犹豫片刻，笑着安慰他。

"唉，跟你说实话吧，我听说这个医生不太好对付，是个倔老头。医疗部都不愿再派人去了。他这人有什么说什么，很不招人待见。"

"可你觉得他能接受一个刚刚取得资格的人吗？我什么经验都没有。"

"他看到你应该很高兴啦。"干事圆滑地应付一句。

菲利普想了一会儿。他未来的几个星期确实没有事做，有个挣钱的机会总是好的。他可以把这钱存起来，供自己去西班牙度假的时候用。他早就跟自己许诺，一结束在圣鲁克的任职，或者如果不能留在圣鲁克，结束在别的医院的任职后就立马去西班牙玩一趟。

"好，我去。"

"嗯，可你今天下午就得出发。没问题吧？确定了我就给他们发电报。"

菲利普本想多准备几日，可他昨天下午一拿到资格证就去阿西尔尼家报过喜了，现在好像也没什么不能立刻出发的理由，何况他的行李原本就很少。当天晚上刚过七点，他抵达法恩利车站，叫了辆马车赶去找索斯医生。马车驶到一栋矮矮的、宽敞的小楼门口，灰泥刷过的墙壁上长满了爬山虎。佣人把菲利普带到门诊室。一位老先生正坐在桌边写字，女佣把菲利普带进门的时候，他抬头瞅了两眼，没有起身也没有说话，只是一个劲儿地盯着菲利普，把他盯得心里一阵发毛。

"我以为您在等我来呢，"他说，"圣鲁克的干事今早跟您发电报了吧。"

"我把晚餐延后了半个钟头。你需要先洗洗脸吗？"

"需要。"菲利普回答。

索斯医生古里古怪的气质让菲利普觉得很有趣。他站起身来，菲利普这才发现他身材不高不矮，非常瘦，花白的头发剃得很短，一张大嘴紧紧抿着，看上去好像没长嘴唇似的。他的脸上干干净净，只有两腮蓄了一点白色的胡须，配上那个宽宽的下颔，让他的脸型看起来更加方正。他穿着棕色的花呢套装，露出白色的硬领巾。衣服穿在他身上松松垮垮的，好像本来是给一个块头更大的人做的。他看上去活像十九世纪中期某个颇有声望、受人敬仰的农夫。他打开门。

"那里头是餐厅，"他指着对面的门说，"你的卧室在二楼，就是楼梯对着的第一个房间。等你收拾好了就下楼来吧。"

吃晚餐的时候，菲利普知道索斯医生正在打量自己，但他没怎么说话。菲利普猜想他应该也不想听助理说得太多吧。

"你什么时候取得从医资格的？"他忽然问道。

"昨天。"

"上过大学吗?"

"没有。"

"去年我助理出去度假的时候,他们给我找了个上过大学的人来。我跟那些人说了,以后再也不要大学生了。太他妈娇情,我可受不了。"

又是一阵沉默。晚餐不算丰盛,但味道很好。菲利普表面安静沉重,心里却像喝了蜜一样美。他特别高兴能被聘为临时助理,这让他觉得自己有了很大的进步。他恨不得没来由地大笑一阵。医生是个多么值得尊重的职业啊!他越这样想就越抑制不住地要开怀大笑。

忽然,索斯医生打断了他的思绪。"你多大了?"

"马上就三十啦。"

"那你怎么才刚拿到从医资格?"

"我快到二十三岁时才开始学医。中间又不得不休学两年。"

"为什么?"

"没钱啊。"

索斯医生奇怪地看了他一眼,又不说话了。吃完晚餐,他站起来,说道:

"你知道在这工作是怎么个情况吗?"

"不知道。"菲利普回答。

"来这看病的大多是渔民或者他们的家人。现在这里又有了工会和水手医院,可过去只有我这一家。自从他们把这里改造成一个海边度假地之后,就来了个男人在山崖上建起了医院。现在有钱人看病都跑去那里了,只有看不起医生的穷人才到我这来。"

菲利普能看出一提到这场竞争,索斯医生的心里就非常苦楚。

"你知道我没什么行医的经验。"菲利普说。

"你们这些人呐,什么都不懂。"

他说完这话就默默地走出餐厅,剩菲利普一个人傻坐在那儿。女佣进来收拾桌子时,告诉菲利普每天从六点到七点是索斯医生的坐班时间。今晚的工作已经结束了。菲利普从卧室里拿出一本书,点燃烟斗,坐下开始阅读。

这种感觉实在太惬意了，过去的几个月里，他除了医学课本之外什么都没读过。到了十点钟，索斯医生走进来看了看他。菲利普坐下的时候喜欢脚不着地，所以特意拉过一把凳子把脚搁在上面。

"你看上去很会享受啊。"索斯医生的声音非常严肃，要不是菲利普现在心情大好，一定会为此而感到不安。

"您有什么不满的吗？"菲利普两眼忽闪着问道。

索斯医生瞅了他一眼，没有直接回答。

"看的什么书啊？"

"斯摩莱特的《皮克尔历险记》[1]。"

"我正巧知道斯摩莱特的这本书哎。"

"恕我冒犯，不过，医生难道不是都对文学不怎么感兴趣吗？"

菲利普把书放到桌子上，索斯医生顺手拿起它。这原本是菲利普伯伯的书，非常薄，封面是褪了色的摩洛哥羊皮，扉页是一张铜版画。由于年岁已久，书页多有发霉，斑斑点点。菲利普看着索斯医生拿起书，不由身子往前一倾，眼里闪过一丝笑意。不过，这可逃不过这位老医生的眼睛。

"是我让你觉得好笑吗？"他冷冰冰地问。

"我看您非常喜欢书。从一个人拿书的样子就能知道他喜不喜欢看书。"

索斯医生立刻把书放到桌上。

"八点半吃早餐。"他说完就起身走出了屋子。

"真是个怪老头儿！"菲利普心想。

没过多久，菲利普就明白为什么索斯医生之前的几任助理都觉得和他共事很头疼。首先，他对近三十年来医学界的所有重大发现都无动于衷，从来不使用那些流行的品种，即使大家认为这些药疗效卓著，不过几年后它们就都被淘汰了。他曾经在圣鲁克学医，从那带来了好些最普通的混合药剂。他

---

1. 多比亚斯·斯摩莱特的《皮克尔历险记》：斯摩莱特是苏格兰作家，叙事细腻、幽默，《皮克尔历险记》是他的第二部小说。

一辈子都只给病人开这几味药,坚信它和最近流行的新药有同样的功效。菲利普还惊讶地发现索斯医生对无菌操作持怀疑态度,他之所以勉强接受,仅仅是出于对大众观点的妥协。在医院里小心翼翼采取的那些预防措施,他统统看不上眼,只像大人逗着小孩儿玩耍一样,草草应付了事。

"我亲眼看着防腐剂发明出来,什么东西都要用上防腐剂。现在又换成无菌操作了。一派胡言啊!"

派到这来工作的年轻人都只会医院的那一套工作。受到医院里潜移默化的影响,他们对所谓的全科医生带着股藏不住的轻蔑劲儿。他们知道怎么医治疑难杂症,却不会对付发烧感冒、头疼脑热。他们脑子里那点学问只局限在书本上,可自信心倒是来得无边无际。索斯医生看着他们干活,紧紧抿着嘴唇。他最喜欢揭露这些人的无知,指明他们的自负是毫无道理的。来这看病的都是些穷得叮当响的渔民,从他们身上赚不来几个钱,医生还要亲自负责下处方。索斯医生质问助理,要是他给胃疼的病人开的处方里有一半都是昂贵的药剂,这医院还怎么开下去?他还抱怨这些年轻的医生都没什么学问,只知道读《体育时报》和《英国医学杂志》;他们的字写得乱七八糟,拼写还常常出错。刚来的两三天里,索斯医生密切观察着菲利普,准备一逮到机会就好好讽刺他一顿。菲利普早就发现了这点,一边工作一边静观其变,只觉得心里好笑。能这样换一换工作,他觉得非常高兴。他喜欢这种自己做主的感觉,也享受肩上担着的责任。来门诊室看病的人包罗万象。只要能让病人重获信心,他就足够心满意足了。在这里,他能密切观察病人的治疗过程,可是在医院却只能远远地看几眼。外出巡诊的时候他到渔民家去,那些低矮的小屋里挂着渔具、船帆还有每次远航的纪念品,日本带回的漆盒、美拉尼西亚带回的长矛船桨和在斯坦布尔的集市上买来的匕首等等。屋子虽小虽闷,却带着大海咸咸的气息,别有一番清新风味。菲利普喜欢和船员聊天,他们也发现菲利普特别平易近人,便把年轻时候出海的惊险经历都说给他听。

菲利普有过一两次错诊(他从没经手治疗过麻疹病,第一次看到这种疹子的时候还以为是皮肤科的疑难杂症),还有一两次,他的诊断结果和索斯医生的不符。第一次遇到这种情况时，索斯医生把他好一番挖苦，而他也没怎么生气。他一向反应灵敏，简单的几句回话就让索斯医生哑口无言，一脸好奇地看着他。菲利普表情严肃，可眼里却忽闪忽闪的。这位老先生不得不觉得菲利普正在嘲笑他哩。之前的助理都讨厌他、害怕他，而他早就对此习以为常。可菲利普的表现对他来说却新鲜极了。他脑海里飞过一个想法，想把菲利普塞到下一班回伦敦的火车，让他抓紧滚蛋。他之前就这样对待过其他助理。可转念一想，又觉得隐隐不安，生怕菲利普会不留情面地大声嘲笑他。就这么一来二去，他觉得自己实在滑稽，于是勉强做出个笑脸，转身走开了。没过多久，他发现菲利普就是在拿他寻开心。起初他有些生气，后来也渐渐释怀。

"真他娘的不要脸，"他一想起来就咯咯直笑，"真他娘的不要脸！"

第一百一十七章

菲利普写信告诉阿西尔尼自己正在多塞特郡做临时助理。很快，他就收到了阿西尔尼的回信。信中是他一贯矫揉造作的口吻，辞藻华丽得仿佛镶满宝石的波斯王冠。笔迹优美流畅，像是打印出的黑体字，很难辨读。阿西尔尼一直为他的一手好字自鸣得意。他邀请菲利普今年一起去肯特郡的啤酒花田度假。为了打动菲利普，还特意用了大量笔墨把那里弯弯曲曲的卷须藤蔓描写得美不胜收。菲利普当下回信说等自己结束工作一定立刻赶过去。尽管不是肯特郡生人，但菲利普对萨尼特岛[1]一直有种特殊的情感。想到马上就能回归大地的怀抱，在如诗如画的世外桃源度过整整两周，他的心里就按捺不住地激动。

剩下的四个礼拜过得飞快。法恩利山崖上正在建造新城，红砖别墅中间是成片的高尔夫球场，还有一家刚刚开业的酒店，专门迎接前来度夏的外地游客。菲利普很少到那边去。山崖下是截然不同的另一番景色：矮矮

---

1. 萨尼特岛：英国肯特郡东北角的小岛，濒临泰晤士河口。

的石屋已经有一个世纪的历史，错落有致地排列在港口附近，狭窄的街道起伏陡峭，小镇里充满古色古香的雅趣，让人置身其中，联翩浮想。海边有几座房舍，门前是修剪整齐的小菜园，住在这里的人都是过去商船队的老船长，还有几个老母亲或寡妇，她们家里的男人曾经都以海为生。这些人面容安静，模样有几分古怪。从西班牙和黎凡特[1]驶来的不定期货船停泊在这个小港口，吨位很小。间或一阵神秘的风吹来几艘帆船，让菲利普想起布莱克斯塔布尔脏兮兮的小港和停在那里的煤船。正是在那里，他第一次有了远游东方群岛的梦想，心心念念地渴望到热带海域阳光充足的小岛上看一看。可是在这里，他似乎觉得离广阔幽深的海洋更近一些，不像在北海沿岸的小城总是感到压抑和束缚。在这儿，你尽可以看着远方无际的大海深吸一口气。来自英格兰的咸咸海风让人心情愉悦，整个人都不禁柔软下来。

菲利普在这儿的最后一周，某天晚上，一个孩子来到医院门口。此时，索斯医生正和菲利普在药房里配药。这是个脸蛋乌黑、衣服破烂的小女孩，她光着脚站在门口，菲利普给她打开门。

"求您了，先生，你能现在到常春藤巷的弗莱彻夫人家去一趟吗？"

"弗莱彻夫人出了什么事？"索斯医生在药房大喊一句，声音嘶哑。

孩子没有理他，继续恳求菲利普。

"求您了，先生，她小儿子出了点意外，你能现在过去吗？"

"告诉弗莱彻夫人我这就到。"索斯医生喊道。

小女孩犹豫片刻，脏兮兮的嘴里含着脏兮兮的指头，静静地看着菲利普。

"怎么了，孩子？"菲利普微笑着问。

"求您了，先生，弗莱彻夫人说，能不能让新来的大夫过来？"药房里一阵响动，索斯医生走了出来。

"是不是弗莱彻夫人对我不满意啊？"他咆哮着问，"打她一出生就是

---

1. 黎凡特：指托罗斯山脉以南、地中海东岸、阿拉伯沙漠以北和美索不达米亚以西的地区。

我给她当大夫，难道我现在还没资格给她那个脏乎乎的小鬼头看病了？"

小女孩害怕地看着他，一副要哭的表情，不过很快就想通了。她故意冲索斯医生吐了吐舌头，趁他还没从惊讶里缓过神来，就一溜烟跑走了。菲利普看出这位老先生心里有火。

"您看上去好像累坏了，这里离常春藤巷还有好一段距离呢。"他试图给索斯医生找个台阶下，好让他不用亲自跑这一趟。

可索斯医生却阴着脸把他挖苦了一顿。

"再怎么说两条腿也比一条半走得快！"

菲利普的脸唰地红了，他在原地呆呆地站了一会儿。

"您到底是想让我去，还是您自己亲自去呢？"他没好气地说。

"我去干什么？人家特意点名要你去。"

菲利普取下帽子，往病人家去了。他回来的时候已经快到八点了。索斯医生站在餐厅，背靠着壁炉。

"去了这么久啊。"他说。

"抱歉。您怎么不先吃呢？"

"因为我要等你。你一直在弗莱彻夫人家，忙到这时候？"

"不，很抱歉，我回来的路上看了会儿日落，没想时间过得这么快。"

索斯医生没回话。仆人端来一盘烤鲱鱼，菲利普胃口大开，一顿大嚼。忽然，索斯医生向他抛了个问题。

"你看日落做什么？"

菲利普嘴里塞得鼓鼓囊囊，含糊不清地说：

"因为我心情好呀。"

索斯医生古怪地看了他一眼，衰老而疲惫的脸上浮起一片笑影。剩下的时间里，他们一直没有说话，等女佣送来一瓶葡萄酒又转身走出去后，老先生往椅背一靠，用他那双犀利的眼睛盯着菲利普。

"我说起你的跛腿时，是不是伤了你一下，年轻人？"

"别人生我气的时候，都会有意无意地这样说。"

"我猜他们都知道这是你的软肋吧。"

菲利普直直地看着他,表情坚毅。

"发现这一点让您很得意?"

医生没有作答,苦笑了几声。他们就这样互相对视着坐了良久。随后,索斯先生的一句话让菲利普大吃一惊。

"你为什么不留下来呢?我可以把那个得了腮腺炎的混蛋赶走。"

"您太好了,可我想秋天去圣鲁克。这样以后再找工作也能容易些。"

"我是想和你合伙管理这家医院。"他生气地说。

"为什么?"菲利普惊讶地问。

"这里的人也许希望你能留下。"

"我可不认为您也能同意他们这个想法。"菲利普的语气很漠然。

"你觉得我当了四十年的医生,还会在乎病人喜欢我的助理而不喜欢我吗?我才没有呢,小伙子。我和病人之间一点情分都没有。我不指望他们对我心怀感激,只要能付我钱就行。好了,这事儿你怎么说?"

菲利普没作声,不是因为正在思考这个提议,只是因为他太诧异了,几乎说不出话来。显然,请一个刚刚取得从医资格的人合伙开医院可不是什么常见的事。他惊愕地发现索斯医生好像开始喜欢自己了,可他是绝对不会把这个发现说出来的。要是让圣鲁克医院的干事听说了,还不知道会觉得这事有多滑稽呢。

"这家医院一年能挣七百镑。我们可以算算你要分几股。你可以一点点地把钱给我,等我去世了,你就能顶替我的位子了。这总归比去其他医院强吧?要是那样的话,你在能独当一面之前不过就只是个小助理罢了。"

菲利普知道这样的机会是所有学医的人梦寐以求的,医院里最不缺的就是大夫。他认识的人里得有一半都会千恩万谢,毕恭毕敬地接受这个待遇丰厚的工作。

"很抱歉,我不能留下。"菲利普说,"留下就代表我放弃了这些年来一直追求的东西。曾经有段时间,我的日子过得不顺,可心里一直怀有希冀,想取得从业资格后出去游历一周。现在我每天早上睁开眼,浑身的骨头都发痒,恨不能立刻出发。我不在乎目的地是哪里,只要离开这儿,去没去过的地方就行。"

他离自己的目标如此之近。明年六月份左右,结束在圣鲁克医院的任职后他立刻就能前往西班牙。身上的钱足够在那儿玩上几个月,走遍这片土地的角角落落,感受期盼已久的浪漫氛围。之后,他准备搭上一艘船,一路往东方去。美妙的生活就在眼前,而他还有大把大把的时间去享受。只要他愿意,便能在人迹罕至的地方信步游荡,身边围绕着陌生的脸孔,体验着千奇百怪的生活方式。他不知道自己在寻找什么,也不确定这样的旅程能带来什么。可他预感在行走的过程中,他能学到新的知识,找到解开生命之谜的线索,从而走向更多未知。即使最后一无所获,起码也平息了那抓心挠肝的欲望。索斯医生也是一番好意,如果没有充分的理由就断然拒绝,似乎显得太不知感恩。他试图照实解释清楚,扭扭捏捏地讲明为何这些计划于他而言如此珍贵,非要实现不行。

索斯先生安静地听他讲完,那双精明老练的眼睛里泛起一丝温柔的神采。在菲利普看来,索斯医生不强迫自己留下,这就相当于又是另一番好意了。通常情况下,善举总是来得非常专横。他似乎也觉得菲利普给出的理由很充分,于是干脆不再强求,聊起自己年轻时候的故事来。他曾经在皇家海军服役,天天漂在海上,所以退役之后决定扎根在法恩利。他跟菲利普讲述了自己在太平洋的航行和在中国的惊险旅程。他曾远征婆罗洲[1],与那里嗜血成性的魔头英勇决战;他在萨摩亚还没成为德国殖民地之前就曾到过那里;他还曾经踏上过珊瑚岛。菲利普如痴如醉地听他讲着。他把自己的生活也一点点说给菲利普听。索斯医生原来是个鳏夫,妻子三十年前就去世了,唯一的女儿嫁给了罗德西亚的一户农民。他和女婿大闹过一顿,女儿已经有十年没回过英国了。这就像他根本没有过老婆孩子一样。他非常孤独,那暴戾的性

---

1. 婆罗洲:即加里曼丹岛,世界第三大岛,当时为英国殖民地。

格无非是为自己撑起的一把保护伞,用来隐藏尝尽世间滋味后的黯然神伤。他已是风前残烛,却不愿垂垂老去。可他清楚,只有死亡能结果这苦痛的一生。他等待着死神降临,与其说是急不可耐,倒更像在莫名厌恶。菲利普看着他,像是在看一出悲剧。索斯医生的女儿在父亲和丈夫的争执中,站在了后者一方,她的孩子也从没让父亲见过。由于长期与女儿分离,索斯医生似乎已经不会轻易动感情了。而这时菲利普却忽然出现在他的生命里,他把心中尘封多年的情感全都转移到了菲利普身上。最初他也很生气,觉得这是越老越糊涂的表现,可菲利普身上有些东西在吸引着他,让他总喜欢莫名其妙地看着他微笑。菲利普从不让他厌烦。有那么一两次,他把手搭在菲利普的肩膀上,这像是一种爱抚,在女儿多年前离开英国后,他就再也没对其他人这样过了。等到菲利普离开的那天,索斯医生陪他去了车站,胸中有种难以解释的悲伤。

"我在这儿过得非常开心,"菲利普说,"您对我太好了。"

"要走了,我猜你很开心吧?"

"和您一起工作很愉快!"

"可你不是想去别处看看吗?唉,毕竟年轻啊。"索斯先生踌躇了一阵,"记得,只要你变了主意,我这里随时欢迎你。"

"您真是太好了。"

菲利普把手伸出车窗和他握手告别,火车喷着蒸汽,徐徐驶出了车站。菲利普计划着他将要在啤酒花田度过的两个礼拜。能和朋友重聚实在太开心了,赶上这晴空万里的好天气更让人欣喜若狂。站台上,索斯医生慢慢转过身,走回自己空荡荡的屋子。他感到又老又孤独。

---

1. 萨摩亚:位于太平洋南部,波利尼西亚群岛的中心,曾遭受英、美、德三国相继入侵,一八九九年沦为德国殖民地。

第一百一十八章

菲利普抵达弗内的时候已经很晚了。这里是阿西尔尼夫人的老家,她从小就会去地里采啤酒花,现在又每年都带着丈夫和孩子回来。和肯特郡的其他家庭一样,他们定期回来采摘啤酒花,不光能挣点小钱,还把它看作是一年一度的假日,从几个月前就开始盼着啦。这活儿并不算难,一大群人在室外共同劳动,小一点的孩子就把这当成是一次开心的野餐会。小伙儿在这遇见姑娘,一天的工作结束后,他们沿着小径并肩漫步,耳鬓厮磨。往往采摘季刚完,就会迎来好几场婚礼。他们坐着放了被褥、炊具、桌椅的运货马车赶到自己的新家去。采摘季一到,弗内人就都跑到田里去了。他们非常排外,对外地人(一般指的就是那些从伦敦来的人)的"入侵"更是深恶痛绝。他们看不起外地人,又不敢起什么冲突。外地人都野蛮得很,村里的体面人家从不愿和他们搅在一起。过去,采摘啤酒花的农民晚上都睡在粮仓,不过十年前,草地一侧搭起了一排简陋的小屋。阿西尔尼一家和其他人一样,每年都住在固定的一间里。

阿西尔尼坐着运货马车去车站接菲利普。这车是他从村上的酒馆借来的,他已经提前在那儿给菲利普订了一间房。啤酒花田离酒馆只有四分之一英里远。他们把行李放好,走着往草地上的小屋去。这排小屋不过是些狭长、低矮的棚子,隔成一个一个小房间,每间大概十二平方英尺[1]。每间小屋前生着一堆柴火,一家人围坐四周,眼巴巴地等着晚饭出炉。干爽的海风和明媚的阳光已经把孩子们的小脸变得黑黝黝了。头戴遮阳帽的阿西尔尼夫人看上去和之前判若两人,仿佛多年的城市生活在她身上一点印记都没留下。她像个土生土长的乡村妇女,不难看出,回归田间的她自在极了。她一边煎着咸肉一边留出只眼睛盯着那几个年纪小点的孩子。她热情地和菲利普握了握手,笑容可掬地迎接他的到来。阿西尔尼也很享受这种轻松自在的乡村生活,他激动得手舞足蹈。

---

1. 平方英尺:英制单位,1平方英尺约等于1.1平方米。

"我们在城市里既看不着太阳，也见不到光亮。那不叫生活，那叫蹲大牢。咱们把家里的东西都收拾收拾卖了吧，贝蒂，来这儿买个农场。"

"我可太知道你待在农村会是个什么样，"阿西尔尼夫人笑着揶揄丈夫，"等冬天下第一场雨的时候，你就会哭着喊着要回伦敦了。"她说完朝菲利普转过身来，"阿西尔尼每次来这儿都很喜欢。他老是喊着'我爱乡村'。结果呢，他连甘蓝和甜菜都分不清楚呐。"

"爸爸今天偷懒啦，"简说道，她一贯这样诚实，"连一箱都没采满。"

"我得一点点来嘛，孩子，等明天我摘得肯定比你们加起来都多！"

"过来吃晚饭啦，孩子们！"阿西尔尼夫人叫道，"萨莉去哪了？"

"我来了，妈妈。"

萨莉从一间小屋里迈步出来，篝火跳跃着，映上她的脸庞，投下浓艳的色彩。在她去裁缝铺工作以后，菲利普每次见到她，她都穿着剪裁齐整的连衣裙。而现在这个穿着印花便裙的萨莉看起来则格外迷人，裙子很宽松，方便干活，袖子挽起来，露出粗壮、滚圆的手臂，头上还戴了顶遮阳帽。

"你看上去就像童话里挤牛奶的少女。"菲利普和她握手的时候说。

"她可是啤酒花田里的大美人儿。"阿西尔尼说，"我敢说，要是这里地主的儿子瞧见你了，还没等你缓过神呢，他就要向你求婚了。"

"这儿的地主没有儿子，爸爸。"萨莉说。

她四下看看，想找个空地坐下。菲利普在自己身边给她腾了个位儿。这天晚上，萨莉在火光的照耀下显得特别漂亮，好像一个乡村女神，又像老赫里克[1]大加赞美的那些年轻、强壮的少女。晚饭吃得很简单，只有面包黄油和煎得外酥里嫩的咸肉片。孩子们喝茶，阿西尔尼夫妇和菲利普喝啤酒。阿西尔尼一阵狼吞虎咽，把桌上的几样东西夸成了山珍海味。他大声嘲笑着卢

---

1. 赫里克：英国资产阶级时期和复辟时期的骑士派诗人之一。他倡导及时行乐，写过不少清新的田园抒情诗，代表作有《给少女们的忠告》等。

库勒斯[1],就连布里亚·萨瓦兰[2]也没逃过一阵数落。

"阿西尔尼,有件事我敢确定,"妻子说,"你胃口很好,这点绝对没错。"

"都是我亲爱的贝蒂做的饭香呀!"他伸出一根食指比画着,意味深长。

菲利普觉得浑身自在。他美滋滋地看着远处的一排篝火,每堆旁边都围了一圈人,火苗在漆黑天幕的映衬下显得格外明亮。草地的另一边榆木行行,向上看去是星光熠熠的天空。孩子们又说又闹,阿西尔尼坐在中间给他们讲笑话。他一会儿冒出一个的怪点子把孩子逗得哈哈大笑。

"这里的人都可喜欢阿西尔尼了,"他的妻子说,"有次,布里奇斯夫人跟我说,他们少了阿西尔尼都不能活了。还说他真是个厉害的角色,玩闹起来一点都不像个父亲,倒像是个小男孩。"

萨莉静静坐在一旁,好像在思考些什么问题,那恬静的样子让菲利普不禁心动。他喜欢让萨莉坐在自己身边。不时转头看看她那被太阳晒得黑黝黝的红润面庞。有次他俩一下视线相对,萨莉便轻轻地抿嘴一笑。吃完晚饭,阿西尔尼夫人让简和她的一个小弟去草地边上的小溪打水来洗漱。

"孩子们,带着菲利普叔叔看看我们的小屋,然后乖乖上床睡觉。"

好几只小手一齐拉住菲利普,使劲儿把他往小屋那里拽。他走进去,划着一根火柴。除了一个放衣服的铁箱子和三张小床外,这间屋里便再也没有什么家具了。每张床各靠一面墙。阿西尔尼跟着菲利普一起走来,得意洋洋地跟他展示着这间屋子。

"那是躺着睡觉的地儿,"他大声说道,"没有你睡的弹簧床垫和天鹅绒被褥。我唯独在这里睡得最香。你今晚还要睡在床单上咯,我亲爱的朋友啊,真替你可惜!"

屋里的三张"床"是用厚厚的啤酒花藤堆起来的,上头铺了一层稻草,

---

1. 卢库勒斯:古罗马将军和富豪。传说他的大房子里有很多间餐厅,每间都有仆人为他准备的相应菜肴。"卢库勒斯"至今仍有"奢华宴会"的意思。
2. 布里亚·萨瓦兰:法国美食家。他将美食与历史、哲学、心理相结合,专注美食艺术,有名言"告诉我你吃什么,我就能知道你是什么样的人"。

盖了一块毯子。户外劳作一天后，伴着空气中淡淡的啤酒花香气，这群快乐的采摘者甜甜地进入了梦乡。刚到九点，草地上就一片寂静，大家都安稳地睡着，只有两三个人还在酒馆喝酒谈天，一直到十点钟打烊，他们才回来。阿西尔尼准备陪着菲利普走回酒馆，出发前，阿西尔尼夫人说：

"我们六点差一刻吃早饭，你不用起得那么早。我们六点就开工啦。"

"他必须得早起！"阿西尔尼在一旁大嚷，"必须跟我们一起干活。他现在也开始自己养活自己了。没有劳动，就没有干粮，记住吧，我的朋友！"

"孩子吃早饭前先去游会泳，等他们回来的时候可以顺道去叫着你。他们会经过'快乐水手'酒馆。"

"如果他们去的时候叫上我，我就和他们一起游泳。"菲利普说。

简、哈罗德、爱德华一听能和菲利普叔叔一起游泳，都乐得大叫起来。第二天一早，菲利普睡得正沉，就被一群破门而入的孩子吵醒了。男孩跳上他的床，他只好举着拖鞋把他们一个个给赶下去。他穿好外套裤子走下楼。外头才刚刚擦亮，空气还有点微凉，天空万里无云，橙黄的太阳正在慢慢升起。萨莉一手牵着康妮，一手搭着毛巾和泳衣，远远地站在小路中间。菲利普现在才看出她的遮阳帽是薰衣草的淡淡紫色，帽檐下，一张红棕色的脸庞饱满得像个大苹果。她朝菲利普甜甜一笑，算是和他打招呼了。菲利普看到她的一口小牙洁白而整齐，不知道为什么自己之前从没注意过。

"我本想让你多睡一会儿呢，"她说，"可这些孩子非要上去吵醒你。我跟他们说了，你不是真的想来一起游泳的。"

"不，我是真的这么想。"

他们沿着小道穿过片片沼泽，一路往海边走。这里离海不到一英里。清晨的海水冰凉浑浊，菲利普看到那灰蒙蒙的一片身上不由一颤。孩子们三两下扯下衣服，大叫着扎进海水。萨莉不紧不慢地换着衣服，等到所有孩子都围着菲利普泼水，她才一个人下到海里。游泳算得上菲利普唯一的强项：他在海里自由自在地游着，一会儿装得像只海豚，一会儿演起溺水的家伙，一会儿又成了个害怕打湿头发的胖女人。孩子们围在他身边有样学样，闹成一团。

大家都玩得太开心了,最后萨莉不得不板着脸把他们一个个叫上岸。

"你跟这些个小孩一样捣蛋,"她用一贯严肃的口吻对菲利普说,像个斥责孩子的母亲似的。只是这会儿,她的样子似乎显得格外滑稽、动人。"你不在的时候孩子们可没有这么淘气。"

他们一起往小屋走,萨莉把亮闪闪的头发拢到肩膀一侧,头上戴着那顶遮阳帽。回到小屋的时候,阿西尔尼夫人已经去啤酒花田采摘了。阿西尔尼套着一条谁都不稀罕穿的旧裤子,外套的扣子一直扣到脖子根儿,显然里面没有穿衬衫。他戴了一顶宽边软帽,在篝火上煎着熏鱼干,那副潇洒自得的模样活像个不羁的江洋大盗。他看见菲利普一群人远远走来,便对着香喷喷的鱼干大声吟诵《麦克白》里女巫的台词。

"吃早饭可不能再磨蹭咯,不然你们的妈妈可要生气了。"孩子们走近时,阿西尔尼说道。

几分钟后,手里拿着黄油面包的简和哈罗德穿过草地往啤酒花田走去。他们两个吃得最慢,剩下的人早就赶过去了。啤酒花田是菲利普童年的几段记忆之一,而烘干啤酒花的小房对他来说则是肯特郡最具标志性的一景了。菲利普跟在萨莉身后,沿着花田小径慢慢走,眼前的一切都如此熟悉,仿佛又回到了家里。日光明媚,草影婆娑。一望无尽的浓绿让人大饱眼福。菲利普觉得,与诗人在西西里岛紫红色的葡萄中领略到的生动美丽相比,这嫩黄的啤酒花也丝毫不逊色。他们一路向前,菲利普沉浸在四周欲郁葱葱的美景中。肯特郡肥沃的土壤蒸腾出阵阵甜蜜气息,温暖宜人的九月微风裹挟着啤酒花香迎面拂来。阿西尔斯坦情不自禁地放声大唱,这是属于一个十五岁少年的粗粗的嗓音。萨莉转过身来,说:

"你安静点吧,阿西尔斯坦,不然很快就要下暴雨啦。"

没过多久,一阵嘈杂的声音渐渐响起。很快,其他忙着采摘的人都开始躁动起来。他们手底下一刻也不松懈,一边采着啤酒花一边和其他人说说笑笑。有的搬来了椅子、凳子,有些直接坐在箱子上,有些身边放着篮子,有些站在箱子旁边,采下的啤酒花就直接扔到箱子里。除了大人,这里还有不少小孩。

他们光顾着玩耍，忘了要干活。婴儿躺在临时摇篮，或是裹在毯子里放在干燥柔软的褐色土地上。土生土长的肯特郡女人干活麻利，采摘起来比从伦敦来的人要快两倍。她们吹嘘自己一天能摘好几蒲式耳[1]的啤酒花，却抱怨现在啤酒花没有过去那么值钱了。曾经五蒲式耳就能卖一先令，现在要八蒲式耳甚至更多才行。过去一个熟练的采摘工一季挣的钱足够花到年尾，但现在却挣不回几个子儿，一个假期什么也赚不回来。希尔夫人说自己曾靠卖啤酒花的钱买了架钢琴。可她的生活实在太拮据了，谁也不愿像她那样寒酸地过日子。况且大多数人都觉得她只是自己这么说说罢了，反正谁也不知道事情的真相，也许她从银行里又取了点钱呢。

所有采摘者分成几个小组，每组十个人共用一个箱子，孩子不算在内。阿西尔尼吹嘘道，自己一家都够组成一个小组了。每个组里有一人专门守在箱子跟前，负责把箱里的啤酒花编成串（所谓的箱子不过是木框撑起来的麻布袋，大概有七英尺高，摆成长长一排放在田垄中间）。阿西尔尼早就眼红这个职位，等家里的孩子都长大了，他肯定会霸占这个位子，打发孩子去干活。阿西尔尼的任务似乎不是自己出力，而是跑来跑去给别人鼓劲。他嘴里叼着烟，走到已经忙了半个钟头、采满一篮啤酒花的妻子身边，装模作样地采摘起来。他宣称今天要摘得比谁都多——当然比不上妈妈啦，谁也不可能比妈妈摘得多。他忽然想起阿芙洛狄特故意刁难普赛克的故事，便跟孩子们讲起普赛克和她那位看不见的新郎[2]。他讲得活灵活现、栩栩如生。菲利普面含笑意静静听着，似乎也觉得这个古老的神话和现在的情景契合极了。瓦蓝的天空明净如洗，就算在希腊怕是也见不着如此美丽的景色。这群头发浓密、脸蛋红润的孩子健康、强壮、活蹦乱跳。娇嫩的啤酒花、如绿宝石般晶

---

1. 蒲式耳：谷物计量单位，1蒲式耳相当于8加仑，即36升左右。
2. 普赛克和看不见的新郎：阿芙洛蒂忒嫉妒国王之女普赛克的美貌，便让小儿子爱神厄洛斯去惩罚她。谁知厄洛斯对普赛克一见钟情。他们在夜间相会，但普赛克看不到他的面容。好奇之下普赛克偷偷燃灯偷看丈夫的脸，结果灯油把丈夫烧伤。阿芙洛狄特给普赛克定下许多几乎不可能的任务，只有她通过难关才能再见到丘比特。

莹的叶子像吹响的号角。鲜绿的花垄排排向远处延伸,直到缩成一个小点,戴着遮阳帽的人穿梭其中,忙忙碌碌。这样的景色也许比书本或者博物馆更能体现出希腊精神吧。菲利普对英格兰的美景心怀感激。他想到弯弯曲曲的白色小径,郁郁葱葱的灌木篱墙,绿色的草地上榆树拔地而起,远处山峦起伏,线条优美。山顶是茂密的树丛,山脚是平坦的沼泽。那一片北海的水,忧郁凄清,潮起潮落。菲利普为自己能感受到自然之美而兴奋。这会儿,阿西尔尼坐不住了,他说要去和罗伯特·坎普的母亲打个招呼。这里的人没有他不认识的。他亲昵地直呼他们的教名,知道每个家庭的过往,还有打他们出生以来发生过的所有事。出于一种不含恶意的虚荣,阿西尔尼在这群人里一直扮演着善良绅士的角色。虽然他对谁都很亲密,但却隐隐有种自视甚高的倨傲感。菲利普不想和他一起去。

"我得把饭钱挣回来呀。"他说。

"太好了,小兄弟,"阿西尔尼挥着手,慢慢走远,"没有劳动,就没有干粮!"

第一百一十九章

菲利普自己没有篮子,一直坐在萨莉身边。简觉得他真是太不像话了,只帮着姐姐,不来帮帮自己。他之前说好等萨莉的篮子满了就来给她摘。萨莉摘起啤酒花来几乎和母亲一样利索。

"你采完花儿会不会手疼,不好缝衣服啊?"菲利普问萨莉。

"哦,不会。手越柔软越适合采花,所以女人比男人采得快啊。经常做粗活的人手太硬、手指太僵,肯定干不好这活儿。"

菲利普喜欢看萨莉的手指在花丛间上下翻飞,而萨莉也不时饶有兴趣地看着菲利普,眼波如水,如慈母一般温柔。起初,菲利普笨手笨脚的样子逗得萨莉在一边笑个不停,她弯腰俯身,给他示范怎么才能一气儿摘光一排的啤酒花。一不小心,两个人的手碰到了一起。菲利普惊讶地发现萨莉的脸变得绯红。他一直不能说服自己相信萨莉已经是个成熟的女人了。他认识她的时候，她还只是个青涩的少女，所以在他眼里一直把她当个孩子来看。可那些前赴后继的追求者却显示出萨莉已经不再是个小女孩了。虽然他们一家才刚来没多久，但萨莉的一个表哥就已经开始大献殷勤，身边的人也开始对他们指指画画，掩嘴偷笑。这个表哥叫彼得·甘恩，是萨莉姨妈的儿子。萨莉的姨妈嫁给了一个住在弗内附近的农民。所有人都看得出彼得天天在啤酒花田里走来走去是怀着怎样的居心。

八点钟，号角声起，该是吃早饭的时候了。阿西尔尼夫人笑骂他们都还没下力，不配去吃饭，可他们才不听这一套，早就开始狼吞虎咽了。吃过饭后，大家又开始劳作，一直忙到十二点午饭的号角吹响。测量员不时来田里转转，带着一个记账的小工挨个箱子地称重。他把每队采摘的蒲式耳数分别记在自己和采摘员的账本上。每个箱子装满后就用蒲式耳采摘篮一篮一篮地盛出来，装到一个大口袋里。随后，计量员和一个扛着扁担的人就把口袋抬走，堆到运货车上去了。阿西尔尼一会儿回来一趟，跟他们说希斯夫人或者琼斯夫人又采了多少，还鼓动家人快点超过她们。他老是想创下最高纪录，有时候心里热情高涨还能稳稳地坐下来工作一个钟头。对于他来说，这份工作最大的乐趣就是能好好展示他那双引以为傲的漂亮的手。他可是花了不少工夫修剪指甲呢。他伸出自己的纤纤十指，给菲利普说西班牙大公为了保持双手白皙嫩滑，睡觉的时候都要先搽橄榄油再戴上手套。"那双扼住欧洲咽喉的手，"他手舞足蹈地大侃道，"和女人的手一模一样，又细又滑。"他轻轻拈起啤酒花，眼睛盯着自己的手，得意地长出一口气。每次觉得厌烦了，就卷上一支烟卷，和菲利普聊几句文学、艺术。午后天气炎热，大家干起活来的劲头明显不足，谈话声也渐渐弱了下去。上午时分热情高涨的叽叽喳喳已经变成现在没精打采的片语只言。萨莉的上唇沁出密密的汗珠，她手底下忙着，嘴唇不自觉地微微张开，整个人就像一朵含苞待放的玫瑰骨朵儿。

收工的时间根据烘干房的时间来定。有时下午三四点的时候就摘了很多啤酒花，足够烘干房忙上一晚了。只要烘干房里的啤酒花满了，当天的工作就叫停。不过一般来说，每天最后一次称量都安排在下午五点钟。等每个组采的啤酒花都称完了，他们就各自收拾好东西，说说笑笑地溜达着往外走。妇女回到草地上的小屋收拾一下准备做饭，男人则沿着小路走去酒馆喝一杯。辛苦了一天，来上杯啤酒可谓是绝佳享受！

测量员最后才走到阿西尔尼家的箱子旁。阿西尔尼夫人看见他远远走来，松了口气，站起来伸个懒腰。她坐在那儿好久没有动弹过，腰都坐僵了。

"好了，咱们去'快乐水手'吧！"阿西尔尼说，"白天的工作一项一项都完成了，现在可得好好去放松一下了。"

"带着水壶去，阿西尔尼，"他的妻子说，"打一品脱半的啤酒晚上喝。"

她把钱一枚一枚数给阿西尔尼。到那儿的时候，酒馆大厅已经差不多坐满了。脚下的地板不过是一片沙地，四周放着几条长椅，墙上挂着的维多利亚时代职业拳击手的画片已经微微泛黄。这里的老板知道所有顾客的名字。他靠着柜台，亲切地看着两个年轻小伙往插在地里的棍子上套圈儿。每次套不进去，周围就会爆发出一片哄笑。酒馆里的几间房是专门给新来的人准备的。菲利普发现自己一边站着个穿灯芯绒衣裤、膝盖下系条绳子的老工人，另一边是个油光粉面的十七岁小伙，红扑扑的额头上留着整齐的卷发。阿西尔尼坚持也要试一把。他赌了半品脱啤酒，一环出去，稳稳套在了棍子上。他一边喝着赢来的啤酒，一边说：

"什么德比的赛马[1]啊，还不如赢你点啤酒喝呢，老兄。"

阿西尔尼是号怪人，尖尖的脑袋上戴着宽檐帽子，在一群乡下人中间格格不入。不难看出，他们都觉得他非常奇怪。但是他兴致极高，热情洋溢，带着身边的人也高兴起来，叫人很难不喜欢。谈话自然而然地进行着。大家操一口浓浓的萨尼特岛口音，逗笑打趣，妙语连珠。不时爆发出的大笑几乎要把房顶都掀翻了。多有意思的聚会啊！恐怕身处这群可爱的伙伴之间，只有石头心肠的人才会眉头紧皱吧。菲利普的眼睛看向窗外，天空亮堂堂的，太阳也还没有

---

1. 德比的赛马：每年六月在英国萨里郡德比市举行的赛马比赛。

落山。酒馆的窗户和农舍一样,都挂着用红丝带扎好的白色小帘,窗台上摆着几盆天竺葵。慢慢地,闲坐在这儿的人一个个都起身往小屋走了。

"我想你这会儿该困了吧,"阿西尔尼夫人对菲利普说,"你还不习惯早上五点就起床,一整天都待在外面。"

"明天你还会和我们一起游泳,对吧,菲尔叔叔?"男孩们大喊道。

"当然啦。"

菲利普累得浑身酸疼,心里却甜滋滋的。晚饭后,他坐在一把没有靠背的椅子上,后背靠着屋墙,嘴里叼着烟斗,双眼望进漆黑的夜空之中。萨莉还在忙碌着,从小屋里进进出出。菲利普悠闲地看她井井有条地工作。她走路的样子吸引了菲利普的注意:算不上极其优雅,但是却潇洒、自信。两条腿迈着大步子,每一步都踏得非常坚定。阿西尔尼早就跑到邻居家扯淡了。菲利普忽然听见阿西尔尼夫人自言自语道:

"哎哟,茶叶喝没了,该让阿西尔尼去布莱克夫人那里买点。"过了一会儿,她的嗓门提高了几度,"萨莉,快去布莱克夫人那给我买半磅茶,好不好?家里一点都没啦。"

"好嘞,妈妈。"

布莱克夫人在离这一英里远的地方有一间小屋,既是邮局办公室也是个小杂货铺。萨莉从家里走出来,把袖子褪下去。

"我和你一起去吧,萨莉?"菲利普问道。

"别麻烦了。我自己过去不害怕。"

"我没以为你会害怕,只是我差不多也要睡觉了,刚才还想着要去活动活动腿脚呢。"

萨莉没再说什么,他们一起出发了。夜晚的小路白亮亮、静悄悄。在这万籁俱静的夏夜,他们之间似乎话也不多。

"现在已经很热了,对吧?"菲利普说。

"我觉得这是一年中最好的天气。"

两人之间的沉默并不显得尴尬。他们只并肩走着就觉得非常自在舒服,甚至言语都成了多余。忽然，从路边灌木篱墙的阶梯上传来一阵喃喃细语。黑影里能模糊看出两个坐得很近的人的轮廓。菲利普和萨莉经过的时候，他们也一动不动。

"不知道那两个人是谁。"萨莉说。

"他们看上去很幸福，不是吗？"

"我想他俩也以为咱们是一对情侣呢。"

布莱克夫人的小屋就在眼前了，不出一分钟，他们就到了商店。店里的光让他俩的眼睛都晃了一下。

"你来得这么晚啊，"布莱克夫人说，"我正打算关门呢。"她看了眼表，"马上快九点了。"

萨莉买了半磅茶叶（阿西尔尼夫人每次买茶叶都不会超过半磅），和菲利普又沿着原路返回。夜间出没的野兽不时发出一声刺耳、短促的叫声，这反而让夜显得更加寂静。

"我想如果你静静站着的话，就可以听到大海的声音。"萨莉说。

他们竖起耳朵，幻想着听到了海浪舔舐沙石的细响。走过刚才那方篱墙时，他们看到那对情侣还坐在那儿，只是现在两个人都不说话了。他们紧紧地抱在一起，男人的嘴唇压在女人的唇上。

"他们好像忙着呐！"萨莉说。

拐过街角，一袭暖意融融的风迎面吹来。脚下的泥土散发着幽幽芳香。这胆小的夜里似乎藏匿了某种奇怪的东西，冥冥之中，有什么在伺机而动。一瞬的沉默里包含了千言万语。菲利普的心里有种奇怪的感觉，似乎很充实，似乎在渐渐融化（这些陈词滥调其实最能准确描述此刻奇妙的悸动）。他又开心，又紧张，又期待。他再次回想起杰西卡和洛伦佐之间的对白[1]，两人温言软语、互诉衷肠，沉浸在浓情蜜意的遐想中。不知这空

---

1. 杰西卡和洛伦佐：莎士比亚戏剧《威尼斯商人》中的人物。杰西卡是主人公夏洛克的女儿，与安东尼奥的朋友洛伦佐私奔。

气被人施了什么魔法,让他的情感如此细腻敏锐起来。他的灵魂仿佛一尘不染,浸润在这土壤的芬芳香气和微微声动之中。他从没对美有过这样精妙的感受,甚至害怕萨莉会忽然开口,打破这道美好的魔咒。可萨莉却一直沉默着,他竟又想听听她的声音,那只属于乡间夏夜的浑厚朴实的声音。

走到一片田野,萨莉回小屋必须从这里穿过去。菲利普为她打开栅门。

"好了,我们该在这里道别了。"

"谢谢你陪我去买茶叶。"

萨莉伸出手来,菲利普握了握,说道:

"如果你真感谢我,就像其他人一样跟我吻别吧。"

"好啊。"萨莉说。

菲利普只把这话当了玩笑。他想吻她,只因为他此刻满心幸福,只因为他喜欢这个姑娘,只因为这夏夜是如此美好。

"那么,晚安啦。"他轻轻笑了笑,把萨莉拉到身边来。

萨莉把嘴唇凑上去。他久久地吻着那温暖、柔软、饱满如花苞的嘴唇,情不自禁地环抱住她。她安静如一只小猫,乖巧地依偎在他怀里。她的身体结实而丰满。他能感受到两人的心紧紧相贴,剧烈跳动。他一时失去理智,激情如同汹涌潮水将他淹没。他把萨莉拉进那篱墙下的阴影中。

第一百二十章

菲利普从沉睡中惊醒过来,发现哈罗德正拿着一根羽毛搔他的脸。他刚刚睁开眼就听到孩子们的一阵欢呼。可他还睡眼蒙眬,迷迷糊糊的。

"起床啦,大懒虫。"简大叫道,"萨莉说你再不快点,她就不等你啦!"

菲利普一个激灵,想到昨晚发生的事,他的心一下沉入谷底,呆呆地坐在床上,不知道该怎么面对萨莉,心里自责极了。他后悔自己昨晚的行为,悔得肠子都要青了。该和萨莉说点什么呢?他甚至不敢见她,觉得自己就是个彻头彻尾的大傻子。孩子们可看不出他心里的纠结,爱德华把他的衬衣、衬裤拿过来，阿西尔斯坦扯开他的被子，不出三分钟这群嘻嘻哈哈的孩子就推搡着他下楼了。萨莉看到他，轻轻一笑，像往日一样恬静、纯洁。

"你这衣服穿得可够久啦，"她说，"我还以为你不来了呢。"

她的态度和平日没有丁点不同。菲利普本以为会有些隐晦或突然的变化。他想象她面对自己时会觉得羞耻、愤怒，或者表现得比过去更加亲密；然而，什么都没有发生，她仍和过去一模一样。一群人说说笑笑往海边走，萨莉一言不发，像往日一样含蓄温柔，菲利普也只见过她这副样子。她既不主动和他说话，也不会故意不理他。这让菲利普震惊了。他原以为昨晚的事会让萨莉有天翻地覆的转变，却发现那件事似乎只是自己的一个梦，从未真实地发生过。他往前走着，一只手领了个小姑娘，另一只拉住个小男孩，装作若无其事地大声谈笑，心里却暗暗琢磨萨莉究竟是怎么一回事。也许她也像自己一样，觉得这事儿只是发生在特殊场合下的一时冲动，又或者，她已经决定把它抛到脑后。萨莉的思考能力和成熟的智慧都与其年龄、性格不符，也许正因为此，她才会如此淡定。菲利普这才意识到，原来自己一直不了解萨莉。在她身上，永远有些让人捉摸不透的东西。

他们在海里玩着青蛙跳的游戏，跟昨天一样闹声喧天。萨莉像母亲一样照顾着所有孩子，有谁游得太远了，她就负责把他们叫回来。孩子欢快地扑腾着水，她就静静地来回游了两圈，不时仰面在水上漂浮一会儿。不久之后，她上岸擦干身子，带着命令的口吻，让剩下的小孩赶快上来穿衣服。最后，水里就剩菲利普一个人了。他抓紧机会赶快痛痛快快地游了两趟。他现在已经比前一天更适应这凉凉的海水了，带着盐味的清新气息让人非常愉快。他自由自在地伸展四肢，使劲儿划着水。萨莉围着一条毛巾走到水边来。

"快点出来，菲利普！"她命令道，好像他也是她管着的一个大孩子。

菲利普被她一本正经的小大人样逗笑了，立马游回岸边。萨莉斥责道：

"你太调皮了，在水里待这么久。嘴唇都冻青了，看，牙齿还打颤呢。"

"好啦，我这就上岸。"

她第一次用这样的口吻和他说话，似乎正是昨晚发生的事赋予了她这样

639

的权利,让她把他当成小孩儿似的照顾。几分钟后,大家都穿好衣服准备往回走了。萨莉忽然看到菲利普的手。

"看看,手也冻青了。"

"噢,没事儿。可能是血液循环不好。等过几分钟就没事了。"

"来,把手给我。"

她拉过菲利普的手,轻轻搓着,先是一只,再是另一只,直到两只手都恢复了血色。菲利普大为感动,又困惑不解,好奇地看着她。孩子就在身边,他不好说些什么。萨莉的眼睛一直低垂着,他捕捉不到她的目光,可心里清楚她只是在专心致志地给自己暖手罢了。整整一天的时间,她都没再表现出任何异样,好像没有意识到她和菲利普之间发生了什么。可能她比平时更健谈一点吧。坐在啤酒花田里,她给母亲讲起菲利普早上有多么淘气,在海里冻得浑身发青还不肯出来。她的表现让人难以置信,仿佛昨晚那件事产生的唯一影响就是激发了她对菲利普的保护欲。她本能地如母亲一般照顾着他,就像照顾其他弟弟妹妹。

直到傍晚,菲利普才找着机会和她单独待上一会儿。她正忙着做晚饭,菲利普则坐在篝火边的草地上。阿西尔尼夫人去镇上买东西了,其他孩子四处乱跑,各玩各的。菲利普犹犹豫豫,不知如何开口。他心里非常忐忑。萨莉熟练地做着家务,对使菲利普焦躁难安的沉默淡然处之。他想打破这种沉默,可萨莉除了说正事外,几乎从不主动开口。最后,他终于忍不下去了,脱口而出:

"你不是在生我的气吧,萨莉?"

萨莉抬起眼皮,温柔地看着他。

"我?没有呀。为什么要生你的气?"

这话倒把菲利普问倒了,他一时不知怎么回答。萨莉掀开锅盖,搅了搅锅里的汤,又重新盖上。空气里弥漫着扑鼻的饭菜香。她又看看菲利普,轻轻地咧嘴一笑,眼眸里的笑意似乎更浓一些。

"我一直都很喜欢你。"她说。

菲利普的心抵着胸膛剧烈跳动,浑身的血都涌到脸上。他强迫自己笑了两声。

"我还真不知道。"

"因为你是个傻瓜呀。"

"我不知道你为什么喜欢我。"

"我也不知道。"她往火堆里续了点柴火,"还记得那段时间你睡在大街上,天天饿肚子吗?那时候你来我们家,我和妈妈把索普的床收拾好让你住。打从那天起,我就喜欢上你了。"

菲利普的脸又红了,他不知道萨莉竟然对自己当时的窘境了解得一清二楚。直到今天,再想起那段日子时,他还是又怕又耻。

"这就是为什么我不搭理其他男人呀。还记得我妈让我嫁的那个小伙子吗?缠着我不放,所以我才让他来家里喝茶。可我一直想着拒绝他。"

菲利普惊讶得不知该说些什么。他心里升起一种奇怪的感觉,如果说那不是幸福的话,他也不知道会是什么了。萨莉又搅了搅锅里的汤。

"希望那群小孩赶快回来。不知道他们都跑哪里去了。晚饭马上就好。"

"我去找找他们吧?"菲利普说。

聊些这样的琐事感觉轻松多了。

"好,这主意不错……呀!妈妈回来了。"

菲利普慢慢站起身来,她表情自然地看着他。

"等我把孩子哄睡了,咱们出去散散步吧?"

"好的。"

"那你在篱墙梯子那儿等我,我这边一完事,立马就过去。"

漆黑的天空星熠碎碎。菲利普站在这瑰丽的夜幕之下,身边是结满了黑莓的茂密篱墙,土地在夜晚腾起阵阵幽香。空气温暖,微风习习。他的心怦怦跳着,难以理解发生在他身上的一切。爱情对他来说一直和喊叫、泪水、激情联系在一起,可这些他在萨莉身上一样都找不到。但如果不是因为爱情,她又怎么会把处子之身献给自己呢?或者说,这种爱情是对他的爱情吗?如果萨莉爱上了那个表哥,他一点都不会惊讶。彼得·甘恩是个精瘦高挑、笔直匀称的小伙子,他的脸晒得黑黝黝,走起路来大步生风。菲利普真不知道萨莉到底看上自己哪一点了。她对他的爱情,是他所理解的那种爱情吗?她的纯洁自然令人深信不疑,除此之外,他隐约觉得还有许许多多其他的因素,很多她有所察觉,但却意识不到的东西:那一夜空气中啤酒花和土壤的醉人香气;一个女人与生俱来恰到好处的直觉和洋溢全身的温柔;如母亲与长姐般的慈爱。她的心中满含善意,向他献上所有。

他听到远处传来的脚步声,一个人影出现在黑暗里。

"萨莉。"他轻声叫道。

萨莉停下脚步,带着一股清甜洁净的田野香气缓缓朝他走来。她身上的香味来自刚刚割下的干草垛、盛放的啤酒花和嫩绿的青草地。她柔软饱满的嘴唇紧紧贴了上来,壮实的身体安稳地靠在菲利普的臂弯。

"奶与蜜[1],"他说,"你就像那奶与蜜。"

他让萨莉阖上眼睛,轻轻吻着她的眼皮。先是一只眼,再是另一只。她的胳膊强壮而结实,从手腕一直裸露到手肘。他轻轻抚摸着她的皮肤,感受那带有温度的美丽。她就像鲁本斯画里的女人,每一寸肌肤在月光下都泛着光辉,白皙透明得叫人不敢相信,手臂外侧长着细细的金色绒毛,如同撒克逊女神的玉臂。凡人怎会有这样精致而平凡的美好呢?菲利普想,所有男人心中都有一座乡间小舍,鲜花怒放,美不胜收:有蜀葵,有叫作兰卡斯特和约克的红白双色玫瑰[2],有黑种草、石竹、忍冬、飞燕草,还有虎耳草。

"你怎么会喜欢我?"菲利普问道,"我是个卑微的瘸子,又丑又平凡。"

萨莉双手捧着他的脸,轻啄他的嘴唇。

"你这个傻瓜,大傻瓜。"她呢喃着。

---

1. 奶与蜜:《圣经·出埃及记》中,上帝曾以"流奶与蜜之地"比喻迦南地,即如今的巴勒斯坦地区。奶与蜜常代表丰沃富饶、美好的意思。
2. 红白双色玫瑰:此处提及的是英国历史上著名的"玫瑰战争",即以红蔷薇为家徽的兰卡斯特家与以白蔷薇为家徽的约克家族。

第一百二十一章

采完啤酒花，菲利普口袋揣着医院任职的通知随阿西尔尼一家回伦敦。他要在圣鲁克医院做住院医生助理。十月初刚开始工作的时候，他在威斯敏斯特街上租了间简单实惠的房子。医院的工作多变而有趣，每天都能学到新东西。他觉得自己苦读这么多年终于有了成果。这些天来，几乎天天都能见到萨莉，日子少见的快活。除了有时要去门诊部值班，他每天六点就下班，然后去萨莉工作的商店门口等她。店铺外还有好几个青年人，他们站在"商场入口"的牌子对面或者更远处的第一个路口。姑娘们或两两结伴、或三五成群地从商店里走出来，看见门口的小伙子，便用手肘碰碰身边的伙伴，嬉笑着打闹。萨莉穿件简单的黑裙子，和几天前坐在菲利普身边采啤酒花的乡村女孩判若两人。她快步从商店走出，看到菲利普后才放慢步子，文静地笑一笑同他打招呼。并肩走过大街的车水马龙，他给她讲着医院里发生的事，她告诉他今天在店里做了什么。渐渐地，他记住了她身边所有姑娘的名字。他发现萨莉有一种保守而敏锐的幽默感。她跟菲利普抱怨起负责管着她们的人，言语犀利、腔调滑稽。她讲故事的时候总是严肃地板着脸，看似这事一点也不好笑，可实际上往往妙得让菲利普拍手叫绝。每到这时，她就笑眯眯地看着菲利普，丝毫没有意识到自己非常幽默。他们见面握手，分开的时候也只是礼貌地道别。有次，菲利普请她去自己家里喝茶，但她拒绝了。

"这可不行，太胡闹了。"

他们之间从没出现过"爱"这个字眼。好像萨莉每天只想让菲利普陪着她一起回家，除此之外，便别无他求。可菲利普知道她喜欢自己的陪伴。从开始到现在，她对他来说一直像个难解的谜题。他也不准备试着解开这个谜，越了解，便越喜欢她。她勤劳能干、稳重自持，还有着最可贵的诚恳品质。不管发生什么情况，你都觉得她是个可以依靠的人。

"你可真是个好姑娘。"有天，菲利普没头没尾地冒出这样一句话。

"我和其他女孩没两样。"她说。

菲利普知道自己并不爱她。但他对她有着很深的情感,喜欢让她陪在自己身边。和她在一起,他的心就变得特别安稳。除此之外,他对她还有一种特殊的感情——尊敬。这种感情放在一个十九岁的、在商店打工的女孩身上看似非常滑稽可笑。他喜欢她的健康强壮,像只生气勃勃的小动物。她那完美无瑕的身体让菲利普既敬佩又爱慕。他觉得自己一点也配不上她。

后来,大概是他们回到伦敦三周后的一天,两人正在散步呢,他忽然发现她出奇地安静。以往她的脸上总是没有太多表情,可今天双眉之间却多了微微一颦:这是要皱眉的前兆。

"怎么了,萨莉?"他问道。

萨莉的眼睛直直看着前方,面色又凝重了一些。

"我不知道。"

菲利普忽然明白了她的意思。心跳好像停下了一拍,刹那间面如死灰。

"你的意思是?你担心……"

他哽住了,再也说不下去。他脑子里一次都没冒出过类似的念头。怎么可能发生这种事呢?他看到萨莉的嘴唇发着抖,使劲把泪水忍在眼眶中。

"我还不确定。也许没什么事呢。"

他们默默地往前走,一直走到法院街的路口,这是他们习惯分别的地方。萨莉微笑着伸出手。

"先别担心啦。我们先往好处想想吧。"

菲利普转身离开,心里如一团乱麻。他第一点想到的是:自己真是傻瓜,一个又可怜又可恨的大傻瓜!他怒气冲冲地把自己骂了十几遍。怎么能惹出这样一摊麻烦来呢?与此同时,他脑子里一个接一个不断冒出的想法如同噩梦中所见的乱七八糟的拼图画块,让人完全理不出头绪。他问自己该怎么么做。他终于等到这样一天的来临:未来一片明朗,梦想唾手可得,可就在这个节骨眼上,他那难以置信的愚蠢又给自己隔上了一堵墙。他总是不能沉下心来安稳地过日子,究其原因,有一条是他无法反驳的:他总是对未来怀有热忱的渴望。刚刚才得到医院的任职,他就开始忙着安排自己的旅行了。过去,他一再阻止自己对未来做出过细的打算,那只会让人士气大失。可现在离目标只有咫尺之距,他也就允许自己向那难以抗拒的欲望做出妥协。首先,他想去西班牙,那是他心里最神圣的一方土地。此时,他的身体已经融入它的精魂,它的浪漫与色彩、历史与恢弘。众多国家中,似乎只有那里对他发出召唤。哥多华、塞维利亚、托莱多、利昂、塔拉戈纳、布尔戈斯——他对那里古老优雅的老城非常熟悉,就像一个土生土长的西班牙人,从小就穿梭在那蜿蜒曲折的小巷中。西班牙的伟大画家是他最为敬仰的灵魂画师,没有别的任何一幅画能像他们的作品给菲利普饱受折磨、焦躁难安的心灵带来教诲和抚慰,每当想象自己面对面地站在这些画作前,菲利普就感到一阵狂喜。他拜读过西班牙诗人的著作,诗行间体现出的鲜明民族特色在其他任何土地都见所未见。他们没有跟着世界文学的潮流亦步亦趋,而是从故乡炎热、芬芳的平原和荒凉灰暗的山丘中撷取灵感。还有短短几个月,他就能置身异域,亲耳听到身边人说着那最具灵魂与激情光辉的语言。他品味上佳、眼光独特。对他来说,安达卢西亚似乎太柔弱多情,甚至有些俗气。他的想象更爱驰骋在风沙凛冽的卡斯提尔或畅游于粗犷宏伟的亚拉贡、利昂。这些尚未体验过的经历会带来些什么他还无从知晓,但他觉得一定能在其中获取力量、找到目标,从而向更遥远、更陌生的目的地前进,去迎接、去参悟这世上的种种神奇。

这还仅仅只是个开始。他已经和很多聘用随船医生的轮船公司有过联系,对他们的远洋航线也耳熟能详,甚至还跟之前船上的大夫打听过每条航线的优势劣势。他放弃了东方轮船和铁行轮船,因为这两个公司的职位太紧俏,而且他们的主要业务是客员运输,这样一来,随船医务人员几乎没有什么自由可言。其他公司会派大型的不定期商船前往东方,航行安排也不算紧凑,在每个港口逗留的时间从一两天到半个月不等,大可以趁此机会到内陆去游玩一圈。这种职位薪水微薄,伙食糟糕,所以公司对应聘者也没有过多的要求,若是一个在伦敦学医的人申请应聘,绝对是十拿九稳的。商船除了偶尔载几个人之外便没有其他旅客了，再加上它为了运输货物，一般都是在偏僻的小港口间来回航行，所以船上的生活非常愉快舒适。菲利普把商船停靠的港口地背得滚瓜烂熟，每个名字都能让他想起明媚温暖的热带阳光、五彩斑斓的异域景色和充实、神秘、热闹的生活。生活啊，这就是他想要的！历经千辛万苦，他终于离真正的生活越来越近。也许某次在从东京或上海起航后，他可以中途换船，一路航行到那宛若世外桃源一般的南太平洋小岛上。反正哪里都需要医生嘛。说不定有机会去缅甸乡下走一遭，谁知道在苏门答腊或婆罗洲会与怎样的丛林美景不期而遇呢？菲利普年纪尚轻，时间于他并不是什么问题。他在英国没有亲戚朋友，可以花上几年的时间去世界各地走一走，见识大千世界中的美景奇观。

可现在竟撞上这么件事。他压根没想过萨莉的判断也可能会出错。不知为何，他本能地相信萨莉的感觉。毕竟这一切都太顺理成章了，人人都能看出萨莉天生就是块做母亲的料子。他知道自己该怎么做，不能让这件事对他未来的打算有一丝一毫的影响。他由此想到了格里菲斯。换作是他，一定会把这件事看得无足轻重，拔腿就跑、开溜大吉，离这摊棘手的麻烦事越远越好。他会把姑娘一个人甩下，让她自己看着办。菲利普告诉自己这件事之所以发生，是因为它的发生本身就是不可避免的。他不该比萨莉承担更多的处罚。因为她是个通晓事理、看透人情的姑娘，而她却眼睁睁地选择了冒险。怕是只有失去理智的人才会因为这件意外就改变自己的人生轨迹吧。人生在世，如白驹过隙，知道这个道理的人原本不多，菲利普却是其中之一。他知道在短促的一生中及时行乐是多么重要。他可以为萨莉做出些力所能及的事，给她一大笔钱作为赔偿。一个强大的男人绝不能因为任何事而偏离目标。

菲利普在心里默默盘算，但他知道自己做不出这样的事。他太了解自己了，他做不出。

"我他妈真不像个男人！"他绝望地暗自咒骂道。

萨莉信任他，对他那么好。即使有千般理由、万条道理，也不能做出这样的混账事。想到伤心欲绝的萨莉,即使他踏上了远洋的航船心里也会惴惴不安。再想想萨莉的父母,他们待自己这样好,绝对不能恩将仇报。唯一能做的就是马上迎娶萨莉。他可以给索斯医生去封信,告诉他自己就要结婚了,如果他还愿意和他合伙管理医院,那么他一定会欣然接受。他唯一能做的工作就是给穷人治病。在那里,他不会再因残疾而自卑,周围人也不会嘲笑他的妻子不是大家闺秀。他把萨莉想成是自己的妻子,这是一种温柔而新奇的感觉。想到自己还未出生的孩子,他的身上仿佛涌过一阵暖流。索斯医生一定很欢迎他回去,这点他完全不怀疑,他想象着和萨莉在那座小渔村里的生活。他们将有一座面朝大海的小屋,巨大的轮船远远驶来,又朝着他永远也不会知道的陌生大陆驶去。也许这才是最明智的选择吧。克朗肖曾经说过,当一个人的思想强大到足以凌驾空间与时间,那么这一世过得清明与否似乎就并不重要了。这一点千真万确。"你的爱情永不凋零,她的容颜永远美丽。"[1]

他准备放弃所有的远大理想,将自我牺牲作为献给新婚妻子的最好礼物。这是多么美妙的事啊,他整整想了一夜,激动得看不下去书。一种无形的力量把他拽出屋子,推到了大街上。他沿着伯德卡基的人行道信步往返,心脏兴奋而剧烈地跳动着。他一刻也不想等待下去了,恨不能立刻就去找萨莉说出他的决定,迫不及待地想看到萨莉幸福的样子。如果不是时候太晚,他可能现在已经站在萨莉家的大门外了。他想象着和她依偎在一间舒适惬意的客厅,百叶窗敞开着,波光粼粼的大海就在眼前。他看书时,她就在一旁静静忙碌;那可爱的面庞在灯罩下倾泻出的暗暗光亮中多了几分迷人的滋味。他们谈着那即将出生的小宝宝,眼神时而相遇,便能看出她的眸子里烁着爱的光辉。前来问诊的渔夫和妻子都很喜欢他们,而他们也愿意与这些病人苦乐共享。他又想到萨莉肚子里的孩子。他似乎已经爱上了这个素未谋面的小家伙。这个孩子会长得很漂亮,他要爱怜地摸摸那小手小脚,要把自

---

1. 引诗:英国诗人约翰·济慈作品《希腊古瓮颂》的一句。

己壮丽多彩的人生梦想统统转交给他。回想曾经那段漫长的朝圣之旅,他竟忽然得以释怀。他坦然接受了自己的残疾,尽管正是因为它,生活才变得如此艰辛。这只瘸腿让他的性格扭曲,可也赋予他内省的能力,让他能因此而自得其乐。倘若他的肢体是健全的,也许就不会对美有如此独到的鉴赏力,不会这样热烈地崇尚艺术和文学,也不会因生命百态而兴致勃勃。在他身上日积月累的讥讽嘲笑让他渐渐筑起心墙,催开了芳香不逝的花朵。他看到,在这世上,最为珍贵是寻常。人人生来便带着瑕疵,或是身体,或是灵魂。他想到自己认识的所有的人(世界可比作一间病房,混乱无序,毫无逻辑可言),排成长长一队,肢体残缺,心灵扭曲;肉体的疾病如心脏绞痛、肺部脓肿,精神的异常如意志匮乏、嗜酒成命。此刻,他想到这些人,心中升起神圣而深沉的同情。他们是遭到命运玩弄的可怜人儿。他原谅了格里菲斯的背叛,原谅了米尔德里德的铁石心肠。他们对自己的行为也是无能为力啊。唯一合理的做法只有接受人心之善,宽容人性之恶。菲利普忽然想起耶稣在临终之际的那句教诲:

宽恕他们吧,他们不知道自己做了什么。

第一百二十二章

菲利普和萨莉约好周六在国家美术馆碰面。萨莉准备一下班就赶过来,两个人一起吃晚餐。尽管上次见面是在两天前了,可菲利普的那股兴奋劲儿一点也没有消减。如果不是因为他沉浸在喜悦中,恐怕早就不顾一切地跑到萨莉家里去了。他把要对萨莉说的话在脑子里重复了好些遍,连说话时的口吻态度都排练了不止一次。现在,他终于等不及了。他已经给索斯医生写过信了,口袋里正揣着索斯医生上午发回的电报:我将立刻辞退那个呆子。你何时过来?菲利普顺国会街一路向前。在这个微风和煦的日子里,明丽的太阳隐在雾霭之后,洋溢的光芒斑斓跳跃。大街上人来人往,熙熙攘攘。极目而望，楼舍房屋的棱角在远处飘渺的薄雾中微微模糊。他穿过特拉法加街，忽然，心里猛地一震，带着身子也抖了一抖。他以为走在前面的女人是米尔德里德。她们体型相仿，迈步时都稍稍拖着脚跟。菲利普心跳加快，不假思索就立刻追了上去。直到那女人回过头来，他才发现这是一张完全陌生的面孔。她的年纪已经很老了，蜡黄的脸上布满了皱纹。菲利普放慢步子，长长地舒了口气。然而在他心里，除了放松之外还夹杂着失望之情。他对自己感到毛骨悚然。难道，他永远也放不下这段感情了吗？尽管发生了这么多的事，可他还是发自心底地渴望得到那个蛇蝎心肠的贱女人。这段虐恋让他遍体鳞伤，也成为他永远无法摆脱的桎梏。只有死亡才能平息对她的渴望。

他想到萨莉，那双温柔的蓝眼睛，胸中的痛苦就这样云淡风轻。他的唇角无意识地慢慢上扬，勾起一抹微笑。他来到美术馆门口，拾阶而上，在第一间展厅坐了下来，这样等萨莉一进门他就能看到。每每置身于绘画他便觉得心旷神怡。他没有刻意盯着哪一幅，只是四下扫视，放任心灵尽情濡染这瑰丽的色彩和精致的线条。他脑子里想的全都是萨莉。他想带她离开伦敦。和店里的其他女孩站在一起，萨莉就像一棵长在兰花、杜鹃丛里的矢车菊。在肯特郡的啤酒花田干活的那段日子让他知道她不是一个归属于城市的女孩。他确信，只有多塞特的习习微风才能催开这朵儿明艳动人的花。萨莉终于来了，菲利普起身迎接，向她招手。她穿着黑裙，袖口翻上两道白边儿，领子上缝了一圈细麻布。他们握了握手。

"等很久了吧？"

"没有，才十分钟。饿了吗？"

"不太饿。"

"那我们先在这坐会儿，好吗？"

"你说好就好。"

他们静静地并肩坐着，谁也没有开口讲话。菲利普喜欢让她陪在自己身旁。她美妙的身体散发出暖烘烘的温度，似乎头顶上笼着一环生命的光圈。

"呃，最近还好吗？"菲利普笑着问道。

"哦，没什么事儿。一场虚惊。"

"真的？"

"你难道不高兴？"

菲利普也搞不清现在心里是种什么滋味。他之前对萨莉的猜测没有丁点怀疑，从没想过这可能只是她搞错了。他规划好的人生模型瞬间分崩离析，那精心设计的生活不过是一场幻梦，可能永远也得不到实现。他又一次自由了。自由啊！他无须放弃最初的计划，因为生活还是稳稳地攥在手里，随他想去做些什么。可他非但没觉得高兴，反而有些淡淡的忧伤。他的一颗心渐渐垂了下去。眼前的未来空空旷旷，冷冷凄凄。他像一个绝望的水手，在浩瀚无边的大洋上漂流多年，经历了风雨险滩，忍受了饥寒交迫，终于觅得一片平静的港口。但他正要驶入时，却刮来一阵疾风把他再一次吹进浩淼的大海。他一门心思地惦记着陆上草坪柔软、树丛茂密，而那动荡苍茫的大海却只让他苦不堪言。他不能再做一个孤零零的漂泊者了。萨莉用清澈的眼睛看着他，又问了一次：

"你难道不高兴？我以为你会乐坏了呢。"

他抬了抬眼皮，神态憔悴，喃喃说道："我不确定。"

"你可真逗。大多数男人都会很高兴的。"

他发现原来自己一直都在自欺，驱使他和萨莉结婚的念头绝不是自我牺牲，他只是想要一个妻子、一个家庭，只是想得到一份爱情罢了。可现在，这一切都将悄然从指尖溜走，他不禁陷入了深深的绝望。他对这一切的渴望超过了世上的所有。西班牙算得了什么？哥多华、托莱多、利昂算得了什么？缅甸的佛塔、南海岛屿的湖泊又算得了什么？此时此地，他坐在国家美术馆，但这和行走在陌生的美洲大陆又有什么区别？过去，其他的人一直通过语言或文字向他灌输理想的定义，他则紧随其后，亦步亦趋，未曾有过一次随心所欲。他只做应该做的，从不随性而为。可现在，他急不可耐地把这些都抛在身后。每个"昨日"都在为"明日"做打算，而"今日"就这样白白付诸东流。他的理想是什么？他曾经想看透这生活的复杂与无为，勾勒一幅精密绝伦、美不胜收的人生图案。可他从没发现也许由出生、工作、婚姻、生育、死亡编织出的最简单的形状才是最完美的模样。可能向幸福投降就是承认了生命的失败,可这样的失败却比任何勋章都更加闪亮。

他飞快地瞥了萨莉一眼,猜猜她正在想些什么,又迅速把眼神移开。

"我想要你嫁给我。"他说。

"我早就想到你会这么说了,但我不该成为你的累赘。"

"你才不是累赘。"

"那你计划的那些旅行呢?去西班牙还是哪儿的。"

"你怎么知道我想去旅行?"

"当然知道啊。我听见你和爸爸说起这些事来,争论得面红耳赤。"

"我才不在乎那些呢。"他停下片刻,随后用低沉嘶哑的声音小声说道,"我不想离开你身边!我不能离开你。"

萨莉没有回话。菲利普也看不出她到底怎么想。

"嫁给我好吗,萨莉?"

她一动不动,脸上也显露不出一丝情绪。她的眼神躲闪着,回答道:

"你说好就好吧。"

"那你想嫁给我吗?"

"嗯,我自然是想有座自己的房子啦,再说我也该结婚成家了。"

菲利普绽开笑脸。他现在已经很了解她,这样的态度并不使他觉得惊奇。

"那你想嫁的人,究竟是不是我呢?"

"除了你,我谁都不想嫁。"

"那就这么定啦。"

"爸爸妈妈肯定吓一跳,对吧?"

"我好幸福啊。"

"我想吃午饭了。"她说。

"亲爱的!"

菲利普笑了,拉起她的手紧紧握住。他们起身走出美术馆,在门口的栏杆前站了一会儿,看着人潮汹涌的特拉法加广场。马车和公交车匆匆驶过,人群来来往往,各向一方。夜幕未降,天色依然明亮。

(全书完)

[英] 毛姆
William Somerset Maugham（1874-1965）

小说家，剧作家
毕业于伦敦圣托马斯医学院，后弃医从文
1952年，获得牛津大学名誉博士学位
1954年，获得英王室授予的荣誉勋爵称号
1965年，在法国里维埃拉去世

经典作品
《人性的枷锁》（1915）
《月亮和六便士》（1919）
《面纱》（1925）
《寻欢作乐》（1930）
《刀锋》（1944）

张乐

青年译者
山东济南人,毕业于北京大学外国语学院

人性的枷锁

作者 _ [英]毛姆　　译者 _ 张乐

编辑 _ 周娇　　装帧设计 _ Mirro　　主管 _ 李佳婕
技术编辑 _ 顾逸飞　　责任印制 _ 梁拥军　　出品人 _ 许文婷

营销团队 _ 王维思　谢蕴琦

鸣谢

马伯贤

果麦
www.goldmye.com

以 微 小 的 力 量 推 动 文 明

图书在版编目（CIP）数据

人性的枷锁/（英）毛姆著；张乐译. -- 天津：天津人民出版社，2024.7（2025.5重印）
ISBN 978-7-201-20412-3

Ⅰ.①人… Ⅱ.①毛… ②张… Ⅲ.①长篇小说-英国-现代 Ⅳ.①I561.45

中国国家版本馆CIP数据核字(2024)第074516号

人性的枷锁
RENXING DE JIASUO

出　　版	天津人民出版社
出 版 人	刘锦泉
地　　址	天津市和平区西康路35号康岳大厦
邮政编码	300051
邮购电话	022-23332469
电子信箱	reader@tjrmcbs.com
责任编辑	金晓芸
特约编辑	郭聪颖　周　娇
装帧设计	Mirro
制版印刷	河北鹏润印刷有限公司
经　　销	新华书店
发　　行	果麦文化传媒股份有限公司
开　　本	880毫米×1230毫米　1/32
印　　张	21
字　　数	599千字
版次印次	2024年7月第1版　2025年5月第5次印刷
印　　数	20,001-25,000
定　　价	68.00元

版权所有 侵权必究
图书如出现印装质量问题，请致电联系调换（021-64386496）